Indómita

Indómita

RAISA MARTÍN ESPINOSA

SIREN  BOOKS

Primera edición: septiembre 2024
Segunda edición: octubre 2024
Tercera edición: octubre 2024
Cuarta edición: diciembre 2024
Quinta edición: febrero 2025
Sexta edición: abril 2025
Séptima edición: noviembre 2025

ISBN: 978-84-128545-5-8
Depósito legal: M-19248-2024
IBIC: FMR
Impreso en España

Para aquellas personas que piensan que solo son gris,
cuando en verdad están llenas de colores.

Aviso de contenido:
Violencia explícita, tortura, muerte, mención de abuso sexual,
pensamientos suicidas e intento de suicidio.

«Dios mata indiscriminadamente, y nosotros también. Porque ninguna criatura de Dios es como nosotros, ninguna se parece tanto a Él como nosotros».

—Lestat de Lioncourt

1
Sierra

Nadie debería planear su suicidio antes de alcanzar la mayoría de edad.

Yo lo he hecho.

Hoy tendrá lugar la noche más larga del año y también dará paso a mi cumpleaños. Jamás había temido tanto la llegada de un día, no como he temido la llegada de este. Desde que tengo uso de razón se me ha avisado de mi terrible destino, el que espera a todos los primogénitos de esta nueva sociedad.

—¡Sierra! —La voz de mi madre me saca de mis ensoñaciones—. ¡La cena ya está lista!

Observo mi reflejo una última vez antes de levantarme del tocador y descender los escalones destartalados hasta el salón donde me espera mi familia. La bajada de las escaleras está iluminada por una vela medio consumida que descansa en el aplique de la pared. Desde su llegada, el progreso se ha detenido. Nos han condenado a vivir a su manera. Malditos nostálgicos con aversión a la tecnología. Todo lo que sé sobre el «mundo avanzado» es lo que he podido leer en libros viejos o visto en fotografías que ya han comenzado a perder su color y desquebrajarse. Llevamos más de un siglo retrocediendo en el tiempo, adaptándonos a su modo de vida: nos desplazamos en carruajes, vestimos con ropas pomposas e incómodas y nos comunicamos por carta. Nací cuando los ordenadores, los teléfonos móviles y los coches impulsados a base de eso llamado gasolina ya eran un mero recuerdo en la memoria de los más ancianos.

Desciendo el último escalón, que rechina con mi peso, y me encuentro a toda mi familia reunida en torno a la mesa. Mi madre sirve la sopa con el cucharón, colmando los platos con una sonrisa, porque poder ofrecernos esta comida esta noche no es algo muy común. No somos una familia pudiente, ni siquiera podemos considerarnos de clase media.

—Cariño, siéntate, se te está enfriando.

Ocupo mi sitio junto a mi hermana de siete años, Abigail, una niña con rizos de un bonito tono cobrizo y ojos color miel. Me sonríe con su sonrisa mellada.

—No estés nerviosa, tal vez no te elijan.

La voz de mi padre es dulce, tanto como su persona. A veces pienso que es así conmigo porque he estado marcada desde que nací. Ser la primera me había señalado y condenado a un destino miserable. Un destino en el que soy vista como una mera fuente de alimento para esos seres fríos, sádicos, desprovistos de alma.

—No estoy nerviosa —miento—. Llevo dieciocho años preparándome para esto.

Sé que la sonrisa no me llega a los ojos, aunque intento trasmitirles toda la tranquilidad posible. Esto no es fácil para ellos, ¿para qué padres lo sería? En unas horas será mi decimoctavo cumpleaños y en apenas unos días habrá luna llena, lo que significa ingresar en la Subasta Roja. Si tienes suerte, tal vez nadie te compre, pero aferrarse a esa esperanza es de ilusos. Somos productos, somos simple sangre. Acabarán por comprarnos, da igual que seas atractivo, huesudo, enfermizo. Tarde o temprano habrá alguien dispuesto a alimentarse de ti.

—Para ser exactos, llevas diecisiete años y trescientos sesenta y cuatro días —dice mi hermano en un intento de aligerar el ambiente—. No me pidas que concrete horas, minutos y segundos porque en eso me temo que voy a fallarte.

Pongo los ojos en blanco, esto es muy típico de él: recurrir al humor tonto cuando las situaciones le sobrepasan. Silvano —al que todos llamamos Silas— es mi hermano menor por diez meses, y aun así se empeña en parecer mayor que yo. Tiene un cuerpo ancho y fornido, el pelo dorado pajizo y ojos dulces color miel como Abigail. Los míos son grises, vacíos, sin color. Todo en mí parece carecer de brillo, desde mis ojos hasta el tono oscuro de mi pelo.

Agarro la cuchara y tomo un poco de sopa. La mirada de mi madre está sobre mí, esperando que diga o reaccione de alguna forma. Le sonrío y ella parece relajarse en el asiento. Tiene el pelo del mismo tono que mi hermano, algo canoso y anudado en la nuca en un moño bajo, y aunque su mirada es la más dulce que he visto jamás, también es la más triste.

—Está riquísima, mamá.

Me obligo a seguir comiendo, aunque mi estómago está cerrado por los nervios. Soy una hija y una hermana terrible por lo que planeo hacer esta noche. Seguro que ellos no estarán orgullosos de haber criado a una hija tan egoísta, dispuesta a acabar con su vida por miedo a vivir hasta mi último aliento con esas criaturas insaciables de pecado.

—Entonces dices que Lea y tú vais a salir a pasear cerca del lago… —dice mi padre—, ya sabes que no debes volver tarde, está anocheciendo. Da igual lo que prometan, son peligrosos.

—Lo sé, papá, no te preocupes, estaremos bien.

Se acaricia la barba de varios días con los dedos mientras me examina.

¿Sabrá mis verdaderas intenciones? ¿Lo llevaré escrito por toda la cara?

Finalmente, devuelve su atención de nuevo al plato.

—¿Puedo ir? —pregunta Abigail—. Por favor, por favor…

—No —respondemos todos a la vez.

Abigail hace un puchero mientras retoma su sopa. El ambiente está más tenso de lo esperado, no debería ser así, pero la amenaza está en el aire y nadie piensa ignorarla. En cuatro días abandonaré esta casa, seguramente hasta el fin de mis días.

No dejo ni una sola gota en el plato antes de levantarme. Miro a toda mi familia, grabándola en mis retinas. Me gustaría decirle a Silas que espero que me perdone algún día por lo que mi muerte le va a suponer, por la manera en la que lo va a condenar. Me gustaría explicarle que llevo muchos años viviendo con miedo y que no lo puedo seguir soportando. Que la muerte me parece un paseo si lo comparo con el destino que la vida tiene pensado para mí.

No hago nada de eso, solo sonrío una última vez a todos ellos, corro a mi habitación y allí agarro una capa forrada con pelo blanco que me regaló Lea hace años y que conservo con cuidado, pues es una de las pocas cosas de valor que poseo. Al cabo de unos minutos salgo por la puerta bajo el escrutinio de todos. El aire frío me besa las mejillas y aunque aún no ha caído la primera nevada, me temo que no falta mucho.

Recorro el camino hasta la casa de Lea, situada a un par de calles de la mía. Los últimos trabajadores recorren las calles, deseosos de resguardarse en el calor de sus hogares, algunas mujeres terminan de recoger la colada que tendieron esta mañana y los comerciantes ya cierran sus negocios.

Lea está justo en la entrada del pequeño camino hasta su casa, esperándome bien arrebujada en la capa y con la nariz enrojecida por el frío. Sonríe, y aunque no sea su intención, es una sonrisa triste. El pelo anaranjado le enmarca el rostro.

—¡Sierra! —Corre unos pasos hasta mí—. ¡Ya pensaba que no venías!

—Lo siento, me he entretenido un poco. —Entrelazo mi brazo con el suyo y echamos a caminar por las sucias calles del pueblo—. ¿Cómo está la familia?

—Igual que siempre, mamá espera las cartas de Sophie cada semana, pero hace dos semanas que no llega ninguna.

—Los caminos son malos, la correspondencia no llega tan a menudo últimamente —intento tranquilizarla.

Sophie es la hermana mayor de Lea, hace un año que entró a la Subasta Roja y fue comprada. No todas tienen la suerte de que sus dueños les permitan mantener el contacto con sus familias. La mayoría son arrancadas de ellas de forma radical, pasan a estar muertas en vida. Sophie es afortunada, fue comprada por una a la que al parecer no le importa nada más que tener su tentempié a mitad de la noche.

La falta de correspondencia podría ser una simple casualidad o, en el peor de los casos…

—Mamá enfermará si sigue así y mi padre últimamente trabaja demasiado. Creo que empiezan a ponerse en lo peor y yo… yo no sé cómo sentirme.

—Seguro que solo se está retrasando un poco, no perdáis la esperanza. —Acaricio su mano con la mía, dándole pequeños golpecitos—. ¿Qué tal tus últimas lecturas?

Intento distraerla hablando sobre esos libros enormes donde se habla de la historia de *antes*. Lea es una chica curiosa, desde que aprendió a leer le ha gustado buscar entre los pequeños puestos del mercado libros que cuenten cómo era la vida. A mí me encanta eso de ella, me gusta sentarme cerca de la orilla del lago y escucharla divagar horas y horas sobre las formas de relacionarse de la gente de nuestra edad, sobre cómo era la moda, tan cambiante, volátil y mucho más cómoda que la de ahora.

Llegamos hasta el lago, caminamos cogidas del brazo y acabo perdiéndome mientras miro el agua. Lea tiene suerte. El sacrificio de su hermana hizo que el *Libris* de su familia fuera sellado. Una vez que se sella, se considera que la familia ya ha pagado suficiente. Los padres ceden a su primogénito y a cambio reciben la certeza de que no perderán a ningún otro de sus hijos y una pequeña bolsita de monedas que les dará para alimentarse durante un año. Pequeña limosna a cambio de perder un hijo para siempre.

—¿Me estás escuchando?

Pestañeo, saliendo de mis pensamientos.

—Perdona. —Sonrío avergonzada—. ¿Qué me estabas contando?

—No te preocupes. —De nuevo esa sonrisa triste—. Seguro que tienes mucho en que pensar. Te decía que ayer durante el paseo con mi madre, Felippo, el hijo del panadero, se paró a charlar con nosotras un rato. No me quitaba los ojos de encima, tal vez…

—¿Tal vez…? —Sus mejillas adquieren un tono rosado—. ¿Te gusta Felippo?

Intenta ignorarme mirando a cualquier punto que no sea yo. Sin embargo, no me doy por vencida y comienzo a darle con el dedo en el costado, obligándola a que me mire entre carcajadas.

—No digas tonterías, Felippo es demasiado…

—¿Demasiado qué?

—Demasiado correcto.

—¿Tú no eres correcta? —Arqueo una ceja—. Eres la persona más correcta que conozco.

Se desengancha de mi brazo y comienza a caminar de espaldas, dando pequeñas vueltas mientras habla.

—Sí, es por eso que quiero a alguien que sea rebelde, aventurero, que me haga vivir. No quiero algo tradicional y típico, quiero alguien que me impulse a hacer cosas nuevas.

—Quieres matar a tus padres de un disgusto —comento.

Vuelve a reírse, dando vueltas sobre sí misma mientras camina por el resto del sendero. Llegamos al final, señal de que es hora de dar la vuelta y volver a la comodidad de nuestras casas. Yo tengo una idea distinta para esta noche. Deshacemos el camino y, cuando llegamos al final, me planto frente a Lea y la miro fijamente a los ojos.

—Hoy vuelvo sola a casa —anuncio—. Necesito unos momentos a solas.

—Sierra, no es buena idea. Está anocheciendo, no puedes volver sola…

—Lea, por favor… —digo con tono de súplica—. No me queda tiempo, pronto se me acabarán estos paseos, no tendré tiempo para mí. Ni siquiera para pensar.

El frufrú del bajo de su vestido suena contra la gravilla cuando se aproxima hasta mí y me da un fuerte abrazo. Dejo que me reconforte, aspirando el dulce aroma a violetas que desprende su pelo. Percibo el temblor en sus hombros y entonces sé que está llorando. Intento que las lágrimas no empañen mis ojos. Hemos sido amigas toda la vida y una de nosotras tiene que decirle adiós para siempre a la otra, aunque ella no sepa de mis intenciones tan definitivas. No recibirá mis cartas, pues me aterra tanto mi destino que pienso huir de este como una cobarde.

—Ya está, ya está… —Acaricio su espalda en un gesto tranquilizador—. Todo irá bien, te escribiré y te contaré cómo es mi nuevo hogar. Será como si estuviese aquí.

La mentira sabe a ceniza.

Se separa de mí, sin llegar a contener el hipido que sale de ella. Limpio con mis pulgares las lágrimas que le surcan las mejillas y le dedico una pequeña sonrisa.

—Te escribiré muchísimas cartas —asegura—. Tantas que te cansarás de mí.

—Eso es imposible.

—Te hablaré de todo lo que descubra en mis libros, te hablaré de Felippo y de cualquier otro que se acerque durante los paseos…

—Quiero los detalles de la boda con Felippo —bromeo—. ¡Te estás sonrojando de nuevo!

—¡Eres idiota!

Me abraza de nuevo y acaba despidiéndose con un pequeño gesto de su mano y una exclamación.

—¡Te veo mañana!

Durante el recorrido del sendero, vuelve la vista varias veces para verme y yo permanezco en el sitio hasta que su cabellera de ondas naranjas desaparece.

Suelto el aire contenido en mi pecho y me dejo caer en el suelo, donde la vegetación permanece sin brillo y seca. No me molesto en recogerme las faldas, ya no importa cuán sucio quede mi vestido.

El cielo poco a poco se vuelve de un azul oscuro y los únicos sonidos que me acompañan son el de la brisa, el agua en movimiento y las copas de los árboles al ser zarandeadas. El lago se encuentra en un extremo del pueblo, en la zona más deshabitada. La primera casa habitada se encuentra posiblemente a cientos de metros. No es propio que las muchachas vengan hasta aquí, pero lo es menos que permanezcan solas en un sitio tan solitario y apartado. Mis padres no aprobarían esto.

Me saco las zapatillas de punta redonda con un puntapié y después las calzas, siento la tierra bajo mis pies cuando comienzo a andar hasta la orilla. Cuando el agua toca los dedos de mis pies, me recorre un escalofrío que hace que se me entumezca todo el cuerpo. Doy un paso más, y después otro. Mi cuerpo no se acostumbra al frío, el agua helada del mes de diciembre se siente como cientos de alfileres clavándose en mi cuerpo. Por muy doloroso que sea, no pienso detenerme. Tengo un objetivo y no voy a abandonarlo.

Mi pecho protesta cuando el titiriteo de mi cuerpo hace que se me claven las varillas del corpiño. Sigo avanzando, el agua me cubre por encima del pecho y mis dientes no paran de castañear. No siento los dedos de los pies y me cuesta mover las manos. Sigo avanzando un poco más, manteniéndome con dificultad en la superficie. Cada minuto es como un grano que cae del reloj de arena para marcar la cuenta atrás. Poco a poco todo mi cuerpo se entumece, el frío nubla incluso mi mente. Nubecillas de vaho salen de mis labios temblorosos. Llega un momento en que mis pies pesan tanto que dejo de moverlos y me quedo inmóvil, dejando que mi cabeza se sumerja centímetro a centímetro.

El aire escapa de mí a toda prisa cuando me zambullo. El impacto de estar por completo en estas aguas frías es brutal. El exceso de calma en estas es incluso perturbador. Me hundo lentamente, suspendida en el agua, veo cómo mi cabello ondea alrededor de mí sin que mis piernas o brazos puedan hacer el esfuerzo por nadar y salir a flote. El frío se clava en mí como estacas de hielo. Mi pecho protesta. Me arde y juro que unas manos están haciendo presión contra él, comprimiéndolo. Abro la boca involuntariamente, buscando aire y encontrando solo agua. Me atraganto. Un espasmo me sacude, la visión se me enturbia y el peso de mi cuerpo no deja de arrastrarme más y más.

Más espasmos me recorren, rompiendo la tranquilidad de las aguas, y por mucho que intente mover los brazos, estos no me responden. Aunque quiera morir, el instinto de supervivencia es fuerte, pero me recuerdo una y otra vez que esto es lo que deseo.

Mi visión se vuelve traicionera, dibujando frente a mí lo que parece ser un rostro que, tan rápido como parpadeo, desaparece. Los bordes de mi visión se ennegrecen, como si se tratasen de los de una fotografía en el fuego.

«Vive, tienes que vivir…».

Las palabras vienen susurradas en el agua.

«Tienes que vivir, debes vivir».

El peso de mis párpados cada vez es mayor, al igual que la sensación de que algo se aproxima hacia mí.

«Me decepciona este acto de cobardía».

Algo en esas palabras me hace rabiar. Se vierten dentro de mí como ácido que corroe mis venas. Me abruma un sentimiento de vergüenza. No puedo hacer esto. No le puedo hacer esto a mis padres. A mis hermanos. El *Libris* no está sellado, Silas tendrá que entrar a la Subasta Roja por mi culpa. No puedo condenarlo a eso, esta es mi carga, solo mía. Intento abrir los ojos, luchar contra el agua, pero es demasiado tarde.

Por mucho que me esfuerce, mi cuerpo se niega a responder.

«Niña estúpida».

La histeria me hace abrir la boca de nuevo, el agua entra a borbotones dentro de mí, llenando mis pulmones y acallando mis gritos silenciosos. El pelo se cruza en mi visión, se me enrolla en torno al cuello como una soga. Miro hacia arriba y lo veo todo negro. Estoy muy lejos de la superficie.

Ese rostro misterioso cada vez está más cerca, más cerca, más cerca…

Pierdo la conciencia momentáneamente y cuando la recobro, tengo la cara contra la orilla del lago, manchada con la tierra húmeda. Mi vestido ondea aún en el agua y mis piernas siguen entumecidas. Hinco los codos en la tierra para arrastrar lo que queda de mi cuerpo fuera de ella. Me tiemblan las manos y al echarle un vistazo a mis dedos, veo que están morados. Me vuelvo bocarriba, con el cielo cada vez más oscuro y la luna más presente.

Mi respiración no es normal, se entrecorta y mi pecho lanza sonidos de agonía. Intento llevarme las manos a la altura de la boca para tratar de calentarlas. Mis piernas no responden a mis órdenes y mis pies tienen un tono violáceo.

La brisa sacude las copas de los árboles y con ella un nuevo susurro llega a mí.

«Acepta tu destino».

Miro en todas direcciones buscando el origen de la voz, pero solo me reciben los árboles y el camino solitario. Las palabras se vuelcan en mí con gravedad y mis hombros se sacuden cuando rompo en llanto.

He sido tan egoísta, tan mala hija y hermana...

Casi condeno a mis hermanos a mi destino y a mi familia a ser una vergüenza. Cubro mis ojos con las manos; intento contener las lágrimas, pero estas salen con fuerza y sin ganas de detenerse. No sé cuánto tiempo permanezco aquí sentada antes de que aparezca Silas.

—¡Sierra! —Los pasos de mi hermano se escuchan cada vez más fuertes—. ¡Sierra! ¿Qué ha ocurrido?

El calor de sus brazos me rodea e instintivamente mis manos intentan aferrarse a él, buscando consuelo. Entierro el rostro en su pecho, empapando su camisa con mi pelo y mis ropas mojadas. Murmura algo que no alcanzo a escuchar mientras me acuna con fuerza y nos balancea a ambos.

—Ya está, Sierra, ya está...

Noto cómo sus dedos se enredan en mi cabello al acariciarlo. Su abrazo es lo que más necesitaba y no lo sabía hasta este momento. Nubecillas de vaho se dibujan en el aire con cada una de mis respiraciones entrecortadas. Sus manos masajean mis pies y mis tobillos, intentando que mi circulación vuelva a ser normal y me abandone este color enfermizo.

—¿Quieres contarme qué ha pasado?

Niego con la cabeza y él no insiste. Eso es lo que me gusta de él, el lazo que tenemos, el acuerdo mutuo por el que no insistimos al otro cuando las preguntas son demasiado dolorosas para responderlas. Pasamos un buen rato en la orilla del lago, yo aferrada a él intentando obtener algo de calor, y él comprobando que la circulación de mis extremidades vuelve a la normalidad.

—Espero que sepas que vas a causar un buen revuelo cuando lleguemos a casa. —Uno de sus brazos me rodea la espalda, el otro lo pasa por debajo de mis rodillas y me alza del suelo—. Papá y mamá se van a volver locos cuando te vean así.

Asiento. Mis padres formarán un buen alboroto al verme así. Es obvio que ya me he metido en un lío al no volver a casa antes de que anochezca y, apareciendo así, las cosas no van a mejorar.

Silas no vuelve a pronunciar palabra, me lleva en silencio por el sendero hasta llegar a las calles desiertas del pueblo. El frío aún reside en lo más hondo de mis huesos y no sé qué más hacer para entrar en calor. Suspiro de alivio cuando veo al fondo nuestra casa, que proyecta luz anaranjada a través de las ventanas. Cuando estamos frente a la puerta, Silas la abre de par en par con un golpecito del pie y da comienzo a la avalancha de atenciones de mi familia.

—¿Qué ha ocurrido? —pregunta mi padre levantándose del sillón junto al fuego.

—¡Sierra! —El grito de mi madre corta el aire—. ¡Mi niña! ¿Qué ha ocurrido? ¡Estás empapada!

—Trae todas las mantas que puedas —ordena Silas mientras me acerca al fuego.

No llego a apreciar el alivio de estar junto a la chimenea. Caigo inconsciente en el camino hasta ella y de lo último de lo que soy consciente es de cómo mi cabeza cae hacia atrás con un fuerte latigazo.

2
Sierra

Como era de esperar, pasé mi cumpleaños y los días siguientes en cama con una pulmonía que hacía que el aire que salía de mi pecho sonara como los relinchos de un caballo. Cuatro días después, mi aspecto no ha mejorado mucho y espero que esto me sirva como excusa para que no me compren esta noche. Mi mata de pelo negro ha sido recogida diligentemente en mi nuca con pequeñas horquillas de flores. Mi piel tiene un aspecto mortecino y dos pequeños surcos morados descansan bajo mis ojos.

—Mi pequeña niña... —dice mamá entre lágrimas mientras pellizca mis mejillas para dotarlas de algo de color—. No estoy lista para este momento. Ninguno lo estamos.

Mi pecho se contrae con cada palabra, pestañeo varias veces para espantar las ganas de llorar. Mis lágrimas solo harán esto más difícil.

—Tranquila, mamá, tal vez tenga suerte y esta noche nadie me encuentre lo suficientemente apetecible.

Los ojos de mi madre me miran sin humor, rojos y anegados de lágrimas.

—Te compren o no, esta es la última noche que pasas bajo nuestro techo. —Sus manos se apoyan en mis hombros y me atraen hasta su cuerpo. Acaricia suavemente mi espalda—. Mantente sana, no por ellos, sino por ti, Sierra. Escríbenos, haznos saber de alguna forma que sigues viva.

—Lo intentaré —respondo sin convicción.

La mayoría ya conocemos el destino que nos espera una vez comprados. Se supone que a cada vampiro le corresponde una cantidad determinada de «saciadores» según su rango. Ni uno más ni uno menos, mientras estos se mantengan sanos y en condiciones de realizar su cometido. No pueden hacernos daño, propasarse o acelerar el proceso de nuestras muertes. Pero eso solo son palabras, leyes que escribieron sus antepasados y los nuestros para garantizar la paz. En la práctica, muchos de ellos se exceden bebiendo, nos dejan secos, nos desechan y no tardan en encontrar un sustituto, obviamente con la cooperación de Subastas Rojas corruptas.

Mamá me deja unos momentos a solas que aprovecho para intentar grabar en mis retinas cada detalle del que durante dieciocho años ha sido mi dormitorio, mi lugar de descanso y confesiones.

Llevo puesto el vestido más bonito y nuevo que había en mi armario. Uno que oprime mi pecho tanto que me cuesta respirar. Es de terciopelo verde con bordados de hilo dorado, el escote es cuadrado y revela las curvas de mis senos. Me levanto de la pequeña banqueta frente al tocador y agarro el chal.

Me dedico un último vistazo en el espejo y paso involuntariamente los dedos por la curva de mi cuello, como si supiera que jamás lo veré intacto de nuevo. Me paso el chal por los hombros, me aferro bien a él y salgo de la habitación. Bajo las escaleras escuchando cada crujido de la madera y veo todos los rostros de mi familia en el final de ella.

—Estás preciosa —dice Silas con los ojos brillantes.

—Sierra siempre está preciosa.

Papá toma mi mano cuando bajo el último escalón y me conduce hasta su pecho, donde me abraza tan fuerte que siento que mis huesos protestan. Sin embargo, no digo nada. Me quedo ahí el transcurso de varias respiraciones sabiendo que esta será la última vez que esté entre los brazos de mi padre. Me cuesta un mundo alejarme.

—¿Sierra? —entona una voz infantil.

Mi hermanita me mira desde un par de cabezas más abajo. Sus enormes ojos miel me miran asustados y yo sonrío para tranquilizarla. La abrazo acunando su cara contra mi pecho y acaricio sus rizos cobrizos. Me voy a perder tantas cosas… No podré curarle las raspaduras de las rodillas la próxima vez que se caiga jugando, ya no habrá más cuentos a la luz de la vela ni tampoco estaré aquí cuando comience a sonreír por algún muchacho.

Nuestros padres observan la escena con verdadera angustia y Silas se une a nuestro abrazo, rodeándonos a ambas y ocultándonos del mundo con la amplitud de su cuerpo. Aspiro el aroma de mi hogar mientras contengo las lágrimas.

El sonido de una campana rompe el silencio.

La Subasta Roja está abierta para recibirnos.

Cada campanada cae sobre nosotros como un jarro de agua fría. Mamá agarra a Abigail de la mano y mi padre me ofrece su codo para caminar. Silas se sitúa a mi derecha y se encarga de abrir la puerta desde la que entra una corriente de aire gélido. Todos parecemos contener el aliento durante un segundo y después echamos a andar. La calle está vacía, a pesar de que decenas de pares de ojos nos miran desde sus ventanas. Cada luna llena es un acontecimiento que todo el mundo ve desde la seguridad de sus casas, con el vello erizado y el corazón encogido, pues cada vez que uno de nosotros ingresa en la Subasta Roja, le recuerda al resto lo que algún día llegará a sus hogares. Muchas otras subastas están teniendo lugar esta noche en cientos de pueblos malditos como el nuestro.

Seguimos nuestro camino en silencio, escuchando las ventanas que se cierran y el maullido de algún gato callejero.

—Si me lo pides ahora, te sacaré de aquí —susurra Silas—. Huiremos del pueblo, nos internaremos en el bosque y con el dinero que tengo ahorrado cruzaremos el océano.

Mi corazón da un vuelco, miro en todas direcciones esperando que no haya nadie cerca que haya escuchado su atrevimiento.

—No digas tonterías. —Rechino los dientes—. Ni siquiera te atrevas a proponer algo así de nuevo. Sería traición.

Intenta hablar, pero una mirada mía es suficiente para acallarlo. No puede estar pensando en esto. Ir en contra de las normas y del sistema es traición. Matarían a toda nuestra familia, o más bien, los desangrarían como cerdos en la plaza del pueblo. El mundo ha cambiado; ya no somos el ser vivo más cruel, ahora lo son ellos. Nos han dejado soñar con un mundo en el que el ser humano lo dominaba todo y han aplastado esa fantasía con un rápido movimiento de mano.

—No parece que haya mucha gente en esta subasta —comenta mamá desde atrás con preocupación.

Menos gente en la subasta significa más posibilidades de ser comprada.

Trago saliva con dificultad, intentando disipar el nudo que se ha formado en mi garganta.

El tejado picudo de lo que antiguamente era una iglesia ya se ve al final de la calle. Tras la llegada de los vampiros, todo lo relacionado con la religión fue quemado y destruido, excepto las iglesias. Les pareció irónico utilizarlas para las subastas. Algo así como decir: «Mira, Dios, aquí es donde compro a tus amados hijos para tratarlos como animales, para saciarme con ellos y quebrantar sus almas».

Lo que no saben es que su llegada hizo crecer para muchos las ganas de creer, de aferrarse a un ser misericordioso que vela por nosotros.

Las puertas de la iglesia están abiertas de par en par, del interior sale una intensa luz anaranjada. Frenamos en nuestro recorrido y nos miramos sabiendo que no pueden acompañarme más lejos. De nuevo, mamá comienza a llorar y se abalanza a mis brazos.

—Voy a pedir cada noche para que estés bien, sana y fuerte.

—Mamá…

—Cariño, no asustes más a nuestra hija. —Papá rodea los hombros de mamá y ella intenta esconderse en él—. Es fuerte y cumplirá con su cometido. Conseguirá escribirnos y transmitirnos palabras de alivio, ¿verdad?

Asiento.

—Hermana, demuéstrales lo duros que somos los Ruggiero.

—Eso está hecho. —Sonrío.

—No incites a tu hermana a que haga imprudencias —lo regaña mamá—. Hija, tienes que ser sumisa, aunque prometan no heriros más allá de… bueno, sabes que su palabra no vale mucho. Podrían hacerte daño.

—Lo sé, mamá —digo, aunque esté más que dispuesta a ser imprudente—. Seré buena.

—Así me gusta.

Me agacho, consciente de que mis faldas se están manchando de la suciedad del suelo. Le doy un beso en la coronilla a Abigail y le susurro al oído alguna tontería que la haga reír, le doy un abrazo a Silas y por último rodeo con ambos brazos a mis padres y los estrecho con fuerza.

—Estaré bien, lo prometo.

—Te queremos mucho, hija.

Les doy un sonoro beso en las mejillas y, agarrando mis faldas, me encamino a la entrada de la vieja iglesia. No vuelvo la mirada atrás, ver sus rostros tristes me rompería. Aligero el paso y traspaso el umbral de la puerta. El frío en el interior hace que se me corte la respiración por un momento.

A pesar de estar en el interior de una iglesia, poco queda de su contenido original. No se asemeja nada a las imágenes de los libros. Todo lo que pudiera tener un significado religioso ha desaparecido. Allá donde debería estar la pila bautismal, descansa una pirámide de copas con un líquido carmesí; las paredes no albergan santos, sino que muestran retratos de caras pálidas. Puros, la élite entre los vampiros, la máxima autoridad. Los bancos han sido sustituidos por sillones de lujo, el altar ahora es una mesa más y algunas cruces permanecen en su sitio, invertidas a modo de burla.

Una mujer de rostro ovalado ataviada con un vestido de terciopelo rojo viene hacia mí cuando me ve entrar.

—Su *Libris*, por favor.

Rebusco en la pequeña bolsita que me cuelga de la muñeca y extraigo el libro que contiene todos mis datos. La mujer lo abre y lo lee con una mueca de claro aburrimiento. Me observa un momento por debajo de las pestañas, evaluándome.

—Sígueme.

Comienza a andar por el pasillo y, antes de que lleguemos a lo que antiguamente era el altar, nos desviamos hacia una pequeña puerta. Empiezo a escuchar mis propios latidos. El frío sigue siendo doloroso y me pregunto cómo ella no muestra ninguna señal de incomodidad. Es humana, el rubor en sus mejillas y su falta de palidez lo confirman.

Desembocamos en una habitación donde la iluminación de las velas es pobre y otros rostros me devuelven la mirada. Hay varias chicas y chicos, todos con los ojos abiertos y llenos de miedo.

—Quítate el vestido y ponte eso de ahí —dice la mujer señalando una tela roja.

Miro a mi alrededor, buscando algún biombo tras el que poder cambiarme.

—No hay…

—La timidez y el pudor son algo que no vas a poder permitirte de ahora en adelante —me corta—. Cámbiate rápido, están a punto de llegar.

Cojo la prenda de seda roja y, echando un rápido vistazo a mis otras compañeras, veo que no se molesta en cubrir mucho de nuestra desnudez. Los hombres llevan el pecho al descubierto y una extraña prenda que les cubre de cintura para abajo. Me ruborizo y aparto la mirada rápidamente. Todo el mundo evita hacer contacto visual, presa de la vergüenza.

Intento deshacer las ataduras del corpiño.

—Una última pregunta. —La mujer del vestido rojo se vuelve antes de desaparecer por el pasillo—. ¿Tu virtud está intacta?

Pestañeo.

—¿Qué tiene que ver mi virtud en todo esto?

—Les gusta el sabor de la sangre virgen. —El tono de su voz es altivo—. Tu virtud hará aumentar tu precio.

—Malditos cerdos… —murmuro.

—La respuesta es fácil: sí o no.

Arquea una ceja en mi dirección, impaciente. Cuadro los hombros y alzo el mentón.

—Sí, mi virtud está intacta.

Asiente como si estuviese complacida con mis respuesta y desaparece. Solo unos minutos han sido suficientes para catalogarla como una persona de mi desagrado. Con dificultad, me llevo las manos a la espalda e intento deshacerme del vestido. Me cuesta, pero es obvio que nadie se va a ofrecer a ayudar. Cuando aflojo el corpiño me permito soltar un suspiro profundo y dejo que caiga al suelo. Me deshago del vestido y me quedo solo con una fina combinación. Abrazo mi cuerpo antes de quitármelo también y quedar desnuda. Miro fijamente la pared, apartando la vergüenza y sin permitirme agachar la mirada paso por encima de mi cabeza la seda roja, que cae suavemente y se abraza a mi cuerpo.

Una puerta se abre al otro lado, revelando a una mujer completamente vestida de negro. Su rostro está cubierto por un velo de encaje, como si debiese ocultar su identidad para evitar que alguno de nosotros la reconozca y tome represalias.

—Iréis pasando de uno en uno —informa—. Vosotros no podéis verlos, pero ellos a vosotros sí. Manteneos quietos y en silencio al otro lado del cristal. Terminará antes de que os deis cuenta.

Su voz suena muy madura.

Dice un nombre y por el rabillo del ojo veo que se trata de una chica diminuta y menuda que, por la forma en que encoge los hombros, debe de estar aterrada. Sale por la puerta y esta se cierra con contundencia. La mujer permanece con nosotros en la habitación y, aunque no pueda verla, siento que nos está sometiendo a todos a su escrutinio.

Pasan tal vez diez minutos cuando unos nudillos golpean la puerta y mandan llamar al siguiente. Poco a poco, la habitación va quedando vacía y el aire se vuelve más pesado e incómodo.

—Para alguno de vosotros hoy será un día especial —suelta la mujer de repente—. Estoy segura de que sí.

Tal vez esta mujer sea una anciana que ha comenzado a desvariar. ¿Un día especial? ¿Ser comprados como si de trozos de carne se tratase? ¿Cómo de especial puede ser saber que el resto de tu vida te dedicarás a dejar que claven sus colmillos en tu cuello?

—Lo dudo mucho, señora —digo sin poder contenerme.

Sé que su mirada se posa en mí y el resto de los que quedan en la sala me miran incrédulos.

—No te atrevas a contradecir mi palabra, jovencita.

—¿Qué hay de especial en ser comprada?

La mujer decide que no merezco su tiempo o el esfuerzo de gastar su saliva hablando conmigo. La puerta se abre de nuevo y entonces se gira en mi dirección. Es el momento.

Me cuesta poner un pie delante del otro y aun así consigo hacerlo. Paso por su lado y un olor añejo me golpea. Sin necesidad de verla, sé que tiene que tener dibujada una sonrisa de superioridad en el rostro.

Al salir, la luz es tan cegadora que tengo que cerrar los ojos, no estoy acostumbrada a esta luz artificial que solo poseen unos pocos. Me pican y me lloran y es necesaria una mano ajena que me conduzca hasta el centro. Tras varios parpadeos descubro que me encuentro en lo que antes debió ser el púlpito de la iglesia y donde ahora no hay más que suelo recubierto de alfombras rojas de pelo y un enorme cristal que me devuelve mi reflejo. Están ahí, detrás. Mirándome, evaluándome, intentando oler mi sangre.

Las luces se atenúan, solo queda un foco encima de mi cabeza que me exhibe como si fuese un jarrón caro. No me permito bajar la mirada ni ruborizarme al saber que muchos pares de ojos están viendo mi cuerpo apenas cubierto.

—Sierra Ruggiero —habla una voz que reconozco como la de la mujer del vestido rojo. Suena fuerte y confiada—. Saludable, pesa cincuenta y un kilos, no presenta ninguna anomalía física, su sangre es 0 negativo y… su virtud se encuentra intacta. La puja comienza con quince rubíes de sangre.

No puedo ver nada de lo que sucede fuera.

—El caballero del número cinco da veinte rubíes de sangre, ¿alguien da más?

Mis ojos viajan hacia todos lados buscando algo detrás del cristal.

—La señora del número diez ofrece veinticinco rubíes de sangre.

Se siguen diciendo cantidades. Hombres y mujeres. Números y números...

Las piernas me flaquean por momentos, me siento totalmente abrumada sabiendo que el control de mi vida se está escurriendo entre mis dedos y que en unos minutos lo habré perdido por completo. Mi visión se nubla y parpadeo rápidamente para espantar la sensación.

—El número veintiocho ofrece cincuenta rubíes, ¿quién da más?

¿Cincuenta? Qué gracioso que aquí me compren por rubíes de sangre cuando a mi familia solo le llegará una bolsa de monedas. Con una sola de esas piedras preciosas mi familia podría vivir tranquilamente durante años.

—Setenta rubíes de sangre.

Me recorre un escalofrío.

—¡Ochenta rubíes de sangre!

Esto es tan sádico e inhumano.

—¡Cien rubíes de sangre!

Un sonido estridente rompe la sucesión de pujas haciendo callar a la mujer que no paraba de torturarme con su voz. Me quedo en el sitio a la espera de una explicación.

Pasan los segundos, después minutos enteros.

—La puja acaba de terminar. —La voz de la mujer refleja su dicha—. La señorita Sierra Ruggiero acaba de ser comprada por Viktor Vitalle por el precio de seiscientos rubíes de sangre.

El foco que pende sobre mi cabeza se apaga sumiéndome en una oscuridad absoluta. El quejido de una puerta al abrirse llega a mis oídos y varios pares de manos me agarran de los brazos, sacándome de aquí. No sé si debo resistirme, pero me dejo arrastrar. Cuando me llevan a otra sala, me doy cuenta de que la luz de los focos me estaba calentando y que ahora el frío vuelve a abrazarme de nuevo.

Descubro que estoy con el resto de los compañeros que fueron expuestos antes que yo. Me miran con los ojos muy abiertos y al principio pienso que es del miedo que han debido pasar ahí fuera, pero al cabo de unos minutos me doy cuenta de que es por mí.

—¿Qué ocurre?

Ninguno se atreve a decir palabra.

Me miro a mí misma en busca de algo fuera de lugar, una herida o tal vez que mi ropa se haya descolocado en algún momento mostrando más de lo necesario. Todo está bien. Alzo los ojos buscando respuestas.

—¿Por qué me miráis así?

Trascurren más minutos agonizantes hasta que la muchacha que vi antes, aquella de cuerpo menudo y hombros encorvados, se atreve a decir algo.

—Lo hemos escuchado.

—¿El qué?

—Quién te ha comprado.

—¿Qué ocurre con eso? Ha sido un tal Viktor Vitalo, Vitali o algo así.

—Viktor Vitalle —me corrige—. ¿Es posible que seas tan ignorante?

—¿Perdona?

—Viktor Vitalle —dice un chico—. Es un monstruo sin alma, el peor entre ellos. Lo domina una sed insaciable.

—¿No son así todos? —replico.

—No como él —agrega la chica de antes—. Tu vida ha acabado en el momento en el que te ha comprado.

—Creo que lo ha hecho para todos los que estamos aquí.

—Lo que queremos decirte es que posiblemente no vivas para ver la próxima luna llena.

3
Sierra

La revelación recae sobre mí helando la sangre en mis venas. El silencio es tal que el aire que sale de mis pulmones en una bocanada entrecortada parece resonar por toda la habitación. Los ojos de todos están puestos en mí. Clavo las uñas en las palmas de mis manos, conteniendo las ganas de gritarles a todos que dejen de mirarme como si ya estuviese muerta. Hasta que mi corazón no diga lo contrario, yo estoy muy viva y con ganas de pelear. No dejaré que acaben conmigo tan fácilmente.

¿Qué estupideces pienso? Por amor de Dios, es un vampiro. Podría quebrarme todos los huesos con un simple movimiento de la mano.

Otras puertas se abren de par en par y en vez de dar paso a un nuevo miembro de nuestro club de corderitos recién comprados, un corrillo bastante numeroso de mujeres entra en tromba. Sus vestidos parecen caros, hechos de las mejores telas por los mejores sastres seguramente, con exuberantes escotes y mangas acabadas en cascadas de encaje. El tono excesivamente rojo de sus labios es lo primero en ponerme en alerta, seguido del contacto gélido de una mano con mi codo.

—Vamos —dice una de ellas sin apenas mirarme—. Debemos prepararte para él.

Tiran de mí sin delicadeza alguna. Mis pies se anclan al suelo por un segundo, lo que tardo en recordar en qué situación me encuentro, y entonces dejo que me lleven. Lanzo un último vistazo al resto antes de que las puertas se cierren a cal y canto. Observo a la mujer y al resto de la comitiva. Todas ellas lucen unos rostros blancos como el alabastro, piel tersa y sin imperfecciones y labios rojos como las amapolas. Vampiras, todas ellas lo son.

Un escalofrío baja de puntillas por mi columna.

—Deprisa. —Tira más fuerte de mi brazo—. Será mejor que no le hagas esperar demasiado. No te gustarán las consecuencias.

Otra de ellas se adelanta un par de pasos para correr hacia un lado una espesa cortina de lustroso terciopelo rojo que oculta una bañera de enormes patas doradas.

Varias manos comienzan a recorrer mi cuerpo deshaciéndose de la seda que me cubre. Quedo desnuda en cuestión de segundos, y su poco control de la fuerza hace que el agarre de sus dedos sea doloroso. Contengo un quejido cuando me obligan a caminar y sumergirme en el agua.

Lo que no puedo contener es el gemido de puro alivio cuando mi piel entra en contacto con el agua caliente. Frotan mis brazos con fuerza, tanta que no tardan en enrojecerse. Me hacen sentir como si toda la vida hubiese ido caminando con una capa de suciedad sobre la piel. Frotan y siguen frotando, mientras otras manos masajean mi cabello y lo aclaran con agua.

Con la misma fuerza de antes, me hacen levantarme y me envuelven rápidamente con una bata de seda.

—El pelo recogido será la mejor opción —dice la misma mujer de antes—. Ocultará un poco su olor.

No me pasa inadvertido cómo arruga la nariz tras decir esto. La miro muy fijamente, prendada de su belleza. ¿Son todos estos monstruos así de hermosos? Su pelo es del pelirrojo más intenso que haya visto antes, su excepcional brillo hace un contraste increíble con la palidez de su rostro anguloso. Tiene unos ojos del color de los pastos en verano y labios voluptuosos.

El resto obedece las órdenes de quien desde este momento consideraré su líder. Tiran de mi pelo, consiguiendo que se me humedezcan los ojos en más de una ocasión. Cepillan, moldean y colocan los mechones a su antojo. Miran mis manos, liman mis uñas y untan mejunjes en ellas.

—El señor quiere que lleve este vestido —dice otra trayendo la prenda envuelta en papel de seda.

Al mismo tiempo, otras manos comienzan a pasearse por mi cuerpo deslizando telas que incluso mis dedos se abstienen de tocar por miedo a estropearlas.

No sé cuánto tiempo paso entre las atenciones de estas mujeres, pero entonces, la dueña de los intensos ojos verdes, destapa un espejo de cuerpo completo donde observo mi apariencia.

Mi pelo está recogido en laboriosas trenzas que acaban formando un moño bajo en mi nuca. No llevo corpiño ni nada por el estilo, me siento extrañamente libre. Mi espalda cosquillea por el frío y un rápido vistazo me confirma que la llevo completamente desnuda hasta la curva del trasero. Parpadeo con incredulidad. Este vestido no es como los que solemos llevar en el pueblo, es distinto.

La tela vaporosa es de un color azul grisáceo, con cuerdas que se atan en torno a mi cuello. No alcanzo a verme los pies, ocultos por el bajo de la amplia falda. Plantan delante de mí unos zapatos de tacón que no tardan en colocarme. Todo parece haber sido elegido de mi talla. Hacen caer una capa negra sobre mis hombros y con dedos ágiles la anudan en mi pecho.

—Se ha hecho lo que se ha podido.

—Esperemos que sea suficiente.

—El aspecto de sus saciadoras es muy importante.

No sé si me hablan a mí, entre ellas o si simplemente lanzan sus pensamientos al aire.

—Venga, debemos irnos.

Vuelven a tomarme del codo, obligándome a caminar tan rápido que mis pies tropiezan y choco contra la espalda de la mujer pelirroja. Esta me lanza una mirada severa mientras muestra sus colmillos como advertencia. Me quedo mirándola fijamente, sin bajar el rostro. Ella tampoco cede, sino que se queda en esa misma posición hasta que otra de la comitiva le toca el hombro de forma apaciguadora y nos insta a seguir caminando.

En cuanto cruzamos de nuevo la cortina de terciopelo, vemos pasar delante de nosotras a un hombre corpulento y de gran estatura. Camina con prisa y porte regio, por su lenguaje corporal se nota que no está contento. Me quedo mirándolo fijamente y me parece que sus ojos se cruzan con los míos cuando pasa a mi lado.

En sus iris encuentro el azul más frío que haya visto en mi vida.

Me quedo sin aliento y el resto parece imitarme.

—Señor —musitan a coro.

Miro a mi alrededor sin comprender nada.

—Corre —me reprenden—. El carruaje está esperando.

Hago como me han ordenado y salgo por la puerta trasera de la iglesia. Delante de nosotras descansa un carruaje del más brillante negro con laboriosos grabados plateados. Un cochero abre la puerta para mí, pero no puedo entrar sin antes mirar atrás. Sé que es una tontería, sé que no habrá nadie conocido a mi espalda. Aun así, lo hago, como si mi familia estuviese mirando.

Se me humedecen los ojos cuando solo veo la calle vacía y la luz del interior del edificio reflejada en el suelo.

Poso el pie en el escalón del carruaje y, agachando la cabeza, entro en el interior. Está oscuro, pero cuando alzo la mirada distingo una sombra grande, con forma de hombre. El aire sale de mí como si me hubiesen dado una patada en el pecho. Me siento con la espalda muy recta y los hombros rígidos. Intento no mirar directamente a la sombra.

—Vamos —dice dando un golpe en el techo, con la voz calmada pero fuerte. Es varonil e hipnótica—. Quiero llegar a casa cuanto antes.

Sus deseos son órdenes.

Los caballos lanzan un relincho cuando el látigo desciende, rompiendo la calma de la noche. Salimos a toda velocidad, acompañados por el retumbar de las herraduras de los caballos contra las piedras del camino. Miro por la ventana, evitando a lo que realmente despierta mi interés y mi miedo.

Pasa alrededor de una hora en la que mi trasero se resiente con cada bache del camino que atravesamos. El silencio es asfixiante, pero supongo que no puedo esperar otra cosa. No es como si esta relación de presa y depredador fuese a ser amigable y cordial. Me muevo en el asiento para encontrar una mejor postura.

Cinco minutos después vuelvo a cambiar de posición.

—Para de moverte —dice con tono tajante—. Haces que me venga tu olor.

—Lo siento —musito.

Ahora es él quien se mueve, saliendo de entre las sombras cuando la luz de la luna ilumina su cara. Esta hace que parezca aún más pálido. Es él. El hombre de antes. Y de nuevo esos ojos tan azules y tan fríos hacen que se me erice el vello de la nuca. No hay vida en ellos, están vacíos, muertos.

Tiene los labios gruesos y cerrados en una firme línea, los pómulos altos y marcados y una barba de aspecto cuidado de un par de días le recorre el mentón. Mis ojos no pueden dejar de mirarlo, completamente asombrada por su belleza. Definitivamente estos monstruos son hermosos. Hermosos para atraer, para cazar, para matar.

Me doy cuenta durante mi escrutinio de que sus ojos también me miran a mí y me ruborizo al instante. Aparto la mirada hacia la ventana. Aun así, siento el peso de la suya sobre mí. Juego con mis dedos, cuento los baches con los que se sacude el carruaje, cualquier cosa que me distraiga de él. Su presencia es tan tangible que pesa en el aire.

Desliza sus dedos, largos y gráciles, hasta la ventana del carruaje y veo cómo la abre un par de centímetros. La oleada de aire frío que entra me obliga a aferrarme más a mi capa y envolverme en ella. Su postura rígida se relaja un poco a la vez que su pecho se desinfla con una exhalación profunda.

Tal vez pasa una hora más hasta que el carruaje se detiene y la voz del cochero llega a mis oídos. La curiosidad tira de mí y con disimulo intento ver por el rabillo del ojo qué es lo que hay fuera. No consigo distinguir mucho, solo los anchos troncos de los árboles y la vegetación salvaje. Pasados unos minutos volvemos a ponernos en marcha y dejamos atrás unas verjas por las que trepan enredaderas. El carruaje se inclina un poco, señal de que el camino es empinado. Mi acompañante sigue impasible, sin moverse ni un centímetro.

Como si el destino no me hubiese castigado suficiente esta noche, se encadenan una serie de infortunios: el camino empinado, un bache y mi torpeza. El carruaje se sacude y mi cuerpo sale disparado del asiento hacia adelante y choca con algo sumamente duro.

Unos dedos, que bien pueden ser garras de lo fuerte que se han clavado en mis hombros, me apartan rápidamente. Mi cabeza queda muy por debajo de la suya y levanto la mirada, temerosa. Sus ojos se clavan en mí como puñales. Mi corazón se salta un latido cuando veo su expresión endurecida, las aletas de la nariz dilatadas, el mentón tenso cuando aprieta la mandíbula y los labios fruncidos en una mueca de desagrado.

—Malditos rubíes desperdiciados.

Me alejo de él como si mi proximidad fuese una dolencia física. Mi espalda golpea contra la madera del asiento y pequeños puntos negros se dibujan en mi visión.

—Nadie ha pedido que pagues tanto por mí —mascullo enfadada.

—¿Cómo has dicho?

Callarme sería la opción más sensata y que me garantizaría seguir viva mañana, pero si lo pensamos bien, ya intenté acabar con mi vida una vez. El impulso suicida parece estar muy despierto dentro de mí.

—Lo que he dicho es que nadie te ha obligado a pagar tal cantidad de rubíes por mí.

Entrecierra los ojos e inclina un poco la cabeza con cierto aire interesado.

—La gacela tuteando al león —dice con tono jocoso—. Tal vez me sirvas más como bufón que como comida.

Un rubor, que nada tiene que ver con la vergüenza, me tiñe las mejillas. Me muerdo la lengua para no seguir hablando, tan fuerte que a lo mejor me hago sangrar. Mis dedos tantean el asiento a mi espalda, buscando un apoyo para levantarme.

—Te late tan rápido el corazón que casi pareces estar rogando que te haga probar mis dientes… —Se inclina en su asiento, mirándome desde su posición dominante mientras yo sigo tirada en el suelo del carruaje. Veo cómo su lengua acaricia uno de sus afilados colmillos—… en tu cuello… —Sus ojos se oscurecen hasta que casi desaparece ese tono cerúleo—… o tal vez en otras partes más tiernas.

Nos detenemos de nuevo. Esta vez parece ser la definitiva, pues el cochero abre la puerta y hace una profunda genuflexión a la espera de su señor. Este me lanza lo más parecido a una sonrisa burlona y baja del carruaje. Respiro de nuevo cuando su presencia se aleja y salgo al exterior, donde el grupo de mujeres de antes me espera.

Me llevo la mano al corazón un momento intentando recobrar la compostura.

Así que ese hombre es Viktor Vitalle, mi carcelero y el encargado de hincar sus colmillos muy profundamente en mi cuello.

Sacudo la cabeza ante ese pensamiento, ¿de dónde ha salido?

Las vampiras hacen una pequeña reverencia cuando Viktor pasa por su lado sin siquiera dedicarles una mirada. Veo cómo asciende con rapidez por una pequeña escalinata y mi cabeza sigue subiendo, subiendo…

Cuando me doy cuenta de lo que tengo frente a mis ojos, no puedo evitar abrirlos hasta el punto de que casi se salgan de sus órbitas. Esto no es una casa o una mansión cualquiera, es un maldito castillo. Las paredes son de piedra gris, de aspecto impenetrable, los escalones hasta la entrada principal están desgastados por el paso del tiempo y hay algunas estatuas de piedra repartidas por el jardín. Doy una vuelta sobre mí misma. Los jardines se extienden hasta más allá de donde alcanza mi vista. Llega a mis oídos el sonido del agua, los graznidos de un cuervo y el ruido de las hojas arrastradas por la brisa.

Vuelvo a centrarme en el imperioso edificio que tengo delante. Hay grandes ventanas de medio arco, las cornisas están decoradas con grandes fauces abiertas y en el centro de la fachada hay un rosetón de vidrieras coloridas. Estatuas robustas están repartidas por allí y por allá, presidiendo los tejados, y dos de ellas están apostadas a cada lado de las escaleras, como si fuesen las guardianas de la escalera principal.

—No tenemos todo el día —dice la voz de la vampira de cabellos rojos—. Ya tendrás tiempo para observar la belleza de este sitio.

—O no. —Suelta otra, y se cubre la boca para ocultar una risita.

Los dedos me cosquillean ante las ganas de soltarle una bofetada en ese rostro perfecto. Seguro que dejaría marcas visibles. La idea me tienta demasiado.

Intento no mostrar que sus palabras me afectan, mucho menos que despierta mi vena más violenta. Pongo el primer pie sobre la escalera y comienzo a subir, al principio con movimientos lentos y luego cada vez más rápido. No me sorprende que, al internarme en el castillo, el ambiente siga siendo igual o más frío que fuera.

—Dejadnos solas —ordena la pelirroja—. Yo me encargaré de llevarla hasta sus aposentos.

Observo mi alrededor, no para deleitarme con el lujo y las cosas bonitas que hay dentro, sino buscando unos ojos azules. No está por ningún lado, supongo que no lo veré demasiado.

Solo cuando tenga ganas de un sorbito rápido.

Otra vez esos pensamientos tontos.

Resoplo, lo que me gana una mirada reprobatoria de la pelirroja. Cuando nos quedamos a solas, comienza a andar y yo la sigo.

—Me llamo Narkissa. —No lo dice en tono amigable—. Soy la encargada de preparar a las nuevas. Te llevaré a tus estancias y te explicaré lo que debes saber.

Levanta sus faldas cuando comienza a ascender por una nueva escalera. Esta está cubierta por una alfombra roja y en lo alto se puede ver un retrato. Cuando nos acercamos comienzo a distinguir las facciones de Viktor en él.

—¿Vienes? —me insta la vampira.

Avanzamos rápido por pasillos iluminados por velas que descansan sobre enjoyados y laboriosos apliques. Nos detenemos delante de una puerta de doble hoja y madera negra, con las mismas fauces que decoran el exterior. Entra en la habitación, levantando a su paso las sábanas blancas que cubren los muebles.

—Sinceramente, no pensábamos que Viktor fuese a hacerse con una saciadora más.

—¿Por qué? —me atrevo a preguntar.

Avanza y hace correr las cortinas. Camino por la estancia con pasos pesados, adentrándome en la boca del lobo.

—Volvíamos de un viaje, no estaba previsto que entráramos a ninguna Subasta Roja esta noche.

Así que el destino ha tenido mucho que ver en esto. Se vuelve con los brazos en jarras.

—Veamos. —Expulsa una bocanada de aire—. Ya sabes que tu función es alimentar al señor. —Señala al lado de la cama de grandes dimensiones—. Esa campanita de ahí sonará cuando requiera tu presencia. Siempre habrá alguien fuera que te llevará a donde se encuentre, aunque generalmente se alimenta en el gran salón. —Trago saliva mientras mi cabeza intenta asimilar la información—. Además, es tu obligación mantenerte sana, no queremos sangre de mala calidad. Se te harán revisiones médicas periódicas, se te alimentará con una dieta rica y equilibrada y tienes todos los jardines a tu disposición para pasear. Siempre en la compañía del guardia que estará tras la puerta.

—No he visto ninguno cuando veníamos hacia aquí.

—Esta ala del castillo está vacía, pero tranquila, ahora que estás aquí, los verás.

Su rostro es inexpresivo mientras me mira esperando a que diga algo. Retuerzo mis dedos frente a mí.

—¿Cómo… cómo se supone que debo alimentarlo?

Un extremo de su boca se curva formando casi una sonrisa. Se aproxima y toma mi muñeca.

—Generalmente te harás un corte aquí. —Señala mis venas azuladas—. Y verterás tu sangre en su copa. Es sencillo.

Entrecierro los ojos, confundida. No esperaba algo tan…

—¿Decepcionada? —replica con diversión—. Viktor no clava sus colmillos a cualquiera.

—Pensé que para ellos… —La miro—. Bueno, para vosotros… era más… placentero alimentaros directamente de nosotros.

—Lo es. —Va hasta el ropero, abre ambas puertas y pasa los dedos por las decenas de vestidos, desde aquí puedo apreciar lo majestuosos que son—. La mayoría se alimenta directamente clavando sus colmillos. Viktor es especial. Siente una aversión por los humanos mayor que la del resto.

La chispa del enfado se prende de nuevo. ¿Él tiene aversión hacia nosotros? ¿Él? Aversión es lo que sentimos nosotros, ellos son los antinaturales. Su corazón no late, su cuerpo está suspendido en el tiempo, no tienen alma siquiera. Quien debe sentir asco soy yo, no él.

—Solo sus favoritas tienen ese privilegio —añade.

Así que Viktor tiene sus corderitos favoritos. No me sorprende.

—Entiendo.

—Debes estar siempre disponible —prosigue—. Viktor atiende a la mayoría de sus obligaciones y placeres durante la noche, así que te recomiendo que adaptes tu estilo de vida al suyo.

—¿Algo más?

Sueno irritada sin pretenderlo. Narkissa arquea una ceja en mi dirección.

—Puede que Viktor te lleve alguna vez con él, fuera de este castillo. —Señala con la barbilla al exterior—. Ya conocerás su fama, no tiene suficiente nunca. Su sed no se apacigua. Así que no es extraño que lleve un saciador con él.

No voy a contradecirla, aunque la verdad sea que he estado toda mi vida huyendo de ellos hasta el punto en que ni siquiera sé los nombres de los más importantes. Y, al parecer, Viktor Vitalle es uno de ellos. Solo hay que ver dónde vive.

—Aunque yo no me preocuparía por eso. Siempre lleva a su favorita en esas ocasiones.

Entrecierro un poco los ojos, ¿por qué suena a provocación?

—¿Cuántos saciadores tiene Viktor?

Su pecho se hincha como el de un pavo real, su barbilla se alza aún más si es posible y me sonríe con soberbia mostrándome por segunda vez el filo de sus colmillos.

—Doce.

Un peso enorme recae en mi estómago junto a la información. Se expande y se retuerce. Doce saciadores son muchos para un mismo hombre. No es justo.

—¿Son necesarios tantos?

—Por supuesto —afirma—. Sin tantos, enfermaríais rápidamente porque os debilitaríais. Es por eso que Viktor mantiene a tantos, para ir rotando y evitar que vuestra vida dure menos de lo previsto. Aun así, muchos fallecen. Supongo que es difícil seguirle el ritmo.

—Pensaba que las normas decían que nuestro comprador debe cuidarnos y no acabar con nuestra vida. —Cruzo los brazos por debajo de mi pecho—. Además, doce saciadores es… excesivo.

—Las normas se reformulan si se tienen que aplicar a Viktor.

Sin más, gira sobre sí misma y camina hasta el umbral de la puerta. Toma las manillas de las puertas dobles y tira de ellas para cerrar. Solo veo una rendija de su rostro cuando habla de nuevo.

—Y una cosa más, se te espera en el salón para cenar con él. —Pestañeo, perpleja—. Hay cosas que debéis discutir. El servicio vendrá para prepararte pronto.

La puerta se cierra con un sonoro golpe. Giro sobre mí misma, mirándolo todo y examinando bien mi nueva jaula. Hay un amplio tocador donde parece haber cientos de cremas que no sabría cómo usar. Me tiro sobre la cama, comprobando que es lo mejor que mi espalda haya tenido el placer de ocupar antes. Es mullida y amplia, con un dosel que cae en cascada alrededor.

El armario sigue mostrando las decenas de vestidos que hay en el interior. Me levanto y paso mis dedos por las mangas delicadas. No hay más luz que la de las velas y la noche ya está muy avanzada. ¿Cenar ahora? Supongo que acostumbrarme a esta nueva forma de vivir va a ser extraño.

¿Cuánto tiempo hace que me separé de mi familia? ¿Cuatro horas? ¿Quizás cinco? Y ya siento que ha pasado una eternidad.

Me aproximo hasta las ventanas que dan a un balcón y enseguida confirmo lo que ya sospechaba, y es que están cerradas con llave. Fuera la noche es menos oscura gracias a las decenas de antorchas que dibujan el camino hasta la entrada y que penden de los muros.

Las puertas vuelven a abrirse y dos mujeres, humanas, entran a la habitación. Una de ellas tendrá unos cuantos años más que yo, en cambio la otra parece una señora entrada en la cincuentena. No se atreven a alzar la mirada.

—Señorita, venimos a ayudarla a prepararse para la cena.

Asiento mientras las observo moverse. La más joven tiene el pelo cobrizo, me recuerda a los rizos de Abigail. Un sentimiento de cercanía se forma en mi pecho. Se encarga de sacar un vestido largo de color blanco, vaporoso como el que llevo puesto. La más mayor se acerca a mí con pasos torpes y hace ademán de comenzar a desnudarme.

—Tranquila, señora, puedo hacerlo yo misma.

—Oh, señorita, no me llame señora. —Intenta deshacer el nudo del vestido en mi nuca—. Y no se preocupe, este es nuestro trabajo.

La prenda cae hasta remolinarse a mis pies. Me aparto y entonces la más joven se agacha para quitarme los zapatos.

—¿Puedo saber vuestros nombres?

—Nuestros nombres no son importantes —dice la joven.

—Insisto. Me gustaría saber con quién trato. —Vacilo un momento—. Además, sois humanas.

—Lo somos. —Asiente—. Yo soy Naida y ella es Clarissa.

—Sierra —respondo.

—Lo sabemos. —Clarissa posa sus manos sobre mi cabeza—. Todo el castillo susurra sobre ti y los seiscientos rubíes que has costado. ¿Cómo quieres llevar el pelo? ¿Suelto o recogido?

—Suelto.

La mujer asiente y comienza a deshacer la corona de trenzas que descansaba sobre mi cabeza. Mientras, Naida desliza el vestido por mi cuerpo. Este deja al aire mis hombros y las mangas se ciñen hasta la mitad de mi brazo y luego caen en cascada. Pasa un cinturón empedrado por mi cintura.

—¿No son estos vestidos excesivos?

—Al señor le gusta que los uséis. —Un mechón cobrizo cae sobre su frente e intenta apartarlo con un resoplido—. No dejaría que fueseis mal vestidas. Si alguien os viese con trapos andrajosos, sería una vergüenza.

Siento mi pelo hacerme cosquillas en la espalda cuando todas las trenzas están deshechas. Clarissa me masajea el cráneo y cuando ve que estoy completamente vestida de nuevo, me conduce hasta la banqueta del tocador. Observo mi reflejo, tengo un aspecto impecable. Esas vampiras hicieron un buen trabajo intentando ocultar mi aspecto deplorable. Cuatro días enferma no te dejan el mejor cutis ni las ojeras en muy buen estado.

Una me cepilla el pelo mientras la otra retoca los polvos de mi cara y aplica carmín con suaves toquecitos sobre mis labios.

—Habéis dicho que todo el castillo susurra sobre mí, ¿no es esto normal para vosotros? Tengo entendido que el señor Viktor cambia con bastante frecuencia de saciadores…

Ambas comparten una mirada significativa.

—Jamás ha pagado tanto por alguien, teniendo en cuenta lo rápido que acaban por marchitarse. —Es Clarissa quien habla mientras sus dedos trabajan recogiendo algunos de mis mechones para despejarme el rostro—. Ser comprada por esa cantidad, y más por un Puro…

Claro, es obvio que debía ser un Puro. Un Diluido jamás tendría tantos privilegios ni riquezas. Los Puros son aquellos que nacen siendo lo que son, obviamente de la unión de otros dos Puros. Por otro lado, hay dos formas de que se dé un Diluido. La primera es que un vampiro y un humano tengan un hijo, cosa que no suele ocurrir a menudo, ya que es visto como una deshonra para la raza. La otra forma es que un vampiro convierta a un humano, por desgracia esto sí suele darse.

No conozco muchas diferencias, solo las más importantes. Un Diluido jamás caminará bajo la luz del sol si no quiere quedar reducido a polvo. Por eso los Puros son tan peligrosos; puedes encontrártelos en cualquier lugar, a cualquier hora. Un Diluido puede matarse con una estaca de roble blanco bañada en agua bendita. Sí, esa agua que cada vez es más escasa ya que no existe quién la bendiga. Un Puro, no. Entre ellos se han formado dos bandos que suelen estar muy enemistados. A mis oídos ha llegado que a veces, cuando sentimos la tierra tambalearse, nada tiene que ver con la madre naturaleza, sino que son ellos enfrentándose.

—No me siento honrada —escupo—. Yo no quería esto, nadie lo quiere. Da igual quién me compre y por cuánto lo haga, me sigo sintiendo desdichada.

—Por supuesto. —Se corrige de inmediato—. No quería que me malinterpretaras. Entiendo que este destino no lo elegiría nadie.

Naida mira a su compañera de forma reprobatoria.

—¿Todo el servicio es humano? —pregunto en un intento de aliviar la tensión.

Asienten en silencio.

—Pensé que serían de su especie.

Se hace el silencio y luego estallan en carcajadas que no tardan en reprimir, mirando a todos lados para ver si alguien más aparte de mí ha sido espectador de su ataque de risa.

—Señorita, qué cosas tienes. —La más joven se agacha y recoloca mi escote. La miro con extrañeza—. Los vampiros piensan que nuestro trabajo es demasiado bajo para hacerlo ellos mismos. Jamás trabajarían con sus manos. El único cometido que consideran suficientemente digno como para ejercerlo ellos mismos es el de la seguridad.

Eso me hace sentir más desprecio hacia ellos. Mis padres son personas humildes que trabajan para mantener alimentados a sus tres hijos, y saber que ellos piensan que eso es algo indigno me altera la sangre.

—¿Y cómo acabasteis vosotras trabajando para él?

Comparten una mirada cómplice.

—Yo misma le pedí trabajo. O, mejor dicho, se lo pedí a su mano derecha —responde Clarissa—. Al principio el señor se mostraba reticente a tener empleados humanos, pero acabó aceptando tenernos cerca. Al fin y al cabo, le hacemos la vida más fácil. Hacemos lo que ellos no quieren hacer con sus manos, las cosas que no merecen su ilimitado tiempo. En ese entonces mi madre estaba muy enferma y necesitaba el dinero para poder comprar medicinas. Cuando falleció hará ya casi diez años, sin hijos ni un marido esperándome, no le vi sentido a marcharme de aquí.

Naida carraspea, intentando dispersar el aire melancólico que nos ha envuelto a las tres.

—Drystan me trajo aquí, me encontró en un callejón después de que unos borrachos me golpearan y me robaran todo lo que tenía, incluso la ropa.

Me cubro la boca con la mano.

—Dios, eso es terrible, Naida…

—No menciones a Dios, hace tiempo que no nos escucha.

Guardamos silencio, como si esa última frase hubiese sido un golpe contundente en nuestras mentes. Siguen trabajando en mi aspecto con diligencia, tanto que me cuesta reconocerme cada vez que mis ojos se pierden durante una milésima de segundo en mi reflejo.

—Ya estás lista.

Me animan a que me levante, retiran la banqueta y con una delicadeza extrema toco la tela del vestido. El escote en forma de pico baja por todo mi esternón y se detiene a la altura de mi cintura donde brillan las piedras del cinturón. Jamás me he visto tan bonita y elegante como ahora. Sonrío a mi reflejo y rápidamente borro la sonrisa cuando el sentimiento de hipocresía me abruma.

—Una última cosa.

Las manos de ambas se acercan a mí, una trabaja en mi cuello y la otra en mis orejas. Cuando se retiran, un collar de rubíes descansa sobre mis clavículas con sus pendientes a juego.

—Rubíes para la reina de rubíes —bromea Clarissa.

No tardan en desaparecer por donde entraron haciendo una pequeña genuflexión antes de salir. La puerta se queda abierta y aparece uno de los famosos guardias que a partir de ahora se encargarán de velar por mi seguridad, o de mantenerme en mi sitio, sin posibilidad de escapar.

Inspiro hondo y salgo de la habitación pasando por su guardia. No hace falta que me fije mucho, en cuanto lo veo moverse un poco ya sé que no es humano. Si la vigilancia de los *saciadores* estuviese a cargo de los humanos, sería cuestión de tiempo encontrar a alguien que simpatizara y te ayudara a escapar. Camino por el pasillo siguiendo sus pasos y no tarda mucho en unirse a nosotros uno más. Ambos me flanquean. Bajamos la imperiosa escalera y veo titilar las llamas de las velas en la enorme lámpara rústica de donde caen cristales que brillan tanto que no me sorprendería que fuesen diamantes.

Doy mis últimos pasos hasta el salón donde se me espera para la cena con el corazón desbocado. Lo siento en mi garganta, amenazando con caer a mis pies si me atrevo a separar los labios. Uno de los guardias abre la puerta para mí y se detiene, esperando a que pase. Vacilo durante unos segundos y el sonido de una risita estridente es lo que me impulsa a caminar.

La puerta se cierra a mis espaldas y la escena me deja perpleja, anclada al sitio. Una mujer de piel dorada y sonrisa deslumbrante se encuentra sentada en el regazo de Viktor. Este la mira con algo que podría ser una sonrisa, aunque a mí me parece más la mueca que haría el diablo antes de consumir tu alma.

La chica no para de lanzar risitas repletas de coquetería mientras se mueve sobre su regazo. Viktor acaricia la desnudez que deja su vestido violeta y la mira con los ojos entrecerrados. A decir verdad, creo que está prestando más atención a la vena de su cuello.

Carraspeo para llamar su atención y acabar con este momento incómodo.

—Sierra. —Mi nombre sale de sus labios tan pausadamente que parece estar saboreando cada sílaba—. Únete a nosotros, comenzaba a echar de menos a mi nuevo juguete.

Reprimo mis ganas de poner los ojos en blanco y con toda la dignidad que poseo voy hasta el asiento que me indica con su mano. Justo en el extremo opuesto en el que se encuentran, todo un alivio para mí. La chica de su regazo me mira con los ojos formando dos pequeñas rendijas, y la ausencia de su sonrisa coqueta ya me avisa de que posiblemente no seremos amigas.

Un sirviente se encarga de retirarme la silla y otro de destapar el plato frente a mi asiento. Mi estómago automáticamente se remueve dentro de mí, dándole la bienvenida al rico olor.

Observo a mi acompañante, esperando a que haga algo, pues comenzar a comer sin que él lo haga me parece una falta de modales. Aunque no es humano, seguro que no sabe ni lo que es eso. Ya ha quedado bastante claro por la forma en que me ha tratado. Es un salvaje, ni siquiera se podría considerar un hombre.

Agarro mis cubiertos y parto el primer trozo de carne, me lo meto en la boca y me deleito con todos los sabores que explotan en mi lengua.

—Creo que sería conveniente que discutiésemos algunas cosas. —Su mano enjoyada con anillos de distintos estilos y piedras preciosas acaricia la base de la garganta de la otra chica—. Me gusta ser el primero en exponer ciertas reglas, me parece que resulta más efectivo.

—¿Es eso un aviso? —replico.

—Yo no aviso, yo amenazo, querida.

—Esperar algo distinto de los de tu clase sería declararme demasiado estúpida.

Me clava los dos zafiros de sus ojos y levanta las cejas fingiendo sorpresa mientras deja escapar un pequeño silbido entre sus labios. La otra chica, sin nombre para mí, se reclina y murmura algo en su oído. Viktor alza la comisura de la boca de forma arrogante.

—Mavka piensa que no llegarás a la próxima luna llena —comenta como si nada—. Yo estoy dispuesto a apostar que no pasarás más de una quincena en estos muros.

—Nada me complacería más que dejar de respirar el mismo aire que tú. —Esbozo una sonrisa forzada.

—Tal vez debería acabar con tu sufrimiento.

—Por favor, hazlo —lo desafío.

Comienza a chistar.

—Pequeña fiera, hay algo mejor que tu sangre. —La chica en su regazo se desliza un poco cuando él se reclina hacia adelante, casi parece que vaya a saltar encima de la mesa—. Tus gritos. Y pienso regodearme en ellos conforme vaya rompiéndote pedazo a pedazo. Tu sangre será lo último en lo que piense.

—¿Entonces qué sentido tiene comprarme?

—¿Se necesitan motivos cuando te sobra la riqueza?

Su forma de hablar con tanta superioridad, la manera en que sus cejas se alzan con bravuconería… todo, absolutamente todo, me saca de quicio. Me concentro de nuevo en mi plato, corto un nuevo pedazo y lo mastico como si la vida me fuese en ello, sin dignarme a mirarlo.

—¿Qué cosas se te dan bien? —pregunta, pillándome por sorpresa.

—¿A qué te refieres?

—¿Tocas, cantas, pintas, escribes…? ¿Hay algo en lo que destaques?

—Pensé que mi deber era alimentarte, no entretenerte.

—Conmigo siempre hay más cosas que hacer. —Sus dedos acarician la piel de Mavka con suaves caricias—. ¿Y bien?

—No, no hay nada que se me dé bien.

Incluso en él parece que se dibuja decepción. Oh, Viktor, créeme que me siento más decepcionada que tú. Abigail canta como los ángeles y Silas tiene un talento innato para tallar. Sin embargo, yo no sé hacer nada. Supongo que nunca me permití disfrutar con aficiones ni mostrar interés por algo. Al fin y al cabo, no viviría mucho para seguir con ello. O al menos eso pensaba.

—Pasando a las cosas sobre las que quería avisarte… —su expresión es confusa—, o amenazarte, como ya he dicho. La primera y creo que la más obvia es que cualquier intento de huir por tu parte será castigado con la muerte. Me da igual lo que esas absurdas normas que dictaron mis antepasados digan. Acabaré con tu vida de un plumazo. —En mis pensamientos me encuentro poniendo los ojos en blanco. Por favor, no hará falta ni que intente huir. Moriré pronto de todas formas—. Segundo, bajo ninguna circunstancia debes dejar que otro vampiro se alimente de ti. Nadie, excepto yo, tiene permitido hundir sus colmillos en ti.

Suena posesivo y sucio.

—¿Por qué?

—Se puede contaminar la sangre —responde como si nada.

—¿Algo más?

—Sí. —Pasea sus ojos por mi figura—. Puedes ir a cualquier parte del castillo y sus alrededores siempre y cuando lleves a tus guardias, pero tienes prohibido husmear por mi ala. No soporto vuestro olor a humano en el sitio donde descanso.

Un insulto más a la lista de los que me ha dedicado Viktor Vitalle en estas escasas horas. Apesto para él. Qué lástima que no me importe. Agacho la mirada a los cubiertos de plata. Al traste las teorías de que a los vampiros les afecta este metal. Este cuchillo no me servirá para nada más que untar mantequilla, ni siquiera es lo suficientemente afilado como para intentar cortarme las venas y acabar con esta agonía.

La presencia de Viktor me pone los nervios de punta. No creo poder aguantar así ni una semana.

—¿Eso es todo?

—Una última cosa. —Uno de sus colmillos me saluda cuando su rostro adopta de nuevo esa expresión burlona—. Cenarás conmigo todas las noches.

—¿Por qué? —protesto más fuerte de lo que me gustaría.

—Has sido una gran inversión, lo mejor será que aproveche el que sin duda será un escaso tiempo juntos.

Me muerdo el interior del carrillo. No lo entiendo. Me odia y aun así quiere que lo acompañe cada noche. Sin duda su odio no es tan grande como sus ganas de verme agonizar en silencio. Lo sabe, sabe que no lo soporto.

—Mavka, aliméntame.

Mi curiosidad es mi mayor defecto.

Intento que no se note que miro por debajo de mis pestañas cómo la preciosa Mavka se levanta de su regazo con una sonrisa de oreja a oreja. No entiendo el motivo de su felicidad. Viktor coloca en su dedo un anillo que termina en un pico afilado y lo acerca a la muñeca de la chica. El tajo en su piel se abre en menos de lo que dura un parpadeo.

Reprime un quejido que bien podría haber sido un sonido de excitación y levanta la muñeca chorreante encima de la boca de Viktor. Las gotas caen a un ritmo incesante. Algunas caen sobre sus labios y se escurren hasta caer por su barbilla, manchando lentamente su nuez, que baja y sube con cada gota de sangre que deja deslizar por su garganta.

La comida comienza a revolverse en mi estómago, arrugo el rostro con cada hilillo de sangre que se escapa de entre sus labios. Sus ojos no miran a la persona que lo está alimentando; están clavados en mí, desafiantes. Me reta a aguantar esto, a recordar lo que deberé hacer, a que mire cómo se alimenta el ser que posiblemente más odie en el planeta. El azul de sus ojos desaparece, reemplazado por el negro más profundo que he visto nunca. No imaginé que el negro pudiese oscurecerse.

Lleva la mano hasta la muñeca herida de Mavka y la presiona, indicando que ya es suficiente. Sin apartar los ojos de mí, se lleva la muñeca a centímetros de su boca y veo cómo le da un seductor lametón.

La forma en que me mira mientras lo hace consigue que me suba un repentino calor al rostro. Aprieto las piernas, avergonzada por las reacciones de mi cuerpo, pero mis ojos siguen puestos en él. Su lengua vuelve a pasearse por su piel, mas no deja ver los colmillos en ningún momento.

¿Cómo se sentirá ser tratada así?

De nuevo esos pensamientos idiotas.

Permanezco incapaz de apartar la mirada tanto rato que posiblemente parezca más imbécil de lo que ya me siento. Arrastro la silla hacia atrás con gran estruendo, decidida a marcharme. Me doy la vuelta, rompiendo el contacto visual entre nosotros, y me alejo.

—No te he dado permiso para marcharte —brama.

—Me ha sentado mal la comida —respondo de nuevo—. No quisiera incomodarte con cosas excesivamente humanas.

Abro la puerta y salgo casi corriendo de allí. Los guardias siguen mis pasos muy de cerca. Subo las escaleras, tropezando en los últimos escalones. Me recompongo y sigo vagando por el pasillo, desesperada por estar entre las cuatro paredes de mis aposentos. Aunque no es como si fuesen a protegerme demasiado.

Abro la puerta de un tirón, me encierro dentro y apoyo la espalda en esta. Mi corazón late muy rápido.

«Puedes esconderte, pero yo sabré siempre dónde estás».

Eso no lo he pensado yo.

¿Deliro, o es que él se ha colado en mi cabeza?

Gruño y finalmente grito como una desquiciada perturbando el silencio del castillo. Cierro los puños y corro hasta la cama en la que me deshago dando golpes. Los odio a todos, odio esta vida, odio este mundo.

Y ahora, odiarle a él es el único motivo por el que respiro.

4

Viktor

Todo lo que me rodea se inclina ante mí, incluidas las mentes de las personas. Las moldeo a mi antojo, implanto recuerdos o pensamientos que jamás existieron y puedo vagar por ellas como me dé la gana. En cambio, la de ella se esfuerza en oponer resistencia.

Por mucho que intento internarme en ella y doblegarla, aplastarla hasta que su mente solo sea polvo y ella un cascarón vacío, su voluntad es de hierro y consigue repelerme. Sin embargo, no sabe que de vez en cuando sus pensamientos me vienen susurrados al oído, que me llegan todas las inquietudes que le surgen ante la posibilidad de que esté en su cabeza en ese mismo instante.

La sangre de Mavka rellena mi copa desde hace más de una hora y el solo pensamiento de hacerla descender por mi garganta ya no me entusiasma. En cambio, ese otro cuello, largo, de piel cremosa y líneas finas parece cantarme como una sirena, tentándome a ir en contra de mis propias normas. Solo han pasado tres días y el filo de mis colmillos me molesta cada vez que pienso en cómo sería hundirlos en ella y luego poder ver ese rostro preso del horror.

—Viktor. —La voz de Drystan, cuyos padres debían amar nuestra tierra para llamarlo así, llega a mí desde fuera de mi habitación.

Murmuro mi respuesta sabiendo que llegará a sus oídos.

Su melena negra y lisa hasta la altura de los hombros no tarda en dejarse ver. Camina hacia mi escritorio con las manos cruzadas tras la espalda, los ojos serios y la boca apretada en una línea.

—He estado observándola durante el día tal y como me pediste —informa—. Suele pasarse las tardes en la biblioteca o investigando el castillo.

—¿Qué hay de mi ala?

—Ni se acerca.

Apoyo la barbilla sobre mis manos cruzadas mientras que una de las comisuras de mi boca se eleva con satisfacción. Después de todo parece que mis amenazas hicieron su efecto.

—¿Ha hablado con alguien?

—Solo con sus doncellas.

—Bien.

Drystan se remueve en su sitio, pasando su peso de un pie a otro. Entrecierro los ojos sabiendo que el comportamiento de mi amigo, de este Puro que lleva media existencia a mi lado, solo puede deberse a algo que puede hacerme enfurecer. Y cuando me enfurezco, el mundo corre el riesgo de que decida partirlo en dos. Porque ese es uno de mis dones, el de poder manipular la composición de las cosas, de la materia, e incluso de las que parecen no tener forma propia. La mente es una de las cosas con las que más disfruto jugar. Es como un enredo de hilos hecho por un gato, tan frágil que un simple movimiento de mi mano desbarataría todas esas conexiones, todo lo que la hace funcionar.

—¿Piensas seguir bailando sobre mi suelo o hay algo que quieras decirme?

Los ojos del vampiro, negros como la obsidiana y fríos como la muerte, se posan en mí. Pasa la lengua por sus labios resecos antes de hablar.

—Las otras saciadoras no paran de cuchichear.

Muevo la mano, quitándole importancia.

—¿Desde cuándo me importan sus cuchicheos?

—Mavka está envenenando los pensamientos de las demás. —Inclina un poco su cabeza con curiosidad—. El trato que recibe la chica no contenta al resto.

—No tienen que estar contentas.

—Amenazan con matarla.

La risa brota de mi garganta con fuerza.

¿Matarla? ¿Ellas? Ninguna me quitará esa satisfacción, y si alguna se atreve, me aseguraré de quebrarle todos los huesos del cuerpo. Sierra es mi presa y no dejaré que nadie me la arrebate.

—Haz sonar la campanilla de Mavka —ordeno—. Le daré un aviso.

Asiente en señal de obediencia y da un paso hacia atrás. Una sonrisa aparece en sus labios, una traviesa y perversa que deja asomar sus colmillos.

—Dejando las formalidades a un lado. —Arquea una de sus tupidas cejas negras—. ¿A qué se deben los privilegios de la muchacha, amigo?

Lanzo la pluma que descansa a un lado de la mesa hacia él como advertencia y parte de nuestros juegos. La atrapa antes de que la punta le perfore el ojo y sonríe con arrogancia.

—Nada en especial.

—Nunca dejas que vaguen tan libremente por el castillo —señala haciendo volar la pluma entre sus dedos—. Te molesta sentir su olor por todas partes.

Es cierto. A pesar de que el olor de la sangre vuelve locos a los de mi especie, a mí me repugna. Siento un profundo odio y desprecio por cada uno de esos seres insignificantes. De ahí que evite alimentarme directamente de ellos. La que más cerca ha estado de que rompa esa norma es Mavka. Ha conseguido sorprenderme resistiendo en mis dominios más tiempo que ninguna otra. Obediente, de buena salud y con una devoción enfermiza.

—Querido amigo, duele más ser encerrado para el animal que ya ha conocido la libertad —digo.

—Pareces guardarle un odio especial a la criatura.

No respondo, aunque mis pensamientos giren en torno a su conjetura. Sí, es cierto que con tan solo verla sentí la necesidad de romperla. Hacer crujir sus huesos bajo mis dedos como si fuesen míseras ramitas, quebrantar su mente hasta volverla loca. Tal vez fuese el hecho de que en sus ojos vi lo mismo que veo cada vez que miro los míos. Odio, odio, odio.

Ambos odiamos lo que es el otro.

Drystan chasquea la lengua como si mi silencio fuese respuesta suficiente y se vuelve de cara a las puertas dobles de mi habitación.

—Haré llamar a Mavka.

Cuando la puerta se cierra tras él, me reclino sobre el asiento frente al escritorio y cierro los ojos. Me sumerjo en la concentración, proyecto mi poder hacia afuera como si pudiera darle forma y hacerlo un ser viviente. Un ser que camina buscando su objetivo. Recorro los largos pasillos del castillo, bajo innumerables escaleras de espiral hasta dar con uno de los niveles subterráneos. Curioso que Sierra haya elegido una de las bibliotecas más escondidas y viejas. Persigo su olor, buscándola entre las altas estanterías cubiertas de polvo y el olor a viejo de los libros. La encuentro sentada con las piernas cruzadas, lo que arruga por completo uno de los vestidos que me he encargado de elegir. Entre sus manos descansa un pesado libro de cubiertas de piel gastadas, con las hojas amarilleadas por el tiempo.

Su dedo se pasea por una línea mientras la lee en voz baja.

Empujo contra su mente en un intento de internarme en ella e inquietarla. Para mi sorpresa, me siente.

—Déjame en paz.

Si tuviese forma corpórea, entrecerraría los ojos y me cruzaría de brazos mostrándome burlón. Frunce esos labios carnosos mientras escruta el aire despejado a su alrededor con los ojos vacíos. Su apariencia entera es vacía, insulsa, sin color. Pelo negro, opaco y sin brillo, ojos grises, piel blanca como el alabastro, incluso sus labios parecen pálidos. Aun así, consiguió llamar la atención de mucha gente en la subasta. Incluida la mía.

Me mostré como un maldito idiota dando cientos de rubíes por una chiquilla escuálida y sin gracia solo porque creí ver algo en su mirada.

Vuelvo a rozar su mente con mis dedos invisibles.

—He dicho que pares. —Cierra la cubierta del libro con un sonido seco—. ¿O es que el señor estirado y frío no tiene a su juguete favorito? Casi me hace reír.

Observo la cubierta del libro que descansa ahora sobre su regazo. Me sorprendo al ver que está leyendo sobre nosotros y nuestra historia. Retiro lentamente mis dedos de la superficie de su mente, a la que hoy no parece que haya forma de acceder. Eso me frustra. Esa arbitrariedad de su mente. El primer día en el castillo su mente estaba abierta de par en par, y ahora está cerrada a cal y canto.

El golpe de la puerta de mi dormitorio al cerrarse es lo que rompe la conexión, abandono la biblioteca y mi forma incorpórea y paso a estar de nuevo sentado frente al escritorio con las manos cruzadas bajo la barbilla. La culpable del ruido es Mavka, que me mira con los ojos completamente abiertos.

Su sangre se está agriando por el miedo.

—¿Me has hecho llamar? —Las palabras salen con un débil tartamudeo.

—Así es. —Hago un movimiento con el dedo índice invitándola a que se acerque—. Ven.

Camina con pasos cortos hasta mí, manteniendo una distancia prudencial. Sabe que no estoy contento, mi cara es un reflejo puro de mis emociones.

—Han llegado a mis oídos ciertos comportamientos tuyos que no me placen. —Paso la lengua por uno de mis colmillos—. ¿Cuántas veces te tengo que explicar que no me gustan las actitudes infantiles?

—Pero, señor, yo…

—¿Tan amenazada te sientes por esa chiquilla?

El bombeo de su sangre llega a mis oídos. Aprieta los puños en torno a las sedas de su vestido. No me mira a los ojos, mantiene la mirada gacha mientras un suave rubor le cubre las mejillas.

—La llaman la reina de rubíes, señor.

—¿Y? —replico entornando los ojos—. Las reinas llevan corona, y lo único que esa campesina llevaba en la cabeza cuando la compré eran greñas. No seas patética, Mavka, eres mi favorita por tu inteligencia. No lo arruines.

Esto último hace que levante el mentón con una mezcla de vergüenza y rabia centelleando en sus ojos ambarinos, que crean un contraste salvaje con su piel tostada y su espesa cabellera negra. Muchas veces, al mirarla, esos ojos me recuerdan a algunos de mis enemigos naturales.

—No volveré a decepcionarte.

—No me valen las palabras, Mavka. —Chasqueo la lengua—. Con mis juguetes solo juego yo. No vuelvas a intentar envenenar la mente de las otras. Si sigues así, te arrebataré la arrogancia con la que te permites hablar al resto. Y créeme, no te gustará a lo que serás relegada.

—Ha sido un error, no volverá a ocurrir. —Levanta levemente la mirada sin llegar a conectar con mis ojos—. Me he dejado llevar por mis emociones humanas.

—Claro que no volverá a ocurrir.

Me levanto arrastrando la silla del escritorio. Encoge los hombros, asustada por la brusquedad de mis movimientos, y achica los ojos. Me paseo por la estancia, sin prisa por reunirme con ella. El olor de su sangre viaja por el aire.

Me planto frente a ella. Su rostro queda a la altura de mi pecho, no se atreve a mirarme de nuevo y acabo sujetándole la barbilla entre los dedos con una fuerza que dibuja una mueca de dolor en su cara, pero no la suficiente como para hacer crujir el hueso.

—Si vuelve a llegarme que tu maldita lengua está soltando estupideces —me inclino hasta que respiramos casi el mismo aire—, te la arrancaré para que la picoteen los cuervos y te volveré una Quebrada como a otras antes de ti.

Quebrada.

Esa palabra hace que la sangre abandone el rostro de todas con solo escucharla. Llaman así a las pobres infelices que consiguen enfadarme o cuya existencia me parece tan inútil que acabo por destruir sus mentes. Borro todo lo que las hacía ser quienes eran, dejo solo un cascarón vacío e inútil que con el tiempo acaba por dejar de existir. Mi fama de insaciable es cierta, muchas mueren al no poder contentar mi apetito, pero muchas otras, *muchas* más, mueren por las consecuencias de mis dones.

Extiendo mi poder hacia su mente, abierta completamente para mí, como siempre. Rozo con mis dedos invisibles los hilos que unen su esencia, los hago vibrar como si fuesen las tensas cuerdas de un arpa.

—Viktor...

Mi nombre escapa de sus labios teñidos de pánico. Sabe que estoy jugando con la fragilidad de su mente.

—¿He sido lo suficientemente claro?

Asiente aún con el rostro ceniciento y los dedos temblorosos.

—Entonces lárgate, aléjate de mi vista.

Se aparta de mí con brusquedad y sujeta, temblorosa, las faldas de su vestido antes de salir corriendo del dormitorio haciendo oscilar su cabellera negra por su espalda desnuda.

Observo mi reflejo en una de las ventanas que da al exterior y compruebo que tengo los ojos brillando de pura ira. El azul intenso ha sido casi absorbido por el negro de la pupila. Cruzo las manos detrás de mi espalda y miro fuera, donde la luz del crepúsculo baña los jardines.

El olor de Mavka ha comenzado a parecerme repulsivo, más de lo normal. En cambio, la nueva incorporación, la pequeña reina de rubíes como se empeñan en llamarla el servicio, tiene un olor dulce y la vena de su cuello no para de cantarme para que la acaricie. Este pensamiento hace hervir mi sangre. Golpeo con el puño la ventana, que se convierte en una lluvia de cientos de cristales minúsculos.

Que Lilith proteja a esa criatura antes de que haga pender su cuello inerte entre mis manos.

5
Sierra

Vagar por el castillo tiene ciertas limitaciones, no solo la del ala de Viktor, situada en la zona oeste. A esto se le suma el no poder salir fuera de estos muros sin la compañía de guardias. La mayoría de ellos son Diluidos, y aunque parecen estar equipados con armaduras completas que los protegen del sol, no parecen muy dispuestos a cumplir mis deseos. Así que eso reduce mis salidas a paseos nocturnos. Excepto en algunas ocasiones, en las que un hombre alto, de pelo tan negro como sus ojos, se ha ofrecido a acompañarme. A pesar de su condición de Puro, su presencia no me es del todo desagradable; se limita a dejarme pasear siguiéndome desde varios pasos atrás, en silencio y sin hacer apenas ningún ruido al caminar. Se podría decir que nos toleramos mutuamente.

Estoy sentada en un pequeño banco de piedra bajo la sombra de un gran árbol del que caen flores violetas semejantes a las glicinias. De vez en cuando me parece ver por el rabillo del ojo cómo se mueven sin que la brisa las agite, pero me digo a mí misma que solo estoy sugestionada por este sitio.

Todo parece siniestro, irreal o mágico. No sabría elegir una palabra para definirlo.

El sonido de la fuente, donde el agua sale de la jarra de un pequeño querubín, resulta relajante mientras leo un viejo libro de la biblioteca, *Historia de Drystia*.

Drystia se formó hace aproximadamente mil trescientos cincuenta y cuatro años. Muy pocos recuerdan el nombre que recibía el continente antes, y ningún libro se toma la molestia de mencionarlo. En su mayor parte lo gobiernan los vampiros, o como a ellos se refiere el libro: los hijos de Lilith. El norte y el sur están enemistados, el Bosque Torcido sirve de barrera fronteriza entre ellos. El sur lo dominan Diluidos rebeldes que quieren imponerse a los Puros, a los que acusan de tratarlos de forma inadecuada, vil y déspota. Los Puros controlan el norte; una familia de gran poder, apoyada por otras bien consagradas, se encarga de gobernar entre ellos.

Pero, como bien indican las páginas, no son los únicos en el continente. Se habla de un pequeño territorio situado al oeste, cerca de las Aguas Corruptas, donde habitan mujeres que cortejan a la muerte.

—Leer cuando te queda tan poco para morir es un desperdicio.

Cierro el libro de golpe y lo acomodo sobre mis rodillas, sobresaltada. Paso un mechón de pelo detrás de mi oreja mientras alzo la mirada hacia Mavka. La reconozco porque, desde que llegué al castillo hace seis días, su risa mientras se retuerce en el regazo de Viktor durante las cenas es algo que me taladra el sentido.

—Hola, Mavka. —Pongo mi tono más amable—. ¿Dando un paseo?

Miro por encima de su hombro buscando a su acompañante, pero solo está ella, junto a su parasol de intrincados bordados. Su vestido de hombros descubiertos, mangas hasta el suelo y tela sedosa color amarillo hace un bonito contraste con su piel tostada y sus ojos ambarinos.

—No busques, no hay nadie aparte de nosotras. —Hace un gesto burlón con la mano—. Es uno de los beneficios de ser la favorita del señor.

Ah, comprendo.

Mavka es como Bianca, la hija de uno de los mayores comerciantes de Ravag, mi pequeño pueblo. Siempre con aires de grandeza ostentando las telas que su padre le traía desde las tierras lejanas que nunca tendré el placer de ver con mis ojos. Le encantaba pavonearse delante del resto, presumir de su riqueza. Mavka es la Bianca de este sitio. La abeja reina.

Y la abeja reina parece sentirse amenazada por una mísera obrera.

—¿Hay algo que pueda hacer por ti?

Intento por todos los medios no parecer altiva, sino amable. No quiero problemas, solo leer un rato tranquilamente bajo el árbol, sobrellevar la cena tan bien como pueda, dormir y repetir el mismo proceso hasta mi último día. Que, según Viktor, no parece estar lejos.

—Ciertamente, sí. —Una sonrisa lobuna se esboza en sus labios—. El resto de saciadoras se pregunta por qué te empeñas tanto en no pasar tiempo con ellas. Yo también es algo que me pregunto. —Da un pequeño golpe en su barbilla con el dedo, en un gesto pensativo—. ¿Acaso es que piensas que somos demasiado poco para que nos ofrezcas tu presencia?

—¿Qué? —Mi voz se eleva una octava—. ¡No! ¡Claro que no!

—No has querido venir a ninguna de nuestras noches de cartas.

—Es solo que yo… —titubeo—. Prefiero estar en mis aposentos.

—No mientas —espeta—. Es obvio que los cuchicheos de las doncellas se te han subido demasiado a la cabeza.

—¿Qué cuchicheos?

Lanza una risa amarga mientras me mira con los ojos entrecerrados y un sentimiento parecido al odio.

—Como si no lo supieras. —Chasquea la lengua—. La inocente reina de rubíes…

Arrugo el rostro al escuchar el apodo. Sí, es cierto que de vez en cuando ese nombre me viene susurrado por el viento. Lo siento más como una burla que como un halago. Es un recordatorio constante de que me han comprado.

—Eso solo son tonterías de las doncellas —replico.

A cada segundo su rostro parece adoptar más el brillo de la ira. Sus ojos ya son simples ranuras, sus labios se han retraído en una mueca de desagrado y sus puños están blancos de tanto apretarlos.

—¿Qué tienes tú que no tengamos el resto?

Su tono de voz hace que los gorriones que se posaban a beber en la fuente alcen el vuelo, despavoridos.

—Mavka, de verdad, creo que estás exagerando…

—¿Exagerando? —escupe la palabra—. ¿Exagerando? ¡Tú tienes la culpa de que el señor me hablase así!

Frunzo el ceño sin comprender a qué se refiere y estoy a punto de apretar el libro contra mi pecho y caminar de vuelta al castillo cuando Mavka se abalanza sobre mí. El mango del parasol me golpea y me llevo los dedos instintivamente a la sien, donde una pequeña mancha de sangre me tiñe las yemas. Alzo los ojos asustada en el momento exacto en el que sus manos presionan mi cuello. Rodeo sus muñecas con mis dedos, hincando mis uñas en su piel mientras forcejeo para quitármela de encima. Mi posición sentada en el banco me pone en desventaja. Intento levantarme mientras lucho por una bocanada de aire.

—¿Por qué tú? ¿Qué tienes tan especial?

Al ver que sus manos no se aflojan lo más mínimo, ataco su cara arañando allá donde alcanzo. Suelta un grito agudo llevándose las manos a los ojos.

—¡Mavka!

Ambas nos volvemos ante la voz autoritaria del Puro de pelo negro que se encuentra a escasos metros de nosotras, al otro lado de la fuente. Mira a la morena de ojos dorados con el rostro impasible, solo la tensión de su mandíbula advierte de su verdadero enfado. La mirada penetrante que le lanza hace que se me erice el vello de la nuca. No deseo ser el blanco de tanta ira.

—¡Tú! —Mavka se gira de nuevo hacia mí con la barbilla temblorosa y la piel alrededor de los ojos enrojecida—. ¡Sabías que él estaba mirando!

—Yo no dije que estuviese sola —digo, cansada de sus reproches.

Con un gruñido propio de una niña pequeña, agarra el parasol y se marcha arrastrando los bajos del vestido por la piedra del suelo. Baja la cabeza al pasar junto al Puro, empequeñeciéndose considerablemente.

Me levanto manteniendo la mirada baja, aliso mis faldas y atraigo el libro firmemente contra mi pecho, como si me lo fuesen a arrebatar en cualquier momento.

—Gracias —musito.

Se limita a hacerme un pequeño gesto bajando la barbilla. Los acontecimientos no me invitan a seguir aquí, y los tonos anaranjados que se van abriendo paso en el cielo me advierten de que Viktor no tardará mucho en requerir mi presencia en el salón. Pese a no suponerle un problema la luz del sol, parece negarse a vivir bajo él.

Miro más de una vez por encima de mi hombro con el miedo a que alguien intente atacarme de nuevo. No confío en que este sea el único intento de Mavka. Subo las escaleras evitando que mis zapatos hagan ruido y recorro el pasillo de la zona este hasta mis aposentos. Los guardias ni se inmutan ante mi presencia; yo no puedo decir lo mismo.

Me siento en el tocador y observo las marcas rosadas que rodean mi cuello. Aún siento el calor de sus manos y el contacto de mis dedos fríos hace que tuerza el gesto. Hay algunos arañazos que escuecen.

—¡Señorita Sierra!

Clarissa da un grito ahogado mientras camina pesadamente hasta el tocador, Naida se encarga de cerrar la puerta al entrar. Las manos de Clarissa, arrugadas por el paso de los años, apartan el cabello de mi cara alzándolo en un improvisado moño. Naida se nos une y levanta mi mentón mientras inspecciona la gravedad de las heridas.

—No ha sido nada —las tranquilizo.

—¿Nada? —exclama Clarissa, molesta—. No puedo creer que la señorita Mavka haya hecho esto.

—A mí no me sorprende. —Naida se encoge de hombros—. Es obvio que se siente amenazada, ve peligrar su posición como favorita.

—¿Amenazada? ¿Por mí? —Río con incredulidad—. Viktor me odia, ni siquiera me mira. Ella es el sol mientras que yo solo soy escarcha. Por favor, es ridículo.

—La escarcha es preciosa, recuerda que brilla como cientos de cristales, incluso diamantes.

Clarissa comienza a pasar sus dedos por mi pelo deshaciendo algunos nudos antes de coger el cepillo, mientras veo cómo Naida abre las puertas dobles del guardarropa y saca un vestido morado oscuro.

—Te olvidas de que la escarcha se derrite cuando sale el sol.

Guardamos silencio mientras trabajan en mi aspecto. El cabello cae liso por mi espalda y solo unos pocos polvos salpican mis mejillas. De reojo miro la campanilla próxima a mi cama, la cual no suena a pesar de llevar casi una semana en este castillo. El alivio que siento cada día solo hará que el pánico sea mayor cuando suene. Sin duda el odio que me profesa Viktor es algo que me hará notar cuando me llame.

Un sentimiento de comprensión y cariño ablanda los ojos de Clarissa mientras anuda una cinta de terciopelo negro en mi cuello y me coloca los pendientes de rubíes, toda una provocación. El vestido es de un morado tan intenso que bien podría confundirse con la noche. Las faldas ocultan los zapatos planos y las mangas llegan hasta el suelo. Todavía no me acostumbro a estos vestidos tan sueltos, carentes de enaguas o corpiño. La tela se pega tanto a la piel que parece que no llevo nada, que voy completamente desnuda.

—¿Cómo supisteis lo que había pasado? —pregunto—. ¿Tan rápido viajan las noticias por el castillo?

—Drystan nos hizo llamar —responde Naida, y al ver que no reconozco el nombre procede a explicarme—: El Puro que te acompaña durante tus paseos por el día, la mano derecha de Viktor.

—Oh, genial, así que me tiene completamente vigilada por sus esbirros.

Frunzo los labios mientras termino de examinar mi apariencia. Cada noche mis dos doncellas —al parecer las dos únicas personas a las que agrado, aunque bien podría ser por su deber— hacen magia conmigo. Cambian mi aspecto mustio por uno medianamente aceptable.

—Drystan es un buen ho… —Me vuelvo en dirección a Naida, que no tarda en carraspear y cambiar sus palabras—. Es amable.

¿Iba a decir que es un buen hombre? ¿Se puede decir que es un buen hombre a pesar de que se dedique a desgarrar gargantas, comprarnos como ganado y quitarnos nuestra libertad? Aunque supongo que la poca historia que tienen en común le hace pensar así de él.

Ambas permanecen dentro de la habitación cuando me marcho a mi cita diaria con Viktor.

«Me encanta que consideres nuestras cenas una cita».

Freno en medio del pasillo, lo que me gana una mirada de uno de los guardias. Proyecto todo mi odio mientras sigo caminando y después bajo escalón a escalón. Su risa grave resuena en mi cabeza de forma armoniosa. Contengo el aliento.

«Aunque nuestra gran cita todavía no ha llegado».

Gruño ante las puertas dobles del gran salón. Los guardias las abren para mí y seguro que deben de estar pensando que he perdido el juicio por completo.

La luz tenue de las velas que penden sobre nuestras cabezas hace que el lugar parezca cálido a pesar de albergar a la muerte entre sus paredes. Viktor me recibe con las piernas enfundadas en el cuero de sus pantalones de montar, las botas resplandecientes como si acabasen de ser abrillantadas y la camisa con los primeros botones desabrochados. Su postura es relajada, con una de las piernas colgando por encima del reposabrazos de su asiento y una mano sosteniendo lánguidamente una copa que amenaza con derramarse.

El brillo cegador de sus ojos azules es divertido, casi parece embriagado. Al verme entrar al salón comedor, una sonrisa poco sincera tira de sus comisuras revelando el blanco de sus dientes y el largo de sus colmillos, listos para atacar en cualquier momento.

—¿Cómo está la pequeña fiera de este castillo?

Me retiran la silla y tomo asiento. Opto por la estrategia de ignorarlo. Seis noches me he visto sometida a esta tortura: estar bajo su escrutinio escuchando sus comentarios mezquinos sobre mí y viendo cómo se alimenta con el estómago revuelto.

Chasquea los dedos y en ese momento los sirvientes ponen los platos en la mesa mientras que de una puerta situada a su espalda entra una brillante Mavka. Lleva una especie de velo cubriéndole los ojos. A pesar de eso sé que debe estar fulminándome con la mirada. Intento ignorarla mientras se deja caer en el regazo de Viktor y pasa los dedos en un gesto cariñoso por su pelo negro.

—¿Qué ocurre, Mavka? —pregunta Viktor con voz melosa—. Me sorprende tu elección de atuendo.

—Perdóneme, señor, hoy mi aspecto no es el mejor —se disculpa. Noto el tono falso de su voz, aunque intente ser lastimero—. No quiero desagradarle con mi apariencia.

Intento contener una réplica a sus comentarios estúpidos y me centro en la cena que llena mi plato. Degusto un bocado y mis ojos hacen contacto con el tono cerúleo de los de Viktor. Algo en la forma en que me mira, ese breve vistazo a la cinta de mi cuello... lo sabe. Y una sonrisa lobuna le cruza el rostro cuando el conocimiento lo sacude.

No esperaba otra cosa. ¿Pensaba que me iba a defender? Si juraría que hizo una apuesta con ella para ver cuánto aguantaría aquí. Es obvio que su odio y el mío son gemelos.

No aparto los ojos cuando el anillo en forma de garra de su dedo corta la muñeca de Mavka y la sangre comienza a llenar la copa. Meto otro bocado en mi boca sin bajar la mirada y él responde llevándosela a los labios. Sorbe en silencio y al bajarla, una gota escapa de la comisura izquierda y resbala hasta su barbilla. El filo de sus colmillos resplandece y sus ojos han cobrado un azul tan intenso que parece irreal.

El aire se queda estancado en mis pulmones.

«Mavka tiene un sabor excepcional, estoy deseando descubrir el tuyo».

Su voz suena dentro de mi cabeza como si estuviese junto a mi oído, ronroneando cada una de las palabras en un tono más bien lascivo.

—¿Todo bien, señor?

—Todo bien, Mavka, puedes retirarte.

—Pero señor... apenas ha...

—Hoy no tengo sed.

La saciadora tarda unos minutos considerables en darse por vencida y bajarse de su regazo. Su rostro gira hacia mí y, aunque esté oculto, sé que debe tener los ojos entrecerrados y la boca dibujando una mueca de desprecio. Mientras ella es obligada a retirarse, yo estoy aquí compartiendo cena tras cena con el que parece ser el componente principal de todos sus sueños. Sonrío con descaro mientras hago un escueto movimiento con la cabeza como despedida.

Gira sobre sus talones y desaparece por donde ha venido.

—Me han contado que llevas días estudiando nuestra historia.

—¿Hay algún problema con eso?

—En absoluto, solo me parece curioso que te molestes en conocernos cuando es obvio que nos odias tanto.

Apoya su mejilla sobre los nudillos de la mano y el gesto me captura por unos segundos. Tiene la piel extremadamente pálida, aún más que la mía, y ni una sola imperfección. Parece porcelana delicada y, para romper ese contraste, las líneas que perfilan su rostro son duras. Pómulos altos y prominentes, mentón recto, cejas tupidas y fruncidas la mayoría del tiempo.

Es hermoso cómo solo las cosas oscuras, peligrosas y más retorcidas pueden serlo.

—En algo debo emplear el mucho tiempo libre que tengo aquí.

Me encojo de hombros y mi respuesta parece divertirle.

—¿Y qué conclusiones has alcanzado sobre nosotros con tus lecturas?

Toma una nueva postura reclinándose sobre la mesa larga del salón, con los dedos entrelazados entre sí y el mentón sobre ellos, en una pose curiosa y contemplativa.

—Si lo que quieres es burlarte de mí, me temo que vas a tener que esperar a mañana. —Hago ademán de levantarme—. Ya he acabado mi cena.

—Lo digo en serio, llevo décadas, tal vez un siglo, sin abrir uno de esos libros de historia. —La expresión de sus ojos se suaviza, solo un poco—. Cuéntame.

Con cara de pocos amigos, me dejo caer de vuelta en el asiento. No creo que negarme sea algo que realmente pueda hacer. Si le digo que no, ¿me dejará volver tan tranquila a mis aposentos? Dudo que la respuesta sea afirmativa.

—He estado viendo algunos libros de historia donde dicen que los territorios del norte y los del sur están enemistados y separados por el Bosque Torcido. Parece que dentro de este hay criaturas que asustan hasta a los… —dudo— a los de tu especie.

—Los kraugs —puntualiza—. Son criaturas que asustan a la mayoría, pero no a todos. Su aspecto es similar al de una serpiente, con un enorme aguijón al final de su cuerpo. Están recubiertos de una mucosa que al parecer destilan de la descomposición de los cuerpos de sus víctimas, de ahí su olor repugnante.

—¿Y un vampiro no puede acabar con un kraug?

—Depende del vampiro —responde con arrogancia—. Un Puro tiene posibilidades, un Diluido debería darse por muerto en el momento en que simplemente vea a uno.

—La verdad es que no suenan como criaturas muy agradables.

—No lo son —asevera—. Son rápidos y usan su cuerpo para apresarte en cuanto encuentran la oportunidad. Su aguijón segrega un veneno paralizante que te deja totalmente inútil. En el mejor de los casos, es posible que ni siquiera se moleste en usar su veneno y te arranque la cabeza de cuajo. Si no… rezarás para morir rápido.

—¿Qué es lo que hacen?

Mi curiosidad hace que casi me incline más sobre la mesa, atrapada por su explicación.

—Te comerá poco a poco, alargará tu muerte semanas o, en el peor de los casos, meses. Tu cuerpo comenzará a necrosarse cuando lleves demasiado tiempo expuesta a su mucosidad. Y los cuervos y ratas se pasarán de vez en cuando para intentar llevarse un pedacito de ti.

Un escalofrío baja lentamente por toda mi columna. La expresión de asco y miedo que recorre mi rostro parece complacer a Viktor. Esa sonrisa peligrosa no desaparece en ningún momento.

—Es completamente asqueroso.

Arrugo la nariz.

—¿Qué más has leído?

—Una familia de Puros, apoyada por otras familias reconocidas entre ellos, lidera los territorios del norte, y en el sur viven los Diluidos rebeldes, esos que encuentran injusto el trato que se les da.

La mención de los Diluidos hace que sus labios se estrechen hasta formar una línea recta. Cruza los brazos sobre su pecho y deja caer la espalda en el asiento.

—Una verdadera molestia.

La curiosidad se apodera de mí.

—¿Cuántas familias importantes hay entre vosotros? —Arquea una ceja mientras sus ojos se estrechan hasta formar dos rendijas.

—Importantes de verdad, solo tres. —Hace un gesto quitándole importancia—. ¿Y qué has leído sobre las otras criaturas?

—¿Otras criaturas?

—Tritones, lamias, metamorfos, banshees… —Abre los ojos ante mi rostro incrédulo—. ¿De verdad desconoces a todas las otras criaturas? Ya veo que nuestra existencia ha ocupado por completo toda tu mente. Siento decepcionarte, pero hay muchas cosas horribles aparte de nosotros.

Me he quedado sin palabras. En Ravag hemos vivido al margen de muchísimas cosas y yo por mi parte no he hecho por saber más. Ni siquiera los libros de Lea contenían información sobre esto. Nunca me habló de la existencia de otros seres. Jamás hemos visto a ninguno, solo pieles pálidas con colmillos afilados cuyos pasos ni siquiera parecen sonar.

Abrumada por esta nueva información, arrastro la silla hacia atrás con la intención de marcharme.

—¿Ya te vas?

—Estoy cansada.

—Entonces será mejor que duermas, el cansancio repercute mucho en el sabor de la sangre. —Muestra todos sus dientes en una sonrisa—. Y tengo altas expectativas sobre el sabor de la reina de rubíes.

Utiliza el nombre que me han dado quienes cuchichean sobre mí. Suena a insulto, a burla. Aprieto los puños y regreso a mis aposentos, donde mis doncellas me esperan para ayudarme a desvestirme. Demasiadas atenciones para una persona como yo. Me dejo hacer, ellas permanecen en silencio y se marchan al ver que hoy no tengo intención de seguir hablando.

Me deslizo bajo las sábanas con esta nueva información. Me digo a mí misma que mañana en cuanto termine el desayuno correré hasta la biblioteca para encontrar algún libro que hable más sobre todas las criaturas que desconozco. Al parecer, la llegada o, mejor dicho, la reaparición de los vampiros no fue la única.

Me tumbo de medio lado y me apoyo sobre el codo con el propósito de apagar la llama de la vela que descansa sobre la mesita de noche. Capta mi atención un libro que no es ni remotamente parecido al que estaba leyendo esta tarde. Este tiene las cubiertas tapizadas en un cuero teñido de rojo, un hilo negro y desgastado hace de cierre. Lo tomo y lo examino frunciendo el ceño.

No tiene título.

Lo abro con cautela y curiosidad. Las hojas están amarillentas por el paso del tiempo y aun así se nota que ha sido bien cuidado. No hay rotos ni desperfectos. Paso la yema de los dedos por la caligrafía elegante y comienzo a leer.

«Adán, no satisfecho con la actitud poco sumisa de Lilith, no dudó en informar a su creador de su descontento. Dios decidió expulsar a Lilith, que había sido creada de la misma forma que Adán y se sentía su igual, incapaz de doblegarse ante este ni declararse inferior. Lilith vagó fuera del paraíso durante días, sin comida ni agua, enfrentándose a las dificultades del clima, sin refugio, sin nada con lo que defenderse. Los demonios vieron en ella una presa fácil, pues su desesperación era tan grande que las puertas de su alma estaban totalmente abiertas.

Así fue cómo Lilith acabó corrompida.

Y fruto de ello vertió seis lágrimas de sangre de las que nacieron sus seis primeros hijos.

Estos vagaron por la Tierra sin alimento durante décadas, obteniendo de su madre lo necesario para subsistir hasta que los hijos del creador, esos débiles humanos capaces de romperse con un ligero roce de los hijos de Lilith, poblaron la Tierra. Fue ahí cuando los hijos de Lilith, a los que los humanos ahora llaman «vampiros», descubrieron su forma de vivir y comprendieron que los humanos solo eran ganado. Llegó el tiempo en que estos hijos tuvieron a su vez otros hijos, dando lugar a tres linajes: la familia De'ath, los Amery y la familia Vitalle.

Estas familias...»

Cierro el libro de golpe.

Parpadeo varias veces e incluso abro de nuevo el libro para releer esas últimas líneas.

Viktor Vitalle.

Viktor es descendiente directo de Lilith.

No sé qué me resulta más abrumador, si la historia que dio lugar a su origen o que me encuentre ahora mismo bajo el techo de no solo un Puro, sino uno que viene directamente de los primeros vampiros que caminaron sobre la Tierra.

¿Quién sabe si no fue él mismo uno de esos? ¿Cuánto tiempo lleva Viktor vagando la tierra, sesgando almas? ¿Y este libro? ¿Cómo ha llegado aquí?

Resoplo.

Es él. Siempre él. Con sus trucos ha puesto el libro en mi mesita, sabiendo que mis ojos reconocerían de inmediato que este no era el que estaba leyendo. Me ha dado una respuesta más que completa a mi pregunta sobre las familias más importantes entre ellos. Lo ha hecho para que sepa con quién hablo.

Me ha lanzado su apellido a la cara como toda una amenaza.

6
Sierra

Sigo leyendo, paso página tras página, sintiendo su rugosidad en las yemas de mis dedos. De vez en cuando un bostezo me encuentra y la pesadez en mis párpados me avisa de que es hora de descansar.

Cierro la tapa del libro, lo dejo donde lo encontré y me refugio bajo las sábanas buscando la postura más cómoda. No he hecho más que cerrar los párpados cuando una corriente de aire gélido me golpea la cara. Al principio pienso que debe ser una de las muchas que a veces atraviesan al castillo, pero esta sensación persiste tanto que me veo obligada a incorporarme en el colchón.

Lanzo un grito agudo ante la presencia a la orilla de mi cama.

Lleva la camisa abierta hasta el esternón con las pecheras manchadas de lo que en un primer momento habría interpretado como manchas de vino. El olor metálico que enrarece el aire me dice que no es así. Sus ojos, azules como el océano, ahora parecen negros como los de un cuervo y me miran con una mezcla de diversión y hambre voraz.

—¿Viktor? —Mi voz suena ahogada—. ¿Qué haces aquí? ¡Lárgate! ¡Esto no es nada caballeroso por tu parte!

La profundidad de su risa hace que se me erice la piel. Me retraigo sobre el mullido colchón intentando pegar mi cuerpo lo máximo posible al cabecero de la cama. Escucho el ruido de la madera al chocar contra la pared. No me queda más espacio que poner entre nosotros y él parece dispuesto a recortarlo.

—¿Qué habré hecho para que la pequeña fiera del castillo piense que soy un caballero?

Coloca sus manos a ambos lados de mis piernas cubiertas por la colcha. Su cuerpo se inclina con la postura de un depredador que acecha a su presa. Trago saliva y el gesto hace que sus ojos viajen hasta mi cuello. Me contengo incluso de respirar.

—Márchate. Por favor.

Su cuerpo está casi sobre el mío, su aliento tan cerca que lo noto rozarme las mejillas. El corazón dentro de mi pecho late deprisa, traicionándome. No sabe que eso nos perjudica, mi pulso lo está llamando como el canto de una sirena a un marinero. La oscuridad de sus ojos brilla mientras el blanco de sus colmillos sale a saludar. Lo veo pasar la lengua por el filo mientras recorre mi rostro contorsionado por el horror y baja lentamente por mi cuello. Se detiene donde me late el pulso.

—Estamos alargando demasiado el momento, fierecilla. —Se reclina sobre mí y el filo de su nariz me acaricia el mentón—. Es hora de que me dejes probarte.

Mis músculos se vuelven rígidos y soy consciente de su peso sobre mí. A pesar de que su complexión no es demasiado ancha y no tiene el aspecto de un guerrero, el peso y la dureza de su cuerpo indican que debajo de la ropa se esconde una musculatura definida. Además, su naturaleza lo hace más fuerte que los humanos. Podría arrancar un árbol con todas sus raíces con un simple gesto de su mano.

—No quiero, no estoy lista —suelto como una estúpida.

—No me importa.

Su mirada baja un par de centímetros, deteniéndose en las pequeñas curvas de mis pechos que el camisón poco hace por ocultar. Me llevo los brazos al pecho, intentando cubrir mi cuerpo y mi casi desnudez. Una nueva risa varonil y grave sale de entre sus labios haciendo cosquillear mi estómago.

Me golpeo la parte trasera de la cabeza cuando intento alejarme y ese breve momento de confusión le sirve a Viktor para tirar de mí de forma que quedo tumbada totalmente sobre el colchón, con su cuerpo encima del mío.

—¡Vete! —Lo aporreo en el pecho—. ¡Me das asco! ¡Aléjate de mí!

Su risa taladra mis oídos mientras siento el cosquilleo de su aliento contra mi piel y el roce de su nariz, que aspira el aroma de mi cuello.

¿No se supone que detesta mi olor?

Este pensamiento pasa a un segundo plano cuando siento el filo de sus colmillos acariciarme la piel fina de la garganta y después la humedad de su lengua, que parece degustar a lo que va a hincar el diente. Me resisto retorciéndome debajo de él, intentando patalear y aporrearle. Nada parece alterarlo, su cuerpo es un pedazo de granito sobre el mío.

—Te prometo que te retorcerás más de placer que de dolor —murmura pegado a mi piel—. Deja de ser terca y disfruta.

Estoy a punto de exclamar algo cuando sus dientes se clavan en mí. Grito como una desquiciada y entonces despierto.

Ha sido un sueño.

Las sábanas se hallan hechas un completo caos entre mis piernas, tanto que me cuesta un buen rato deshacerme de ellas. El camisón se pega a mi espalda sudorosa y el pelo en mis sienes parece haber corrido la misma mala suerte. Prendo una vela y me acerco hasta el tocador, que revela mi aspecto marchito. Estoy cubierta de sudor por todas partes y mi piel ha adquirido un tono amarillento.

No puedo evitar estirar el cuello en busca de alguna marca, algo que indique que no ha sido un sueño, pero mi piel está lisa y sin señales de haber sido mordida. Paso los dedos por encima, agradecida con que todo siga intacto. La idea de ser mordida por Viktor me aterroriza, las amenazas de que su sed es totalmente insaciable resuenan en mi cabeza con demasiada asiduidad.

Aún no ha salido el sol y aunque intento volver a dormir, la pesadilla parece reproducirse cada vez que cierro los ojos. Rememoro segundo a segundo, palabra a palabra, gesto a gesto. Todavía puedo sentir su aliento acariciando mi piel, el tacto frío de su piel contra la mía, el punzante filo de sus colmillos.

Aguanto en la cama dando vueltas de un lado a otro hasta que el amanecer hace acto de presencia. Entonces comienzo a asearme como puedo y no sé si es que presienten que estoy haciendo un verdadero desastre en el tocador, pero Clarissa y Naida aparecen para ayudarme.

Poco después salgo de la habitación con la intención de visitar la biblioteca y con la seguridad de que Viktor se encontrará en estos momentos en sus aposentos, posiblemente descansando.

Bajo las escaleras principales y busco las escaleras escondidas detrás de estas que bajan en espiral hasta una biblioteca desierta, polvorienta y olvidada por todos. Los primeros días estuve explorando el castillo, buscando sus escondrijos y lugares más perdidos, y acabé bajando estas escaleras hasta la biblioteca. Hay más repartidas por el castillo, ya que, para mi sorpresa, Viktor siente predilección por los libros. No sé si es un ávido lector o simplemente piensa que lo hacen parecer más inteligente y sofisticado.

Al entrar, el aire cargado del olor a libros viejos y polvo me da la bienvenida. Recorro la estancia buscando entre las estanterías un tomo que me pueda explicar más sobre lo que me contó Viktor durante la cena. Leer el libro de mi mesita de noche por el momento es algo que no me apetece hacer.

Paso los dedos por los lomos hasta detenerme en uno de caligrafía dorada. *La imagen de las especies.*

Me escondo en el que para mí ya es mi rincón de lectura: el alfeizar de una ventana tapiada donde no se puede ver el exterior. Me siento sobre este y miro a una pequeña mesa redonda de madera astillada donde descansa un candelabro. Me extraña que alguien se moleste en bajar aquí cada día para prender las velas.

Acerco las llamas lo suficiente para ver y abro el libro.

«Los vampiros se consideran la especie dominante y ven al resto de criaturas como seres inferiores, últimos entre ellas los seres humanos que no dudan en usar como fuente de alimento. Regidos por la noche, metamorfos y vampiros se confiesan como rivales naturales. A lo largo de los siglos ha habido numerosas guerras entre ambos bandos donde las pérdidas han sido considerables, siendo la última la de peores consecuencias para los metamorfos. Los Vitalle, apoyados por el resto de casas gobernantes, consiguieron movilizar a todos los suyos hasta acabar con gran parte de la población metamorfa y condenaron a los pocos supervivientes a vivir en la pequeña isla de Tierra Baldía, hostil a toda forma de vida. Estos hechos solo han hecho más que agravar las tensiones entre los bandos y se desconoce cuántas décadas más podrá mantenerse esta tenue tregua por ambas partes. Es posible que la falta de un enemigo común para la raza vampírica haya sido el detonante de las numerosas disputas internas, que los han dividido claramente en dos bandos, los Diluidos y los Puros. Los primeros han tomado medidas, formando pequeños grupos rebeldes en los territorios del Sur mientras que el resto permanece viviendo bajo el constante desprecio de los Puros».

Paso los dedos por las líneas buscando un párrafo que hable de otros seres además de los vampiros y sus claros rivales, los metamorfos. Jamás he oído hablar de ellos ni mucho menos visto uno, aunque deben de ser intimidantes si son enemigos de los vampiros, cuya presencia ya consigue helarme bastante la sangre.

De repente, me parece sentir una presencia más en la biblioteca. Sin cerrar el libro miro hacia mi derecha, pasando los ojos por los pasillos formados por las estanterías.

—¿Hay alguien ahí?

Como única respuesta recibo el silencio.

Decido seguir con la lectura. Paso el dedo por las líneas buscando lo que me interesa leer hoy.

—Aquí. —Sonrío satisfecha.

«… Entre la larga lista de especies podemos encontrar a las hadas, con sus incontables subespecies, y aunque su aspecto resulte encantador y amigable, no deben ser subestimadas. Son de apariencia engañosa y su dominio de los elementos naturales las hace peligrosas. En el agua encontramos a sirenas y tritones. Su belleza es hipnotizadora y su anhelo por caminar sobre la tierra les hace albergar rencor hacia el resto de los seres, por lo que usan cualquier oportunidad para arrastrarlos a los fondos oceánicos. Se conocen pocos supervivientes a un ataque de estas criaturas...».

Me salto un par de líneas.

«Las brujas han sido casi aniquiladas, pocas siguen con nosotros. De apariencia principalmente humana, las hace destacar su manejo de las artes mágicas y su larga esperanza de vida. Se hace distinción entre brujas de magia blanca y brujas de magia negra, aunque ambas escasean a día de hoy y son tremendamente difíciles de avistar. La última bruja fue vista hace doscientos sesenta y cuatro años».

Otra vez esa sensación de ser observada. Cierro el libro, claramente disgustada. Muestra de ello, dejo escapar un sonoro suspiro de frustración. Casi estoy esperando sentir ese frío helado que acompaña a la presencia de Viktor en mi mente o que comience a parlotear dentro de ella.

Dejo el libro sobre el alféizar y me levanto dispuesta a deshacerme de esa sensación. Camino entre las estanterías, buscando al culpable, pero solo encuentro vacío y partículas de polvo danzando por el aire.

Vuelvo a mi rincón y me siento cruzando las piernas. La vela se ha consumido bastante y estoy a punto de acercarla un poco más cuando me parece ver algo en la llama. Pestañeo varias veces, pensando que estoy loca. Es imposible que esté viendo unos pequeños ojos.

Me acerco la llama a la cara, a sabiendas de que puedo hacer arder todo mi pelo. Bizqueo sin creerme lo que veo.

—No puede ser —digo en un intento por convencerme.

De la llama comienza a salir un pequeño cuerpo de piel amarillenta, cabellos rojos como la sangre y un fuego contenido en los ojos. Tiene la piel parecida a la de un reptil, con pequeñas escamas repartidas por el cuerpo, y casi me atrevería a decir que la extraña incorporación de la tarde tiene forma de mujer.

—No desayunar esta mañana me tiene viendo cosas —me digo—. Malditas alucinaciones.

—Piensa que soy una alucinación si eso te hace sentir tranquila.

La criatura anda sobre los pies, de puntillas, con las manos extendidas a ambos lados como si estuviese haciendo equilibrio. Su tamaño es similar al de un dedo de largo y es realmente adorable.

—Esto no puede ser real.

—Dijo la chica que está leyendo un libro sobre criaturas sobrenaturales.

Su voz es aguda sin llegar a ser molesta. Habla con un deje burlón.

—¿Qué diablos eres?

Pego las rodillas al pecho todo lo que puedo.

—¿No salgo en ese libro?

Parece enojada. Comienza a dar saltitos sobre el candelabro, aterriza en mi falda, y escala por ella hasta posarse en mi rodilla para mirar las páginas del viejo libro. Siento calor donde sus pies tocan la tela.

—No, no hablan de mí —bufa—. Debes buscar un mejor libro sobre hadas.

—¿Entonces eres un hada?

—Bueno, yo diría que soy algo más maravilloso, impresionante y majestuoso. —La criatura da vueltas sobre sí misma en un bailecito ridículo—. Soy una salamandra.

—¿Una salamandra?

Respira hondo, como si hubiese tenido esta conversación ya antes y estuviese claramente molesta por tener que repetirla. Las llamas de sus ojos se intensifican.

—Sí, una salamandra. Un espíritu del fuego, aunque muchas personas nos consideran hadas. —De repente despliega unas pequeñas alas de distintos tonos de rojo y naranja y comienza a revolotear a mi alrededor—. Y estaba ya aburrida de verte leer durante horas. Vienes aquí todos los días.

—Me gusta este sitio. —Me limito a decir.

—Es tranquilo. —Hace algo parecido a un encogimiento de hombros—. Demasiado para mi gusto.

Frunzo el ceño. Me agacho un poco sobre mí misma para intentar acercarme a esta extraña criatura.

—¿Y por qué sigues aquí? —pregunto—. Tienes alas, podrías ir a cualquier sitio. No como yo, yo no puedo huir de aquí.

—Esa es una historia demasiado íntima que deberás ganarte escuchar. —Una risa, similar al ruido que hace un ratón, sale de entre sus labios—. Las salamandras no somos seres fáciles, no nos gustan demasiado los humanos.

Entrecierro los ojos.

—¿Y entonces por qué hablas conmigo?

—Como he dicho, estaba aburrida. —Mueve la mano, restándole importancia—. Lleva mucho tiempo sin bajar nadie aquí. Y ahora si me disculpas, vuelvo a mi llama. Me estoy helando un poco.

El comentario me hace sonreír. Todo su cuerpo parece una llama y dice tener frío, es cómico cuanto menos. Entre saltitos y pequeños aleteos, la veo volver hacia la vela y acercarse a la llama. Todo su pelo rojo flameante se mueve a su alrededor, totalmente ajeno a las normas de la gravedad.

—¿Puedo saber tu nombre?

—¿Mi nombre? —Sus diminutos dedos tocan la llama—. ¿Es importante mi nombre?

—Me gustaría saber cómo llamarte. Yo soy Sierra.

—Oh, ya sé quién eres, Sierra. A la que los susurros del aire llaman la «reina de rubíes».

Chasqueo la lengua, un tanto molesta por ese nombre que parece no querer dejar de perseguirme desde que llegué aquí. Es totalmente una burla llamar reina a quien no tenía casi ni para comer.

—Bueno, soy Ankhiale. —Abro la boca para intentar decir su nombre, pero me corta antes de que lo intente siquiera—. Mejor llámame Ank.

Y sin más, tan rápido como apareció, desaparece. La llama de la vela titubea y por mucho que la acerco a mi cara, ya no consigo ver a Ank por ninguna parte. Parece como si se hubiese vuelto una con el fuego, y pensándolo bien eso tendría mucho sentido. Al fin y al cabo, ha dicho ser un espíritu del fuego.

Intento volver a mi lectura sin éxito. Mis ojos no paran de saltar de las páginas hacia la llama con la esperanza de volver a verla allí, dando saltitos o revoloteando hasta mi falda. Pasan posiblemente varias horas, demasiadas, y mis ojos solo saltan de una palabra a otra. «Bruja», «banshee», «muerte», «fantasma». Esta última consigue que preste algo más de atención a lo que leo, ya que la revelación de que los fantasmas sí que existen y no son una ocurrencia de los padres para asustar a los más pequeños me inquieta.

¿Quién sabe si estaba en lo cierto alguna de todas esas veces que pensé estar viendo cosas donde no las había?

Se me encoge el estómago solo de pensarlo.

Después de esto, permanecer sola en esta biblioteca ya no me parece tan relajante, así que emprendo la marcha de nuevo a mi habitación. Dejo el libro sobre la mesa astillada y subo las escaleras de caracol recogiéndome un poco el bajo de las faldas. Sin duda, hace falta una buena limpieza aquí abajo.

Me sorprendo cuando llego al recibidor y veo las puertas abiertas de par en par. Drystan, la mano derecha de Viktor, se encuentra allí al parecer dando órdenes a los guardias dentro del castillo, que evitan acercarse a la luz. Mi presencia no llama la atención de ninguno. Estoy a punto de subir las escaleras principales y desaparecer en mi habitación cuando escucho pisadas.

Viktor, ataviado con un abrigo negro hasta la altura de las rodillas, con bonitos grabados en plata sobre la tela y las botas de cuero relucientes, baja con calma las escaleras. Mira al frente y no es hasta que llega al último escalón que parece reparar en mí. No me dedica más que un simple vistazo antes de seguir caminando. Apenas unos metros por detrás veo bajar a Mavka con un bonito vestido nuevo, su cabello castaño en ondas sobre su espalda y un nuevo parasol entre las manos.

Sin duda, las marcas de nuestra escaramuza han sido cubiertas con maquillaje, y pasa por mi lado sin prestarme más atención que Viktor. Queda claro lo insignificante que les parezco.

Subo las escaleras deprisa, sin poder evitar echar un vistazo a Viktor bañado por la luz exterior. Resulta toda una experiencia verlo durante el día; en esta semana solo he podido hacerlo a la luz de las velas y la verdad es que los rayos del sol lo hacen parecer una figura de porcelana. Tan perfecto, tan pálido, tan delicado…

Pero todo eso es mentira. Viktor no es perfecto ni delicado. Es un monstruo sin alma, despiadado y sin escrúpulos.

Dentro de mi habitación me esperan Clarissa y Naida, como si supiesen que necesito alguna distracción.

—Estás pálida, muchacha.

—Creo que tengo un sobrexceso de información.

Caigo sobre la cama con un gran resoplo.

—Claro, tantos libros… —murmura Naida.

Las observo con mayor atención y me doy cuenta de que se encuentran en plena partida de cartas.

—¿Vosotras sabíais que existen los fantasmas?

Asienten a la vez.

—¿Y las hadas?

—Por supuesto —confirma Naida.

—¿Acaso soy la única que ignoraba todo esto?

Clarissa deja caer toda su mano de cartas sobre la pequeña mesita de té cercana al balcón, que siete días después de mi llegada sigue cerrado a cal y canto. Naida exclama un grito victorioso.

—Me parece que no has tenido mucho tiempo para molestarte en pensar en lo que te rodeaba —comienza a decir Clarissa—. Nacer sabiendo que tu destino está marcado, que acabarás siendo lo que ahora eres, le quitaría la vena curiosa a cualquiera.

—Claro, has estado tus dieciocho años de vida pensando en este momento —añade Naida—. Es normal que no hayas reparado en todo lo que te rodea.

—¿El resto de la gente lo sabe?

—Yo diría que muchos lo sospechan y otros tantos lo saben, ¿tan rara sería la existencia de otros seres además de los vampiros? Para mí sería más bien de estúpidos pensar que no.

—Jamás he visto nada de lo que ponen los libros —protesto.

—Bueno, tampoco es que quieran llamar mucho la atención, y tú sin duda no estabas empleando la mirada correcta.

—¿Mirada correcta?

—Quiere decir que no estabas mirando realmente. No esperabas ver algo así, así que simplemente no prestabas atención —aclara Clarissa.

Resignada a aceptar que este nuevo mundo en el que me ha tocado nacer es más complejo de lo que imaginaba, me dejo caer de espaldas sobre el colchón. Observo el techo durante lo que me parecen horas. Clarissa y Naida cuchichean sobre cosas que para mí carecen de importancia. Un nuevo cocinero, las telas con las que confeccionarán vestidos, el último tono de carmín que iría bien con mi tono de piel…

—¿A dónde ha ido Viktor? —pregunto.

Una imagen clara de su rostro bañado por el sol acude a mi mente y con rápidos pestañeos la alejo.

—¿Cuándo lo has visto?

—Cuando venía de camino aquí, iba con Mavka y parecía a punto de salir.

—Seguro que a una de esas fiestas salvajes. —Sacude la mano—. No debes envidiar ni un poco a la señorita Mavka. Como he dicho, son fiestas salvajes y el señor Viktor ya es bastante dado al descontrol y los excesos. Posiblemente Mavka tarde unos días en recuperarse.

—¿Qué pasa en esas fiestas? —pregunta mi vena curiosa.

—De todo, criaturita, de todo. —Las pequeñas arrugas en los ojos de Clarissa se acentúan un poco al mirarme—. Cosas que no debería presenciar una dama sin duda, cosas que corrompen el alma.

Mi imaginación se dispara creando cientos de escenarios, cada cual peor que el anterior. Cosas grotescas y despiadadas en las que el ejecutor es Viktor, cubierto de sangre, con los dientes clavados en el cuello desgarrado de Mavka. A pesar de que no sea una persona de mi agrado, no le desearía ese mal a nadie, ese final tan atroz.

—Qué estarás imaginando. —Clarissa me pellizca la mejilla—. Te has puesto casi gris.

—Tengo una imaginación un poco retorcida.

Se ríe con ganas.

—Dado que el señor Viktor ha salido, dudo que vuelva para la cena. Podría traértela aquí si quieres.

—No. —Niego con la cabeza—. Cenaré abajo, sola. Me gustaría disfrutar del sitio ahora que no va a estar él.

—Como desees.

Horas después, sentada en la mesa del gran salón, con la comida esperando a ser devorada, siento tanta tranquilidad que me resulta extraño. Estoy tan acostumbrada a su mirada felina atenta a cada uno de mis movimientos, amenazando con partirme el cuello al mínimo gesto que no sea de su agrado, que ahora que el asiento frente a mí está vacío me siento extraña. Aun así, me propongo disfrutar de la cena. Como en silencio, degusto los bocados y observo de vez en cuando la sala en la que he entrado durante siete noches y que no me he molestado en admirar demasiado.

Como el resto del castillo, la estancia rezuma poder, elegancia, derroche. Está pintada con colores crema, hay caros tapices por todas partes, esculturas de mujeres con torsos desnudos, cuadros en las paredes y apliques de oro macizo con velas en las que han sido dibujados bonitos trazados.

Termino la cena y en el camino de vuelta veo por los pasillos a una mujer con una cascada de rizos pelirrojos cayéndole por la espalda. Se detiene en su recorrido para echar un vistazo hacia atrás. Narkissa, la responsable de las nuevas saciadoras, me lanza una mirada que no sé interpretar.

Nos quedamos demasiado tiempo mirándonos la una a la otra hasta que rompe el contacto visual y sigue caminando.

Eso ha sido extraño.

En mis aposentos no encuentro ni a Clarissa ni a Naida así que me desvisto sola y me pongo por fin el camisón. Sopeso la idea de leer algo de ese libro en la mesita de noche, pero lo descarto. Intento dormirme, pero doy vueltas de un lado a otro recordando la pesadilla de la anterior noche.

Aquí, en la intimidad del cuarto, únicamente con la presencia de la llama de la vela, me pongo a rememorar la escena. Su cuerpo encima del mío, sus colmillos brillando con el más puro de los blancos, sus ojos consumidos por el negro de las pupilas, el brillo de la caza en sus retinas.

Me reprendo una vez más y cierro los ojos con fuerza, cuento mentalmente y, cuando nada funciona, pruebo a relajar la mente. Al final sí que me quedo dormida, sin embargo, no duro mucho en ese estado. Un grito, uno femenino y agudo, rompe la calma de la noche.

Me despierto, asustada y con el corazón desbocado. Aferro las mantas con fuerza y no me atrevo a poner ni un pie fuera de la cama. Otro grito, este mucho peor que el anterior, me sacude de pies a cabeza. Suena a dolor agónico, como los alaridos de un animal, como el chirrido de una puerta, como algo que se rompe.

Y hablando de puertas, Clarissa y Naida, con sus respectivos camisones, irrumpen en el dormitorio. Al ver mi rostro cubierto de pánico, vienen a mi encuentro y pasan sus manos por mis brazos con caricias tranquilizadoras. No tengo tiempo de cuestionar por qué están aquí o si velar por mí es una de sus responsabilidades, porque hay otra pregunta en la punta de mi lengua que pide ser respondida cuanto antes.

—No escuches —murmura Clarissa contra mi pelo—. Va a pasar rápido.

—¿Qué está pasando? —Me tiembla la voz.

Naida me estrecha entre sus brazos posando mi cabeza sobre su pecho.

—Tranquila, ya falta poco.

Otro grito. Tan escandaloso y desgarrador que hace que las tres nos encojamos.

—Nunca se hace más llevadero —masculla Clarissa—. Es algo horrible.

—¿Qué es lo que sucede? —Intento deshacerme de los brazos de ambas—. Decidme algo.

El temblor de mis dedos me delata y ambas me miran con ojos compasivos. Respondo con una mirada cargada de temor, reproche y sentimientos a los que no soy capaz de poner nombre. Fuera de la habitación alguien se está retorciendo de dolor como mínimo. Esos alaridos no son normales.

—No sigas escuchando.

—¿Que no escuche qué?

Clarissa toma una bocanada de aire antes de seguir hablando.

—Muchacha. —Su mano cubre la mía, temblorosa y fría—. No conviene nunca enfadar al señor Viktor, esta es solo una de las muchas perversidades que puede cometer con su poder. —Un sudor frío me baja por la espalda—. Lo que escuchas es el ruido que hace una persona cuando la rompen por completo.

7
Sierra

Estaría mintiendo si dijera que después de los gritos el sueño vino a mí como si nada. Lo cierto es que tanto Clarissa como Naida se quedaron dormidas a cada lado de mí y yo permanecí con los ojos abiertos como un búho. Casi con miedo a parpadear y que esa milésima de segundo bastara para que Viktor se presentara frente a mi cama.

Es por eso que hoy estoy en pie mucho antes de lo habitual, está amaneciendo y yo ya estoy en los jardines deambulando de un lado a otro, nerviosa, inquieta. No es de extrañar que Drystan esté a unos diez pasos por detrás de mí, siempre ojo avizor. Una parte de los jardines está totalmente vetada para las saciadoras, al igual que el ala oeste del castillo. No puedo evitar pasear muy cerca de los límites, intentando vislumbrar algo. Hay grandes estatuas de piedra donde la vegetación ha ido enredándose con el paso de los años. Una de ellas llama mi atención, es increíblemente hermosa a la par que siniestra. Una mujer con los muslos entreabiertos en una pose sensual, sentada a horcajadas en un asiento de piedra. Tiene pechos generosos, curvas escandalosas y de su cabeza salen dos cuernos retorcidos.

—No deberías acercarte tanto —me advierte la voz de Drystan—. Si tu olor llega a los jardines de Viktor, nos despellejará a los dos.

Deben ser bastante cercanos para que lo llame por su nombre, aquí todo el mundo le dice «señor», siempre con la voz teñida de miedo. Aunque me cuesta imaginar a Drystan teniendo miedo. Su cuerpo es esbelto como el de Viktor, de extremidades largas y palidez absoluta. Es el color negro de sus ojos lo que hace que te lo pienses dos veces antes de contradecirlo. Parecen la mismísima noche, el vacío más crudo.

—Solo estoy mirando —digo con tono débil—. Parece que os encanta tener a las mujeres desprovistas de ropa, incluso en los jardines.

Ladeo la cabeza en dirección a la gran estatua de piedra. Me parece ver la sombra de una sonrisa curvando sus labios, pero desaparece en menos de un segundo. Con su postura impecable y las manos detrás de la espalda, niega con la cabeza, divertido.

—No es una mujer desnuda sin más. Es nuestra creadora y a quien rendimos culto. Es madre entre madres. Muestra más respeto, los hay que te castigarían cualquier ofensa, por pequeña que sea.

Recuerdo lo que leí en el libro que descansa en mi mesita de noche.

—Entonces esa estatua representa a Lilith —aventuro.

—Así es —dice orgulloso—. La primera mujer.

No me atrevo a hablar sobre lo que una vez Lea me contó que había leído en uno de esos libros viejos que todo el mundo creía perdidos. Ella decía que casi parecía un cuento y que en él se hablaba de la primera mujer, una tal Eva.

—¿Tú también tienes poderes?

—¿Además de mis sentidos y mi fuerza? —Asiento—. No, yo no poseo dones. No todos los vampiros los tienen, suelen manifestarse en los más poderosos, sobre todo si pertenecen a una familia original.

—¿Y cómo acabaste siendo su mano derecha?

—Mis padres eran los consejeros de los suyos. Nos conocemos desde que éramos jóvenes.

—Me sigues pareciendo joven.

—Te sorprendería la edad que tengo.

Nos quedamos en silencio y retomo mi paseo, con él vigilando mis movimientos. Acabo bajo el árbol de siempre, junto a la fuente donde los pájaros vienen a beber. Aprovecho para bañarme en el sol todo lo que puedo, satisfecha con cómo los rayos besan mi piel. Si Drystan se aburre, no dice nada. Permanece con los brazos cruzados tras la espalda observando los alrededores. No sé cuánto tiempo transcurre, estoy segura de que al menos un par de horas, hasta que escucho una pequeña exclamación de sorpresa.

Me giro inmediatamente y veo cómo Drystan ha cambiado su pose a una aún más rígida.

—¿Ocurre algo? —pregunto.

—Creo que es mejor que volvamos dentro.

—¿Tan pronto?

Mis hombros se encogen con desilusión. La idea de volver al interior no me atrae lo más mínimo. Los días se me hacen muy aburridos y ahora que he escuchado los gritos que puede causar Viktor, no me siento segura. Ni siquiera en mi rincón favorito de la biblioteca.

—Hoy estarás mejor en tu habitación, créeme. —Se hace a un lado despejándome el camino de regreso—. No creo que Viktor esté del mejor humor hoy.

—¿Quiere decir eso que lo que he visto hasta ahora es Viktor en un buen día?

Por el rabillo del ojo me parece verlo reprimir una pequeña sonrisa.

—Podría decirse que sí.

—Suena muy esperanzador —mascullo.

Entramos en el castillo e inmediatamente siento el cambio de temperatura. Fuera, el sol me ha calentado, pero aquí dentro hace muchísimo frío. Se me eriza el vello y abrazando mi cuerpo subo las escaleras para ir a mi habitación. Me parece notar más actividad que de costumbre. A mitad de camino, pasamos junto a un pequeño grupo de saciadoras que cuchichean y me miran con descaro cuando paso junto a ellas. No agacho la mirada, aunque los nervios me están matando.

Antes de entrar a la habitación me giro y miro a Drystan, que no piensa moverse de ahí hasta que me vea entrar. Es bello, de una forma extraña, pues todo en él refleja dureza, aunque los rasgos de su cara son finos y delicados.

—No te agradecí que intercedieras en la discusión con Mavka.

No muestra emoción alguna.

—No tienes que agradecérmelo. —Comienza a retroceder—. Lo hice por Viktor.

—¿Por Viktor?

No vuelve a responder, simplemente se gira y desaparece por el largo pasillo, ignorando las miradas que le dirige el pequeño corrillo de muchachas. Antes de que vuelquen su atención de nuevo en mí, me encierro en la habitación. Me paseo de un lado a otro lanzando miradas fugaces a la campanita junto a mi cama. Sigue sin sonar. El libro de la mesita de noche tampoco es una distracción que me atraiga ahora mismo. Lo que menos me apetece es leer sobre la grandeza de Viktor y la de los suyos. Me acerco al balcón cuyas puertas acristaladas siguen cerradas a cal y canto. Inútilmente pruebo a tirar de la manivela. Cerrada. Solo puedo conformarme con ver un poco de los jardines a través del cristal.

Tocan a la puerta.

Instintivamente pienso que deben ser Clarissa y Naida, que vienen a cerciorarse de cómo estoy o simplemente a charlar entre ellas mientras juegan a las cartas. Mi sorpresa es máxima cuando los rostros que veo no me resultan familiares. Las saciadoras del pasillo están frente a mi puerta, con ojos inocentes y sonrisas que a mi parecer son demasiado falsas.

—¿Puedo hacer algo por vosotras? —pregunto cortésmente.

—Nos preguntábamos si te gustaría venir con nosotras a tomar té —dice una de ellas.

—¿Té?

—Solemos reunirnos por las tardes todas juntas para conversar. —Sonríe aún más—. Estar aquí puede ser muy aburrido y solitario.

No hace falta que me lo diga. Sé bastante bien lo aburrido y solitario que puede resultar todo aquí. Las evalúo durante un instante, una tiene el rostro en forma de corazón, con espesos bucles dorados que enmarcan sus mejillas y los labios muy rojos. Mi madre sin duda diría que parece una muñeca. A su lado hay una chica de piel aceitunada, ojos avellana rasgados y el pelo liso sobre los hombros. Preciosa, pero de una forma distinta a su acompañante.

—Llevas aquí más de una semana y apenas hemos hablado contigo —insiste—. Sentimos mucha curiosidad por conocerte.

—Si es por eso, tranquilas, no hay mucho que saber.

—Será divertido. —Su mano coge la mía con total confianza—. Creo que las cosas han empezado mal por culpa de Mavka. El resto no somos como ella.

Les dedico otro vistazo y, sinceramente, dudo mucho que lo que dice sea verdad. Hay cierto aire en su mirada que no me gusta. Aun así, mi madre me decía que las apariencias pueden ser engañosas, e ignorando por completo mi instinto, acepto.

—Dadme un segundo.

Asienten mientras les cierro la puerta en las narices sin educación alguna. Corro al tocador, donde torpemente intento cubrirme las ojeras con polvos. Ni de lejos consigo mejorar mi aspecto como lo hubiese hecho Naida con sus manos milagrosas. Cuando termino, siento ganas de golpearme por buscar la aprobación de unas extrañas.

Vuelvo a la puerta y las encuentro tal y como las dejé. La sonrisa falsa no desaparece de sus caras.

—Venga, síguenos.

Voy dos pasos por detrás de ellas y según avanzamos me doy cuenta de que sus habitaciones deben de estar en un pasillo totalmente distinto al mío. Pensé que estaríamos todas en el mismo, pero al parecer me equivocaba y según avanzamos lo confirmo aún más. Este pasillo del castillo tiene mucha más vida y movimiento que el mío. A nuestro paso veo varias puertas dobles abiertas de par en par donde hay chicas hablando entre ellas. Alzan la cabeza al verme y se callan hasta que dejo de estar cerca de su alcance. Así sucesivamente, puerta tras puerta, hasta que llegamos a una en concreto.

Esta habitación es muy parecida a la mía. Los mismos muebles con el mismo corte, excepto los colores, que aquí parecen ser un poco más vívidos y chillones. Cerca del balcón, que está tan cerrado como el mío, hay una mesa para tomar el té con todas las delicias que se puedan imaginar. A su alrededor hay dos chicas más, que me miran con expresión curiosa.

—Chicas, esta es Sierra —me presenta la chica de cabello dorado—. Ya sabéis, la última incorporación.

—Encantada de conoceros. —Abro y cierro los puños, nerviosa.

—Oh, qué descuido el mío. —Se lleva una mano a la frente, dándose un golpe—. Yo me llamo Dorothy.

No me molesto en recordar su nombre. Mi cabeza ya la ha apodado como «Ricitos de Oro». Las demás la imitan, aunque no registro ninguno de sus nombres. Rápidamente cada una ocupa un sitio alrededor de la mesa, es bastante incómodo. Ricitos se sienta a mi izquierda.

—Bueno, ya estamos todas —comenta—. ¿Prefieres leche en tu té?

—Sin leche, gracias.

Con movimientos perfectos llena mi taza sin que la sonrisa la abandone en ningún momento.

—¿Dónde vivías antes de venir aquí? —pregunta la chica que vino junto a Ricitos de Oro antes de darle un sorbito a su taza.

—Ravag.

—¿Ese es uno de los pueblos portuarios? He oído que es casi una réplica de los Territorios del Sur.

—Sí, es un pueblo portuario y, sinceramente, no tengo ni idea de si se parece a los Territorios del Sur. No sé cómo son ni he ido nunca.

—Para hacerlo tendríamos que atravesar el Bosque Torcido —apunta Ricitos mientras me sirve unas pastas encima de un platillo—. Y ahora que pertenecemos a Viktor jamás pisaremos esas tierras.

Me asombra la facilidad con la que salen las palabras de su boca, parece tener muy bien asumido que somos meras posesiones. Me obligo a no soltar ningún comentario, apretando tantos los dientes que temo partirlos.

—Sin duda, ninguna de vosotras querría tener que cruzar el Bosque Torcido —asevera una de las chicas, quien se gira sobre su asiento para mirarme directamente—. Mi pueblo se encuentra casi en la frontera y por las noches los sonidos que se escuchaban eran estremecedores. Y cuando una partida de hombres se atrevía a cruzarlo…

El final está bastante claro para todas. Acaba en muerte.

—Mejor hablemos de cosas menos aterradoras —propone Ricitos—. He oído que en la subasta Viktor pagó una cantidad escandalosa por ti.

Al final todas las conversaciones llevan siempre a lo mismo. Sí, es cierto que pagó mucho más de lo que era de esperar, pero pensé que esta no sería la primera vez que un hombre como él hace este derroche de recursos. Tal y como dijo, cuando se tiene tanto, ¿qué más da desperdiciar un poco? No verá muy disminuida su riqueza.

—Dicen las malas lenguas que es por tu supuesta castidad —dice con los ojos entrecerrados una de ellas.

—Nada de supuesta, soy casta —aseguro, molesta por el hecho de que se cuestione una cosa como esa—. Y no creo que se deba a eso. No debo ser la única en las mismas circunstancias.

—Oh, claro que no. Yo lo soy y todas las que estamos aquí también. —Deja escapar una risita—. Solo estaba intentando molestarte.

—Yo he oído que a Viktor le gusta desvirgarnos —dice otra, hablando por primera vez.

Y vaya cosa se le ocurre decir. Solo imaginarme en esas circunstancias hace que la sangre me abandone el rostro. Que él fuese el primero y único, teniendo en cuenta que jamás abandonaré su lado a no ser que muera antes, es devastador.

—Mavka dijo que él mismo lo hizo con ella —comenta Ricitos de Oro casi susurrando—. Y que cada noche repiten.

Las mejillas de todas se vuelven de tono escarlata.

—Dejando eso de lado. Está claro que algo hay de especial en ti. Tal vez tu olor sea delicioso.

—Tiene razón, puede que sea eso.

Pasan a otras cosas que sinceramente no terminan de interesarme, aunque agradezco de corazón no volver a ser el tema principal de la charla. Hablan sobre un nuevo té de hierbas que les están haciendo beber para enriquecer su sangre y mantenerse fuertes; al parecer, cada dos días una de ellas da una cantidad importante de sangre. Nunca jamás han sido tocadas por Viktor y eso me tranquiliza un poco, tal vez su aversión a los humanos hasta me resulte conveniente.

—La única que ha sido tocada por esos atractivos labios ha sido Mavka...

—¿La envidias acaso? —pregunto con una ceja alzada.

No puedo creerlo.

—Estamos condenadas a permanecer aquí tanto como duren nuestras vidas, ¿por qué no albergar la esperanza de recibir algo de afecto?

—¿Qué estás diciendo? ¡No puedes ir en serio!

La sangre ruge en mis oídos, ensordeciendo todo lo que sucede a mi alrededor. No puedo creerme esto, ¿acaso les han lavado el cerebro a todas? Bastante tengo con la actitud de Mavka, pero al parecer no es un caso aislado. Todas anhelan algo de Viktor.

—Déjala, Sierra, no intentes entenderlo —susurra la otra chica que se sienta a mi lado.

Después de esto se produce un silencio tan espeso como el mismo almíbar, nos recolocamos todas incómodas en nuestros asientos, lanzándonos miradas de soslayo las unas a las otras. Alguien debe romper este silencio incómodo y no voy a ser yo.

—¿Qué pensáis que le habrá ocurrido a Mavka?

Levanto los ojos de mi regazo, curiosa.

—¿Qué le ha ocurrido?

—Esos gritos solo pueden ser... —añade otra.

—¿De qué? —pregunto.

—El poder de Viktor —responde una—. Se dice que puede escarbar dentro de tu mente y destrozarte.

—¿Qué quiere decir eso?

Se miran las unas a las otras, con los rostros más pálidos que antes. Todas callan sin decir ni una palabra más. Se escucha el sonido de unas pisadas apresuradas acercándose a la habitación, nos volvemos todas y encuentro el rostro de Naida en el marco de la puerta. Su respiración es acelerada y tiene un suave rubor cubriendo sus mejillas.

—Señorita Sierra, debe venir conmigo.

Me levanto del asiento en silencio, sin hacer preguntas. Me disculpo por tener que marcharme con una inclinación de cabeza y musito un pequeño agradecimiento por la invitación. En cuanto salgo, tengo que andar bastante deprisa para seguir el ritmo de las zancadas de Naida.

—¿Qué ocurre?

—No hables y camina.

Cierro la boca de golpe y le sigo el ritmo. Nos cruzamos con algunas saciadoras más que parecen revolotear de una habitación a otra. Volvemos la esquina, internándonos en el pasillo solitario de mi habitación, y Naida casi me empuja al interior cuando abre la puerta. Me giro, molesta.

—¿Piensas decirme qué ocurre?

La puerta se abre de nuevo, dejando paso a una acelerada Clarissa con las manos llenas de vestidos y tocados. Naida me toma de los hombros y me conduce corriendo hasta la bañera donde un baño de burbujas ya me está esperando. Me desnuda y me hace meterme dentro. Restriega mis brazos con brío y entusiasmo.

—¡Naida! —protesto—. ¿Qué ocurre?

—Viktor tendrá visita esta noche, ¿sabes lo de los Territorios del Sur? —Asiento con la cabeza—. Bien, pues el representante de los Diluidos viene hacia aquí, Eleazar Labrot.

—¿Y qué pasa con eso?

—Llegará justo para la hora de la cena y se espera que estés allí. Órdenes de Viktor. Así que vas a presenciar una escena de lo más hostil. Se odian como pocas personas en el mundo lo hacen.

—No creo que se odien más de lo que lo odio yo a él —mascullo.

Naida da por finalizado mi baño, me ayuda a ponerme de pie y cubre mi cuerpo con una bata de seda fina. Me llevan hasta el tocador, casi sin darme tiempo para respirar. Alisan mi pelo con el cepillo desenredando los nudos y aplican aceites de dulces aromas por mi cuerpo.

—¿Por qué tantas atenciones? No entiendo a qué vienen estos preparativos.

—Muchacha —me regaña Clarissa mientras forma una corona de trenzas encima de mi cabeza—. Cualquier cosa, hasta una saciadora, es seña del poder de Viktor. Tu presencia, tu aspecto. Todo, absolutamente todo, es una muestra más de su poderío.

—Puede que Viktor tenga fama de ser cruel y necesitar de muchas de vosotras para poder saciarse, pero también es conocido por ofrecer la mejor calidad de vida. Y hoy, contigo en la mesa, está confirmándolo. Tu aspecto es sano, estás en perfectas condiciones y así es como deben verte.

—Calidad de vida de la que solo disfrutas si sobrevives —señalo.

—Si sobrevives —coincide Clarissa—. Nosotras haremos que sobrevivas, te lo aseguramos. Además, aún no ha reclamado ni una gota de tu sangre, tal vez solo disfrute haciéndote rabiar.

—Si ese es el caso, tampoco me anima mucho.

Con unos toquecitos en mis brazos, Naida me hace poner de pie y desliza por mi cabeza un vestido pesado de terciopelo rojo. Lo examino a la vez que ella se encarga de ceñirlo a mi cuerpo. Es muy elegante, tanto que lo siento demasiado para una chica como yo.

—¿Hay algo que deba saber?

—No tengas miedo. —Los dedos de Naida me acarician suavemente la mejilla mientras prepara mi rostro—. Ellos están enemistados, pero ninguno tiene nada contra ti. Solo tienes que estar en esa mesa, en silencio.

—Como un adorno decorativo —bufo.

—Solo habla cuando te lo pidan y, por favor, no le lleves la contraria a Viktor, no esta noche. Por tu bien.

—Seré toda una dama.

—Perfecto. —Me hace cerrar los ojos para aplicarme kohl en los párpados—. Eleazar es un hombre encantador, no te preocupes, y Viktor, aunque no lo es, es un magnífico imitador. Puede parecer encantador si es lo que necesita.

Asiento mientras trabajan en mí. El sol está poniéndose al otro lado de la ventana y aprovecho los últimos momentos que me quedan para repetirme una y otra vez que esta cena no es diferente a las otras, solo tengo que guardarme mis respuestas rebeldes y todo irá bien. Ya vivo rodeada de vampiros, ¿qué importa uno más, aunque este sea enemigo de Viktor? En cualquier caso, todos los vampiros son enemigos míos, vivo en territorio hostil desde hace poco más de una semana.

Termino por calzarme los pequeños zapatos de tacón. Clarissa y Naida me hacen girar sobre mí misma mientras me dan sus sonrisas aprobatorias.

—La más bonita, sin duda.

Ni de lejos llego a creérmelo, pero no voy a malgastar el aliento en contradecirlas porque la verdad es que el trabajo que hacen conmigo es excelente y maravilloso. Aguardamos un rato más hasta que la noche ha llegado por completo y entonces salgo de la habitación, dejándolas atrás. Los pasillos están silenciosos, los guardias me miran de reojo al pasar e incluso algunos muestran sorpresa al verme con esta ropa. Bajo las escaleras sintiendo el frío en la nuca.

Un momento, llevo el cuello completamente desnudo.

Entro en pánico y sopeso la idea de volverme y rogarles a Clarissa y Naida para que deshagan todo el peinado y lo dejen simplemente caer por mi espalda. Dos vampiros en la misma mesa con mi cuello totalmente desnudo parece toda una provocación. Es como si estuviese rogando que me hinquen el diente.

Para, Sierra, para. Eres más fuerte que esto. Camina, un pie delante de otro y déjate de estupideces.

«Hacerme esperar tanto tiempo sentado a la mesa es toda una grosería por tu parte, fierecilla del castillo».

Viktor parece saber cuándo necesito uno de sus malditos comentarios dentro de mi cabeza para hacerme avanzar dispuesta a soltarle unos cuantos improperios. Solo que esta vez, cuando entro al gran salón, no le lanzo una de esas sonrisas llenas de sorna y desprecio, sino que me limito a hacer mi papel de dama sumisa y agradable puesto que hay una persona más sentada a la mesa. Ninguno de los dos se levanta cuando notan mi llegada. ¿Caballeros? Totalmente en peligro de extinción.

Ocupo mi asiento al otro extremo de la mesa y con tan solo alzar la vista encuentro a los dos zafiros que tiene Viktor por ojos mirándome con clara diversión. No le hago ningún gesto, ya que mi atención pasa rápidamente al hombre sentado a su derecha. Tiene un aspecto totalmente fiero y guerrero, muy diferente de Viktor, con sus aires de misterio y elegancia.

Tiene el cabello rubio como la paja, me recuerda al cabello de mi familia. Pensar en ellos me ocasiona una punzada en el pecho.

—Eleazar, te presento a la más reciente de mis saciadoras, Sierra Ruggiero.

Viktor extiende una mano en mi dirección. Me fuerzo a esbozar una sonrisa.

—Encantada de conocerlo.

—Lo mismo digo.

Ya está, ni una palabra más. Viktor no parece realmente sorprendido. Hace chasquear sus dedos como tantas otras noches y enseguida los criados humanos entran con las bandejas entre las manos. Dejan una delante de mí y otra frente a Eleazar. A Viktor solo le dejan una enorme copa.

—No sé si lo que he hecho preparar para ti será de tu agrado, aunque si no es así, siempre puedes hacer entrar a tu saciadora. Ninguno de nosotros tiene problema en que te alimentes de ella frente a nosotros.

No me pasa inadvertida la pequeña mirada que me dirige Viktor con todos sus dientes reluciendo.

Eleazar levanta la tapa de su plato, donde espera un gran filete casi sin cocinar. Desde aquí puedo ver cómo rezuma sangre. Hago memoria rápidamente, rememorando la escueta información que leí en uno de los libros en los primeros días aquí.

Los Diluidos, al tener sangre humana corriendo por sus venas, son capaces de consumir ciertos alimentos aparte de sangre. La mayoría parecen decantarse solo por ella, pero no están impedidos biológicamente. No es el caso de los Puros, que sufren grandes intoxicaciones en caso de consumir cualquier alimento que ellos calificarían como «humano»; están limitados a una dieta completamente líquida.

—Muy considerado por tu parte, Viktor. —Noto cierto énfasis en el nombre—. Esto es perfecto, no hará falta llamar a nadie.

Satisfecho, Viktor acerca la copa a sus labios y da un sorbo que deja una pequeña mancha carmesí en sus labios. El color de sus ojos se ve vagamente alterado por un brillo intenso.

—¿Y a qué debo esta visita? —Cruza los dedos por delante de sí—. Te has arriesgado a viajar durante el día sabiendo lo que eso puede hacerte.

—Sabes perfectamente a qué se debe. —La voz de Eleazar suena rígida, toda su pose realmente lo es. No está cómodo aquí, se siente claramente amenazado—. Los Puros no hacéis más que propasaros con los míos, con los Diluidos. Estamos hartos de vuestras propalaciones. Muchos se han encontrado con que se les prohíbe la entrada a las Subastas Rojas y otros tantos han visto cómo intentaban arruinarlos en ellas.

—¿Qué te hace pensar que yo tengo algo que ver?

El puño de Eleazar se estampa contra la mesa haciendo que mis cubiertos salten. Los cojo rápidamente haciendo como que parto mi comida. Sí, mi comida es super interesante.

—No hagas como que no sabes nada. Todos te siguen. Lo que tú mandas, se hace. Siempre ha sido así con la familia Vitalle.

—Te olvidas de que yo jamás me he impuesto como líder, ellos hacen lo que les da la gana. Yo no he pedido que me respeten. —Arquea una ceja—. Aunque hacen bien en hacerlo. Aun así, yo no he dictado que se os trate de esa forma.

—Una palabra tuya puede cambiarlo.

—Lo que os ocurra a los Diluidos no es mi problema.

—Somos la misma raza, venimos de la madre Lilith, ¿cómo podéis tratarnos de esta forma?

Una carcajada se forma en lo hondo del pecho de Viktor.

—Puede que haya alguna gota de la Madre en tu sangre, pero no somos iguales. Vosotros lo sabéis, siempre lo habéis sabido. —Coloca una mano encima de su corazón—. Créeme, yo no tengo nada en contra de vosotros. Bueno, no lo tenía hasta que os habéis convertido en una auténtica molestia. Estoy muy cansado de que vengas aquí siempre pidiendo lo mismo, de los ataques de tus pequeños rebeldes y de esa estúpida moda que estáis propagando... ¿alimentaros de sangre animal? Mancháis la especie aún más con vuestra sarta de estupideces.

—Algunos no se sienten cómodos haciendo eso a los humanos... —susurra Eleazar.

—Ah claro, porque sentís empatía hacia ellos. Vuestra sangre humana se retuerce dentro de vuestras venas cada vez que usáis a uno para alimentaros, ¿no es así?

Se hace el silencio. Parece que Viktor ha dado en el clavo. Carraspeo, incapaz de seguir conteniendo mi curiosidad. Ambos dirigen sus miradas hacia mí.

—¿Qué es lo que pedís los Diluidos?

Los ojos de Eleazar se abren con sorpresa dejándome ver el dorado de sus iris que, a diferencia de los de Viktor, son cálidos. Tiene cicatrices salpicadas por el rostro sin que eso le reste atractivo. Sus labios son gruesos y se encuentran fruncidos, tiene los pómulos tan altos y marcados que parecen cincelados en mármol. Es hermoso, de una forma ruda y brusca.

—Queremos que él —señala a Viktor con el dedo—, junto con los de su calaña, firmen un tratado que nos otorgue los derechos que claramente merecemos.

—Ya te he dicho que eso no depende de mí. —Viktor se encoge de hombros—. ¿Que mi poder asusta a los demás? Sí, es cierto. Eso no quiere decir que sea líder de nada, ni mucho menos que quiera ponerme a jugar a la política.

—Tus padres eran políticos —increpa Eleazar—. Ellos trajeron la paz.

—Primero, no hables de mis padres con tu maldita boca. —La voz de Viktor se eleva poco a poco con cada palabra, irradiando ira—. Y segundo, yo no soy ellos. Yo me dedico a disfrutar de la vida y de los privilegios que me ha dado, ellos eran sufridores, velaban por las demás especies y por vosotros. Claramente, os consintieron demasiado y ahora no dejáis de llorar por unas cuantas malas miradas.

Vuelve a tomar otro trago de su copa, como si el descenso de la sangre por su garganta fuese a apaciguar su ira. Estoy inquieta en mi asiento, me llevo pedazo tras pedazo de comida a la boca deseando huir de aquí. Si hay algo peor que un vampiro enfadado, son dos vampiros enfadados y con ganas de pelear.

—No son solo unas cuantas malas miradas —contraataca Eleazar—. Son desprecios continuos, masacres, retenciones de alimento. —Sus ojos se entrecierran mientras una comisura de su boca se eleva en un gesto arrogante—. Pero recuerda que nosotros somos muchos más y nos estamos reuniendo, cada vez son más los que se atreven a cruzar el Bosque Torcido y buscarnos. Os quedaréis sin los Diluidos que usáis como si no valieran nada y vendrán un día a las puertas de cada uno de vosotros a pediros cuentas.

—¿Sí? —responde Viktor con el mismo nivel de arrogancia—. ¿Y qué haréis? ¿Nos mataréis? No tenéis cómo hacerlo.

—Solo es cuestión de tiempo que encontremos la forma.

Mi mandíbula casi llega al suelo. Sí, la verdad es que, si tuviese que escoger, sin duda me subiría al barco de los Diluidos, pero creo que amenazar de esta forma a la persona que te tiene en su mesa es un poco imprudente. Inquieta, me remuevo en el asiento deseando salir de aquí. Viktor debe darse cuenta del ritmo acelerado de mi corazón y vuelve la cara hacia mí.

—Sierra, ¿has terminado tu cena? —Mira mi plato—. Si es así, puedes retirarte a tus aposentos.

Ni siquiera me lo pienso cuando hago arrastrar mi silla hacia atrás y comienzo a ir hacia la puerta. Dedico un leve gesto de cabeza para despedirme y en cuanto las puertas del gran salón se cierran tras mi espalda salgo despedida hacia las escaleras. Las subo con prisa y corro por los pasillos hasta mi habitación. Una vez dentro disfruto del silencio hasta que se rompe. Se escuchan ruidos estridentes, gruñidos como los de un animal y cosas que se rompen. Doy un respingo en el sitio y me alejo de las puertas lentamente.

No sé cuánto tiempo duran los ruidos de la pelea. Lo siguiente que sé es que desde el balcón veo salir a toda velocidad a un carruaje tirado por caballos. La oscuridad de la noche no me permite ver mucho más. Entonces, alguien toca la puerta y, aunque podría pensar que son Naida y Clarissa viniendo a comprobar que estoy bien, algo me dice que no son ellas.

Abro sintiéndome bastante dubitativa, intento reprimir el temblor en mi mano antes de que la puerta quede abierta de par en par y me encuentre totalmente de frente con Viktor.

Delante de mí, alto e imponente, está Viktor, con un aspecto ligeramente desaliñado. Las únicas señas de la discusión o lo que sea que haya pasado ahí abajo son las ligeras arrugas en su camisa y la pequeña mancha de sangre en su mejilla. Por lo demás, no parece que venga de pelear con otro vampiro.

—¿Qué ocurre? —Controlo de manera magistral el tartamudeo de mi voz.

Hay un brillo inquietante en sus ojos.

—Solo venía a comprobar que has venido directa a tus aposentos.

Parpadeo varias veces sin llegar a creérmelo.

—Para eso no era necesario que llamaras a mi puerta, sabías que estaba dentro.

—Tienes razón. —Las comisuras de su boca se alzan con esa sonrisa arrogante que odio tanto—. Escuchaba tu corazón.

—Genial. —Agarro la manija de la puerta con intención de dar un portazo en sus narices—. Entonces ya sabes que estoy aquí, buenas noches.

Su bota da un paso adelante impidiendo que pueda cerrar la puerta, su mano atrapa la mía con rapidez. Noto el frío de su piel contra la mía y algo extraño me sacude de la cabeza a los pies. Siento la necesidad imperiosa de apartarme, sin embargo, sus dedos ejercen un control férreo sobre mí, eliminan la posibilidad de deshacerme de su agarre. Se inclina levemente y no puedo creerme lo que veo.

—Gracias. —Sus labios acarician el dorso de mi mano en un ligero beso—. Has estado increíblemente tranquila ahí abajo, fierecilla.

—No hay nada que agradecer.

Aparto mi mano por fin con un brusco tirón.

—Créeme, sé que has hecho un gran esfuerzo para no retarme con esa lengua tan viperina que tienes. —Sus ojos bajan solo unos segundos más allá de mi rostro, a mi escote, donde mis pechos, aunque pequeños, asoman como pequeñas montañas—. Y tu presencia de algún modo también ha distraído a Eleazar. Quién sabe cuántas tonterías más hubiese dicho…

—Me parece fantástico —digo irónica—. Ahora, si me disculpas, voy a proceder a cerrarte la puerta en las narices para poder descansar. Buenas noches.

Una vez más mis intentos por echarlo se ven frustrados por su fuerza.

—Qué grosera. —Su tono divertido hace hervir la sangre en mis venas—. Ni siquiera me has invitado a hablar dentro.

—Las damas no invitan a los hombres a sus aposentos.

Alzo el mentón mientras él parece estudiar mis palabras.

—Tú no eres una dama. —Da un paso hacia atrás—. Igualmente, no estoy interesado en ver tu habitación por dentro.

—No lo parecía hace un momento —digo con tono de burla mientras cruzo los brazos debajo de mi pecho—. Es más, tengo entendido que te encanta entrar en los aposentos de las damas.

Sus cejas se unen al fruncir el ceño.

—¿Yo? ¿Entrando en los aposentos de las damas? Me ofendes.

La forma en que lo dice me hace dudar si se está burlando o realmente le parece una ofensa.

—Sí, más concretamente en los de Mavka.

Ahora su rostro cambia a una mueca de repugnancia absoluta. Sus labios se retraen dejando sus colmillos a la vista y sus ojos tienen ese brillo inquietante, casi sádico, que he visto más veces de las que me gustaría. Inconscientemente doy un paso hacia atrás y él aprovecha para dar uno hacia adelante haciendo que me sienta acorralada.

—Yo jamás iría a sus aposentos y mucho menos yacería con ella —escupe—. Nunca me acostaría con una humana.

—Permíteme que lo dude. —No sé de dónde sale esta valentía—. Estoy segura de que te encanta hacer precisamente eso, yacer con tus saciadoras, descastarlas y usarnos a todas nosotras como rameras.

—¿Eso es lo que crees que hago? —Su mano viaja hasta mi garganta, tomándome por ella y acariciando con el pulgar la base donde late mi pulso acelerado—. Si eso es lo que crees, mañana te mostraré cómo te uso a ti.

—¿Qué?

La voz me sale casi estrangulada.

—Mañana vendrás conmigo por la noche, fuera del castillo. —Se aparta tan rápidamente como se acercó. Echa un vistazo hacia abajo, al vestido—. Usa algo más atrevido. No olvides que, al fin y al cabo, eres mi ramera.

Se marcha sin darme opción a replicar ni objetar, dando un sonoro portazo que resuena en todos mis huesos. Casi creo ver el polvo desprenderse del marco de la puerta.

Toda esa tranquilidad que me daba el que la campanilla no hubiese sonado se va totalmente al traste. Ahora estoy más segura que nunca de que Viktor se alimentará de mí mañana por la noche, posiblemente me deje seca. Seca hasta matarme.

8

Sierra

Durante toda la noche estuve implorando al sol para que no apareciera, para que esta noche fuese eterna y no diese lugar al día siguiente. Fue en vano, pues como cada día, los primeros rayos del sol se abrieron paso haciendo que el servicio del castillo comenzara a hacer sus labores. Los Diluidos, como siempre, se encargan de hacer sus guardias. Aún se me hace raro todo esto y no logro comprender muchas cosas, por muchos libros que lea. A veces me pregunto cómo pude estar tan ciega como para no querer ver lo que me rodeaba, tan resignada a mi destino como para no ansiar conocer un poco más de este mundo al que nos hemos visto arrastrados. Simplemente nací, cuando tuve edad suficiente como para comprender las cosas las acepté sin más, y esperé mi final.

Suspendida en una especie de limbo, observo la llama de la vela que descansa en el escritorio de madera maciza próximo al balcón. Sospecho que Clarissa y Naida lo abren cuando no estoy con el fin de airear la habitación, pero luego lo cierran por temor a que cometa alguna locura.

—Pareces un poco perdida.

Doy un respingo en la silla, llevándome las manos al pecho como si eso fuese a aliviar el pequeño susto. Ank aparece titilando entre las llamas de la vela, andando de puntillas con sus diminutos pies y con el pelo ondeando en todas direcciones.

—¿Qué haces aquí? —Me acerco a ella—. Pensé que vivías en la biblioteca.

Una risita aguda sale de ella.

—Yo vivo en las llamas —canturrea mientras danza alrededor de la vela—. Acudo donde hay fuego, aunque es cierto que prefiero estar en la biblioteca. ¿Y tú qué haces aquí? Llevas más de una semana bajando ahí abajo, se me ha hecho raro no verte.

—Prefiero no salir de mi habitación hoy.

—Habría jurado que tú no le tenías miedo.

Confusa, arrugo las cejas mientras hago una mueca con los labios. Sacudo la cabeza de un lado a otro.

—Me aterra —confieso con resignación—. Desde el primer momento. Es malo, cruel, un narcisista y un depravado.

—Debo reconocer que sí que es todo eso.

—Por no hablar de su fama —prosigo—. Ningún saciador o saciadora sobrevive mucho con él.

Se sienta en el filo de la vela, con las piernas colgando hacia fuera, sin dejar de moverlas hacia delante y atrás. Resulta muy tierna de ver con esa figura tan pequeña y esos ojos enormes de fuego. Es fascinante ver cómo las llamas viven dentro de ellos.

—No es que yo quiera defenderlo —dice con timidez—. Pero debo decir que tampoco es que hagan mucho por sobrevivir. Viktor proporciona comodidades a todos, solo tenéis que tener un poco de instinto de supervivencia.

—¿Eso qué quiere decir?

—Si sabes que un animal es peligroso, no le molestes, porque lo más probable es que te muerda o te ataque. Si sabes que Viktor es un hombre irascible, no hagas despertar su ira. Si además hacéis por estar en buen estado de salud, nada tiene porque ir mal. Lo que ocurre es que la mayoría de las chiquillas se comportan de forma estúpida, se prenden de él e intentan hacer todo lo posible por ganarse su afecto, sin saber que él realmente siente asco por la raza humana. De verdad, si no fuese por necesidad, no estaría cerca de un ser humano.

—He oído que hay vampiros que han comenzado a alimentarse a base de sangre animal.

—Eso es ir en contra de su naturaleza y de los principios impuestos por la Madre de todos ellos, Lilith. Una ofensa. —Niega con la cabeza—. Por mucho que os odie, él jamás se va a desligar de su naturaleza.

—Pareces conocerlo bien.

Hace un pequeño encogimiento de hombros a la vez que la llama de la vela titubea. Se vuelve a poner en pie y, cuando miro con detenimiento, veo la forma de su cuerpo grabada en la cera. Abro los labios con expresión de sorpresa.

—Podría decirse que llevo merodeando por aquí lo suficiente para hacerlo. —Sonríe de forma genuina—. Entonces, ¿qué ocurre hoy para que tengas más miedo que de costumbre?

—Esta noche salgo del castillo con él.

Con frustración, acabo dejando caer mi frente hasta impactar contra la cubierta de uno de los libros que descansan sobre el escritorio. Me golpeo un par de veces, con la esperanza de perder el conocimiento o causarme daños mayores que me impidan acudir esta noche.

—Oh.

Levanto la cabeza de golpe.

—¿Oh? —replico.

—Bueno, tal vez sería mejor decir: oh-oh.

Lanzo un gruñido y entierro de nuevo el rostro en la cubierta del libro.

—No me ayudas —refunfuño.

—Realmente yo he venido aquí porque estaba aburrida ahí abajo —dice como si nada—. Suerte esta noche.

Apenas tengo unos segundos para levantar la mirada y verla fundirse de nuevo con la llama de la vela desapareciendo de mi habitación como si nunca hubiese estado. La única señal de su presencia es la pequeña hendidura en la cera donde se ha sentado. Me quedo un rato en silencio sin hacer nada, hasta que abro un cajón donde veo algunos trozos de papel y enseguida me viene una idea. Espero hasta la hora del almuerzo, que es cuando Naida se pasa para dejarme una bandeja en la mesita cerca de la chimenea.

—Naida, ¿sería posible conseguir un poco de tinta? —pregunto antes de que se vaya de nuevo.

Mira un momento hasta el escritorio, donde descansan los trozos de papel que he encontrado y una pluma de una elegancia sublime. Asiente con una sonrisa y poco después reaparece con un pequeño tintero, igual de elegante que todo lo que hay en este castillo. Me pongo manos a la obra escribiendo cartas a mi familia con la esperanza de que Viktor me deje enviarlas. Les hablo de cómo está siendo todo por aquí, de mis largos paseos en el jardín, de la belleza de este, de la grandeza de los muros, y me aseguro de tranquilizarlos diciéndoles que estoy bien. No hablo sobre mis sentimientos o mis pensamientos sobre Viktor porque estoy segura de que todas mis cartas serán supervisadas en caso de ser enviadas. Haciendo esto es como paso parte del día, relatando mi vida y hablándoles de las cosas que he visto, incluida esa pequeña salamandra llamada Ank. Para cuando acabo, aún tengo un par de horas que invierto en leer con la intención de distraerme, y es cuando mis puertas vuelven a abrirse ante Naida y Clarissa que sé que el tiempo de relajarse ha acabado.

—Debo reconocer que nunca pensé que el señor quisiera llevarte a una de esas fiestas —dice Clarissa mientras frota con brío mis extremidades.

—Te garantizo que yo no tengo ninguna gana.

—Es todo un honor.

—¿Qué pasa en ellas?

Me ayuda a levantarme, me cubre antes de que me enfríe y pasa sus manos para secarme. Naida aparece como siempre cargando uno de esos preciosos vestidos; esta vez es uno blanco, tanto que daña la vista.

—Pasa todo lo que una dama no debe ver —dice esta—. La única que ha ido a una de esas fiestas ha sido Mavka y, según cuchicheaban sus doncellas, la muchacha quedó bastante perturbada a su regreso.

—¿No puedes decirme algo más específico?

Clarissa resopla, al parecer molesta con mi ignorancia y nuestro continuo parloteo. Me agarra de las mejillas con fuerza.

—Pecado carnal —dice—. Eso es lo que vas a ver.

Sin añadir nada más las dos comienzan a trabajar en silencio. Solo se escucha el frufrú de la tela cuando pasa por mi cuerpo, los utensilios que utilizan para cubrirme la cara con polvos y los labios con carmín. Me aplican un poco de kohl, rasgando mi mirada.

—Viktor quiere que lo lleves esta noche —dice Naida sacando del joyero el hermoso collar que ahora me da nombre entre la gente del castillo.

No pongo objeciones, dejo que abroche el cierre en mi nuca haciendo descansar las piedras preciosas sobre mi pecho. El vestido blanco y suelto, apenas ceñido a mi cintura, deja mi cuello y gran parte de mis hombros al desnudo. Una vez más me encuentro sorprendida y aliviada de no tener que llevar uno de esos corsés monstruosos que apenas me dejan hacer una inspiración completa.

A pesar de estar aterrada por lo que pueda encontrarme o por el simple hecho de tener que compartir tanto tiempo con mi carcelero, una parte de mí alberga cierto cosquilleo ante esta posibilidad de salir fuera, más allá de los jardines de este castillo. Es posible que lo que vea esta noche no sea agradable, y aun así servirá para deshacerme en parte de esta sensación de aislamiento.

—No lo hagas esperar.

Clarissa me sujeta por debajo del codo y me lleva hasta la puerta. Drystan me espera al otro lado y sin decir palabra emprende la marcha por el pasillo sabiendo que lo sigo de cerca. Me recojo el bajo del vestido cuando bajamos las escaleras, alcanzo a ver la punta de mis tacones rojos. Estos, junto a las joyas que llevo colgadas, son el único rastro de color en mí esta noche. Todo lo demás es del blanco más puro.

Viktor no se ha molestado en esperarme en el recibidor, como haría un caballero, sino que ya parece estar dentro de su carruaje. El cochero me tiende su mano enguantada para ayudarme a subir y me parece atisbar el filo de sus colmillos debajo del ala de su sombrero.

Me acomodo en el interior, sintiéndome totalmente intimidada por la presencia de Viktor, que como era de esperar, está apuesto como siempre con su chaqueta de traje negro. Intento que no se note demasiado mi escrutinio antes de enfocar mi atención en mirar a través de la ventana.

—Espero que recuerdes las normas que te dije. —Habla con ese tono tan cautivador que solo él parece poseer y dominar a la perfección—. No dejes que ningún otro clave sus colmillos en ti.

—¿No crees que deberías decirle eso a tus amigos? Yo no podría evitarlo, aunque quisiera. Recuerda que solo soy una estúpida y mediocre humana —replico con tono condescendiente.

Una de las comisuras de su boca se eleva en algo parecido a una sonrisa, aunque ciertamente creo que este ser sin alma y perverso no sabe lo que es sonreír de verdad. Solo sabe curvar sus labios de forma intimidante para revelar el filo de sus colmillos.

—Te lo digo a ti y eso es suficiente.

Molesta, giro de nuevo el rostro hacia la ventana. Pasan los segundos y a cada uno de ellos, me siento más embriagada por su aroma, que llena todo el interior del carruaje. No sabría describirlo, aunque quisiera, pero si la noche tuviese un olor concreto, sin duda sería el que desprende Viktor. Noche y luna. El misterio que guarda esta para los poetas y artistas. Es único e imposible de descifrar, simplemente te sientes abrazada por la noche más oscura cuando estás cerca de él.

—¿Solo habrá Puros esta noche? —pregunto entre dientes, incapaz de contener mi curiosidad por muy molesta que esté.

—No, ¿qué te hace pensar eso? —Me estudia durante unos segundos y ante mi falta de respuesta sigue hablando—: Habrá Diluidos y también humanos.

Eso último consigue sorprenderme y él lo sabe en cuanto me ve volver el rostro en su dirección, con los labios ligeramente abiertos en una mueca de sorpresa y los ojos más abiertos de lo normal, abandonando el permanente recelo que siento cuando estoy cerca de él.

—Pensé que odiabais a los Diluidos y más aún a los humanos. O al menos él parece hacerlo.

—Eso son solo mentiras que inventan ellos mismos para victimizarse y entre ellos lo saben, por eso los hay que se dejan de montar pataletas infantiles y se codean con los altos rangos o incluso consiguen un puesto entre ellos. —Inclina la cabeza, observando mis expresiones—. Y respecto a los humanos, varios acuden a esas fiestas con la esperanza de conseguir seducir a alguno de nosotros, Diluido o Puro, les es indiferente.

—No entiendo cómo alguien puede querer eso.

Ladeando los labios en una sonrisa socarrona, se inclina sobre su asiento aproximándose demasiado a mí. Intento pegar mi cuerpo todo lo que puedo al respaldo aterciopelado del carruaje mientras sus ojos azules brillan traviesos. Levanta la mano enguantada en mi dirección, pero la deja caer antes de rozarme, como si de repente hubiese recordado algo. Tal vez el aparente asco que le inspiro, me digo a mí misma.

—Ni te imaginas lo inolvidable que podemos convertir una noche, pequeña fiera —enuncia con claridad cada palabra—. Además, algunos humanos tienen la esperanza de que los convirtamos y así adquirir la inmortalidad.

—¿Y tú lo harías?

Me mira con renovado interés.

—Que tolere a los Diluidos no significa que tenga intenciones de seguir creando más como ellos. —Eleva una de sus oscuras cejas—. ¿Por qué? ¿Te gustaría ser una de nosotros? Ser inmortal y bella, burlar a la muerte y al paso del tiempo…

—Llevo preparada para morir desde que nací.

Él parece sorprenderse; en cambio, yo permanezco impasible. Es una de las cosas que con mayor certeza puedo asegurar. No le tengo miedo a la muerte ni a lo que sea que venga después, aunque sea la nada misma.

Nos detenemos abruptamente, lo que hace que pierda un poco el equilibrio sobre mi asiento. Viktor guarda silencio y no parece tener intenciones de romperlo en ningún momento. El cochero abre la puerta del carruaje y él sale primero, sin ni siquiera detenerse a ayudarme o acompañarme. Camina varios pasos por delante y me veo en la obligación de apresurar mis pasos sobre estos instrumentos de tortura llamados tacones. Aun así, me mantengo un par de pasos por detrás hasta que llegamos a un hermoso edificio de muros blancos por el que trepan algunas enredaderas. Las puertas se abren para nosotros y el interior sigue ese patrón de blanco con paredes de mármol. Mis ojos miran en todas direcciones sin saber en qué reparar primero. Hay muchos cuerpos repartidos por la estancia, en distintos niveles de desnudez y desenfreno. En algunas paredes cuelgan tapices representando escenas que no reconozco, pero que sin duda me parecen obscenas. En otras solo hay cortinas pesadas de terciopelo rojo que dan lugar a pequeños rincones a los que escapan aquellos que prefieren ocultar sus acciones de los ojos lujuriosos de la sala.

—Puedes hacer lo que quieras siempre que respetes nuestra norma —dice Viktor antes de alejarse de mí y perderse entre el gentío.

No sé bien qué es lo que se supone que puedo hacer aquí, así que me limito a pegarme a una de las columnas de mármol que rodean la sala cruzándome de brazos con la intención de cubrir todo lo posible mi cuerpo.

Observo mi entorno reparando en la diversidad de estilos de vestimenta que lleva la gente. No es muy difícil distinguir a los vampiros y sus saciadores. La mayoría son chicas jóvenes, pero también hay algún que otro chico en edad madura. Los atuendos de todos ellos no son ni de lejos tan cómodos como el mío. Veo a muchachas ataviadas con esas enormes faldas que casi las engullen, con corsés que las oprimen y realzan sus pechos hasta que parecen a punto de explotar. Por no hablar de la apariencia de las telas, sin duda de valor incalculable, y aún más pesadas.

—¿Es tu primera vez?

Me giro en redondo y encuentro a un muchacho de piel morena, ojos color caramelo y pelo ondulado. Tiene una sonrisa sincera en los labios; sin embargo, me muestro reservada y recelosa.

—¿Tanto se nota?

—Tienes la nariz arrugada como si sintieses asco y, a no ser que tu cara sea siempre del tono de la muerte, diría que has palidecido.

—Bueno pues sí, es mi primera vez —refunfuño.

Nos quedamos en silencio, próximos el uno al otro, con los ojos clavados al frente. Suena una música suave procedente de una orquesta situada en un pequeño rincón y algunas mujeres danzan a su son con el pelo alborotado y sonrisas despreocupadas en el rostro. Otras tienen una palidez y una belleza que las hace fácilmente reconocibles como vampiras, pero se nota que varias hacen un fuerte esfuerzo por llamar la atención de quien sea. El rubor de sus mejillas deja claro que hay un corazón dentro de su pecho que bombea sangre.

—Ahora que Viktor ha llegado, la cosa va a empezar a ir a peor —comenta el chico.

Estoy a punto de preguntarle qué es lo que significa eso exactamente. No hace falta, porque como si decir las palabras en voz alta dieran la señal de salida, la gente que nos rodea comienza a buscarlo como si fuese un faro de luz. Lo veo sentado con las piernas ligeramente abiertas, en una pose relajada y que aun así denota poder. Recibe atenciones de hombres y mujeres, lo que hace que me sonroje y por un breve momento aparte la mirada.

Ese instante me sirve para ver cómo hay gente tirada en el suelo, completamente desnuda, haciendo cosas que sin duda no deberían hacer en un sitio así y que yo no debería ver. Una mujer abre la boca en un sonido de claro placer mientras su amante la penetra desde detrás. Otro se lleva su pecho a la boca. Mire donde mire hay cuerpos retozando y dándose placer. Me remuevo inquieta, sin saber a dónde huir. Mi mirada vuelve a Viktor y lo encuentra con una mujer de pelo pelirrojo acaramelada entre sus piernas.

Sus ojos conectan con los míos y el suave movimiento de la cabeza de la mujer, hacia arriba y hacia abajo, me deja muy claro qué es lo que está pasando. Noto el rubor encendiendo mis mejillas; sin embargo, me obligo a no apartar los ojos de los suyos. Casi puedo percibir ese brillo siniestro en su mirada mientras me mira y sé que me reta. Sus dedos enguantados en cuero acarician la cabeza de la mujer, se hunden entre sus ondas rojizas. La insta a que siga mordiéndose el labio hasta que de uno de ellos brota una gotita de sangre.

Me siento acalorada y completamente fuera de lugar.

—Mira, ese de ahí es Aeron De'ath.

—¿De'ath?

—¿Lo conoces? —El muchacho arruga el ceño—. Es mi señor.

—¿Los De'ath no son unos de los primeros linajes?

—Así es, igual que los Vitalle. —Me señala con el dedo de forma acusatoria—. Así que ni se te ocurra hacerte la sorprendida, tú también has sido comprada por uno de los importantes, de hecho, me atrevería a decir que el más importante.

—¿Por qué?

Un tirabuzón castaño le cae sobre la frente cuando mira por encima de su hombro y, cuando cree que no hay nadie reparando en nosotros —como si eso hubiese pasado desde que estamos aquí—, se acerca de forma cómplice.

—No sé cuánto sabes al respecto —susurra—. Los padres de Viktor fueron los que acordaron los Tratados con los humanos, eran políticos muy reconocidos entre los suyos y entre los nuestros. Antes de ellos, nuestra situación era mucho peor, reinaba el caos y corría la sangre. Los vampiros y las otras especies hacían verdaderas carnicerías con los humanos y no fue hasta que ellos decidieron llegar a una especie de paz que las cosas se relajaron un poco. —Vuelve a mirar por encima del hombro—. Después de eso fueron los vampiros los que se encargaron de mantener a las otras especies a raya.

Alcanzo a musitar un sonido parecido al asentimiento cuando vuelvo a mirar a Viktor, cuya nuez sube y baja en su garganta mientras traga saliva. Una de sus manos se clava en el reposabrazos de su asiento y la otra se hunde más en la cabellera de la mujer en el momento exacto en el que alcanza el éxtasis más absoluto.

Cuando la mujer se yergue de nuevo pasándose un dedo por la comisura de la boca con la intención de limpiarse los restos de saliva, me quedo aturdida. Es Narkissa. Sabía que ese tono de pelo me era familiar y aun así no había imaginado que pudiese ser ella. No pensaba que le fuesen estos actos públicos. Me reprendo al instante recordándome que es una vampira, ellos no piensan ni sienten como nosotros. No es como si este tipo de espectáculo fuese a avergonzar a ninguno de los dos.

—Me parece sorprendente que de unas personas como ellos haya podido salir alguien como Viktor —digo, intentando centrarme en la conversación y no en lo que acabo de ver—. Él no parece interesado ni lo más mínimo en que reine la paz.

—No está interesado ni en la paz, ni en la política. —Se apoya junto a mí en la columna de mármol—. Eso parece gustarle más a mi señor, es quien se encarga un poco de todo eso.

—¿Te trata bien?

—No tiene mucho tiempo, así que no se dedica a perturbarnos si es lo que quieres saber.

—¿Y cuántos sois aparte de ti?

—Dos más.

Viktor tiene doce saciadoras. A pesar de que los dos sean de linajes importantes, es evidente que él hace lo que quiere y toma lo que le da la gana. A pesar del asco que nos guarda, tenernos en su arsenal manda la señal clara de que es mucho más poderoso que el resto y puede hacer lo que quiera. Tampoco parece haber nadie que lo cuestione, seguramente porque le tienen demasiado miedo como para hacerlo. El recuerdo de los gritos rasgados de Mavka sacuden mi mente de nuevo y el no haberla visto durante estos días vuelve a helarme la sangre. Quién sabe qué clase de horrores le hizo sufrir.

—¿Te gustaría bailar?

Miro con una mezcla de horror y curiosidad la mano que me tiende. Alterno entre ella y sus ojos avellanados que me miran con una pizca de diversión. Tiene un pequeño lunar debajo del ojo izquierdo que le da un toque pícaro.

—No creo que deba. —Niego con la cabeza—. Además, no sé bailar.

—¿Te lo ha prohibido?

Ambos sabemos a quién se refiere.

—No.

—Entonces vamos a bailar. —Tira de mí con la suficiente fuerza como para hacerme tropezar con mis propios pies—. Por cierto, mi nombre es Walter.

Su sonrisa es casi contagiosa y, sin remedio, acabo por corresponderla con una pequeña y tímida. Dejo que nos conduzca hasta el centro de la sala donde el resto de invitados danzan despreocupados; algunos desnudos, otros conservando algo de ropa aún. Y otros… Lo que hacen no lo llamaría bailar, o tal vez bailar sobre la piel del otro sería decirlo de una forma bastante recatada.

—Yo me llamo Sierra.

Posa la mano con sumo cuidado en la parte baja de mi espalda mientras la otra se entrelaza con mis dedos, rígidos por el frío. Damos algunos pasos vacilantes hasta que me acostumbro al ritmo. Se muestra paciente en todo momento, sin decir nada cuando mi pie se mueve en la dirección equivocada y acabo por pisarlo. Se limita a sonreír mientras sacude la cabeza y vuelve a reconducir nuestros movimientos.

—¿Y cómo te trata él a ti? —pregunta pasada la primera canción.

Me tomo mi tiempo para responder. Sí, su trato es bastante mejorable y la verdad es que sus constantes desprecios no es que ayuden mucho a mi autoestima, como cada vez que me olfatea y tuerce el rostro, pero sí es cierto que jamás he visto mi integridad física peligrar a pesar de todas las advertencias que me hicieron en un principio. Tampoco ha intentado abalanzarse sobre mi cuello y, tratándose de él, tal vez debería añadirle un punto positivo de conducta.

¿Estoy loca? ¿Un punto positivo de conducta? Que arda en el infierno, es un patán y no debería valorar esas cosas porque son precisamente lo mínimo que un caballero debería hacer. No abalanzarse sobre una dama y respetarla.

«Si sigues pensando tanto en mí, mi ego no va a caber en esta sala».

Me sobresalto al sentir su voz dentro de mi cabeza e inmediatamente mis ojos lo están buscando. No lo encuentro. Lo que sí encuentro es la mirada preocupada de Walter.

—¿Ocurre algo?

—No, nada, soy de las que se distrae enseguida —me excuso—. Me trata bien, al menos mejor de lo que esperaba. Muchas veces me cuestiono hasta mi propio ser, apenas parezco existir para él.

—Eso es bueno, ¿no?

Me hace girar sobre mí misma y luego vuelve a sostenerme por la cintura evitando que pierda el equilibrio y haga un ridículo espantoso.

—Eso es maravilloso —coincido.

Nos sonreímos mutuamente en medio de todo este jolgorio.

—¿El qué es maravilloso? —Sería capaz de reconocer ese tono de voz incluso en mitad del caos más absoluto. Aterciopelado, seductor y con el punto justo de rudeza—. Supongo que hablabais de mí.

Me separo inmediatamente de Walter, el cual parece haber palidecido igual que lo hice yo al llegar. Me sorprende un poco su reacción, pensé que estaría acostumbrado a su presencia, ya que no parece ser nuevo en este tipo de eventos. La mano enguantada de Viktor se tiende en mi dirección y la miro igual que miraría a un perro rabioso a punto de morderme.

—Ven conmigo. —La forma autoritaria en la que lo dice no deja lugar a réplica—. Walter, tu señor te está buscando.

Walter sale corriendo incluso antes de que termine de escuchar toda la frase completa, lo que me deja completamente sola observando la mano enguantada frente a mí. Los ojos de Viktor me miran insistentes, así que acabo por deslizar mi mano sobre el material frío y duro y dejo que me conduzca a donde sea que quiera llevarme. El latido de mi corazón se vuelve cada vez más frenético conforme mi cabeza imagina las posibilidades. Desgraciadamente no me equivoco al pensar en lo peor. Viktor nos arrastra a ambos detrás de una de esas pesadas cortinas aterciopeladas, donde reina la oscuridad y el sonido de fuera queda amortiguado. Creo dejar de respirar. Su mano me abandona para aferrarse a mi cuello a la vez que nos lleva contra la fría superficie del mármol.

—Es hora de que me lleve algo a la boca, querida.

—No. —Intento retorcerme en vano, el peso de su cuerpo es inamovible—. No, por favor.

Sus ojos se vuelven curiosos a la vez que su dedo acaricia la piel encima de mi pulso.

—¿Por qué crees que te he traído? Espero que no hayas pensado que era para que disfrutes y bailes con humanos mediocres —sisea—. Estás aquí para hacer lo que tantos rubíes de sangre me ha costado. Ahora, levanta la cabeza y déjame probarte.

Mis dedos, en un intento desesperado por apartarlo de mí, arrugan la camisa debajo de su traje e intentan alejar su pecho del mío. Cierro los ojos con fuerza, dispuesta a contener las lágrimas de terror que llegan a mis ojos para que él no pueda verlas.

Ante mi negativa, acaba enterrando su mano en mi pelo y tirando de él para dejar mi cuello totalmente expuesto. Acerca su cara, siento su nariz olfateando mi piel y después el filo de sus colmillos acariciándola. Mi cuerpo entero tiembla de miedo, me empequeñezco a cada segundo. Intento pensar en algo agradable que me haga estar en otro sitio. De un momento a otro el calor de su aliento contra mi piel desaparece al igual que sus manos de mi pelo. Escucho el sonido que hace el cuero cuando lo retira de su mano y después veo el brillo de ese anillo con forma de garra.

Con su otra mano, fría al tacto, toma mi muñeca y antes de que me dé tiempo a replicar, me hace un corte. Mi muñeca pende sobre su boca, en la que comienza a caer un hilo de sangre. Aun estando entre sombras, me parece ver cómo sus ojos brillan de una forma antinatural. Mientras él se alimenta, siento que las piernas me tiemblan y amenazan con fallarme. No sé cuánto tiempo transcurre hasta que consigo decir algo.

—Viktor. —Mi voz es solo un hilo—. Viktor —repito—. Me… me voy a desmayar.

Cada vez me parece sentir las piernas más débiles y como si tuviese cientos de hormigas caminando por mi cuerpo. Se me nubla la visión un poco, pero consigo ver cómo la lengua de Viktor lame mi muñeca y posteriormente mete las manos debajo de mi vestido para arrancar parte del forro. Lo ata en torno a mi muñeca y lo aprieta tanto que me hace daño.

—Hubiese sido más sencillo si me hubieses dejado morderte.

Me siento bastante mareada aún, casi es como si mi cuerpo no fuese mío. Me llevo con cierta dificultad la mano al cuello y acaricio mi piel intacta.

—Escuché que tú no nos muerdes. —Sueno débil—. Nunca.

Oigo cómo chasquea la lengua y el sonido del cuero cuando se desliza de nuevo sobre sus dedos. Después me toma con fuerza por debajo del codo y nos saca de la penumbra. Percibo su cuerpo muy próximo al mío cuando se inclina un poco hacia mí.

—Tal vez las cosas cambien.

Tira de mí aún más fuerte y nos movemos entre todos estos vampiros con pasos rápidos y sin chocar con ninguno de ellos gracias a sus buenos reflejos. A pesar del nudo en mi muñeca, me siento frágil, como si en cualquier momento me fuese a derrumbar. Incluso veo puntitos en mi visión. Un hombre atractivo, de cabello plateado hasta la altura de los hombros y los ojos verdes entorpece nuestro camino. Al instante recuerdo que es a quien Walter ha señalado antes, Aeron De'ath.

—¿Ya te marchas? —pregunta con una sonrisa ladeada y un brillo pícaro en la mirada—. No es propio de ti abandonar la velada tan pronto, déjame unos segundos y seguro que encuentro un hombre o una mujer que te incite a pasar más tiempo entre nosotros.

Le guiña el ojo.

—Aeron, he vivido mucho tiempo, ya nadie consigue sorprenderme tanto y mucho menos incitarme a nada.

Este comienza a reírse como si fuese lo más divertido que ha escuchado en años, es posible que en siglos. Su risa es bonita, suave y cantarina. La cabeza vuelve a darme vueltas y estoy segura de que en cuanto dé un paso más voy a caerme al suelo de bruces.

—¿Esta es la famosa incorporación a tus saciadoras? —Dirige su atención a mí y realiza un breve repaso por mi cuerpo—. Creo que deberías ser un poco menos duro con ella y cuidarla mejor, parece que se está desangrando.

Las aletas de su nariz se dilatan, seguramente captan el olor de mi sangre. Miro a mi alrededor y, aunque no todos, muchos otros también se han percatado. Bajo la mirada a mi mano y me doy cuenta de que la sangre no se ha detenido y ahora la empapa por completo. El trozo de tela, en un principio blanco, ahora es de un intenso color escarlata.

Los penetrantes ojos de Viktor se enfocan en mí, le echa un rápido vistazo a lo que yo misma acabo de ver y con un brusco tirón me toma de la muñeca, examinándola.

—¿Por qué no te estás curando? —espeta—. Mi saliva debería haber sellado tu herida y haber acelerado la sanación.

Intento hablar, aunque las palabras no pasan de mi garganta. Él mira en todas direcciones y por la forma en que su rostro se tensa y su mandíbula se vuelve más afilada, no parece nada contento. El resto de los presentes parece darse cuenta, pues no hace falta que los apartemos para que nos dejen el camino libre. Avanzamos deprisa, lo que hace que tropiece varias veces y que me gane una mirada cargada de enfado por su parte. Justo estoy pensando en que no voy a salir viva de esta noche cuando una chica se abalanza sobre él. Rodea su cuello con las manos y el rubor de sus mejillas me hace pensar que tal vez se haya pasado con el vino.

—Señor Viktor... —Sus labios se acercan peligrosamente a su cara—. Es usted tan guapo y apuesto...

—Aparta.

Casi le da un empujón que la lleva al suelo. Ella no se da por vencida, ya que solo hemos dado un par de pasos cuando vuelve a interponerse, molestando otra vez al más que furioso Viktor. Su grado de embriaguez le impide darse cuenta del peligro al que se está exponiendo.

—Por favor, señor, considéreme. —Hace un ridículo mohín—. Quiero ser bella eternamente como lo son todos ellos. —Señala a un grupo de vampiros que nos observa con sus copas rebosantes de líquido espeso—. Muérdame, me entrego voluntariamente.

Se tira de rodillas al suelo, suplicando y creando una situación bastante vergonzosa, incluso para mí. Acaba incluso aferrándose a las piernas de él, rogando que la convierta.

—Ella ni siquiera es hermosa. —Tardo un poco más de la cuenta en percatarme de que se refiere a mí—. Conviértame a mí en su lugar. Por favor, señor…

La forma en que el pecho de Viktor se hincha en una respiración profunda ya es aviso más que suficiente para saber que ha alcanzado su límite. Esa mirada siniestra que muchas veces he conseguido atisbar aparece de nuevo. Su mano se aferra con más fuerza a mi codo y entonces lo que sucede me deja sin palabras y aumenta mis temblores.

No sé si es el movimiento de su mano u otra cosa que no alcanzo a ver, pero en cuestión de segundos el cuerpo de la muchacha cae sobre el suelo, como si hubiese perdido toda su estructura, como si le hubiesen arrebatado el esqueleto. Una masa de piel y órganos que no han podido ser contenidos llena el suelo. La bilis me sube por la garganta, me llevo la mano a la boca intentando apartar la mirada de ese amasijo de carne que hace tan solo unos segundos era una muchacha hermosa.

Estoy a punto de vomitar cuando Viktor vuelve a tirar de mí y nos lleva más rápido de lo que creía posible al exterior. El carruaje nos espera, me hace entrar atropelladamente y ni siquiera estoy sentada cuando nos ponemos en marcha. Se pasa las manos por el pelo frenéticamente y yo no soy capaz de permanecer más de dos segundos mirándolo.

Es un monstruo, un completo monstruo.

—Déjame ver tu muñeca.

Intenta alcanzarme; sin embargo, por una vez soy más rápida y consigo apretarme contra el asiento antes de que consiga atrapar mi muñeca.

—No me toques.

Mi voz está teñida de pánico y él, al percatarse de ello, hace algo inesperado. Se ríe, con ganas además, y no debería parecerme un sonido tan bello.

—Espero que a partir de ahora te muestres un poco menos desafiante. —Su mirada se clava en mí—. He sido mucho más benevolente de lo que te crees, así que la próxima vez que reclame tu sangre, me la darás sin objeciones. Y ahora déjame ver por qué no estás sanando.

Me muestro reacia a obedecer así que, como durante toda esta noche, acaba tirando de mi brazo sin delicadeza alguna. Observa el improvisado vendaje y lo arranca, revisando mi herida que no deja de sangrar. El tajo que me cruza la muñeca de lado a lado pinta bastante mal.

—No hay ni una mísera señal de que tus tejidos estén haciendo por curarse y regenerarse.

Murmura más bien para sí mismo. Una vez más me toma por sorpresa cuando lame mi herida y con ello se lleva los rastros de sangre con su lengua. Un escalofrío me recorre de pies a cabeza y me digo a mí misma que es frío y miedo. Desvío la mirada al exterior, donde el camino avanza rápidamente. No tardamos mucho en dejar atrás las calles adoquinadas y adentrarnos de nuevo en la vegetación espesa. Ni siquiera me doy cuenta de cuando me suelta la mano de nuevo, estoy demasiado cansada.

Cuando llegamos, soy la primera en bajar con ayuda del cochero y no he dado ni dos pasos al frente cuando su voz me detiene en seco.

—Que tus doncellas te cuiden el corte, mañana irá alguien a revisarte. —Alzo la mirada por encima del hombro para observarlo—. Y no salgas de tu habitación hasta que diga lo contrario, estoy más que furioso contigo. No te has curado y el resto lo ha visto.

Me hierve la sangre dentro de las venas y no sé si eso hará que la hemorragia siga su curso y lo empape todo. Tal vez debería calmarme. No es que sea algo sencillo cuando este patán me culpa a mí de haberlo puesto en evidencia. Tal vez esto no hubiese pasado si me hubiese dejado tranquila y no hubiese bebido de mi sangre. Yo estaba tranquila bailando con Walter y entonces él... él lo ha echado todo a perder.

—No es mi culpa que tu lengua haya perdido su toque mágico.

Aguardo unos segundos en los que no hay réplica alguna, así que me marcho de ahí con pasos apresurados, sin poder creerme que eso haya salido de mi boca. Cuando llego a mis aposentos y cierro la puerta, me tambaleo un poco. Durante un momento me siento orgullosa de mí misma. Por una vez parece que he dejado sin palabras al temible monstruo que merodea por aquí.

9
Sierra

Mis doncellas no tardaron en aparecer en cuanto supieron de mi llegada, deseosas de obtener cualquier información que yo quisiera darles. En cambio, encontraron a una versión de mí asustada y de dedos temblorosos. No les conté nada sustancioso y ellas, al ver la herida de mi muñeca, tampoco quisieron saber nada. Se limitaron a atenderme lo mejor posible, me arroparon en la cama y me dejaron descansar.

He dormido durante todo el resto de la noche y buena parte del día y solo me he despertado porque, justo cuando el último rayo de sol se ha ocultado, un hombre de pelo canoso y rasgos angulosos ha irrumpido en mi habitación. Ahora mismo se encuentra inyectándome algo en el brazo, me parece haber entendido que era un suero vitamínico. Narkissa, a la que soy incapaz de mirar a la cara, está justo a su lado comprobando todo lo que hace, supongo que para luego contárselo a Viktor que, dicho sea de paso, ni se ha molestado en venir a comprobar cómo estoy. Ya que esto es por su culpa, hubiese sido todo un detalle por su parte, aunque ¿qué esperaba? Es evidente que no se siente ni mínimamente responsable.

—La verdad es que no entiendo porque nuestra saliva no surte efecto en ella —comenta el médico, vampiro, para sorpresa de nadie—. ¿Padeces algún tipo de enfermedad en la sangre? ¿Hemofilia tal vez?

Niego rotundamente con la cabeza.

—No, nada de eso.

—No constaba ninguna enfermedad en su *Libris* —añade Narkissa con tono áspero—. Debería coagular tal y como lo haría un humano sano. El problema es que Viktor se excedió con el corte pensando que su saliva la curaría y no es así.

Sí, soy muy consciente de ello. Anoche perdí una cantidad de sangre más que considerable y el médico ha tenido que suturar la herida, es muy posible que me quede una cicatriz bastante fea.

—Dile a tu señor que se abstenga de hacer cosas como esta por el momento. —Cierra su maletín y se pone de pie, alisando las solapas de su chaqueta—. Regresaré en unos días cuando se encuentre mejor y me llevaré una muestra de su sangre, sin duda la respuesta estará ahí.

—Perfecto, doctor.

Narkissa lo acompaña fuera de la habitación y tan solo unos minutos después reaparece en mis aposentos con una cara poco afable. La chimenea, por primera vez desde que llegué, está encendida calentando la habitación. Se arrodilla frente a ella, de espaldas a mí y pasa un tiempo largo hasta que habla.

—Por tu culpa ahora el resto piensa que Viktor está debilitado, que sus poderes han mermado.

Intento como puedo reincorporarme dentro de mi cama, ya que estar plácidamente recostada mientras me lanzan acusaciones infundadas no me parece lo más idóneo.

—¿Por mi culpa? —replico, confusa—. Tal vez él debería ser menos bruto. Le dije que no lo hiciera, no me escuchó, así que ahora que cargue con las consecuencias de sus actos. Además, me parece que estáis exagerando un poco.

—La capacidad de curación de nuestra saliva es la más básica de nuestras cualidades, que eso falle es ridículo. —Se gira, medio rostro queda bañado por las llamas y el resto, en penumbra—. Y más en alguien como Viktor, su poder es tan grande que nos sobrepasa a todos nosotros.

—Mató a esa chica con un simple movimiento de mano, ¿no es esa señal suficiente de que sus poderes están intactos?

Un bufido bajo sale de entre sus labios.

—Es posible, pero también es posible que no. —Se vuelve por completo y me lanza una mirada despectiva y cargada de reproche—. No avergüences a mi señor de nuevo, si no, seré yo misma quien te lo haga pagar.

Mis ojos se abren con sorpresa, incapaz de dar crédito a lo que mis oídos escuchan. Al final la culpa siempre es del que menos poder tiene. Parece muy difícil aceptar que todo esto es simplemente una idiotez a la que le están dando más vueltas de las necesarias y que, si se me permite decirlo, se podría haber evitado si cierta persona fuese menos animal y más respetuoso. Reparo en su rostro mientras guardo silencio, en que hay más sentimientos en esos ojos, veo dolor. Como si las piezas de un puzle encajaran en mi mente, todo cobra sentido.

—Ya veo de qué va todo esto —digo en voz baja—. Estás enamorada de él.

—¡Claro que no!

Desde aquí veo sus puños apretados. Su mandíbula se mueve cuando rechina los dientes.

—Claro que sí. —Por alguna razón me veo sonriendo con cierta compasión—. Mira cómo reaccionas, claro que estás enamorada de él. Me atacas a mí para no ver lo que ha hecho él —prosigo con cautela—. Narkissa, no le hace falta que lo defiendas ni que me amenaces. Él es más que capaz por sí solo. Lo que ocurre es que estás enfadada conmigo por otras razones y te aseguro que no tienes por qué.

—No digas sandeces.

—No son sandeces, es la verdad. Y si se me permite, no creo que él te merezca. Si te respetase no te hubiese exhibido anoche como si fueses una más en su racha de conquistas.

—¡Qué sabrás tú de nosotros! —Da un golpe en la chimenea y me parece ver la piedra resquebrajarse—. Además, una mojigata como tú no tiene ni idea de cómo funciona el sexo.

—Pero sí sé cómo funciona el respeto.

Su rostro, de una belleza exquisita, se ve transformado grotescamente por la ira. Veo en ella la intención de abalanzarse y hacerme daño; sin embargo, algo parece hacerle cambiar de opinión. Retrae sus colmillos, que ya habían comenzado a asomar, y con un giro brusco desaparece de mi habitación. Me llevo la mano al pecho y suelto un suspiro profundo.

«Pequeña fiera, no te entrometas en mis asuntos de cama, aunque me alegra saber que una mojigata como tú se percató de mi espectáculo anoche».

Gruño dentro de mi cabeza con la esperanza de que eso también lo escuche. A veces me olvido del fino oído que tienen estas criaturas. Con ellos no existe mucho de lo que una llamaría intimidad. Me giro sobre el mullido colchón, apoyo mis manos bajo mi barbilla y me concentro en quedarme dormida de nuevo, solo me apetece hacer eso. Cualquier movimiento me parece como subir una montaña empinada, me deja agotada y sin aliento.

Doy vueltas sobre el colchón, de un lado a otro sin conciliar el sueño. Pruebo cualquier cosa: contar ovejas, cerrar los ojos con fuerza, centrarme en mi respiración hasta que esta se vuelva calmada. Cualquier cosa que me ayude a dormir. Acabo por lanzar un gruñido furibundo cuando veo que es misión imposible. Me siento de nuevo sobre la cama y frente a mí veo a una mujer casi desnuda, con los pechos cubiertos solo por la longitud de su cabello. El grito de sorpresa se me queda atascado en la garganta.

Por un momento pienso que es Narkissa, pero aparto ese pensamiento enseguida. Las sombras no me dejan ver con claridad su rostro. El tono naranja de las llamas recorta su figura y juraría que me observa con la mirada curiosa de un felino por la forma en que inclina ligeramente la cabeza, examinándome, evaluando al humano indefenso que tiene enfrente, lista para atormentarlo.

—¿Quién eres?

Mi pregunta sale en un tono chillón. Intento cubrirme todo lo posible con las sábanas de la cama. No me hace falta verla con claridad para saber que no es humana, no sé decir exactamente qué es, simplemente su presencia me cala de frío hasta los huesos.

—¿Has aceptado ya tu destino, niña estúpida?

Mis dedos se aferran con más fuerza a las sábanas cuando reconozco el tono de su voz. La voz que escuché en el lago, esa que me hizo enfurecer y luchar por mi vida. La respuesta a su pregunta supongo que es sí, acepté lo que la vida me había deparado siempre y aquí estoy, en un castillo, alejada de mi familia, siendo el alimento de un vampiro centenario que apenas soporta mi presencia ni yo la suya. En vez de responder con eso, formulo otra pregunta.

—¿Por qué me salvaste?

El estallido de las llamas camufla el chasquido molesto de su lengua. Se pasea de lado a lado de la chimenea, sin mostrar en ningún momento vergüenza por su estado de desnudez ni que le preocupe que en cualquier momento alguien pueda interrumpirnos y verla así. Cuando levanta la mirada de nuevo hacia mí, sus ojos me parecen dos pozos sin fondo dispuestos a absorberme el alma.

—Eres mi regalo.

—¿Tu regalo? ¿Qué significa eso?

Aparto las sábanas a un lado, más que dispuesta a levantarme y caminar hacia ella, por si verle el rostro con claridad me pudiera ayudar a descifrar algo más en sus palabras. Antes de que ponga un solo pie fuera, me detiene alzando la mano. Se lleva la otra hasta los labios y luego posa un dedo sobre ellos instándome a guardar silencio. Casi estoy a punto de replicar como una furia y, entonces, me despierto.

Miro en todas direcciones escuchando el bombeo de mi corazón en mis propios oídos. Tengo el cuerpo empapado de sudor, el camisón pegado a la espalda y algunos mechones sudorosos en las sienes.

—Tranquila, Sierra, estoy aquí.

El rostro amable y arrugado por la preocupación de Clarissa aparece en mi campo visual. Inmediatamente siento el alivio de una compresa fría contra mi frente. Susurra palabras de alivio mientras yo siento que ardo de dentro hacia fuera. Lo que he visto podría haber sido un sueño o simplemente las alucinaciones de una persona febril.

—Seguro que llevas días incubando algo y por eso ha pasado todo esto —dice reflexiva mientras me cambia la compresa y con otro trapo húmedo me limpia el sudor del cuello—. No debería haberte llevado a esa fiesta.

Escucho el ruido de las puertas al abrirse y ni siquiera tengo fuerzas para levantar el rostro. Al ver lo que pretendo, Clarissa me ayuda a recostarme contra las almohadas. Naida acaba de entrar a mi habitación acompañada de Drystan. Las mejillas de la muchacha parecen algo sonrojadas, aunque dado mi estado, prefiero pensar que son alucinaciones mías. No es posible que a Naida le guste una persona como él, ¿no? Es decir, es un vampiro, solo la vería como una fuente de alimento. Sería como si el ratón se enamorara del gato. Un suicidio.

—¿Cómo se encuentra?

—La fiebre sigue igual —responde Clarissa—. El médico debería volver a verla.

—Se lo comentaré a Viktor, aunque no creo que… —La otra mitad de la frase queda suspendida en el aire.

Todos excepto yo parecen saber qué es lo que Drystan quería decir, pero yo no tengo ni la más remota idea, ¿Viktor qué?

—No es justo, se supone que debe cuidar de ellas, no puede dejar que…

—Está enfadado y cuando está así no hace precisamente lo que es justo. —Se cruza de brazos—. Veré qué puedo hacer.

Si sucede algo más no tengo ni idea, vuelvo a perder el conocimiento sumergiéndome una vez más en una pesadez oscura, esta vez sin mujeres semidesnudas ni menciones sobre aceptar mi destino. Solo una oscuridad pesada y asfixiante.

Para mi suerte, Viktor sí hizo llamar al doctor de nuevo y con ayuda de algunas hierbas y consejos, mi fiebre se fue reduciendo paulatinamente.

Tres días después ya estoy en perfectas condiciones y más que dispuesta a seguir revoloteando tanto como me sea posible por el castillo. Eso sí, aún no hay ni rastro de una explicación para lo que pasó con la herida de mi muñeca. Justo anoche el doctor se llevó unas muestras de mi sangre y, siendo franca, dudo que descubra algo. Lo normal es que los humanos no sanemos mágicamente, así que creo que el problema apunta hacia otra dirección, aunque obviamente nadie se va a atrever a decirlo en voz alta, no sea que el frágil ego del señor se rompa en mil pedacitos.

Si eso pasara, me encantaría pisotearlos para cerciorarme de que no haya forma posible de reparar ese ego tan descomunal.

Bajo hasta la biblioteca y me siento en mi sitio habitual donde sigo estudiando sobre las diferentes criaturas sobrenaturales. Para mi descontento, Ank no hace acto de presencia. Miro la llama de la vela con la esperanza de que en cualquier momento aparezca con el estallido de llamas por pelo y su figura diminuta. No lo hace y el pinchazo de desazón en el pecho me confirma lo sola que me siento aquí. No tengo interés en encontrarme con el resto de saciadoras, siento que no encajo con ellas o que esperan obtener cosas de mí, aunque no sabría decir el qué.

Abandono la biblioteca tal y como entré, solo que esta vez no me dirijo inmediatamente a mis aposentos, sino que decido explorar un poco. Voy hacia el lado contrario de las escaleras, donde en un lateral hay una pequeña puerta parecida a la que da al acceso a la biblioteca. Sin mucha esperanza pruebo a abrirla y para mi sorpresa, cede sin problemas. Un fuerte olor a humedad y cerrado me golpea las fosas nasales. Queda ante mí un imponente descenso de escalones de piedra. Apenas veo los primeros y la antorcha en la pared parece llevar mucho tiempo sin ser encendida. Miro a mi alrededor buscando algo que me sirva como faro de luz, pero no hay ni rastro de una sola vela. Genial, ¿dónde están cuando se las necesita?

Decido dejar la puerta abierta de par en par para que me aporte algo de luz en mi descenso. Algunas telarañas caen del techo y se pegan a mi pelo al pasar. Intento quitármelas de encima, pero al cabo de un rato desisto. Bajo con cautela, tentando los fríos muros de piedra con las manos. Estoy a punto de darme por vencida cuando piso el último escalón y decido girarme a mi derecha.

Celdas.

Eso es lo que se esconde aquí debajo.

Creo que ya he tenido suficiente espíritu aventurero por hoy y que ya puedo darme media vuelta hasta que veo una figura sentada con la espalda muy recta al fondo de una de las celdas. Camino comprobando por suerte que no hay nadie más encarcelado, solo esa persona. Tal vez Viktor no sea tan cruel después de todo y no mande encarcelar a todo el mundo.

O bien los mata y se ahorra las molestias de tenerlo aquí, dice la voz de mi cabeza, que a estas alturas no sé si es mía o suya, hurgando sin parar entre mis pensamientos.

—¿Hola?

Mi voz rebota contra los muros y la figura no hace ni el mínimo gesto que dé a entender que me ha escuchado. Estoy segura de que así ha sido, es imposible que no lo haya hecho a no ser que tenga algún problema auditivo.

—¿Estás bien?

Doy otro paso más, dubitativa, cada vez más cerca de su celda. Solo hay una pequeña ventana con rejas de aspecto fuerte por el que entran unos vagos rayos de sol. No son suficientes como para iluminar este sitio, pero sí para que no me parta la crisma al caminar. Me voy aproximando, con cuidado, como el domador que se acerca al león. Escucho un ruido a mi espalda que me hace girarme con el corazón acelerado, siento que en cualquier momento voy a vomitarlo a mis pies. Cuando me cercioro de que posiblemente esté alucinando, doy un pasito más en dirección a la celda.

Justo en este momento me encantaría no ser tan curiosa y hacer lo que sería sensato: subir las escaleras, cerrar la puerta y volver a mis aposentos, donde un fuego calentito me espera. Lo que pasa es que voy escasa de sensatez y me parece mucho mejor estar aquí, a oscuras, pasando frío y acercándome a no sé qué. Podría ser algo peor que Viktor, o tal vez solo sea una persona indefensa víctima de su crueldad. Me inclino por lo segundo.

Mis ojos se acostumbran a la oscuridad y, para cuando llego frente a los barrotes de la celda, distingo que se trata claramente de una mujer. Una parte de mí automáticamente siente empatía.

—Oye, ¿estás bien? —Acaricio uno de los barrotes—. ¿Por qué estás aquí? ¿Tienes comida?

Reviso el suelo buscando alguna bandeja o algo con agua. Se me oprime el corazón al pensar que puedan tenerla aquí abajo muriendo de hambre y de sed. Enfoco mi vista todo lo que puedo ya que ella no parece dispuesta a hablar. La poca iluminación me deja ver el bajo de un vestido de aspecto delicado y sedoso, de un tono dorado intenso. Amarillo como los rayos del sol o la paja. Me resulta ligeramente familiar. Examino todo lo que puedo, pues su rostro sigue oculto entre sombras.

—¿Tienes nombre?

No recibo una respuesta, aunque tampoco es necesario, ya que la figura cae hacia un lado sacando su rostro de las sombras. Reconozco a Mavka al instante. Sus ojos dorados miran inexpresivos hacia el frente y no hace ni siquiera el ademán de intentar levantarse o incorporarse de nuevo. Se queda tirada de lado mirando fijamente a la pared, y solo sé que no está muerta porque veo cómo sus pestañas se mueven ligeramente. Aferro los barrotes y me agacho todo lo posible para quedar a su altura.

—¿Qué te ha pasado? —Estoy entrando en pánico—. Oh, santo cielo, ¡voy a buscar ayuda!

Corro intentando no caerme y subo las escaleras deprisa, agarrando las faldas del vestido. Doy gracias por no llevar unos zapatos monstruosos en esta ocasión. Estoy tan aturdida por lo que acabo de ver y tan enfocada en buscar ayuda que, cuando lanzo un último vistazo hacia la escalinata que dejo atrás, no logro evitar chocar contra un pecho duro y con aroma a noche cerrada.

—¿Se puede saber qué hacías ahí abajo?

Sus manos me sujetan solo un breve momento por los hombros y luego me suelta, como si mi tacto fuese abrasivo contra su piel. A su lado, mirándonos con las cejas alzadas y expresión horrorizada, se encuentra Drystan. Lleva un bonito traje de color rojo y el pelo suelto y liso hasta los hombros.

—Mavka... yo...

Los dos pares de ojos están puestos sobre mí.

—¿Tú qué? —insiste Viktor sin un ápice de amabilidad.

—Mavka está ahí abajo. —Señalo con el dedo—. No está bien, algo le pasa.

—Ya lo sé.

Se cruza de brazos como si lo que le estoy diciendo le aburriese sobremanera y yo le pareciera una estúpida sin remedio. Drystan avanza un paso e intenta tomarme por el brazo y arrastrarme de nuevo a mi habitación, donde sin duda creen que dejaré de hacerles preguntas estúpidas.

—¡Aparta! —Le doy un manotazo en la mano y veo el sutil brillo de la ira en sus ojos, pero rápidamente se apaga y retoma su postura elegante y educada de siempre—. ¿Qué le pasa? ¿Qué le has hecho?

Viktor no parece preocupado por mis acusaciones. Se encoge de hombros y no sé qué es lo que me saca más de quicio. Si su cara perfecta y arrogante que me mira con aburrimiento, que me trate como a una estúpida o las dos cosas mezcladas en un cóctel que me veo obligada a ingerir cada día que estoy aquí.

—Responde.

Una risita burlona escapa de sus labios.

—No sabía que se habían invertido los papeles. —Se acerca un paso a mí, presionando su pecho con el mío, obligando a que levante la cara para poder mirarlo a los ojos—. Tenía entendido que las órdenes las daba yo, y que eras tú la que hace obedientemente lo que le digo. Sin duda debemos trabajar en eso un poco más, creo que no me tienes suficiente miedo.

Su mano, descubierta y sin nada que le evite hacer contacto directo con mi piel, acaricia amenazadoramente la curva de mi cuello desnudo hasta la clavícula. He escuchado de otras bocas que la caricia de un hombre muchas veces puede hacerte estallar en lenguas de fuego por dentro. La suya no es así. Es fría y te estremece por dentro, igual que si pasaran el filo frío de un cuchillo por tu piel.

—Ven conmigo.

—¡No!

No tengo ocasión de oponer resistencia, intentar anclar los pies al suelo o aferrarme a lo primero que mis dedos encuentren, ya que me agarra del codo y me arrastra de regreso a esa oscuridad asfixiante. Bajamos los escalones deprisa, tropiezo varias veces y si no fuese por su agarre, habría salido rodando hasta romperme algún hueso. Avanza sin dificultad en la oscuridad hasta que quedamos frente a la celda. La puerta de esta cede sin apenas esfuerzo, nos mete dentro a los dos y me lanza al suelo al lado de Mavka. Sigue en la misma posición que antes, con sus ojos dorados clavados en la nada.

—Esto es lo que pasa a los que desobedecen.

Sus labios casi acarician mi oído cuando habla, haciéndome temblar de pies a cabeza.

—¿Qué le pasa? —digo con la voz temblorosa.

—Está vacía. —Se pasea por la celda—. Su mente está en blanco, está quebrada.

—¿Quebrada?

Lo miro a los ojos, que brillan llenos de satisfacción por ver que está consiguiendo lo que quiere: asustarme, hacerme temerlo tanto que me proponga jamás contrariarlo de nuevo.

—Puedo alterar las cosas, dicho de una forma que puedas entender. —Siento una punzada de ira—. Donde antes había un cuerpo bello y esbelto, queda una montaña de órganos y tejidos; donde antes había una montaña robusta e inamovible, dejo una pequeña pila de arena, y donde había una mente compleja, un cascarón vacío.

La confesión cala lentamente dentro de mí. Alterno mi mirada horrorizada entre él y Mavka, que ahora solo parece ser un recuerdo de ella misma. No la conozco lo suficiente, pero cada vez que entraba al gran salón rezumaba poder. Su aspecto siempre era impecable y sus ojos, brillantes, no así. No, esto no es ella.

—¿Sientes compasión, mi querida fiera? —Se da toquecitos en el mentón con uno de sus largos y pálidos dedos—. Me sorprendes.

—Eres horrible, ¿por qué le has hecho esto?

—Porque nadie toca mis inversiones.

Como si fuese ya una costumbre, tira de mí obligándome a que me ponga en pie. Nos saca de allí dando un fuerte portazo que cierra la celda de nuevo. Subimos los escalones de regreso, el rostro preocupado de Drystan nos saluda nada más pisar el último escalón. Viktor me suelta y acabo en brazos de este, desechada como un trapo sucio y viejo.

—Llévala a su habitación y que no salga. —Me mira fijamente—. Si no me falla la memoria, te dije que te quedaras allí. —Vuelve a dirigirse a Drystan—. Después manda decapitar a quien debiese estar ahí abajo vigilando, precisamente para que no entre ninguna persona curiosa e impertinente.

—Viktor…

Una mirada basta para que su mano derecha se calle de inmediato y deseche lo que fuese que iba a decir. Asiente en un gesto servicial y comienza a llevarme de regreso a mi habitación. Su mano en el bajo de mi espalda es mucho más amable que los tirones a los que me somete Viktor.

—Ah, y que hagan depositar la cabeza en el cuarto de descanso de los guardias —agrega despreocupado—. Para que no olviden las consecuencias de su negligencia.

Drystan vuelve a asentir y prosigue con nuestro recorrido. No dice ni una palabra y tampoco espero que lo haga. Me devuelve a mis aposentos y escucho la llave de la puerta girando, dejándome aquí encerrada. Nadie viene en el resto de día, ni siquiera mis doncellas para hacerme compañía, como si Viktor estuviese empeñado en hacerme sentir sola y miserable y, a mi pesar, lo está consiguiendo. Incluso esas cenas desagradables eran una forma de distraerme, me entretenía lanzarle miradas llenas de ira y comentarios mordaces. Ahora hay un miedo instalado en mi corazón que creo que me impediría hacer siquiera eso, y me molesta.

Esa noche, la fiebre vuelve y caigo enferma de nuevo.

10
Viktor

Esa chiquilla apenas lleva dos semanas en el castillo y ya ha conseguido darme más quebraderos de cabeza que todas mis otras saciadoras juntas. Para un vampiro milenario, decir que su actitud desafiante me tiene cansado es decir bastante. Pocas cosas consiguen despertarme una emoción, aunque esta sea la de molestia absoluta. Normalmente no me detengo ni dos veces en mirar a alguna de ellas, son comida, nada más. Y ella parece forzarme a hacerlo, siempre metiéndose donde no la llaman, haciendo los comentarios más inesperados o mostrando compasión por quien sin duda no la merece.

Es rara, molesta e impertinente.

Lo mejor que podría pasar es que una de esas fiebres se la llevara y me librara de ella. Es obvio que fui un estúpido al comprarla. Hacer caso a ese sentimiento que tira de mí hacia ella me está saliendo más caro que los rubíes que di. Su sangre ni siquiera es tan buena.

La puerta de mi habitación se abre dando paso a Drystan. Tiene el rostro impávido, sin mostrar mucha emoción, como es propio de todos nosotros. Cruza los brazos detrás de su espalda.

—Ha vuelto a caer enferma.

Un bufido sale de entre mis labios, molesto conmigo mismo por haber elegido a una chica tan débil. Nunca parece recuperarse del todo.

Desde esa fiesta ha estado cayendo en la fiebre constantemente, con pequeños lapsus de buena salud entre noches enteras de paños húmedos contra su frente.

—Que Lilith dicte su destino —digo con la voz cargada de hastío.

—¿No harás llamar al doctor?

—Ya ha estado aquí dos veces y no sabe qué es lo que le sucede. —Planto las manos sobre el escritorio con un sonido sordo—. Aceptemos que hay algo mal en ella. No voy a gastar más mi tiempo en algo que no tiene solución. Si su destino es la muerte, que así sea. —Sonrío de medio lado—. Tampoco hagamos como si yo no hubiese planeado beber de ella hasta matarla.

—¿Y vas a dejar ir, así como así, a una inversión tan cuantiosa?

Enarca las cejas, haciéndome saber que escuchó cómo la llamé hace unos días ahí abajo, cuando descubrió una de las muchas cosas horribles que soy capaz de hacer.

¿De verdad pensó Mavka que pasaría por alto su desobediencia? Dejé muy claro que Sierra es mi presa, de nadie más. Solo yo tengo derecho a reclamar su vida cuando me plazca.

—La riqueza perdida no me importa tanto como mi buen humor, y ella lo altera cada vez que respira. Así que sí, estoy dispuesto a perder mi inversión.

Drystan entrecierra los ojos, como si no me creyese del todo.

Sí, es posible que me irrite haberme equivocado tanto con ella. Pensé que lo que sentí en la Subasta Roja era porque su sangre sería exquisita, un manjar, algo diferente. Resultó que no es gran cosa, o tal vez su miedo alteró su sangre tanto como para hacerla insípida. La expectación y su manera de mirarme habían hecho crecer mis ganas, mucho, demasiado.

Y luego está lo otro… ese sentimiento de familiaridad. Como si los dos estuviésemos vacíos por dentro. Como sus ojos grises, huecos, pálidos. No reflejan emociones.

Pero eso no vale todas las molestias que me he tomado hasta ahora.

—Tal vez un cambio de aires le vendría bien —señala—. He oído que los humanos muchas veces se toman bien este tipo de cosas. Cambiar de aires para sanar.

—Estupideces.

Cientos de años de amistad y convivencia le han proporcionado a Drystan el conocimiento suficiente como para saber que nada de lo que diga podrá hacerme cambiar de opinión. Seguir hablando es un malgasto de tiempo y saliva, así que suspira resignado y da media vuelta. Antes de que salga de mi habitación, le hago una pregunta que revolotea por mi cabeza durante unos días.

—¿Por qué te interesa tanto Sierra?

Se gira, volviéndose lo justo para mirarme a los ojos. Hace un pequeño encogimiento de hombros.

—Supongo que por lo mismo que tú la compraste, ¿no? —Juraría ver un brillo travieso en sus ojos negros como la noche—. Curiosidad.

—¿Curiosidad de qué?

—Me intriga su resistencia, ¿sabes que no ha llorado ni una sola vez desde que la compraste? —Inclina levemente la cabeza—. Para ser alguien que dice temernos tanto, muestra bastante entereza. Creo que su odio hacia nosotros es más grande y la mantiene viva, ¿no crees que eso es deslumbrante? He visto hombres el doble de grandes que ella cagarse en los pantalones con una sola de tus miradas y ella en cambio es capaz de plantarse delante de ti, temblando como una hoja, y replicarte. Pensé que me convertiría en polvo antes de ver algo así.

—Puedes ir a lamerle el culo si tanto te gusta.

—Sabes que prefiero lamer otras partes de las damas.

Guiña el ojo antes de salir y debo admitir que me quedo sorprendido. No es que Drystan carezca de sentido del humor, claro que no, yo mismo lo he comprobado en alguna que otra ocasión. Es solo que me desconcierta que justo decida sacarlo a relucir para hablar de esa fiera indomable. Puede que también me sorprenda un poco su actitud atrevida en lo que se refiere a ella, sé que la intolerancia hacia los humanos es algo no tan extendido entre nosotros. La mayoría no hace discriminación entre humanos, vampiros u otras especies a la hora de escoger con quién yacer. Soy yo el que se muestra receloso con los humanos. Prefiero incluso estar con hombres o mujeres Diluidos antes que con uno de ellos.

Después de nuestra conversación intento distraerme, reviso la correspondencia, pero encuentro solo cartas de gente inútil que no me interesa ni lo más mínimo, entre ellos el maldito Eleazar. Sugiere hacer una reunión entre las tres familias Puras principales y los Diluidos rebeldes.

Aburrido de tanta cosa insustancial, decido tomarme una copa mientras pienso. Hago llamar a una de las saciadoras y aparece una de cabellos rubios y rostro en forma de corazón que sabe perfectamente lo que espero de ella. Se hace el corte ella misma para derramar su sangre dentro de mi copa. Jamás le clavaría mis colmillos, por mucho que pestañee seductoramente hacia mí con la esperanza de que lo haga.

La otra noche fui un estúpido, casi rompo una de mis propias normas. Es impropio de mí, yo jamás había pensado en morder a una de ellas. Esa fiera parece estar dispuesta a hacer que me lo replantee todo.

La saciadora retrocede sin darme la espalda y desaparece de la habitación poco después de llenar mi copa. Me la llevo a los labios, saboreando el líquido espeso. No es destacable, es igual que la sangre de cualquier otra. Sabrosa, mas no especial. Me relajo mientras bebo y mis pensamientos vuelven a Sierra. Las palabras de Drystan me han sorprendido. Es cierto, a pesar de temerme, no ha derramado ni una lágrima. Asombroso viniendo de un ser tan débil.

Dejo la mente en blanco con la intención de ir saltando entre las conciencias de la gente que habita el castillo. Busco a sus doncellas, cuyas mentes están abiertas de par en par para mí. La mayor, Clarissa, parece verdaderamente preocupada por la salud de la muchacha. Naida, en cambio, tiene en la cabeza a otra persona, una que conozco bien. Voy de una a otra, satisfago mi aburrimiento allanando su intimidad.

Hasta que choco con una mente que hoy no me apetecía ni lo más mínimo asaltar.

«Viktor, Viktor, Viktor…».

Me llama como un canto de sirena.

Esa chiquilla dice que le repugno y me odia, sin ser consciente de que su mente no para de llamarme.

«Viktor, Viktor, Viktor».

Su reclamo se vuelve más demandante y, harto de escucharla, me levanto de mi silla haciendo ruido al arrastrarla. Dejo la copa de un golpe que derrama parte de su contenido. Mis guardias se sorprenden al verme desfilar por su pasillo, no es muy propio que me desplace por el ala de las saciadoras. Siempre intento guardar las distancias.

—Abre la puerta —ordeno a uno de ellos.

No tarda en obedecerme. Dentro la chimenea brinda calor a la habitación. Todo está ordenado, solo algunos libros apilados en el escritorio señalan que ella hace su vida aquí, por lo demás sigue tal y como la recuerdo cuando estaba vacía. Sobre la cama que preside buena parte de la habitación, se encuentra Sierra, con las sábanas apartadas de su cuerpo. Solo lleva el camisón, su cuerpo febril ha hecho que se le pegue con el sudor. Se me dilatan las fosas nasales cuando me percato de sus curvas, creo que casi puedo ver el tono de sus pezones. Aparto la mirada rápidamente, por mucho que ella piense lo contrario, no observaría su cuerpo mientras está en este estado.

No digo que no lo haría si la situación fuese un tanto distinta.

—Por Lilith, Viktor, ¿qué tonterías estás pensando? —me reprocho en voz alta.

Vuelvo a mirarla, esta vez centrándome solo en su cara. Estoy seguro de que si empujase un poco más en su mente podría ver lo que ella está soñando. Porque creo que lo que he escuchado es parte de sus sueños.

«Viktor, Viktor, Viktor».

Maldita sea.

Aprieto las manos en dos puños, incapaz de apartar la mirada. Su cuello está húmedo por el sudor y siento la tentación de pasar mi nariz por él, respirando de nuevo su olor. Es dulce, parecido al de los frutos silvestres. Ese aroma…

La contención hace que me muerda el labio inferior con el filo de mis colmillos. Bufo, asqueado conmigo mismo. ¿Qué tiene esta maldita muchacha, esta humana que compré sucia y con los bajos del vestido raídos? Salgo en tromba, enfadado por reaccionar de esta forma. Mis guardias se asustan al verme salir así y uno de ellos incluso echa un vistazo dentro. Tal vez crea que esa criatura febril ha muerto a mis manos.

—Señor.

Narkissa, con las manos cruzadas frente a su regazo, me espera justo al comienzo del ala del castillo que casi todo el mundo tiene prohibido cruzar.

—¿Qué quieres, Narkissa?

—Solo verte.

—No es el momento.

Mis palabras le duelen y así lo refleja su rostro.

—¿Qué ocurre?

Narkissa sabe perfectamente que no debe tomarse este tipo de confianzas conmigo. Que permita a su boca tocar una parte de mi cuerpo no quiere decir que vaya a permitirle entrar en mi vida.

—Nada que te incumba —respondo mientras retomo mi camino hacia mis aposentos.

—Es esa humana de nuevo, ¿verdad?

—Tengo trece humanas, ¿a cuál de todas te refieres? —digo como si no supiese realmente quién es la que le preocupa.

No entenderé jamás al sexo femenino. A mi parecer, sienten celos de quien menos amenaza les supone. Esa humana jamás podría ganarle en belleza, es un saco de descomposición. A cada segundo que pasa su cuerpo va muriendo.

—La de los rubíes —replica con desprecio—. Esa humana.

—¿Qué pasa con ella?

—Es una molestia.

—En eso estamos de acuerdo.

—Y aun así aquí está.

—Sí, así es. —Siento sus pasos detrás de mí y freno en seco antes de que me siga también al interior de mis aposentos. Nadie entra en ellos aparte de Drystan—. Haz llamar al doctor. Sierra ha vuelto a enfermar.

Sus ojos se abren tanto que parecen a punto de salirse de sus órbitas. Soy muy consciente de que mi comentario la hará enfurecer. Encuentro una gran satisfacción en molestar a aquellos que se me pegan como garrapatas. Es una forma más de causarles dolor.

—¿Desde cuándo nos tomamos estas molestias con una humana? Simplemente cuando enferman, mueren.

—¿Nos? —Entrecierro los ojos—. ¿Desde cuándo tomamos las decisiones conjuntamente, Narkissa?

Cierra la boca de golpe.

—Eso pensaba —prosigo—. Muchas gracias por ocuparte del doctor, que pases buen día.

Entro a mis aposentos cerrando las puertas grandes y pesadas justo en sus narices. Una sonrisa que no sé cómo catalogar se dibuja en mi boca, pero rápidamente desaparece cuando escucho débilmente la risa de Drystan. Nuestro sentido del oído le ha permitido escucharlo todo y parece estar riéndose con ganas.

«Sabía que acabarías cediendo», parece susurrarme.

La poca templanza que heredé desaparece de un plumazo, al igual que lo hace una de las estatuas decorativas que descansa en una esquina del pequeño salón que precede a mi habitación.

Esa humana endeble debe morir.

Y aun así Drystan, las doncellas, incluso la pequeña salamandra que vive en la biblioteca, parecen encariñados con ella.

Pero yo no. Quiero que se marchite, que deje de existir, que deje de perturbarme. Que muera.

11
Sierra

La fiebre parece estar dándome una pequeña tregua, o tal vez haya decidido abandonarme por fin. Aun así, la orden de Viktor ha sido clara: nada de salir hasta que diga lo contrario, y la verdad es que mis últimos descubrimientos, junto con mis reducidas energías, me han quitado por completo las ganas de luchar contra él.

Observo la montaña de cartas sobre mi escritorio, no he dejado de escribir cuando no me encontraba febril o exhausta. Tengo la pequeña esperanza de que se me deje enviarlas, poder tranquilizar a mi familia y recibir unas pocas palabras de ellos de vuelta. Clarissa irrumpe en mi habitación, bastante más animada ahora que la fiebre ha desaparecido durante dos días consecutivos. Lleva una prenda de cuero en sus manos.

—Levanta, querida, tienes que arreglarte, vas a salir.

Pestañeo, confundida, sin creérmelo del todo.

—¿Salir? ¿A dónde? —Me levanto de mi asiento junto al escritorio—. ¿A pasear a los jardines?

Muestra una sonrisa de lado a lado mientras niega con la cabeza.

—No querida, vas a salir fuera. Fuera de verdad.

Mi espalda se yergue del todo y siento un pequeño tirón en el estómago. Nerviosismo y emoción. Estamos a plena luz del día y eso ya me hace sentir que se trata de una salida distinta, ojalá pueda ver algo más que una sala llena de vampiros dejándose llevar por los placeres de la carne.

Clarissa sacude unos pantalones negros de cuero frente a mis ojos y no he superado mi asombro inicial cuando me sorprende una vez más.

—Ponte esto.

—¿Pantalones? —pregunto, incrédula.

—Así lo ha indicado el señor.

Ni siquiera pienso en quejarme. Estoy más que encantada con este cambio de vestuario. Nunca he llevado pantalones, mi madre en ese sentido se regía por las costumbres antiguas y nos hacía a la pequeña Abigail y a mí ir con vestidos y esos instrumentos de tortura llamadas corpiños. Ya estaba encantada por no tener que llevarlo aquí, pero ahora, ante la vista de unos pantalones, estoy pletórica. Me desnudo sin pensarlo, carente de pudor. Me deslizo el material por las piernas y tiro de las cuerdas para anudarlo a mi cintura.

—Me encanta. Es perfecto.

Clarissa asiente, de acuerdo conmigo. Me aparta el cabello del rostro y lo ata con una cinta en una coleta baja.

—¿Sabes a dónde vamos?

—No exactamente, aunque lo más probable es que sea a la ciudad.

Guardo silencio de nuevo mientras Clarissa termina conmigo. Pregunto por Naida, que al parecer está ayudando con la elección de telas para nuevos vestidos. Cuando Clarissa me indica que ha terminado, casi no tiene tiempo para despedirse de mí. Después de tanto tiempo enferma o encerrada, la idea de salir ahí fuera, aunque sea con él, me emociona demasiado.

Bajo al recibidor, que está vacío. Doy vueltas de un lado a otro, impaciente, hasta que lo veo bajar las imperiosas escaleras. Mantiene una actitud regia, sin apenas prestarme atención. Hace días que no nos vemos, pero nuestro último intercambio de palabras todavía quema dentro de mí. Pasa a mi lado y mi oportunidad para mirarlo no dura mucho ya que me tira una tela pesada a la cara.

—Ponte eso.

Estoy a punto de mandarlo al infierno. Me contengo y reviso lo que acaba de tirarme, descubriendo que se trata de una capa. La deslizo por encima de mi cuerpo y la ato a mi cuello. Cuando acabo veo que me está observando con suspicacia. Si espera mi agradecimiento, va a quedarse ahí un buen rato.

Un guardia abre la puerta. Levanto la mirada reparando en dos caballos de pelaje corto y brillante. Sonrío.

—¿Vamos a montar? —me atrevo a preguntar.

—¿Para qué otra cosa podría tener dos caballos ensillados en la puerta, Sierra? —replica con tono burlón—. ¿Crees que me apetece uno de esos tentempiés típicos de Diluidos?

Guardo silencio, creo que es lo mejor. Me adelanta de nuevo yendo hacia el que supongo que es su caballo. Tiene el pelaje negro y unos ojos brillantes del mismo color. Me acerco un momento y, poniendo mi palma extendida bajo su hocico, dejo que me golpee con él y que me huela.

—Cuidado, suele morder, como el dueño.

¿Eso es una broma? Si lo es, me parece totalmente fuera de lugar y espero que la mirada recelosa que le lanzo le haya dicho bien claro que no me hace ninguna gracia. Ni pizca. No cuando viene de un vampiro que puede pulverizar a la gente y destrozarles la mente.

Me acerco hasta el otro caballo, que es todo lo opuesto al suyo, de un blanco inmaculado. Hago lo mismo, dejando que me huela y no puedo evitar que me brote una risa cuando me hace cosquillas con su hocico en la palma. No me doy cuenta de que entre nosotros se ha extendido un extenso silencio hasta que alzo el rostro y lo encuentro mirándome con esos penetrantes ojos azules. Él se percata también de ello y rompe la conexión de inmediato.

—Sube —demanda.

Me acerco agarrándome como puedo a la montura y hago mi primer intento por subir. Soy demasiado pequeña para este caballo tan grande y corpulento. Apenas me alcanza la pierna para apoyarme en el estribo e impulsarme. Con las mejillas sonrojadas, en parte por el esfuerzo y en parte por estar siendo observada, consigo encaramarme al caballo, pero entonces resbalo sobre su costado.

Ya me veo dándome de bruces contra el suelo y ocasionando una escena bochornosa para mí. No ocurre. Siento sus manos en mi cintura sujetándome con firmeza y colocándome sobre la montura. Me tiende las riendas.

—Si eres siempre tan amable, hasta los animales se reirán de ti.

Rodea el caballo, para subir al suyo con movimientos precisos y gráciles. No puedo evitar observarlo más de lo necesario. Me pregunto si debería darle las gracias por evitar que me abra la cabeza contra el suelo, hasta que recuerdo su trato estos días y me digo que es lo mínimo que puede hacer después de haber sido un bruto. Da un pequeño golpe en los cuartos traseros del animal y este comienza su carrera. Lo imito y, cuando la yegua blanca comienza a galopar, aprieto mi cuerpo contra el del animal por temor a perder el equilibrio.

Ambos animales parecen saber a la perfección a dónde nos dirigimos, galopan sin parar y para cuando quiero darme cuenta, el castillo es un punto lejano detrás de nosotros. Permanezco en la misma posición durante un rato hasta que me armo de valor, me enderezo sobre la montura y me permito sentir la brisa golpeándome con fuerza la cara. La capucha de la capa se sube cubriéndome parte de la cara y, por la forma en que me mira Viktor, estoy casi segura de que ha tenido algo que ver.

La yegua se pone al mismo nivel que el caballo de Viktor, casi avanzamos hombro con hombro… o cabeza con hombro, por la diferencia de altura.

—¿Puedo saber a dónde vamos? —pregunto por encima del ruido del viento.

—Tengo una reunión.

—¿Y por qué no llevas guardias ni carruaje?

—¿Por qué tantas preguntas? —Baja la mirada hacia mí—. Mi carruaje y mis guardias llaman demasiado la atención. —Coge su propia capucha y se cubre la cabeza—. ¿Sabes ser un fantasma, Sierra?

Estoy a punto de responder que llevo toda mi vida siendo uno. En vez de eso, clavo la vista al frente y seguimos avanzando por el camino rodeado de espesa vegetación. Miro los árboles que se ciernen sobre nuestras cabezas atrapando el sol en sus copas, y los escudriño como si en cualquier momento pudiese salir algo de entre ellos y atacarnos. Supongo que el hecho de que Viktor no quiera llamar la atención me inquieta bastante.

Al cabo de un rato, posiblemente más de una hora, la ciudad se hace visible. Mi trasero, si tuviese boca, suspiraría de alivio. No estoy acostumbrada a montar y me duele.

Una risilla exasperante sale de Viktor, es bastante obvio que acaba de meterse en mi cabeza de nuevo. Lo odio, ¿no hay forma de mantenerlo fuera? Esto es una violación mental en toda regla.

—No me hace falta meterme en tu cabeza para saber que estás dolorida. —Por un segundo, me parece ver un brillo lascivo en su mirada—. Llevas diez minutos dando saltitos sobre la montura.

Aprieto los labios y dejo de moverme, ahora consciente de que no hay gesto mío que le pase inadvertido. No queda mucho para entrar a la ciudad cuando Viktor toma las riendas del caballo con más fuerza y lo hace desviarse del camino principal. Acabamos detrás de la maleza, desmonta de un salto y lo imito. Ata los caballos al tronco de un árbol cercano y, por la forma en que se mueve, sé que no es la primera vez que hace esto.

No hacen falta palabras, en el momento en que pone un pie fuera de la maleza, lo sigo cerciorándome de que la capucha me tapa bien el rostro, aunque dudo que alguien me vaya a reconocer en la ciudad. Que me descubran a mí no cambiaría nada, no soy nadie para esta gente.

Entramos por uno de los barrios más empobrecidos. Nos fundimos con las paredes transitando los callejones más oscuros y solitarios. Me cuesta seguirle el ritmo, se mueve demasiado rápido y de una forma silenciosa que no consigo imitar. Sus pisadas flotan en el aire, en cambio yo parezco un elefante intentando andar de puntillas.

Mientras deambulamos por los callejones de los barrios pobres, el olor de la orina, los excrementos y la basura es asfixiante. Intento cubrirme la boca con la tela de la capa, pero poco puede hacer por evitarme la peste. Por el rabillo del ojo veo a un pequeño niño, casi desnudo. Compartimos una mirada muy breve antes de que un hombre aparezca y tire de él. Quiero pensar que es su padre. Espero que lo sea. Desde ese momento, siento el corazón encogido dentro de mi pecho y avanzo de forma inconsciente.

Nos detenemos frente a un edificio que parece estar en mejores condiciones que todo lo que hemos dejado atrás. Siendo fiel a él mismo, Viktor entra primero y ni se molesta en mantener la puerta abierta para mí. Dentro está bastante oscuro y tenemos que subir unas tres plantas de escaleras hasta llegar a una puerta con un picaporte en forma de serpiente. Da tres golpes exactos y entonces un rostro conocido nos abre la puerta. Es Walter.

No puede ocultar que le hace cierta ilusión verme de nuevo.

Viktor entra apartándolo a un lado y observando todo lo que hay a su alrededor mientras se deshace de la capa y el par de guantes.

—Aeron y Ciro lo esperan donde siempre, señor.

Se marcha sin decir nada, solo el golpe que hace una puerta al final del pasillo indica que ha entrado a una de las habitaciones. Nos quedamos unos segundos en silencio y lentamente una sonrisa de oreja a oreja se dibuja en los labios de Walter.

—Estoy muy contento de volver a verte y comprobar que estás bien. Me preocupé mucho por ti cuando os fuisteis así.

Inconscientemente mi mano viaja hacia mi muñeca, donde la herida ya está en proceso de cicatrización. Me quedará un recuerdo de esa noche. Él se da cuenta del gesto y solo durante un segundo se le ensombrece el brillo de los ojos.

—Sí, ya estoy mejor. Fue un pequeño accidente.

—Me alegro de que todo fuese eso. —Me señala una pequeña silla, nada glamurosa teniendo en cuenta la clase de lujos de los que me he visto rodeada en estas semanas—. Toma asiento, por favor. No creo que tarden mucho, nunca lo hacen.

—¿Quién es Ciro? —pregunto recordando el nombre que ha mencionado antes.

Sé que Aeron De'Ath es su señor y que procede de uno de los tres linajes originales.

—Ciro Amery.

Abro la boca formando una «o» y luego asiento dándole a entender que sé de quién me habla. Bueno, solo en el plano teórico. La verdad es que no recuerdo haberlo visto la noche de la fiesta. Tal vez lo hiciera, pero no supe reconocerle.

—¿Y qué es lo que hacen?

—Discuten cosas. —Hace un movimiento con la mano, restándole importancia—. O más bien Viktor discute y los demás lo escuchan.

—¿Lo temen?

—Todos lo hacen o, al menos, deberían.

—¿Qué sabes sobre él? —Bajo tanto el tono de voz que creo que no me ha escuchado. Seguro que ellos sí, con esa capacidad auditiva del diablo.

—¿No debería hacerte yo esa pregunta? —replica—. Al fin y al cabo, eres tú quien convive con él y lo alimenta. —Al ver mi expresión en blanco, suspira, y sigue hablando—: Supongo que sé casi lo mismo que tú. Tiene mucho poder, tanto que incluso los de buen linaje lo temen. Tiene dones que no tiene nadie más. Su temperamento lo hace muy imprevisible y la mayoría del tiempo temen enfadarlo y que lo destruya todo. Por regla general no es violento, pero cuando decide serlo, da absoluto terror. Lo de la otra noche no ha sido la única vez, lo he visto hacer lo mismo casi con una sala entera.

—¿Se dedica a matar humanos?

Arquea una de sus cejas, como queriendo decirme que es obvio que sí, ¿o acaso no he escuchado los rumores sobre las saciadoras que no sobreviven?

—Si te sirve de consuelo, no lo hace por placer. O eso creo. Simplemente quita de en medio a los que lo irritan, sobre todo si son humanos. Verdaderamente nos odia. —Se encoge de hombros—. Tampoco me extraña mucho, creo que odia a todo el mundo, a veces se me hace extraño ver cómo deja que lo toque algún hombre o mujer.

—¿Hombre o mujer? —repito—. ¿Viktor…?

—La mayoría disfrutan de la compañía de hombres y mujeres. —Me guiña un ojo—. ¿Por qué conformarse con un solo género si puedes probar los dos?

Siento que me ruborizo de inmediato, recordando cómo los hombres —muchos de ellos Diluidos— pululaban cerca de él.

—¿Tienes algún problema con eso? —pregunta.

—En absoluto —digo atropelladamente, sacudiendo las manos frente a mí—. Solo que no me lo imaginaba. —El comienzo de un momento incómodo es inminente, así que me dispongo a hacer otra pregunta para que la conversación no muera—. ¿Y sobre qué discuten?

—Ni idea, no me gusta chismosear.

Entrecierro los ojos hasta que solo son dos rendijas, diciéndole solo con la mirada que no le creo en absoluto. Me levanto intentando hacer el mínimo ruido posible, algo que me resulta más fácil con estas botas que con los tacones que me hacen usar casi siempre. Camino hasta el final de la sala, sin acercarme del todo a la puerta. Reconozco que es de buena calidad, pues apenas deja salir sonido al exterior. Solo alcanzo a escuchar palabras sueltas.

Raza.

Diluidos.

Extinción.

Crear.

Palabras que sin contexto no tienen mucho sentido para mí, aunque deduzco que la extinción de la que hablan es la que desean para los Diluidos, o algo por el estilo. Ya estoy dándome la vuelta para regresar con Walter cuando la puerta se abre de un tirón. Viktor me sorprende en mitad de mi huida. No dice nada, pero su forma de mirarme ya me dice que no le gusta mucho la gente cotilla que se mete en sus asuntos. Detrás de él aparece Aeron, con su pelo plateado resplandeciente a la altura de sus hombros y esa mirada verdosa rezumando picardía. Justo detrás está quien intuyo que es Ciro. Aunque no lo conozco, su belleza lo señala como vampiro al instante. No habría duda posible al mirarlo.

Tiene la piel tan pálida como la de sus compañeros, el pelo de un color castaño y alborotado y los ojos de un tono que me obliga a pestañear. Son de un tono rosado muy claro.

Sé que los vampiros que nacen siéndolo, detienen su crecimiento cuando su cuerpo cree haber adquirido la madurez adulta. Sin embargo, Ciro parece el más joven de los tres. Tiene un aire jovial, incluso su ropa parece más desarreglada que la del resto. Lleva un chaleco verde botella con la camisa salida de los pantalones y la mano metida en uno de los bolsillos.

Mis ojos se cruzan con los suyos y siento que me sonrojo de inmediato. En respuesta, su boca se curva en una sonrisa amable y por un momento creo que me quedo sin respiración. Jamás lo reconocería en voz alta, pero Ciro es increíblemente apuesto. De una belleza distinta a la de Viktor.

—Tú debes de ser Sierra.

Un músculo en la mandíbula de Viktor tiembla mientras Ciro da un paso al frente, me toma de la mano y me besa la piel. Sus labios están fríos y aun así siento algo electrizante.

—Un placer conocerte. —Mira de soslayo a Viktor—. No es como dijiste. Es una saciadora hermosa, ¿acaso tenías miedo de que te la robara?

Viktor deja salir un sonido a medio camino entre la diversión y la burla.

—Hermosa si te encanta lo insípido. —Sus ojos se clavan en mí como dagas—. Lo impertinente y aburrido.

—Eso no ha respondido realmente a mi pregunta.

—He dicho más que suficiente.

—No te olvides de que me debes una saciadora —dice Ciro, airoso—. Mataste una de las mías.

—No lo hubiese hecho si no hubiese sido una molestia.

Observo el intercambio de palabras totalmente anonadada, turnando la mirada entre uno y otro.

—Eres consciente de tu efecto en las mujeres. —Ciro inclina su rostro como si lo estuviese estudiando—. No puedes matarlas a todas por querer un poquito de tu atención.

Aunque Ciro sonríe, noto algo oscuro oscilando entre ellos dos.

—Perdona por no ser como vosotros, que os perdéis en las faldas de cualquiera.

—¿Te crees muy especial por no estar con humanas?

—Los hombres siempre son mejores, mucho más agradecidos —puntualiza Aeron, no sé si con la intención de desviar la conversación o hacer un comentario burlón.

—Aeron, ya sabes que nuestro querido Viktor no yace tampoco con hombres humanos.

Las aletas de la nariz de Viktor se dilatan, dejando a la vista que esta conversación le parece molesta y desagradable. Siendo sincera, casi todo para él es molesto e irritante. Verlo de buen humor parece imposible. Sin que me lo espere, me agarra de mala manera del brazo y tira de mí arrastrándome de nuevo hasta la puerta.

—Creo que ya es suficiente por hoy —dice sin mirar a Ciro o Aeron—. Todo lo que teníamos que discutir ya está dicho.

Abre la puerta sin esperar a que sus compañeros se despidan o le digan que es un idiota, cosa que yo haría. Por el rabillo del ojo alcanzo a ver a Walter, que nos mira un poco asombrado, pero sin abandonar su posición sumisa junto a Aeron. Al cerrar la puerta, esta tiembla. Nos precipitamos por la escalera y una vez fuera, con un tirón me pone la capa sobre la cabeza y me arrastra por los callejones oscuros, deshaciendo nuestros pasos, de regreso a los caballos.

Doy un pequeño tropiezo que ni siquiera le importa y cuando atravesamos todo el barrio pobre y salimos hacia la espesura que rodea la ciudad, suspiro de alivio. Al menos dejará de arrastrarme por las calles como un muñeco de trapo. Acaricio el lomo de la yegua mientras subo a ella, esta vez sin la ayuda de Viktor.

Su caballo se lanza a la carrera, lo que obliga a la yegua a seguirle el ritmo. Lucho contra el viento para mantener mi capucha firme sobre mi cabeza. El aire me corta las mejillas y mis ojos se humedecen. Avanzamos rápido, mucho más que antes, no le damos respiro a los animales que no dejan de correr levantando la tierra detrás de nosotros.

Nos adentramos en la zona rodeada de vegetación, ahora más oscura aún. Los árboles se inclinan sobre el camino, asfixiantes, y la velocidad de nuestra carrera no me impide sentir que la inquietud crece dentro de mí. Y como si la sensación de antes hubiese sido una premonición, un grito interrumpe el sonido rítmico de los cascos sobre el polvo. Apenas tengo tiempo de reaccionar antes de que me tiren al suelo. La yegua relincha, asustada y dolorida por una herida en el lomo que la hace caer. Consigo esquivarla antes de morir aplastada por su peso. Intento reincorporarme y veo cómo Viktor se enfrenta solo a más de una docena de hombres. Les parte el cuello o mueve su mano y los reduce a nada. Estoy horrorizada y a la vez aliviada de que no parezcan ser una amenaza real para él.

Me tiro al suelo junto al animal caído, que tiene una herida en el vientre. Mis manos se manchan rápidamente con su sangre y estoy demasiado concentrada en la yegua como para darme cuenta de la amenaza que tengo tras mi espalda.

Me toman del pelo y me arrastran sobre mis rodillas hasta que me pongo de pie. Siento el filo del cuchillo contra mi garganta, amenazando mi yugular.

—Te estás equivocando —digo con la voz entrecortada—. Yo no soy importante.

Se ríe de forma ronca.

—Eso no lo determinas tú.

La mirada de Viktor se vuelve hacia nosotros y veo cómo se agrandan cuando me ve en los brazos de uno de ellos. Da un paso y se detiene cuando yo misma siento el hilo caliente que me resbala por el cuello.

—Suelta a mi compañero —dice mi captor.

La mano de Viktor sujeta a uno de ellos, cuyo cuello pende en un ángulo extraño. Está muerto. Obedece dejando caer el cuerpo ya inerte al suelo. Lo veo quitarse el polvo de la capa sin apartar su mirada de nosotros.

—¿Qué quieres?

—¿No te lo imaginas ya?

Puedo sentir su sonrisa detrás de mi cuello.

—Eres idiota si crees que ella me importa como para poder sobornarme con algo.

—No lo entiendes.

Siento unos dientes morderme en el cuello y mis ojos se abren con espanto. Grito de forma agonizante. Su mordisco es para provocarme dolor, no es para alimentarse. Ni siquiera pensé que fuesen vampiros, ¿lo son? Sus pieles no son tan pálidas, aunque tampoco puedo verlos bien. La mayoría se encuentran en ángulos inhumanos. Intento llevar las manos hacia atrás, para agarrar a mi captor y sacarlo de mí, pero es inútil. Sus dientes se aferran a mi cuello con más fuerza y tengo miedo de que me desgarre.

En medio de este caos, uno de los caídos se alza y camina en silencio detrás de Viktor. Quiero gritarle que se vuelva, pero el dolor congela mis cuerdas vocales, solo me sale un grito que bien podría ser de dolor más que de advertencia.

No lo ve venir. Veo el filo de una daga de madera blanca traspasarle el pecho. De los árboles salen más hombres que lo sujetan por los brazos. Mi atacante aprovecha el momento para arrastrarme lejos de allí. Me llevo la mano al cuello mientras me arrastra por el suelo desgarrándome parte de la ropa y arrancándome mechones de pelo. Me arden el cráneo y las rodillas.

A cada segundo nos alejamos más del camino, no sé a dónde me lleva. Mis dedos se aferran a cualquier cosa que encuentran en el suelo, doy con una piedra que uso para golpear la mano que me atrapa. Bufa cuando ve sus nudillos magullados y mi cuerpo cae del todo al suelo. Ni siquiera tengo tiempo de recomponerme, inmediatamente lo tengo sobre mí, estrangulándome.

—Maldita puta.

No puedo hablar, ni gritar, ni respirar.

Su presión es fuerte y juraría que estoy a punto de desmayarme. Entonces veo que su piel comienza a marchitarse, volviéndose del gris de la muerte. Sus ojos, que hasta ahora no había podido ver, son dorados como el ámbar, pero conforme pasan los segundos pierden su vida volviéndose blancos. De él sale algo extraño que se mete en mi boca. Sus manos pierden fuerza hasta que liberan mi cuello libre. Su cuerpo cae del todo sobre el mío, aplastándome contra la tierra fría. Me cuesta más de un intento quitármelo de encima. Cuando lo consigo, gasto solo unos segundos en mirar a mi captor. La piel está cenicienta y desde donde estoy puedo ver que tiene aspecto de estar a punto de deshacerse como las hojas secas.

No me detengo a pensar en lo que ha pasado, no lo sé. Un segundo pensaba que era mi final y al siguiente ya no.

Aparto la mirada del cadáver y salgo corriendo hasta dar de nuevo con las señales de la masacre. Viktor está sobre una rodilla sujetándose el pecho. Todos a su alrededor han dejado de tener aspecto humano. Por mucho que quiera no mirar, veo ojos fuera de sus cuencas, brazos cercenados, montones de carne sin forma y, entre todos ellos, el monstruo que les ha hecho esto.

—¿Estás bien? —pregunto llegando a él.

—Sí.

Su voz es seca. Intenta ponerse de pie, pero las piernas le ceden antes de que lo consiga y queda de nuevo de rodillas. Cierra los ojos, como si estuviese conteniendo el aliento. Cuando los vuelve a abrir, su mirada se ha encendido y se enfoca en mi cuello. Lo cubro de inmediato.

—¿Es grave? —Intento desviar su atención.

—No. —Ríe de forma agónica—. Esos bastardos pensaban que esa estúpida daga me podría matar. Parecen estúpidos, como si no supiesen que los Puros no pueden ser matados.

—¿Nunca?

—No de una forma que ellos conozcan. —Mira por encima de mi hombro—. ¿Y el otro?

—Creo que muerto.

Se queda estático, mirándome como si esperara que empezara a reírme y le dijese que miento, o que realmente viene de camino hacia aquí para terminar de desgarrarme el cuello. Cuando pasan unos segundos de silencio y se da cuenta de que no estoy bromeando, sus labios se curvan siniestramente y después se ríe a carcajadas, lo que me deja totalmente estupefacta.

—¿Crees?

Asiento, aún confundida. Todavía espero encontrarlo detrás de mí. Sacude la cabeza, incrédulo, y tras el tercer intento, se desploma.

Viktor Vitalle está desplomado a mis pies. Tampoco me sorprende después de que haya matado él solo a varias decenas de hombres. Aquí hay tantos cuerpos irreconocibles y desmembrados que se podría formar un pequeño pelotón. Lo miro, esperando a que abra los ojos y diga que es una broma, pero no lo hace. Le pateo el cuerpo con la punta de la bota. Sin reacción.

Algo dentro de mi cabeza me dice lo que debo hacer, pero mi razón me pide que no lo haga. Es mi momento para huir, podría internarme en el bosque e intentar desaparecer.

No seas idiota, Sierra, te encontrará. Sangras y él es un vampiro. Además, ¿dónde irías?

Estoy lejos de casa y a pie el camino es mucho más duro. No tengo recursos, mi familia seguramente sería asesinada si acudiese a ellos de nuevo. Así que suspiro, derrotada, y busco una daga. Encuentro una que ha caído de las manos de uno de los enemigos. Está limpia, a su dueño no le ha dado tiempo de mancharla con sangre. La sujeto por el mango, llevo la hoja hasta la palma de mi mano y dudo. Dudo durante varios minutos hasta que me rasgo la palma y la llevo encima de su boca. La primera gota cae sin que él muestre reacción alguna. Caen dos, tres, cuatro gotas hasta que se filtran entre sus labios y sus ojos se abren. Se han vuelto de un azul casi irreal.

Me agarra de la muñeca, se lleva mi mano a la boca y siento sus labios en contacto con mi palma. Me besa la piel mientras succiona mi sangre. Suelta un gruñido que provoca una reacción inesperada en mí. Un pequeño tirón en el estómago.

—Para —digo, tirando de mi mano—. Es suficiente.

No me hace caso. En vez de detenerse, se aferra a mi mano con más fuerza, lleva su cuerpo hacia ella. Me hace perder el equilibrio y, sin saber bien cómo ha ocurrido, lo tengo encima, con mi palma contra su boca. Succiona con fuerza, siento mi sangre bombeando hacia afuera, su lengua lamiendo mi piel.

Pierdo la esperanza de que se detenga. La sensación que recorre mi cuerpo es la de estar flotando sobre una nube, un tironcito en el estómago y cosquillas por todas mis extremidades. Parece que tampoco es tan malo. Con este pensamiento dejo que siga bebiendo y me frustro cuando se detiene. Se aparta de mí como si fuese portadora de la peste.

—No puede ser.

Pestañeo.

—Se dice gracias —espeto.

—Sabes... distinta.

—Vaya, pues lo siento. —Me levanto tambaleándome sobre mis piernas—. Eres un maldito desagradecido.

Su respuesta es un bufido.

Cuando vuelvo hasta la yegua, veo que su respiración se ha detenido. Siento una pena absoluta, era un animal majestuoso. Las cosas no deberían haber acabado de esta forma.

—Sácala, seguro que le viene bien un cambio de aire. —Escucho que murmura Viktor por lo bajo.

—¿Qué decías?

Me vuelvo para encararle. Ya está montado sobre su caballo, sin mostrar ninguna señal de estar cansado o a punto de caerse.

—Que te subas, eso decía.

Me tiende su mano, de nuevo cubierta de un frío guante de cuero. De mala gana dejo que me ayude a subir y acabo entre las riendas y su pecho. Ese olor misterioso, a noche, me rodea por completo. Miro solo una sola vez hacia su rostro y veo sus labios apretados en una fina línea, manchados con el carmesí de mi sangre. Da un golpe en el caballo lanzándonos de nuevo a la carrera hacia el castillo. Jamás esperé pensar algo así, pero quiero volver. Aquí fuera no me siento segura.

Avanzamos rápido, dejando atrás una carnicería y un cuerpo marchito al que no sé dar explicación.

12
Sierra

Entramos al castillo formando revuelo a nuestro paso. Drystan baja las imperiales escaleras y repara en la herida que ha dejado de sangrar en el pecho de su amigo. Solo durante unos segundos se permite revisar mi estado con un escaneo rápido. Aparte de mi pelo revuelto y los desgarros en la camisa, estoy ilesa. Bueno, si no contamos el corte en la palma de mi mano y la herida en mi cuello.

Siento que la zona me cosquillea al pensar en sus labios en contacto con mi piel, succionando, el filo de sus dientes acariciando mi palma. En mi estómago se forma un nudo que no hace más que aumentar cuando Viktor deja caer al suelo su capa y Drystan comienza a ayudarlo a quitarse la camisa ensangrentada pegada a su piel. Se me corta la respiración cuando veo las marcas gruesas y abultadas donde antiguamente debió de haber feos verdugones. Las cicatrices se entrecruzan, amontonadas las unas sobre las otras sin dejar rastro de piel sana. De alguna forma, parece sentir mi mirada recorriendo su piel centímetro a centímetro. Mira por encima del hombro y en vez de intentar taparse y alejar la imagen de mí, se yergue más todavía, como demostrando que las cicatrices no le pesan ni le incomodan, aunque por su aspecto no parezca que hayan dejado de doler.

—¿Se puede saber qué os ha ocurrido?

Drystan sigue a Viktor por las escaleras como si fuese su perrito faldero. Este no parece tener intención de detenerse en su huida, piensa dejarme a solas en el recibidor. Me niego a quedarme aquí como una estúpida. Los sigo, varios pasos por detrás, pero no los suficientes como para dejar de oírlos.

—Nos han atacado de regreso.

—¿Diluidos?

—Sí, pero también he olido otra cosa.

Mi presencia no les pasa inadvertida a ninguno de los dos y así me lo hace saber Viktor cuando se gira para mirarme directamente. Una sonrisa socarrona se dibuja en sus labios mientras me lanza un movimiento casi despectivo con la mano.

—Este es mi lado del castillo, no puedes seguirnos. —Sus ojos brillan con arrogancia—. Quédate ahí, fierecilla, a no ser que me estés siguiendo porque quieres conocer personalmente mis aposentos.

Aprieto los puños con fuerza clavando las uñas en mis palmas y agravando el dolor que siento por la herida. Pienso con cuidado lo que quiero decir y, aunque intento que las palabras suenen calmadas, cuando veo que empieza a caminar de nuevo, grito.

—¡Te he ayudado hoy! ¡Podrías tener algo de consideración, si no fuese por mí seguirías ahí tirado!

—Te das demasiada importancia.

No hace falta siquiera que eleve la voz como yo, la suya es potente y resuena contra las paredes del pasillo llegando claramente a mis oídos. Su tono prepotente me saca de mis casillas. Doy un pisotón en el suelo, furiosa.

—¡Déjame mandar cartas a mis padres!

No me responde. En cambio, Drystan vuelve el rostro y parece disculparse con una ligera inclinación de cabeza. No por él, sino por el imbécil de su amigo. Me quedo en el sitio viendo cómo sus figuras se hacen cada vez más pequeñas y desaparecen tras girar hacia la derecha. Mi lado racional me dice que vuelva sobre mis pasos hasta mis propios aposentos, tome un baño caliente y me relaje en la comodidad de mi cama, pero ¿alguna vez hago lo que parece racional? No, claro que no, porque la única cualidad que más bien parece un severo defecto, es mi curiosidad y otra que acaba de nacer, mis ganas de hacer todo lo contrario a lo que me ordena Viktor. Un día acabaré muerta por eso, tal vez sea hoy.

Espero un rato más y entonces empiezo a andar de puntillas. No he dado ni dos pasos cuando decido deshacerme de mis zapatos y andar descalza. Según avanzo por el pasillo, siento como si estuviese rompiendo la superficie del agua, esa sensación extraña que me recorría al saltar al lago. Como si el ala de Viktor en el castillo estuviese protegida por una barrera y yo acabase de traspasarla. Llego al final del pasillo y giro hacia la derecha, al fondo solo veo unas puertas dobles. No hay lugar a confusión, ahí están sus aposentos.

Con sigilo me acerco hasta quedar a apenas unos metros de distancia. Sus voces suenan débiles, así que me veo obligada a acercarme un poco más. Seguro que no tardarán en darse cuenta de que estoy aquí, no está en mi mano eliminar mi olor y el latido de mi corazón. No le tengo miedo a la muerte, siempre estuve lista para ella, lo que no estoy dispuesta es a ser apartada de esto tan fácilmente. Es a mí a quien han intentado secuestrar.

—Eran muchos, pero sentí el olor de algo distinto. Algo familiar, pero no consigo determinar qué es exactamente. De lo que no tengo dudas es de que la mayoría eran Diluidos. —El tono de Viktor no revela nada—. Intentaron llevársela, pensaban que era especial para mí.

—Tal vez los rumores de cuánto pagaste por ella se hayan extendido.

Mentalmente le digo a mi corazón que guarde la calma, que no lata tan rápido. El silencio al otro lado de la puerta me hace temer lo peor, seguro que he sido descubierta. Entonces Viktor habla de nuevo.

—La he probado —dice como si nada—. El sabor de su sangre ha cambiado.

—Tal vez sea por la enfermedad.

—No lo sé. —Escucho el arrastre de lo que parece ser una silla—. Normalmente puedo notar cuándo la sangre de un humano está enferma. No sentí eso en ningún momento. Tal vez todo esto tenga que ver con la sensación que tuve en la Subasta Roja.

—¿Qué sensación?

—Nada, olvídalo.

Aguzo el oído para escuchar cómo se rasga el papel y el pasar de las hojas.

—¿Estás pensando en acudir?

—¿Debería?

—Tal vez sea bueno que aparezcas entre los tuyos para que no piensen cosas equivocadas. Seguro que el ataque llegará a sus oídos pronto y no es conveniente que crean que estás asustado o afectado. Una aparición en público sería ideal.

Resopla y, por la forma en que lo hace, supongo que tiene que darle la razón a su amigo. Decido no tentar más a mi suerte, así que me alejo de la puerta. Me doy la vuelta, deshago mis pasos y vuelvo hasta mis aposentos. Clarissa y Naida me esperan dentro, en la mesita baja donde suelen jugar sus partidas de cartas. Las dos me miran con rostros felices hasta que ven el aspecto de mi ropa y el nido de pájaros que se ha formado en mi cabello.

—¿Qué ha ocurrido?

—Nos han atacado de regreso al castillo.

Ambas se levantan tan rápidamente que las cartas salen volando en todas direcciones. Clarissa comienza a palparme todo el cuerpo buscando alguna lesión que yo misma no haya sentido ya en mi cuerpo.

—Tranquilas, estoy bien.

No me creen, así que siguen revisándome un buen rato. Suelto un suspiro pesado cuando al fin me dan espacio para poder respirar del todo.

—Debes de haber pasado mucho miedo…

Asiento.

—Hay agua caliente en el baño, lo mejor será que nos pongamos enseguida a quitar toda esta suciedad de tu pelo —dice Clarissa alzando uno de los mechones.

—No os preocupéis, lo haré yo. —Sonrío—. Vosotras podéis seguir con vuestra partida de cartas, me apetece hacerlo yo misma.

Se muestran reacias, pero algo en mi sonrisa debe convencerlas de que dejar que me dé el baño sola no es algo totalmente disparatado. Me encamino hacia el cuarto de baño, me deshago de la camisa y, al bajarme los pantalones de montar y quitarme la ropa interior, veo sangre. Me miro inmediatamente las piernas, entre mis muslos hay una mancha rojiza. No es una herida, seguramente acaba de bajarme el sangrado. Me acerco hasta la tina donde no dudo en sumergir un pie detrás de otro y bajar hasta quedar cubierta por el agua caliente hasta la altura de mis pechos.

Se me escapa un gemido de puro alivio cuando el agua caliente comienza a destensar los músculos de mis piernas. El agua no tarda en mancharse con la suciedad de la tierra que ha quedado pegada a mi piel y a mi pelo. Me escurro dentro de ella hasta quedar sumergida por completo, masajeo mi cráneo para limpiarlo y abro los ojos dentro del agua. Por un momento me embarga la sensación que tuve en el lago la noche en que intenté quitarme la vida. Casi creo escuchar esa voz de nuevo.

Rompo la superficie del agua boqueando como un pez e inconscientemente me encuentro mirando todo a mi alrededor, como si fuera a encontrar a la figura de esa mujer. No lo hago. Me reclino contra la bañera y comienzo a aplicarme aceites en la piel como suelen hacer mis doncellas. Recorro el corte con la punta de los dedos, no siento dolor, sino un suave cosquilleo en la piel.

Suelto un gruñido, molesta conmigo misma por sentir esa sensación, por no dejar de pensar en ese momento. Tardo un buen rato en salir del agua, tanto que ya se está quedando fría. Envuelvo mi cuerpo en la bata y salgo del cuarto de baño para dirigirme hasta el guardarropa. No he abierto ni una de las puertas cuando mis doncellas ya están sobre mí.

—Tenemos que ayudarte, Viktor ha mandado a Drystan para decirnos que esta noche lo acompañarás de nuevo.

—¿Está loco? —Frunzo el ceño—. Acabamos de volver, nos han atacado, ¿y ya está pensando en fiestas?

—Nosotras no hacemos preguntas, obedecemos. —Clarissa me da un toquecito en la nariz—. Y tú también deberías.

Una comienza a secarme mientras la otra abre el guardarropa y comienza a mover vestidos de un lado a otro.

—Creo que me ha llegado el manchado.

—No te preocupes.

Y no lo hago, el manchado es algo totalmente normal en las mujeres, solo espero que eso no me convierta en un tentempié más jugoso. Arrugo la nariz ante ese pensamiento tan desagradable.

Me dejo hacer; en lugar del vestido blanco de la otra noche escogen uno de terciopelo rojo oscuro como la sangre. Para mi pesar, mis doncellas insisten en que lleve un aparatoso corpiño, cuyas varillas se me clavan cada vez que intento respirar. Según ellas, realza mi figura. Y es cierto, mis pechos son toda una provocación a la vista. Nunca he considerado que esa parte de mi cuerpo estuviese dotada con generosidad, ahora me encantaría que lo estuviera menos aún, porque me siento casi desnuda con el escote del vestido.

Son cuidadosas con los detalles, como siempre, y poco después ya estoy de camino al carruaje donde me espera Viktor. El trayecto transcurre en silencio, no hablamos, tampoco discutimos, lo que supongo que es una victoria en sí misma. Ninguno de los dos tiene intención de mencionar lo que ha ocurrido antes. Nos detenemos en el mismo sitio que la última vez, reconozco las fachadas y las puertas de entrada. Supongo que este palacio es el que ellos consideran su recinto de fiestas.

Viktor se adelanta varios metros sin molestarse en esperarme. Lo observo en silencio y desde la distancia. Lleva unos pantalones que se ciñen a sus piernas largas y fuertes, su pecho lo cubre una camisa negra cuyos botones superiores están desabrochados. No necesita abrigo, pues pocas cosas en el mundo son más frías que él. En cambio yo, por si cargar con un aparatoso vestido no fuese suficiente, también llevo una capa blanca forrada con borrego. Consigo alcanzarlo a la altura de las puertas y me mira por el rabillo del ojo.

—Ya sabes las reglas, haz lo que quieras, pero tu sangre es mía.

Se mezcla con el resto de la sala, pero su porte es inconfundible. Lo observo más rato del necesario, y ojalá no hubiese apartado la vista, porque el resto de asistentes no van tan vestidos como él. Veo vampiros sentados sobre pequeños tronos con mujeres desnudas sobre sus regazos, moviendo sus cuerpos sin parar, con sangre goteando de sus gargantas. El resto no es menos obsceno, los suelos de la sala circular rodeada de columnas de mármol están llenos de cuerpos que se enredan los unos con los otros a distintos ritmos. Debo apartar la mirada.

Por mucho que la música quiera engullir los sonidos, son imposibles de ignorar. Los gemidos rebotan contra el mármol de la sala formando una cacofonía que me eriza toda la piel. Mis ojos buscan desesperadamente un rostro amigo, pero Walter no parece estar aquí o aún no ha llegado.

Me siento perdida y desorientada, intento huir apartándome del gentío todo lo posible hasta quedar pegada a uno de los tapices rojos que hacen de cortinas. Lentamente, con miedo de encontrarme que el pequeño rincón detrás de mi espalda ya ha sido ocupado, lo levanto. Dentro hay una oscuridad engullidora, pero parece vacío así que me arrastro al interior. Cuando el tapiz cae por completo, la oscuridad es absoluta, pero a pesar de eso, mis ojos acaban por acostumbrarse. Es un pequeño cubículo preparado con un pequeño sillón. Me dejo caer sobre este ignorando mis pensamientos, que se preguntan qué clase de cosas inapropiadas habrán tenido lugar aquí.

Los gemidos me taladran los oídos.

Me retrepo sobre el sillón sintiendo cómo se me clavan las varillas del corpiño a la piel. Pienso en cosas poco sustanciales hasta perderme en mis propios pensamientos. Le doy vueltas y vueltas a los acontecimientos más recientes, como si no fuese capaz de avanzar. En algún momento alguien tropieza entrando sin querer al interior y se disculpa enseguida entre risas que sin duda tienen origen en el vino. O tal vez la sangre tenga el mismo efecto en ellos. No vuelve a suceder nada parecido y supongo que es eso lo que me lleva a quedarme dormida. Cuando me doy cuenta de lo que ha pasado, me levanto corriendo, preguntándome cuanto tiempo llevo aquí tirada dormida y si alguien habrá entrado. Mis manos viajan a mi cuello por puro instinto, pero no parece haber sido rozado por los colmillos de nadie, mucho menos perforado.

Cuando salgo, la luz me hace cerrar los ojos e incluso me lagrimean. Miro a mi alrededor, visiblemente trastornada por el sueño. La sala no parece estar más vacía que al principio, puede que incluso esté más llena, así la fiesta debe estar en pleno apogeo. Sopeso la idea de volver a la oscuridad de mi refugio, ya estoy en ello cuando una voz interrumpe mi huida.

—Hola, querida.

La voz no me es del todo desconocida, pero sin duda no es Viktor. Me vuelvo con pesadez.

Es Ciro Amery, con una camisa roja como la sangre, abierta, dejando a la vista de todo el mundo la palidez de su pecho que parece haber sido cincelado en piedra. Mis ojos bajan por todo ese rastro de piel y una vocecita en mi cabeza es la que me susurra que no es apropiado mirar así a un hombre, mucho menos a un vampiro, así que levanto de nuevo la mirada. Sus ojos rosados me miran divertidos y su pelo castaño parece alborotado, con algunos rizos surcándole la frente.

—Pareces cansada.

Estoy completamente muda. Observo su rostro como una tonta, incapaz de dejar de hacerlo. La diversión en sus ojos se incrementa.

—Esta no… no es mi idea de fiesta i-ideal.

Me cuesta soltar las palabras, ¿qué me pasa? Con Viktor esto no me sucede, con él muchas veces soy una deslenguada que no duda en soltar lo primero que se le pasa por la cabeza, a riesgo de que eso pueda incluso costarme la vida. Ciro Amery no me haría daño, no puede tocarme, ¿o sí?

—Sí, tienes razón. —Lleva una copa colgando de una mano—. Sin duda, la orgía ha sido demasiado.

Sus palabras hacen que mis ojos viajen solo un momento al centro de la sala, donde está ocurriendo algo que mis ojos no deberían ver. Cuerpos sudorosos, enredados, gimiendo. Inmediatamente mis mejillas arden.

—Es obsceno —declaro.

—Es natural —me contradice.

Algo en mi rostro debe de cambiar porque de un momento a otro Ciro estalla en una carcajada. Eso hace que me encuentre más incómoda y molesta, ya estoy más que decidida a girarme y caminar tan lejos de él y el resto como me sea posible. Sus dedos se clavan en mi codo antes de que tenga oportunidad de hacer justo eso.

—Perdón —se disculpa—. Es que aún me sorprende cómo los humanos reaccionáis al sexo. Habéis retrocedido tanto… Antes erais mucho más liberales, me alegra saber que aún hay gente que se resiste a eso y disfruta de venir a nosotros para disfrutar de su sexualidad.

Mi mirada se vuelve recelosa y el veneno se me acumula en la punta de la lengua.

—Supongo que la culpa de que los humanos hayan retrocedido tanto es vuestra —suelto.

—Es culpa de la religión a la que insistís en aferraros —Su índice eleva mi mentón, buscando mi mirada—. Dios no os protege, os encarcela.

—Vosotros erradicasteis todo lo que tenía que ver con la religión.

—Podemos asaltar iglesias y corromperlas, destruir crucifijos, quemar biblias y romper pilas bautismales, pero en la mente de muchos aún persiste la fe, siguen recitando las oraciones por la noche, se aferran a esos grilletes invisibles. —Comienza a andar alrededor mío, evaluándome—. ¿Por qué disfrutar de tu cuerpo es pecado? ¿Por qué lo es que un hombre ame a otro? ¿No dice Dios que amemos al prójimo? ¿Qué más da si lo hago dándole la mano, palmeándonos las espaldas como buenos hombres de Dios, o si lo hago besándolo hasta perder la conciencia?

Aunque intente replicar o buscar un contraargumento, mi boca se abre y se cierra sin que salga nada. A cada segundo que permanezco frente a él, parezco más estúpida y, por si no fuese suficiente, tengo que reprimir un bostezo.

—Quiero pensar que es la fiesta lo que te aburre y no mi compañía. —Inclina la cabeza siguiendo su escrutinio con la mirada pícara—. Aun así, no puedo permitir que te sientas aburrida.

El contacto de sus dedos fríos cuando me toma de la mano hace que me quede sin aliento. Me saca de la comodidad de este rincón escondido y nos conduce hasta el centro de la sala, donde la gente deja inmediatamente de hacer lo que sea que mantenía sus cuerpos ocupados. Lo miran como si fuese el mismísimo sol. Los gemidos se van apagando, al fin dejan que la música tocada por los artistas se gane todo el protagonismo. Una sonrisa de Ciro vale para que todo el mundo comience a bailar, olvidando por completo lo que sea que hacían antes. Los cuerpos desnudos y semidesnudos nos rodean emparejados.

—¿Bailas conmigo? —Hace una reverencia pomposa y se lleva el dorso de mi mano hasta la boca, donde deposita un beso sin dejar de mirarme directamente a los ojos.

La afirmación quiere salir de mi boca, lucha por hacerlo, casi como si fuese en contra de mi voluntad. Estoy a punto de vomitar un «sí» a sus pies cuando la fragancia de la mismísima noche me rodea.

—No —responde Viktor por mí.

Aun sabiendo de su presencia, consigue que me sobresalte ante la dureza y frialdad que expresa su voz. Ciro lo mira entrecerrando los ojos y por primera vez me parece no ver un brillo divertido en ellos.

—¿Por qué no?

Incluso yo me hago esa pregunta; me giro para mirarlo mejor y veo que tiene marcas de carmín en el cuello y la camisa más abierta que antes, incluso creo ver arañazos en su pecho.

—Porque va a bailar conmigo.

Debo de estar todavía dormida y esto solo es un sueño extraño. Muy extraño, porque de otra forma no me explico lo que acaba de salir de su boca. Él evita estar cerca de mí todo lo posible, ¿y ahora quiere un baile? Estoy soñando, claramente.

—Tú no bailas con humanas —replica Ciro—. Y mucho menos con una saciadora, lo encuentras indigno y repugnante.

—Yo hago y deshago a mi antojo.

Si Ciro dice algo más no lo escucho. Viktor me arrastra con él. A diferencia de Ciro, no me pide un baile ni me besa el dorso de la mano. Él simplemente ordena y yo debo obedecer si quiero seguir viva una noche más. Tal vez debería hacer justo eso, desobedecerlo y ganarme la muerte.

Su mano se coloca en el bajo de mi espalda para atraerme más hacia él, tanto que nuestros pechos se rozan. Siento cómo su mirada baja lentamente por mi rostro y se queda un segundo más de lo necesario observando el valle de mis pechos. El calor me sube hasta las mejillas, es probable que el rubor sea visible. La otra mano de Viktor se aferra a la mía y allá donde nuestros dedos y palmas se rozan siento de nuevo un cosquilleo que aborrezco.

Por mucho que intente mirar a cualquier punto de la habitación, sus ojos parecen querer mantenerme cautiva, no puedo rehuir su mirada. Me siento como si me hundiese en las profundas y frías aguas que alberga en esos pozos de hielo.

—El don de Ciro es su belleza —dice—. Un simple vistazo a su físico y te encontrarás con la necesidad de hacer realidad todos sus deseos. ¿Cómo decís los humanos? Ah sí, la apariencia no lo es todo. Bueno, la belleza de Ciro Amery es como una planta carnívora que atrae a los pequeños insectos hacia sus fauces.

—¿Por qué me dices esto?

Su agarre en torno a mi cuerpo se vuelve más férreo cuando comenzamos a dar vuelta tras vuelta, lo que nos gana cada vez más la atención de los invitados. Para ser alguien marcado por la muerte, se mueve por la pista con vivacidad. Sus movimientos son precisos y elegantes.

—¿No sentiste desde el primer momento una atracción hacia él?

—Estoy decidida a negarlo, pero no me lo permite—. Escuché la aceleración de tu corazón. No intentes mentirme, no te funcionarán esas cosas conmigo. Vivo atento a tus latidos. —Parece haber dicho algo que no pretendía y sigue hablando sin parar—: Lo que pretendo decirte es que es muy fácil caer en los encantos de Ciro, muchas veces es casi involuntario, la belleza es su don y su condena. Igual que Aeron es demasiado inteligente para su propio bien. Su inteligencia sobrenatural será la fuente de su locura algún día.

—¿Y qué te importa a ti?

El pulgar de la mano con la que sujeta la mía mientras bailamos parece bajar lentamente por mi palma, recorriendo cada pequeño pliegue.

—Me importa si tienes cara de querer que te muerda un Amery.

—Yo no tenía cara de nada —espeto, molesta—. Deja de inventar cosas y deja de controlarme.

—Controlarte es justo lo que tengo pensado hacer.

Se forma en sus labios una sonrisa lobuna que me eriza el vello de la nuca. Intento, en vano, huir de su agarre y dejarlo plantado en mitad de la pista, lo haría quedar en ridículo. Es inútil, me supera en fuerza por mucho. Sus ojos por un momento conectan con algo por encima de mi coronilla y, cuando estoy a punto de girar el cuello para ver lo que tiene su atención, él me sorprende reclinando mi cuerpo entre sus manos. Ya no mira a nadie, solo me mira a mí. Sus ojos bajan hasta los míos, recorren mis mejillas, se quedan más tiempo del necesario clavados en mis labios y por último llegan a la curva de mi cuello. Se relame el labio inferior y, lejos de asustarme, hace que sienta un revoloteo en partes donde no lo he sentido nunca.

La melodía baja paulatinamente y comienza la siguiente canción. Viktor, con elegancia y caballerosidad fingida, vuelve a dejarme erguida. Miro detrás de mí, donde Ciro nos observa con la mirada ensombrecida.

—Hueles a sangre —suelta como si nada—. De una forma distinta a la normal.

Inmediatamente mis pensamientos se van a mi sangrado mensual.

—Yo…

Me quedo muda una vez más y me canso de mí misma, ¿qué me pasa? ¿Acaso soy idiota? Planto los pies en el suelo con firmeza, alzo el mentón para extinguir cualquier vergüenza y respondo con total naturalidad.

—Tengo el sangrado.

Su mirada se ilumina, sus ojos adquieren una profundidad que solo he visto en sus momentos más salvajes.

—Entiendo —se limita a decir. Suelta un pequeño suspiro—. Ya va siendo hora de volver. ¿Crees que has tenido suficiente atención vampírica por hoy? ¿O de verdad quieres ese baile con Ciro?

Siento el impulso de decir que sí solo por el mero hecho de molestarlo, pero sé que por muchas vueltas que me haga dar Ciro entre sus brazos, tendré la cabeza en otra parte. Asiento y dejo que nos aleje del baile que evidentemente estábamos entorpeciendo. Ciro hace además de acercase a nosotros y debe de ver algo en el rostro de Viktor que hace que frene y dé media vuelta.

—Has hecho una sabia elección —dice casi contra mi oído—. Aún debo castigarte por pasearte por mi ala del castillo.

La sangre en mis venas se vuelve escarcha, el riego se detiene por completo, me siento entumecida. Su risa me hace cosquillas en el oído. Tira de mi brazo haciéndome perder el equilibrio.

—¿Qué vas a hacerme? —grazno.

—¿Qué te gustaría que hiciera?

—Dejarme en paz.

—Eso es imposible, pequeña fiera. He descubierto que me gusta sobremanera perturbar tu existencia.

—¿Por qué?

Sus manos me abandonan cuando abre la puerta del carruaje y casi me lanza al interior. Nuestras miradas se cruzan una vez más, parecemos incapaces de dejar de hacerlo. Tal vez sienta cierta tendencia a hundirme en las aguas tormentosas. El sonido de la puerta al cerrarse manda la señal al cochero para ponernos en marcha. Con el traqueteo me cuesta más de un intento sentarme correctamente. Puede que sean imaginaciones mías, pero creo escucharlo murmurar dentro de mi cabeza.

«Porque tú me perturbas a mí, quieres quebrar mis principios más sólidos».

13
Sierra

El silencio es tan espeso que me parece que ha tomado forma corpórea y se ha instalado entre nosotros como una persona más. Ya no somos solo dos personas —o una persona y un vampiro— dentro del carruaje. Ahora el silencio es una presencia que alarga sus garras hasta mi garganta, oprimiéndola hasta el punto en que cada respiración es más costosa que la anterior. Mis dedos no paran de revolverse en mi regazo, retorciéndose entre sí, creando nudos entre ellos. Le doy vueltas en mi cabeza a sus palabras una y otra vez, ¿que *yo* le perturbo? No soy yo quien coarta su libertad ni amenaza constantemente con acabar con su vida. No sé de qué forma podría perturbarlo. Y luego está el tema de castigarme… ¿Va en serio? ¿O solo quiere asustarme? Quiero pensar que es un farol, pero a estas alturas no recuerdo ni una sola vez que sus amenazas no se hayan cumplido. Solo tengo que cerrar los ojos para ver el amasijo de carne sangrante en que se convirtió esa pobre muchacha u oír la frialdad de su voz cuando ordenó cortar la cabeza del guardia que no estaba vigilando las celdas.

Viktor nunca hace una amenaza si no tiene intención de cumplirla.

Sabía que no debía deambular por su ala del castillo, sé que odia nuestro olor y yo lo he dejado por todo el pasillo, junto a su puerta…

Odio los pequeños momentos de valentía que me dan de vez en cuando. ¿Qué digo? Más que valentía, son momentos de estupidez absoluta.

Cuando nos detenemos frente a la escalinata que da a las puertas principales del castillo, más que alivio, siento pánico. Quién sabe qué clase de terrores me esperan una vez que estemos ahí dentro. Las palabras que me dijeron en la Subasta Roja resuenan más fuerte que nunca contra la parte posterior de mi cabeza. Nadie suele sobrevivir hasta la próxima luna llena y yo me estoy acercando al límite. Tal vez hoy sea el día en que mi desobediencia me lleve a ese temido y a la vez esperado final. Cuando bajo del carruaje, aún presa del silencio, levanto la mirada hacia el castillo y trato de infundirme valor, pues siempre estuve lista para que ocurriera algo así.

¿Qué más da que alcance la muerte por mi mano o que sea otro quien la lleve hasta mí? Siempre estuve resignada a morir cuando alcanzara la mayoría de edad. Solo he evitado el final unas cuantas semanas. Y, aun así, aunque me intento convencer de esto, cuando el sonido del viento mueve las copas de los árboles del jardín, una señal llega a mis piernas, una señal que me dice que corra. ¿A dónde? No lo sé, solo que corra.

Eso es lo que me propongo hacer cuando agarro las faldas de mi vestido pesado y rojo intenso, que servirá como un maldito faro de luz. Detrás de mí escucho el sonido que hace la tierra cuando los pies de Viktor aterrizan sobre ella. Ni siquiera miro hacia atrás cuando comienzo a correr, no me hace falta hacerlo para saber que me mira con los ojos entrecerrados, pensando en lo estúpida que soy.

Sé que es estúpido, pero sigo corriendo. Cruzo las zonas más conocidas de los jardines, grabadas en mi memoria con total exactitud después de estas semanas recorriéndolos sin parar.

«Sierra, cuanto más huyas de mí, más divertida harás la caza».

Su voz suena dentro de mi cabeza, tan suave como el terciopelo y de una forma cautivadora que hace que toda la piel de mi cuerpo cosquillee en consecuencia. Mis manos agarran con más fuerza mis faldas, lucho por no tropezar con mis zapatos y entonces veo esa línea invisible que no debería cruzar. Ahí, ante mis ojos, está la estatua de Lilith y la sonrisa cincelada en su rostro parece invitarme a cruzar, a internarme en los jardines que hasta ahora me han sido prohibidos.

«Tal vez debería avisarte de que las cazas interesantes suelen excitarme y cuando eso pasa, me excedo bebiendo… Es posible que no deje ni una gota dentro de ti».

Juraría sentir sus labios murmurando esas mismas palabras junto a mi oído y un giro brusco sobre mí misma me confirma que son imaginaciones mías. Viktor solo está en mi cabeza. Por el momento. Lo mejor será que no me demore y siga corriendo. Cruzo todas las líneas rojas invisibles y entro a esos jardines que de día me parecieron preciosos desde una distancia prudencial, pero que ahora que estoy dentro me parecen oscuros e inquietantes. Las estatuas, entre toda esta oscuridad, han perdido su belleza. Parecen monstruos esperando para abalanzarse sobre mí. Paso un conjunto de estatuas y pequeños bancos iluminados por la luna. Un pequeño arco de florecillas lilas da paso a un camino de espesos setos. Me quedo parada, sopesando si es buena idea seguir adelante, adentrarme más y más. Solo me hace falta escuchar lo que deben de ser las pisadas cada vez más próximas de Viktor para lanzarme por el camino de setos vagamente iluminado.

Escucho solo mi respiración mientras corro, odio el maldito vestido y siento la tentación de romperlo, pero sé que, sin él, las probabilidades de que sufra una hipotermia aumentan considerablemente. Giro la cabeza para echar un vistazo por encima del hombro y encuentro solo setos solitarios. Giro hacia la izquierda y luego hacia la derecha dos veces, adentrándome cada vez más y más profundamente en lo que sin lugar a dudas es un laberinto.

«Nunca dije cuál era el castigo, pero veo que tu imaginación ya ha hecho bastante…».

Su voz no hace más que acelerarme el pulso, la siento tan cerca de mí que no puedo evitar lanzar miradas rápidas por encima de mi hombro sin encontrarlo. Necesito salir de aquí, ver lo que sea que hay al otro lado de este laberinto. Con suerte tal vez dé a la linde del bosque y pueda escapar, aunque pensándolo bien, en la oscuridad de la noche y la espesura del bosque también se esconden peligros. Ahora más que nunca debería ser consciente de ello. Las historias que me contaban de niña han dejado de serlo y ahora han cobrado más realidad que nunca. El lobo feroz existe, las sirenas que conducen a los marineros contra las rocas, las brujas que maldicen.

Si lograra atravesar todos estos jardines y milagrosamente llegara al bosque, mi destino no sería mejor que el que me espera aquí. Debería dejar de agotarme innecesariamente, corriendo con este pesado vestido, exprimiendo mis últimas reservas. Lo mejor sería parar ahora, ¿entonces por qué soy incapaz de hacerlo? Nunca he sido una persona luchadora ni valiente, ¿por qué ahora me empeño en serlo?

Los dedos fríos de la muerte me acarician la nuca y cuando me giro, las aguas profundas en los ojos de Viktor me miran con demasiada intensidad. El aire que mantenía en mis pulmones sale entrecortado y los latidos de mi corazón se vuelven irregulares.

—Te pillé.

Sus ojos siguen entornados, reflejando la satisfacción que siente ante cualquier desafío, incluso uno llamado Sierra Ruggiero. Una pequeña humana estúpida que pensó en huir. Sus labios se curvan con una lentitud provocativa hasta formar una pequeña sonrisa ladeada.

—Huir de mí es estúpido, Sierra.

Las palabras están atascadas en el fondo de mi garganta. No protesto cuando arrastra mi cuerpo hasta uno de los sólidos setos que conforman el laberinto. Es mucho más duro de lo que imaginaba. La frescura de sus dedos sigue en mi nuca, traza pequeños círculos que en lugar de tranquilizarme cada vez me inquietan más. La dureza de su pecho amenaza con aplastar el mío. Cada parte de mi cuerpo está en contacto con el suyo, que forma una jaula perfecta.

—Dime, ¿qué pensaba esa cabecita tuya que iba a pasar esta noche?

Su fragancia oscura parece intensificarse, me rodea por completo y embriaga mis sentidos. Si ya tenía dificultades para hacer pasar las palabras por mi garganta, su olor no ayuda en absoluto.

—¿Creíste que iba a matarte?

Uno de los dedos de su mano libre se pasea hasta mi mentón y me alza la cabeza hasta que mi mirada conecta con la suya. Me clavo las uñas en las palmas intentando salir de este estupor y creo que lo consigo porque las palabras, o más bien una palabra, consigue deslizarse por mi lengua.

—Sí.

—Supones bien.

—¿Entonces? —Mi voz suena áspera.

El dedo en mi mentón se pasea por mi cuello hasta quedar en mi clavícula, donde se demora acariciando mi piel a conciencia. Cientos, miles de descargas parecen despertarse bajo mi piel en respuesta. Me siento electrizada. Esto no es lo que debería sentir. Mi piel no se eriza horrorizada ante el frío de las yemas de sus dedos ni ante la cercanía de su cuerpo, lo hace por motivos que no logro entender.

—He decidido posponerlo un poco más. —Veo cómo se humedece el labio inferior con la lengua—. Tus ganas de resistirte a mí te conviertes en la más divertida de mis saciadoras… y a mí me gusta divertirme.

Debo instarme a mí misma a respirar porque mientras salían las palabras de su boca parece que he olvidado cómo hacerlo. O estaba demasiado concentrada en observar su lengua mientras se humedecía los labios y el filo de uno de sus colmillos asomaba ligeramente como una amenaza silenciosa. Pestañeo, no una sino varias veces, gritándome mentalmente que recuerde cómo ser yo misma. Seguro que está influyendo en mí de alguna forma.

—No somos un entretenimiento —digo—. Yo no soy un entretenimiento.

—¿No? —Su cabeza se inclina ligeramente, me recuerda a un felino—. ¿Entonces qué eres, Sierra? ¿Qué quieres ser? ¿Qué debería considerarte?

A cada segundo que pasa, su mirada se vuelve más animal, el azul de sus ojos pasa a ser como las aguas más profundas donde no alcanza la luz. Su lado salvaje está saliendo a la superficie y cuando su cuerpo presiona más contra el mío, me doy cuenta de que algo le ocurre. Viktor nunca se acerca de esta manera a mí.

—Yo…

—Tú… —Su voz suena contenida—. Tú eres un maldito problema.

No me percato de que su mano ha viajado tan rápido hasta mis faldas hasta que consigue alzarlas y llegar hasta mi muslo desnudo. Lo levanta y se encaja mejor entre mis piernas, presionando sus caderas contra las partes más blandas de mi cuerpo. Siento que voy a desfallecer en cualquier momento. Me tiemblan las piernas, mi visión se enturbia y siento el latido de la sangre en mis propios labios. Esos dedos helados que ahora trazan círculos lentos en la piel desnuda de mi muslo, lejos de hacerme temblar de frío, lanzan ráfagas de puro fuego por mi cuerpo. Me digo a mí misma que esto está mal. Hago ademán de levantar las manos y apartarlo, pero las tengo apresadas en su pecho. No hay espacio entre nosotros.

—Tu sangre es como un canto de sirena para mí, Sierra.

Ha dicho mi nombre otras veces y hasta ahora no me había dado cuenta de lo bien que suena en su boca, con su voz aterciopelada. Quiero decir algo, pero todo lo que se me ocurre me parece una estupidez… o tal vez sea que no quiero romper este momento, traicionándome a mí misma.

La proximidad de su boca a la mía es muy peligrosa, noto la calidez de su aliento rozando mis labios y me los muerdo cuando su mano se desplaza un poco más arriba en mi muslo. Si solo se moviera un par de centímetros, tendría su mano contra el vértice de mis piernas. Solo pensarlo hace que me vuelva de todos los tonos de rojo existentes. Sus ojos se enfocan en mi labio inferior, capturado por mis dientes, y lo que ve lo hace tragar. Hay algo casi erótico en la forma en que la nuez de su garganta sube y baja.

—Me repugnas —dice a escasos centímetros de mi boca—. Y me repugno a mí mismo.

La distancia entre nosotros no dejaría espacio ni para un mísero alfiler. El impacto de su fragancia enloquece mis sentidos, todo empieza y acaba en él, me rodea por completo, no porque literalmente tenga una de sus manos en mi nuca y la otra debajo de mis faldas, sino que su presencia parece impregnar cada pequeño rastro de mi piel. Roza sus labios fugazmente contra la comisura de mi boca. Mueve su cuerpo y sus labios lo imitan, volviendo a tocar los míos de una forma tan sutil que casi parece un espejismo, pero no lo es. No lo es, porque siento un cosquilleo justo donde me ha rozado y la mirada oscurecida en su rostro me indica que ha sido real. Se aparta de mí, gruñendo, salvaje.

Allá donde su piel acariciaba la mía ha vuelto a extenderse el frío. Sus manos ahora están ocupadas restregándose contra su rostro, escucho que ahoga más de un gruñido. Estoy demasiado conmocionada como para actuar con normalidad ahora. No me sale ni una palabra, lo único que puedo hacer ahora mismo es alejarme lo máximo posible. Solo he dado dos pasos cuando sus palabras me detienen en seco.

—Espero que mi contacto sea castigo suficiente, sabiendo cuánto nos odias —suena frío y lacerante—. Para mí sin duda lo ha sido.

La verdad es que estaba bastante lejos de ese sentimiento, aunque era el adecuado. He dejado que me toque y que casi me bese un ser como él, ¿qué dice eso de mí? ¿Tan perturbada estoy? Alejarme de mi familia, de mi casa, de mis creencias, me está afectando hasta el punto de que ahora me dejo tocar por un vampiro mientras me muerdo los labios para contener mis gemidos. Es patético cómo un solo roce de sus dedos ha podido despertar una reacción tan extraña.

Sigo caminando, aunque no durante mucho rato, sabiendo que estoy perdida entre estos setos. No sé cómo salir de aquí. La idea de volver sobre mis pasos no es una opción, ahora mismo no sería capaz de mirar a Viktor a la cara, así que por muy perdida que esté, deberé encontrar la salida yo sola o morir congelada. Me abrazo a mí misma extrañando la capa que he perdido esta noche. No sé cuánto tiempo transcurre mientras giro hacia un lado y otro sin mucho entusiasmo. Debería estar contenta porque sé que mis actos por el momento no tendrán como consecuencia mi muerte, pero lo que ha ocurrido antes ha enturbiado esa sensación de alivio.

Me siento sucia, incorrecta, inmoral.

Invadida por esas sensaciones, consigo salir del laberinto, que para mi desilusión no es el final de estos jardines, son más extensos de lo que pensaba. Esta zona es menos oscura, la luna lo baña todo con su luz plateada. Hay un pequeño banco de piedra y a su alrededor todo es vegetación que no había visto jamás. No se parece a la que crecía en Ravag. Las florecillas de color lila que había visto al comienzo del laberinto, aquí lo llenan todo. Me acerco un poco más para apreciarlas; del centro, en forma de cascada, caen pequeñas lágrimas que brillan como si fuesen diamantes. Mis dedos, presos de la curiosidad, las acarician esperando que estas estén húmedas. Son sólidas y están secas, por un momento sopeso que sean verdaderos diamantes. Sacudo la cabeza, es imposible. Son flores, de ellas no pueden nacer joyas.

Otras, de un tono carmesí oscuro, llaman mi atención. Me acerco a ellas, expectante, y me llevo una mano a la boca para reprimir la exclamación que quiere escapar de mis labios. La flor permanece cerrada en un capullo, pero este late, como si fuese un corazón. Miro a mi alrededor y encuentro más rarezas. Flores con pequeñas campanillas que resuenan de verdad cuando la brisa las sacude, otras plateadas cuyos pétalos parecen afilados y listos para herir a cualquiera que se atreva a tocarlas y por último unas rosas, más negras que la pura noche, por las que se deslizan gotas que podría confundir con rocío, pero cuyo tono rojizo no deja lugar a confusión.

Hay una belleza cruel en este jardín.

Me siento en el banco, decidida a recuperar un poco el aliento antes de intentar buscar un modo de volver al castillo que no requiera cruzar de nuevo el laberinto, aunque los jardines en sí mismos parecen igual de confusos. Por el rabillo del ojo me parece captar una luz brillante así que me giro hacia ella. Al principio pienso que es una luciérnaga, aunque dudo que saliera en pleno invierno a congelarse, seguramente tendría más instinto de supervivencia del que parezco tener yo. Como todo lo que parece haber aquí, esto también es de una rareza y belleza inexplicable. Brilla igual que una estrella en el cielo, vuela alrededor de mí, tan brillante que las lágrimas pican en mis ojos por el esfuerzo de mantener los ojos abiertos.

A esta luz se le suma otra y otra más, hasta que estoy rodeada de pequeñas estrellas. Levanto una de mis manos y extiendo un dedo hacia una de estas pequeñas luces brillantes. Cuando la toco se siente suave y cálida y me parece escuchar una pequeña risa. Alzo el rostro, buscando a alguien más junto a mí que pueda ser su dueño. No hay nadie además de mí misma. Repito la acción, tocando otro de los puntos de luz con el dedo, y obtengo la misma respuesta.

Abro la boca, incapaz de contener mi asombro.

—¿Qué sois? —pregunto sin realmente esperar una respuesta.

Como suponía, no la hay, en su lugar las luces comienzan a girar más rápido alrededor de mí. Su luz calienta mi piel fría por la noche y siento cómo el corazón se me ablanda dentro del pecho. Esta sensación es tan agradable…

—¿No habláis? —Vuelvo a preguntar como una estúpida.

—A veces lo hacen. —La voz masculina que no quería volver a escuchar esta noche responde tras de mí—. Las tienes que escuchar en el corazón.

No respondo, intento ignorarlo, aunque eso no hace que se marche y me deje en paz. Sus pisadas suenan firmes detrás de mí. Las luces que hasta hace un momento me rodeaban con su brillo y calidez revolotean ahora alrededor de él, brillando con aún más intensidad. Sus rasgos iluminados de esta manera son tan… No parecen tan crueles, parecen más suaves. Aun así, me recuerdo que su belleza es tan cruel como la de todo este jardín.

—¿Qué son? —Me limito a preguntar, solo para saciar mi curiosidad.

—Son hadas. —Una de ellas se posa sobre la punta de su dedo—. Unas muy concretas. Suelen estar allá donde hay almas atormentadas.

Doy un respingo sobre el banco y me enderezo.

—¿Almas atormentadas?

—Eso he dicho, sí. —Ahora es más de una la que se posa sobre sus dedos mientras él me mira con una ceja arqueada—. ¿Por qué? ¿Te asusta la posibilidad de que tu alma esté atormentada?

—Mi alma no está atormentada —respondo de inmediato—. No sé qué te hace pensar eso. De hecho, mírate, eres tú quien las tiene todas encima. Es posible que sean por ti por quién están aquí. Estos son tus jardines después de todo.

—Puede que tengas razón. —Una risa ronca sale de él e impacta de lleno contra mis nervios, que ahora están a flor de piel—. Aunque eso no encaja mucho con lo que sueles pensar de nosotros, ¿no? ¿Cómo nos llamas en esa cabecita tuya? Ah sí, monstruos desalmados...

Lo observo con los ojos entornados, con recelo. Todo el salvajismo de antes parece haberlo abandonado, aunque tampoco es como si ahora pareciera totalmente inofensivo, pero esa mirada animal ya no reside en sus ojos. Me pregunto si mi sangre ha dejado de llamarlo como él dice, o bien su locura transitoria ha desaparecido de un soplo cuando ha cobrado conciencia de la situación. No puede odiarme como dice hacerlo y luego aplastarme contra setos en mitad de la oscuridad, y yo no puedo odiar como odio a estas criaturas y dejar que mi piel se erice de esa forma cuando me toca. Es completamente contradictorio.

—¿Entonces estos son tus jardines privados? —Mi voz suena más desafiante de lo que pretendo—. ¿Me vas a castigar por estar aquí también?

—Debería. —Lo dice tan serio que espero que en cualquier momento se acerque a mí y haga crujir mi cuello para que se me escape la vida—. Y sí, estos son mis jardines privados.

—¿Por qué no dejas que nadie venga aquí?

—Hasta alguien como yo necesita un respiro de vez en cuando. —Ahora suena mucho más joven y veo que no me mira a mí, sino a algún punto perdido entre toda esta vegetación—. Además de que este no es un sitio donde debería estar una humana.

—¿Lo dices por las extrañas flores?

—En parte. —Ladea la cabeza un poco, mirándome de nuevo—. Este jardín pertenecía a Lilith, o eso dicen.

—¿Qué?

—Dios creó el Edén, ese jardín que se consideraba el paraíso y del que Lilith se marchó por no querer doblegarse ante un hombre. Se dice que ella vagó hasta el mar Rojo, lugar de asentamiento de muchos demonios con los que yació y otros que simplemente la corrompieron, eso dio lugar a otras criaturas. Sé que has leído el libro que te dejé y que parte de esto ya lo sabes; nosotros venimos de esa corrupción, sus lágrimas de sangre nos crearon. Lilith vagó por la Tierra tanto como pudo esquivar la furia de Dios y en ese tiempo, plantó su propio jardín, uno donde la belleza, por cruel que fuese, tenía cabida. Esto es lo que queda de él.

Ambos miramos nuestro alrededor, él con algo parecido a la nostalgia y yo, fascinada ahora que conozco la historia de este lugar. La figura de la entrada de estos jardines ahora explica mucho más.

—¿Y ahora dónde está Lilith? —Se gira con la sorpresa grabada en el rostro, como si la idea de que yo pudiese sentir curiosidad por ella fuese casi imposible—. Has dicho que vagó por la Tierra tanto como pudo esquivar la furia de Dios.

—Ahora está calentita en el infierno.

—¿Has intentado hacer una broma?

—¿Eso he hecho? —El temblor de su boca me dice que está aguantándose la risa—. En realidad no bromeo, Lilith se fue al infierno.

Mis ojos se abren tanto como es humanamente posible.

—¿El infierno?

—Hay dos teorías. —Se acerca lentamente hasta el banco, el cual observa un rato, valorando si debe sentarse o no, hasta que se decide. Siento el roce de su ropa contra mi hombro—. No se sabe con certeza, pero la primera teoría dice que Lilith fue creada del polvo como lo fue el primer hombre, ese maldito Adán, y los hay quienes dicen que ella fue formada a partir de inmundicia y sedimento. Si eso fuese cierto, esa inmundicia la habría convertido en un demonio y no sería raro que quisiera estar entre los suyos y con alguien que odia tanto a Dios como ella, Lucifer. La segunda opción dice que está presa allí por un pacto entre dos hombres que no quisieron permitir que una mujer igual de poderosa que ellos vagara libremente.

—¿Y alguno de vosotros la ha conocido alguna vez?

—Sí, los primeros lo hicieron.

—¿Y… los primeros están muertos?

De una forma lenta y sensual, esa sonrisa ladeada y odiosa aparece una vez más en sus labios.

—Podrías dedicar toda esta curiosidad que tienes para aprender sobre algo. —Arrugo el ceño—. Me dijiste que nada se te daba bien y yo creo que, con toda esa curiosidad, es extraño que no te hayas mostrado interesada por algo de forma consistente.

—No me he interesado por nada porque es una tontería perder el tiempo en ello si sabes que tus días están contados. —Mi voz suena tan fría que casi podría cortarme la garganta con las esquirlas de hielo—. Y ahora resultaría igual de inútil, pues es obvio que algún día acabarás conmigo, ¿no es así?

—Sí, es posible. —Suelta un suspiro profundo—. Respondiendo a tu otra pregunta, los primeros están muertos. Ha habido dos grandes masacres en nuestra historia y en ellas cayeron muchos Puros.

—Hasta el otro día pensaba que los Puros no podían morir —murmuro más para mí misma que para que él me escuche.

—Todo puede morir. —Echa su cuerpo hacia atrás—. Aunque en nuestro caso no sea con mucha facilidad. Escondemos con sumo cuidado las cosas que pueden matarnos, nos encargamos de masacrar a las personas que lo sabían y ahora vuelve a ser un misterio. Uno que, como es obvio, no te voy a revelar por mucho que preguntes.

—No tenía pensado hacerlo.

—¿Segura?

Nos miramos a los ojos de nuevo y siento tal chispazo que me duele físicamente. De una forma muy real. Me quema el pecho y siento que todo a mi alrededor ha comenzado a ir a toda velocidad. Aferro la piedra bajo mis dedos, hinco mis dedos tan fuerte que noto la piel tirante sobre los huesos de mis nudillos. No es suficiente, mi cuerpo se ladea de una forma poco natural y él se da cuenta enseguida. La oscuridad que enturbia mi visión no evita que vea cómo alarga su mano hacia mí, en un intento por agarrarme, y cómo se detiene a medio camino en el último momento. Como si acabase de recordar que la sola idea de tocarme es repulsiva para él, aunque antes no lo pareciera.

Intento levantarme para ocultar mi debilidad y es entonces cuando esa quemazón en mi cuerpo empeora. Siento como si un puño en llamas agarrara mi corazón y lo apretujara con sus dedos queriendo hacerlo estallar dentro de mi pecho. Boqueo en busca de aire mientras la visión se me nubla del todo. No quiero parecer aún más patética de lo que ya me siento, aunque no puedo hacer mucho para evitarlo. Mis rodillas se doblan, el peso de mi vestido parece haber aumentado tres veces más y estoy esperando el impacto de la tierra y la hierba en mis rodillas cuando siento unos brazos que me rodean con rapidez. No veo absolutamente nada. Todo está oscuro, el aire corta mis mejillas y sé que nos estamos moviendo muy rápido.

Llegamos al interior de castillo con una rapidez asombrosa. Sonidos de puertas que se abren, pisadas aceleradas, pequeñas exclamaciones de sorpresa. El contacto de mi espalda contra algo blando me sorprende al principio, mi falta de visión ahora mismo me asusta.

—¿Qué ha pasado? —Reconozco la voz de Drystan—. ¿La has mordido?

—¿Por qué piensas eso? —Se prolonga un silencio tan espeso que puedo imaginarme el intercambio de miradas a la perfección—. Estábamos fuera y ha empezado a boquear como un pececillo. No sé qué le ha pasado.

No tardan en unirse las voces aceleradas y nerviosas de mis doncellas, cuyos dedos cálidos comienzan a palpar mi cabeza y mi cuerpo en busca de heridas o cualquier cosa que pueda causar mi malestar.

—Esto ya no es normal, Viktor. —Sé que se están alejando, pero los escucho—. Debemos llevarla con las banshees, sabes que ellas tienen…

Mi cuello cae hacia un lado, casi inerte. No escucho lo que sigue a esas palabras, ahora mi visión parece estar volviendo lentamente, sin embargo, mi sentido del oído ha desaparecido. Las bocas de todos se mueven y yo no consigo escucharlos. Mi cabeza late, como si fuese un corazón. Todo me duele. Miro mi mesita de noche, donde en la llama de la vela me parece ver a Ank. No sé por qué quiero sonreír al pensar que está aquí para velar por mí. Me pican los ojos y aun así no aparto la mirada. Me vuelve el sentido del oído de forma repentina, me sobresaltan las estridentes voces.

El rostro de Viktor aparece en mi campo visual, tiene las facciones tensas.

—Preparadlo todo, partimos en cuanto se alce el sol.

14

Viktor

El sol está en su punto más alto y aunque esto no nos asegura estar libres de enemigos, al menos sabemos que las peores criaturas no estarán merodeando por los caminos. No hasta que llegue la noche y proteger a la *humanita*, que a duras penas se mantiene erguida sobre el caballo, empiece a ser un incordio. Hay una vocecita en mi cabeza que me dice que baje del caballo y regrese a la comodidad del castillo, ¿qué más da si muere? Entonces a esa vocecita se le une la de mi molesta mano derecha que me incita a buscar respuestas: «¿No te parece una humana fascinante, amigo?».

Gruño.

—Si necesitas que paremos en algún momento, solo dímelo —dice Drystan.

No hace mucho que partimos. Tuvimos especial cuidado con la zona donde fuimos atacados ayer y ahora vamos por los caminos abiertos aferrados a nuestras capas. Sierra y Drystan comparten una nueva yegua blanca y yo voy en el semental negro, que no para de frotar su hocico contra el costado de la yegua.

—Claro, sin problema, Sierra, también podemos masticarte la comida y dártela como si fueses un pequeño polluelo —digo poniendo los ojos en blanco. Aprieto los flancos del semental y este responde adelantándose varios metros—. Son dos días de camino, así que no nos hagas retrasarnos.

No me molesto en mirar su reacción, no me hace falta. Extiendo esos dedos invisibles de mi poder e intento acariciar sus pensamientos. Vaya, tal vez su rostro ceniciento sea engañoso, pues su mente se encuentra cerrada para mí. Hace ya unos días que no se resistía.

Pasamos cerca de un pueblo, nos mantenemos a las afueras para no llamar la atención de cualquier rufián que sienta la tentación de asaltarnos al ver el buen estado de los caballos. Para su desgracia, por supuesto. Cuanto más avanzamos, más complicados se hacen los caminos y, antes de que se ponga el sol por completo, acampamos en un claro ocultado por árboles.

Cuando bajo del semental, no puedo evitar sentir alivio en mis piernas. Agradezco el pequeño paseo hasta un riachuelo cercano para abrevar a los animales. Para cuando estoy de regreso, Drystan se ha arriesgado a encender una fogata y sostiene sobre sus labios una petaca que, por su olor a cobre, contiene de todo menos agua.

—¿Quieres? —Me la ofrece—. Te vendrá bien.

Hago un gesto negativo con la mano.

—Hace horas que está ahí, esa mierda ya no es fresca ni está caliente.

Se encoge de hombros y se lleva el líquido de nuevo a la boca mientras dirige sus ojos hacia Sierra, como si me estuviese invitando a probar suerte con ella. Está cerca del fuego, partiendo el pan en pequeños pedacitos antes de llevárselos a la boca junto con el queso. Su aspecto es enfermizo y lo menos apetitoso posible. Arrugo la nariz.

—Yo hago la primera guardia —declaro.

Nos quedamos en silencio mirando las llamas. Con cada trago que escucho pasar por la garganta de mi amigo, mi propia sed araña contra mi garganta y aun así me niego a beber esa mierda rancia. Yo la quiero directamente del envase y más ahora que he paladeado el sabor afrutado de Sierra. Esto nunca lo admiré en voz alta.

—Necesito... —La voz de Sierra suena rasposa después de haber guardado silencio durante todo el día—. Necesito asearme un poco.

Se levanta algo temblorosa, casi parece que ese sencillo vestido que lleva pesa demasiado para su cuerpo. La observamos apartarse de nosotros y adentrarse hacia una zona más frondosa. Me levanto antes de que a Drystan se le ocurra reaccionar.

No tardo en estar a solo un par de metros detrás de ella. Me mira por encima de su hombro con ojos cansados.

—¿No puedo tener algo de intimidad?

—Solo voy a vigilar. —Me muestro serio—. Últimamente la muerte parece rondarte.

Mi comentario le provoca una risa suave. Me detengo solo durante un momento, impactado por ese sonido. Hasta ahora solo la he escuchado reír con ironía.

—¿Qué te hace gracia? —pregunto.

—El hecho de que digas que últimamente me ronda la muerte, como si tú no fueses una representación de ella.

Me detengo, inclinando mi cabeza un poco mientras la observo alejarse. Me doy la vuelta para darle intimidad y apoyo la espalda contra un tronco. Escucho las salpicaduras del agua en su cara, la forma en que se frota la piel con ella y esa pequeña exhalación de sorpresa por el frío. Intento centrarme en otros sonidos, el de los pequeños animalillos correteando entre los arbustos, las copas de los árboles meciéndose cuando una suave brisa los sacude, el sonido del río.

El olor a frutos silvestres me acaricia los sentidos cuando Sierra se acerca de nuevo hasta mí. Me sobrepasa y vuelve junto al fuego bajo mi incesante escrutinio. Pronto Drystan y Sierra se acomodan contra el frío y duro suelo, cada uno aferrado a sus propias mantas, dándome la espalda.

Tomo asiento contra un árbol y cruzo mis tobillos, con los brazos sobre el pecho, atento a cualquier señal que me avise de la presencia de alguien o de algo más. Siento el momento exacto en el que Sierra se queda dormida por la forma en que sus latidos y su respiración se vuelven pausados y constantes.

Dejo que el tiempo corra, no levanto a Drystan para que me releve. Me quedo aquí disfrutando de la noche, de esta extensión de mí mismo, y también observando cómo el pequeño cuerpo bajo las mantas se mueve arriba y abajo con sus respiraciones profundas.

Qué criatura tan débil, tan enfermiza, tan frágil.

¿Sabes que no ha llorado ni una sola vez desde que la compraste?

No sé cuánto tiempo durará, solo sé que quiero ver esas lágrimas derramase, lamerlas, degustarlas en la punta de mi lengua.

Con esos pensamientos, el sol hace de nuevo acto de presencia y nos preparamos para otro largo día sobre los caballos. Drystan se acomoda detrás de Sierra y toma las riendas del caballo. Me alejo de ellos todo lo que puedo sobre mi propia montura. Llevo un día sin alimentarme y la vena que bombea en su cuello es una tortura.

—¿Qué edad tienes, Drystan?

Han comenzado a hablar animadamente el uno con el otro, como si fuesen amigos de toda la vida.

—Tengo tantos que te asustarías de lo viejo que soy.

—¿Y él? —Baja la voz tanto que un humano no escucharía absolutamente nada, pero yo no soy humano—. ¿Es tan viejo como tú?

—Más.

—¿Cuánto más?

—Tiene más de mil.

Su voz se mezcla con la brisa; sin embargo, escucho claramente cómo la respiración de ella se queda retenida en su garganta y pasa más de un segundo antes de que vuelva a respirar.

—¿Tantos?

No puedo contener la pequeña risa de superioridad que se forma en mi pecho.

—Ya lo ves, fierecilla, tu existencia es ridícula en comparación. —La observo por encima del hombro.

—Para ser tan ridícula, estás muy pendiente de ella.

La carcajada limpia que sale del pecho de Drystan corta el aire, pero no la tensión creciente entre ella y yo. Nuestras miradas son como puñales incrustándose entre las costillas del otro. Ninguno de los dos está dispuesto a apartarla primero. Una de las comisuras de su boca se eleva, desafiante.

—¿Se acepta un tercer jugador en el duelo de miradas?

—Cállate, Drystan.

—Si caes del caballo, me voy a reír mucho, amigo.

—Como si eso pudiera ocurrir.

Cedo, volviendo mi vista al frente. Un silencio espeso se asienta entre nosotros durante unos cuantos kilómetros. Antes de que se ponga el sol habremos llegado a la linde con el Bosque Torcido. Pasaremos la noche junto al Lago de Sangre, la última barrera antes de adentrarnos en la espesura, donde los kraugs estarán deseosos de atraparnos con sus colas y mantenernos cautivos hasta la descomposición. Es por eso que esperaremos a que se haga de día para atravesarlo, una vez lo hagamos, estaremos muy cerca del territorio de las banshees.

—¿Sabes que un vampiro puede liberarse si bebe una sangre exquisita?

—¿Liberarse?

Sus voces son lo único que se escucha y tengo que hacer uso de toda mi fuerza de voluntad para no girarme a ver la cara de ella cuando entienda a qué se refiere. Ya tengo una sonrisa perversa tirando de mis labios.

—Correrse, Sierra, correrse —respondo.

Un «oh» se prolonga en sus labios. Escucho el latido de su corazón, acelerado y errático.

—Oh sí, Viktor lo sabe bien, le pasó la primera vez que probó la sangre de una ninfa.

—Silencio.

Mis ojos echan un vistazo a su cara. Tiene las mejillas sonrojadas, los ojos más vivos que estos últimos días y el latido de su corazón sigue acelerado. Hago un repaso lento que ella percibe, la hace ruborizarse más.

—No te preocupes, Viktor, aún éramos jóvenes…

—He dicho silencio, Drystan.

Y me hace caso. Cabalgamos durante horas en silencio, con pausas para dar de beber a los caballos y otra breve para alimentar a la humana. Noto la garganta seca. Trago saliva e intento consolarme a mí mismo, repitiéndome que a mi regreso me saciaré con todo mi séquito de saciadoras. Puede que alguna perezca en consecuencia.

Nos detenemos al atardecer cerca del lago y, como el día anterior, me encargo de los caballos mientras Drystan prepara el lugar donde vamos a acampar. Nada de fuego. Estamos cerca del Bosque Torcido y no queremos tentar a la suerte.

—Tal vez quieras bañarte, mañana llegaremos al campamento de las banshees.

Sierra asiente. Veo cómo estira las piernas agarrotadas por tantas horas encima del caballo. Drystan se aleja, quién sabe por qué y Sierra se dirige al lago a buscar la zona más oculta a la vista.

Repito lo de anoche, siguiéndola unos cuantos metros por detrás hasta que llega a un lugar más apartado, donde las rocas sobresalientes rodean una balsa de agua y la cascada engulle cualquier otro sonido. Con los puños cerrados con firmeza, se vuelve hacia mí.

—¿Piensas quedarte ahí todo el tiempo? —pregunta con seriedad—. Eres un pervertido.

—¿No has pensado que a mí también me puede apetecer presentarme limpio y aseado frente a las banshees? —Arqueo una ceja—. Además de asegurarme de que no te matan. No quisiera ver tanta sangre desperdiciada.

—Date la vuelta —gruñe.

Lo hago, no sin antes soltarle una última pulla.

—No es como si no hubiese visto todo tu cuerpo en la Subasta Roja.

Lo hice. Vi cada curva suave debajo de ese pequeño trozo de seda roja que no hacía nada por cubrir su desnudez. El peso de sus pequeños pechos, la curvatura de su cintura y sus caderas y el pequeño hueco entre sus piernas. Carraspeo para deshacerme de esta sensación en la garganta.

Me tira el sencillo vestido a la nuca como respuesta a mi comentario mordaz. Sonrío complacido con sus reacciones tan imprevisibles. Escucho el sonido del agua cuando ella sumerge los pies. Me la puedo imaginar adentrándose poco a poco y entonces decido que no tengo que imaginar nada cuando puedo verlo con mis propios ojos. Me giro lo justo para ver por el rabillo del ojo el momento en que la superficie del agua oculta la curva de su trasero y toca las puntas de su pelo.

Cuando está entera en el agua, deja escapar un pequeño gritito.

Me giro por completo, observando cómo los últimos rayos del día inciden sobre ella y sobre el agua, haciendo que parezca sangre espesa. Lo llaman el Lago de Sangre no solo porque muchas veces las masacres de los kraugs tiñan el agua de rojo, sino porque las piedras que lo rodean son rojizas y a la luz del sol crean todo un espectáculo. Reconoceré para mí mismo que es una visión hermosa la que tengo delante. Doy unos cuantos pasos hasta la orilla y comienzo a desabrocharme la camisa.

—¿Has visto alguna vez un hombre desnudo, Sierra?

Un latido.

Dos.

Tres.

—No.

Su respuesta es música para mis oídos, sin saber bien el motivo.

—Entonces no te gires si no quieres que eso cambie.

El agua me besa los pies conforme avanzo hacia ella. La respiración de Sierra se vuelve entrecortada cuando me escucha adentrarme en las aguas. Mantiene los ojos clavados en la cascada, que por mucho que haga por ocultar el sonido de su pulso nervioso, no puede competir con mi oído. El agua me llega a mitad del vientre y, con la palma ahuecada, tomo un poco y la paso por mis brazos, por mi nuca y por mi pecho mientras mis ojos siguen clavados en ella. Sabe que tiene un depredador a sus espaldas, así que comienza a nadar, cada vez más cerca de la cascada y más lejos de mí.

Le doy algo de intimidad dándome la vuelta y me humedezco el pelo con los dedos. Cierro los párpados, absorbiendo los últimos rayos del sol. A pesar de que el sol nunca me ha sido vetado por ser Puro, no disfruto de él tanto como me gustaría. Es como si mi piel, tras tantos años de existencia, amenazara con volverse papel de lija como castigo por permanecer demasiado bajo el sol.

Ya casi he terminado y me siento lo suficientemente benévolo como para salir del agua y dejarla tranquila, pero grita detrás de mí y mi cabeza gira en su dirección como un latigazo. La veo sumergida hasta la barbilla luchando por permanecer a flote. Nado hacia ella y llego tan rápido que en otras circunstancias la hubiese sobresaltado. Mis manos la toman de la cintura, la alzo lo suficiente como para que su cabeza esté fuera del agua y entonces, retrayendo los labios, muestro mis colmillos.

Siseo a la criatura que hay debajo del agua. Una ondina. Puedo ver sus pequeños cuernos retorcidos enredados en su espesa cabellera azul, a juego con sus ojos. La criatura me muestra su hilera de dientes puntiagudos. La mano de Sierra se apoya en mi pecho buscando apoyo.

La ondina clava sus uñas en el tobillo de ella y tira de nuevo, dispuesta a arrastrarla al fondo del lago. Bufo como todo un animal, siento las venas de mi cuello a punto de explotar. El suelo tiembla en acompañamiento y la ondina acaba por entender que está frente a un depredador superior a ella. Retrae sus colmillos, quita la mano de la pierna de Sierra y retrocede lentamente. Es una criatura de belleza sorprendente al igual que engañosa. Como la mayoría de nosotros: un bonito envoltorio que contiene un terrible veneno.

No aparto la mirada del agua hasta que mi buena visión me garantiza que la ondina se ha marchado y no tiene intenciones de volver. Siento el movimiento tembloroso de los dedos de Sierra contra mi piel. Centro mi atención en su rostro, más pálido que de costumbre y un ligero vistazo me confirma que sus pechos están pegados a mí. Noto sus pezones.

Me separo de ella antes de que pueda sentir lo que se está despertando cerca de su muslo. Estamos conectados en casi todos los puntos y está tan asustada que ni siquiera siente vergüenza ni me regala sus mejillas sonrojadas. Salgo del agua, de espaldas a ella, sintiendo sus ojos clavados en mí. No espero a secarme para vestirme, dejo que la tela de la camisa se pegue a mis pectorales y el pelo me gotee por el cuello.

—¿Qué era eso? —pregunta.

—Una ondina. —Miro fugazmente hacia el agua, donde ella sigue rodeándose el cuerpo con los brazos. Me giro para que pueda salir—. Una ninfa acuática. Suelen ser más amigables, pero supongo que estar en un sitio tan próximo a la violencia las ha vuelto irascibles.

Escuchar cómo sale del agua con las gotas deslizándose por su piel me pone tenso de inmediato.

—¿Así era la ninfa de la que hablaba Drystan?

La pregunta me toma por sorpresa. No esperaba que lo que despertara su curiosidad fuera si la famosa ninfa que consiguió que me corriera en los pantalones con su sangre era similar a la ondina del lago.

—Casi te comen y tú me preguntas algo tan estúpido. —Sacudo la cabeza conteniendo una risa que no le agradaría en absoluto—. Cualquiera pensaría que sientes celos, pequeña fiera.

—Prefiero hurgar en tu vida amorosa o lo que sea que tienes, antes que estar pensando en que casi me arrastran a lo profundo del lago para posiblemente devorarme viva.

El sonido de sus ropas deslizándose de nuevo sobre su piel me desconcentran durante un segundo. La sensación de sus pechos contra mí, la suavidad de su muslo enredado con el mío, el recuerdo de su mano sobre mi corazón que no late, persisten en la memoria de mis células. El hambre me hace pensar en mis dientes bailando por la sedosidad de su piel y hundiéndose en esa parte tierna de su muslo…

Pestañeo y relego ese pensamiento a una parte remota de mi mente.

—Bueno, no quisiera dejarte con la curiosidad sobre mi vida amorosa o lo que sea que tengo. —Le echo un vistazo cuando creo que ya he sido lo suficiente caballeroso por hoy y por los diez días siguientes. La pillo colocándose la manga restante de su vestido—. Era una ninfa de bosque, una dríada.

—¿Y cómo era ella?

—Pelo negro que cubría sus pechos. —Saboreo cada palabra—. Ojos grises como la niebla. Curvas pronunciadas y peligrosas. Piel pálida besada por la muerte…

—Lo que describes…

La corto antes de que siga.

—No te vayas a comparar con una dríada, Sierra. Eres una humana.

Escupo la última palabra con desprecio. Los rasgos de su cara se contorsionan en una expresión de desagrado e ira. No estoy dispuesto a soportar los comentarios que esté a punto de soltar por esa boca rosada así que me giro y regreso junto a Drystan. En cuanto me ve aparecer, levanta las cejas, sorprendido.

—¿Qué ha ocurrido? —Rebusca algo en su bolsa—. He sentido cómo la tierra temblaba.

—Un pequeño accidente.

Ninguno agrega nada más. Me tumbo en el suelo, noto las pequeñas piedras presionando contra mi espalda y utilizo mi brazo como almohada poniéndolo detrás de mi cabeza. Cuando Sierra vuelve a unirse a nosotros, no me molesto en mirarla. Pronto la noche lo engulle todo.

Drystan insiste en hacer guardia desde la rama de un árbol. El montículo de mantas donde se esconde Sierra no parece ser suficiente para calentarla, puedo escuchar el castañeo de sus dientes. Aprieto la mandíbula insistiendo en concentrarme en cualquier otra cosa. Veo la salpicadura de estrellas en el cielo, lo único capaz de lanzar algo de luz a esta noche, aunque no las necesite para poder ver a través de la oscuridad más absoluta. Escucho el ulular de un búho y el sonido de las mantas cuando Sierra se mueve debajo de ellas. Por el ritmo de su respiración, debe de estar dormida o a punto de hacerlo.

La escucho sin mirarla directamente. Si lo hubiese hecho, me habría dado cuenta a tiempo de lo cerca que está su cuerpo del mío. Busca cualquier cosa que le dé calor.

Sé que Drystan tiene un ojo puesto en nosotros, así que abro mi poder y mis sentidos hacia él.

«Tiene que estar helada, Viktor».

¿Y? No es como si mi cuerpo desprendiese calor. Estamos bastante cerca de estar muertos, ¿recuerdas?

Desde aquí veo cómo se encoge de hombros.

Lanzo un gruñido tan bajo que solo él puede escucharlo, pero hay cosas más importantes en las que centrarme, como por ejemplo la humana pegada a mi costado. Giro la cara en su dirección, su cabeza muy por debajo de la mía y su ceño se frunce como si estuviese ocupada con algo dentro de su mente. Si estuviese consciente, se moriría de vergüenza al ver cómo me busca en mitad de la oscuridad. Sus dedos salen de debajo de las mantas, se enganchan a mi ropa y tiran hasta que queda completamente pegada a mí.

Estallo en llamas. Su cuerpo es una maldita hoguera comparado con el mío, frío, congelado e inalterable por el paso del tiempo. Suelta un pequeño suspiro de alivio.

—Joder —gruño con los dientes apretados.

Su cabeza se apoya contra mi pecho y por un momento no respiro. Temo que hacerlo lleve su olor a mis fosas nasales y no me sea posible controlarme. Clavo mis ojos en el cielo y permanezco así, contando los segundos, exigiendo que el sol aparezca antes de que la devore aquí mismo, contra el suelo.

En cuanto el cielo se vuelve crepuscular, abandono mi sitio junto a ella, que musita algo en sueños. Paseo hasta el lago, donde me empapo la cara con agua fría, y para cuando he vuelto, Drystan ya ha bajado del árbol y ha hecho el ruido suficiente como para que ella despierte. En poco tiempo estamos de vuelta sobre los caballos. Tenemos que cruzar el Bosque Torcido, lo que no debería llevarnos todo el día. Con suerte, si no nos retrasan los kraugs, estaremos en el campamento antes de que caiga el sol. En el peor de los casos, podríamos quedar atrapados en el Bosque Torcido de noche, o muertos. Ninguna de las dos opciones me apetece.

—¿Por qué no puedo ir con Drystan?

—Me halaga que eches de menos montar conmigo en caballo —dice Drystan llevándose dramáticamente la mano al pecho mientras monta en la yegua blanca.

—No parecías tan molesta anoche —musito.

Vuelve la cabeza para mirarme, pero yo ya tengo la vista clavada al frente.

—Sierra, es mejor que vayas con él. El Bosque Torcido es peligroso y, aunque suponga una herida para mi ego, Viktor puede mantenerte segura mejor que yo. Es más fuerte y hasta las criaturas monstruosas que hay ahí lo reconocen.

—¿Tan poderoso es el apellido Vitalle? —pregunta.

—Así es.

Hablan como si yo no estuviese presente y la verdad es que no me molesta. Si mantengo la boca cerrada, su olor no entrará en oleadas dentro de mí.

Cabalgamos solo un poco hasta que nos encontramos frente al Bosque Torcido. Debe su nombre a la forma de sus árboles, retorcidos de formas monstruosas y con las copas tan entrelazadas entre sí que crean una cúpula por la que solo se cuelan vagos rayos de sol. Muchas criaturas, además de los kraugs, utilizan los árboles para esconderse y acechar a sus presas, otras tantas se camuflan en la oscuridad que el bosque les proporciona. Los caballos no han recorrido ni diez metros cuando tienen que sortear los restos mortales de unos pobres desgraciados que decidieron tentar a la suerte y adentrarse en él.

Mis muslos se tensan contra los de Sierra, quien parece encogerse sobre sí misma y apretar su cuerpo al mío. Consigue que su trasero roce la parte delantera de mis pantalones y, si no fuese porque debo tener controlados mis sentidos para detectar cualquier amenaza, tal vez intentaría provocarla.

La luz cada vez es más tenue. Sostengo con fuerza las riendas del semental y ninguno de nosotros se atreve a decir ni una palabra. En este silencio tortuoso transcurre la primera hora. Cuando algo cruje a nuestras espaldas Sierra da un respingo sobre la montura y consigue pegarse más contra mí. La fuerza con la que aprieto la mandíbula es suficiente como para partirme los dientes.

Al cabo de tres horas estoy seguro de que el final del Bosque Torcido no tiene que estar lejos y Sierra parece haberse relajado. Es posible que su cuerpo esté exhausto. Estoy a punto de hacerle un comentario burlón cuando escucho el sonido de algo que se arrastra.

Drystan y yo nos miramos a los ojos fijamente. Asiento.

—Corre —digo.

Espoleo al semental para que corra y la velocidad me hace inclinarme hacia abajo, arrastrando a Sierra conmigo. Mi cuerpo la rodea como una jaula. Miro por encima de mi hombro a tiempo para ver cómo el cuerpo medio humanoide del kraug se desliza por el tronco de un árbol. Es parecido al de una serpiente, pero acaba con el fiero aguijón de un escorpión. La mucosa apestosa que segrega viaja por el aire. Escucho a Sierra reprimir una arcada.

—Ya casi estamos —informo.

El kraug parece entender que la oportunidad de llevarse algo a la boca se le escurre entre los dedos. Dedos que, por cierto, están unidos por membranas y acaban en garras largas y afiladas. Casi puedo ver pequeñas gotitas de su veneno cayendo de ellas.

Se abalanza hacia nosotros con las fauces abiertas en su cara medio humana, mostrándonos esa hilera de dientes podridos y afilados que han desgarrado y devorado no solo a humanos, sino también a otras especies.

—Nos va a alcanzar —dice Sierra mientras mira hacia atrás.

La tomo de la barbilla, para obligarla a mirar hacia delante.

—Cabalgas sobre la mejor montura conmigo a tus espaldas, no nos va a alcanzar.

Como si las palabras calaran en el caballo, este acelera su carrera agrandando la distancia que nos separa. La criatura ni siquiera mira hacia Drystan, demasiado concentrado en nosotros, su presa. Ya puedo ver la luz al final de toda esta espesura y contengo el aliento hasta que reaparecemos al final de toda esta pesadilla. Ambos volvemos los rostros hacia la criatura que sisea enfadada y poseída por la rabia. El sol devoraría su carne si se atreviese a salir.

—Qué cosa más horrible.

—Y tú pensando que lo más horrible era yo —bromeo.

Me lanza una de sus miradas mortíferas. Se nota que todos respiramos mejor después de haber dejado atrás el bosque. Solo que Drystan y yo sabemos que el kraug estará esperando nuestro regreso y tal vez, mejor preparado. Después de un tiempo divisamos el principio del campamento de las banshees. Sierra intenta alzarse de la montura para ver mejor. Estira el cuello y mantiene el equilibrio dificultosamente.

—Siéntate, joder.

—Eres exasperante —replica—. Prefiero a Drystan, sin duda.

Este le guiña un ojo.

Exasperante es ella, que no se da cuenta de que con cada movimiento consigue que alguna parte de nuestro cuerpo se roce. Ya no sé qué es lo que me molesta más. Sierra y su calor, mi cuerpo por sus reacciones, o mi mente, que me recuerda a cada rato mi odio hacia su especie, lo diferentes que somos y el asco que me produce su existencia.

Todavía no nos hemos adentrado en el campamento cuando nos recibe una pequeña comitiva de mujeres, entre las que destaca una anciana de cabellos grisáceos, llenos de trenzas, abalorios y plumas de animales. Junto a ella hay una chica de pelo blanco como la nieve. Bajamos de nuestros respectivos caballos.

—Lord Viktor Vitalle —dice la anciana con la voz áspera y grave por la edad—. Los vientos nos dijeron que vendrías, pero no quisimos creer que serías tan descarado.

—Solo Viktor Vitalle —la corrijo—. Y supongo que sí, soy muy descarado.

—No sois bienvenidos —escupe la chica de pelo blanco.

Mis ojos se centran en ella. A pesar de lo que las marcas de su cara puedan decir al resto, es hermosa de una forma trágica. Alrededor de sus labios tiene cicatrices grotescas. Me puedo imaginar a qué se deben y el porqué de su recelo hacia mí y lo que represento.

—Sabemos que no somos bienvenidos —intercede Drystan—. No estaríamos aquí si no fuese nuestra última opción.

La anciana entorna los ojos hasta que no son más que dos rendijas.

—Explícate.

—Es ella. —Drystan señala a Sierra con la mano. Ella, para mi sorpresa, mantiene los hombros erguidos y el mentón alto—. Algo extraño le sucede.

La anciana se acerca cautelosa hasta estar lo suficientemente cerca como para que su vista cansada por la edad reconozca a Sierra como humana.

—Es una humana. —Mueve la mano en el aire como para restar importancia al asunto—. No sé qué podría ser tan importante como para que vengáis aquí por una humana.

—Sabemos que tenéis a una bruja con vosotras. —Acompaño mis palabras con una sonrisa de superioridad—. Los mejores médicos no saben qué le pasa, así que no nos queda más que recurrir a la magia y sus métodos.

—No tenemos a ninguna bruja —replica la más joven.

El resto de las mujeres permanecen en silencio, atentas al intercambio de palabras. Todas ellas tienen el pelo negro y largo, la piel blanca y cremosa y llevan sencillos vestidos grises. Insulsas. No esperaría otra cosa de aquellas que cortejan a la muerte.

—No mientas, chica, puedo oler su sangre vieja y corrompida por la Madre desde aquí.

No se sabe el momento exacto en el que surgieron las brujas, solo que lo hicieron después de los vampiros. Nacieron siendo hijas de Dios y al escuchar la trágica historia de Lilith, prometieron cederle parte de su alma, rendirle culto y hacerlo todo en su nombre. A cambio, Lilith les dio dones e inmortalidad, las marcó como sus hijas. La furia de su antiguo creador las maldijo con la dificultad para poder reproducirse y desde entonces, el nacimiento de brujas ha sido difícil y cada vez más escaso.

—Solo ella puede entrar —señala la anciana.

—Ni hablar. Ella es mi saciadora.

—Entonces solo uno de vosotros entrará.

Drystan y yo nos miramos, conscientes de quién será.

—Él. —La joven señala con el dedo a Drystan—. Él acompañará a la humana.

—Ni hablar —protesto.

—Ya habéis escuchado a Evanora —dice la anciana—. Si no os gusta, podéis dar media vuelta y llevaros vuestros problemas.

Rechino los dientes, sé que no hay nada que pueda hacer para cambiar las cosas. O, al menos, nada que no conlleve violencia. Podría romper sus huesos y destruir sus mentes, pero conozco a las brujas y ninguna estaría dispuesta a ayudarnos si llegamos a ellas con violencia.

No me queda otra que asentir. Se ponen en marcha en cuanto me ven ceder. La joven Evanora agarra a Sierra del codo y la aleja de mí. Drystan la sigue de inmediato lanzándome una mirada significativa. Los veo alejarse hacia el campamento y con solo dar unos cuantos pasos, noto la barrera que lo rodea repeliéndome. Lo que la barrera no consigue retener es el olor que me viene con la brisa. Frutos silvestres y ahí, más profundo, el olor de un Diluido, uno que conozco bien.

No quieren a dos vampiros junto a Sierra porque ya tienen a uno en su maldito campamento.

15
Sierra

El campamento de las banshees está más lejos de lo que pensaba. Flanqueada por Drystan a un lado y la chica de pelo blanco como la nieve al otro, siento la necesidad de girarme y mirar a mis espaldas. Viktor tan solo es un punto en la distancia y, a pesar de eso, siento sus ojos sobre mí, incendiándome por dentro.

Su olor, ese que me parece difícil clasificar y que solo puedo denominar como nocturno, me envuelve. Lo siento en cada centímetro de mí. Al pensar en mi piel no puedo evitar pensar en la suya. Tersa, perfecta y fría como el hielo, en contacto con la mía en el lago. A pesar de haber estado conmocionada por el encuentro con la ondina, el recuerdo de la dureza de su pecho contra el mío hace que me ardan las mejillas.

Me doy cuenta de la mirada curiosa de la chica a mi lado. Intento concentrarme en lo que se extiende ante mis ojos. Llegamos al campamento, Viktor ya no es ni siquiera un punto en la lejanía, no puedo verlo. Hay pequeñas chozas y cabañas de madera con tejados de paja y lona, algunas parecen más robustas, hechas con piedras y arcilla, pero son mucho más escasas. Junto a la puerta de cada una de ellas cuelgan abalorios que tintinean creando sonidos inquietantes cada vez que el aire los sacude.

Solo hay mujeres, y todas ellas nos miran a Drystan y a mí con los rostros serios e impávidos. No parece que se alegren mucho de recibir visitas. En algunas alcanzo a ver cicatrices cerca de sus bocas u otras de mayor profundidad recorriendo pómulos, clavículas, ojos…

Estas mujeres han debido de pasar un infierno.

—Naja no os recibirá hasta mañana —rompe el silencio la joven—. Así que os recomiendo que os sentéis junto al fuego hasta que veamos qué hacemos con vosotros. No solemos recibir visitas.

—¿Quién es Naja? —pregunto.

—La bruja a quien venís a ver.

—¿Por qué no puede atendernos ahora? —interrumpe Drystan.

La joven hace una mueca de claro disgusto antes de volverse hacia él y dirigirle una mirada cargada de odio.

—¿Crees que todo el mundo está a disposición de los poderosos vampiros? No todo funciona con vuestros chasquidos de dedos.

—¿No? —Finge estar sorprendido llevándose una mano al pecho—. Yo pensaba que sí. Suelen decirme que soy muy convincente y que mis encantos son excepcionales.

El gruñido que esta le dirige no sirve para detener el derroche de palabrería de Drystan. Es evidente que ese aspecto serio que se empeña en mantener siempre es solo una máscara que oculta otra cosa, posiblemente una personalidad traviesa a la que le encanta incordiar. Me divierte, a veces me olvido de lo que es gracias a esa actitud.

—Nos sentaremos. —Me acerco hasta Drystan y hago un gesto con la cabeza hacia la hoguera—. Y esperaremos.

Hago hincapié en la última palabra mirando a Drystan a los ojos. Este eleva tanto las cejas que casi le llegan al nacimiento del pelo. Parece sorprendido por este derroche de seguridad, incluso yo me sorprendo. Asiente, siguiendo mis pasos hasta la hoguera. Nos dejamos caer sobre el tronco de un árbol y rápidamente muchas de las mujeres que estaban junto al fuego se levantan y desaparecen. Somos, a todas luces, unos apestados aquí.

Nos quedamos solos, en silencio, mientras llevo mis manos cerca de las llamas y busco desesperadamente entrar en calor. Estos últimos días han sido todo un tormento, aún me duelen los dientes de tanto castañear.

—Pensaba que nadie podía odiaros más que yo —comento sin apartar la mirada del fuego—. ¿Qué le habéis hecho a estas mujeres?

—¿Nosotros? Nada —responde completamente tranquilo—. No puedo decir lo mismo de otros. Posiblemente les hicieron cosas atroces.

—¿Qué cosas?

—A muchas de nosotras nos cosen las bocas. —La voz de la chica de antes hace que me sobresalte junto al fuego—. Para que no gritemos.

Se sienta frente a nosotros sobre una silla destartalada y estira las piernas hacia el fuego. Su piel y su pelo parecen puro fuego gracias a las llamas, pero mis ojos no pueden apartarse de las grotescas cicatrices que le rodean la boca. Son irregulares, abultadas y ya han adquirido un color blanquecino por el paso del tiempo.

—¿Por qué?

—Las banshees predecimos la muerte, y una parte de nosotras no puede evitar reaccionar cuando tenemos a un vampiro cerca ya que la portan con ellos. Además, muchas veces usamos nuestro grito como una forma de defendernos, dejando a nuestros rivales fuera de juego. Si nos arrebatan nuestro grito, nos dejan sin forma de defendernos, somos vulnerables.

—Solo por curiosidad… —Drystan deja la frase suspendida en el aire—. ¿Cuál has dicho que es tu nombre?

La chica sigue dirigiéndole esa misma mirada de antes, recelosa, molesta. Ya doy por hecho que no piensa responder a su pregunta cuando el nombre se desliza entre sus labios.

—Evanora.

—Bien. —Lo escucho coger aire junto a mí—. Pues solo para que conste, no estoy a favor de lo que te hicieron, Evanora. Ni a ti ni a ninguna de vosotras. Tengo entendido que esto ya no se hace, los Vitalle lo prohibieron.

—No todo el mundo cumple las normas, ¿no? —Evanora levanta la ceja en su dirección, en un gesto desafiante—. Vosotros sabéis poco sobre respetar normas.

Me muerdo el labio inferior, siento la tensión del ambiente cayendo sobre mí y amenazando con aplastarme contra el suelo. Por el rabillo del ojo veo cómo las ventanas y las puertas de algunas de las cabañas se cierran. Estas mujeres están aterrorizadas.

—Solo he venido para deciros que Sierra puede pasar la noche conmigo. —Desliza sus ojos hacia mí—. Si te parece bien. Y en lo que respecta a ti, como sea que te llames, tienes permiso para volver con tu señor.

—No voy a irme sin Sierra y tampoco soy tan estúpido como para marcharme y arriesgarme a que no me dejéis volver.

Evanora se levanta de la silla, que cruje al liberarse de su peso, y camina con paso decidido hacia nosotros. Se arrodilla un poco hasta estar a la altura de nuestros ojos y entonces posa su dedo índice y corazón sobre la frente de Drystan. Lo siento sobresaltarse a mi lado, pero no hace nada más. Los dos escuchamos con atención las palabras inentendibles que salen murmuradas de la boca de Evanora y cuando termina, una marca brilla sobre la frente de él. Mi boca se abre con sorpresa y ella debe de ver las ganas que tengo de hacer cientos de preguntas.

—Esta marca te permite solo a ti entrar al campamento mientras ella esté con nosotras. —Tiende su mano hacia mí para ayudarme a ponerme de pie—. No te dediques a deambular por aquí si no es para estar junto a ella, tenemos ojos en todas partes y no nos gustan los cotillas.

Sin añadir nada más, tira de mí lejos del fuego. Miro a Drystan por encima del hombro y él hace una inclinación con la cabeza antes de desaparecer. No hay ni rastro de esa misteriosa marca. Recorremos el campamento sin encontrarnos apenas a nadie más hasta quedar frente a una pequeña y modesta cabaña. Evanora abre la puerta para mí y espera hasta que entro para cerrarla.

—Puedes usar ese camastro de ahí. El fuego está encendido y no tardarán en venir a traer algo de cena.

Deslizo la mirada hacia donde señala con la barbilla y me acerco con pasos cortos y dubitativos hasta el camastro situado junto al fuego. Mis dedos inmediatamente se extienden hacia la chimenea buscando sentirse cálidos de nuevo. Miro mi alrededor y reparo en que la cabaña, como ya imaginaba, no tiene grandes lujos. Está decorada con una vieja mesa acompañada de dos sillas destartaladas, de los techos cuelgan los mismos abalorios que cuelgan fuera de las puertas: plumas de animales coloridos, huesos, piedras… Al fondo hay lo que parece una pequeña cocina y junto al fuego, donde me encuentro, dos pequeños camastros con sábanas tan finas que puedo entender por qué están tan cerca de la chimenea. Evanora se sienta junto a un gran baúl que descansa a los pies del otro camastro, cruza los brazos y mira hacia las llamas.

Sin embargo, yo no puedo dejar de mirarla a ella. Es pequeña y grácil, el vestido de color azul grisáceo que lleva parece querer engullirla en cualquier momento y aun así consigue mostrarse como alguien a quien respetar. Sus rasgos son una mezcla entre la suavidad y la dureza. El arco de su labio superior es suave y de un tono rosado; en cambio, sus pómulos son tan afilados como el cristal. Sus ojos son del azul más claro que haya visto antes.

—¿Te han dicho alguna vez que eres muy transparente? —dice interrumpiendo mi escrutinio—. Puedo ver toda la curiosidad en tu rostro.

—¿Puede sorprenderle a alguien que tenga preguntas?

—De verdad que los humanos vivís en la ignorancia. Al menos ahora.

—¿A qué te refieres?

Suspira apartando un mechón rebelde de su mejilla.

—Ya sabrás que los Vitalle se encargaron de los Tratados con los humanos. En esos tiempos todas las criaturas vagaban libremente y se dejaban llevar por los deseos más primarios. El hambre, el sexo, entre otros. Los humanos estabais siendo mermados a una velocidad escandalosa y por mucho que quisierais, no podíais ignorar nuestra existencia. —Se mordisquea el labio inferior—. Supongo que ahora os sentís muy seguros y os habéis permitido olvidar, vivir en la ignorancia. Pensáis que los vampiros son lo peor que habita Drystia, pero yo tengo mis dudas.

—¿Tú eres peligrosa?

Mi pregunta hace que las comisuras de sus labios se estiren en una sonrisa ladeada de dientes blancos como perlas.

—Para ti, por supuesto.

Acompañando a sus palabras, uno de los troncos en la chimenea cruje y consigue que dé un pequeño respingo. Intento tranquilizarme tirando de un pequeño hilillo que escapa de mi capa.

—¿Cómo es? —pregunto de nuevo. Frunce el ceño, claramente sin entender qué es lo que quiero saber. Carraspeo antes de reformular mi pregunta—. Ser una banshee. He leído algunas cosas…

Hasta ahora no me había dado cuenta de que entre sus manos sostiene un peine de pequeñas cerdas y mango de plata. Debe ver la sorpresa en mi cara porque lo aferra con más fuerza, como si fuese una de sus posesiones más preciadas. Sin apartar la mirada de mí, comienza a peinarse el cabello.

—Somos mensajeras de la muerte. Mujeres que fueron malditas hace muchos años y cuya maldición pasa de generación en generación.

—¿Sois inmortales?

—Podemos morir, solo que nuestro ciclo de vida dura lo que varias de un humano. Nuestra líder, por ejemplo, lleva viva varios siglos.

—¿Y todas tenéis magia?

—Hacer magia no es nuestro don. Nosotras fuimos bendecidas con el grito.

—Pero tú…

El ruido de un golpe consigue ahogar el resto de la frase en mi boca. Sus ojos salen despedidos hacia la puerta y no tarda ni un segundo en levantarse, alisarse el vestido y correr a abrirla.

—Debe de ser la comida.

Tira de la puerta, cuyos goznes protestan considerablemente. El frío se cuela en el interior, erizándome la piel. Me arrebujo más en mi capa. Intento estirar el cuello para conseguir ver por encima de su hombro.

—¿Qué haces tú aquí?

—Soy un invitado, ¿no?

Esa voz me resulta familiar. No tengo tiempo de zambullirme en mis recuerdos para encontrar el rostro de su dueño. Sorteando el cuerpo inmóvil de Evanora junto a la puerta, un hombre alto y corpulento, de hombros anchos y cabello dorado, entra en la cabaña.

Eleazar.

—Eres un invitado en el campamento, no en mi cabaña —repone Evanora, manteniendo la puerta firmemente abierta.

—He sentido a Viktor Vitalle cerca, no podía no venir.

Los ojos de ambos se clavan en mi persona, mi cuerpo me pide que me encoja ante sus miradas, pero no lo hago. Me mantengo con la espalda recta y tiesa como si fuese el palo de una escoba. No me permito encorvar los hombros ni bajar la mirada. Sus ojos me escrutan, como si esperase encontrar a Viktor tras mis espaldas.

—No está aquí —informa Evanora.

—Apestas a él. —Escupe las palabras.

Me siento insultada.

—Soy su saciadora. —Elevo el mentón—. Es normal que huela a él, pero ya ves que no está aquí, así que lárgate.

—¿Tú me mandas largarme a mí? —replica, divertido.

—Sí, yo, ¿pasa algo? —Arqueo una ceja—. Creo que Evanora ha dicho claramente que no eres bienvenido en su cabaña, así que lárgate. A ninguna de nosotras le agrada tu presencia.

Entrecierra los ojos, fulminándome con la mirada. No me acobardo. Sigo con la cabeza bien alta, con los ojos clavados en él igual que los suyos en mí. Noto el momento exacto en el que sus puños se cierran con fuerza, sus fosas nasales se abren reteniendo la ira y entonces, da media vuelta y se larga por donde ha venido. Evanora ha observado la breve escena en silencio y no duda en cerrar la puerta en cuanto lo ve cruzarla. Se vuelve hacia mí, con un nuevo brillo en la mirada.

—Eso ha sido una grata sorpresa —dice—. Aunque volverá a por ti. Los vampiros no soportan que hieran su orgullo.

—Créeme, estoy al tanto.

Se le escapa una breve risita. Al poco vuelven a tocar la puerta y esta vez sí que es nuestra comida. La tomamos en silencio lanzándonos pequeñas miradas la una a la otra. Cuando las velas se apagan recibo la clara orden de que me duerma y así lo hago, o más bien intento, ya que me siento una intrusa en este sitio. Por más que quiera, no consigo pegar ojo.

«Vaya vaya… alguien no puede dormir».

Su voz suena como un suave ronroneo en mi cabeza.

«No soy un gato, no ronroneo».

Mierda.

«Has tenido tu cabecita cerrada para mí un buen rato, ¿algo interesante que te haya hecho cerrarte a mí?».

No.

«Mentirosa… he olido a Eleazar, ¿algo que compartir?».

En absoluto.

«Bien, entonces te dejo con tus horas de sueño».

Ojalá pudiera dormir, pienso, sin intención de que me escuche.

«Puedo ponerle remedio, si me dejas».

¿Cómo?

«Puedo hacerte dormir y soñar cosas agradables si es lo que quieres».

Me quedo en silencio, sin pensar, y me quedo dormida. Sueño con lugares que nunca he visitado ni visto en ninguna parte. Acantilados que dan a mares de aguas verdosas, cuevas bajo el agua donde la vida explota y veo animales y criaturas que jamás había imaginado. Viajo a cordilleras montañosas, lagos, praderas, desiertos. Lugares bonitos donde las flores me hacen cosquillas al pasar, masas de agua caliente donde el agua hierve, lechos de nieve. Hago todo un viaje mientras sueño y cuando vuelvo a abrir los ojos y tomo consciencia de que sigo en la cabaña, en mi pecho siento un pequeño pinchazo de desazón. Nunca he salido de Ravag, nunca he visto más allá de las pequeñas callejuelas de mi pueblo y ahora del castillo de Viktor. Jamás me he permitido soñar con viajar y creo que el que Viktor me haya enseñado todo lo que me pierdo más allá es una crueldad.

—Estás despierta, perfecto. Aquí tienes una palangana con agua. —Evanora la deja sobre la pequeña mesa—. Cuando acabes podemos ir a ver a Naja.

Me aseo rápidamente, el agua fría me despeja. Junto a la palangana veo también un vestido sencillo de color azul. Me lo pongo y dejo atrás mi ropa sucia.

Por suerte mi cabeza está vacía de voces por el momento. Sigo a Evanora fuera de la cabaña levantando los bajos del vestido para no mancharlo con la suciedad de las calles. Miro todo lo que me rodea con atención. Hay algunas niñas pequeñas que ayudan a otras con la colada y, una vez más, ni rastro del sexo opuesto. Supongo que es admirable cómo estas mujeres lo hacen todo por sí mismas sin depender del hombre. Me siento orgullosa y una parte de mí las envidia. Al menos parecen manejar su vida y destino, no como yo.

Llegamos hasta una choza mucho más grande que el resto que he visto en el camino. Hay una cortina hecha con caracolas de mar y huesos de animales. Me inquieto cuando Evanora la aparta para mí y me invita a pasar con un movimiento de cabeza. El interior está oscuro, solo iluminado con algunas velas de color rojo cuya cera parece sangre derramándose. Hay cráneos de pequeños animales aquí y allá y el olor a hierbas que mi olfato no alcanza a reconocer me abruma. Es como recibir un fuerte bofetón. El aire aquí dentro es cálido y pesado, nada que ver con el que respiraba hace un momento. Evanora me adelanta caminando con soltura, sabe hacia donde vamos.

Inclinada sobre un cuenco se encuentra una mujer de cabellos violetas y blancos, trenzados en cientos de diminutas trenzas que a su vez forman otras más grandes. Su piel está tostada por el sol y aunque recuerdo que Viktor mencionó algo sobre sangre vieja, la mujer que tengo enfrente no lo parece para nada. Cuando levanta la mirada para observarnos puedo ver su piel aún tersa, solo salpicada por algunas arrugas de expresión.

—Tú debes ser la jovencita que necesita mi atención —dice con una sonrisa que me inquieta.

Nos acercamos más, tanto que puedo ver el alfiler que sostiene en la mano y sus dedos pinchados derramando gotas de sangre sobre el cuenco donde pequeños huesos, parecidos a falanges, descansan empapándose de ella. Aparta el cuenco cuando ve mis ojos agrandarse con miedo.

—Sierra, ¿verdad? —Rodea la mesa—. Acércate.

Miro de reojo a Evanora, que asiente sutilmente. Solo doy un par de pasos hacia delante antes de que las manos de Naja se estiren en mi encuentro. Sus manos rodean las mías y sus pulgares manchados de sangre ensucian mi piel blanca cuando me acaricia.

Detrás de nosotras se escucha el ruido de una voz que se alza pidiendo paso.

—Ese vampiro molesto otra vez —refunfuña Evanora.

—Ve con él, querida. Yo me encargo de esto.

Evanora asiente servilmente antes de retroceder. Ya se está perdiendo de nuevo entre la oscuridad de la choza cuando me giro casi para implorarle que no me deje aquí. Por mucho que esta mujer me sonría, me inquieta.

—No suelo prestar mi ayuda a nadie —comenta—. Soy una mujer vieja que quiere pasar sus años tranquila.

—No pareces una anciana —digo bajito.

—La apariencia y la realidad son cosas distintas. —Me analiza con sus ojos, que de cerca parecen los de una víbora, ambarinos y con la pupila alargada—. Siendo sincera, me causaba cierta curiosidad qué podrías tener tú que hiciese que Viktor viniese a pedir ayuda, y más por una saciadora. Tu fama ha llegado hasta aquí.

—¿Y? —pregunto—. ¿Hay algo de especial en mí?

Inclina ligeramente la cabeza, con aire pensativo y algo curioso. Su lengua asoma para relamerse los labios y doy un paso atrás cuando veo que es bífida. Supongo que mis comparaciones no estaban del todo equivocadas.

—¿Quieres que te diga que eres especial? —Arquea una ceja.

—¿Lo soy?

—No. —Deja salir el aire por la nariz—. No noto nada especial en ti, así que cuéntame el motivo por el que estás aquí.

Mis hombros se hunden ante sus palabras y en un intento por ocultarlo, empiezo a hablar con confianza. Describo todo lo que ha pasado últimamente, mis problemas para curarme, la fiebre, la experiencia que viví en los jardines cuando perdí algunos de mis sentidos para luego recuperarlos.

Deja salir una carcajada cuando termino de contarle cómo el doctor de Viktor no fue capaz de encontrar una solución o un motivo.

—Claro que no lo hizo. —Se lleva la mano al vientre, como si le doliese después de tanto reír—. Lo que te pasa tiene que ver con la magia, no con la ciencia.

—¿Qué quieres decir?

—Déjame que compruebe algo.

Es tan rápida como el animal con quien comparte rasgos. Su mano captura la mía y antes de que pueda objetar, siento un pequeño pinchazo en mi dedo. Se lleva el dedo dolorido hasta la boca y lame la gota de sangre que brota. La piel se me eriza cuando siento la aspereza de su lengua.

Pasan unos segundos en los que Naja permanece con los ojos cerrados, aunque noto el pequeño aleteo de ellos bajo sus párpados.

—Una maldición —dice—. Te han maldecido.

—¿Cómo? ¿Y por qué a mí?

—No lo sé, a ambas preguntas.

—¿Se puede curar?

—No hoy —sisea —. Mañana hay luna llena y la magia es más potente con ella. Mañana lo haremos.

—¿Y mientras tanto?

—Mientras tanto desapareces de mi vista.

Me despacha con la mano dejando muy claro que ya no soy bienvenida. Casi parece que mis pies anden solos porque me muevo casi sin voluntad propia. Reaparezco fuera sin esfuerzo, donde una Evanora malhumorada parece insultar a un muy divertido Drystan. Ambos se giran hacia mí en cuanto me ven.

—¿Ya estás curada? —Drystan alza las cejas hasta casi el nacimiento del pelo. Me agarra por el codo—. Bien, perfecto. Nos vamos. Muchas gracias por todo, gruñona.

Evanora escupe alguna palabra que no entiendo y Drystan tira de mí. Planto mis pies en el suelo con fuerza y lo detengo. Él me mira extrañado, casi como si me hubiese nacido otra cabeza más.

—¿Qué ocurre?

—No estoy curada —informo—. No hasta mañana por la noche.

—¿Qué quieres decir?

—Dice que estoy maldita y que hasta mañana no podrá deshacer la maldición con la luna llena.

—¿Maldita? —repite.

La presencia de Evanora a mi espalda me sorprende, se ha acercado con mucha rapidez. Me olfatea, lo que consigue que mis mejillas se tiñan de rojo. Por otro lado, Drystan parece inquieto, cambiando su peso de un pie a otro. Me parece impropio de él, siempre refleja mucha calma.

—Yo no huelo ninguna maldición. —Evanora sigue olfateando—. Debe ser una muy fuerte si puede ocultarse así.

—¿Qué eres ahora, un perro? —replica el vampiro.

—A lo mejor deberías callarte, sanguijuela.

En vez de replicar o buscar molestarla con alguno de sus comentarios, Drystan guarda silencio y mira hacia algún punto lejos de nosotras. Sigo su mirada con la intención de descubrir qué ha atraído su atención, pero no veo nada.

—¿Pasa algo malo? —pregunto acercándome a él en un gesto casi cómplice.

Echa un vistazo rápido a Evanora y tira de mí para alejarme de ella. Nos ocultamos detrás de una choza. Suspira y se lleva las manos al pelo.

—Viktor no se está alimentando, está irascible —confiesa—. Me preocupa que haga alguna locura por su mal humor.

—Hablas como si fuese un niño pequeño.

—No lo es, pero no está acostumbrado a que se le niegue nada.

—Suspira de nuevo—. No le gusta que le digan qué hacer o que le prohíban nada, y aquí estamos, con él fuera porque no tiene permitido el paso mientras tú, su saciadora, estás aquí con el líder de los Diluidos apestándote.

—No entiendo por qué le debería importar.

Las esquinas de sus ojos se arrugan cuando sonríe genuinamente.

—Pobre ingenua.

—Entonces —ignoro su comentario—, ¿deberíamos irnos ahora que estamos aquí a punto de solucionar el problema? —Bajo un poco la voz—. Sé que para él no soy importante, mi vida no es nada comparada con la suya, pero ya que se ha tomado las molestias de traerme, ¿no sería insensato irnos ahora?

Frunce los labios mientras se muestra pensativo.

—Esperaremos —dice al fin—. Haré lo que pueda por mantener a Viktor sereno.

Da media vuelta y se marcha sin molestarse en despedirse de Evanora, aunque tampoco creo que a esta le importe lo más mínimo. Vuelvo con ella, que me espera con el ceño fruncido. No hablamos nada más, solo la sigo por el campamento mientras recibo miradas recelosas del resto de mujeres. Me ofrezco a ayudar con lo que sea, pero Evanora se niega diciéndome que lo mejor es que me mantenga al margen.

Cuando llega la noche pongo la excusa de ir a por agua para despejarme un poco después de estar todo el día encerrada en la cabaña. Estoy agradecida, pero es asfixiante. Ahora que sé todo lo que hay ahí fuera y que nunca podré ver, estar encerrada me parece más tortura que antes. Incluso estar al aire fresco ahora me parece un regalo.

—¿Todavía por aquí? —La voz de Eleazar me sobresalta.

Suelto el cubo que sostengo entre las manos, que no llega a impactar en el suelo gracias a Eleazar. Me quedo con la boca abierta. Es muy rápido, inhumanamente rápido.

—¿Por qué? ¿Te molesta? —replico, cogiendo de nuevo el cubo y retomando mi camino hacia la cabaña—. No me sorprende ya, parece que no le gusto a nadie de los de tu clase.

Lo digo con un tono bromista que él no interpreta como tal. Me adelanta y se interpone en mi camino, obligándome a detenerme. Alzo la cabeza para mirarlo bien.

—Perdona, no quería comportarme como un patán. —Se mordisquea el labio inferior, revelando sus colmillos—. No soy como él. Anoche fui un imbécil y hoy, al parecer, también.

—Sí, la verdad es que te pareces mucho a él.

Intento sortearlo, pero se mueve de tal forma que su hombro entorpece mi camino de nuevo.

—Lamento oír eso. —Arruga un poco la nariz—. Y supongo que me lo merezco, aunque me repugna ser comparado con él.

—Bueno, no me importa. —Me encojo de hombros y vuelvo a rodearlo, esta vez con éxito—. Buenas noches.

Solo he andado un par de metros cuando vuelve a hablar a mi espalda.

—¿Puedo saber por qué estás aquí?

Miro solo unos segundos de más el pelo que acaricia sus hombros y me debato entre responder o no. Al final decido seguir caminando sin decir nada. Estoy un poco cansada de vampiros irascibles con problemas de humor. No soy un saco al que dirigir todos los golpes.

Entro a la cabaña y dejo el agua sobre la mesa. Evanora está junto al fuego, alisándose el pelo con ese cepillo de plata al que tanto cariño parece guardar. Intento no hacer ruido. Me deslizo entre las sábanas y cierro los ojos para intentar conciliar el sueño. Escucho que me imita y se acuesta en el otro camastro. El silencio es absoluto, roto solo por los sonidos provenientes de fuera: lobos que aúllan, búhos que ululan, la brisa que lo mece todo.

«¿Hoy también te cuesta dormir?».

De nuevo su voz, ausente durante todo el día y presente por la noche. Suspiro.

No.

«Pero estás hablando conmigo en tu cabeza, no estás durmiendo».

Déjame en paz.

«Dale a este vampiro un poco de diversión, me aburro aquí fuera esperando y créeme, no quieres que me aburra».

¿Y por qué no querría yo eso?, pregunto mentalmente, movida por la curiosidad.

«Puede que si me aburro lo suficiente encuentre la manera de entrar y llegar hasta ti y tengo que advertirte: estoy sediento».

Seguro que puedes llevarte algo a la boca, una ardilla, por ejemplo. O mejor, tal vez encuentres un pueblo donde alguna mujer te ofrezca su cuello.

Escucho su risa dentro de mi cabeza, tan sensual que hace que mi estómago se encoja y toda mi piel se erice. De repente deseo estar allí para haber visto cómo es su cara cuando ríe así.

«Muy graciosa».

Se hace una pausa larga. Por un momento pienso que he conseguido cortar nuestra conexión mental.

«Espero que sigas teniendo el mismo sentido del humor cuando te muerda».

¿No habíamos hablado ya sobre que tú no nos muerdes? Eso de que nos odias, te producimos asco... ¿Te has olvidado? ¿Tal vez alguien sufre pérdidas de memoria por la vejez?

«¿Salir del castillo te ha vuelto acaso una charlatana? Por lo que yo recuerdo eras bastante tímida antes».

Tiene razón. Tal vez siento cierta libertad para hablar ahora que sé que no puede verme, tocarme o hacerme cualquier cosa. Aunque estoy tentando a mi suerte, es cuestión de tiempo que nos reencontremos.

«Buenas noches, Sierra».

Esas palabras resuenan en mis oídos más tiempo del que me gustaría. Me quedo dormida y vuelvo a soñar con parajes que jamás visitaré.

16
Sierra

Me paso la mayor parte del día paseando por todo el campamento con pasos cuidadosos. Supongo que Eleazar no es una amenaza durante el día ya que la luz de sol lo mataría, pero me siento extraña deambulando por aquí. Las banshees me lanzan miradas recelosas, casi puedo ver escrito en sus rostros que me culpan por haber traído a los vampiros conmigo, aunque lo correcto sería decir que fue al revés. No tuve voz ni voto en todo esto.

Las horas me parecen interminables y más en esta soledad. Drystan no ha vuelto a hacer acto de presencia y la ausencia de la voz de Viktor en mi cabeza me hace pensar que algo está pasando fuera de aquí. ¿Tal vez Viktor ha perdido el control y Drystan esté intentando calmarlo? ¿Es posible que cuando salga de este campamento reciba la noticia de que un pueblo entero ha sido masacrado? No lo descarto.

Resignada, vuelvo a la cabaña e intento hacer cualquier cosa para distraerme. Espero que a Evanora no le importe que haya limpiado. La verdad es que mis manos no pueden estarse quietas, supongo que los nervios por esta noche me están pasando factura. Así que cuando al fin el cielo se oscurece y Evanora me honra con su presencia por fin, siento que el pecho se me desinfla un poco.

—He traído esto. —Señala una cubeta con agua—. He dejado que la luna se refleje en ella un rato antes de traerla. Será bueno para el ritual que te bañes con ella antes.

Deja la cubeta junto al fuego y la veo volverse haciendo ondear las pequeñas trenzas en su pelo. Me da algo de intimidad, aunque a estas alturas me he acostumbrado a que me vean desnuda, Clarissa y Naida lo hacen constantemente. Me quito el vestido sencillo que llevo y con un paño comienzo a asearme lo mejor que puedo. No puedo hacer gran cosa por mi pelo. Evanora se acerca por detrás cuando estoy vestida de nuevo y con una gran destreza comienza a hacerme trenzas y a formar una corona con ellas.

—Gracias —musito cuando acaba.

—Pongámonos en marcha, Naja nos está esperando.

Si antes sentía las miradas sobre mí, ahora se intensifican en mi recorrido hasta la enorme choza de Naja. Intento no prestarles atención y centrarme en el ambiente del campamento. Hay un olor festivo en el aire: más hogueras que antes, más decoraciones en las puertas y maquillajes extraños en las caras. La negrura me recibe cuando Evanora hace a un lado la cortina de huesos y cuentas de la choza de Naja. Antes de entrar, por el rabillo del ojo, veo la cabellera dorada de Eleazar.

Doy un paso al frente adentrándome en el interior, donde el sonido no parece penetrar y el olor del incienso es casi sofocante. Camino a ciegas intentando seguir el rastro de la cabeza plateada de Evanora hasta que nos encontramos en el mismo sitio que el día anterior, salvo por algunos cambios. Parte de la estancia ha sido desocupada para albergar en el centro un dibujo hecho con trazos de tiza blanca. Donde las líneas se unen hay velas o piedras. Lo más sorprendente es que una parte del techo parece haber desaparecido para dejar que la luz de la luna incida sobre la superficie.

—Genial, ya estáis aquí —canturrea Naja en cuanto nos ve—. Será mejor que nos pongamos a ello cuanto antes. Sierra, colócate en el centro del dibujo.

Su mano ya está a medio camino de pescar mi muñeca. Actúo rápido, apartándome de su alcance y mirándola con el ceño fruncido.

—Primero explícame qué se supone que vais a hacerme.

Su lengua aparece entre sus dientes cuando emite un pequeño siseo.

—No voy a hacerte daño —dice interpretando mis palabras como una muestra de desconfianza—. Recitaremos las palabras adecuadas y haremos que la maldición se rompa. No tienes de qué preocuparte.

Lo cierto es que tengo mucho de qué preocuparme, pero eso no lo sé todavía.

Obedezco y me posiciono en el centro del dibujo, con la luna bañando todo mi cuerpo en esa luz blanquecina. Mi piel parece aún más pálida, casi enfermiza. De hecho, creo que es completamente el tono de piel de alguien al borde de la muerte.

—No tienes de qué preocuparte, la luna revela nuestro verdadero aspecto —explica Naja—. La maldición que pesa sobre ti es fuerte y a largo plazo letal, tu cuerpo lucha contra ella y tu salud mengua. De ahí tu palidez.

—¿Voy a morir? —pregunto, seria.

—No si podemos remediarlo.

Paso mi mirada hacia Evanora, que permanece en silencio y al lado de Naja con las manos entrelazas delante de su regazo. Hago lo que puedo por mantener los nervios a raya, aunque no me ayuda que de repente todas las velas se enciendan y una suave brisa me azote la piel. Las piedras en el suelo parecen moverse buscando su posición adecuada, orientándose hacia el punto exacto.

Me quedo mirando petrificada la daga que sostiene Naja y que hace deslizar por su brazo, abriendo una herida de la que comienza a manar sangre. Me encojo sobre mí misma, impactada. A continuación, Evanora la imita. La sangre de las dos gotea por sus manos con rapidez, manchando el suelo.

—Cierra los ojos, Sierra.

Me cuesta, pero cedo y cierro los ojos. Aprieto los puños en mis costados y espero en silencio.

Las voces de las dos mujeres me llegan a los oídos recitando cánticos en una lengua extraña. Suenan cautivadoras y el sonido de sus

231

voces me adormece poco a poco. Una sensación placentera recorre todo mi cuerpo, la sangre en mis venas se encuentra en plena calma, se desliza por ellas como un río sereno. Mi mente entra en una especie de trance al que sus voces llegan amortiguadas. De un momento a otro, esa sensación apacible estalla como cientos de cristales. La sangre en mis venas, antes un río en calma, ahora parece un mar de víboras zigzagueando dentro de mí con un ritmo violento y frenético.

El suelo bajo mis pies desaparece y la sensación me obliga a abrir los ojos para saber qué está pasando. Todo a mi alrededor es una explosión de luz cegadora y blanca que me impide ver nada, pero algo es seguro, mis pies no están tocando el suelo.

La sangre ruge en mis venas, azota mis oídos haciendo que sienta una presión insoportable en la cabeza y entonces todo mi cuerpo se ve sacudido por un dolor insoportable. No puedo creer que el grito que desgarra mi garganta sea mío, pero así es. Es un grito brutal, rasgado y como el de un animal salvaje.

—¡Resiste, Sierra! ¡Tienes que combatirlo!

¿Qué tengo que combatir? ¿Qué se supone que tengo que hacer? El dolor se va volviendo peor conforme pasan los segundos. Siento una bola de fuego en mi estómago, que sube poco a poco por mi esófago y me quema por completo. Mi espalda se retuerce en ángulos antinaturales y casi creo escuchar el sonido de mis huesos partiéndose uno a uno.

«Nadie tiene permiso para matarte más que yo, Sierra, así que lucha».

La voz de Viktor en mi cabeza hace que entre toda esta luz blanca y cegadora me parezca ver una llama de fuego, naranja, viva. Cierro los ojos, pensando en alzarme sobre esa llama, diminuta en comparación con mi cuerpo. Me acerco a ella cada vez más, noto que su calor quema todo mi cuerpo. Aprieto los dientes, escucho cómo rechinan por el esfuerzo de contener el dolor. La imagen mental en mi cabeza quiere borrarse, mas no se lo permito. Tengo la llama frente a mí y acerco mis dedos hasta que la tengo acorralada entre mis manos y entonces, la apago.

El dolor desaparece poco a poco, suelta sus garras de mi cuerpo y las retrae desapareciendo por completo. Caigo de golpe contra el suelo frío. Comienzo a ver de nuevo colores y formas, abandono por fin la luz cegadora. Me pongo a gatas mientras siento que algo se revuelve en mi estómago. Apenas tengo tiempo para recomponerme antes de abrir la boca dejando salir un líquido negro, viscoso y, a todas luces, la cosa más asquerosa que ha salido de mí.

Las lágrimas resbalan por mi cara cada vez que me sacude una nueva arcada. El líquido negruzco ha manchado mi vestido y baña gran parte del suelo. Pasan largos minutos en los que esto se convierte en una muerte lenta y dolorosa, hasta que cesa. Mi estómago regresa a la calma y con ella recupero la capacidad de respirar con normalidad.

—¿Sierra?

La mano de Evanora me sujeta con firmeza por el codo, ayudándome a ponerme de nuevo en pie. Mis manos están pegajosas por el líquido asqueroso que lo mancha todo. Arrugo la nariz.

—Lo has hecho bien —me anima.

¿Lo he hecho? ¿Realmente he hecho algo?

Tomo aire con la intención de tranquilizar un poco a mi corazón. Miro lo que me rodea dándome cuenta de que las piedras han acabado hechas añicos y el dibujo apenas es visible debajo de todo ese líquido negro.

—¿Eso ha estado siempre dentro de mí?

—Desde que estabas maldita, sí —explica Naja—. Posiblemente se haya estado alimentando de ti, haciéndose cada vez más grande. Por eso estabas débil.

—¿Eso quiere decir que todo esto de la maldición es algo reciente? ¿No nací maldita?

—Si hubieses nacido maldita, habrías muerto al poco de nacer. Eso —señala el líquido negro— es demasiado para un cuerpo adulto, sería insoportable para un recién nacido. Así que no, Sierra, no naciste maldita.

Supongo que una maldición no es el motivo de haber nacido marcada por la muerte, ni tampoco de mi indiferencia a vivir, a sentir, a disfrutar. Parece que eso es algo que siempre estuvo mal en mí, nadie tuvo la culpa de ello.

La mano de Evanora me suelta y mis piernas se doblan como endebles ramitas que en cualquier momento podrían partirse. Recupera su posición a mi lado.

—Acompaña a nuestra invitada fuera, tal vez el ambiente festivo le devuelva las fuerzas.

—¿Ya ha terminado todo? —pregunto, curiosa.

—Lo mejor sería tenerte durante un tiempo con nosotras, las maldiciones muchas veces tienen vida propia, inteligencia, y saben engañarnos. —Clava sus ojos de pupilas alargadas en los míos—. Podría habernos engañado, haciéndonos creer que está por completo fuera de ti.

—¿Quieres decir que tengo que quedarme más tiempo aquí? —Niego con la cabeza—. Imposible, él no lo permitirá.

—¿Él? —Naja se carcajea—. No puede llegar hasta ti. —Se acerca un paso más, me coge de la barbilla y clava sus uñas en mi piel—. Si no quieres volver con él, nosotras podríamos darte un hogar. No tienes que volver.

—No sabes lo que dices. Eres una ilusa si piensas que no puede entrar aquí.

Naja se dobla de la risa, sujetándose el vientre mientras todo su cuerpo se sacude.

—Eso es lo que quieres creer, niña. —Su lengua bífida asoma entre sus labios—. ¿No será que… no puedes resistirte a estar a su lado? Hasta el corazón más fiero parece doblegarse ante la belleza perpetua e inmutable.

—No es eso, no lo entendéis. Viktor es capaz de arrasar la tierra que ahora mismo pisáis.

—Sé muy bien de los dones de nuestro querido Viktor. —Enarca una ceja—. Dime, ¿sabes tú de mis dones acaso?

Guardo silencio, y una vez Naja comprende que no tengo réplica para eso, sacude la mano en dirección a la salida, despachándonos de allí. Apoyo parte de mi peso en Evanora mientras avanzamos de vuelta al exterior. Siempre que salgo de la choza de Naja siento como si estuviese cambiando de dimensión, el aire se vuelve mucho menos pesado y puedo respirar con mayor facilidad.

Fuera, como ha dicho Naja, reina un espíritu festivo. Todas las mujeres parecen estar reunidas, con coronas florales sobre sus cabezas y vestidos blancos e impolutos ondeando por sus cuerpos cada vez que las azota una ligera brisa nocturna. Las voces ásperas, otras sedosas y embaucadoras, algunas casi infantiles, se entrelazan formando un cántico que hace vibrar a mi cuerpo.

—Iré a por algo para que bebas, debes tener la garganta seca.

No digo nada mientras la veo alejarse hacia una mesa larga de madera, pero la verdad es que el pensamiento de hacer pasar un líquido por mi garganta ahora mismo hace que todo mi cuerpo se estremezca.

No tarda en volver a mi lado y pasarme un vaso de una bebida verdosa que desprende olor a plantas. Doy un pequeño sorbo mientras ambas observamos a una niña de no más de cinco años bailando junto al fuego con el resto.

—¿Cómo os reproducís si no hay hombres en el campamento?

—¿Acaso se han extinguido los hombres fuera? —Me mira divertida.

—No que yo sepa.

—Pues ahí tienes tu respuesta, simplemente salimos cuando creemos que nuestros números merman o necesitamos refuerzos.

—¿Y nunca nacen niños?

—No.

—¿Nunca?

—Nunca.

—¿Por qué?

—El grito pertenece a las hembras, nuestra raza es inteligente, no produce machos que no podrán portar el don.

Decido dejar de hacer preguntas por el momento, aunque no es fácil. Cada día que pasa es un nuevo descubrimiento y aún no puedo creerme que todo esto sea real y nunca me haya molestado en saber más. Pensaba que solo esos vampiros despreciables merodeaban entre nosotros, pero resulta que hay mucho más allá: hadas, metamorfos, brujas, banshees, ¿quién sabe qué más se esconde ahí fuera y no me he molestado en conocer?

Siento la nueva incorporación antes de que abra la boca, porque, por raro que pueda parecer, Eleazar es como una bola gigante de fuego que me calienta la espalda en cuanto se me acerca por detrás. Contradictorio, sabiendo que es un vampiro.

—Señoritas.

Evanora pone los ojos en blanco y comienza a alejarse dejando tras de sí un «sanguijuelas» casi inaudible. Mi espalda se pone completamente recta cuando me quedo a solas con él. Si lo nota, no dice nada, simplemente se limita a ocupar el lugar de Evanora junto a mí mientras se lleva una copa a los labios. No sé si contendrá el mismo líquido verdoso que hay en mi vaso o habrá otra sustancia cuya procedencia no quiera conocer.

—Sigues molesta conmigo —dice.

—No estoy molesta. —Doy otro pequeño sorbito a mi vaso.

—Sí lo estás.

—Para estar molesta debe importarte la otra persona, aunque sea lo mínimo. —Lo encaro—. Y yo a ti no te conozco ni me importas.

Sus labios se curvan en una pequeña sonrisa pícara y ladeada mientras traga un sorbo sin dejar de mirarme. Mi cuerpo pide que me estremezca ante el escrutinio de su mirada de oro líquido, pero me niego a hacer justo lo que él y los de su calaña esperan de mí, de una humana: que me encoja, que tema, que hable con susurros. Así que me yergo aún más y fijo mi mirada en el frente.

—Ahora entiendo por qué le gustas tanto. Tu actitud explica bien por qué quiso que fueses suya.

Me giro para mirarlo con un latigazo y clavo mis ojos en los suyos con una ira hirviente.

—No soy suya.

—Eres su saciadora.

—Podéis decir lo que queráis, pero ninguna de nosotras es vuestra. Yo tengo claro que no lo soy, no mientras mi corazón lata con el asco que siento hacia vuestra especie.

—Hubo un tiempo en que fui humano, ¿sabes? Puede que te entienda mejor de lo que piensas.

—Si hubieras sido humano, odiarías lo que eres ahora. No soportarías estar vivo —escupo.

—Entonces, ¿debería acabar con mi vida por ser algo en lo que no tuve control? —Me encara—. Yo era un joven, como tú, al que convirtieron en lo que tienes delante. No fue mi culpa, fue de ellos.

—Aun así, ahora tú haces lo mismo a otros.

—¿Cómo puedes estar tan segura? —replica—. Como tú has dicho, no me conoces. Lo único que sabes es que estuve en el castillo de Viktor y que quiero cambios, para los míos y para todo el mundo. No me olvido de los humanos, no me olvido de lo que fui.

—Son palabras muy bonitas que se pierden en el aire, ¿no crees?

Lo dejo ahí plantado antes de que siga regalándome palabras dulces que lejos están de la realidad. Estoy muy segura de que sus intereses no tienen a los humanos presentes, solo quiere ganarse mi favor por mi cercanía a Viktor. Tal vez alguien debería comunicarle la mala relación que tengo con mi captor.

Camino entre las mujeres sin saber bien hacia dónde me dirijo hasta que una niña de unos diez años, con el pelo del mismo color que las llamas, me toma de la mano y me lanza una sonrisa inocente antes de arrastrarme con ella. Tropiezo con mis propios pies y tardo un buen rato en conseguir seguirle el ritmo. La danza es frenética pero bonita, despierta un sentimiento extraño en mí. Imito los gestos del resto, que siguen rodeando el fuego mientras bailan y elevan sus brazos hacia el cielo.

Las miradas recelosas aún permanecen en los rostros de muchas, aunque no tantas como al principio. La niña entrelaza su brazo con el mío y nos hace girar dándome un pequeño impulso para saltar hacia mi siguiente compañera de baile. Entrelazo mi brazo con otra joven de pelo negro lleno de trenzas con plumas de colores. En sus labios se dibuja una sonrisa y me ofrece un pequeño asentimiento con la cabeza que interpreto como un saludo.

Vuelvo a cambiar de pareja y esta vez me topo con un rostro conocido. Evanora no me sonríe, solo se limita a entrelazar su brazo con el mío y seguir los pasos como si estuviese harta de repetirlos una y otra vez.

—¿Qué has hablado con la sanguijuela? —pregunta cerca de mi oído.

—Nada especial —contesto—. ¿Sabes por qué está aquí?

—Ha venido buscando respuestas.

—¿Respuestas a qué preguntas?

Levanta la palma de su mano, presiona la mía y nos miramos cara a cara mientras giramos formando un círculo perfecto. Sus ojos no revelan nada, Evanora es la imagen personificada de la calma.

—Al igual que no contaremos los motivos de tu estancia aquí, tampoco revelaré los suyos. Nosotras no somos así.

Separa su palma de la mía y, moviéndose con la fluidez del agua, me abandona y cambia de pareja. Giro para encontrarme con la mía y tengo que reprimir un gemido de frustración cuando me encuentro de nuevo con ese cabello dorado como la paja.

—Normalmente las damas se alegran más de tenerme delante.

Mi mano presiona la suya desprovista de calidez. Se me hace extraño estar en contacto con su piel, Viktor normalmente usa esos guantes de cuero, como si el contacto de un humano fuese la cosa más repulsiva para él. Eleazar se permite la osadía de entrelazar sus dedos largos y de uñas perfectamente recortadas con los míos mientras me hace girar sobre mí misma. Se toma libertades, pues estoy segura de que está rompiendo un poco la armonía del baile.

—Me disculpo de nuevo por haberte molestado —murmura cerca de mi oído.

—¿De nuevo? No recuerdo haber escuchado una disculpa antes. —Arqueo una ceja mientras miro fijamente esos ojos dorados.

—Muy astuta.

Cruza nuestras manos unidas por encima de nuestras cabezas imitando al resto de mujeres. Eleazar destaca sea como sea, pues es el único hombre en el campamento. Su olor invade mis fosas nasales. Huele a manzana y a algo que inspira calidez, aunque todo su contacto sea frío.

—¿Por qué estás aquí?

—Así que aparte de la saciadora de Viktor, también eres su pequeña espía.

Suelto un bufido ahogado.

—¿No puedo tener curiosidad y punto?

—Dicen que esas son las peores damas, las pequeñas curiosas.

—No has respondido a mi pregunta.

Sonríe mostrándome sus colmillos y su pecho vibra muy cerca del mío cuando ahoga una carcajada.

—Eso es porque no tengo intención de responderte, querida. —Se inclina hacia mí, tanto que su frente roza la mía—. Te guste o no, eres suya y todo lo que tienes, hasta tus pensamientos, le pertenecen. Mis confesiones jamás estarían a salvo contigo.

Algo se retuerce dentro de mí al escuchar sus palabras.

—Sierra. —Doy un respingo al escuchar mi nombre y me giro de inmediato rompiendo por completo la danza—. Aléjate de él.

Los ojos de obsidiana de Drystan me miran con un sentimiento parecido al de la traición. Sus dedos agarran mi brazo, rápidos como una víbora, y tiran de mi cuerpo hacia él. Abro y cierro la boca sin tener realmente nada que decir mientras observo el intercambio de duras miradas entre los dos hombres que tengo delante. Los colmillos de Drystan relucen. Ninguno dice nada, se limitan a mirarse el uno al otro. No sé quién de ellos rompe primero el contacto visual, solo sé que un momento estoy observando el duelo de miradas y al siguiente estoy siendo arrastrada por el campamento.

—¿Qué ocurre? —pregunto intentando resistirme.

—Nos vamos. —Drystan echa un rápido vistazo hacia atrás—. Y no hay discusión posible.

—¿Por qué?

—No estás aquí de vacaciones, Sierra. Sabes cuál es tu destino.

Sus palabras me golpean y consiguen lo que he tratado de evitar, que me afecten. Noto el escozor en los ojos y pestañeo rápidamente antes de que se convierta en lágrimas. No pienso regalarle mi llanto a ninguno de ellos.

Corro intentando seguirle el ritmo, pero choco contra su espalda cuando la figura esbelta de Evanora nos corta el paso. Su ropa no es la misma, ahora va vestida por completo de negro y lleva algo extraño que le cubre desde la nariz hacia abajo. Parece una máscara.

—Voy con vosotros.

—Sé que soy difícil de olvidar, pero me temo que tú te quedas aquí con tus hermanas insípidas. —Drystan vuelve a tirar de mí—. Vamos, Sierra.

—Tengo que ir con vosotros —repite—. No hemos acabado con ella. O me dejas que os acompañe o ella no sale de aquí.

—Creo que eso no lo decides tú —contrataca Drystan.

—Ya nos conoces, no dejamos nunca nada a medias. —Noto cierta diversión en su voz—. ¿Crees que tus oídos de sanguijuela soportarán mi grito?

Lo mira fijamente para luego contemplarse las uñas con aire despreocupado. Drystan deja salir algo parecido a un bufido y mientras se debate entre sus opciones, veo cómo del cuello de Evanora se desenrosca una serpiente de escamas blancas y ojos rojos. Se alza en el aire mirando al vampiro con el mismo aire desafiante que su dueña.

—¿Qué eliges, vampiro?

La lengua bífida del animal se mueve en el aire cuando deja salir un siseo, sin apartar sus ojos de Drystan.

—Mantén a ese animal lejos de mí.

—Hecho.

La serpiente se retrae y vuelve a enrollarse en el cuello de la banshee. No puedo ver la boca de Evanora, pero estoy casi segura de que una sonrisa de superioridad le cruza los labios. Drystan tira de mi brazo de nuevo para llevarnos hasta el límite del campamento. La barrera invisible produce una sensación extraña en mi cuerpo cuando la cruzo y lo dejo atrás. Echo un vistazo por encima del hombro y encuentro la figura de Eleazar a lo lejos, algo de lo que siento al mirarlo me dice que esta no será la última vez que nuestros caminos se crucen.

—¿Qué es lo que te tiene así? —pregunto una vez más cuando siento pinchazos en mis pulmones por intentar seguir el ritmo de Drystan.

—Descúbrelo tú misma.

Miro hacia delante y descubro un paraje totalmente destrozado: troncos de árboles cercenados con un corte perfectamente limpio, rocas partidas por la mitad, animales derribados y moribundos. Contengo la exclamación de horror que sube por mi garganta llevándome la mano a los labios. La presencia de Evanora me acaricia el costado.

—Todo por ti, Sierra —murmura—. Que Lilith te proteja.

17
Sierra

Sorteamos el desastre que sin duda ha causado Viktor. El aire se ha quedado retenido en mis pulmones, como si hacer demasiado ruido al respirar pudiese acabar convirtiéndome en el blanco de su ira. Drystan mira por encima del hombro con una mirada de advertencia mientras caminamos con pies de plomo. La serpiente albina que se ha convertido en uno de nuestros nuevos compañeros de viaje sisea y se esconde entre el pelo de Evanora, parece saber que no es conveniente que se deje ver demasiado. No cuando tenemos un vampiro descontrolado.

—¿Qué ha pasado aquí? —pregunto bajito.

—La pregunta correcta sería: ¿qué no ha pasado?

—¿Y bien? —interviene Evanora, demostrando que la paciencia no es su punto fuerte.

—Un pequeño encontronazo con unas pobres criaturas en desgracia, Viktor se descontroló un poco, sus poderes tienden a hacerlo cuando no tiene su sed a raya.

—¿No se ha alimentado en estos días? —pregunto otra vez.

Niega con la cabeza a la vez que me tiende la mano para ayudarme a saltar por encima de un tronco caído. Me siento fascinada y aterrorizada por la fuerza de Viktor. Conforme enfoco mejor la vista puedo ver su figura esbelta y recortada por las sombras. A un lado está su corcel de pelaje negro y al otro, el que pertenece a Drystan.

A cada metro que recorta la distancia entre nosotros siento un hormigueo en la punta de los dedos, y cuando finalmente me encuentro frente a su mirada pétrea e insondable, inclina ligeramente la cabeza como si estuviese apreciando algo.

—¿Qué hace ella aquí? —Señala con su barbilla a Evanora.

—Ella…

—Sierra no está recuperada ni fuera de peligro —interrumpe la aludida—. Necesita quedarse más tiempo con nosotras y ya que te niegas a concedérselo, iré con vosotros.

—¿Qué os importa a vosotras lo que le ocurra?

—Su recuperación es importante para nuestra fama. No queremos que nuestros clientes acaben muertos y no puedan correr la voz sobre nuestras habilidades.

—Eres una banshee, no una bruja.

—Tengo los conocimientos suficientes como para llevar a cabo el resto de sus cuidados por mí misma. Naja confía en mí.

Viktor continúa con su fino e insistente escrutinio. Sus ojos se entrecierran dándole un aspecto felino, mientas que Evanora no se deja empequeñecer por su mirada. Alza el mentón con aire orgulloso hasta que Viktor chasquea la lengua y deja de prestarle atención.

—Está bien —sentencia—. Sierra, vamos, montas conmigo. Drystan, la gritona contigo.

—Preferiría morir a ir montada con el mosquito —murmura la banshee.

—¿Decías algo?

Viktor y ella tienen un pequeño duelo de miradas antes de que la banshee se moleste en dibujar una falsa sonrisa en sus labios.

—Nada, comentaba que hay muchos mosquitos por la zona.

Hace el gesto de estar intentando matar a uno de ellos y camina hacia el caballo pasando por delante de Drystan, que tiene la diversión bailando en los ojos. Algo me dice que le encanta sentirse desafiado.

Salgo del trance cuando la mano enguantada de Viktor se extiende ante mí y para mi sorpresa, la agarro y dejo que me ayude a montar a lomos del caballo. Lo noto en todas partes cuando se coloca tras mi espalda, cada centímetro de su cuerpo presionando contra el mío.

Ejerce una ligera presión en los flancos del caballo y nos adentramos una vez más en el Bosque Torcido. No puedo evitar alterarme cada vez que escucho cualquier pequeño sonido, por mínimo que sea. Siempre que lo hago puedo sentir cómo Viktor pone los ojos en blanco. Es noche cerrada y eso me eriza el vello del cuerpo.

—Parece que Orfeo necesita beber—comenta Viktor cuando han pasado suficientes horas como para que haya dejado de sentir mi trasero.

¿Orfeo? Así que al menos se ha dignado a darle un nombre al animal.

—Escucho el sonido del agua cerca, esperad aquí.

Drystan hace un gesto de asentimiento y Viktor, sin preguntar si me apetece o no acompañarlo, se desvía del camino y nos conduce entre árboles retorcidos, de ramas peladas. Nos alejamos hasta que, si miro hacia atrás, solo veré árboles desnudos que parecen querer engullirnos. Me recorre un escalofrío.

Llegamos a una pequeña poza donde la luna deja caer su reflejo. Viktor desmonta del caballo y después me coge de la cintura y me ayuda a bajar. Mis piernas tiemblan por un momento, resentidas tras horas de montar y por la poca costumbre. El caballo se acerca a la poza y comienza a beber, lo observo mientras siento la mirada de Viktor en mí.

—Sierra. —Mi nombre parece una caricia saliendo de su boca—. Apestas.

Doy un respingo por su poco tacto. Me queman las mejillas.

—Oh, Dios, Viktor —espeto—. ¡Eres tan bruto, insensible, animal!

Me toma por la muñeca de la mano con la que intento cubrirme la cara, abrumada por la vergüenza.

—Apestas a otro vampiro. —Sus fosas nasales se dilatan—. Hueles a Eleazar.

—Estaba allí —respondo inmediatamente.

—¿Qué quería de ti? ¿Por qué estaba allí?

—No lo sé.

La presión de sus dedos sobre mi piel se vuelve más fuerte. La luz de la luna hace que su pelo negro adquiera reflejos azulados a juego con sus ojos, que me miran con un frío glaciar.

—Mientes —casi escupe la palabra—. Abre tu mente a mí, Sierra. Hazlo ahora.

Frunzo el ceño, confundida. ¿Cómo quiere que abra mi mente? ¿Acaso la he cerrado alguna vez? Pensé que podía vagar libremente por mis pensamientos siempre.

—No sé cómo —respondo.

—Hay algo diferente en ti. —Sus ojos barren cada centímetro de mi cara—. No eres la misma Sierra que entró en el campamento. Hueles más intensamente, tu sangre me está cantando al oído, Sierra. Me voy a volver loco. Tu olor lleva días en el aire, tentándome a romper la paz con las banshees.

—No sé de qué hablas.

—Lilith, no puedo resistirme —murmura para sí mismo—. Lo he intentado.

—¿De qué hablas, Viktor?

Sus ojos son los de un animal salvaje cuando agarra mi otra muñeca y, sujetando ambas por encima de mi cabeza, me acorrala contra uno de los troncos desnudos. Siento la madera rasparme la piel, pero esa sensación es totalmente sustituida por los nervios que despierta en mí el sentir su nariz acariciar mi cuello. Mi cuerpo reacciona al contacto del suyo de mil maneras que no soy capaz de describir; sin embargo, la repugnancia no parece ser uno de esos sentimientos.

—Viktor, aléjate de mí.

Intento apartarlo con mis manos, en vano. Su pecho es firme e inamovible, como una pesada roca. Siento la dureza del músculo debajo de su fina camisa. Al contrario de mí, él aprieta su cuerpo más fuerte contra el mío, me toca en tantos puntos que siento la sangre bullendo dentro de mis venas y corriendo a teñir mis mejillas.

—Solo será un sorbo, Sierra. Estoy sediento.

—No es mi problema. —De nuevo intento alejarlo de mí—. Eres tú quien se ha negado a alimentarse como ha hecho Drystan. Ahora no pretendas usarme, no en las condiciones en las que te encuentras.

—¿Cómo me encuentro? —susurra las palabras en mi oído.

—Famélico, te estás comportando como un animal —digo, intentando sonar lo más serena posible.

Hay algo duro que presiona contra mi vientre. La mano de Viktor se mantiene firme sobre mis muñecas mientras hunde la otra en el pelo de mi nuca y tira lo suficientemente fuerte como para obligarme a mirarlo.

—Mi fama me precede, dicen que soy el más insaciable de todos, ¿por qué te sigues resistiendo, Sierra? Cede. —Su lengua lame la curva de mi cuello, como si estuviese preparándome para lo que se avecina—. Te prometo que lo vas a disfrutar tanto o más que yo.

La forma en que sus labios rozan mi piel hace que toda esta se erice. Completamente ajena al control de mi cuerpo, me muevo contra él buscando su cercanía. Cierro los ojos rindiéndome a su contacto, a la forma en la que su olor me envuelve convirtiéndose en una droga que adormece mis sentidos. Aflojo los puños lentamente y dejo que mi cuerpo se vuelva blando contra el suyo.

—Por favor… no lo hagas —susurro con mis últimos resquicios de sentido común.

—Me pides que vaya en contra de mi naturaleza.

Aprovecho un pequeño y fugaz momento de debilidad por su parte para soltar una de mis manos de su agarre. Automáticamente la llevo hasta la base de mi cuello para taparme, como si eso fuese a detenerlo.

Una sonrisa socarrona se dibuja en sus labios de una forma tan lenta como espeluznante.

—Puedo clavar mis dientes en otras partes de ti, Sierra. Tu cuello no es el único sitio donde disfrutaría hincarlos.

Juro que puedo sentir mi respiración cortarse abruptamente tras sus palabras. Sus ojos, esos dos océanos capturados en sus iris, atrapan los míos y me ahogan. Me arrebatan cualquier posibilidad de respirar.

Los latidos de mi corazón se vuelven traicioneros cuando la mano de Viktor se abre camino debajo de las faldas del vestido que ahora agradecería que no fuese tan sencillo.

Su mirada no me abandona en ningún momento, espera una resistencia por mi parte que no llega. ¿Por qué no actúas, Sierra? No te dejes atrapar por su belleza engañosa.

—Viktor…

—¿Sí?

Las yemas frías de sus dedos dibujan un camino sobre mi piel que siento como un sendero de fuego. Mi espalda se arquea contra el tronco del árbol cuando mi pierna queda totalmente desnuda y a la vista para él. Con pura elegancia seductora, Viktor se arrodilla sobre una pierna y sujeta mi pierna para posarla encima de su hombro.

—Por favor…

Acaricia la piel de mi muslo con la punta afilada de uno de sus colmillos sin dejar de mirarme. Mi pecho sube y baja cada vez más rápido.

—Por favor, ¿qué? —Su aliento hace cosquillas en mi piel—. No soy un ser piadoso, Sierra, pero voy a escucharte, ¿por favor qué?

El silencio de la noche se abre camino entre nosotros dejando solo el sonido arrítmico de mi pecho subiendo y bajando aceleradamente y los pequeños ruidos del caballo que sigue junto a la poza.

Quiero decir algo, pero mis cuerdas vocales están congeladas y mis sentidos no están en su mejor momento. Me encuentro demasiado embriagada por la posibilidad que se abre ante mí. Viktor aguarda tanto como su autocontrol le permite y cuando su boca se acerca a mi carne y no hago por detenerlo, hunde sus colmillos.

La punzada de dolor es aguda y, sin embargo, también efímera. Tan pronto como un pequeño gemido ahogado de dolor sale de entre mis labios, este se ve sustituido por otros sonidos de los que no me siento muy orgullosa. Una sensación de hormigueo se extiende por mis extremidades y ocupa cada célula de mi cuerpo. Esta sensación me adormece haciendo que pierda las fuerzas que me mantenían erguida. La mano de Viktor es rápida y consigue sostenerme contra el árbol antes de que mis piernas se doblen y acabe en el suelo en una posición que dejaría aún menos a la imaginación.

Dios, esto es tan agradable que ni siquiera puedo pensar en las partes de mi cuerpo que esta falda deja a la vista para Viktor. Ahora mismo soy incapaz de sentir vergüenza.

—Sabes a algo prohibido para mí —murmura Viktor contra la piel de mi muslo ensangrentado antes de volver a succionar.

Eso dispara nuevas sensaciones por mi cuerpo que me llevan a una especie de estado de locura, donde sonidos descontrolados salen de mi garganta. Hay un nudo en mi estómago que pide a gritos que lo deshagan. Mis uñas se clavan en la corteza detrás de mi espalda. Si cierro los ojos, detrás de mis párpados puedo ver estallidos de colores, parece el nacimiento de una nueva galaxia.

—Eres tan ruidosa, pequeña fiera.

No tengo tiempo para responder o abrir los ojos antes de sentir un sabor metálico en la boca, el propio sabor de mi sangre bañándome la lengua. El cuerpo de Viktor está en todas partes y tardo un rato en que mi cabeza funcione de nuevo, en entender que me está besando. Él, de entre todos los hombres, me está besando.

Sus labios se mueven con una delicadeza de la que no lo creía capaz y su lengua se abre camino hacia la mía con gracia y soltura, como todo un conquistador. No puedo dejar que esto siga, no puede quitarme más cosas. Este es mi primer beso y jamás pensé que me lo robaría una de estas criaturas.

Recupero por fin la cordura, muerdo con mis dientes su labio inferior y siento la explosión de su sangre en mi boca. Ahora no es solo mi sabor el que salpica mi lengua. No se aparta de inmediato, lo que demuestra una vez más que Viktor es un sádico que disfruta de las cosas más oscuras.

Lo empujo y esta vez consigo quitármelo de encima.

—Me has mordido —comenta mientras se limpia los restos de mi sangre y la suya con el dorso de la mano.

Intento recuperar mi orgullo y alzo el mentón, desafiante.

—Ahora estamos en paz —digo con los dientes apretados—. Si tú me muerdes a mí, entonces yo te muerdo a ti.

No espero a que lance su siguiente comentario mordaz. Levanto mis faldas lo suficiente como para ver las puntas de mis zapatos y comienzo a deshacer el camino de vuelta. Solo he esquivado algunas raíces en el suelo cuando su voz suena detrás de mi espalda.

—Lo he disfrutado. —Sin necesidad de mirar, sé que tiene una de esas sonrisas tan suyas cruzando su cara—. Cuando regresemos al castillo, entrega tus cartas a los guardias, ellos se encargarán de enviarlas.

—¿Qué? —pregunto intentando no revelar del todo mi asombro.

—Las cartas a tus padres. —Por encima del hombro veo cómo agarra las riendas del semental, comienza a andar y me adelanta rápidamente—. Gracias por la diversión y de nada por ser gentil contigo.

Me parece ver un fugaz guiño antes de que se vuelva y se interne entre la maleza lo suficiente como para obligarme a correr detrás de él. Mientras lo hago, no puedo evitar que una sensación extraña se instale en mi estómago. Una sensación de remordimiento, temor y excitación. Me preocupa el no haberme resistido lo suficiente a Viktor, me preocupa que una parte de mí no lo odie tanto como para detenerlo una próxima vez, me preocupa encontrar cierta satisfacción en la forma en que sus dientes rasgan mi piel.

Cuando regresamos con el resto, en sus ojos veo grabada la certeza de que saben lo que ha ocurrido. Ninguno dice nada cuando retomamos nuestro camino, con la única diferencia de que ahora viajo con Drystan. Evanora me lanza una mirada cómplice, como si pudiese notar toda la vergüenza que hay en mí ahora mismo y se compadeciera.

La noche se cierne sobre nosotros y conforme nos adentramos más en el Bosque Torcido, el aire se vuelve más y más espeso, como el almíbar. En algún momento Drystan intenta bromear conmigo dándome un pequeño golpe en el hombro y, al girarme para mirarlo, veo una sonrisa radiante en sus labios.

—Ese ceño fruncido hará que tu piel mortal adquiera arrugas antes de tiempo.

—No te preocupes, no creo que llegue a anciana de todas formas —murmuro—. Ninguna saciadora vive para ver una nueva luna llena y yo ya he excedido ese tiempo.

El torso de Drystan se inclina sobre el mío y acerca su boca a mi oído.

—Eres tan ingenua, Sierra. —Su voz baja lo suficiente de tono como para que sea casi inaudible para el oído humano—. Si él te quisiera muerta, ya lo estarías. No te das cuenta de que has despertado su interés.

—¿Y se supone que eso es algo bueno?

Su risa nos sacude a los dos.

—Es lo peor que podría haberte pasado —confiesa—. Somos vampiros, tenemos todo el tiempo del mundo, nuestras obsesiones no son tan fugaces como las de un humano. Me temo, querida, que Viktor va a mantenerte cerca de él mucho tiempo.

—No lo entiendo.

—Nadie se atreve a plantarle cara como tú lo haces, tu fiereza lo fascina.

—No estarás hablando por ti, ¿no? —bromeo.

—Oh, a mí me vuelve loco ver cómo lo vuelves loco a él.

Consigue que lo acompañe con una ligera risa y, extrañamente, siento algo inesperado: gratitud. Durante este mes Drystan solo ha sido amable. Dirijo mi mirada al frente, donde el caballo de Viktor marca el camino. Evanora va montada detrás de él con las manos sobre la montura, pues se niega a tocar a uno de ellos. La descubro girando el cuello hacia nosotros y aunque solo puedo ver sus ojos, el sentimiento que hay en ellos es lo suficientemente intenso como para que me quede claro que hay más gente como yo cuya vida parece haber sido marcada por los vampiros.

—Tal vez tú también encuentres a quien te vuelva loco, Drystan.

Sé que me ha escuchado, pero prefiere ignorarme, porque todos preferimos hablar del resto que de nosotros mismos. El cielo paulatinamente deja atrás sus tonos oscuros para adquirir uno grisáceo conforme nos acercamos a la salida del sol.

—¿No está todo muy tranquilo? —me atrevo a preguntar.

—Viktor se ha encargado de que así sea, puedes estar tranquila, Sierra. Ninguna de esas criaturas se cruzará en nuestro camino hoy.

Y, efectivamente, atravesamos el resto del Bosque Torcido sin incidencias. Reconozco rápidamente la zona que eligen para descansar o, mejor dicho, para que lo haga yo. No olvido que mis compañeros de viaje no son mortales y no tienen las mismas necesidades básicas que yo. Evanora me busca, se sienta a mi lado y rápidamente saca varias cosas de una pequeña bolsa. Me quita de las manos la cantimplora de agua y veo cómo vierte en su interior una combinación de líquidos de diferentes colores que, dicho sea de paso, no tienen un aspecto bebible.

—Bebe.

—¿Qué es?

—Lo que necesitas hasta que estés del todo sanada.

—He pagado una cantidad bastante generosa como para que no seáis capaces de terminar el trabajo de una sola vez.

Frente a nosotras, con la espalda apoyada contra un tronco y las piernas cruzadas por los tobillos, Viktor nos observa con un rostro poco amistoso.

—Siento ser yo quien te lo diga, pero hay cosas que no pueden doblegarse ante ti, y la magia es una de ellas.

—No me obligues a intentarlo, puedo ser muy creativo.

—¿No te callas nunca? —replica ella.

—Solo cuando tengo la boca ocupada en otras cosas.

Su mirada gélida busca la mía y por su forma de mirarme, espero en cualquier momento sentir su voz dentro de mi cabeza, pero eso no ocurre. Solo hay silencio, así que, sin pensarlo más, obedezco a Evanora y tomo el agua de mi cantimplora. Al principio no siento nada distinto y ojalá hubiese seguido así. Pasan al menos quince minutos hasta que siento que mi estómago da un vuelco y con piernas temblorosas, consigo apartarme del resto y vaciar mi estómago entre los arbustos. Lo que sale de mi interior es negro como el hollín y de un aspecto viscoso que me hace arrugar la nariz de puro asco.

Cuando estoy por limpiarme las lágrimas ocasionadas por las arcadas, siento el vaivén de la mano de Evanora acariciando mi espalda.

—Tranquila, pasará pronto.

Quiero creerla.

—¿Cuántas veces tendré que beber eso?

—Por hoy es suficiente, esperaremos unos días hasta la siguiente dosis.

No sé si eso debería reconfortarme.

Con la frente perlada por un sudor frío, consigo caminar de regreso con el resto. Me recuesto contra un árbol y el cansancio puede conmigo consiguiendo que duerma durante el resto del tiempo que permanecemos parados. Retomamos la marcha cuando el sol ha pasado de su punto álgido y procede a ocultarse poco a poco. Viajamos de noche, en silencio, sin más compañía que la de nuestras respiraciones. Hacemos una parada más antes de finalmente llegar al castillo y durante todo este tiempo, Viktor y yo nos ignoramos conscientemente el uno al otro.

Cuando veo el castillo alzarse ante mí, lo observo como si fuese la primera vez. Unos días fuera consiguen renovar mi asombro. Este sitio es como todo lo que lo rodea, de una belleza oscura y aterradora. Al entrar, en las grandes escaleras está Narkissa, que me muestra su cara más seria.

—Drystan, encárgate tú de ellas.

Viktor nos abandona tras decir esto y va al encuentro de Narkissa. Le susurra algo en el oído que la hace sonreír y dirigirme una sonrisa cargada de malicia.

—Sígueme, brujita.

—Vuelve a llamarme así, sanguijuela, y haré estallar tus miserables tímpanos.

Drystan ríe antes de caminar hacia las escaleras también, pero hace una breve pausa para asegurarse de que Evanora lo está siguiendo.

La banshee me dirige una mirada antes de seguirlo a regañadientes y una vez sola, no me queda otra que ponerme también en marcha hacia mis propios aposentos. Toda mi ala está en silencio y solitaria, como si Viktor me hubiese condenado a la soledad. Toco el picaporte, abro la puerta y encuentro todo el interior a oscuras.

Voy a tientas hasta las cortinas y las corro para que entre la luz. Cierro mi puerta de inmediato, no quiero que nadie me vea ahora que mi mente está tan confusa. Tengo una idea extraña. Corro hasta mi mesita de noche, donde encuentro una vela apagada y un par de cerillas. Enciendo una y prendo la mecha con ella. Observo la llama esperanzada, deseando ver cómo de ella se desprende un pequeño cuerpecito abrazado en fuego.

Ank no aparece y eso me hace sentir profundamente sola en este sitio. A pesar de que Naida y Clarissa no tardan en venir a mi encuentro, no me siento cómoda contándoles lo que ha ocurrido. No sé si me juzgaran. Sí sé que yo lo hago.

¿Me gustó ese beso? ¿Cedí demasiado rápido? ¿Debería haberme resistido más? ¿Significa algo ese beso?

—Tienes que contarnos todo lo que has visto —piden mis doncellas.

Les cuento nuestro encontronazo con uno de los kraugs del Bosque Torcido y cómo era el campamento de las banshees, el aspecto de la bruja Naja y mi baile con Eleazar.

—¿Bailaste con él?

—Eso he dicho.

—Eso no le gustará a Viktor —rumia Clarissa.

—No lo va a saber —digo—. Y si lo supiese, no me importaría. Él no me va a decir con quién puedo o no bailar.

—¿Eres consciente de que es su enemigo?

—¿Eres consciente de que Viktor también es *mi* enemigo? —replico.

La conversación se queda ahí. Se ofrecen a ayudarme a cambiarme y lavarme, pero pido estar sola. La verdadera razón es que no quiero que vean el mordisco y más concretamente, la zona en la que está. Insisten en prepararme el baño y una vez todo está como les gusta, me dejan a solas. Me deshago del vestido sucio y observo mi desnudez en el espejo de cuerpo entero situado en la esquina del baño. No tardo en ver la marca que ya ha adquirido un tono violáceo en la parte interna del muslo.

Toco las dos hendiduras con la yema de los dedos y siento que mi cuerpo se encoge al sentir la oleada de recuerdos. Recuerdos que desearía no tener tan bien grabados en mi memoria. Abandono mi reflejo para meterme de lleno en el agua caliente que no tarda en enturbiarse.

Vuelvo a esos recuerdos, rozo mis labios rememorando ese beso con sabor a sangre y que, a pesar de ello, fue tremendamente suave.

Me digo a mí misma que todo esto es porque es la primera vez que he experimentado algún tipo de intimidad con un hombre. Estaría igual si hubiese sido con cualquier otro, no tiene nada que ver con Viktor.

Me lavo y salgo del baño pasado un buen rato. Deslizo el camisón por mi cuerpo y estoy enfocada en desenredar los nudos de mi pelo cuando tocan a la puerta. Se me detiene el corazón un segundo ante la posibilidad de que sea él. En su lugar, aparece una cabeza de pelo blanco trenzado.

—¿Te importa que duerma contigo? —pestañeo, confundida—. No me fío de ellos.

Evanora me mira con un rostro tan suave que casi parece aniñado. No puedo negarme ante sus palabras, así que le hago un gesto para que entre.

—No es como si mi presencia les fuese a impedir entrar, pero si te sientes mejor, puedes quedarte.

—Espero que tu sangre sea más apetitosa que la mía y me dé cierta ventaja.

La miro sin saber si está bromeando o no, ella debe notarlo porque rompe a reír. Ya no lleva esa extraña máscara cubriéndole las facciones de la cara y de nuevo puedo ver esas marcas que rodean sus labios.

—Estaba bromeando, Sierra. —Cierra la puerta y se sienta sobre el colchón—. Nunca me quedaría de brazos cruzados viendo cómo hacen daño a una mujer.

—Es bueno saberlo.

El poco entusiasmo en mi voz me delata. Evanora se cruza de piernas en la cama y me observa con una expresión propia de un gato.

—¿Qué pasó exactamente cuándo fuisteis a la poza? —pregunta—. Te noto rara desde entonces.

—Tampoco me conoces tan bien como para saberlo, ¿no? —digo a la defensiva.

—Tienes razón, pero no soy estúpida y, ¿recuerdas que te dije que tenías todas tus preguntas grabadas en la cara? —Arquea una ceja—. Bueno, pues ahora llevas la culpabilidad y arrepentimiento garabateado por toda ella. Mira, no soy muy buena en esto de ser confidente de alguien, pero si necesitas confesar tus pecados estoy aquí.

Lo último lo dice con una sonrisa traviesa en los labios. Estudio sus palabras con detenimiento mientras mis dedos siguen ocupados con su tarea de desenredar mechones de pelo mojado.

—Los odio, Evanora, odio a esas malditas cosas —digo dejando salir un suspiro—. Me han robado toda mi maldita vida.

—Te entiendo, yo también los odio.

—Y creo que ahora me odio a mí misma también. —Evanora guarda silencio esperando a que me explique—. Me besó cuando fuimos a la poza y yo no hice nada. Me temo que incluso lo disfruté, absolutamente todo lo que pasó allí.

—¿Todo lo que pasó allí?

—Me mordió.

—No sé por dónde empezar. —Se levanta de la cama y busca mi mano para arrastrarme junto a ella—. Sierra, el mordisco de un vampiro es disfrutable, siempre que él quiera que lo sea. Así que no te sientas mal porque te haya gustado, posiblemente fuera lo que buscaba.

—No sé…

—Tal vez debería preocuparte más precisamente eso, que él haya querido que lo disfrutes.

—¿Por qué?

Me mira como si me hubiese salido una segunda cabeza pegada al cuerpo. El agarre de su mano en la mía se vuelve más fuerte y antes de hablar deja salir un pequeño sonido de su garganta.

—Conoces su fama, Sierra. Todos lo hacemos —dice—. Viktor es una criatura horrible, ¿crees que le preocupa si su tentempié de medianoche lo pasa bien mientras la deja seca? La respuesta es no.

—¿Y entonces?

—Le gustas —dice horrorizada antes de volver a repetirlo—. Le gustas.

Esta vez soy yo quien la mira como si tuviese un cuerno saliendo de su frente y después de un rato estallo en carcajadas.

—Estás loca, Viktor odia a los humanos tanto o más que nosotros a los vampiros.

—Ojalá estés en lo cierto, Sierra, porque si no, me temo que caerás ante él, como todo lo que él desea. De todos los destinos posibles para ti, creo que ser deseada por él es el peor.

—Te preocupas por nada.

—Espero que sí. Ya sabes que es insaciable y cuando acabe contigo, no dejará nada, Sierra. Ni a tu pobre corazón.

18
Viktor

Me despierto con sudores fríos y los recuerdos de mi pesadilla taladrando mi mente. Hacía años que no soñaba con el origen de mi negro corazón, pero supongo que los últimos acontecimientos han obligado a mi mente a traer recuerdos del pasado. Debajo de mi piel aún puedo sentir el rugido de mi sangre ante el contacto de la boca de esa humana sobre la mía.

Salgo de la cama, me pongo una camisa que no me molesto en abrochar y me enfundo unos pantalones. No necesito preguntarme a dónde me llevan mis pies en cuanto pongo uno de ellos fuera de mi habitación. Camino con decisión hasta la biblioteca principal del castillo, nada que ver con esa pequeña biblioteca de los pisos inferiores donde se acumula el polvo y que la salamandra de fuego ha reclamado como su hogar. Empujo las pesadas puertas, todavía con el sudor secándose en mi espalda.

Doy un paso al frente, disfrutando de la sensación de por un momento sentir que no soy lo más imponente al entrar en una habitación. Las estanterías llenas de libros con lomos salpicados de color se extienden hasta más allá de donde alcanza la vista. Los techos son increíblemente altos, tanto que se necesitan escaleras enormes y mucha valentía para alcanzar los libros que descansan ahí arriba. Sin embargo, no es la belleza de este lugar lo que vengo a buscar. Sigo caminando hasta situarme frente a dos retratos enormes de las personas que me dieron la vida.

Da igual cuántas veces me plante aquí, siempre que los observo descubro que mi mente ya había comenzado a olvidar detalles de su aspecto, como el color de los ojos de mi madre, el tono exacto de azul en los iris de mi padre o lo sorprendentemente negra que era la cascada de rizos de la mujer que me dio la vida. Sin embargo, estos retratos no pueden devolverme detalles que ya se han perdido a lo largo de los años que llevan muertos. Ya no puedo rememorar cómo sonaba la voz de mi madre cuando me llamaba, ni el tono de su risa cuando mi padre la halagaba consiguiendo que se le encendieran las mejillas. Aprieto los puños hasta que siento la piel tirante en los nudillos. El odio me riega de nuevo, no me permite olvidar nada.

—El amor os hizo débiles —digo, sabiendo que nadie me escucha—. Eso no me ocurrirá a mí. No dejaré que nadie me vuelva un necio.

Entre los míos a veces susurran la historia de mis padres como si fuese una famosa tragedia escrita por un dramaturgo. El problema es que no es una ficción salida de la mente de un erudito, sino que es la historia real de dos personas que se amaron tanto, que tenían tanto amor para dar, que fueron incapaces de vivir sin el otro.

Antes de que mis pensamientos me arrastren al pozo oscuro del que a veces encuentro dificultades para salir, les doy la espalda. Como si así pudiese ignorar el dolor. No obstante, no me marcho, sino que me siento en uno de los sillones que descansa no muy lejos de una licorera. Es casi como si alguien del servicio supiese que escapo aquí más veces de las que me gustaría para recordarme que debo ser tan dañino como el hielo que se sostiene demasiado tiempo en las manos.

Me vierto dos dedos de alcohol mezclado con sangre y dejo que me caliente la garganta. Cierro los ojos intentando dejar en blanco mi mente, pero unos pasos me impiden hacerlo. Sé de quién se trata, pues nadie más se atrevería a venir aquí. O tal vez esa humana feroz encontraría las agallas para hacerlo, aunque espero que esté demasiado ocupada martirizándose por lo que ha ocurrido antes.

—¿Tú tampoco puedes dormir?

Doy un sorbo antes de responder.

—Déjame adivinar, ¿una mujer es el motivo de tu insomnio?

—Así como del tuyo, amigo.

Chasqueo la lengua y sacudo la mano para restarle importancia. Cruzo la pierna encima de mi rodilla, poniéndome cómodo. Drystan, con las manos tras la espalda, una pose que le he visto más veces de las que puedo contar, se adentra aún más en la habitación y ocupa el asiento frente al mío.

—¿Quieres contarme lo que ha ocurrido antes? Te noto inquieto desde entonces.

—Son imaginaciones tuyas.

Me mira arqueando una ceja y me sostiene la mirada durante un buen rato, espera que de esa forma se vaya a romper mi determinación. Suelta un suspiro, se palmea los muslos y se levanta, dispuesto a dejarme solo. No sé por qué cedo ahora, cuando casi he conseguido quedarme a solas de nuevo. Tal vez sea eso, que no quiero estar solo mientras la culpa y el remordimiento me comen el pensamiento.

—La besé.

—¿La besaste? —repite, incrédulo.

—Supongo que fue algo del momento.

—Algo del momento…

Levanto la mirada con cierto hastío.

—¿No sabes hacer otra cosa que no sea repetir lo que digo?

Sacude la cabeza como si necesitara salir de un trance. Vuelve a sentarse frente a mí y cruza los dedos de las manos frente a su barbilla.

—Aunque parezca estar sin palabras, no puedo decir que esto me sorprenda del todo. —Se aclara la garganta—. Es como si Sierra estuviese hecha para ti, Viktor. Es lo que necesitas, no te he visto más vivo nunca. Y entiendo tus motivos para odiarla, sé lo que es, lo que representa para ti, pero tal vez sea el momento de que dejes de aferrarte tanto a tu odio. Puede ser bueno para ti.

—No es bueno para mí. —Me acabo el contenido del vaso y lo planto en la mesa—. Al contrario, mi odio no me hace daño. Tengo que acabar con ella cuanto antes, he dejado que esto dure demasiado.

—¿Y por qué crees que es?

Nuestros ojos se cruzan, desafiantes.

—No quieres hacerle daño, Viktor. Sabes que es inocente, ella no es lo que otros hicieron.

—Los humanos no son diferentes los unos de los otros. Son seres egoístas.

—Nosotros también.

—¿Estás de su lado o del mío? —protesto.

—Siempre estoy de tu lado. —Se levanta y extiende la mano hasta posarla en mi hombro—. Es por eso que te digo esto, amigo. Tienes que dejar atrás el pasado y enfrentar el presente.

—Enfrento el presente todos los días.

—Crees que lo haces.

Dejo salir una respiración entre mis dientes. Me deshago de su mano en mi hombro. Deja salir una risa que hace que todos los nervios de mi cuerpo se pongan de punta y con ganas de pelea.

—¿Y qué hay de ti? No creas que no he notado cómo miras a la banshee.

—Me parece interesante.

—Interesante abierta de piernas en tu cama, dirás.

Me fulmina con la mirada y es ahora mi turno de reírme sabiendo que he conseguido dar en el clavo. Suelto una bocanada de aire y me pongo de pie, quedamos el uno frente al otro, con escasos centímetros de altura de diferencia.

—¿A que no sienta tan bien que los demás se metan en tus asuntos?

Aprieta los puños y los dientes, escucho el ruido que hacen estos al chocar entre sí. Le lanzo una sonrisa de labios apretados y me marcho de la biblioteca. Retorcidamente, ahora me siento algo mejor. Supongo que está en mi naturaleza sentir aliviados mis sentimientos cuando sé que hay alguien igual o peor que yo. Me dirijo de nuevo a mis aposentos, decidido a que ninguno de los últimos acontecimientos me afecte más de lo que he permitido hasta ahora.

Da igual lo que diga mi amigo y mano derecha, Sierra ha sido una distracción, una que ha durado más de la cuenta, y es hora de que la deje atrás recibiendo las atenciones de otra persona, alguien de confianza y experimentada.

La hago llamar y no tarda en aparecer en mi habitación con su cascada de rizos rojos.

—¿Me ha llamado, señor?

Me siento sobre la silla y le indico con el dedo que se acerque. Cierro los ojos intentando apartar de mi pensamiento los ojos grises de Sierra. No parece hacer efecto, así que me sumerjo en recuerdos oscuros que amargan mi espíritu.

Sangre, gritos, un joven que ve ríos de sangre bañando los suelos hasta manchar sus dedos de los pies, llantos agonizantes de un hombre al que le han roto el corazón, el olor rancio del abandono.

Sí, dejo que todo eso se filtre recordándome así por qué Sierra no puede ser más que una saciadora cuyo tiempo está llegando a su fin.

19
Sierra

Cuando despierto por la mañana, Evanora ya no está. En su lugar, mis doncellas llenan mi habitación moviendo vestidos de un lado a otro y me sacan de la cama para vestirme. Definitivamente, he vuelto a la rutina. Tomo el desayuno en mi dormitorio y después, volviendo a mis viejas costumbres, pongo rumbo a los jardines, solo que esta vez lo hago sabiendo qué se esconde en los lugares que tengo prohibido visitar.

El jardín de Lilith. Un jardín donde las flores no son simples flores y donde la belleza puede ser cruel y perversa.

Antes de salir he dejado mis cartas en mano de uno de los guardias que custodia mi puerta sin detenerme mucho a pensar en que sus dedos estaban fríos o que sus colmillos asomaban como una amenaza. Para mi sorpresa, no soy la única que ha decidido pasar el día fuera, muchas de las saciadoras de Viktor están aquí y puedo escuchar algunos de los cuchicheos que esconden detrás de sus abanicos.

No tardo en descubrir a qué se debe su presencia aquí; debajo del árbol de flores violetas semejantes a las glicinias, está Evanora. De nuevo, lleva esa especie de máscara que cubre su boca y parte de su nariz. Tiene la vista clavada al frente, perdida. Camino hacia ella intentando no sobresaltarla.

—¿Puedo?

Alza la mirada hacia mí y ahora que estoy cerca, puedo ver cómo sus dedos acarician la pequeña cabeza de su serpiente.

—Por favor —responde.

Me hace un sitio junto a ella que no tardo en ocupar. Puedo sentir los ojos del resto sobre nosotras.

—Bonita mascota —comento.

—Es útil y no hace ruido, cosa que agradezco.

—¿Útil en qué sentido?

—Impone lo suficiente como para que la gente se piense el acercarse a mí, como todas las que nos están mirando ahora. —Miro a nuestro alrededor y compruebo que lleva razón—. Y, además, me sirve para comunicarme con Naja.

Abro los ojos, sorprendida. Por alguna razón, bajo el tono de voz como si esta conversación no debiese ser escuchada.

—¿Cómo te comunicas con ella?

—Seguro que te fijaste en su apariencia. Entre sus dones se encuentra la capacidad de poder comunicarse a través de cualquier reptil o poseer sus conciencias. —Vuelve a acariciar la cabeza del animal—. Cuando necesita hablarme, simplemente toma posesión de ella, y yo por alguna extraña razón, la entiendo.

—¿No todas pueden hacerlo?

—No, no es algo propio de una banshee.

—¿Quiere decir eso que no eres una banshee corriente?

Se gira para quedar cara a cara a mí.

—Haces muchas preguntas —suspira—. Pero no, supongo que no soy una banshee corriente. Puedo hacer algunos hechizos básicos, la magia parece quererme.

—¿Eres mitad bruja?

—Ya ves. —Se encoge de hombros—. No pude resistirme a ser más de una cosa.

Tengo muchas preguntas, pero decido que ya he hecho suficientes, no quiero atosigarla, aunque ¿podría juzgarme? No paro de sorprenderme cada día ante todo lo que me rodea. He estado tan ciega…

A pesar de que el silencio entre nosotras no es incómodo, sí lo son las incesantes miradas que nos dirige el resto de las mujeres que pasean por los jardines sin hacer mucho por ocultar su curiosidad. Supongo que pueden notar que Evanora es algo distinto, no es como nosotras.

La mano de Evanora agarra mi muñeca, sobresaltándome.

—Ese mosquito otra vez.

—¿Mosquito? —pregunto confundida.

—Vámonos, seguro que sabes de algo que podamos hacer para entretenernos.

Tira de mi mano con fuerza mientras se levanta del asiento y pretende hacer conmigo lo mismo. Capto un movimiento por el rabillo del ojo y descubro que se aproxima a nosotros Drystan, que como siempre, camina con paso tranquilo y seguro de sí mismo. Sus ojos negros me pillan mirándolo y comienza a esbozar una sonrisa pícara en los labios.

—¿Por qué te cae tan mal?

Evanora frunce el ceño como si la que actuara de forma extraña fuese yo.

—¿Debe haber un motivo específico para que odie a esa cosa? —insiste, tirando de mi muñeca—. Sierra.

Cedo, aunque parece ser demasiado tarde. Drystan ya está casi junto a nosotras y seguro que ha escuchado todo lo que hemos hablado y está más que satisfecho de saber que consigue sacar de sus casillas a Evanora. Desde que se conocieron actúan como el gato y el ratón.

La banshee comienza a caminar a paso rápido llevándome con ella a rastras. Hago todo lo posible por no ser un lastre, pero me temo que su condición sobrenatural hace que correr no le afecte de igual forma. No estamos lo suficientemente lejos como para no escuchar la voz del vampiro.

—¡Buenos días a ti también, gruñona!

—¡Vete al infierno, sanguijuela!

—¡Solo si vienes conmigo, querida!

No reírme requiere toda mi fuerza de voluntad, estoy segura de que a cierta persona no le haría tanta gracia como a mí. Sorteamos a algunas mujeres que pasean con sus parasoles y en cuyos ojos puedo ver cierto reconocimiento cuando se cruzan nuestras miradas. Posiblemente no haya nadie que no conozca a la supuesta reina de rubíes. El título es ridículo.

Entramos de regreso al castillo y siento el cambio de temperatura de inmediato. Me doblo sobre mí misma llevándome las manos a las rodillas y busco llenar mis pulmones de aire nuevo. Evanora no me concede ni un segundo de tregua, me coge del codo y tira de mí.

—¿Algún sitio que tengas solo para ti?

Me veo obligada a pensar a toda velocidad y rápidamente la imagen de mi pequeño y apacible rincón junto a la ventana viene a mi mente, así que la adelanto y la conduzco hacia uno de los laterales de la gran escalera principal, hasta esa pequeña puerta que da a unas escaleras de caracol.

—Por favor, dime que tu sitio no son las mazmorras.

—Oh, también he estado ahí y no es agradable, este sitio es mucho mejor.

Piso las escaleras con cuidado sintiendo la mano de Evanora en mi espalda. Bajamos en silencio las escaleras de caracol y cuando por fin estamos en la biblioteca espero expectante a su reacción. En solo un mes he hecho de este sitio mi lugar favorito del castillo. Evanora pasea su mirada por las estanterías polvorientas y, como si el pequeño rincón tuviese grabado mi nombre, va hacia el alfeizar de la ventana. A su paso las llamas de las velas titubean en sus apliques.

El último libro que leí se encuentra en el mismo sitio donde lo dejé, sobre la pequeña mesa astillada y junto a él, el candelabro con la vela que parece nunca consumirse.

—Así que eres una ávida lectora.

—Bueno, en realidad no, pero cuando todo es nuevo para ti y nadie parece muy dispuesto a explicarte las cosas, los libros pueden ser la mejor solución.

Pasea el dedo por la cubierta llevándose en la yema parte del polvo que se ha acumulado encima en estos días. Se limpia las manos en las faldas y después, con movimientos gráciles, se deshace de la máscara que oculta parte de sus facciones mostrándome una vez más lo impactante y cruda que es su belleza.

—¿De verdad que no tenías ni idea de nada?

—De verdad.

—¿Por qué?

Me humedezco los labios pensando mi respuesta mientras me siento en el alfeizar como habitualmente. Ella, en cambio, opta por sentarse encima de la mesa y balancea los pies de un lado a otro.

—Me bastaba con saber que cuando fuese mayor de edad uno de ellos me compraría —comienzo—. Nunca me he permitido pensar en nada más allá ni disfrutar de lo que me rodeaba, para bien o para mal. Soy una cáscara vacía, a veces creo que no sé lo que son el dolor o la felicidad porque he caminado durante este tiempo por la vida ignorándolo todo. Lo más parecido a la tristeza que he sentido fue el momento en que me separé de mi familia para venir aquí.

—Por lo que veo, tú misma te has encargado de matarte antes de que lo hagan ellos. No te has permitido el lujo de vivir, de disfrutar de las cosas que la vida podía ofrecerte, porque estabas demasiado enfocada en lo que pasaría más adelante, ¿no es así?

Asiento.

—¿Y ahora?

—¿Ahora qué? —replico.

—¿Vives o sigues resignada?

Me quedo pensativa, le doy vueltas a su pregunta y llego a algunas conclusiones que me sorprenden.

—Es extraño. —Levanto la mirada hacia ella y clavo mis ojos en los suyos—. Creo que desde que estoy aquí, he hecho más que cuando estaba en Ravag. He buscado información sobre lo que me rodea, he salido cada día a disfrutar de los paseos bajo el sol, he montado en caballo, he asistido a bailes, he conocido a gente y bailado —suspiro—. No quiere decir que le esté agradecida a Viktor, jamás podría agradecerle que me haya comprado como si fuese un objeto, de hecho, me da rabia sentirme viva ahora y no cuando realmente tenía algo de control sobre mí. Desperdicié mi tiempo lamentándome, pensando en cómo acabar con todo antes de que llegase mi mayoría de edad.

—¿Sabes qué? —Aprieta mi mano con la suya—. Que aproveches lo que estás sintiendo, aunque sea a costa de él, vive. No te rindas, no te resignes a tu papel. Aprovecha el interés que tiene en ti y consigue vivir, Sierra.

—¿No decías que tener su interés es lo peor que podría pasarme?

—Posiblemente lo sea, pero si tú estás consiguiendo sacar algo de esto, tal vez no sea tan malo.

—¡Qué charlatanas estáis hoy!

Ambas nos sobresaltamos y nos llevamos la mano al pecho como si así pudiésemos calmar a nuestro corazón. Ank aparece estirando los brazos como si acabase de despertarse. ¿Las salamandras duermen? Tal vez debería consultarlo.

Ank mira fijamente a Evanora y esta hace lo mismo con ella. Se observan mutuamente sin pestañear.

—Tú eres una… —comienza Evanora.

—Tú debes ser la Banshee Blanca.

Miro atentamente a Evanora tras escuchar ese nombre esperando a que tal vez me dé una explicación, aunque supongo que es su pelo el que le ha concedido dicho apodo. Ank corretea rápidamente por la mesa astillada y da un saltito para llamar mi atención. Me acerco hasta ella y le tiendo mi dedo para que suba. La calidez de su cuerpo en contacto con mi piel es agradable, no llega a ser dolorosa.

—¿Me conoces? —pregunta la banshee.

—Por supuesto —dice Ank, orgullosa de sí misma—. Soy lo suficiente vieja como para haber oído de ti. La banshee amada por la magia que renunció a los Dioses Antiguos para adorar a Lilith.

La expresión de Evanora se ensombrece de inmediato. Miro a ambas con el ceño fruncido, una vez más hay cosas que se me escapan. La mirada que se dirigen la una a la otra se vuelve aún más dura si es que es posible. Comienzo a pensar que existen ciertas rencillas entre ellas.

—¿Alguien me explica qué sucede?

—Nada —se limita a decir la banshee.

—¿Qué significa eso de Dioses Antiguos? —sigo indagando.

Evanora suspira y se retrae más sobre la mesa, cruza las piernas y dirige su mirada a cualquier punto menos a mí. Está claro que por su parte no obtendré respuestas, así que acerco a Ank a mi cara hasta que está a la altura de mis ojos. Le dedico mi mejor sonrisa, una que espero que me llegue a los ojos.

—¿Serías tan amable de explicármelo, Ankhiale?

—No puedo negarme cuando usas mi nombre completo.

Se lleva las manos a la barbilla y nos dirige un aleteo de pestañas antes de sentarse sobre mi dedo como si este fuese una silla y entonces comienza a hablar de nuevo.

—Los Dioses Antiguos, como su propio nombre indica, son los dioses que hubo antes de lo que conoces ahora. Antes de ese hombre tan egocéntrico que piensa que solo existe él.

—¿Y por qué no había oído hablar de ellos?

—Porque los habéis olvidado, lo hicisteis en el momento en que ellos se retiraron a descansar y caísteis en las garras del falso Dios y de esa diabla. —Ank tiene un tono de voz enfadado—. Pero ellos no nos olvidan a nosotros, están aquí y algún día os harán pagar por olvidarlos.

—¿Demonia?

—Se refiere a Lilith —aclara Evanora. Hace un sonido de resignación antes de seguir hablando—. Seguro que has oído hablar de las brujas de magia blanca y las brujas de magia negra. —Asiento—. Bueno, pues una bruja blanca practica magia haciendo sus ofrendas a los Dioses Antiguos mientras que una bruja oscura lo hace en nombre de Lilith.

—Se te olvida lo más importante —refunfuña Ank.

—¿El qué? ¿Que casi todas las hadas sois seguidoras de ellos?

—No, eso no, aunque lleva razón —dice la salamandra mirándome solo a mí—. Lo que Evanora no te ha dicho es que una bruja oscura no tiene alma, se la cede a Lilith, quien se alimenta de ellas. En cambio, los Dioses Antiguos jamás pedirían algo como eso. Nuestra alma es nuestro salvoconducto a las tierras venideras. Sin ella, no hay nada después.

Me llevo la mano a la sien, siento que la información es un bofetón que me cruza la cara. Demasiado que asimilar en poco tiempo.

—Si tan horrible piensas que soy por no tener alma, ¿qué haces bajo el techo de uno de los hijos de Lilith?

Ank da un respingo sobre mi dedo y la salamandra parece realmente afectada por sus palabras. Su pelo, siempre envuelto en llamas, parece apagarse un poco y su mirada baja hasta el suelo.

—Hice una promesa a una hija de Lilith y pretendo cumplirla.

—Intuyo que esa hija de la que hablas debió morir en alguna de las grandes masacres de Puras.

Mis manos actúan por sí solas y acarician la pequeña cabeza de Ank como si así pudiese brindarle algo de consuelo. Ank levanta entonces los ojos, que hasta ahora siempre han sido dos llamas vivas y cálidas, pero ahora son azuladas y apagadas.

—Así es.

—Los humanos pueden ser cruelmente inteligentes a veces —comenta Evanora, y siento cómo su cuerpo se aproxima más a nosotras, como si ella también quisiese mostrarle un poco de consuelo—. Algún día conseguirán lo que se propusieron.

—Creedme que soy la que más se odia por hacer esto, pero debo preguntar: ¿qué se propusieron los humanos?

—Un Puro solo puede nacer de la unión de un Puro y una Pura. —Evanora hace un gesto con las manos para sumar uno más uno—. Durante la historia, ha habido dos grandes masacres donde los humanos persiguieron a las Puras y las mataron, asegurándose de que no pudieran nacer más Puros.

—Eso no elimina el problema con los Diluidos —comento.

—No, los Diluidos aumentan en número muy rápido —concede—. Aunque tienen la esperanza de hacerles desaparecer poco a poco cuando su fuente original haya desaparecido. El problema es que aquellos que sabían cómo matar a un Puro fueron asesinados por nada más ni nada menos que el dueño de este castillo.

—Viktor —digo.

—El mismo.

Dicho esto, las tres permanecemos en silencio y no parece que ninguna de nosotras quiera ser la responsable de romperlo. Mastico toda la información intentando digerirla. Demasiado que asimilar de una sola vez. Hubo un tiempo en que los humanos plantamos cara a estas criaturas, mermamos sus números, los humanos conseguimos averiguar la manera de acabar con ellos. Es increíble. También explica el odio acérrimo que siente Viktor por nosotros.

Ank se pone de pie sobre sus pequeñas piernas, aguantando el equilibrio como si mi dedo fuese una cuerda y ella una trapecista de élite.

—Te vi bailando con Eleazar. —Pone sus brazos en jarra a la vez que claramente cambia de tema por completo.

—¿Cómo me viste? —replico, confundida.

—Ya te dije que puedo acudir allá donde haya una llama. Estaba en la hoguera.

—Oh.

—¿No piensas decir nada? —suelta con tono de reprimenda—. Quiero toda la información jugosa, no te dejes ningún detalle.

—No hay ninguna información jugosa.

Me encojo de hombros. Evanora se baja de la mesa y se pone a mi lado, me da un golpecito con el hombro que consigue que mi cuerpo se mueva y por consecuencia, Ank se desestabilice.

—Venga, no seas tímida, cuéntale lo que me contaste a mí.

Le lanzo una mirada a Evanora que congelaría el infierno.

Banshee traidora, pienso mientras la miro molesta. Ank, por su parte, abre mucho los ojos y en su cara dibuja una expresión que deja completamente a la vista lo sedienta que está de información y de cualquier cotilleo que la entretenga.

—¿Se lo cuentas a ella y no a tu querida amiga Ank? —espeta, molesta.

—¿Desde cuándo somos amigas? —Formulo la pregunta con una sonrisa divertida en los labios.

—¡Desde que comparto mi biblioteca contigo!

La pequeña salamandra aprieta los puños, haciendo que su cuerpo arda con más fuerza.

—¡Está bien! ¡Está bien! —exclamo con resignación—. Viktor me besó.

Ank me mira sin decir nada recorriendo cada centímetro de mi rostro, y yo no sé si debería decir algo más, o tal vez mi confesión le haya causado tal impacto que la he dejado sin palabras. Cuando ya creo que he perdido a la pequeña llameante, esta me sorprende lanzando un grito tan agudo que arrugo la nariz.

—¡Lo sabía! ¡Sabía que Viktor acabaría rindiéndose a una humana!

Miro de reojo a Evanora que parece igual de sorprendida que yo alzando sus cejas mientras intenta disimular el temblor de sus labios.

—¿Sabéis qué? —Alzo el tono—. Que las dos estáis completamente locas. Ni Viktor se ha rendido a una humana —digo mirando a Ank—. Ni tampoco me desea ni nada por el estilo —agrego, ahora dirigiéndome a la banshee—. Solo me metéis ideas tontas en la cabeza.

—Si quieres mentirte de esa forma… —canturrea Evanora.

Aprieto los dientes y entonces tomo a Ank con delicadeza y la poso encima de las manos de Evanora. Esta retiene en su garganta un pequeño sonido de sorpresa y Ank me mira con ojos de cordero degollado como si no pudiese creerse que la haya abandonado en las manos de la banshee, que no parece agradarle. Pues bien, ya que les encantan los chismorreos, podrían encontrar algún punto en común.

—Os dejo para que os hagáis íntimas.

—¡Oh, vamos! —dice en alto Evanora—. ¿Ya piensas abandonarme? ¿A dónde vas? ¡No me digas que piensas ir a besuquearte con el mosquito!

Le lanzo una mirada mortífera antes de volver a subir con rapidez la escalera de caracol. Una vez que estoy de vuelta en el recibidor del castillo, con las grandes escaleras palaciegas ante mí, las subo murmurando algunas maldiciones para las dos chismosas que me he buscado por compañía en este solitario castillo.

No me doy cuenta de que mis pies me han llevado inconscientemente hacia otro lado hasta que ya es demasiado tarde. Creo que ese beso me está pasando factura, mi cabeza no quiere borrarlo y ahora hace que mis pies se muevan solos, como si hubiese una conexión imposible de romper entre él y yo. Parpadeo atónita, diciéndome que soy una estúpida. Planeo darme la vuelta y regresar a mi ala, donde nadie me molestará. Entonces recuerdo que él posiblemente sea consciente de que estoy aquí. Mi olor está ya volando en el aire. Supongo que será más vergonzoso que él sepa que estuve aquí acechando para nada, tal vez debería inventar una excusa para estar aquí. Agradecerle que me haya dejado mandar las cartas a mis padres, por ejemplo. A decir verdad, era algo que daba por perdido. Viktor no es alguien sentimental, no espero que él entienda la herida sangrante que es estar lejos de mi familia.

Con una determinación renovada, avanzo por el pasillo repitiéndome que solo tocaré a su puerta para darle las gracias. No es porque sienta la necesidad de ver si en su rostro hay señales que delaten que él también está dándole vueltas a lo ocurrido. Claro, solo agradecer el gesto de las cartas.

No he recorrido ni la mitad del pasillo que lleva directamente a sus puertas cuando estas se abren y aparece Narkissa con su cabellera pelirroja revuelta. Todavía no me ha visto, pero cuando lo hace, una sonrisa cargada de malicia se dibuja en sus labios. Lleva una bata de seda negra que deja ver bastante bien las curvas de sus pechos, y conforme avanza hacia mí, puedo ver que su piel está manchada con rastros de sangre. La sonrisa en sus labios y el color de sus mejillas me enferma.

—Yo si fuera tú no iría ahora —comenta cuando se encuentra a mi altura—. Temo que una humana tan puritana como tú pueda asustarse al ver la apariencia que tiene un hombre cuando ha disfrutado de buen sexo.

Guiña el ojo.

—Tranquila, por muy puritana que sea, no me voy a asustar por ver algo tan mediocre —miento, pues en mi vida he visto nada semejante ni he estado cerca de ello.

No espero a que responda y que podamos vernos envueltas en una guerra verbal. Camino con determinación hasta las puertas sintiendo su mirada sobre mí durante todo el recorrido. En algún momento desaparece y me deja sola ante las fauces del lobo o, mejor dicho, del vampiro.

Golpeo mis nudillos contra la puerta.

Viktor se hace de rogar hasta que aparece con los pantalones de su traje caídos y flojos sobre sus caderas y la camisa negra a medio poner. Sus ojos, al cruzarse con los míos, no revelan nada.

Y eso, por si su aspecto y las marcas de mordiscos y arañazos no fuese suficiente, es señal suficiente de que soy la única que se ha preocupado por ese miserable beso.

Lo maldigo por haberme robado ese beso, mi primer beso.

—¿Qué haces aquí, Sierra? —Su tono de voz es frío—. Sabes que no tienes permitido estar aquí.

—Yo… —Casi olvido mi excusa—. Solo quería agradecerte el gesto de las cartas.

Apoya su hombro contra la puerta mientras su mano llena de anillos acaricia su barbilla.

—¿Has venido aquí para decirme esa tontería?

Mis ojos quieren desviarse hacia el suelo; sin embargo, no les dejo hacerlo.

—Para mí no es una tontería ser agradecida.

—Podrías mostrarme tu agradecimiento de otras formas más interesantes.

Siento cómo comienzan a arderme las mejillas.

—Desapareciendo de mi vista, por ejemplo —agrega.

Doy un paso hacia atrás, dispuesta a marcharme de aquí con los restos de mi dignidad y no permitirme mirar hacia él de nuevo. Posiblemente busque la forma de desaparecer definitivamente. Ya me estoy dando la vuelta cuando su mano agarra un trozo de la tela de mi vestido y me obliga a detenerme.

—Aunque ya que estás aquí, podrías esperar un momento y venir conmigo a la ciudad. —Permanezco en silencio—. Tengo una reunión y me gusta tener cerca a mi tentempié favorito.

No espera a que acepte su oferta; de todas formas, ya ha dejado muy claro que me considera una de sus posesiones, así que no creo que negarme vaya a suponer una gran diferencia. Reaparece un par de minutos después, con la camisa abotonada y alisada y los pantalones en su sitio correcto. Cierra la puerta y pasa por delante de mí, cuando ve que no lo sigo de inmediato se detiene y echa la vista atrás.

—¿Te he molestado? Oh, vamos, Sierra, no te vuelvas sensible ahora, ¿dónde está la fiera del castillo? ¿No tienes ningún comentario mordaz para mí?

Le dirijo una mirada tan vacía como el color de mis ojos y lo paso de largo. No sé si alguna vez existió la fiera de la que habla, pero ese maldito beso la ha desestabilizado y tengo que encontrar la forma de que vuelva. Él puede quedarse mi primer beso, yo me quedaré con la satisfacción de que, por un momento, él sucumbió ante una humana.

20
Viktor

Todo en la postura de Sierra rezuma enfado y encuentro una gran satisfacción en imaginar a qué se puede deber. Su sabor estuvo endulzando mi lengua durante horas y era tan insoportable el recordatorio de mi debilidad que tuve que buscar rápidamente algo que se deshiciera de su dulzura en mi boca. Narkissa es servicial, leal y, sobre todo, conformista. No pide quedarse más tiempo entre mis sábanas porque sabe la respuesta, al igual que tampoco me pide muestras de afecto que no daré. Por eso siempre es la opción más fácil.

Lo que no es fácil es ignorar lo que mi naturaleza hambrienta me pide tomar ahora que he probado un pequeño bocado.

Llegamos a los establos, donde Orfeo ya ha sido ensillado por orden mía. El semental parece alegrarse al vernos, aunque tal vez no debería extender dicha afirmación hacia mi persona. El animal busca la mano de Sierra y esta, sin poder resistirse, acaba por acariciarle el hocico.

—No llevo ropa adecuada para montar —comenta por encima de su hombro.

—No te preocupes, montas conmigo.

Su cuerpo se tensa de inmediato y me alegra saber que provoco esa reacción en ella. Quiero que sufra por mi presencia tanto como me hace sufrir la suya. Compruebo que todo está bien apretado en el caballo y hago un breve repaso de las ropas de Sierra. Lleva un vestido de seda que resbala por su cuerpo, amoldándose a sus caderas y abrazando sus pechos. Definitivamente, no es ropa para montar ni para estar cerca de alguien sediento.

Antes de que pueda mostrarme su negativa, la cojo en brazos e, ignorando sus gritos, la siento encima del caballo para segundos después situarme justo a su espalda, con mis muslos apresando los suyos.

—Quiero ir en mi propio caballo —demanda.

—Qué pena que nunca haga lo que a ti te complace más, pequeña fiera.

Salgo de los establos con las riendas flojas en mi mano. Fuera espera un humano que sostiene mi capa. La cojo sin prestarle mucha atención y nos rodeo a ambos con ella haciendo casi desaparecer a Sierra.

—¿Qué haces?

—¿Te gustaría ser atacada de nuevo? —pregunto de vuelta.

Eso parece callarla. No se relaja contra mí; al contrario, mantiene la espalda erguida e intenta que haya la máxima separación entre nuestros cuerpos, lo que hace que su cabeza sobresalga más de lo deseable por la abertura del cuello de la capa. Si no quiero sobresaltos durante el viaje, no me queda otra que hacer algo que no va a gustarle. Rodeo su cintura con mi brazo y la obligo a estrecharse contra mí, sintiendo sus escápulas contra la tela de mi camisa.

Cruzamos las verjas que dan la bienvenida a los terrenos del castillo y rato después ya estamos lo suficientemente lejos como para que estas sean solo un pequeño punto en la lejanía. La ciudad todavía está lejos a caballo y no puedo evitar pensar en que el trayecto podría ser más rápido si usara mi velocidad, aunque me temo que ella no está lista para una experiencia como esa.

—¿Has mandado ya alguna carta? —pregunto, y sin necesidad de mirar sé que la he sorprendido una vez más.

—Como si no te lo hubiesen dicho tus guardias…

—Aunque te parezca mentira, no estoy constantemente pendiente de ti —respondo, las palabras son como ceniza en mi boca—. Estoy demasiado ocupado esquivando a la gente que piensa que soy político.

—¿Cómo era la gente antes?

—Más libre. Habíais perdido prácticamente la fe en la religión. Vivíais alocadamente, siendo quienes queríais ser. Pero entonces llegamos nosotros y esa pequeña parte de la población que aún conservaba sus mentes arcaicas os convenció de que la fuente de la salvación era retraeros, juzgar al diferente, taparos la piel, prohibir el amor que no fuese igual que el suyo. Cambiasteis para peor.

—¿Cómo consiguieron tus padres que hubiese paz entre humanos y vampiros entonces?

En mi cabeza comienzan a sucederse muchos recuerdos y cada uno de ellos se clava entre mis costillas casi robándome el aliento.

—Supongo que se necesitaban mutuamente. No hay mejor forma de entendimiento que cuando ambos lados pueden beneficiarse del otro.

—¿Todos lo aceptaron sin más?

Ahogo una pequeña risa.

—No, por supuesto que no. Hubo resistencia por ambos lados. Los humanos llamaban locos a aquellos que estaban dispuestos a negociar y los vampiros acusaban de traidores a mis padres por permitir que un humano se creyera con la libertad de poder establecer límites.

—Entonces tus padres tuvieron que atravesar muchas dificultades. No puedo creerme que esté diciendo esto, pero casi parece que tu familia era… buena.

Su estado de ánimo, fiero y con ganas de contradecirme en lo que sea que diga, cambia rápidamente. Puedo notarlo y aunque no se lo diré, una parte de mí reconoce eso que se siente justo en el corazón al estar lejos de tu familia. Tal vez soy tan egoísta que quiero que sepa a la perfección cómo es ese sentimiento. O peor aún, siento celos porque su familia está viva y la mía, no. Soy el único Vitalle que camina sobre Drystia, y si muero, el apellido morirá conmigo.

Sé que quiere seguir preguntando y una pequeña parte de mí le agradece que no lo haga. Hay cosas que prefiero dejar atrás. El resto del viaje transcurre en silencio y una vez que llegamos a la ciudad, oculto a Orfeo como tantas otras veces. Me cercioro de que la capa está en su sitio y después acomodo mis guantes de cuero. Sierra se muestra sorprendida cuando le tiendo la mano y casi estoy seguro de que va a rechazar mi ofrecimiento cuando desliza su delicada palma sobre el guante. El cuero no puede evitar que sienta el rugido de su sangre debajo de su piel.

Camina a mi lado sin rechistar, nos llevo a ambos por los rincones más oscuros de la ciudad. Atravesamos callejones mugrientos donde se acumulan pequeños charcos de excrementos y donde las ratas hallan el paraíso. Solo nos encontramos con alimañas o con los pobres caídos en desgracia. Intento ocultar el cuerpo de Sierra con el mío, llevándola siempre por la ruta más conveniente. Lo que menos me hace falta ahora es que nos veamos emboscados por alguien.

Ya casi estamos llegando a donde espero reunirme con los otros Puros cuando un bulto entorpece nuestro camino. Lo primero que me avisa de que no es un simple montón de basura en el camino es el grito horrorizado que sube por la garganta de Sierra. Cuando le dedico una segunda mirada, descubro que no es un simple bulto, es una muchacha joven y muerta. Muy muerta.

—No mires.

Intento bloquear su visión del cuerpo extendiendo un brazo frente a sus ojos. Sus pequeñas manos se clavan en mi antebrazo y lo apartan. Bufo mientras dejo que se siga regodeando en la desgracia frente a nuestros ojos. Un rápido examen del cuerpo me confirma lo que ya me imaginaba, y es que esta no es la primera vez ni la última que encontraré un cadáver así. Esta chica no ha muerto por causas naturales.

—Vamos.

Tiro de ella para alejarnos de la escena.

—No. —Se detiene en seco—. No podemos dejarla ahí tirada.

—Podemos y es lo que vamos a hacer.

282

—¿Es que acaso no tienes escrúpulos?

Arqueo una ceja, sin saber muy bien si ella me ve.

—¿De verdad quieres que responda?

—No, no hace falta, me puedo imaginar la respuesta —asegura—. Me da igual lo que hagas tú, yo no pienso dejar su cadáver aquí tirado como si fuese basura.

Le echo un vistazo al cuerpo que, por su aspecto, posiblemente lleve un día aquí tirado. Está claro que ella no le ha echado un buen vistazo al cadáver.

—Técnicamente es un cuerpo en descomposición, podríamos decir que...

—No termines esa frase.

—... Es basura.

No sé cuánto tiempo ha pasado exactamente desde la última vez que recibí un bofetón. Posiblemente décadas. Y aquí estoy, siendo abofeteado por una humana pequeña, débil y, a todas luces, loca de remate. A pesar del tiempo que haya podido pasar, la sensación de un bofetón es siempre la misma. La piel arde allá donde su mano me ha golpeado con fuerza y parece que el golpe ha hecho que me clave mi propio colmillo.

—Me has golpeado —expreso lo obvio.

—Te advertí que no acabaras esa frase.

Doy un paso al frente, pesco rápidamente el cuello de Sierra y ejerzo la presión justa como para que los músculos de su garganta se tensen ante mi contacto. Puedo sentir el latido de su corazón bajo mis manos y su mirada, a pesar de que sé que tiene miedo, no muestra debilidad.

—Tal vez no te he advertido lo suficientemente de lo que puedo hacer contigo, Sierra. —Saboreo su nombre—. Te sugiero que comiences a andar si no quieres unirte al cadáver que hay en el suelo.

Y posiblemente esto no tendría tanto que ver con mis propias acciones. Esa chica ha muerto a manos de uno de los míos y posiblemente no ande muy lejos de aquí, esperando a su próxima víctima. Noto el momento exacto en el que cede porque da un tirón de su cuerpo hacia atrás para alejarse de mí. Le dirige una última mirada al cadáver y comienza a andar. La adelanto sin dificultad y en cuestión de minutos estamos en el interior del edificio donde ya me están esperando. La dejo con Walter, el saciador favorito de Aeron. Puedo sentir su mirada en mi nuca y antes de desaparecer por completo del enorme recibidor y entrar en la improvisada sala de reuniones, le dirijo una última mirada. Sus ojos están bañados de odio. Justo como debe ser. Eso es lo que hay entre nosotros. Odio crudo y visceral.

No tengo que cerrar la puerta por mí mismo, ya hay alguien que se encarga de ello. Miro los rostros que rodean la mesa. Entre ellos están Aeron y Ciro, como representantes de sus apellidos y de dos de las familias originales. El resto son conocidos, pero no tienen tanto poder. Son Puros de segunda clase, ramificaciones de nuestras familias.

Ocupo mi asiento en la cabecera de la mesa mientras el resto posa sus ojos sobre mí y guarda silencio. Solo Aeron se atreve a romperlo.

—Ha vuelto a haber revueltas —me informa—. La mano de obra escasea, cada vez son más los que se arriesgan a cruzar el Bosque Torcido buscando a los Diluidos.

—Aún hay humanos que están tan desesperados como para trabajar para nosotros —añade uno.

—Además de que se os olvida que esta no es la primera vez que la mano de obra escasea. Los Diluidos se multiplican rápido, es cuestión de tiempo que las cosas vuelvan a la normalidad.

—Pero nosotros no, Viktor —espeta Ciro—. Nosotros estamos condenados a la extinción.

—Hablando de eso… —Tamborileo mis dedos contra la mesa, a sabiendas de que mi silencio y mis gestos causan incomodidad en el resto de los presentes—. Debéis parar vuestros intentos de crear un Puro.

—Nos pides que asumamos nuestra suerte —refunfuña de nuevo Ciro.

Me llevo los dedos al tabique de la nariz y presiono entre los ojos.

—Es increíble que sea yo quien diga esto —empiezo a decir—, pero no podéis seguir haciendo lo que hacéis. Es monstruoso.

Imágenes de las creaciones que han conseguido que nazcan en este mundo vienen a mis ojos junto al recuerdo de cómo yo mismo tuve que asesinar a cada uno de esos pequeños cuerpos deformes y llenos de enfermedad. Después de la segunda gran masacre, en la que el número de Puras fue reducido a cero, no hemos encontrado forma de que nazcan más de los nuestros. En cambio, los Diluidos se reproducen de una forma demasiado rápida, lo que nos deja en clara desventaja. Se han hecho experimentos con otras especies con un ADN similar al nuestro, se ha intentado con humanas que en el mejor de los casos han dado a luz a otro jodido Diluido y en el peor, han muerto. Estamos condenados.

—Estoy casi seguro de que estos últimos experimentos darán resultado —dice Aeron.

—He dicho que no —sentencio—. De hecho, quiero que destruyáis cualquier rastro. Estoy cansado de ser yo quien limpie las señales de los monstruos que traéis a la vida.

Ciro se levanta de su asiento arrastrando la silla con fuerza y abandona la sala, no sin antes dar un portazo. Supongo que está muy implicado en todo esto. Una parte de él no pierde la esperanza de que volvamos a ser lo que fuimos antaño. Un frente sin fisuras incapaz de ser sobrepasado. La realidad es que ahora nuestras debilidades son cada vez más notables y sé que ellos esperan que yo sea el muro fuerte, inalterable, que los salve. La realidad es que no pienso malgastar lo que me quede de existencia en buscar soluciones que no existen o librando batallas que no se ganaran nunca. Yo no soy un salvador. Yo nací para ser lo que soy, un ser egoísta.

—Pides demasiado —protesta otro.

—No puedes ir en serio, Viktor —intenta razonar Aeron—. ¿No te das cuenta de que sin esos experimentos no queda nada de esperanza?

—No sé quién te dijo que podías tenerla —replico—. Solo intenta no morir y deja de crear aberraciones.

Sé que la última palabra le duele. Muchas llevaban su ADN y tuvo que ver cómo las masacraba sin compasión alguna. Quién sabe lo que podrían haber hecho o en qué podrían haberse llegado a convertir si las hubiese dejado vivir. Ni qué decir tiene que yo jamás me presté para algo como eso. No donaré mi genética para algo así. Ni siquiera me preocupa que nos extingamos como especie, llega un momento en que la existencia se vuelve demasiado monótona, aburrida, es casi como estar ya muerto.

La discusión no se detiene, se prolonga durante un rato y cuando le pongo punto final al tema sé que nadie está contento con mi sentencia. No sé si alguno se atreverá a contradecirme y seguir adelante con esto, pero saben que mi ira posiblemente sea mucho peor. Pasamos a debatir estrategias y mecanismos para resolver las disputas con los Diluidos. Al parecer han intentado quemar algunas Subastas Rojas sin éxito, por el momento.

Cuando termina la reunión soy el primero en levantarse y salir. Espero ver a Sierra con ese endeble humano, Walter. En cambio, la encuentro sonriéndole de oreja a oreja a Ciro, y no sé por qué eso despierta una sensación un tanto abrasiva dentro de mí. Intento sacudírmela de encima, pues es infantil e inútil.

Como si mi presencia fuese algo que Sierra no pudiese ignorar fácilmente, su mirada se alza hacia la mía y no sé qué ve en mis ojos que la hace marcharse. Ciro mira hacia atrás y se acerca a mí. Lleva una sonrisa bobalicona en los labios que no me gusta. Pasa junto a mí sin detenerse, pero sí habla, seguro de que lo escucharé.

—Aún me debes una saciadora —dice—. Y Sierra es la primera que te robaría si tuviese ocasión, así que tal vez deberías cuidarla más.

21
Sierra

No puedo sacarme la imagen de esa chica de la mente. La forma anti-natural en la que su cuello se arqueaba o sus ojos, opacos y sin brillo, miraban hacia la nada. Ni siquiera he tenido la oportunidad de cerrarle los párpados. Cuando creo que la maldad de Viktor no puede seguir sorprendiéndome, me equivoco y me demuestra lo contrario.

Me enferma saber que puedo tener una reacción hacia él que no sea de repulsión. Quiero gritar cada vez que recuerdo cómo mi cuerpo buscó al suyo, cómo se apretó contra él y mis labios se abrieron dejando que él probara de mí más de lo que debería. Y quiero gritar aún más fuerte al pensar en cómo esos recuerdos me han tenido con la cabeza hecha un lío. No debería pensar en ello, es obvio que él no lo hace. ¿A quién quiero engañar? Durante todo el camino hacia aquí, cualquier roce de sus manos o de su cuerpo con el mío hacía que me tensara por motivos de los que debería avergonzarme.

—Ha pasado un tiempo desde la última vez que nos vimos —comenta Walter mientras sirve un líquido oscuro y que huele deliciosamente en dos tazas—. He oído que has estado enferma.

—Han sido días un poco extraños —comento intentando restarle importancia.

Hace un movimiento con la mano para que me siente y abrazo la taza con las dos manos disfrutando de la calidez. Él me imita y me dedica una de sus risueñas sonrisas.

—Debo advertirte de que eres la comidilla de todas las Diluidas. —Frunzo el ceño sin entender por qué. Walter se reclina sobre la mesa en un gesto cómplice e íntimo—. Ya debes saber cómo es Viktor, las Diluidas tampoco captan su atención durante mucho tiempo. Sus relaciones son puramente… carnales.

—¿Y eso qué tiene que ver conmigo?

—Has despertado su interés, se preguntan qué sucede contigo como para que Viktor se tome tantas molestias.

—¿No se supone que los vampiros deben cuidar de sus saciadores? —replico.

Walter eleva una ceja con incredulidad.

—¿En serio ha salido eso de tu boca? —Da un sorbo de su taza antes de seguir hablando—. Creo que ambos conocemos la fama de Viktor, ese comentario ha sido demasiado idiota, Sierra. Yo solo quería advertirte de que la próxima vez que aparezcas en público con él, todas las miradas estarán sobre ti.

—Justo lo que yo quería —respondo irónica.

—¿Cómo son las banshees?

—¿Cómo sabes eso?

Ahora me dedica una sonrisa que, viniendo de él, me parece la más maligna que puede dibujar en su cara.

—Tal vez debería haberte avisado que ningún cotilleo se me puede escapar.

—Así que tú eres el chismoso de este lugar. Creo recordar que aseguraste ser lo contrario.

—¿Qué puedo decir? Compartir cama con otro chismoso siempre te nutre de cotilleos.

El trago de líquido caliente baja por el lado equivocado haciendo que comience a toser como una loca. Walter frota mi espalda como si eso realmente fuese a aliviarme. Cuando creo que puedo volver a respirar lo miro con cara de asombro. La verdad es que desde que estoy aquí nadie se corta a la hora de hablar de sexo y eso aún me sorprende. Toda mi vida se ha evitado el tema, y no es que estuviese guardando mi virtud por alguna razón en especial, pero supongo que cuando todo el mundo a tu alrededor trata el sexo como algo de lo que avergonzarse, no haces preguntas y tampoco barajas la opción de explorar.

—Ya veo… tu pueblo es uno de esos que se han vuelto mojigatos.

¿No todos los pueblos son como el mío?

—No se hablaba mucho sobre… ese tema —confieso.

—¿Sobre sexo? ¿O sobre tener sexo con otros hombres?

Ni siquiera había pensado que Walter se refería a otro hombre como su compañero de cama.

—Sobre ambos, me temo.

—Solo hay una cosa que me gusta de ellos —dice, y sé a quién se refiere—. Su llegada les dio la oportunidad a los humanos de volver a viejas costumbres y de aferrarse a sus prejuicios, pero ¿sabes lo curioso? Los vampiros no les dijeron en ningún momento que el sexo era malo, que amar a alguien de tu mismo género era inmoral o nada por el estilo, fueron los humanos quienes aprovecharon la desgracia para hacernos más daño a los que siempre fuimos excluidos —suspira—. En cambio, aquí, entre ellos, jamás he sentido que a quién beso o con quién me acuesto sea un problema.

—¿Solo una persona? —bromeo moviendo mis cejas arriba y abajo.

—Bueno, Aeron es un buen amante, he de concedérselo.

Se me abre la boca y juro que, si no fuera porque me pongo la mano debajo de la barbilla, mi mandíbula hubiese tocado el suelo. Pestañeo repetidas veces.

—¿Aeron? —repito el nombre—. ¿Aeron el vampiro Puro que te compró? ¿Aeron De'ath?

—¿Quién pensabas que era si no?

—No sé, a lo mejor otro saciador o un humano que trabajase para Aeron.

Inmediatamente comienzo a hacer comparaciones. No soy la única que parece haber tenido acercamientos con su vampiro. Solo que, si miro a Walter, este no parece totalmente horrorizado ante la idea; al contrario, parece estar muy contento con ello. En mi caso, si me diesen una fusta, posiblemente no pararía de fustigarme por haberme dejado arrastrar a ese beso. Nunca debería haber dejado que mis labios se deslizaran sobre los suyos y, sobre todo, no debería haberlo disfrutado.

—Querida, quitando a Viktor, normalmente cuando uno de ellos te compra no es solo porque tu sangre sea exquisita, sino porque tu aspecto también les parece exquisito.

Me guiña un ojo mientras mi cuerpo entero se ve recorrido por un escalofrío. Debe darse cuenta de la angustia que me produce la idea.

—No te preocupes, como he dicho, no es el caso de Viktor. Él no está interesado en humanas ni humanos.

Casi puedo notar cómo mis mejillas se encienden cada vez que Walter recalca lo poco interesado que está Viktor en los seres humanos. Entonces, ¿qué fue lo que pasó entre nosotros? Sus palabras y sus actos no encajan con los de alguien que no tiene nada de interés. Mi rostro me delata y, más rápido de lo que puedo asimilar, Walter se levanta de su asiento y tira de mí obligándome a imitarlo. Me arrastra con él hacia una zona más apartada y entonces posa sus manos sobre mis hombros y me mira con atención.

—Esa carita culpable… —comenta al aire—. ¿Qué ha pasado, Sierra?

—Nada.

—No creo que no haya pasado nada, tienes una cara que me resulta familiar.

—¿Familiar? —pregunto.

—Sí, es la cara que ponemos todos la primera vez que caemos ante un vampiro.

—Yo no he caído ante un vampiro —protesto casi furiosa.

—Tienes razón —coincide—. En tu caso, es el vampiro quien ha caído ante ti. —Con un gesto demasiado efusivo, Walter me estrecha entre sus brazos—. Querida, estoy fascinado. Has conseguido que Viktor sienta interés por una humana. Esto es tan… increíble.

—Yo no creo que sea algo a celebrar —refunfuño.

—¿Cómo fue? —pregunta, ignorando mis quejas—. Siempre he tenido curiosidad.

—Creo que en esas fiestas ya has visto suficiente.

—Nunca he tenido el placer de conversar con alguien que haya recibido sus atenciones.

Sube y baja las cejas de forma cómica y aunque quiero estar enfadada, consigue que se me escape una pequeña sonrisa.

—Me temo que debo decepcionarte.

—¡Oh, venga! Solo cuéntame un poco...

—No pasó nada, en serio. —Su mirada me dice que no me cree, así que cedo un poco—. Solo me besó.

—¿Solo? —Puedo palpar la decepción en su cara, pero se recompone enseguida—. Bueno, viniendo de él, es un gran paso. No creo que pase mucho tiempo antes de que intente algo más.

—¿Cómo?

—No creerás que alguien como él se va a conformar con un beso, ¿no? —Sonríe maliciosamente de nuevo—. Los hombres como él son conquistadores y acabará arrasando con todo hasta tenerte a ti. La pregunta es, ¿dejarás que lo haga?

—No estoy interesada —sentencio.

—Algo me dice que no te crea. —Sonríe burlonamente consiguiendo que se crispen mis nervios—. Sé cuánto lo odias, pero te aseguro que rendirse a los placeres de la carne no es tan malo.

No es como si realmente estuviese barajando esa opción. Me niego ahora que he visto que soy la única idiota que le dio más vueltas de las necesarias al asunto. Ver a Narkissa salir con esos aires de su habitación no me hizo sentir celos, no. Lo que hizo fue resquebrajar mi orgullo y que este ardiese, dañado. Casi me permití sentirme algo poderosa cuando lo escuché hablar de mí como si fuese una droga a la que se ha vuelto adicto, algo de lo que no podía mantenerse alejado. Sus últimos actos han aplastado rápidamente esa sensación de poder.

Aun así, la curiosidad me puede y acabo preguntando.

—¿Cómo es? —Walter frunce el ceño—. ¿Cómo es rendirse a ese placer?

Walter tarda un poco en salir de la confusión y casi puedo ver cómo los engranajes de su cabeza funcionan hasta que entiende por qué le pregunto.

—Olvidaba que tú... —Olvidaba que no tengo experiencia—. Bueno, es algo maravilloso, Sierra. No debes tener miedo. Además, ese tipo de... pasatiempos se vuelven aún más placenteros con ellos. Podrán ser criaturas crueles, pero te aseguro que dentro del dormitorio se vuelven muy, *muy* generosos. —Hace otro gesto ridículo con sus cejas—. Te aseguro que no te harán daño, si es que algún día...

—No pasará.

—Tampoco ibas a besar a uno de ellos y mírate.

Me siento atacada, pero no soy capaz de replicarle nada a Walter. No le falta la razón realmente, y eso es lo que más me cabrea. Estamos tan absortos en la conversación que ninguno de nosotros se percata de la nueva incorporación a nuestras espaldas. No sucede como con Viktor, cuya presencia parezco ser capaz de notar a kilómetros de distancia, es como si el aire se electrizara.

—¿Interrumpo?

Walter se lleva la mano al corazón con un gesto de lo más dramático y yo me giro para mirar al dueño de la voz. Ciro nos observa con una mirada curiosa a ambos, sin perder esa sonrisa amable de sus labios. Lleva un chaleco de color verde sobre una camisa negra que deja intuir que sus extremidades son de proporciones finas, pero fuertes.

—Creo que voy a ver si Aeron necesita algo...

Con eso, Walter se retira dejándome sola ante el vampiro. Si echase un vistazo hacia atrás, podría ver mi mirada gritándole «traidor». Un movimiento por parte de Ciro me obliga a volver mi atención a él. A pesar de lo juvenil que pueda parecer su sonrisa, sus ojos de ese tono rosado tan inverosímil parecen albergar sabiduría.

—Me alegra ver que ya estás recuperada.

Dejo salir de entre mis dientes un sonido muy parecido a un bufido.

—Ya veo que no existe nadie que no esté al tanto de lo que me ha sucedido —comento.

Me molesta, me hace sentir vulnerable y expuesta que todo el mundo sepa lo que me ha pasado o, mejor dicho, hagan suposiciones al respecto. Confío en que el tema de mi maldición no haya llegado a oídos de nadie y no sé por qué, pero algo me dice que Viktor tampoco querría que eso saliese a la luz.

—No pretendo incomodarte con el tema. —Me dedica una sonrisa genuina—. Solo expresarte que espero que todo esté bien.

—Lo está —aseguro con mucha más convicción de la que siento realmente.

—¿Y él? ¿Te está tratando bien?

—¿Por qué el interés? —replico—. Que yo recuerde, tú eras un vampiro y yo una humana, ¿por qué debería importarte cómo soy tratada?

—Ay Sierra… tienes tan mala imagen de nosotros —dice, divertido—. Espero que Viktor no esté ayudando a que esa mala imagen se siga consolidando, aunque no tengo muchas esperanzas. —Su mano, sin ningún tipo de barrera que limite nuestro contacto, agarra la mía y la sostiene de forma caballerosa—. Ya has estado en nuestras fiestas, has visto con tus propios ojos la presencia de humanos que buscan nuestras atenciones, ¿por qué lo harían si somos tan crueles?

—Evidentemente se han dejado engañar por vuestros trucos.

—Nuestros trucos son el placer y la vida eterna. No creo que pueda haber mejores cosas que esas. —Sus ojos se clavan en los míos con intensidad—. Y si te despojaras de ese odio que nos tienes, podrías empezar a ver las cosas desde otra perspectiva.

—No voy a mirar las cosas desde otra perspectiva cuando vosotros me habéis robado mi futuro, mis posibilidades, mis elecciones. ¿Cómo crees que podría miraros con mejores ojos cuando he sido comprada como ganado? —Las palabras van cubiertas de un dolor crudo—. Y tu belleza no podrá convencerme de lo contrario.

Se queda mirándome durante unos minutos y luego estalla en una carcajada.

—Ya veo que Viktor te ha contado lo de mi don.

Se recompone y veo cómo tira del chaleco y lo alisa de alguna arruga invisible.

—Así es —confirmo.

Da un paso al frente y su siguiente movimiento me toma por sorpresa. Coloca su mano sobre mi mejilla y la acaricia con el pulgar, lo siento suave como el terciopelo. El aire se queda atascado en mis pulmones y no me atrevo a hacer ningún movimiento.

—Sierra, si mi don tuviese efecto contigo, estarías ahora mismo suplicando a mis pies. —De nuevo su pulgar acaricia mi pómulo—. Estoy seguro de que a Viktor le pasa lo mismo contigo, te resistes a sus dones al igual que a los míos. Eso te hace fascinante.

—No podría importarme menos cómo me encontréis vosotros.

Inclina un poco la cabeza a un lado entrecerrando los ojos.

—Algo me dice que es mentira. —Humedece su labio inferior dejándome ver solo durante un segundo el recordatorio de lo que es—. Puedes venir conmigo, Sierra. Te demostraré que no somos tan malos. Solo has tenido un poco de mala suerte hasta ahora.

—No tengo interés en cambiar de un carcelero a otro.

—¿Y si te prometo que las cosas serán diferentes? Ven un día a mi villa, podrás ver con tus propios ojos cómo viven las personas que están bajo mi cuidado.

—No creo en promesas.

—Creerás en las mías —promete—. Y, por favor, quita ese ceño fruncido, estás preciosa cuando sonríes.

—Alguien debería haberte enseñado cuándo rendirte.

Cruzo los brazos por encima del pecho y arqueo una ceja, desafiante.

—Tal vez otros se rindan, yo no. —Sonríe ahora de forma socarrona—. Prométeme que lo pensarás.

—Eres insufrible.

—¿Eso significa sí?

—Significa que eres insufrible.

—Lo tomaré como un sí entonces.

Su insistencia consigue que una de las comisuras de mi boca se eleve involuntariamente. Los ojos de Ciro se iluminan tanto que duele mirar directamente a esos dos iris rosados. Algo cosquillea por todo mi cuerpo y sé de dónde proviene esa sensación. Levanto la mirada despacio, sabiendo lo que voy a encontrar y, aun así, no puedo evitar el efecto que ocasiona. Hago desaparecer la pequeña sonrisa en mis labios y miro más allá del hombro de Ciro, hacia el vampiro que ahora nos observa con cara de pocos amigos. Ciro se da cuenta y mira por encima del hombro. Aprovecho esa distracción para alejarme, sé que estar con dos vampiros que parecen tener diferencias no es lo que necesito ahora mismo.

Abandono la sala, sin encontrar a Walter en la siguiente. Parezco patética huyendo y buscando un lugar donde desaparecer. Algo que, al parecer, no va a suceder. Viktor no ha tardado mucho en venir en mi búsqueda. Siento su presencia tras mi espalda sin necesidad de que hable. Ese olor tan suyo empapa todo el aire que me rodea, hace imposible respirar algo que no sea él.

—Nos marchamos.

Gasto solo unos segundos en tomar la fuerza necesaria y girarme para encararlo. Sus ojos recorren todo mi cuerpo como si fuese a encontrar algo distinto en mí. Paso junto a él antes de que esta situación se vuelva más incómoda en dirección a la puerta de salida. Los movimientos de Viktor tras de mí son silenciosos como los de un felino.

Para mi pesar, dejo que me agarre del brazo y nos guíe de nuevo por las calles más oscuras e intransitables de la ciudad. La angustia me hace cerrar los ojos cuando pasamos por el mismo lugar de antes. Para mi desconsuelo, el cadáver sigue donde lo encontramos, solo que ahora las ratas parecen haberlo encontrado. Me cubro la boca con la mano para retener las náuseas que me produce la imagen.

Él se percata y aligera el paso para que lo dejemos atrás. Las lágrimas acuden a mis ojos y mi cuerpo se relaja cuando dejamos atrás la ciudad y nos acercamos a esos enormes arbustos que ocultan al caballo de Viktor. Este se alegra de vernos y así nos lo hace saber con un relincho y buscando el contacto de su amo. No tengo tiempo para prepararme antes de que los brazos de Viktor, fuertes y duros, me alcen y me dejen sobre el animal. Él ocupa su lugar detrás de mí y, chasqueando la lengua, nos pone en marcha.

Llevamos unos minutos cabalgando cuando rompe el silencio.

—¿De qué hablabas tan animadamente con Ciro?

Con el ceño fruncido hago por girarme, y cuando lo consigo, veo que él me mira con una expresión regia.

—¿Por qué te interesa?

—Porque eres mi saciadora.

Estudio su expresión durante más tiempo del que cualquier persona sensata se atrevería y veo algo, algo que no debería estar ahí, o algo que tal vez esté imaginando porque mi subconsciente quiere encontrarlo.

—¿Nada más?

—Nada más.

Le sostengo la mirada durante todo el tiempo.

—¿Ciro podría darme más libertad de la que tengo ahora mismo?

Mis palabras lo desconciertan, se le crispa el rostro mientras sostiene mi mirada. Escucho el sonido del cuero de las riendas cuando cede bajo su agarre y sé que posiblemente he dado en el clavo.

—Tal vez —admite—. O tal vez solo quiera una rareza para su colección.

Al decir eso, admite que él piensa lo mismo que Ciro. A ojos de ellos dos, hay algo extraño en mí que me convierte en, como él mismo ha dicho, «una rareza». Guardo silencio y rompo el contacto visual devolviendo mi mirada al frente. A pesar de no estar lo suficientemente familiarizada con el entorno, reconozco al instante que nos estamos desviando del camino por el que vinimos antes.

—Te advertí sobre los dones de Ciro —añade—. Es un maestro de la seducción y hará lo que sea necesario para tenerte. Tiene actitudes propias de un niño y ahora eres el juguete que quiere. Te vendería cualquier cosa.

—Me ha ofrecido la posibilidad de visitar su villa para comprobar por mí misma que podría ser feliz con él.

—Te mostraría un teatro.

—Podría ir sin avisar.

—No va a pasar —dice firmemente.

Deja zanjado el tema con eso y sigue llevándonos por el camino desconocido. Subimos por una zona escarpada que obliga a mi cuerpo a tensarse para mantener el equilibrio. Mi espalda acaba presionada contra su pecho, lo que me provoca un tirón en la parte baja de mi estómago. El aire se vuelve más puro conforme avanzamos.

Nos detenemos después de lo que me parecen siglos en un promontorio frente a una gran explanada. Viktor desmonta del caballo y me ayuda a hacer lo mismo. Me deja ahí y se dirige hasta el borde del risco para mirar más allá. Al principio no entiendo qué es lo que contempla hasta que me acerco. Kilómetros y kilómetros de lo que sin lugar a dudas antes fue un paraje de ensueño, pero que ahora se encuentra despojado de vida. Tierra seca, estéril, decorada con troncos medio podridos, muchos de ellos caídos.

—¿Qué hacemos aquí?

—A veces me gusta despejarme y observar cosas bellas, Sierra.

Miro de nuevo todo lo que se extiende frente a nosotros sin entender dónde está la belleza de la que habla.

—¿Llamas bello a esto? —pregunto con incredulidad.

—Tal vez no estemos viendo lo mismo.

Sin duda es así. Yo aquí veo el recuerdo de algo bello, pero ya no lo es y algo dentro de mí anhela haber visto lo que sin lugar a dudas fue un paraje hermoso. Cambio la dirección de mi mirada y encuentro los ojos de él clavados en mí. Ese azul helado fue creado para atormentarme.

—¿Qué hiciste los últimos días antes de entrar en la Subasta Roja?

Su pregunta es tan repentina que me deja sin habla el tiempo suficiente como para parecer estúpida.

—No tienes que fingir que te interesa, ya me ha quedado claro que nunca dejarás que me plantee siquiera la opción de ser la saciadora de Ciro.

—Esto no tiene que ver con él —dice un poco molesto—. Simplemente quiero saciar una curiosidad que tengo. Mi tiempo es ilimitado, siento curiosidad por saber lo que hace una persona cuando su tiempo no lo es.

Le doy vueltas a lo que dice, perdida en el recuerdo. Reproduzco esa noche en mi cabeza. Creo que todavía puedo sentir el frío agonizante azotando mis huesos, la sensación de ardor en la garganta y el pensamiento de que en cualquier momento mis pulmones estallarán. Y luego está esa voz…

Tomo una bocanada de aire y sin mirarlo directamente, hablo.

—Intenté quitarme la vida —confieso.

Viktor no se deja conmover por mi confesión; al contrario, se muestra impasible.

—¿Aún quieres hacerlo?

La pregunta es dura y certera, tanto que siento que se me incrusta dentro del pecho como un puñal. Pensaba que tendría que pensar más la respuesta, pero esta sale con más facilidad de la que pensaba.

—No, creo que no.

Escucho el movimiento que hace al girar su cuerpo hacia el mío. Ahora nos miramos fijamente, sin reparos.

—¿Por qué ha cambiado eso? Este es el destino que tanto temías.

Tiene razón y, a pesar de ello, el odio me ha servido para no volverme completamente loca y consumirme aquí. Me ha resultado profundamente revitalizante enfrentarme a él y buscar siempre la manera de desafiar sus límites, por pequeñas que sean sus concesiones. En este mes he tenido más vivencias que en el resto de mi vida y, aunque es triste, supongo que es un motivo tan bueno como cualquier otro para seguir aferrándome a mi existencia.

—Porque siempre me sentí vacía —digo—. Nunca me permití disfrutar de nada porque sabía cuál sería mi destino, pero tal vez no era realmente el final, sino el principio. Tal vez no estaba hecha para encajar allí y sí para desafiarte continuamente. No me gustas, Viktor, eres cruel, malvado y frío, pero al menos tus constantes formas de retarme me hacen sentir viva.

Ya lo he dicho, ya lo he dejado salir. Mis palabras parecen haber tenido el mismo impacto que sus preguntas. Juraría que lo veo tambalearse sobre sus pies, como si esto hubiese sido demasiado. Posiblemente ninguno de los dos esperaba que yo confesara algo así, al menos yo estoy segura de que no. No voy a darle las gracias por comprarme, pero al menos puedo admitir una verdad, y es que desde que lo hizo, el fuego en mis venas se ha avivado.

Carraspea como si así pudiese deshacerse de mis palabras.

—Eres una contradicción en ti misma —dice—. Me odias y dices cosas como esta.

—Tú también dices odiarme y haces cosas contradictorias.

Mis pensamientos van en una dirección y por su expresión diría que él también está pensando en lo mismo. Las palabras dichas fruto de una necesidad violenta resuenan en mis oídos, consiguen que se me erice la piel y que los dedos de mis pies se encojan dentro de mis zapatos. Sus fosas nasales se dilatan, como si hubiese algo en mi olor que me delatara. Observo con fascinación cómo su nuez sube y baja mientras traga y creo que ambos estamos más cerca el uno del otro. Siento el roce de su ropa contra la mía y creo que, si muevo cualquier dedo de mi mano, rozaré el cuero que cubre las suyas.

Su mano hace lo que yo no me atrevo. Baila sobre mi brazo subiendo hasta rozar mi hombro y acomodarse en un lado de mi cuello. El silencio es tal que creo que puedo escuchar el latido de mi corazón. Estoy sumergida en sus ojos de donde no creo que sea capaz de emerger. El aire que separa sus labios y los míos parece llenarse de energía estática porque siento un cosquilleo placentero en ellos.

Cierra los ojos, con una expresión casi dolorida, y da un paso atrás rompiendo esa energía electrizante, poniendo distancia entre nosotros. Al menos uno de los dos ha sido capaz de hacerlo.

—Creo que será mejor que volvamos.

Se da media vuelta y lo sigo, me monto en el caballo sin rechistar y dejo que nos lleve de vuelta al castillo. Ahora soy más consciente que nunca de los puntos en los que se tocan nuestros cuerpos y eso me está volviendo loca. Una parte de mí desea bajarse de este caballo lo antes posible y poner la mayor distancia entre nosotros, y otra, la parte molesta, quiere seguir jugando con los límites de esto y ver hasta dónde puedo llevar al hombre sentado tras mi espalda. Dice que soy una contradicción, eso es porque no se ha visto a sí mismo. Me besa y pocas horas después yace con otra para luego arrastrarme a la ciudad y comportarse como un amante celoso.

El viaje se me hace más largo de lo que realmente es. Cuando cruzamos las verjas de la entrada dejo salir un suspiro de alivio y no hace falta que me ayude a bajar del caballo. Para cuando quiere reaccionar, ya tengo mis pies firmemente apoyados en la tierra. Me siento desnuda ahora que no tengo su cuerpo detrás del mío ni me cubre su capa.

Casi he entrado al castillo y estamos lo suficientemente lejos como para que un humano normal no me escuche, pero sé que él lo hará. Me giro sobre mí misma.

—Solo para que quede claro, podré pareceros una mojigata a todos los de este castillo, pero hay algo que sé y es que cuando alguien no es nada para ti, no reaccionas como has reaccionado tú.

Abro la puerta del castillo y me dejo atrapar por el interior. Qué suerte que Viktor ha quedado atrás, si no podría ver la pequeña sonrisa de superioridad en mis labios. Creo que es un mal mentiroso. Seré una humana ridícula para él, pero estoy segura de que quería besarme de nuevo. Él, el poderoso Viktor, rindiéndose a los encantos de una frágil humana. Quién lo diría.

22
Sierra

Ya ha pasado una semana desde que Evanora vive con nosotros en el castillo. Espera, ¿nosotros? No debería hablar como si fuésemos un equipo teniendo en cuenta que más bien soy una prisionera. Dejando eso a un lado, creo que podría decir que ha sido una de las semanas más divertidas desde que estoy aquí. Evanora ama meterse en problemas y yo tengo tantas ganas de vivir la pequeña aventura de hacer una travesura que me veo enredada en todas ellas.

—¿Eres consciente de que haciendo esto solo avivas más el fuego de vuestra guerra?

Le paso una nueva prenda del armario de Drystan mientras ella se dedica a recortar preciosas siluetas con las tijeras de podar que hemos robado en el jardín. Con preciosas siluetas me refiero a formas que se parecen bastante a las partes masculinas que he visto en los libros médicos de la biblioteca. Tal vez menos detallados.

—Reina de rubíes, no pretendo que esta guerra cese.

—No me llames así —protesto—. Además, no puedo tomarte en serio cuando hablas de guerra mientras recortas camisas con esas tijeras de podar.

Resopla apartando un mechón de pelo blanco que le cae sobre los ojos. No lleva su máscara negra y puedo ver cómo una sonrisa traviesa decora su cara en todo momento. Disfruta de esto. La serpiente albina enredada en su cuello sisea como si también le divirtieran las fechorías de su dueña.

—¿Me tomarías más en serio si empiezo a recortar su ropa interior? La reina de rubíes y la Banshee Blanca. Piénsalo, suena como un dúo poderoso.

—Sí, tenemos el superpoder de recortar miembros viriles perfectos.

—Gracias por apreciarlo. —Me guiña el ojo.

—Ahora en serio, ¿por qué hacemos todo esto? ¿No sería más fácil ignorarlo?

—¿Así como él me ignora a mí? ¿Tengo que recordarte que ayer me lavé el pelo con sangre por su culpa? Todavía siento el pelo viscoso…

—Vale, reconozco que los dos estáis combatiendo en esta guerra…

—Y yo me niego a perder.

Dicho esto, se levanta del suelo donde se encuentra rodeada de recortes de ropa y se sacude las manos sobre la falda de su vestido, como si hacer esto se las hubiese ensuciado. Mueve las hojas de la tijera en el aire mientras lanza una mirada a las sábanas de seda de la cama y vuelve a sonreír.

—Espero que él y sus amantes aprecien mi sentido del gusto para la decoración.

No creo que las amantes de Drystan estén muy contentas con nosotras. Todavía puedo escuchar los gritos cuando despertaron con la cama llena de unas amiguitas que sisean y se mueven reptando. En mi defensa diré que Drystan debería agradecerme que disuadiera a Evanora de ponerle una encima del trasero. Si me preguntan, negaré haber visto esa parte de su cuerpo por más de dos segundos.

Dejo que termine su obra maestra mientras asomo la cabeza a través de la rendija de la puerta y compruebo que no nos van a cazar en plena travesura. Mis ojos revolotean solo un momento hacia el pasillo que sé que me llevaría hasta el ala de Viktor. Desde el día en el que me llevó a ese paraje sin vida, no nos hemos vuelto a ver. No he vuelto a ser requerida como saciadora y eso, extrañamente, me inquieta.

—Trabajo completado con éxito, ¿debería dejar las tijeras sobre la cama para añadirle dramatismo?

—¿Quieres que te apuñale con ellas?

—Sí, tienes razón, mejor nos las llevamos.

Engancha su brazo al mío y salimos de la habitación cerrando la puerta sin hacer ruido y dibujando una sonrisa inocente en nuestros rostros. Con la punta del zapato, Evanora golpea el cuerpo del guardia al que ha dormido soplándole unos polvos en la cara. No sé si debería pedirle un poco de eso, parece útil.

—Creo que esta vez nos vamos a meter en un buen lío —comento.

Porque una cosa es poner unas cuantas serpientes sobre la cama y otra dejar fuera de juego a un guardia. Posiblemente recibamos una buena reprimenda.

—Bueno, ahí es donde entras tú, mi querida reina de rubíes. —Mira con fingida inocencia en mi dirección—. Solo debes rozar tus labios sobre los del vampiro y aletear tus pestañas seductoramente para que nos perdone.

—Ah, bueno, si ese es tu gran plan secreto supongo que… recibiremos un buen castigo.

—Yo creo que quien recibirá un castigo serás tú, y será uno que tenga por medio una cama.

Me ruborizo al instante e intento cortar sus palabras sacudiendo su hombro con un golpe del mío. Su risa llena los pasillos y es preciosa, melódica y chispeante. Nos aproximamos hasta mis aposentos. Evanora se aleja sacudiendo su mano a modo de despedida.

—¿Cenarás hoy en mi habitación? —pregunta andando de espaldas.

Viktor me ha dejado de requerir como saciadora en todos los sentidos posibles. No he vuelto a cenar con él, he sido relegada a cenar a solas o, en su defecto, con Evanora. Estoy a punto de responderle que sí, que nos veremos esa noche en su habitación, cuando las puertas de la mía se abren y aparece una Clarissa de labios fruncidos.

—Me temo que eso no va a poder ser, esta noche las dos tenéis que bajar al salón.

—¿Al salón? —pregunto.

—Hoy cenaréis todos juntos.

—¿Quiénes somos todos? —pregunta ahora la banshee.

—No lo sé —responde con tono cortante Clarissa—. Solo sé que debéis estar a las ocho en el gran salón y con aspecto presentable. —Mira por encima de mi hombro a Evanora—. Jovencita, en tus aposentos ya hay dos doncellas que se encargarán de ti.

Con eso despacha a Evanora y tira de mi brazo para que entre en la habitación. Dentro, Naida ya ha comenzado a extender vestidos preciosos sobre mi cama, pero al mirarla me doy cuenta de que no tiene ese brillo de siempre al mirar la ropa. Ahora que lo pienso, ambas parecen bastante serias, casi diría que enfadadas. No me atrevo a preguntar mientras Clarissa se deshace de los nudos a mi espalda y me desnuda. Cada vez me queda menos pudor y aunque sé que mi cuerpo no es sensual, ni siquiera bonito, ya no me cubro con los brazos la desnudez.

Entro en la bañera donde me encargo yo misma de frotarme hasta que el buen olor queda impregnado en mi piel. Cuando termino, Clarissa me coloca una bata sobre los hombros y me indica que me siente frente al tocador. Alisa y moldea mi pelo a su gusto, optando por un moño alto que deja todo el cuello a la vista. Abro la boca para protestar, pero sus labios fruncidos me detienen.

—¿Qué ocurre? —decido preguntar.

—¿Qué te hace pensar que ocurre algo? —replica Clarissa sin siquiera apartar la mirada del peinado.

—Estáis muy raras, ¿he hecho algo mal?

Clarissa clava sus ojos en el espejo observándonos ambas a través del reflejo, suspira, y deja el cepillo sobre el tocador. Me acuna la mejilla en un gesto puramente maternal. Sonrío, aliviada.

—Tú no has hecho nada, querida.

—Entonces, ¿quién?

Lanza una fugaz mirada en dirección a Naida que, aunque pretenda estar ocupada, sé que sigue atenta a nuestra conversación.

—Evanora ocasiona muchos problemas, Sierra. No creemos que sea prudente que te relaciones tanto con ella.

Siento que mi mandíbula se descuelga hasta alcanzar el suelo. No entiendo nada.

—¿Por qué? —Pestañeo con incredulidad—. Evanora me ha ayudado mucho estos días, ya casi estoy recuperada por completo. Si no fuese por ella y Naja, aún seguiría enferma.

—Lo sabemos, pero dentro de tu recuperación no entra que te unas a ella en sus fechorías. Estás llamando demasiado la atención.

—Solo nos divertimos.

—¿Crees que Viktor estará contento con eso?

Dejo salir todo el aire contenido en mis pulmones con un sonido fuerte y molesto. Me giro sobre el asiento y las encaro a ambas.

—Debéis empezar a aceptar que no voy a hacer las cosas que mantengan contento a Viktor. En esta semana me he divertido más que en dieciocho años de mi vida, ¿por qué no puedo disfrutar un poco más?

Clarissa da un paso hacia mí y acuna mis mejillas obligándome a mirarla directamente.

—Evanora se marchará y tú te quedarás aquí para asumir las consecuencias de vuestros actos. Nosotras solo queremos lo mejor para ti, no queremos que sufras, no queremos que perezcas a manos de él.

—Lo entiendo. —Cubro su mano con la mía en un gesto cariñoso—. Entendedme vosotras a mí. No estoy haciendo nada realmente malo, solo estoy divirtiéndome un poco, y si por ello voy a ser castigada, lo prefiero a seguir en mi habitación aterrada y sumisa como él espera de todas nosotras. No vine aquí para ser lo que él quiere, creo que siempre lo he dejado claro.

—Nos agradas mucho, Sierra, no queremos que te suceda nada malo.

—No sucederá —las tranquilizo.

Consigo rodear a ambas en un abrazo flojo, aunque sigo viendo algo en la cara de Naida que me preocupa. No sonríe, no habla, no parece ella misma. Me revuelvo algo inquieta sobre mi asiento mientras dejo que Clarissa complete su trabajo antes de pasar a manos de Naida, que ya ha seleccionado un bonito vestido. Me ayuda deslizar las piernas dentro de la ropa interior, es bonita, delicada y con detalles de encaje. Nada que se pueda adquirir en Ravag, o al menos no sin una buena cantidad de dinero. El vestido es de color lavanda y su tela es tan fluida que parezco estar vestida con pedazos de nube.

Me está colocando un collar en el cuello cuando agarro su muñeca y capto su atención para que me mire.

—¿Estás bien, Naida? —Intento leer lo que sea que sus ojos revelen—. Si necesitas hablar de cualquier cosa…

Esboza una sonrisa forzada que ni de lejos me creo.

—Tranquila, solo estoy cansada.

Entiendo que no voy a conseguir mucho más así que dejo de insistir para que terminen conmigo. Se marchan no sin antes recordarme que mantenga mis buenos modales frente a Viktor. Pongo los ojos en blanco en cuanto me dejan sola en la habitación. No pasa mucho hasta que escucho unos pequeños golpecitos y la cabeza trenzada de Evanora se asoma.

—Vaya, estás preciosa —comenta al entrar.

—Tú también.

Su pelo está lleno de mechones ondulados y trenzas que forman laboriosos patrones en su cabeza. El vestido negro y dorado que lleva hace un increíble contraste con su piel blanquecina y su pelo albino. A modo de brazalete lleva a su serpiente, que lanza un siseo como si estuviese contenta de verme.

—No me apetece en absoluto ir a esta cena —refunfuña.

—Te acostumbrarás.

—No quiero acostumbrarme —replica—. Además, ya casi estás bien, no creo que permanezca mucho más aquí.

A parte de nuestras muchas travesuras, durante esta semana he vuelto a ingerir el brebaje de Naja. La primera vez volví a sentir náuseas que me hicieron vomitar de nuevo ese líquido negro y asqueroso, aunque en cantidades más pequeñas. La segunda vez sentí náuseas, pero nada salió de dentro de mí. Un alivio, siendo sincera.

—Por extraño que te parezca, creo que te echaré de menos.

—Bueno, siempre puedes volver conmigo. —Me guiña un ojo.

No respondo a su comentario. Antes de que la incomodidad se asiente en la habitación, abre la puerta y sale primero. La sigo, cierro a mis espaldas y recorro los pasillos con ella. Como siempre, al llegar al gran salón los guardias se encargan de abrirnos las puertas. Dentro suena una melodía ligera, demasiado suave como para que entorpezca la conversación.

Me sorprendo al ver algunos de los rostros sentados a la mesa, como el de Narkissa, que está sentada a la izquierda de Viktor. Drystan ocupa el lado derecho, como le corresponde. Es precisamente él quien me hace un gesto para que ocupe el asiento a su lado.

—Aquí está mi humana favorita y su mascota gritona. —Dibuja una sonrisa que deja relucir todos sus dientes, incluidos sus afilados colmillos.

—Habló el más indicado sobre mascotas —dice Evanora lo suficientemente alto como para que Drystan la escuche.

Tomo asiento y es en ese momento cuando me doy cuenta de que Drystan lleva una de las camisas que hemos arruinado esta tarde. La luce con orgullo, dejando gran parte de su pecho al desnudo. Mis ojos inconscientemente viajan en la dirección de Viktor, que nos mira con una ceja alzada, como si esperase algún tipo de explicación. A su lado, Narkissa me dirige una mirada venenosa y una sonrisa torcida mientras se lleva la copa a los labios.

—¿Quiero saber por qué mi mano derecha lleva una camisa con un agujero en forma de nada más ni nada menos que un…? —Deja el resto en el aire, mientras se pellizca el puente de la nariz con los dedos.

—¿No crees que es lo último en moda? —ironiza Evanora.

—Sin duda, brujita, muchas gracias por hacerme ver más genial de lo que ya soy.

—Tal vez no haya sido una buena idea organizar esta cena, está claro que no tienen modales, son niñas —dice con tono altivo Narkissa.

Entrecierro mis ojos hasta que son solo dos rendijas y la miro fijamente antes de hablar con suma calma.

—¿A qué se debe esta cena si se me permite preguntar?

El personal entra al gran salón con nuestros platos cubiertos y copas rebosantes de un líquido espeso y carmesí para ellos. Como si lo que estaban bebiendo hasta hace un momento no fuese sangre de primera calidad. Me pregunto quiénes habrán sido las saciadoras encargadas de llenarlas. Miro a Drystan, curiosa porque nunca he visto a una de sus saciadoras, ¿las tiene? ¿O como hombre de Viktor este se encarga de mantenerlo satisfecho?

—La cena se debe a que Narkissa ha pensado que sería buena idea que conozcamos mejor a nuestra invitada —responde Viktor.

Un sentimiento desagradable oprime mi pecho cuando escucho cómo pronuncia su nombre y cómo la dueña de este lo mira con ojos embelesados y estúpidos aleteos de pestañas. Su mano de uñas afiladas y pintadas de rojo se apoya sobre el antebrazo de Viktor y lo acaricia seductoramente. Este no hace nada por apartarla.

—No sé qué es lo que queréis conocer de mí, creía que mi fama me precedía —comenta la aludida mientras corta en pequeños trozos el filete de su plato.

—Siento curiosidad por saber por qué te convertiste en bruja.

—Bueno, yo siento curiosidad por saber cómo una Diluida cualquiera acabó montando regularmente a ese de ahí. —Señala con el tenedor a Viktor—. Pero a diferencia de ti no hago preguntas indiscretas.

Miro con ojos como platos a la banshee, que luce triunfalmente una sonrisa de dientes blancos como perlas. Al otro lado, Drystan lucha por reprimir la risa simulando que se ha atragantado.

Me atrevo a mirar el rostro de Narkissa, que está rojo por la ira; en cambio, Viktor no parece alterado ni lo más mínimo.

—Ah, y algo más, no soy una bruja.

Medio bruja, pienso.

Con eso, Evanora da el tema por zanjado y se lleva su bocado a la boca. Drystan carraspea antes de hablar.

—¿Qué tal estuvo el paseo a caballo del otro día, Sierra?

—No fue un paseo —dice con voz cortante Viktor.

—No recuerdo que te hayan salido pechos y te llames Sierra —espeto antes de volver mi cara hacia Drystan y sonreír—. Podría haber sido mucho más agradable si la compañía no fuese tan mala, pero estuvo bien.

—Así que soy mala compañía… —Viktor gira su copa entre los dedos haciendo oscilar la luz sobre sus anillos—. No tengo ese recuerdo precisamente.

—¿Qué recuerdo tienes entonces?

—¿Estás segura de que quieres que lo diga?

Aferro con fuerza los cubiertos hasta que los nudillos se me tornan blancos y levanto el mentón en un gesto desafiante.

—Absolutamente.

—Bien —dice, calmado—. Si no recuerdo mal…

Soy salvada de tener que escuchar su versión de las cosas cuando las puertas dobles del salón se abren con gran alboroto y un sirviente de piel pálida, que lo marca claramente como Diluido, entra corriendo y con la respiración ligeramente acelerada.

—Señor, hay un carruaje a las verjas del castillo.

—Diles que den media vuelta.

—Dicen que están invitados.

Yo no he invitado a nadie. —Guarda silencio durante unos tensos y angustiantes segundos—. ¿Han dicho quiénes son?

Los ojos del sirviente se posan encima de mí y casi diría que siente compasión antes de que sus ojos regresen a los de su amo.

—Son los Ruggiero, señor. —Me estalla la cabeza, claramente mis oídos han escuchado mal.

—¿Qué más? —interroga Viktor.

—Dicen que fueron invitados por carta.

Me levanto tan rápido de mi silla que esta cae hacia atrás haciendo un ruido espantoso. Me tiemblan las manos, pero consigo agarrar mi vestido y levantarlo lo suficiente como para dejar mis pies libres para correr. Hago justo eso hasta que Viktor aparece frente a mí, cierra ambas puertas con las manos y se pone delante para impedir que salga.

Sabe que no tengo nada que hacer contra él. Siento que la tierra se abre bajo mis pies y amenaza con engullirme. No hay emoción en ver a mi familia, hay pánico. Pánico por lo que Viktor va a hacerles. Yo no los invité, jamás lo haría. Nunca pensaría que este sería un buen sitio al que traerlos. Hay una bola amarga en mi garganta amenazando con ahogarme.

—Yo no los invité —digo con una voz tan baja que cualquiera pensaría que no me ha oído; sé que sí, si alguien puede oírme es él—. Yo no lo hice.

Sus ojos, pétreos y fríos, me estudian durante un momento antes de dirigir su atención a un punto por encima de mi hombro.

—Dejadlos pasar —informa al sirviente—. Los recibiremos en un momento. —Lo escucho aspirar aire—. Drystan, encárgate del supervisor de las cartas de Sierra, está claro que no ha hecho bien su trabajo. Mátalo. Y en cuanto al resto, dejadnos a solas. Ya.

Todo el mundo obedece, incluso Evanora. Al pasar junto a mí roza sus dedos con los míos y puedo sentir una pequeña corriente eléctrica pasando entre nosotras. Narkissa me dirige una sonrisa y una mirada de suficiencia. Algo me dice que disfruta mucho de esto. Las puertas vuelven a cerrarse con un sonido seco que marca el momento en el que nos quedamos completamente solos.

—¿Cuándo? —pregunta—. ¿Cuándo te di la idea equivocada de que podías hacer algo como esto? ¿En qué momento te he dado la impresión de ser alguien magnánimo, Sierra?

Bajo la mirada hasta la punta de mis zapatos.

—Yo no he sido —digo una vez más.

—¿Entonces quién, pequeña fiera? —Da un paso hacia mí—. ¿Insinúas que la invitación se ha enviado sola?

Niego frenéticamente con la cabeza.

—Alguien ha debido hacerlo.

—¿A quién le importas tanto como para hacer algo así? —Su cuerpo está demasiado próximo al mío, lo suficiente como para que agarrarme las mejillas e hincar sus dedos en ellas no le suponga ningún esfuerzo—. Mírame.

—No lo sé, no sé quién ha hecho esto.

Me estudia, sé que lo está haciendo, sé que se está regodeando en la humedad que cubre mis ojos y que me niego a derramar. Nunca le daré mis lágrimas.

—Digamos que te creo. —Su voz es terciopelo—. ¿Qué harías por ellos?

—Todo —digo sin pensarlo.

—¿Todo? —No necesita una nueva confirmación—. Entonces, déjame entrar en tu cabeza.

—No sé cómo hacer eso. —El agarre de sus dedos no se afloja y me duele—. No puedo darte eso si no sé cómo hacerlo.

Su mandíbula se tensa y puedo ver un músculo en ella temblar.

—Renunciarás a la estúpida idea de visitar la villa de Ciro.

—¿Eso es lo que quieres?

—Por el momento.

—No visitaré la villa de Ciro.

Suelta mi cara y no tengo oportunidad de agregar nada más antes de que dé media vuelta y salga del salón en dirección a la puerta principal. Corro tras él sin preocuparme demasiado si ensucio o hago jirones el bajo de mi vestido. Salimos al rellano que preside las escaleras de entrada. Me llevo las manos a los brazos y los froto con la esperanza de entrar en calor a pesar del frío aire de principios de febrero.

O tal vez sea el miedo que me ha calado hasta los huesos.

El criado ha sido muy generoso al llamar carruaje a la destartalada carretilla tirada por un viejo caballo. Mi padre y mi hermano son los primeros que veo, en la parte delantera con las riendas en la mano, y después dirijo mi mirada a la parte trasera donde mi madre y Abigail van cubiertas por una manta. A pesar de eso, tienen unas sonrisas radiantes en los labios. No espero a que se detengan por completo antes de precipitarme por las escaleras corriendo a su encuentro. Me lanzo a los brazos de mi madre en cuanto tengo la posibilidad y olfateo el olor de mi hogar, que hasta ahora no sabía que tenía fragancia propia.

—Mamá…

Noto su mano palmeando mi espalda mientras se sorbe la nariz. Nos apartamos la una de la otra, ella con lágrimas en los ojos y yo con los sentimientos a flor de piel.

—Mi preciosa niña… estás radiante.

Reprimo una risa triste. Abigail reclama mi atención dándome un abrazo y la correspondo de inmediato. Estrecho su menudo cuerpo entre mis brazos y jugueteo con sus rizos cobrizos. Tengo la sensación de que en el tiempo que llevo fuera ha crecido, o tal vez sean imaginaciones mías y todo siga igual.

—Pareces una princesa, Sierra.

—Tonterías, tú lo eres.

Sus ojos del color de la miel brillan emocionados. Le pellizco la mejilla ganándome una sonrisa mellada.

—Al menos te está cuidando como debe hacerlo.

Reconozco la voz de Silas y me giro en redondo lanzándome a sus brazos fornidos, que no dudan un segundo en sostenerme con fuerza. Me hace girar en el aire y ya no siento frío, solo el calor de estar de nuevo reunida con mi familia. Su risa ronca resuena en mi oído y no sé cuánto tiempo pasa hasta que vuelvo a sentir el suelo bajo mis pies y su mano revolviendo mi pelo como si fuese una niña pequeña.

—Tienes buen aspecto —señala.

—Estoy bien.

—Me alegro, porque si no…

Un carraspeo detiene la conversación. Nos giramos hacia el terrorífico Viktor, que nos mira a todos con unos ojos analíticos y fríos que no dejan que nada se le escape. Mi padre, con el que aún no he intercambiado ninguna palabra, me da un apretón en la mano y luego, como el cabeza de familia, pasa a estrechar la mano de Viktor.

—Gracias por invitarnos, ha sido usted muy amable. Sé que esto no es muy convencional, pero mi esposa y yo le estamos muy agradecidos.

Las manos de Viktor están enfundadas en sus guantes de cuero cuando estrecha la mano de mi padre, como si rozar su piel fuese algo impensable. Percibo rigidez en su postura, más de la que es normal en él, y supongo que está haciendo un gran esfuerzo para no soltar alguno de sus típicos comentarios sobre la raza humana.

—Si pasan, los sirvientes del castillo los conducirán a sus aposentos y les enviarán la cena allí. Deben de tener hambre.

Mi padre dice algo en respuesta, pero es lo que susurra mi hermano en mi oído lo que tiene toda mi atención.

—¿Será comida para humanos o nos servirán pedazos de carne cruda chorreantes de sangre?

Estoy a punto de advertirle que Viktor puede escuchar todo lo que diga cuando él mismo se encarga de hacérselo saber.

—Creo que tu hermana no tiene queja alguna de la comida con la que la alimento.

Silas frunce los labios y todo en él rezuma el mismo odio a Viktor que siento yo, aunque, ¿es eso del todo cierto? Viktor vuelve al interior del castillo para darnos cierta privacidad. Mi padre me abraza y me besa las mejillas, me dice lo mucho que me extraña y lo vacía que está la casa sin mí. No sé por qué mi mente no termina de creerse que mi ausencia se note en algún lugar, al fin y al cabo, ¿alguien que está vacío es capaz de llenar algo con su presencia?

El aire que sale de nuestras bocas forma nubecillas de vaho en el aire y este es el motivo principal por el que acabamos entrando al castillo. Sinceramente, si pudiese, los mandaría de vuelta a Ravag. Me aterra que estén aquí y por mucho calor que infunda en mi corazón tenerlos, no es comparable con el frío que me hiela los huesos ante el miedo de que estén en un sitio repleto de amenazas.

—Síganme, por favor —dice uno de los criados.

Los dedos de mi madre se entrelazan con los míos.

—Ven con nosotros, tienes mucho que contarnos.

Palmeo su mano con la mía.

—Debéis descansar, ha sido un viaje muy largo. Hablaremos entonces.

Mi madre se muestra reticente y en los ojos de todos hay una pregunta que no se atreven a formular: ¿por qué no estás tan contenta como esperábamos? No saben que su estancia aquí no es normal, esto no debería haber pasado y eso me asusta. Finalmente, mi padre hace entrar en razón a mi madre y se alejan, suben las escaleras del castillo y se pierden por los muchos pasillos.

Me dirijo a mis aposentos preguntándome si debería buscar a Viktor para hablar con él de todo esto. No tengo que pensarlo demasiado porque él se ha encargado de buscarme a mí. Tiene la espalda apoyada en la pared frente a mi puerta, con una rodilla flexionada y los brazos cruzados. La camisa negra le queda ajustada, remarca cada músculo de su cuerpo y lo señala como la amenaza que es. Con su fuerza podría romperme los huesos y ni siquiera le supondría un esfuerzo. Pensándolo bien, no necesitaría tocarme para ello, recuerdo la pila de tejido y órganos en los que convirtió a esa pobre chica en el baile. ¿Qué hizo él? Solo batir su mano en el aire. Eso es lo que me separa de volverme un montón de órganos a sus pies.

—¿Qué haces aquí?

—Vaya forma de dirigirte a alguien que te ha concedido un favor.

—No considero eso un favor —respondo.

—Cierto, es un regalo.

Doy los últimos pasos que me separan de la puerta de mis aposentos, me apoyo contra ella y lo miro de frente.

—Dos días —añade.

—¿Qué?

—Dos días es el tiempo que te regalo con tu familia, Sierra.

—¿Habrá consecuencias?

—Un regalo viene sin consecuencias, normalmente.

—¿Por qué? ¿Por qué me regalas tiempo con mi familia?

Noto que se está formando en mi garganta una bola de emociones que no quiero que salga, no delante de él. Descruza los brazos, suspira con cierta resignación y da unos pasos recortando la distancia entre nosotros. Siento que hay una tercera presencia en el pasillo: una tensión eléctrica que llena los centímetros entre nuestros cuerpos.

—Porque el resto de tu tiempo será mío.

Observo sus facciones, encuentro en ellas dudas que son un reflejo de las mías. Nos estamos desmoronando y eso es algo que no puede pasar. Como si él viese lo mismo que veo yo, se da media vuelta y desaparece por el pasillo huyendo de unos sentimientos que se escudan en el odio, pero que cada vez se parecen menos a eso. O tal vez sea una pasión furiosa, con la que nadie ganará y que, sin lugar a dudas, nos hará daño.

23
Sierra

Aún no puedo creerme que mi familia esté aquí, no importa que haya estado buena parte de la noche conversando con ellos, poniéndonos al día de todo lo acontecido en este mes. Sigo sin creerme absolutamente nada de esto. Ni siquiera ahora, que Abigail se dedica a corretear por el jardín intentando atrapar mariposas. La miro y pienso que, en el transcurso de un pestañeo a otro, desaparecerá.

—No te acerques demasiado ahí.

—¿Por qué?

—Está prohibido.

—¿Por qué prohíbe un sitio tan bonito?

Lanzo también una mirada hacia donde sus ojos se dirigen. Tiene razón, desde fuera ya se puede entrever lo bonito que es, la cantidad de belleza que esconde. No me atrevo a comentar nada de lo que mis ojos vieron allí pues temo que eso la haga volverse más curiosa hasta el punto de cometer una imprudencia. Suspiro.

—Porque es un ser egoísta y quiere toda la belleza para él, por eso también compró a tu hermana.

Evanora se une a nosotras y revuelve con su mano los rizos de mi hermana. Anoche, en cuanto consideró que no había ninguna amenaza, irrumpió en mi habitación y por supuesto, insistió en acompañarme.

Cabe decir que se mostró encantadora con todos y se ganó rápidamente el afecto de mi hermana menor.

—Tiene sentido —agrega Abigail mientras inclina su cabeza y me estudia—. Mi hermana es muy bonita, tú también lo eres, aunque te tapes.

Los ojos de Evanora se abren sorprendidos ante el comentario y rápidamente se dulcifican. Sé que tiene una sonrisa en sus labios por la forma en que las comisuras de sus ojos se arrugan.

—¿Me dejarás un día verte al completo?

—Oh, qué atrevida —bromea la banshee—. Quiere verme al completo, ¿has oído, Sierra?

—¿Puedo sumarme yo también a observar?

Todas nosotras nos giramos por completo hacia Drystan, que lleva el pelo apartado de la cara en un suave moño y los brazos detrás de la espalda como es habitual en él. Mi hermana se encoge un poco a mi lado, sabiendo sin necesidad de palabras qué es lo que tiene delante.

—En tus mejores sueños, sanguijuela.

—Permíteme preguntar, ¿soy un mosquito o soy una sanguijuela? Me encuentro francamente confundido.

—Eres ambas, tan asqueroso como una sanguijuela y molesto como un mosquito.

Abigail suelta una risita, aunque no sea del todo una broma. Evanora lo odia con tanta pasión…

—Grandes cualidades, sin duda, aunque se te olvidan las más importantes. Mi impresionante intelecto, mi indudable ingenio y, por supuesto, mi más que notable atractivo.

—Tú solo serías atractivo si te mirara con las cuencas vacías.

—Lilith no quiera que pierdas esos bonitos ojos azules, brujita.

Abigail tira de la manga de mi chal para llamar mi atención. La miro y comprendo que quiere hablarme al oído. Me agacho para estar a su altura.

—Se gustan —susurra.

—Indudablemente, ¿cuándo crees que se darán cuenta?

Nos apartamos silenciosamente de los dos, que no se percatan de que desaparecemos en mitad de su pelea. Caminamos, con sonrisas radiantes en los labios, de regreso al castillo. Da igual que nos alejemos, todavía nos llegan los improperios de Evanora y las carcajadas de Drystan, todo un espectáculo, sin duda. Subimos a la planta superior del castillo y voy hasta los aposentos temporales de mis padres. Doy dos toquecitos a la puerta bajo la atenta mirada de los guardias y mi madre misma es quien abre la puerta. Tira de mi brazo para que entre y veo que mi padre está sentado en un sillón junto al balcón.

—¿Qué tal el paseo, Abigail? —pregunta papá.

—Ha ido bien, no sé por qué no habéis querido acompañarnos —replico.

No responde de verdad, solo me dirige una sonrisa amable, tan propia de él, mientras dirige de nuevo toda su atención a mirar al exterior a través de los cristales que dan al balcón.

—Ahora que estáis de vuelta puedes seguir contándonos todo lo que has vivido desde que te fuiste.

Mamá posa las manos en mis hombros y me obliga a sentarme sobre el colchón. Abigail corre hasta el regazo de nuestro padre, que la deja sentarse mirando distraído al exterior y acariciando sus rizos espesos.

Precisamente ha utilizado la palabra clave: «vivido». Porque parece que antes de todo esto no vivía, existía.

—¿Qué quieres saber?

—¿Cómo es él? —Se sienta a mi lado y agarra mi brazo—. No fue hasta que te fuiste que oímos su nombre por primera vez y, desde entonces, en las calles de Ravag no se habla de otra cosa.

—¿Por qué?

—Porque la gente lo consideraba casi una leyenda, un mito, algo olvidado.

—¿Viktor un mito? ¿Algo olvidado? —replico totalmente incrédula—. Pues es muy real, no es una fantasía y es mi... soy suya, mamá. Soy suya para que me rompa, para que me torture, para que me mate.

—No digas eso —me regaña—. No atraigas la mala suerte.

—La mala suerte empezó cuando me compró.

—Pero nos ha dejado verte, no puede ser tan cruel, ¿verdad? —Frunce el ceño—. ¿O pagarás por esto más tarde?

Eso llama la atención de mi padre, que parece estar dispuesto a levantarse ahora mismo de su asiento e ir en busca de Viktor. Intento disipar la preocupación del rostro de mi madre con una palmadita en su mano y una sonrisa pequeña en los labios.

—No te preocupes mamá, no me pasará nada.

Intento desviar el tema a otros más agradables. Les hablo de mis doncellas y de lo agradables que han sido conmigo todo este tiempo, cómo Clarissa a veces toma un actitud maternal hacia mí o cómo Naida es una amiga con el mejor gusto para los vestidos. Sigo relatando cosas que no son del todo sustanciales hasta que recaigo en que hay una ausencia en esta habitación.

—¿Y Silas?

—Dijo que iba a explorar un poco.

—¿Explorar? ¿Él solo? —Me levanto de inmediato remangándome las faldas—. No deberíais haberlo dejado ir por ahí solo, hay zonas prohibidas en este castillo.

—Pensé que te buscaría…

—Vuelvo enseguida.

Abro la puerta de un tirón y salgo por el pasillo sin mirar atrás. Busco por la zona de mi habitación por si realmente me hubiese ido a buscar. Sin éxito. Bajo de nuevo a la planta inferior y merodeo por varios salones y las cocinas. Vuelvo al recibidor sopesando la opción de buscar en el ala del castillo que Viktor ha reclamado como suya y que está totalmente prohibida. Casi he tomado la decisión cuando veo abierta la pequeña puertecita en el lateral de las imperiosas escaleras. Sé perfectamente a dónde lleva, es mi sitio favorito aquí.

Decido bajar a la biblioteca, prácticamente segura de que será en vano. Es posible que sea Evanora, que ha bajado para huir de Drystan. Aun así, bajo las escaleras y al llegar echo un vistazo alrededor. Lo encuentro todo vacío a excepción de la vela que descansa en una de las mesas como es habitual. Nunca se apaga. Pienso en dar media vuelta y subir, pero algo me atrae hacia los pasillos formados por las estanterías, así que comienzo a recorrerlos uno a uno pasando mis dedos por los bordes de las baldas o sobre las cubiertas polvorientas.

Estoy ensimismada recorriendo con la mirada los títulos de letras doradas, tanto que no me doy cuenta de que hay alguien más y de que mis dedos van directos a encontrarse con los suyos. El roce es inmediato y se siente como una explosión, una supernova.

Mi corazón traicionero se acelera sin mi permiso y mis ojos buscan al dueño de esos dedos largos y fríos sabiendo perfectamente a quién pertenecen. Me han sostenido de la cintura más veces de las que me gustaría reconocer.

—¿Qué haces aquí? —pregunto con la voz estrangulada.

—Que hayas escogido este sitio como tu lugar favorito no significa que deje de ser mío —responde Viktor con un tono neutro—. Quería comprobar su estado.

—¿Y bien?

Su proximidad es demasiado para mí, intento apartarme pegando mi espalda contra la estantería. Casi quiero implorar para fundirme en ella y desaparecer.

—Mandaré gente para que limpie y cuide mejor este sitio.

—Bien.

—Bien —repite.

Nos miramos guardando silencio. Me encantaría ser él y descubrir lo que ve cuando me mira. La madera cruje cuando apoya su mano en ella y deja caer parte de su peso. Me observa desde su posición dominante esperando a que me encoja como todo el mundo.

—¡Ay, ay, ay!

Miramos casi a la vez en dirección al sonido y encontramos a una dolorida Ank que anda sobre sus diminutas piernas mientras se frota el trasero. No hay que ser un genio para imaginar que se ha caído, posiblemente estuviese donde no debía, escuchando.

—Ankhiale. —Ank pone la espalda recta cuando escucha su nombre completo en los labios de Viktor—. Largo, y no se te ocurra espiar, lo sabré.

Enseguida la pequeña salamandra comienza a correr y se convierte en un pequeño punto de fuego que serpentea de un lado a otro sobre las baldosas del suelo. Por un momento me preocupo por ella, al menos antes de que comience a preocuparme por mí misma. He vuelto a quedarme a solas con él. Siempre que estamos solos pasan cosas que me hacen perder el control de mis pensamientos.

—¿Conoces a Ank?

Sigo con la mirada y el mentón alzados para poder mirarlo. Está inclinado sobre mí, enjaulándome con su cuerpo. Toqueteo, nerviosa, el filo de la balda tras mi espalda y me concentro en contar mentalmente las pequeñas muescas en la madera.

—Conozco a todo el mundo que vive en este castillo, Sierra.

—Deduzco que eres un completo obseso del control entonces.

—No voy a contradecirte, me gusta el control. —Deja salir un pequeño suspiro antes de continuar—: Ankhiale lleva viviendo en esta biblioteca desde que yo era considerado un adolescente.

Se aparta de mí, se apoya en la estantería de enfrente y cruza sus largas piernas por los tobillos. Aprovecho para volver a respirar con normalidad.

—No sé qué me sorprende más, el saber que hubo un tiempo en que se te consideró un adolescente o que Ankhiale lleve presa tanto tiempo aquí.

Viktor levanta dos dedos en el aire.

—Primero, Ank no está presa aquí, siempre ha sido libre de marcharse cuando quisiera, y segundo, ¿pensabas que había nacido directamente así? —Se señala a sí mismo—. Ojalá, pero no. Tuve que pasar por todo ese lío de las hormonas descontroladas y el pensamiento de que el mundo estaba en mi contra.

—¿Los vampiros también sufrís la adolescencia?

Una sonrisa ladeada curva sus labios y sus ojos se estrechan en una mirada traviesa antes de responder.

—La sufrimos mucho peor que un humano y la saciamos mucho más rápido. Tal vez se deba a que venimos de algo corrupto, es posible que nos haga sucumbir de una forma más carnal a nuestros deseos.

—¿Qué más os hace pareceros a un humano?

—No lo sé. —Se encoge de hombros—. Nunca he sido uno, tal vez deberías preguntarle a Eleazar.

Percibo un ligero tic en su mandíbula y aunque mi boca tiene en la punta de la lengua una réplica mordaz, decido no estropear este momento con disputas. Quiero sacar la mayor información posible, debo aprovechar que Viktor se muestra receptivo a mis preguntas.

—Entonces, si Ank no está presa aquí, ¿por qué se niega a marcharse? ¿No tiene familia? ¿Amigos? ¿Un sitio al que volver?

—Supongo que sí, pero ella es leal e hizo una promesa.

—¿A quién?

La nuez de su garganta sube y baja al tragar.

—A mi madre —confiesa.

Su cuerpo se tensa, al contrario del mío, que se relaja. Algo dentro de mí sabía la respuesta. Ver lo difícil que se le hace hablar de esto me hace pensar que tal vez haya algo de luz en el monstruo que se esconde en estos muros.

—¿Cuál fue esa promesa? —pregunto a media voz, casi segura de que no responderá.

El aire parece contener la respiración tanto como yo, consciente de que lo próximo que pronuncien los labios del vampiro será importante. Mis dedos han dejado de contar las muescas de la madera y ahora descansan a ambos lados de mi cuerpo, flácidos.

—Mantener una chispa en mi corazón.

No puedo verme a mí misma, pero estoy completamente segura de que llevo la interrogación de la duda dibujada en la cara.

—¿Qué significa eso?

—Quién sabe. —Se encoge de hombros—. Solo ellas dos lo saben o, mejor dicho, solo Ank lo sabe ahora. Tal vez sea algo metafórico, o tal vez sea algo más literal de lo que pensaba. En cualquier caso, yo no noto ningún calor aquí dentro. —Se señala el pecho—. Solo frío y silencio, mucho silencio.

Mordisqueo mi labio inferior asimilando estas confesiones y a la vez degustando un sabor amargo en la parte posterior de mi boca.

—Siento lo de tu madre.

Los ojos de Viktor, que hasta hace un segundo estaban clavados en el suelo, se alzan rápidamente y me miran con asombro. Me quedo clavada en el sitio dejando que me mire, que descubra que mis palabras van completamente en serio. Puede que lo odie, puede que él diga que no sabe nada de ser humano, pero debe sentir el dolor de la pérdida, ¿no? ¿Cómo podría yo no sentir aunque sea un mínimo de respeto hacia ese sentimiento?

Viktor hace lo más inesperado: comienza a reír. Ríe con ganas y no sé por qué ese sonido me desquebraja por dentro. Es lo más feliz y más triste que he escuchado jamás.

—Es irónico —dice por fin—. En todo el tiempo que lleva muerta, nadie me ha dado sus condolencias, ni siquiera los de mi propia raza. Y vas tú, una humana, una de las culpables de quitármela, y se compadece de mi pérdida.

—Yo no te la quité, yo nunca haría algo así.

—Eres una de ellos, claro que lo harías —dice con voz amarga—. ¿No haces tú lo mismo con nosotros? Nos odias a todos, nos consideras monstruos.

—¿Me has dado motivos tú, precisamente de todos ellos, para pensar lo contrario?

—Tú ya habías decidido lo que iba a ser para ti mucho antes de que te comprara.

—¡Deja de recordarme que me compraste!

—¡Pero es que lo hice!

Mi pecho sube y baja, alterado, y al mirarlo a él, veo que el suyo hace lo mismo. Eso me desequilibra una vez más, verlo tan afectado por nuestros intercambios de palabras. Esto no es típico de él, hace un momento ha alardeado de su gusto por el control. Ahora no parece que sea capaz de controlarse a sí mismo, no parece capaz de controlar nada. Absolutamente nada.

—Deja de mirarme así —gruñe.

—¿Así cómo?

—Como si fuese el único que se muere por el otro.

Entreabro los labios, lista para preguntar a qué se refiere, pero su boca ya está sobre la mía. Devorando, consumiendo, conquistando. Jadeo, fruto de la sorpresa, pero el sonido muere capturado por sus labios. Mi cuerpo reacciona traicionándome, respondiendo al beso con avidez. Rodeo su cuello con mis brazos y tiro de él para que sus superficies duras aplasten las partes blandas de mi cuerpo. No puedo evitar curvar los labios contra los suyos, sedosos y hambrientos, cuando escucho un gemido ronco raspar su garganta. No solo me hace sonreír, sino que lanza descargas por mi cuerpo que se concentran en una parte muy concreta de mí.

Mis pies abandonan el suelo cuando sus manos me agarran de los muslos y me quedo sentada en el borde de una de las baldas. Su cuerpo se encaja entre mis piernas que dejo, desvergonzadamente, abiertas para él.

—No deberíamos —murmuro contra su boca—. No deberíamos estar haciendo esto.

—No, definitivamente no deberíamos estar haciendo esto. —Sus labios se separan de los míos para rozar la columna de mi garganta—. Deberíamos estar haciendo cosas peores.

Me raspa con sus dientes; sin embargo, no hay dolor, solo un cosquilleo que eriza toda mi piel y mis pezones. Sus colmillos y sus labios de terciopelo acarician mi garganta hasta llegar a mi clavícula. Lo escucho aspirar mi olor durante unos segundos y luego sigue su viaje por mi cuerpo hasta llegar al escote de mi vestido. Contengo la respiración mientras Viktor aparta con sus dientes la tela y baja esta lo suficiente como para que las curvas de mis pechos queden visibles para él, entonces, cuando su lengua dibuja la forma de uno de ellos, dejo salir mi respiración en forma de gemido.

—Tu piel sabe tan bien…

Una de mis manos se aferra a la estantería con fuerza mientras la otra se entierra en su pelo. Todo mi cuerpo se retuerce apretado junto al suyo cuando su lengua, atrevida y sin compasión, baja más y más hasta que rodea mi pezón. Siento que me estremezco hasta la punta de los pies. Él se percata de ello y sigue torturándome, dibujando mi pezón con su lengua y dando suaves mordiscos para erizarlo aún más.

—Por favor, Viktor, por favor…

—¿Sabes cuántas veces te he imaginado rogándome? —murmura pasando su nariz entre mis pechos—. Joder, han sido tantas… ¿quieres que te dé alivio, Sierra? Pídemelo y te mostraré por qué estar conmigo será quedar arruinada para cualquier otro.

Estoy asintiendo antes de que me dé cuenta y no sé cómo sentirme al respecto. Me agarro con ambas manos a la estantería pensando que en cualquier momento voy a derrumbarme, sin saber que el verdadero motivo para sentirme desfallecer está a punto de llegar.

Los dedos fríos de Viktor acarician mis pantorrillas debajo del vestido con un efecto inesperado. Su contacto me hace arder. Sus manos ascienden acariciando la parte trasera de mis rodillas hasta llegar a mis muslos, donde ejercen una ligera presión contra mi piel. Se pone de rodillas y cuelga mis piernas de sus hombros sin esfuerzo. La parte más sensible de mí queda frente a él.

—Sabía que el encaje te sentaría perfecto.

Murmura sus palabras sobre mi ropa interior haciendo que sienta cómo reverberan en el epicentro de mis piernas. Muevo mis caderas inconscientemente buscando volver a sentir esa sensación. Mi gesto lo hace sonreír y lo sé porque puedo sentir cómo sus labios se curvan sobre mi piel.

—¿Qué quieres, Sierra? ¿Qué es lo que demanda la reina de rubíes?

Sus dedos siguen clavados en mis muslos manteniéndolos separados para él, lo que le deja muy buenas vistas del punto que necesita de todas sus atenciones en este momento. Siento que mis uñas se clavan en la madera cuando su aliento se acerca más a mi sexo. Mi necesidad empeora cuando su lengua roza el pliegue de mi ingle y se acerca peligrosamente a la tela de mi ropa interior.

—Pídemelo y yo, gustosamente, me encargaré de atenderte.

—Hazme sentir bien, Viktor, hazme sentir viva.

—Demanda escuchada.

Su lengua es habilidosa a la hora de apartar el encaje de mi ropa interior y la primera pasada entre los pliegues de mi sexo hace que sienta que el mundo se desmorona bajo mis pies y me deja suspendida en la nada. Mi estómago se retuerce con una sensación extraña.

La segunda vez que su lengua se pasea entre mis pliegues y los abre a su voluntad para alcanzar mi clítoris, la sensación se vuelve mucho más intensa, tanto que no dejan de salir de mi boca gemidos con su nombre.

Abro los ojos para mirarlo, arrodillado, con mis piernas colgadas de sus hombros y su cabeza moviéndose al ritmo de sus lamidas. Se hunde en la abertura que esconden mis pliegues con la promesa de algún día explorar ese sitio de forma más profunda y baja lentamente hasta mi otro agujero. Cuando deja su promesa bien clara, su lengua deshace el camino, pasa a rodear mi clítoris y darle pequeñas succiones que mandan ráfagas de placer por todo mi organismo. Mi respiración se acelera y se detiene abruptamente cuando me siento llena de repente.

Su mirada busca la mía esperando una reacción negativa a su dedo dentro de mí, pero yo solo puedo observar con ojos lujuriosos cómo entra y sale.

—Eres muy estrecha, joder. —Noto cómo curva ese dedo en mi interior arrancándome un jadeo—. Te gusta, ¿verdad?

Me mordisqueo el labio inferior para contener nuevos sonidos jadeantes mientras no dejo de mirarlo con los ojos velados por el deseo.

Si la visión ya era erótica, ver cómo sus labios cubren mi clítoris mientras su dedo bombea dentro de mí y sus ojos me miran, hace que todo esto sea demasiado. Tengo la adrenalina de estar en el filo de un acantilado y la sensación de estar a punto de caer.

Mi espalda se arquea clavándose contra la balda, sin que ese dolor me importe más que el que siento entre mis piernas y que pide ser aliviado urgentemente.

—Viktor, yo… yo…

—Estás más viva que nunca. —Despega sus labios de mí y puedo ver mi humedad en ellos—. Explota, cariño.

Creo que esa maldita palabra es la que me lanza por el filo del acantilado. O tal vez la mezcla de sentir su dedo curvado dentro de mí y sus dientes clavarse en mi ingle sea lo que me lanza a una espiral de deseo. Clavo mis talones en su espalda y su nombre se escurre entre mis labios.

Succiona con fuerza y lentamente, conforme mi cuerpo cae de la ola del orgasmo, aparta sus dientes de mi carne y lame la herida.

—¿Sierra?

Mierda.

De todos los momentos posibles, tenía que ser este.

Me quedo congelada en el sitio, con mis piernas temblorosas colgadas de los hombros de Viktor, incapaz de respirar por si eso revela mi posición a mi hermano.

—¿Sierra, estás ahí?

Con los labios manchados de mi sangre, Viktor me dedica una sonrisa lobuna y baja despacio y silenciosamente una de mis piernas de su hombro y después hace lo mismo con la otra. Se alza y queda encajado entre mis piernas. Su dedo sigue dentro de mí, hasta que lo saca muy lentamente y lo mete dentro de mi boca antes de que pueda dejar salir un ruido al sentirme vacía de nuevo.

Me obliga a saborear mi propio deseo a la vez que ambos escuchamos con oídos atentos cómo los pies de mi hermano retroceden y deshacen el camino por el que han venido. Solo entonces Viktor saca su dedo de mi boca y frota mi labio inferior con su pulgar.

—Esto ha sido la condena de ambos, Sierra. —Mancha mi piel con los restos de mi sangre en su boca—. Voy a devorarte jodidamente entera, tenlo claro.

Sella su amenaza con su lengua invadiendo mi boca y al segundo ha desaparecido por completo dejándome en una biblioteca vacía y solitaria, preguntándome si esto ha sido real o simplemente una alucinación. Mi piel arde y ojalá fuese por enfermedad y no por deseo. Intento controlar mi respiración y el temblor persistente de mis piernas, me atuso el pelo, recoloco mi escote y froto la mancha de sangre en mi cara.

Miro a mi alrededor esperando que en cualquier momento reaparezca una chismosa Ank, pero no sucede. Subo las escaleras de caracol y con pasos apresurados deshago el camino de vuelta hasta mis aposentos. Aún no puedo creerme lo que ha pasado, que haya dejado que Viktor haga esas cosas conmigo y lo que es peor, haberlas disfrutado tanto.

Encuentro a Silas recorriendo un pasillo que no es el mío y, sin pensarlo, corro hasta atrapar un trozo de su camisa y obligarlo a mirarme.

—¿Qué haces aquí?

—Explorar.

—Deja de hacerlo —lo regaño—. A Viktor no le gustará.

—Así que te preocupas por las cosas que le gustan o no al vampiro...

Entrecierro los ojos mientras lo clavo al sitio con la mirada. Puede que sea más alto y corpulento que yo, pero sigo siendo la hermana mayor, soy la línea que lo ha separado de tener un destino miserable, así que debería hablarme con respeto.

—¿Estás insinuando algo acaso?

—¿Es posible que tú, que llevas viviendo aquí más de un mes, no sepas lo que la gente cuchichea y yo en tan solo un día sepa más que tú? —Su tono es despectivo—. Sierra, ¿por qué el servicio chismorrea que estás enamorada de él?

—¿Qué?

Retrocedo un paso, como si las palabras hubiesen sido un bofetón en la cara. Casi las siento así, aunque no sé si eso me molesta tanto como su mirada. Me mira como si lo hubiese traicionado, como si ya no reconociera a la hermana que dormía con él cuando éramos pequeños o la que le tiraba del pelo cuando le decía que no podía hacer algo por ser una chica.

—¿Estás teniendo algo con él, Sierra? —Da un paso hacia mí—. Mi hermana no se enamoraría de uno de ellos, no con lo que te ha hecho, a lo que te ha condenado.

Esto no puede ser real. No justo ahora. Me pregunto en qué momento cambiará la línea dura que forman sus labios por una sonrisa divertida y me dirá que todo esto es una broma. Hoy de todos los días, ¿tenía que enfrentarme a esto? Hoy, cuando mis sentimientos están a flor de piel y mis pensamientos, tan enredados.

—¿Quién ha dicho eso?

—¿Qué más da? —replica—. ¿Es cierto?

Tira de mí con fuerza, rodeando mi muñeca con fuerza.

—No, ¡no! ¡Claro que no es cierto! —Intento deshacerme de su agarre—. Me estás haciendo daño, Silas. ¿Qué diablos te pasa? Suéltame.

—No eres Sierra, no la Sierra que conozco.

—Deja de decir tonterías —gruño con los dientes apretados—. Suéltame ahora mismo, Silas. No sé qué diablos te pasa hoy, pero no estáis aquí para juzgarme, estáis aquí para verme, posiblemente por última vez. La generosidad de Viktor no está de mi parte, no sé qué piensa el castillo ni qué ideas te han metido en la cabeza, pero no soy especial. No volverás a verme y te vas a arrepentir mucho de este momento, Silas. Hazte un favor y suéltame. Ahora. No esperaba agradecimiento por mis sacrificios, aunque sí al menos que estuvieses feliz de ver que sigo viva, que consigo sobrevivir cada día. —Me pican los ojos—. Si tuviese que estar con él para seguir viva, ¿te desagradaría? ¿Prefieres que esté muerta?

Su agarre se afloja y escapo de él.

—No he dicho eso.

—No ha hecho falta. Tus ojos han dicho mucho más que tu boca. —Clavo la punta de mi dedo en su pecho—. Me has juzgado, tal y como han hecho ellos desde el primer momento, desde esa noche en la Subasta Roja, pero lo tuyo es peor, mucho peor. Eres mi hermano, mi familia. Ellos no me importan, tú sí.

Palidece con mis palabras, intenta agarrar mi brazo de nuevo, sin éxito. Pongo distancia entre nosotros retrocediendo varios pasos.

—Sierra, tus ojos...

Ya estoy dando media vuelta, sin terminar de escuchar lo que quiere decir.

—Ojalá no te hubieses tomado la molestia de venir, no para esto —susurro.

No escucho sus pasos corriendo detrás de mí y eso me reconforta, no tengo fuerzas para seguir con esto, para seguir mirando esos ojos que me han observado como si fuese una extraña.

—¡¿Qué te han hecho, Sierra?! —exclama a mis espaldas.

Lo miro por encima del hombro sin entender a qué viene eso. Su rostro sigue pálido y casi estoy tentada de ir a abrazarlo, pero no puedo. Yo soy la que está atrapada aquí para siempre, soy la que ha renunciado a su libertad, a su familia. Él lo tiene todo.

Al girar la esquina me adentro en mi propio pasillo, de camino a mi habitación. Abro y cierro la puerta con fuerza, tanta que se descuelga de una de sus bisagras. Me llevo la mano al pecho, sorprendida por haber hecho eso yo misma. Debo estar más enfadada de lo que pensaba y esa puerta debe ser más vieja de lo que parece.

Me siento en el borde de la cama esperando a que los guardias manden a alguien que repare lo que he roto. En mitad del silencio, me parece sentir cómo unos dedos acarician suavemente mi mente, casi con la misma reverencia con la que un pianista roza las teclas. No es una sensación nueva, es la que he sentido en algunas de las ocasiones en las que Viktor ha entrado en mi cabeza, solo que ahora parece no poder hacerlo por mucho que la tiente con caricias.

Imagino una puerta de doble hoja, con el marco dorado. En cada hoja se dibujan en negro formas que parecen un alfabeto, uno que no conozco. La manilla de la puerta me espera, reluciente, como si estuviese recién pulida. Me imagino a mí misma yendo hasta ella, rodeándola con mi mano y tirando para abrir.

La sensación dentro de mi cabeza se detiene.

«Es un idiota, no lo escuches».

La voz de Viktor suena en mi mente y lo imagino aquí, conmigo, murmurando esas palabras en mi oído mientras me acaricia el cuello con sus dedos.

«Él nunca podrá entender tus sacrificios».

Tú tampoco los entiendes, pienso.

«Yo te los recompenso».

Y entonces, escucho el clic que hace la cerradura de mi balcón, las puertas dobles se abren de inmediato y entra el aire. Aire puro y fresco. Corro hacia él olvidando que estaba manteniendo una conversación dentro de mi cabeza y, por primera vez, observo el exterior desde el balcón de mi cuarto y descubro que tengo las vistas más bonitas de todo el castillo.

24

Viktor

Estoy enfadado conmigo mismo. Siento que traiciono una parte de mí al dejarme llevar por mis deseos más bajos. Casi juraría que escucho una pequeña voz en mi cabeza que se burla de mí, que me dice que me avisó de que esto pasaría. Esa necesidad de comprarla en la Subasta Roja no fue de este mundo, el sentimiento de verme reflejado en ella fue mi condena.

Su mente se ha vuelto a cerrar a mí, pero no lo necesito para saber que está contenta. Desde uno de los torreones de mi ala del castillo tengo una vista clara de su balcón y puedo verla ahora mismo apoyada contra la baranda de piedra, observando todo su alrededor con ojos de asombro y una sonrisa que volvería bobo a cualquier hombre.

Después de escuchar las palabras de su hermano, las respuestas teñidas de dolor que le devolvía Sierra, he querido ser el motivo de una de sus pequeñas sonrisas y eso me vuelve un imbécil.

Aparto la mirada de ella y deshago mis pasos hasta estar de vuelta en mi despacho. En él se acumulan cientos de cartas de otros Puros que argumentan a favor de los experimentos de Aeron. Mi decisión está tomada: nada de experimentos. Si quieren llevarme la contraria, que lo hagan, todos saben que habrá consecuencias. Al fin y al cabo, acabarían teniendo que pedir mi ayuda para deshacerse de esas aberraciones.

Otras cartas son informes de más revueltas. Suspiro, estoy harto de que consideren que soy igual que mis padres, centrados en la política y en el bienestar de todos. Yo no soy ellos. No me importa nada de esto.

Tocan a la puerta.

—Adelante.

La cabellera roja de Narkissa es una explosión de color comparada con los tonos lúgubres de la habitación.

—¿Me has hecho llamar?

Como si no hubiese escuchado claramente mi voz en su cabeza hace un rato exigiendo su presencia. No suelto ningún comentario sardónico, aunque no me falten ganas. Me limito a asentir con un gesto que la invita a entrar.

—¿Ocurre algo?

Entrelazo los dedos delante de mi rostro mientras suavizo la mirada, todo puro teatro.

—No, solo tenía curiosidad sobre algo. —Elevo fugazmente la comisura de mi boca en un amago de sonrisa—. ¿Qué hablabas con el hijo de los Ruggiero?

Si nuestra naturaleza ya nos da una piel pálida, creo que la suya ha perdido todo el color. Se remueve, inquieta, sobre el asiento y esboza una sonrisa tensa.

—Nada especial, estaba perdido. Solo le avisaba de que no era prudente que deambulara solo.

—¿Y te has ofrecido a ser su guía?

—¿Qué? ¡No! ¡Por supuesto que no! —Aprieta sus manos en puños que arrugan la tela de su vestido—. No tengo interés alguno en ser la niñera de un mortal, tengo suficiente con encargarme de la adaptación de tus saciadoras.

Inclino la cabeza entrecerrando los ojos y la miro con suspicacia.

—Hablando de la adaptación de mis saciadoras, he observado que no has prestado mucha atención a Sierra. —Sonrío un poco más—. Normalmente eres más educada, Narkissa.

—¿A qué viene todo esto? —espeta.

—No sé, tal vez quiera que seas sincera en esta conversación. —Chasqueo la lengua con irritación—. Dime, ¿qué semillas envenenadas estabas plantando en la cabeza del hijo de los Ruggiero? No me mientas, lo sabré.

No responde, en su lugar se levanta del asiento, corre hasta mi lado y hace todo lo posible por sostener mis manos. La dejo hacerlo y observo cómo se las lleva patéticamente al pecho, justo donde antes latía un corazón que ahora se encuentra congelado en el tiempo. Disimulo mi cara de asco al ver su reacción.

—Lo siento, perdóname, no debería haber hablado.

—¿Qué le has dicho, Narkissa?

Me mira, clavándose de rodillas en el suelo, con ojos asustados.

—Solo le he dicho que su hermana no parece encontrarse mal aquí. —Suena como un pez que se ahoga fuera del agua cuando siente la presión de mi don en su cabeza toqueteando las cuerdas que la hacen ser quien es—. Que tal vez podría estar muy complacida con tu presencia, como si te… te deseara.

—Sabías que eso no le gustaría al idiota de su hermano, te conozco bien, Narkissa. —Me agacho hasta quedar a su nivel y clavo mis dedos en su barbilla—. Eres muy manipuladora, pero olvidas que yo soy peor y que si tienes una pizca de maldad en ti es porque yo te enseñé el verdadero significado de ser malo.

—Sí, señor.

—Pareces haberlo olvidado, al igual que parece que has pensado que soy un completo idiota. Sé que fuiste tú quien manipuló las cartas, no tardé ni dos segundos en saberlo, aunque tampoco es que el pobre desgraciado al que te follaste te guardara mucho el secreto antes de que lo matara. Lo tenías todo planeado, por eso organizaste la cena. Pensaste que montaría un espectáculo, que tal vez haría sufrir a Sierra o incluso que la ira me llevaría a matarla. —Mis dedos se clavan con mayor fuerza cuando mi furia crece al pensar en su manera de subestimarme—. Ahora mi pregunta es: ¿qué debería hacer contigo? ¿No he sido generoso todos estos años?

La suelto, como si su piel se hubiese vuelto suciedad y me asqueara.

—Lo siento, no volverá a ocurrir. —Se encarama a mis piernas—. Estaba celosa, esa es la verdad. Desde que ella llegó no eres el mismo, no me tratas igual.

—Supongo que cometí el error de hacerte sentir especial cuando no lo eras.

Su boca se abre con dolor y sorpresa.

—No debería haberte dejado entrar en mi cama después de la primera vez —prosigo—. Me sorprendía tu actitud al principio, debo admitirlo, parecías conforme con lo que te daba, con no tener exclusividad. Siempre he dejado claro que eres igual de libre que yo para tener sexo con quien te plazca. Eso te gustaba, pero desde que llegó Sierra no soy el único que ha cambiado, tú te has vuelto avariciosa. Has querido coger cosas que no eran para ti. —Bajo la cabeza hasta que mis labios están cerca de su oído y susurro—: ¿También susurraste en el oído de Mavka, no es así?

Me aparto para mirar su cara. Una mezcla de pánico, sorpresa y miedo manchan sus facciones. Aparto mis piernas alejándola de mí.

—Perdóname, por favor.

Me encanta que me rueguen, pero viniendo de ella, me da asco. Creo que hubo un tiempo en que llegué a respetarla. A una Diluida. ¿Quién lo creería?

—Vete.

Pestañea rápidamente.

—¿Que me vaya?

—¿Necesitas que te explique el significado del verbo? Quiero que te largues de mi vista.

No se lo piensa dos veces, levanta sus rodillas del suelo sin importarle si pisa su vestido en el proceso. Las mejillas se le tiñen de rojo mientras retrocede hasta la puerta sin darme la espalda. Inclina la cabeza.

—Gracias, gracias, gracias —repite—. No volverá a ocurrir. No volveré a tener nada que ver con ella.

—No me des las gracias. Desearás estar muerta pronto.

Con un movimiento de mano hago que la puerta se abra dando la orden clara de que se marche y desaparezca de mi vista. Suelto una bocanada de aire exasperada cuando me quedo por fin a solas. Los papeles en mi mesa no me interesan así que los acabo ignorando, en su lugar me dirijo hasta una pequeña caja fuerte escondida de la que saco una licorera llena de líquido carmesí que conseguirá adormecer mis sentidos lo suficiente como para que el enfado no me lleve a cometer una locura.

Me lleno el vaso y me apoyo contra la pared para observar el exterior donde el sol ya ha empezado a descender proyectando sus tonos anaranjados y rosados por los jardines creando una visión de ensueño. Una vez que el sol se oculte por completo, parecerán más bien sacados de una pesadilla con todos sus laberintos y flores crueles.

No sé por qué ese contraste me hace pensar en Sierra y en mí. Ella, humana, frágil, suave, casi sacada de un cuento de hadas. Yo, frío, inmortal, cruel, su pesadilla. Aun así, no puedo negar que ejerce una fuerte atracción sobre mí que quiero achacar a mi naturaleza destructiva. Su sabor todavía revolotea por mis papilas y es por eso que tomo un trago grande del vaso, con la esperanza de que su dulzura se disipe de mi boca. En caso negativo, temo que volveré ahora mismo a sus aposentos, donde hundiré mi cabeza entre sus piernas y la haré gritar. Dije que había algo mejor que su sangre, sus gritos, no sabía que los que querría robar serían los causados por el placer.

Y sus sonrisas, quiero más. Muchas más.

Qué ridículo pensamiento.

Por el rabillo del ojo capto movimiento en los jardines y descubro a Sierra con su hermana pequeña agarrada de la mano. Ambas tienen la cabeza inclinada hacia el sol, con los ojos cerrados y una sonrisa pequeña en la boca. Me quedo ahí anclado, sin apartar la vista de la escena y cuando Sierra dirige la mirada a su hermana sin que esta se dé cuenta, veo el amor en su forma más primaria. Se me retuercen las entrañas y no sé si es por culpa o por anhelo.

Dejo el vaso sobre el escritorio y salgo del despacho, al principio sin ser consciente de a dónde me dirijo hasta que me encuentro golpeando la puerta con los nudillos. Espero a que me abran, aprovecho ese tiempo para recobrar la compostura y ponerme la máscara de indiferencia. Los ojos dorados del hermano de Sierra se abren con sorpresa cuando me ve plantado en su puerta.

—¿Ocurre algo? —pregunta, dubitativo.

No espero a que me invite a pasar, no lo necesito de todas formas, esta habitación es igual de mía que el resto y no pido permiso con mis cosas. Se aparta como si trajese conmigo la peste bubónica en cuanto prevé mis intenciones.

Me alejo de él todo lo posible hasta quedar cerca de la ventana mientras él se aferra a la hoja de la puerta y no se aparta de ahí.

—Creo que sería más correcto preguntar ¿qué es lo que te ocurre a ti?

Hago un enorme esfuerzo para controlar el tono de mi voz. Me molesta más de lo esperado haber escuchado la voz llena de dolor de Sierra mientras hablaba con su hermano. No es que sea un chismoso, simplemente mi oído no es fácil de controlar a veces, por mucho que intente ignorar todo el ruido.

—¿Qué se supone que ocurre conmigo?

Arqueo una ceja en su dirección, con arrogancia.

—Tu nombre es Silas, ¿verdad? —Asiente—. Bien, Silas, voy a ser claro contigo. No es que me causaras una buena impresión cuando llegaste, pero hay algo que no dejo pasar y es que alteren a mis saciadoras. ¿Sabías que su estado de ánimo altera el sabor de la sangre? No, claro que no, ¿por qué sabría un humano algo de importancia para un monstruo como yo? —No estoy siendo del todo sincero, pero él no tiene que saberlo—. Os he concedido un enorme regalo al dejaros visitar a Sierra, soy muy consciente de que no tuvisteis oportunidad de verla una vez que entró en la Subasta Roja y aunque esto no es algo habitual, lo he permitido. No te propases, chico.

Silas deja salir un bufido y me mira con ojos escépticos.

—¿Seguro que es el sabor de su sangre lo que te importa?

Mi oído capta el sonido que hace la piel de sus manos cuando se cierran con fuerza en un puño que vuelve sus nudillos blancos.

—No voy a negar la belleza de tu hermana; sin embargo, no me insultes de esta manera. Tengo a mi disposición muchas otras, más dispuestas y menos frágiles.

Por raro que parezca, realmente no quiero tener que desprestigiar a Sierra, aunque parece que no me queda otra cuando de su hermano se trata. La verdad es que Sierra se ha colado entre las grietas de mis pensamientos y no estoy muy interesado en otras saciadoras, llevo tiempo sin demandar sangre de otra, eso me hace estar sediento todo el tiempo. No es que la pequeña fierecilla se haya mostrado muy cooperativa. Me está matando de sed y los pequeños sorbos que me deja probar no son suficientes para alguien insaciable.

—¿Qué es lo que quieres?

Me acerco con decisión hasta él.

—Quiero que mañana, antes de que te marches de aquí, arregles lo que sea que has roto dentro de ella. —Mis ojos se clavan en él como si pudiera dañarlo, como si fueran puñales—. No he dejado que vengáis aquí para joderme y lo estás haciendo, pequeño mortal.

—Cuidado, señor Vitalle, podría parecer que los rumores son ciertos.

Esbozo una sonrisa y en el instante entre un pestañeo y otro, agarro su garganta con mi mano y lo aprisiono contra la pared próxima a la puerta. Acerco mi cara los suficiente como para que mi aliento le haga cosquillas en la cara. Algo retorcido dentro de mí se alegraría si pudiese sentir el sabor de su hermana que todavía se aferra a mi boca.

—Cuidado, señorito Ruggiero, cualquiera podría pensar que esto no es preocupación fraternal sino algo mucho más perverso. Tal vez yo no sea lo único repugnante que hay ahora mismo en este castillo.

Las aletas de su nariz se dilatan mientras la ira bulle dentro de él.

Suelto uno a uno los dedos que rodean su cuello, satisfecho al ver la rojez en su piel, y aún más cuando veo cómo inspira aire con desesperación.

—Espero haber sido claro. —Dejo que la amenaza se filtre en mi voz—. Si no, ten por seguro que la distancia hasta Ravag no será suficiente para evitar que vaya a por ti. No me gusta que estropeen mis inversiones.

La palabra suena amarga en mi boca. Lo ignoro y salgo de la habitación asegurándome de que la puerta se cierre con fuerza detrás de mí. Sin controlar mis pies, dejo que estos me guíen hacia donde sienten la necesidad de ir. Salgo al exterior y me adentro en los jardines evitando encontrarme directamente con Sierra y su hermana. Busco la manera de observarla sin que ellas me vean a mí.

—¿Te gusta estar aquí? —pregunta la pequeña de los Ruggiero.

Se hace un silencio que se prolonga más de lo esperado. Me sorprendo al tener ganas de saber la respuesta.

—Es un sitio bonito, ¿no crees? —dice Sierra—. Estos jardines son magníficos y mis doncellas son muy buenas personas, son grandes amigas. —Contengo el aliento, pensando que no va a dar una respuesta de verdad—. Guárdame el secreto, Abigail, pero creo que me empieza a gustar este sitio.

—¿No volverías a Ravag?

—Claro que sí —responde de inmediato—. Pero eso no es posible, hermanita. Así que este sitio no está mal, ¿no? Creo que conseguiré vivir aquí.

«Claro que lo harás, este es tu sitio, este es tu destino».

No reconozco la voz que viene susurrada por el aire y no parezco ser el único que lo ha oído. Sierra se yergue de inmediato y antes de que vuelva la cabeza y me descubra observándolas, desaparezco de su campo visual. Sierra mira en todas direcciones, buscando a la persona de quien han salido esas palabras. Acabo haciendo lo mismo que ella, buscando sin mucho éxito, solo logro dejarme atrapar por Drystan, que acaba por encontrarme detrás de unos enormes arbustos.

—El aire huele distinto —dice con un tono de voz jocoso—. Las cosas están cambiando, Viktor.

Suspiro y cierro los ojos, muy consciente de que no puedo ocultarle muchas cosas a mi mano derecha y mejor amigo.

—Sí, están cambiando y no sé si me gusta.

—Yo diría que sí y mucho.

Bufo lo suficiente bajo como para que el oído humano de Sierra no lo perciba, pero lo suficientemente alto para que Drystan capte el mensaje. No agrega nada más y ambos permanecemos en silencio mientras levantamos la cara hacia el sol. Sé que Drystan disfruta más de esto que yo, por eso le encomendé la tarea de vigilar a Sierra durante el día. Yo no estoy acostumbrado a disfrutar del sol, y aunque mi condición me lo permita, por alguna razón me he autoimpuesto una vida de sombras, oscuridad y noche.

Y ahora hay un punto de luz en el castillo, alguien que me hace querer admirar el sol, y no sé si eso me gusta o me aterra.

25

Sierra

Mis sentimientos están confusos y divididos.

A estas alturas creo que no puedo negar lo evidente y es que Viktor ejerce una extraña atracción sobre mí, y por sorprendente que parezca, no parece que esté sola en esto. No sé mucho de pasiones, pero la forma en que me besa y me consume, no parece la de alguien que no se siente atraído por mí. A pesar de todo esto, las garras del odio siguen bien clavadas en mi corazón y eso me confunde, ¿es posible desear y odiar a la misma persona?

Si esto no fuese suficiente para volverme loca, también está la reacción de Silas. Me duele más de lo que quiero dejar ver. Su mirada, esa de una persona traicionada, está grabada en mis retinas. No me puedo creer que no se alegre de que esté consiguiendo sobrevivir. Me pregunto si lo haría más feliz verme consumida, triste, incapaz de adaptarme a esta vida.

Escucho el pequeño suspiro que sale de Abigail mientras se gira entre las sábanas y vuelve su cara en mi dirección. Ha insistido en dormir conmigo y no hay nada que pueda negarle a mi hermana pequeña. Los rayos de la mañana ya inciden dentro de la habitación, así que sin hacer ruido bajo mis pies de la cama y voy de puntillas hasta el balcón, abro sus puertas y salgo a respirar aire fresco. El aire es demasiado frío para el camisón que llevo puesto, siento toda la piel erizarse en consecuencia.

Intento que mis pensamientos no se dirijan hacia las palabras que vinieron susurradas a mi oído en los jardines ni tampoco quiero rememorar el momento de la biblioteca. Hay polillas en mi estómago consumiendo mis entrañas cada vez que pienso en lo que hicimos, en cómo me deshice en sus manos como si fuese arcilla. Polillas, no mariposas, nunca las confundiré con eso. Posiblemente estamos confusos, nuestro odio es un sentimiento tan intenso que nos hace hacer cosas irracionales. Sí, es eso.

Dibujo una sonrisa falsa en mi cara, entro de nuevo y me preparo para un nuevo día. Elijo un vestido sencillo de color verde y me acerco hasta la cama donde despierto a Abigail con cosquillas. Un rato después ambas bajamos cogidas de la mano hasta el comedor siguiendo el olor a bollos de mantequilla y café recién hecho. En el salón solo están mi familia, Evanora y, como siempre, Drystan, que parece no poder contener la sonrisa divertida cuando está cerca de la banshee. Cuando llegué aquí, él era distinto, siempre muy serio, al menos delante de mí. Puede que ahora esté viendo su verdadera cara.

—Buenos días, queridas —saluda Drystan con una pequeña inclinación de cabeza.

Sonrío en respuesta y ayudo a Abigail apartando su silla antes de tomar asiento en la mesa. Me quedo en silencio durante unos segundos, reparando en todo.

—¿Ocurre algo? —pregunta mi madre sin poder borrar la sonrisa de su cara.

—No, solo… —Pienso bien mis palabras—. Se me hace raro que estemos todos sentados juntos, desayunando como antes.

—Lo sé, ha sido muy amable por parte de Viktor preparar esto para nosotros. Me marcho mucho más tranquila después de haberte visto y ver cómo te está tratando, hija mía.

Inmediatamente mis ojos buscan los de mi hermano, el cual me rehúye. Aparta la mirada y se centra en su desayuno. Veo sus nudillos blancos rodeando su tenedor. Me concentro en ignorar el aguijón en mi pecho.

—¿Y dónde está él?

Cuando formulo la pregunta me centro en Drystan, pues sé que es el único que puede tener una respuesta. Nadie parece inmutarse por ello, salvo mi hermano, obviamente. Escucho el pequeño bufido que escapa de sus labios y me cuesta mantenerme serena y en mi sitio. Quiero gritarle y tal vez hacerle el mismo daño que él a mí con sus palabras. Agarro el tenedor junto a mi plato y lo aprieto con fuerza.

—Ya sabes que no le gusta mucho hacer vida durante el día, posiblemente estará descansando —responde Drystan—. Por eso estoy aquí, me encargaré de enseñaros los jardines como ningún otro. Viktor espera poder estar presente antes de que tus padres se marchen.

La forma en que me mira mientras dice esto último consigue que se me haga un nudo extraño en el estómago. ¿Por qué Viktor querría estar en un momento así? Pensé que lo evitaría a toda costa. No lo tengo por alguien que disfrute de las despedidas y todo lo que acarrea: besos, lágrimas, abrazos, palabras de consuelo.

Carraspeo para intentar que el nudo baje por mi garganta.

—Vale. —Asiento, aún algo confundida—. Entonces el plan es pasear en los jardines. —Me giro a mirar a mis padres—. Os encantarán, son preciosos. Abigail y yo estuvimos durante casi todo el día de ayer, ¿a que sí, Abi?

Mi hermana asiente sin abrir la boca llena de tostadas y mermelada. Papá sonríe y mira a Dystan, quien preside la mesa en ausencia de Viktor.

—Y además de lo que se supone que mi hija debe hacer para tu señor... —dice—. ¿Hay algo más en lo que mi hija ocupe su tiempo?

—Si te refieres a si se le encargan tareas, la respuesta es no. Ya tenemos personal para ello y realmente Sierra no fue... comprada para ser una criada. —No paso por alto cómo le cuesta decir la palabra «comprada», como si esta fuese barro en su boca. No podemos ignorar la verdad, y es que eso es lo que pasó—. El tiempo de Sierra aquí es suyo para hacer lo que desee. Leer, tocar, pasear, comer… lo que sea que le apetezca.

—Menos irse —murmura Silas.

—Si bueno, creo que esas son las condiciones del trato —dice tajante el vampiro—. Sin él, posiblemente seríais cazados constantemente, reinaría el caos igual que antes de los Tratados que firmaron los Vitalle.

—Oh, qué agradecidos estamos —ironiza mi hermano.

—Silas —lo regaña mamá—. Por favor, compórtate.

Evanora, que está sentada, para mi sorpresa, al lado de Drystan, lo mira con los ojos entrecerrados. Me sorprende aún más que no haya aprovechado cualquier oportunidad para unirse al ataque contra los vampiros. En vez de eso, come en silencio, pero me mira con ojos suaves.

Drystan arrastra la silla hacia atrás levantándose de la mesa y apoya las palmas de sus manos sobre la superficie.

—Os esperaré fuera, podéis tomaros todo el tiempo que queráis para desayunar.

Mi madre intenta calmar el ambiente sacando temas de conversación triviales a los que Evanora se suma para disimular lo incómodo que es todo. Termino mi desayuno en silencio y espero a que el resto acabe para luego dirigirnos al exterior. Para mi sorpresa, Evanora no desaparece y se une a nosotros en el paseo.

—¿Podemos entrar? Por favor, por favor, por favor… —suplica Abigail mirando a los dos pozos negros que son los ojos de Drystan—. Mi hermana me dijo que estaba prohibido entrar ahí.

La pequeña señala con su dedo en dirección al jardín de Lilith, donde la estatua de la mujer desnuda custodia gran parte de la entrada. Hay algo en la expresión de Drystan que me llama la atención y es cómo titubea, no suele hacerlo. Supongo que mi hermana tiene algo especial que te hace querer concederle cualquier petición.

El vampiro se agacha hasta quedar a la altura de sus ojos.

—Si te dejo verlo, tienes que prometerme que no tocarás ninguna flor y que te quedarás cerca de mí.

—¿Acaso es peligroso entrar ahí? —pregunta mi padre con preocupación surcándole las facciones.

—No si me hacéis caso. —Drystan sonríe—. Si ignoráis mis advertencias, tal vez una de las flores os coma vivos.

Puede que piensen que es una exageración o una broma cruel del vampiro, pero yo he visto ese jardín de noche, he visto sus flores bellas y a la vez monstruosas, así que no descarto que una de ellas sea capaz de robarte la vida. No hay nada que no crea posible a estas alturas.

Para sorpresa de todos, Abigail sonríe y desliza su mano sobre la de Drystan. Este abre los ojos, sorprendido, pero se recompone en un pestañeo. Responde con otra sonrisa y emprende la marcha hacia el jardín que todo el mundo tiene prohibido ver.

Una mano me agarra por el hombro y me aparta del resto. Estoy a punto de gritar cuando veo los ojos avellanados de mi hermano.

—¿Podemos hablar?

—Depende. —Cruzo mis brazos por debajo del pecho—. ¿Piensas comportarte como un imbécil o vas a actuar como un hermano decente?

Mordisquea su labio mientras se frota la nuca con aire arrepentido. Echa un vistazo por encima de mi cabeza, aunque es evidente que nuestra familia no está cerca.

—Lo siento, ¿vale? Siento haber sido un idiota contigo —suspira—. He actuado de una forma totalmente irracional e infantil. No entendía cómo mi hermana, que siempre había expresado un odio tan visceral por estas criaturas, podía encontrarse cómoda con ellos.

—¿Crees que tengo otra opción? —replico—. Esto es lo que va a ser mi vida siempre, Silas. Siempre voy a estar rodeada de vampiros, y eso si tengo suerte y no muero antes. Al principio opuse muchísima resistencia, tanta que era agotador respirar.

—No puedes dejar que él piense que ha ganado.

—Esa es la cosa, Silas. —Rechino los dientes—. Ganó en el momento en que me compró. Lo quiera o no, a ojos del resto soy suya para alimentarlo, para servirlo, para que me rompa si es lo que quiere. Nadie se opondrá y menos a él.

—¿Me prometes que tu resignación no tiene nada que ver con tu corazón?

Frunzo el ceño.

—¿Lo que digo significa algo para ti? —digo, molesta—. No pareces escucharme en absoluto. No tiene nada que ver con sentimientos, Silas. Tiene que ver con sobrevivir.

Él no tiene ni idea de la resistencia que he opuesto todo este tiempo, las cosas que he vivido en estas semanas, lo que he visto, lo que he sufrido. Es tan fácil hablar y exigir cuando cada noche puedes dormir en tu hogar, con la gente que te quiere cerca de ti, con la seguridad de que estarán ahí a la mañana siguiente. En cambio, yo duermo en un castillo de habitaciones frías, en una soledad asfixiante y sin la garantía de que el día siguiente no vaya a ser el último.

Además, por nada del mundo reconoceré que ha comenzado a prenderse en mí una llama que va más allá del odio. Parece acusarme constantemente, ¿se ha preguntado si esto va más allá de mí, que tal vez afecte a más de una persona? No creo que sea algo unilateral, los besos de Viktor y sus atenciones sin duda no me dicen eso.

—Lo siento, Sierra. —Silas se abalanza sobre mí y me estrecha entre sus brazos—. Siento ser un imbécil contigo, es solo que no me hago a la idea de que no estés más con nosotros. Siento que hayas pensado que no quiero que seas feliz, solo, por favor, no te olvides de nosotros. Yo no lo hago. —Noto la humedad cubriendo mis ojos, pestañeo para no llorar—. Te sacaré de aquí algún día, lo prometo.

—No hagas promesas que no puedes cumplir —murmuro.

—Encontraré la forma de cumplirla.

Nos alejamos el uno del otro y aunque aparentemente la cosa haya quedado solucionada, no puedo borrar tan fácilmente sus palabras. Me llevará un tiempo perdonarlo todo.

Nos unimos al resto con cuidado de no tocar ninguna de las flores, nunca se sabe cuál de ellas podría matarte. La risa de Abigail ilumina mi alma cada vez que Drystan hace uno de sus comentarios graciosos. Observo cómo los hombros de mis padres se relajan visiblemente cuando ven que su niña es feliz y que el hombre que nos acompaña no es tan monstruoso como tal vez pensaban. No, el peor monstruo de todos está en sus aposentos, posiblemente pensando cuál será su forma de hacerme pagar por lo que pasó entre nosotros. Porque claro, a sus ojos, la culpa será mía. Cazo más de una vez a Evanora observando a Drystan. Es increíble como ninguno de los dos se ha dado cuenta aún de que se observan a escondidas cuando el otro no mira.

Después de recorrer el laberinto de setos y cada rincón de los jardines, incluido el árbol donde disfrutaba leyendo antes, entramos al castillo para tomar unos aperitivos. Ninguno quiere señalar lo evidente y es que se acerca el momento de despedirnos. Será mejor que partan ahora antes de que la noche se abra paso. Los caminos nunca han sido seguros cuando se cierne la oscuridad, a no ser que lleves contigo a una criatura peor que los humanos que aprovechan la noche para atacar a los viajeros.

La banshee y el vampiro desaparecen en algún momento y me dejan a solas con mi familia. Me armo de valor y respiro hondo.

—Abigail, ven aquí —la llamo y agarro su mano cuando se acerca a mí. Me inclino sobre ella, acunándola en mi pecho—. ¿Te ha gustado este sitio? —Asiente con la cabeza—. Bien, entonces piensa que yo estoy bien aquí, no estés preguntándote por mí. No lo hagáis ninguno.

Miro al resto mientras hablo.

—Sigo viva pero no quiero ser un fantasma que convive con vosotros en casa. Quiero que hagáis vuestras vidas, por favor. Yo intentaré hacer la mía aquí. Abigail, tienes que jugar con las niñas y caerte, rasparte las rodillas, aprender a leer, enamorarte, romperte el corazón o romper algunos sin querer. Silas, tú también. Deja de pensar en cómo sacarme de aquí y empieza a vivir de verdad. Sé que todos estos años hemos vivido congelados en el tiempo, con mi destino colgando sobre nuestras cabezas. Así que ahora que sabéis que estoy bien aquí, por favor, vivid. Papá, mamá, no quiero que estéis tristes. Sé que es un poco egoísta pedirlo. Noté en vuestros ojos cuando llegasteis que estabais guardando un luto que no deberíais, no sigáis. Por mí.

—Sierra…

Mamá lucha por contener las lágrimas y puedo ver que a papá le brillan los ojos. Abigail tiene la cara enterrada en mi pecho y sus hombros se sacuden con sus sollozos. Por último está Silas, al que parece que le duele mirarme.

No llores.

No llores.

No llores.

Me lo repito a mí misma sabiendo que no puedo dejar que esa sea la última imagen que vean de mí. Esta sí es una despedida definitiva. No volveremos a vernos y no soy tan ingenua como para pensar que el destino decidirá cruzar nuestros caminos de nuevo.

Todos se acercan a nosotras y nos rodean con sus brazos. Creo que se rompen a mi alrededor, soy la única capaz de mantener las lágrimas a raya. No sé cuánto tiempo podré contener mis emociones antes de que exploten.

Alguien carraspea a nuestras espaldas.

Pestañeo varias veces para espantar las lágrimas antes de girarme y encontrarme cara a cara con Viktor. No nos hemos visto desde lo que pasó ayer y estoy casi segura de que nos hemos evitado el uno al otro conscientemente. Lleva una camisa negra, holgada, que deja entrever la palidez de su pecho y unos pantalones de cuero a juego con sus guantes. Aparta la mirada de mí, como si fuese doloroso mirarme.

—El carruaje está fuera —informa.

Mi familia carraspea y se limpia las lágrimas disimuladamente mientras Viktor da media vuelta confiando en que lo seguiremos. Me aferro a la mano de mi hermana y Silas busca la mía a tientas. Bajamos las escaleras con pasos lentos, Viktor se queda atrás.

—¿Nos escribirás? —pregunta papá.

—Siempre que pueda —respondo sin saber si será cierto.

—Cuídate. —Mamá me abraza de nuevo—. Y no hagas nada que pueda ponerte en peligro.

Capto el doble significado. *No lo hagas enfadar.*

Papá y mamá son los primeros en montar y se llevan con ellos a Abigail, que me mira con los ojos anegados de lágrimas. Se me están incrustando astillas en el corazón con cada despedida. Por último, Silas me rodea en un fuerte y engullidor abrazo.

—Perdóname —susurra encima de mi coronilla—. No quería pasar estos días siendo un imbécil contigo y lo he arruinado todo. Perdóname y no olvides mi promesa.

Antes de que responda ya me ha soltado y desaparece en el carruaje que nada tiene que ver con la destartalada y vieja carreta en la que llegaron el primer día. Lanzo una mirada fugaz al vampiro e inclino la cabeza levemente esperando que entienda este pequeño gesto. Sus ojos se entrecierran ligeramente, mientras mantiene los labios cerrados en una fina línea y asiente de vuelta.

Escucho los golpes en el techo del carruaje dando la orden de partir y permanezco de pie en el sitio viendo cómo mi familia se aleja de nuevo de mí, esta vez promete ser para siempre. Una parte de mí quiere seguir viendo sus rostros mientras se alejan, pero en el fondo agradezco que tengan el coraje de no asomarse, eso solo haría las cosas más dolorosas.

Permanezco así hasta que el carruaje es solo un pequeño punto en la lejanía. Exhausta, me dejo caer de culo sobre las escaleras y me agarro las rodillas atrayéndolas a mi pecho. Pasa un tiempo largo hasta que siento su presencia picando en mi espalda.

—No voy a volver a verlos —digo sabiendo que él me escucha.

Doy un pequeño respingo cuando aparece a mi lado y se sienta junto a mí, estirando y cruzando sus largas piernas al frente.

—Lo creas o no, entiendo bien lo que sientes.

—Extrañas a tu madre, ¿no es así? —Lo encaro, me permito buscar consuelo hablando con él—. Al final, ni tu naturaleza te hace inmune a los sentimientos más dolorosos y crudos.

Esboza una sonrisa triste y me quedo sin aliento durante tanto tiempo que no es sano. La luz incide sobre él de una forma completamente hermosa. Es posible que utilizar una palabra como esa para describir algo referido a él sea ridículo, pero así es. Su pelo es tan negro que casi tiene reflejos azules y sus labios son gruesos y masculinos. Lo diseñaron específicamente para atraer a sus presas.

—Por desgracia, sé mucho sobre el dolor, Sierra.

—¿Siempre has sido así?

No puedo contener mi lengua, que desea hacer las preguntas más comprometedoras y sin duda inadecuadas. Viktor me mira tan serio que estoy segura de que mi pregunta no le ha gustado. El silencio que le sigue me eriza la piel, anticipando lo peor.

—No, no siempre —responde sin apartar la mirada de mí—. Antes puede que incluso me hubieses considerado divertido.

—¿Qué te hicieron?

Sin darme cuenta mi mano se ha apoyado en su antebrazo, como si así pudiese arrancarle las palabras que quiero escuchar. Mi gesto no le pasa inadvertido, siento su mirada bajando hacia mi mano y sus ojos parecen calentarme la piel. La nuez de su garganta sube y baja al tragar.

—¿Por qué quieres saberlo?

—Tú sabes por qué te odio, tu raza me ha arrebatado la libertad, me quitasteis las ganas de vivir mi vida en cuanto tuve conciencia. —Lo agarro con más fuerza—. Me gustaría saber por qué nos odias tú, por qué me odias.

—No es bonito.

—No espero que lo sea.

Aparta su mirada de mí y apoya los brazos detrás de su espalda. Pienso que no va a responder cuando el silencio se asienta entre nosotros como si fuese una tercera presencia. Lo escucho coger aire.

—Mi raza rara vez es monógama. Los vampiros tenemos tanto tiempo a nuestra disposición y tanta belleza que vemos ridículo pasar la eternidad junto a la misma persona. Al contrario que los humanos, cuyo supuesto Dios no os ama lo suficiente como para libraros del paso del tiempo, la enfermedad, las adversidades. Vosotros soléis aferraros a una sola persona, veis belleza en envejecer juntos. Mis padres apreciaban eso de vosotros, le parecía algo tan bello… Ellos también querían pasar su eternidad juntos y créeme, eso es mucho, *mucho* tiempo.

—¿Estás diciendo que los vampiros nunca consideráis amar a una persona toda vuestra vida?

—No es algo que nos atraiga demasiado. Normalmente los Puros se unen durante un tiempo, el suficiente como para tener descendencia y criarlos hasta que puedan valerse por sí mismos. Al menos antes, cuando podíamos reproducirnos. —Suspira de nuevo—. Lo que quería decirte es que mis padres se amaban, de una forma que aún mi propia raza no entiende. Ellos decían que habían aprendido a amar viendo a los humanos y por eso hicieron todo lo posible para garantizar vuestra seguridad. Mis padres os amaban, joder.

El cuero de sus guantes cruje cuando cierra los puños con fuerza. Mi boca se reseca y, a pesar de todo, no puedo apartar la mirada de él ni obligarme a marcharme sin escuchar su relato, aunque cada palabra derrame odio y dolor.

—Los humanos conspiraron, descubrieron la forma de matar a los Puros y eso es lo que hicieron. Consiguieron acabar con muchos, pero sobre todo iban a por las mujeres. No querían que siguiésemos reproduciéndonos. —Una risa estrangulada sale de su boca—. Idiotas. No sabían que los Diluidos seguirían teniendo lugar y se convertirían en una peor amenaza. El caso es que una noche mis padres organizaron una pequeña cena con los humanos de su confianza, algunos de ellos incluso les debían la vida de sus hijos a mi madre. —Sus ojos como zafiros se clavan en mi piel cuando me vuelve a mirar—. Mi madre tenía el don de sanar. Curó a varios humanos que estaban desahuciados y fíjate cómo se lo pagaron. La mataron a sangre fría, la empalaron delante de mis ojos y luego hicieron lo mismo con mi padre, que cegado por el dolor y su amor, no opuso resistencia. Parece que prefería seguirla que luchar y quedarse conmigo.

—No deberías decir eso.

—Me obligaron a tragar la sangre de mis padres, mientras su cuerpo se enfriaba a mis pies. —Un músculo tiembla en su mandíbula—. Me mancharon el alma de mil formas, Sierra. Me azotaron, abrieron mis heridas y vertieron sal en ellas. Cuando veían que empezaba a cicatrizar, volvían a abrirme, una y otra vez. Me violaron, me hicieron vivir entre mis excrementos. —Sus colmillos salen a la luz y juraría que tienen un filo aún más amenazador—. Con el tiempo se aburrieron de mí lo suficiente como para coger fuerzas y fue entonces cuando los maté a todos. No dejé a ninguno con vida y fue tan divertido ver sus caras de horror… Nadie se lo esperaba, mis dones habían permanecido ocultos hasta entonces.

Si me acercara más a él, tal vez podría ver la carnicería en sus ojos.

—¿Crees que es motivo suficiente para que os odie, Sierra?

Intento humedecer mi boca con saliva; sin embargo, mi cuerpo se niega a cooperar. Mi mano todavía descansa sobre su antebrazo cuando la bajo lentamente hasta tocar el cuero que cubre las suyas. Podría ser una imaginación o algo que mi cuerpo anhela en secreto, pero creo que siento que su mano aprieta ligeramente la mía.

—Lo siento —digo—. Sé que no quieres oírme precisamente a mí decir esto, pero lo siento. Nadie merece eso.

Su cuerpo reacciona acercándose al mío y mientras una mano sostiene la mía, la otra sube hasta acunar mi mejilla. Mi cuerpo se estremece al sentir el cuero frío contra mi piel.

—Pues me temo que yo no puedo decir lo mismo sobre ti, no puedo lamentar lo que hice.

—¿A qué te refieres?

—No lamento que estés aquí. —Su pulgar se pasea por mi pómulo—. ¿Recuerdas que me dijiste que estar aquí, retarme constantemente, te hacía sentir viva? Pues bueno, yo nunca me he sentido más mortal, más vivo que ahora, aquí, contigo. No sé si me gusta, siento que tengo mucho que perder al sentirme así.

—También hay mucho que ganar.

Mi voz sale a medio camino de un susurro. Sus labios tan cerca de mí me distraen, casi siento que me están llamando.

—¿El qué?

Sus ojos sondean los míos.

—A mí. Me ganas a mí.

En las escaleras de entrada al castillo, con la posibilidad de que cualquier par de ojos nos vea, Viktor posee mi boca. Escucho el gruñido grave que raspa su garganta antes de que ambas manos me agarren las mejillas y me atraigan a sus labios. No es suave, es conquistador. Lame mi labio inferior, reclama mi boca y su lugar dentro de ella. Gimo y rodeo su cuello con mis brazos. Mi pecho presiona el suyo y eso hace que vuelva a gruñir contra mi boca. Me da un pequeño mordisco en el labio y puedo saborear algo metálico en la punta de la lengua.

Suelto un pequeño grito cuando sus manos me agarran y me obliga a que rodee sus caderas con las piernas.

—¿Qué haces?

—Llevarte a mi dormitorio —gruñe contra mi boca—. Voy a faltarte el respeto de mil maneras dentro de él, Sierra.

—Nos está mirando todo el mundo, Viktor.

—Pequeña fiera, rézale a tu Dios para que no te escuchen gritando mi nombre.

Me separo para mirarlo y sus ojos tienen un brillo tan perverso que sé que está grabando en mi carne la promesa de saborear el dolor más placentero. Cierro los ojos cuando sus labios bajan por mi cuello y sí, debería rezar, porque voy a perderme en los brazos de un monstruo que acaba de darme un pedazo de su oscuridad.

26
Sierra

Conmigo en brazos, sube los peldaños de la escalera y nos mueve por el laberinto de pasillos que conduce a su ala del castillo. Todo el tiempo llevo los ojos cerrados, me pierdo en la sensación de su aliento chocando con mi piel, pero sé que hay ojos puestos en nosotros. Nuestra pasión problemática estará en la lengua de todos en menos de una hora y sé que debería parar esto antes de que crucemos la última línea. El problema es que hay algo dentro de mí que se niega a parar. Quiere vivir, quiere saborear la experiencia.

Viktor me agarra con más fuerza para que mis piernas queden firmemente rodeando sus caderas. Siento el calor subir a mis mejillas cuando soy consciente de que hay zonas de mi cuerpo, blandas y sensibles, que ahora presionan su estómago. A tientas, consigue abrir la puerta de su habitación y golpeando mi espalda contra ella, la cierra. Nos miramos, ahora frente a frente, y el espíritu depredador que veo en sus ojos me roba el aliento. Se lleva una mano a la boca y con los dientes tira de los guantes, uno detrás del otro. No sé por qué me parece tan erótico.

Hunde sus dedos en mi pelo sin acercarse del todo a mi boca, solo observándome como si quisiera descifrarme. Me relamo los labios, expectante, con el corazón trotando en mi pecho.

—Bésame.

Entorna los ojos apoyando su frente contra la mía. Puedo notar su respiración temblar y no necesito más para saber que él tiene tantas cosas en su mente como yo. Posiblemente él también sepa que va a cruzar una línea que lo cambiará todo. Yo estoy traicionándome a mí misma y él también, ahora que sé su historia puedo entender su odio. Un odio fuerte y crudo que parece ser incapaz de luchar contra la lujuria.

—Besarte otra vez sería mi condena. —Sus dedos se hunden más hondo—. Eres tan cruel al pedirme esto… ¿quieres volverme loco?

—No deberías haberme dado a probar lo que es ser besada.

Su torso se acerca más al mío, me atrapa por completo entre la puerta y su cuerpo. En el centro de mis piernas puedo notar la dureza que se esconde en sus pantalones y eso, lejos de asustarme, me vuelve avariciosa.

—¿Crees que estarías igual de excitada si te besara cualquier otro? —Su respiración está más cerca, roza mis labios al hablar—. Sierra…

No respondo, estoy demasiado ocupada sintiendo cada cosa que su cuerpo despierta en el mío. El gruñido casi animal que sube por su garganta eriza mi piel y lo siguiente que sé es que sus labios están sobre los míos, salvajes, demandantes y ansiosos. Entierro los dedos en su pelo, tan sedoso como las plumas de un ave. Un gemido que escapa de mi boca tiene un gran efecto en él. Sus manos bajan de mi pelo hasta mi cuello, una me lo rodea y la otra sigue su viaje hasta mis caderas, donde sus dedos se clavan lo suficiente como para dejarme una marca al día siguiente.

Los golpes que hace la puerta cada vez que su cuerpo arremete contra el mío buscando cerrar cualquier pequeña distancia entre nosotros mandan un torrente de sensaciones por mi cuerpo que no hace más que despertar un hambre que nunca he sentido. Mis dientes mordisquean su labio inferior lo suficientemente fuerte como para sentir un sabor metálico en mis papilas. Viktor se lo toma como una provocación y responde alejándome de la puerta y recorriendo el cuarto conmigo en brazos hasta lanzarme sobre su cama.

Me observa de pie a orillas de esta mientras mis ojos se enfocan en él y solo en él. No importa cuánta curiosidad sienta por ver cómo es su habitación, si es como me la he imaginado. Solo importan él y esa mirada cerúlea que ha adquirido un tono tan oscuro que casi diría que sus ojos nunca fueron azules, sino negros.

—Desnúdate —ordena.

Su demanda me coge por sorpresa y hace que mi yo tímido e inexperto se asome a la habitación por primera vez en un buen rato. Me obligo a mí misma a ser ingeniosa con mi lengua y no de la forma que al vampiro le gustaría ahora mismo.

—¿Por qué no lo haces tú? ¿Temes no poder deshacer los nudos del vestido?

Una comisura de su boca se eleva en una mueca a medio camino entre la diversión y la arrogancia. Atrapa mi tobillo y de un tirón arranca mi zapato y me atrae hacia él hasta que mis piernas quedan a ambos lados de su cuerpo.

—Mi pequeña fierecilla… —Se inclina sobre mí lentamente y engancha un dedo en la parte frontal de mi vestido—. No es que no pueda deshacer los nudos de tu vestido. Lo que ocurre es que no tengo paciencia. No cuando se trata de ti.

La tela del vestido cruje al desgarrarse cuando Viktor tira de él. El desgarrón aparece poco a poco, primero revela el canalillo entre mis pechos y lentamente baja en una fina línea que deja al aire mi ombligo. Mi pecho sube con una respiración de asombro y durante unos segundos se instala un silencio profundo entre nosotros. Viktor arquea una ceja como retándome a que diga algo ingenioso de nuevo. En vez de eso, clavo los talones de mis pies en la parte posterior de sus muslos y lo obligo a descender por completo sobre mí.

Me agarro al cuello de su camisa hasta que sus labios impactan de nuevo con los míos. Lame mis labios pidiendo permiso y cuando se lo concedo, su lengua y la mía libran una batalla que deja a un lado las caricias tentativas. La dureza que descansa en su entrepierna presiona mi muslo causando que aumente la humedad entre mis piernas.

—El infierno se está frotando las manos esperando que algún día llegue mi bajada si es que tengo alma —murmura mientras sus dientes raspan mi barbilla y sus labios me acarician—. ¿Tan malo puede ser que quiera probar el cielo antes de caer, Sierra?

Las palabras mueren en mi boca cuando su mano aparta la tela rota de mi vestido y deja mis pechos desnudos y al alcance de sus dedos. Frota mi pezón con el pulgar, hasta que este se eriza y se vuelve duro. Cierro los ojos arqueando mi espalda para no separarme de él y muerdo mi labio inferior cuando siento un placer con el que no estoy familiarizada todavía.

Mientras su pulgar traza círculos lentos sobre mi castigado pezón, su boca cubre el otro prestándole la misma atención con la lengua. Siento que muero. Hay unas cosquillas en mi estómago que se sienten igual que cuando estás en un sitio alto y miras hacia abajo. Es jodido vértigo.

A pesar de sentir el filo amenazador de sus dientes contra mi piel, no la rasga. Tiene sumo cuidado mientras me vuelve loca debajo de él. Mis caderas se elevan rozando de nuevo su dureza y me gano un gruñido que queda ahogado contra mi piel.

Su mano deja mi pezón y con ambas manos termina de rasgar mi vestido, lo que me deja completamente desnuda para él. Si mis mejillas no estaban ardiendo antes, ahora lo hacen. Los témpanos que parecen ser sus ojos se derriten mientras su mirada baja lentamente por todo mi cuerpo. Me encojo cuando su aliento entra en contacto con mi piel. Baja y baja, tan lento como haría un depredador al acechar a su presa y justo cuando llega a mi sexo, me mira.

—¿Me odias, Sierra?

Sabe la respuesta y aun así pregunta.

—Con cada célula de mi ser. —Mis manos, temblorosas, se apoyan en sus hombros—. ¿Y tú? ¿Me odias?

Conozco la respuesta.

—Por supuesto.

—Entonces, ¿qué estamos haciendo?

—Que te odie no borra el hecho de que quiero arruinarte, grabarme en ti hasta que quieras ser mía. Mi ser te odia, pero mi cuerpo te adora. Déjame que te lo muestre.

Sé lo que quiere mostrarme antes de que lo haga. Su lengua lame muy despacio mis pliegues, abriéndome para él. Por mi columna baja de puntillas un escalofrío que me hace jadear. Esta es la tortura más dulce.

—Viktor…

—¿Has dicho algo?

Gruño elevando mis caderas de nuevo hacia él, no quiero que deje de hacer lo que está haciendo. La visión de su boca sobre mí y sus ojos atentos a mis reacciones es enloquecedora.

—Tócate los pechos —ordena.

Al ver que no obedezco de inmediato, se aleja del vértice de mis piernas. Automáticamente llevo mis manos hasta mis pechos y los masajeo con los ojos cerrados, como si así pudiese evitar morirme de vergüenza.

—Los pezones —dice—. Pellízcalos.

No me atrevo a llevarle la contraria, obedezco mientras su lengua profundiza dentro de mí y me abre de par en par. Sus lamidas son lentas al principio, se pasean sin llegar a mi clítoris, me llevan a la desesperación. Es entonces cuando acuna mi culo entre sus manos, levanta mi cuerpo para darse un festín y rodea mi clítoris muy despacio. La combinación de su lengua y mis manos en mis pezones ha formado una llama en el bajo de mi vientre que no para de crecer.

Sin previo aviso, uno de sus dedos se desliza dentro de mí y llega a mis oídos el sonido de mi humedad con cada deslizamiento. La presión está ahí, sin ser dolorosa. Succiona más fuerte mi clítoris hinchado a la vez que mueve su dedo y hace todo lo posible por tocar en el punto exacto que me hará deshacerme. Añade otro, aumentando la presión.

—Te gusta —afirma con su boca pegada a mí—. Puedo sentir cómo estrangulas mis dedos, Sierra.

El calor que se extiende por mis venas es abrasador y el hambre, casi enfermiza. Quiero más, quiero liberarme y que luego me muestre cómo me va a arruinar. Como si escuchara mis pensamientos, acelera el ritmo y con él mi respiración. Los dedos de mis pies se encogen cuando la oleada del clímax toca a la puerta y lo engulle todo.

Su nombre trepa por mi garganta hasta salir en forma de gemido y tiro de los mechones de su pelo. No se detiene, sigue lamiendo y torturándome con sus dedos hasta que mi respiración vuelve a la normalidad y mi cuerpo cae exhausto contra el colchón. Solo entonces se separa de mí y veo el brillo de mi orgasmo en sus labios. Se los relame, sin apartar sus ojos de mí y hace lo mismo con el resto que queda en sus dedos, los saborea como si fuese su comida favorita.

—Tan dulce como tu sangre.

Me acecha desde el lugar que ocupa entre mis piernas rozando su nariz contra la piel de mis muslos. Veo cómo sus fosas nasales se ensanchan y sus ojos se cierran cuando aspira el olor de mi excitación que ahora está en todas partes. Cuando vuelve a abrir los ojos, lo que veo en ellos es indescriptible. Jamás había visto un hambre tan cruda.

—¿Quieres seguir? —pregunta.

—¿Me dejarías ir si dijera que no?

Intento cerrar mis piernas temblorosas, pero él me lo impide con su cuerpo, mi sexo queda a la altura de sus ojos.

—Entiendo que pienses eso dadas mis acciones, pero tu virginidad es una de las cosas que no tomaría sin tu permiso. Si te he dado placer con mi lengua ha sido avisándote antes de mis intenciones, en ningún momento he sentido que no lo quisieras. ¿Me equivoco?

Niego con la cabeza lentamente, a sabiendas de que sería muy hipócrita pretender que esto ha sido en contra de mi voluntad.

—Bien, entonces, ¿qué quieres ahora, Sierra?

La palabra está en mi boca, y aunque intente retenerla, acaba saliendo.

—Todo.

—Te dolerá.

—Si duele es porque estoy viva, ¿no?

Sus dedos van hasta los botones de su camisa negra y comienzan a desabrocharlos con precisión. El mero hecho de mirar sus manos me hace sentir un tirón en el estómago al pensar en lo que acaban de hacer conmigo. Cuando llega al último botón, deja que la camisa se deslice por sus hombros y caiga al suelo. Me quedo sin respiración cuando veo las líneas duras y bien definidas de su torso. El impulso es más grande que yo y acabo por ponerme sobre mis rodillas y acercarme a él para rozar con las yemas de mis dedos su piel.

Contiene el aire mientras mis dedos trazan las líneas de sus pectorales sin apartar la mirada de sus ojos, bebiendo cada reacción. Acaricio muy suavemente los músculos de su vientre hasta detenerme a la altura de la cinturilla de sus pantalones. No puedo disimular el pequeño temblor de mis dedos.

—No muerde —susurra contra mi oído y me besa en la piel sensible de detrás.

Su mano se une a la mía y veo cómo afloja sus pantalones para que pueda seguir saciando mi curiosidad. Mis dedos se quedan un poco más sobre su vientre, sintiendo como este sube y baja con cada respiración y luego ayudo a bajar sus pantalones. Viktor termina el trabajo y queda completamente desnudo delante de mí.

Acuna mi mejilla, levanta mi rostro hacia el suyo y roza sus labios contra los míos de forma tentativa mientras mi mano se deja llevar y baja un poco más. Toco algo caliente y duro. Dudo entre qué es lo que debería hacer, hasta que me decido por rodear muy lentamente el tronco de su erección.

Su mirada se enciende conforme mi mano se mueve por su longitud, con cuidado y sin rehuir su mirada. El aire se le escapa de entre los dientes en forma de siseo conforme mi mano hace su pequeña magia en él. Dejo floja mi muñeca y muevo la mano con la fuerza justa, bajando y subiendo por la piel tirante de su miembro. Algo moja mi palma y es durante ese pequeño segundo de vacilación que él aprovecha para empujarme de nuevo sobre la cama y tenderse completamente sobre mí.

Clava sus dedos en mis mejillas.

—Al parecer eres menos inocente de lo que aparentas —ronronea—. ¿Tienen algo que ver esos libros sucios que descansan en tu mesita de noche, Sierra?

Vuelvo la cara para no mirarlo mientras me invade una nueva ola de vergüenza. Al parecer no sabe lo que es el sentido de la privacidad y se dedica a hurgar en mis cosas.

—¿Qué te han enseñado esos libros, pequeña fiera?

Su erección golpea mi estómago.

—Nada que quiera mostrarte —replico.

—Oh, te aseguro que llegará el día en que quieras. —Sosteniendo su peso sobre sus antebrazos, se agacha hasta que su lengua puede lamer el punto donde me late el pulso—. Es una promesa.

Su rodilla se abre camino entre mis muslos y queda encajado entre mis piernas. El peso de la realidad cae sobre mí, me tensa y él, al notarlo, desliza una suave caricia por mi cara, aparta un mechón de pelo y lo coloca detrás de mi oreja. Aprovecha para tocarme ese punto tan lentamente que, si estuviese en otra situación, me quedaría dormida bajo sus caricias.

Su miembro roza mi entrada y puedo sentir cómo se desliza sobre ella varias veces, como si me estuviese dando la oportunidad de huir. Una de mis manos se apoya en su hombro mientras la otra se entierra en su pelo para acercar su cara más a mí.

—No sumes esto a las cosas por las que me odias, por favor —dice antes de besarme.

Su beso es suave, lento y sensual. Pretende tranquilizarme con el movimiento de sus labios y el sabor de su lengua a la vez que noto cómo comienza a deslizarse dentro de mí. Clavo mis uñas en su hombro al sentir que me lleno. Se detiene y busca mi mirada. Mi mano se relaja y cae de su hombro a su espalda, donde siente la rugosidad de las cicatrices abultadas que están repartidas en ella. No sé por qué tocarlas me duele, por qué saber que es real incomoda más allá de las palabras, o incluso por qué quiero llorar por un Viktor más joven que nunca conocí.

—¿Estás bien? —pregunta, y yo vacilo un poco antes de asentir—. Esto va a doler.

Y, efectivamente, duele. Mi carne se esfuerza por adaptarse a su tamaño y siento un dolor agudo. Muerdo su hombro cuando retrocede y me penetra de nuevo. Puedo sentir el esfuerzo que hace mi cuerpo para adaptarse a él. Es una sensación de estar completamente llena, mezclada con un dolor parecido a la quemazón y luego, en el fondo, un pequeño cosquilleo de placer.

Baja su rostro hasta que puede lamer mi mejilla donde no sabía que se había deslizado una lágrima. Hace lo mismo con el otro lado saciando su lado retorcido con el sabor de dolor.

—No hay ni una sola cosa que no quiera probar de ti.

Da una embestida que siento como si se clavase dentro de mí, como si se estuviese grabando en cada terminación nerviosa. Si mis uñas y dientes le hacen daño, no dice nada. Deja que permanezca así tanto tiempo como necesito antes de comenzar a relajarme y adaptarme al vaivén de su cuerpo.

—Esto está tan mal… —digo paseando mis labios por su hombro y besando su clavícula.

—… pero se siente tan bien, Sierra. Eres mi pecado favorito.

Y él, el mío, sin duda.

Baja sus dedos hasta donde se unen nuestros cuerpos y comienza a trazar círculos sobre mi clítoris, lo que consigue distraerme del dolor. Sus embestidas se vuelven un poco más fuertes, hacen que mi respiración se entrecorte y mis piernas se enreden en sus caderas. Me sorprendo a mí misma cuando clavo mis talones en sus glúteos y lo atraigo hacia mí. Duele; sin embargo, quiero sentirlo por completo. Mi movimiento lo enloquece, sus embestidas se vuelven más profundas y un grito escapa de mi garganta.

Su pulgar mantiene el ritmo en mi clítoris y lo aumenta cuando siente que mi ritmo cardíaco se dispara buscando alcanzar el orgasmo. Viktor instala su boca en el hueco de mi cuello y aspira mi olor mientras me deshago debajo de él. Su nombre se escapa de entre mis labios en forma de gemidos, mi visión se ennegrece y solo veo puntitos de colores mientras las lenguas de fuego recorren mis venas.

Siento un pequeño pinchazo en el cuello y luego los labios de Viktor succionando mi sangre, uniendo mi orgasmo con esa sensación placentera que me niego a admitir.

—Viktor...

Me rodea con sus brazos y se sienta sobre la cama, conmigo sobre sus muslos, moviéndome muy despacio. Clava sus dedos en caderas, me maneja de tal forma que trazo círculos sobre su miembro. La penetración se vuelve tan profunda que me duele sentirme tan llena y, con un ritmo desordenado, su nombre sale de mí una y otra vez hasta que alcanza su orgasmo. Su cuerpo cae hacia adelante cubriendo el mío sin aplastarme mientras un líquido caliente se desliza por mis muslos.

Con los labios manchados con mi sangre, el pelo revuelto por el pase de mis dedos y los ojos nublados de placer, Viktor me mira y... sonríe. Es una sonrisa preciosa que desestabiliza completamente mi corazón.

Hablando de mi corazón, siento que se para cuando vuelvo a sentir su semen entre mis muslos.

—Viktor... ¿qué has hecho? —Me llevo las manos a los pechos intentando ocultarlos de él—. Dios, no soy tan estúpida como para no saber cómo las mujeres se quedan embarazadas.

Agarra mis muñecas, aparta mis manos de mis pechos y las apresa por encima de mi cabeza.

—No te vas a quedar embarazada.

—¿Cómo estás tan seguro?

El filo de su nariz se pasea por la columna de mi garganta y baja por el valle de mis pechos. Casi puedo escucharlo ronronear mientras se deleita con mi olor y la suavidad de mis senos.

—Porque tomo un tónico, Sierra, por eso estoy seguro. —Pasa las manos por debajo de mi cuerpo y me coge en volandas—. No te voy a dejar embarazada, ni he dejado embarazada a nadie antes, es completamente efectivo.

—Ah.

—Sí, ah. —Me parece sentir un pequeño beso en mi sien—. Y no he acabado contigo, para que lo sepas. Esto solo es el principio de tu ruina.

Esboza esa sonrisa tan socarrona en sus labios mientras me coloca sobre los grandes almohadones de su cama. Se aparta de mí antes de desaparecer por una puerta bien ornamentada que hay a un lateral. Aprovecho ese tiempo para echar un vistazo a mi alrededor. Los muebles son de madera negra con adornos en tonos plata. La cama tiene cuatro postes de los que cuelgan unas cortinas vaporosas de color borgoña. No hay retratos familiares por ninguna parte, es más, no hay nada que decore las paredes de color crema. Hay apliques y candelabros repartidos por toda la habitación y la cera derretida de color rojo crea la sensación de que lloran sangre. Más allá de la cama hay un pequeño arco que separa la habitación del despacho donde se alza una estantería llena de libros. Quiero seguir mirando, pero Viktor reaparece con un paño mojado entre sus manos.

Toca mi rodilla ejerciendo una leve presión.

—¿Qué haces? —pregunto con la voz más aguda de lo normal.

—Limpiarte —responde con tono aburrido—. Abre las piernas, Sierra.

Me muestro reticente.

—He tenido mi lengua hundida en ti, Sierra, he visto más que suficiente. Abre.

—¿Tienes que tener la lengua tan sucia?

—Solo las lenguas sucias provocan buenos orgasmos.

—Te lo tienes muy creído.

—Tu cuerpo no opina lo mismo. Ahora, por favor, abre las piernas.

Obedezco solo porque es inútil negarme, él tiene razón, me ha visto y tocado en partes que me hacen sonrojar solo de pensarlo. Todavía me tiemblan un poco las piernas cuando las abro de par en par y dejo que deslice el paño mojado con agua tibia. Siseo.

—Lo siento —se disculpa.

Me escuece.

Sigue con su tarea en completo silencio pasando el paño con cuidado, eliminando la señal de su orgasmo y con ella las manchas de sangre que muestran que he perdido mi virginidad. Con él. Oh, Dios mío, debería sentirme tan mal, pero en vez de eso, me siento más tranquila que nunca, como si estuviese descansando en las nubes.

Deja el paño con manchas rosadas en el suelo y, para mi sorpresa, se desliza a mi lado y me obliga a que apoye la cabeza sobre su pecho. Acaricia mi espalda con ritmo pausado. Mis párpados comienzan a pesar.

—¿Qué va a pasar después de esto?

La pregunta sale sola de mis labios y me arrepiento enseguida, pues una parte de mí no quiere saber la respuesta y prefiere permanecer en la ignorancia.

—No lo sé.

—¿Mañana me ignorarás o me odiarás como siempre? —susurro.

—No te he ignorado nunca, ni cuando debía hacerlo. —Eleva mi mentón con su dedo índice—. Y no solo te odio, te deseo. Te deseo más allá de mis principios.

—Pero…

—Pero no esperes una historia de amor. La gente como yo no tiene finales felices.

—Tranquilo, no voy a enamorarme de ti.

Las esquinas de sus ojos se relajan, aunque no demasiado. Mi respiración se hace cada vez más pesada acompañada del vaivén de sus caricias en mi espalda.

—El problema no eres tú.

Cuando despierto por la mañana temprano, lo que sea que me pareció escuchar anoche me parece un sueño y el sitio a mi lado está vacío y frío.

27
Sierra

De vuelta en mi habitación me digo una y otra vez que no haberlo visto es lo mejor. No creo que hubiese soportado despertar y que él estuviese ahí, mirándome con los ojos nublados de arrepentimiento, que admitiera que esto ha sido un error. Tengo suficiente con la voz de mi cabeza que me lo recuerda cada vez que lo olvido diciéndome que esto está mal. Lo que ocurre es que mi corazón no lo siente así. Está extasiado, borracho de emociones.

Me dirijo al baño y cuando me desnudo, mis ojos no pueden evitar mirarse en el espejo. Hay marcas salpicadas por mi cuerpo. Pequeños hematomas en la forma de mis caderas, marcas rosadas en el arco de mis pechos y un mordisco que casi ha desaparecido en mi cuello. Al parecer, los dotes curativos de la saliva de Viktor ahora sí hacen efecto en mí. Miro más de cerca el mordisco, paso los dedos por el hematoma púrpura y los dos orificios que ya se están cerrando. Un escalofrío recorre mi columna cuando el roce de mis dedos despierta los recuerdos de anoche. Las caricias, los besos, el roce de nuestros cuerpos desnudos, las miradas demasiado intensas como para respirar con normalidad, el sudor bañándonos, el dolor placentero…

—No te ha gustado. —Me digo a mí misma frente al espejo—. No volverá a suceder. No pensarás en ello.

—¿Qué es lo que no te ha gustado?

Me giro sobresaltada intentando esconder mi desnudez con mis brazos en vano. La pequeña figura de Ank bailotea sobre un pequeño mueble del baño donde descansa un candelabro. La pequeña salamandra se sienta en el mármol y balancea sus piernas como una niña pequeña a la espera de mi respuesta.

Camino hasta la bañera llena de agua y me sumerjo en ella rápidamente.

—Nada que tengas que saber —respondo.

—Oh, vamos, ¿crees que no lo sé?

Mis ojos se abren mientras la miro fijamente. No puede ser, ella no…

—No miré, si es lo que te estás preguntando, pero cualquier criatura sobrenatural reconocerá su olor en ti y no de una forma superficial. Está dentro de ti.

Gruño y me llevo las manos al rostro para ocultar el rubor de mis mejillas. No quiero escuchar que su olor está dentro de mí, suena tan… lascivo. Cuando descubro mis ojos de nuevo, me parece sentir los colores más vivos. En los libros había leído que las mujeres se sentían distintas después de yacer con un hombre, pensé que era una exageración, una fantasía, pero lo cierto es que creo que el mundo ha estallado en colores a mi alrededor.

—¿Y bien? ¿No vas a contarme los detalles?

Ank coloca una mano bajo su barbilla y me parece que puedo ver cómo sus pestañas aletean de forma soñadora.

—Creo que, técnicamente, conoces a Viktor desde que es muy joven, ¿no es extraño que preguntes sobre lo que tiene que ver con él y una cama?

—Soy cotilla, nada me frena. —Sus rasgos se curvan en una expresión casi diabólica. Esta salamandra está sedienta de información o, mejor dicho, de chismes—. ¿Te gustó?

—Oh, Dios… —Me hundo en el agua hasta cubrir mis mejillas.

—Me atrevería a decir que le gustó mucho —dice otra voz detrás de mí.

Me giro y encuentro a Evanora apoyada contra el arco que separa mi habitación de la sala de baño. Tiene los brazos cruzados sobre el pecho y una sonrisa socarrona grabada en los labios.

—¿Es que una no puede tener algo de privacidad? —protesto.

La banshee se ríe y se acerca hasta la bañera donde pellizca mi mejilla.

—Si tanto te importa tu privacidad, tal vez deberíais haber sido más silenciosos anoche. Tengo una imagen mental demasiado detallada de todo lo que posiblemente hicisteis.

—Dios, mátame, por favor… —musito.

Para llevarse mal, Ank y Evanora parecen estar compinchadas para causarme una muerte por vergüenza. Se ríen al unísono y la banshee salpica agua en mi dirección con la intención de que dirija mi atención hacia ellas. Hincho mis mejillas como una niña pequeña y las miro con el ceño fruncido.

—Es algo natural, no tienes que avergonzarte —dice ahora sin ningún tinte de burla—. Solo estábamos bromeando un poco por si nos dabas migajas de información. —Aletea sus pestañas—. Entonces, ¿es cierto?

—¿El qué es cierto?

Comienzo a pasar el paño por mi piel que, aunque visiblemente no parezca sucia, está cubierta de sudor seco.

—Los rumores sobre las hazañas del vampiro en la cama —responde Ank como si fuese lo más obvio del mundo.

Me muerdo el interior de la mejilla y me viene a la mente el recuerdo de sus manos sujetándome firmemente mientras su cuerpo se deslizaba encima de mí. La marea de emociones que recorría su rostro, el siseo entre sus dientes con cada embestida y los gemidos que salían de mi garganta con su nombre grabado. Siento el calor encendiendo mis mejillas.

—Estuvo… bien.

—¿Bien?

—¿Solo bien? —añade Ank.

—¿Qué queréis que os diga? —refunfuño—. No puedo compararlo con nada más.

—La niña ha entrado por la puerta grande. —La banshee se coloca detrás de mí y me ayuda a lavarme el pelo—. No es que él ni su amigo sean de mi devoción, pero debo reconocer que los de su clase son buenos en la cama.

—¡Evanora! —exclamo.

—¿Qué? Es la verdad...

—¿Y tú lo sabes por...?

—Porque he vivido lo suficiente como para haber probado a la mayoría de razas. —Me guiña el ojo.

—¿No se supone que odias a los vampiros?

—No siempre fue así.

No agrega nada más mientras sus dedos desenredan los mechones de mi pelo y masajea mi cráneo. Dejo escapar un pequeño gimoteo de placer mientras sus manos siguen haciendo su magia en mi cabeza. Ank nos observa sin decir palabra balanceando sus piernecitas. Evanora aclara mi pelo cuando termina de enjabonarlo.

—Bueno, voy a dejar que disfrutes de tu baño tranquila. —Saca de la manga de su vestido un pequeño frasco—. Realmente venía para darte la última dosis.

—¿La última?

—Después de esto deberías estar totalmente sana, cuando lo compruebe me iré de aquí con los bolsillos llenos. Naja estará muy contenta.

—Podrías fingir que te entristece irte —refunfuño.

Se encoge de hombros y aunque no la conozco lo suficiente, algo me dice que le da un poquito de pena irse. Por supuesto, ella nunca lo admitirá. Jamás. Se despide con un movimiento de mano y desaparece del baño. Permanezco en silencio tiempo después de escuchar cómo se cierra la puerta de mis aposentos. Deslizo una pierna hasta apoyarla en el borde de la tina y me aplico algunos aceites con olor a frutas.

—Entonces, ¿vas a preguntarme ya lo que quieres saber? —suelta Ank.

372

Levanto la mirada y me muerdo el labio inferior. Es cierto que hay muchas cosas que quiero preguntar y sabía que no habría nadie mejor para responderme que ella, o tal vez lo pensaba hasta ayer. Creo que Viktor podría haberme respondido, es solo que prefiero no hablar de esto con él.

—¿Los vampiros tienen alma?

Siempre los he llamado desalmados, pero ¿es realmente así?

—Tienen alma. —Asiente—. Cuentan con reunirse con la Madre algún día, allí donde van las almas a descansar.

—¿Y qué hay de los Dioses Antiguos? O sea, no lo entiendo. Dios no es real, pero Lilith sí, ¿no es contradictorio?

—Nunca hemos dicho que no sea real, solo que no es el único Dios como todo el mundo cree. Antes de él estuvieron los Dioses Antiguos, y sin ellos, ese charlatán nunca habría existido.

—¿Entonces los vampiros no vienen de los Dioses Antiguos?

—No directamente. —Ahora Ank descansa tumbada sobre el mueble, con las piernas cruzadas y apoyada sobre los codos—. Ellos vienen de algo mucho más corrupto, igual que otras criaturas. Las hadas, por ejemplo, las hay que surgieron de los Dioses Antiguos y las hay que surgieron de la corrupción de demonios.

—¿Y quiénes son esos Dioses Antiguos?

—Estás sedienta de saber, pequeña —dice tras soltar una risotada—. No se sabe el número exacto de Dioses Antiguos, pues fueron varios y muchos ya se han olvidado de sus nombres. Gaxar era la diosa de la tierra, los animales, la naturaleza y la vida en sí misma. Arión era el dios de la noche, las sombras, el aire y la muerte. Kloto era el dios del agua. Gora la diosa del fuego y la guerra. Y hay muchos más, a algunos se les ha rebautizado porque sus nombres se han perdido en la historia, es el caso del dios del medio.

—¿Gora es la diosa a la que veneras?

—Los venero a todos, mis plegarias siempre van para ellos, pero mi origen se debe a Gora.

—¿Te reencontrarás con ellos una vez mueras?

—Cuando llegue el día, si mi alma lo merece, pasaré a las Tierras Lejanas y allí me encontraré con ellos.

—¿Y si tu alma no lo merece?

—Iré a lo que los humanos llamáis infierno.

—¿Qué pasará con Evanora?

No olvido la conversación que tuvimos en la biblioteca y la admisión de que Evanora renunció a su alma para ser una especie de medio bruja negra.

—No irá a ninguno de los dos sitios, será como si nunca hubiese existido. La nada la engullirá.

Un escalofrío eriza mi piel y estoy segura de que no es porque el agua esté fría. Evanora eligió ese destino para ser una medio bruja, ¿por qué? ¿Por qué renunciar a algo tan importante por eso?

—¿Es igual para los humanos?

Ank deja escapar una pequeña risa que es casi diabólica.

—Sí, es igual —admite—. Imagina su sorpresa cuando sus almas llegan allí y no hay un solo Dios, cuando todas sus creencias se vienen abajo.

—¿Cómo sabes todo esto?

—Los del más allá me lo contaron.

Suelto un jadeo y ella suspira.

—Creo que por hoy ya es suficiente, yo también me marcho para que termines de asearte tranquila. —Comienza a dar saltitos aproximándose a la llama de la vela—. Ah, por cierto, él tiene alma. He mantenido ese corazón caliente esperándote a ti, Sierra.

—¿A mí?

—Sabía que algún día llegaría alguien como tú.

Y desaparece volviéndose una con la llama. Permanezco un rato más en el agua, mirando el fuego por si Ank decide reaparecer y hacerse la graciosa dándome un susto de muerte. Cuando comprendo que eso no va a suceder, salgo del agua casi fría. Rodeo mi cuerpo con una bata de seda y camino hasta mis aposentos dejando pequeñas gotitas de agua a mi paso. Las cortinas están corridas, lo que impide que la luz del día entre directamente al interior, así que la luz cálida de una vela junto al tocador es lo que ilumina mis facciones. Tomo asiento y miro todo lo que se extiende frente a mí. Agarro el cepillo y decido empezar por lo que me resulta familiar. Lo paso por mi pelo con cuidado, deshaciendo los pequeños nudos y extendiéndolo sobre mi hombro en cascada. Cierro los ojos unos segundos, disfrutando del acto tan mundano.

El ligero aroma a dama de noche y tierra húmeda serpentea debajo de mi nariz y antes de que tenga la oportunidad de abrir los ojos, siento unos labios calientes besando mi hombro.

—No pensarías que un simple baño conseguiría borrar mi olor de ti, ¿no? —dice contra mi piel.

Aferro más fuerte el mango del cepillo, abro los ojos lentamente y observo nuestro reflejo en el espejo. Sus ojos miran lo mismo que yo y brillan más que nunca. Tiene apoyada su barbilla en mi hombro y una sonrisa canalla tatuada en los labios. Baja lentamente una de sus manos por la curva de mi cuello y sigue su camino desplazando la delicada tela de la bata, dejando mi hombro desnudo.

—¿Quieres que todo el mundo pueda olerte en mí? ¿No va eso en contra de tu imagen?

—¿Qué imagen? —pregunta con tono divertido.

—Nada de humanas, esa imagen.

—Ah, eso. —Lo escucho inhalar aire más fuerte de lo normal—. Supongo que ya es tarde para pensar en eso, ¿no crees? Ahora será nada de humanas, salvo la fiera que atemoriza mi castillo.

Tal vez no debería presionar ciertas teclas, pero mi boca, esa que nunca sabe cuándo callarse, actúa por sí sola.

—Acaso, señor Vitalle, ¿está hablando de exclusividad?

Lanzo una mirada desafiante hacia el reflejo de ambos. Arquea una ceja a la vez que curva sus labios en una sonrisa arrogante. Se aleja un poco de mí y lo siento como la pérdida de un miembro, de algo importante.

—¿Crees que podrás saciarme tú sola? —me desafía—. No solo mi sed es insaciable. Todo yo lo soy, cada maldita parte.

Alzo el mentón y mantengo mi mirada clavada en la suya a través del espejo.

—No lo creo, lo sé.

Su risa es baja, pero lo suficientemente grave como para que mis entrañas se revuelvan de deseo y los dedos de mis pies se encojan. Retuerzo las manos sobre mi regazo, dejando olvidado el cepillo y la tarea que estaba llevando a cabo. Algunos mechones húmedos se pegan a mis mejillas, los ignoro y me giro sobre el taburete de mi tocador para encarar al vampiro. Él se yergue, lo que deja mi cara a la altura de su abdomen, y tengo que reclinarme hacia atrás clavándome la madera del mueble en la espalda para poder mirarlo a la cara.

—Eso ya lo veremos, Sierra.

Baja la mano hasta mi cara y pasa su pulgar por mi labio inferior liberándolo de mis dientes. Presiona con la fuerza suficiente como para que entreabra los labios y deje espacio para que su dedo invada mi boca. Hay algo increíblemente poderoso en ver cómo son pequeños gestos que tienen que ver conmigo los que hacen que su mirada se oscurezca tanto. Ni siquiera cuando lo he visto furioso sus ojos han estado como ahora.

Mi lengua roza su pulgar de manera dubitativa al principio y poco después lo rodeo dando una pequeña succión. Un gemido ronco resuena en su garganta y sé que ambos tenemos los mismos pensamientos pecaminosos en la cabeza. Saca el dedo de mi boca antes de que pueda seguir torturándolo con promesas no dichas. Mis ojos se abren con sorpresa cuando distingo la forma de su dureza en sus pantalones.

—Oh, Dios…

Mis palabras salen casi como un gimoteo y me pregunto en qué momento mi alma quedó tan manchada por el pecado. No me reconozco.

—Si lo que quieres es rezar, yo tengo un buen motivo para que te pongas de rodillas. —Agarra mi nuca y hace que mi cuerpo se incline aún más contra el tocador—. Aunque no será ahora, debes prepararte, tenemos que acudir a un baile de máscaras y el trayecto es largo.

Sus palabras son meramente informativas, no espera que tenga nada que decir a eso. Captura mis labios entre los suyos y los besa como si nunca fuese a tener suficiente de mí. Jadeo contra su boca. El calor que se arremolina en mi estómago cada vez que sus manos o su boca me tocan es demasiado. Escucho el ruido que hacen los tarros y objetos del tocador cuando su cuerpo arremete más fuerte. No tiene suficiente con eso, me hace levantarme del taburete y me sienta en el tocador, donde sus caderas quedan entre mis piernas. Mi lengua lame la suya y el beso se vuelve cada vez más violento. Sube su mano por mi pantorrilla dejando mi bata casi sin utilidad. A estas alturas no es que haga mucho por ocultar mi desnudez.

Algunos mechones de mi pelo se derraman sobre mi pecho ocultando mis pezones y la bata cae floja sobre mis caderas.

—Sierra… Sierra… Vas a ser mi perdición.

—Viktor…

Salpica besos por la columna de mi garganta. Me cuesta mantenerme serena cuando mis manos y mis labios solo quieren acercarlo más y más. Viktor es veneno, me está matando y aun así no tengo suficiente.

Un frío repentino cubre mi cuello y cuando consigo mantener los ojos lo suficientemente abiertos, bajo la mirada hasta él. El collar de rubíes descansa en mi garganta, con las joyas colgando sobre mi pecho. Acaricio una de las piedras con mis dedos.

—Quiero que lo lleves hoy puesto, reina de rubíes.

Sus manos desaparecen por completo de mi cuerpo y con la rapidez de un pestañeo, Viktor se marcha dejándome con el pecho acelerado, los labios hinchados y el cuerpo desnudo sobre el tocador. Rozo de nuevo el rubí que sostengo entre mis dedos y me giro para mirarme en el espejo, pálida donde la explosión de color decora mi cuello.

No tengo mucho tiempo para pensar en lo que acaba de suceder y mucho menos para arrepentirme. Naida y Clarissa irrumpen en mi habitación como siempre dispuestas a hacer magia con sus manos sobre mí. Seguro que Viktor tiene mucho que ver con esto.

—Buenos días, señorita —canturrea Clarissa.

La veo con los labios apretados en una línea temblorosa y las mejillas sonrojadas por el esfuerzo de contenerse la risa.

—¿Qué pasa? —pregunto.

Estalla en una carcajada y Naida, algo más animada que la última vez que la vi, se acerca hasta mí haciendo mohines y gestos raros con las manos.

—¡Oh, soy la enemiga de Viktor! ¡Odio a ese vampiro malvado!

Me cubro la cara con las manos y sofoco un gruñido de frustración. Todo el maldito castillo sabe de esto y nadie piensa dejarlo pasar.

—¿Lo odiabas antes o después de que te llevara en volandas por el castillo? —acusa Clarissa.

—No voy a hablar de esto con vosotras.

Ambas se miran entre ellas y se encogen de hombros, despreocupadas.

—Ya vendrás a nosotras.

—¿Es una amenaza?

—Es un hecho, entre mujeres hablamos. —Naida da un golpecito juguetón en mi hombro—. Y la experiencia con un vampiro es digna de ser compartida.

—¿Acaso sabes algo de eso? —replico acusatoriamente y entrecierro los ojos.

Sus mejillas se sonrojan y aparta la mirada.

Sospechoso.

Clarissa entra al rescate, manda a Naida hacia el armario y ella toma su lugar habitual detrás de mí. Menos mal que me concede algo de tiempo para cubrirme de nuevo. Tiene una sonrisa repleta de cariño y a pesar de la vergüenza que acabo de sentir, sé que ninguna de las dos va a juzgarme. Posiblemente, ellas más que mucha otra gente sepan que hay cosas contra las que no se puede luchar, y que cuando tu vida va a desarrollarse permanentemente entre estas paredes, no puedes evitar vivir y buscar todas las experiencias que tendrías si tuvieses las riendas de tu vida por completo.

Eso me hace preguntarme, ¿lo que retuerce mi pecho es algo real o solo algo surgido de la necesidad de sentir? Me temo que la respuesta es clara. En condiciones normales, Viktor y yo siempre hubiésemos sido enemigos.

—Parece que hoy será un poco especial para ti —comenta Clarissa.

—¿Qué quieres decir?

—Tengo la sensación de que Viktor no pretende llevarte como una simple saciadora, me atrevería a decir que vas como su acompañante.

—¿Qué te hace pensar eso?

—Cito textualmente palabras que han salido de su boca: «Sierra ya brilla por sí sola, pero hoy quiero que deje ciego a todo el que la mire, ¿seréis capaces de hacer eso?».

—Bueno, eso no tiene por qué significar nada.

—Niña tonta.

Clarissa pone los ojos en blanco y sigue con su tarea. Entre las tres se asienta un silencio cómodo que solo se ve interrumpido por pequeños comentarios sobre mis preferencias para esta noche y el repiqueteo de los utensilios. Deslizan sobre mí un vestido blanco precioso, tiran de las cintas de la espalda hasta que mis pechos asoman generosamente y me sorprende ver que es uno de los pocos vestidos que no es tan vaporoso como los que uso a diario.

Cubren mis manos con guantes que quedan por encima del codo, abrochan en mis orejas los pendientes a juego con el collar de rubíes rojos como la sangre y, antes de salir, cubren mis hombros con una capa de pelo blanco. Un rápido vistazo a mi reflejo revela que todo está enfocado para que el color rojo de las joyas resalte.

—Es… precioso —logro decir.

Estoy totalmente cautivada por el brillo de las joyas y el contraste con mi piel, el pelo recogido que deja mi cuello a la vista y mis ojos grises que parecen contener las nubes de una tormenta.

—Tú eres preciosa, ¿me vas a creer ya?

—Tal vez otro día.

Sonrío y me despido de ellas con la mano para después aferrar la capa a mi pecho. Bajo con cuidado los escalones y me sorprende ver a Viktor al pie de esta, esperándome.

Siempre me espera dentro del carruaje.

—Veo que tus doncellas se han tomado demasiado en serio mis palabras. —Pellizca su labio inferior con su colmillo—. Te ves como el pecado que cometería una y otra vez, Sierra.

No hace falta que me mire en un espejo para saber el color de mis mejillas en este momento. Intento reprimir una pequeña sonrisa que quiere curvar mis labios y deslizo la mano enguantada sobre la suya. No me quita los ojos de encima, ni cuando me ayuda a subir al carruaje ni cuando emprendemos la marcha.

Llevamos un buen rato dando traqueteos por los baches del camino, el uno frente al otro. No sé si es eso lo que no me deja respirar con normalidad o es el vestido.

—No puedes respirar —dice Viktor como si hubiese leído mis pensamientos.

—Estoy bien. —Sonrío débilmente para quitarle importancia—. ¿Me dirás que es lo que se espera de mí esta noche? ¿A dónde vamos exactamente?

—Hoy hay una celebración que organiza uno de los nuestros, un Puro de baja categoría pero que tiene fama de montar grandes fiestas.

—¿Se celebra algo en particular?

—¿No lo sabes? —Arquea una ceja sin que sus ojos dejen de calentarme la piel—. Hoy se celebra la firma de los Tratados. Se cumplen... ¿cuatrocientos años? ¿O eran quinientos? No llevo la cuenta.

—Eso sigue sin responder a mi primera pregunta.

—Eres mi acompañante, por lo tanto, quiero que estés conmigo.

—¿Contigo?

—Toda la noche.

Eso significa que no desaparecerá de mi lado a la primera de cambio dejándome sola entre gente que no conozco ni me buscará solo cuando necesita un sorbo de mi sangre.

—¿Ya te has cansado de ignorarme?

—Te dije que nunca te ignoré —bufa—. Estaba haciendo lo que tenía que hacer para mantener mi cordura.

De nuevo, esa falta de aire. Creo que tiene más que ver con él que con este precioso pero incómodo vestido.

—Date la vuelta.

—¿Qué? ¿Por qué?

—Hazlo.

Lo miro con recelo antes de girarme sobre mi asiento para mirar a la pared del carruaje. Escucho el ruido que hace su ropa al moverse y su aliento, frío como la muerte, cosquillea mi nuca. Sus dedos actúan rápido y con destreza: se deshace del nudo de mi capa, deja a la vista el vestido y, sin preguntarme, comienza a aflojar las cintas de mi espalda.

—Siempre he odiado estas cosas —masculla.

—¿Por qué?

—Porque restringen.

Sin poder controlarlo, una pequeña carcajada escapa de mí.

—¿Qué te hace tanta gracia?

Cubro mi boca con la mano y tardo un poco en recomponerme. No ayuda sentir el tacto frío del cuero de sus manos sobre mi espalda.

—Perdón. Solo me parece gracioso que tú precisamente odies algo que restringe.

—Me parece que he perfeccionado demasiado mi papel de villano de tu historia.

Su aliento se desliza por mi espalda y puedo sentir su nariz recorriendo un tramo de mi columna. Tan rápido como apareció tras de mí, desaparece y vuelve a su asiento. Con el brazo aprieto el vestido contra mi pecho, ahora sin las molestias de antes.

—Gracias —musito.

—No tienes que dármelas. —Cruza una de sus piernas sobre la otra de forma varonil—. Prefiero cuando tu respiración se entrecorta porque tienes mis manos en tu cuello.

A pesar de que la diversión surca sus facciones, no es una broma. Sé que disfruta de ello, le encanta, y me temo que yo estoy jodida, porque quiero sentir sus manos robándome el aliento.

28
Sierra

Hicimos una breve parada para que pudiera hacer mis necesidades en una pequeña taberna que había en la mismísima nada. Ni que decir tiene que las miradas no faltaron en ningún momento. Mi vestuario era demasiado llamativo para un lugar como ese y en aquel momento me sentí como una traidora por llevar ropas tan glamurosas y caras. Mi familia nunca ha tenido más que para comprar lo necesario y vivir al día.

Cuando regresé al carruaje me esperaba una pequeña cesta con comida, la cual engullí en silencio y evitando mirar a Viktor por si era capaz de leer mis pensamientos una vez más con solo mirarme a la cara. Solo durante unos segundos me pregunté si estaría hambriento o si tal vez su ausencia esta mañana se debía a que había ido a alimentarse de otra saciadora. El pensamiento lanzó una punzada a mi pecho. Él dijo que nunca nos mordía, pero conmigo lo hizo, ¿qué me hace pensar que soy la única excepción? Ahora que sé lo íntimo que puede ser el acto, no quiero que comparta algo así con nadie. Hipócrita, porque tampoco me he ofrecido de buena gana a darle mi sangre. Las pocas veces que ha sucedido había pensamientos lujuriosos que nublaban mi mente.

Acabamos por detenernos frente a las puertas de una mansión de aspecto gótico donde no faltan los ventanales de colores y los rosetones de tonos color vino. Hay algunos carruajes más de los que salen invitados. Viktor baja primero y me ayuda a hacer lo mismo. Esta vez no desaparece, sino que entrelaza mi brazo con el suyo. Damos los primeros pasos y no puedo evitar bajar un poco la mirada ante la sensación de decenas de pares de ojos sobre mí.

—Nos están mirando —susurro.

—Lo sé —admite—. Yo también lo haría si fuese ellos.

—Tal vez deberías entrar solo, como siempre has hecho hasta ahora.

Su mano, ahora enguantada en sus habituales guantes de cuero, se posa encima de la mía y hace la presión justa como para que capte el mensaje. No va a ir a ninguna parte.

—Me da igual que miren, que te admiren. Ellos nunca serán yo, ni jamás te tendrán colgada de su brazo. —Camina con la vista clavada en el frente, sin perturbarse por nada—. Nunca me han importado, no van a comenzar a hacerlo ahora.

—A mí sí me importa.

—¿Por qué te importa?

Hemos terminado de recorrer el camino hacia las puertas donde un hombre perfectamente trajeado inclina la cabeza cuando nos ve y susurra el apellido de Viktor en muestra de reconocimiento. Viktor no se molesta en responder, pasa a su lado como si fuera el dueño del lugar. Algunas cabezas se giran en nuestra dirección y veo a algunas Diluidas que abren sus ojos en muestra de asombro e intentan ocultar sus expresiones detrás de sus abanicos.

—No has respondido a mi pregunta —susurra Viktor en mi oído.

No puedo evitar mirar de nuevo al resto, cuyos ojos siguen clavados en nosotros. Noto que mis mejillas se calientan. Sé la imagen que estamos dando y sé que él también es consciente.

—Ahora no paran de mirarme, no me gusta —respondo tan bajo que ni yo misma escucho mi voz.

Pero él sí, él siempre parece escucharlo todo, incluso la voz de mi cabeza.

—Siempre te han mirado —admite—. Solo estabas demasiado ocupada en mostrarle al mundo entero lo mucho que me odias como para darte cuenta. Cada vez que has entrado en una habitación, las miradas de todos se han enfocado en ti y cada una de esas veces he podido observar la codicia en cada par de ojos.

Mientras habla nos conduce por la sala mientras la gente se aparta abriéndonos el camino. Escucho el frufrú de mis faldas contra el suelo, que por su aspecto parece recientemente pulido. Miro de reojo a Viktor y me doy cuenta de que sus ojos también están puestos en mí. Si me detuviese a mirarlos mejor, podría ver que hay un fuego ardiendo dentro que derrite el hielo de sus ojos azules.

—Vaya, vaya… por fin llega mi invitado especial. —La voz dulce y a la vez seductora de Ciro llega a mis oídos—. Y vienes con la mejor compañía.

Se abre paso entre la gente para mostrarse ante nosotros con unos pantalones de cuero negro y una camisa del color de la sangre atada con despreocupación, lo que deja parte de su pecho al descubierto. Sostiene una copa llena de líquido rojo entre sus dedos. Cuando lo miro a los ojos veo que los suyos también están puestos en mí, con unas pequeñas arrugas en las comisuras fruto de su semblante divertido.

—Dices lo mismo todos los años —dice aburrido Viktor.

—Menos la parte de la mejor compañía, por supuesto. —Guiña un ojo en mi dirección—. Sierra, me alegra ver que estás aquí. Espero que te diviertas y, por favor, no te olvides de que me debes un baile.

—Ella no te debe nada —sisea Viktor—. Busca a otra persona a quien incordiar.

—No lo olvides, Sierra. Tú, yo y un baile lento más tarde.

Se despide con un gesto de su mano y desaparece entre la gente. Viktor está más tenso que de costumbre, parece que me sostengo sobre una pieza de mármol, dura e impenetrable. Recuerdo en este momento su respuesta a mi pregunta de antes y no puedo evitar una sonrisa divertida.

—¿Ciro es el Puro de baja categoría que celebra grandes fiestas?

Asiente, sin separar sus labios de la firme línea recta que han formado.

—Viktor, Ciro forma parte de una de las tres familias originales, no consideraría eso baja categoría.

Me mira y da un paso adelante que acerca nuestros cuerpos. Se agacha y acerca sus labios hasta mi oído. Su aliento eriza mi piel.

—Buena chica. Veo que has estudiado nuestra historia. —Juro que puedo sentir cómo sus labios se curvan en una sonrisa perversa—. Pero Ciro no es un Vitalle, así que siempre estará por debajo de mí.

Retrocede un par de pasos y su mirada se pierde por encima de mi hombro analizando a la gente que nos rodea. Mis dedos abandonan su brazo y una humana vestida con ropa de sirvienta aparece con la cabeza gacha musitando sutilmente que le tienda mi capa. Cuando esta deja de cubrir mis brazos, me siento un poco desnuda con el cuello y la curva de mis pechos a la vista. La mano de Viktor ocupa un lugar en la parte baja de mi espalda y me parece sentirlo jugueteando con los hilos de mi corsé.

Parece que alguien capta la atención del vampiro. Comienza a dirigirme con su palma por la sala. Intento ignorar las miradas de todo el mundo en nosotros, aunque esto parece misión imposible. Las mujeres me miran con los ojos ardientes, el ceño fruncido y los labios apretados en una fina línea recta; en cambio, en los ojos de ellos veo un fuego muy distinto, uno que promete una buena dosis de pecado.

Aeron saluda a Viktor alzando su copa y este se detiene con el semblante serio y aburrido como siempre. Walter está junto a su señor y me mira con el mismo asombro que los demás, aunque lo sustituye rápidamente por una sonrisa radiante y un movimiento divertido de cejas. No sé si Viktor se ha percatado de ello, si lo ha hecho, no le ha dado importancia.

—Casi pensaba que no vendrías —dice Aeron dando un sorbo de su copa—. Me puedo imaginar el motivo de tu retraso.

Juraría que olfatea algo en el aire y de repente el recuerdo de nuestras anteriores conversaciones me abruma. Ahora daría lo que fuese por tener uno de esos abanicos que he visto para cubrirme las mejillas. Ciertamente, no me avergüenzo de lo que he hecho con Viktor, o eso creo, pero otra cosa muy distinta es que esté contenta con que todo el mundo pueda olerlo en mí.

—El camino hasta la villa de Ciro es largo —se excusa él.

—No si utilizaras algunos de tus dones. —Guiña el ojo y yo frunzo el ceño. ¿Cómo que usar algunos de sus dones? ¿Quiere decir eso que aún no he visto todo lo que es capaz de hacer Viktor?—. Ah, ya veo, tu querida no sabe que no solo somos fuertes. También somos muy, *muy* rápidos.

—Ella no es mi querida —gruñe Viktor—. Y no creo que llevarla en brazos durante todo el trayecto sea lo más sensato.

—¿Seguro que es por eso? —pregunta con una sonrisa ladeada Aeron.

Dibujo una sonrisa falsa en mis labios y me dirijo a Walter con una mirada suplicante.

—¿Te importaría acompañarme a por una bebida, Walter?

Este responde con un asentimiento en cuanto mira a Aeron y este hace una señal de aprobación. Casi me preocupa que Viktor se ofrezca o impida que me mueva de su lado, pero no hace nada de eso, simplemente se queda ahí con su cara de pocos amigos y me deja marchar sin mirar atrás.

Ambos somos lo suficientemente prudentes para esperar a estar alejados antes de hablar, aunque seguro que eso no supone mucha diferencia en una sala donde todo el mundo parece tener un sentido del oído superdesarrollado. Nos acercamos a una mesa donde hay una Diluida sirviendo copas con una cuchara de ponche. Al ver la espesura del líquido rojo que se derrama por los lados, comprendo que aquí no hay nada para mí. Al igual que los pequeños bocadillos que descansan en las bandejas. Tienen un aspecto demasiado vivo y sangriento para mi gusto.

—¿Tal vez debería felicitarte?

Me doy la vuelta para mirar a Walter, que permanece tras de mí con las manos cruzadas detrás de la espalda y con cara divertida.

—¿Por qué exactamente?

—Has entrado del brazo del vampiro más codiciado, Sierra.

—¿Acaso eso es tan extraño? —replico fingiendo aburrimiento.

Walter da un paso hacia mí, aplasta mis mejillas y habla muy cerca de mi cara, como si así las palabras pudiesen filtrarse mejor en mi cerebro.

—Veamos, amiga, cómo te explico esto —reflexiona un segundo—. Viktor nunca viene con alguien colgando de su brazo. Y cuando digo nunca me refiero a jamás de los jamases. Oh sí, él fornica en esas fiestas, eso es un hecho, pero siempre después de haber hecho un exhaustivo escrutinio y después de terminar te hace sentir como si fueses mugre en su zapato. Ah, se me olvidaba, entre sus amantes nunca se incluyen humanos.

—Hablas como si supieses lo que se siente.

—Hablo como una persona que ha estado en suficientes fiestas como para conocer el comportamiento de tu vampiro.

—No es mi vampiro.

—Sigue engañándote, amiga.

Me cruzo de brazos y él sonríe sintiéndose un ganador en nuestra discusión. Me tiende la mano haciendo una pequeña inclinación de su torso y mostrándose totalmente caballeroso.

—¿Me perdonas si bailo contigo?

—No lo sé, ¿piensas seguir incordiando?

—No puedo prometer mucho.

Pongo los ojos en blanco y deslizo mi mano sobre la suya. Muchos nos lanzan miradas cuando ven a dos humanos bailando en la pista y sé que en sus mentes están pensando que no deberíamos estar haciendo esto, para ellos ni siquiera deberíamos estar vivos. Y si lo estamos, debería ser con una cadena al cuello que nos mantenga cerca de nuestros compradores.

Walter es un buen bailarín, se nota que lleva tiempo acudiendo a estos bailes y aún más por la forma en que ignora todas las miradas y esboza una sonrisa.

—¿Cómo lo haces? —pregunto.

—¿Cómo hago el qué?

Da una vuelta elegante arrastrándome a mí y a mis pies torpes con él.

—Ignorarlos.

Una risa áspera retumba en su garganta y después me mira con algo que no quiero calificar como tristeza y que, sin embargo, se parece demasiado.

—He recibido miradas toda mi vida, Sierra. Me gustan los hombres, duermo con ellos, me beso con ellos, fornico con ellos. Siempre ha habido un par de ojos sobre mí cuestionando lo que hago y lo que soy. Que unos cuantos pálidos con un palo metido en el culo se muestren descontentos porque soy un humano y bailo entre ellos, no me importa en absoluto.

Sé que los que están a nuestro alrededor lo han escuchado y no puedo evitar sonreír ante ese hecho. Intento moverme a su ritmo y mostrar mayor confianza en mis pasos. Sorprendentemente, descubro que cuando confío un poco más en mí, me lo paso mejor. Giro cuando el cuerpo de Walter me pide que lo haga y siento que los mechones de mi moño luchan por salirse y mostrarse rebeldes ante el mundo. Río cuando mi pie pisa el suyo sin querer y también cuando descubrimos a alguna Diluida espantada por nuestra presencia.

Me aparto del pecho de Walter, cruzo nuestras manos y doy vueltas sin parar en la pista. Me río tanto que me duele la barriga. Me detengo para retomar el aire sujetando mi vientre y siento que este vestido en algún momento me matará. Noto unos toquecitos en mi hombro y me giro esperando encontrar los ojos de Viktor. En cambio, los que me están mirando son de un tono rosado.

—Ciro.

—Sierra —responde—. ¿Es buen momento para ese baile?

Miro hacia atrás para buscar a Walter, pero no está. Será traidor…

Vuelvo a centrarme en Ciro, cuya expresión no logra ocultar el hecho de que sabe que no podré negarme. Asiento débilmente y dejo que coloque una mano en mi cintura y que la otra sujete la mía. Los músicos dan comienzo a una canción lenta, como si respondieran directamente a los deseos de Ciro. Tampoco me extrañaría.

Da un paso adelante y yo retrocedo otro siguiendo su ritmo.

—¿Cómo te está tratando la vida en el castillo desde la última vez que te vi?

—Bien, gracias por preguntar.

Damos una vuelta y su mano aprieta más fuerte mi cintura robándome la respiración. Intento no mirarlo, pero fallo estrepitosamente. Ahora, más de cerca, puedo ver que sus ojos no son solo rosados. Tienen un tono violáceo cerca del iris y el borde es de un rojo intenso. Son los ojos más extraños y a la vez hermosos que he tenido el placer de contemplar.

—¿Pensaste en mi oferta?

Trago con dificultad. El gesto capta su atención y sus ojos se posan en mi cuello durante unos segundos dolorosamente incómodos. No me acostumbro, ni creo que nunca llegue a hacerlo, a sentir sus ojos en mi piel sabiendo que en cualquier momento cualquiera de ellos podría ceder al impulso y desgarrar mi garganta. Carraspeo.

—Sí.

Inclina la cabeza un poco y levanta una ceja de modo inquisitivo.

—¿Y bien?

—Me temo que debo declinarla.

Se le escapa una risa que no parece nada divertida.

—¿La declinas por ti misma o tiene que ver con alguien más?

No puedo dejar de preguntarme a qué se deberá esta tensión, esta especie de competencia entre ellos. Creo que hay cosas mucho mejores por las que luchar que una simple humana. Y sí, me estoy reduciendo a algo sin valor, pero es que para estos seres no soy algo valioso, soy un cuerpo hecho de piel y huesos frágiles con un corazón que bombea la sangre que los alimenta. Nada más.

—Es una decisión que he tomado yo misma.

Algo me dice que esa es la respuesta que debo dar. No quiero tener que explicar mis acuerdos con el vampiro, de hecho, me encantaría no tener ninguna conversación que lo involucre, pues temo que acabaría dando más detalles sobre lo que ha sucedido entre nosotros y no quiero. Es mi secreto. A pesar de que su olor me rodea como una burbuja, no quiero que nadie me robe la admisión de mis labios.

—Tengo una fe ciega en que un día lamentarás esta decisión, Sierra. —No sé en qué momento su mano ha escapado de mi cintura para rozar mi mejilla con su pulgar—. Volverás con el corazón sangrando entre los dedos, lo sé. —Casi parece lamentarlo de verdad—. Él no sabe amar y tú eres demasiado blanda para tu propio bien.

—No me conoces.

—Sé mucho de corazones como el tuyo. —La forma en que sus ojos recorren mi piel como si así pudiese acariciarla es paralizadora—. No quieres entregar más, pero ya es muy tarde, he visto cómo lo miras.

—No sabes de lo que estás hablando, no entiendes hasta dónde puede llegar mi odio.

Se ríe y se detiene conforme la música lo hace. Robándome un jadeo de asombro, da unos golpecitos sobre mi piel, justo donde se oculta mi corazón.

—El odio es un sentimiento demasiado fuerte como para contenerlo tanto tiempo aquí dentro, forma grietas. ¿No te preocupa que el amor se filtre por ellas?

Mira algo por encima de mi cabeza y sé, por la forma en que mi nuca hormiguea, que tengo un par de ojos azules clavados en mí. Ciro sonríe con suficiencia y hace una pequeña floritura antes de besar el dorso de mi mano, guiñarme un ojo y desaparecer. El característico olor a dama de noche y tierra húmeda me rodea de inmediato, adormece mis sentidos y muy posiblemente también mi instinto de supervivencia. Sus manos se acomodan en mis caderas y cuando pretendo darme la vuelta para mirarlo a la cara, se mantienen firmes impidiendo que me gire. Su pecho está pegado a mi espalda.

—Te quiere para él.

El aire se queda atrapado en mis pulmones, puede que la falta de aire esté afectando severamente a mi cerebro. Tardo en asimilar sus palabras y encontrar algo que decir.

—¿Qué importa eso?

—Nunca pierdo, no lo haré contra él.

—No soy una competición.

Clavo mis uñas en sus manos y sé que no le he hecho daño, pero aun así me deja ir. No sé por qué me escuecen los ojos, solo sé que no quiero estar cerca de él. No quiero que vea que sus actos y palabras me afectan. Esquivo cuerpos danzantes y miradas de desagrado en busca de cualquier sitio donde pueda estar sola y ordenarme a mí misma, porque ahora mismo soy un desastre. En los libros que a veces me atrevía a leer a escondidas decían que el primer hombre de una mujer era de alguna forma especial y la marcaba, siempre me pareció una tontería. Aún quiero pensar que lo es. No quiero pensar que Viktor está dejándome una marca en sitios donde no podré alcanzar a borrarla.

Alcanzo el pomo de una puerta y la abro sin detenerme a pensar si habrá alguien al otro lado. Por suerte no hay nadie, aunque creo que eso habría sido una sorpresa menor que esta. La sala está llena de espejos que me devuelven la mirada. Camino con pasos dudosos hasta el centro donde puedo verme a mí misma desde todos los ángulos posibles.

—Vigila la puerta, que nadie entre. Hazlo bien y te daré una bolsa igual que esta al salir.

La voz inconfundible de Viktor se cuela por debajo de la puerta y me tenso inmediatamente cuando lo veo entrar. Me ha seguido. Nunca podré escapar de él.

Alzo la mano.

—Detente, no te acerques más.

Ignora mi demanda y se cerca hasta quedar en el centro de la habitación. Su mirada conecta con la mía a través de uno de los espejos. Pretendo esquivar sus ojos, pero otro espejo me los devuelve y así con cada uno de ellos, es imposible escapar de ese mar asfixiante que se esconde en la profundidad de su mirada.

—No eres una competición para mí —dice—. Lo eres para él.

—No es él quien me tuvo en su cama anoche y quien me está usando para sus juegos de poder —espeto—. Respétame, maldita sea.

Capto un resplandor en su mirada en el momento exacto en el que esta comienza a oscurecerse.

—Creo que ambos sabemos que no quieres que te respete, creo que quieres que te haga cosas muy irrespetuosas.

—No volverás a tocarme.

Escucho el aire que escapa entre sus dientes apretados y lo siguiente que veo son sus ojos frente a mí. Mi cara está a escasos centímetros de la suya y me tiene bien agarrada por las muñecas. Mi pecho sube y baja con respiraciones aceleradas, apretándose contra su chaqueta de traje.

—Te respeto, no quiero hacerlo, pero te respeto, maldita mujer. —Hay fuego en su mirada—. Eres la única que me desafía lo suficiente como para volverme loco y no importa que te eche a los lobos, encontrarías la forma de domesticarlos y ponerlos en mi contra. Te odio por eso, pero, sobre todo, te respeto como no puedes imaginarte.

—Si me respetas, dime, ¿por qué Ciro compite contigo por mí? No me mientas, quiero la verdad.

—Le debo una saciadora —masculla.

—¿Por qué?

—Porque maté a la suya.

—¿Por qué?

Parece que es lo único que soy capaz de decir.

—Era una mentirosa. Una humana mentirosa.

—¿Y por qué le importa a Ciro?

El silencio que se extiende entre nosotros se vuelve espeso como la miel. Casi pregunto de nuevo, temiendo que tal vez no me haya oído.

—La amaba.

Se me escapa un jadeo. Ciro estaba enamorado de una humana.

—Seguro que no podías soportar que uno de los tuyos amara a una frágil y mortal humana —lo acuso.

—No lo entiendes. —Sacude la cabeza—. Conspiraba contra él, quería arrancarle nuestros secretos usando su amor por ella. Cuando se dio cuenta de que Ciro no caería tan fácilmente en sus garras, intentó seducirme a mí. La muy idiota no sabía que podía meterme en su cabeza y eso hice. Lo habría matado una vez hubiese sabido cómo hacerlo, Sierra. Lo salvé.

—¿Y por qué él no te cree?

—Porque es más fácil pensar que la maté debido a mi odio por lo que su raza hizo a mis padres que pensar que su amada era una puta mentirosa.

—¿Y por eso me quiere a mí como su saciadora? —Intento reír—. Ni siquiera te importo, déjalo tenerme si eso lo apacigua. No creo que sea tan mal carcelero.

—De ninguna manera. —Clava sus dedos con más fuerza en mis muñecas. Su aliento acaricia mis labios—. Siempre dices que no eres un objeto, una posesión, empieza a demostrarlo ahora. No quieras que te deje en sus manos como si fueses un maldito jarrón. Si insistes en ser uno, te romperé en mil pedazos antes de que te tenga, Sierra.

—Tan romántico y encantador —digo tirando para liberarme.

Con un gruñido animal me aprieta contra él y recorta la distancia entre su boca y la mía. Se traga el jadeo que sube por mi garganta. Me fallan las rodillas y caigo sobre ellas. Sigue sujetándome por los hombros y besándome con abandono. Beso y acaricio su lengua como si no tuviese suficiente.

Escucho un gemido ronco retumbar en su garganta y siento el esfuerzo que hace por separar sus labios de los míos. Me da la vuelta entre sus manos para poner mi espalda contra su pecho. Entrecierro los ojos cuando siento su respiración bajando por mi cuello y un solo vistazo al reflejo en el espejo es suficiente como para calentarme la piel y licuarme las entrañas. Pasea sus dedos por encima de los adornos de mi vestido, subiendo por mi escote hasta tocar uno de mis pechos.

—Fueron hechos para encajar en mis manos —ronronea contra mi piel.

Los dedos de mis pies se encogen dentro de mis tacones y solo puedo pensar en la necesidad enfermiza de que me toque y alivie el dolor que comienza a concentrarse en el vértice de mis piernas.

—Viktor, por favor…

—¿Mmm?

Consigue que mi otro pecho escape del vestido y caiga, pesado y lleno. Tira de uno de mis pezones entre su pulgar e índice arrancando un gemido de mi garganta.

—Tocarte así no es muy respetuoso ni caballeroso por mi parte.

—No pares, por favor —gimoteo.

Succiona la piel detrás de mi oreja, estoy casi segura de que ha dejado una marca rosada. Lame el lóbulo y sigue bajando con su lengua hasta la curva de mi cuello donde se detiene a capturar el sabor de mi piel. A la vez que una de sus manos tortura mi pezón con pequeños tirones, la otra afloja la parte de atrás de mi vestido, que cae hasta mis caderas. Encuentro su mirada en el espejo y la forma en que me mira me hace sentir que estoy llena de colores. Me hace sentir que no soy solo gris.

Arqueo la espalda cuando atrapa mis pechos y los aprieta. Extiendo los brazos hacia atrás, enredo mis dedos en su pelo y atraigo sus labios para que bese mi cuello.

—Arriba.

No es hasta que rodea la base de mi cuello y me levanta con él que entiendo lo que quiere. El vestido cae suelto hasta mis pies formando una pequeña montaña de ropa entre ellos. Salgo de ella, me quedo solo con los tacones, la ropa interior y los guantes hasta el codo. Recorre todo mi cuerpo con sus ojos y veo cómo se quita los guantes despacio, sin apartar la mirada. El sonido que hacen al caer al suelo suena a una promesa sucia.

—Gírate.

Me odio por volverme tan sumisa cuando se trata de satisfacer los deseos de mi cuerpo. El movimiento giratorio de su dedo hace bullir mi sangre, pero hay una necesidad entre mis piernas que requiere de atención urgente. Me giro para observar mi desnudez frente al espejo, en contraste con su figura imponente y totalmente vestida. Se pega a mí y me sujeta de la barbilla para inclinar mi cuello mientras con su otra mano acaricia mi vientre.

El frío de su piel es algo distinto al del cuero con el que se empeña en cubrir sus manos. Este es el frío del hielo que te quema si te expones demasiado a él.

—Supongo que sería aún más irrespetuoso dejarte insatisfecha, ¿no es así, Sierra?

Creo que consigo decir algo, pero no estoy muy segura. No cuando sus dedos no me dejan pensar. Trazan el contorno de mi ombligo y bajan lenta y dolorosamente hasta el centro de mi cuerpo. La rodilla de Viktor presiona detrás de las mías y me obliga a caer entre sus brazos. Se sienta en el suelo, conmigo entre sus piernas y mi sexo a plena vista frente al espejo.

—¿Te duele?

Abre mis labios y la vista hace que me sonroje por completo. Pasea sus dedos arriba y abajo recogiendo mi humedad entre ellos. Veo mi centro rosado y brillante por la excitación. Viktor succiona en el punto donde me late el pulso, cuando suelta mi carne con un sonido obsceno deja atrás una marca roja.

Nunca me había observado a mí misma de esta manera y hay algo excitante en hacerlo con él. Captura mi clítoris hinchado entre sus dedos y ejerce la presión justa como para que sisee y cierre los ojos dejándome caer contra él.

—No cierres los ojos, mírate. Mira cómo te mojas por la persona que más odias.

Dos de sus dedos resbalan por mi centro y se hunden dentro con un sonido que posiblemente jamás salga de mis oídos. Quiero cerrar los ojos, pero una curiosidad morbosa los mantiene abiertos para ver cómo sus dedos se deslizan dentro y fuera de mí. Mi cuerpo se resiste a su intrusión al principio, me recuerda que no hace muchas horas él tomó mi virginidad y manchó su miembro con mi sangre. Escuece al principio, durante esos segundos en que mi cuerpo se adapta a él.

—¿Alguna vez dejaste que alguien te tocara así, Sierra?

El tono de su voz me dice que no dejará que ignore la pregunta o que el frenesí del momento me impida responder. Sus dedos dentro de mí se ralentizan, torturándome. Muevo mis caderas para apretar su mano contra mí, persiguiendo el orgasmo.

—Era virgen —respondo casi ahogada.

—Eso no significa que un hombre no pueda meter sus dedos dentro de ti, Sierra. No eres tan ingenua.

Siento una pizca de celos en su voz y eso me hace sentir poderosa. Poderosa ante un ser que ha tenido cientos y cientos de años para disfrutar del sexo, con hombres y mujeres, con razas distintas, que ha vivido miles de experiencias que jamás estarán a mi alcance. También yo siento una pizca de celos al pensar que soy una gota de agua en el vasto mar que es su vida sexual.

Sus dedos dentro de mí se mueven como unas tijeras, lanzan un latigazo contra mi centro que me hace arquear la espalda persiguiendo la sensación. Él lo sabe y detiene sus movimientos antes de que pueda rozar el orgasmo.

—Dime tú, ¿con cuántas?

Se ríe contra mi cuello mirándome desde el espejo, con los ojos oscurecidos por el deseo.

—¿Con cuántas mujeres?

—Con cuántas humanas. —Mi voz sale entrecortada.

Acerca su boca a mi oído y roza mi oreja al hablar.

—Tú eres la primera. —Tira del lóbulo entre sus dientes—. Y eres tan frágil y delicada que siento que te voy a romper si empujo demasiado.

Acompaña sus palabras metiendo sus dedos dentro de mí hasta los nudillos. Dejo salir un grito mezclado de placer y dolor. Su pulgar acaricia mi clítoris trazando círculos lentos.

—¿Cuántos hombres han tenido sus dedos en ti, Sierra?

Aumenta el ritmo para arrastrarme a la locura. Mi humedad en sus nudillos crea sonidos que llenan la habitación. Miro mi cuerpo, que se inclina sobre él, y mis piernas abiertas de par en par. Sus dedos bombeando dentro de mí y su mirada oscurecida forman una imagen que puede hacerme caer por completo.

—N-ninguno.

—Quiero ser el primero en todo. —Toca en el lugar exacto dentro de mí que me hace perder el juicio—. Quiero ser tu puta ruina.

Grito cuando la avalancha de placer me arrastra con ella. Todo mi cuerpo se tensa, sacudido por el orgasmo. Viktor besa mi cuello, sin morderme, como si la calidez de sus labios pudiese calmar mi corazón desbocado. La sensación es demasiado intensa para mi cuerpo, que acaba por caer rendido contra él, un desastre de extremidades flácidas y piel brillante por el sudor.

Siento y veo cómo sus dedos salen de mí y lejos de avergonzarme, me excita ver la rojez de la fricción y el brillo en ellos.

—Buena chica.

Lame mi humedad de su mano y se levanta dejándome en el suelo como una muñeca de trapo. Levanto los ojos hacia los suyos y no sé qué es lo que ve, pero el fuego se reaviva. Siempre he pensado que era una chica fría, helada por dentro y por fuera, pero parece que ahora no puedo vivir sin el fuego. Mis dedos agarran la tela de su pantalón instándole a que permanezca en el sitio. Arquea las cejas y me mira curioso.

—Dijiste que querías ser el primero en todo.

—No tiene que ser ahora.

—Esto no tiene que ver con lo que tú quieras. —Tiro de nuevo de su pantalón—. Tiene que ver con que yo quiero. Ahora.

—¿Crees que podrás con todo?

—Muéstrame lo peor.

—No hace ni un día que estuve dentro de ti y ya estás corrompida hasta la médula. —Sus dedos desatan su pantalón—. Me gusta.

Me relamo y desde abajo veo cómo las chispas del fuego se reavivan, y con ellas mi poder sobre él.

29

Viktor

Tenerla de rodillas ante mí, con su cara a centímetros de mi erección, lanza latigazos de placer por toda mi columna. Siempre he sabido que hay un lado sádico en mí y ahora está luchando por subir a la superficie. Quiero sus labios rodeándome y sus lágrimas cayendo por sus mejillas cuando tenerme entero en la boca le sea imposible. Quiero lamer esas lágrimas de nuevo.

Ella no me tiene miedo, hace tiempo que esas miradas temerosas desaparecieron y dieron lugar a otras rebosantes de fuego. Quiero que me tema, quiero que retroceda en este juego y volvamos a donde estábamos al principio. En cambio, ella me mira desafiante y, con dedos inexpertos, se deshace de mi pantalón.

Mi erección queda dura y lista frente a su boca, llena de sangre y deseosa de alcanzar su liberación. Sierra la observa con curiosidad antes de atreverse a agarrarla con la mano y frotar el pulgar contra mi glande húmedo.

Mascullo una maldición al sentir la suavidad de sus manos sobre mí.

—No te atrevas a parar ahora —digo con voz áspera.

—¿Me vas a rogar? —replica ella con los labios muy cerca de mi polla—. Creo que me gustaría escuchar eso, señor Vitalle.

—No juegues con el diablo, Sierra. Acabarás siendo tú quien ruegue que pare.

Sin despegar sus ojos de mí desciende lentamente hasta que sus labios suaves acarician mi glande. Al principio es suave como el aleteo de una mariposa, pero algo en mi expresión la envalentona. Usa su lengua para lamer las primeras gotas del líquido preseminal. Mi mano se entierra en su pelo, ahora salvaje alrededor de ella, y la empujo para entrar más profundo en su boca, húmeda y caliente.

Lucha contra mí y se saca mi miembro dejándome ver los hilos de saliva.

—No, señor Vitalle, lo haremos a mi ritmo o no se hará. —Me da un lametón juguetón—. Seguro que puede ser paciente…

—No me hables así, Sierra —gruño.

—¿Así cómo?

Me hunde en su boca, tan profundo que toda mi longitud desaparece dentro de ella. Aprieto los dientes conteniendo el gruñido que trepa por mi garganta.

—Como si fuese un señor mayor al que le estás haciendo un favor. —Clavo mis dedos en su barbilla, ella levanta los ojos hacia mí y eso me desestabiliza—. Quieres esto.

El brillo que recorre su mirada es confirmación suficiente. Sierra es mucho más de lo que aparentaba en un principio. Llamarla fiera nunca estuvo lejos de la realidad. La primera vez que la vi, con toda su desnudez a la vista, con la luz de la Subasta Roja sobre ella, supe que tenía que llevarla conmigo. Es el desafío que he buscado toda mi vida. Sierra era una fogata apagada en la que solo quedaban ascuas humeantes y, poco a poco, ha renacido. Su fuego brilla tanto que todo el mundo tiene que mirarla, buscan sentir la quemazón de su presencia a sus espaldas. Un fuego que, con la tormenta de sus ojos, promete el desastre más demoledor y hermoso.

Pensar así solo me asegura que estoy en peligro, que tengo que soltarla antes de que me queme las manos por completo. Es un desastre a punto de suceder.

La rabia de ese conocimiento me lleva a empujar contra su boca, a llenarla con mi erección cuyas venas palpitan llenas de anticipación. Una arcada la sacude y sus ojos brillan acuosos, sin que deje caer las lágrimas. Acaricia con sus manos mis muslos, tan sensual y descarada.

—Dijiste que te mostrara lo peor. —Mi voz es grave, nublada de placer—. Relaja la garganta.

Murmura algo que es imposible de entender. Su lengua rodea toda mi longitud con succiones que varían en intensidad. La miro y me quedo sin aliento pensando en cómo puede parecer tan pecaminosa. La he jodido por completo, está corrompida hasta la médula.

Mis dedos se clavan más profundamente en los mechones azabaches de su pelo, siento que en cualquier momento voy a explotar en su boca. Ella lo sabe y actúa en consecuencia. Sus lamidas se vuelven más perversas, rodea lentamente mi glande y baja con su lengua hasta el final de mi miembro. Su mano cubre la parte a la que no puede llegar, la mueve de arriba abajo, no deja nada sin estimular. Los cientos de espejos me devuelven la imagen de Sierra de rodillas, conmigo dentro de su boca y su mano bombeando sin parar. Es una de las imágenes más eróticas que he visto.

Noto el escalofrío bajando por mi columna, letal como un rayo. Entro hasta el fondo en su garganta a sabiendas de que estoy llegando a zonas que nadie ha tocado. El orgasmo es instantáneo. El músculo de mi mandíbula se contrae cuando aprieto los dientes en un intento por contener un gemido que, a pesar de eso, logra escapar. Sus ojos se iluminan y la forma en que su garganta se mueve al tragar me deja listo para correrme otra vez.

—Mi pequeña fiera es más atrevida de lo que pensaba.

Puedo sentir cómo un sudor frío se desliza por mi nuca. Salgo de su boca y veo cómo mancho sus labios con mi esencia. No dudo ni un segundo en pasar mi pulgar por esas gotas en su labio inferior y reconducirlas a donde pertenecen. Su lengua rodea mi pulgar y lame con avidez.

—Joder… Sierra.

No tiene tiempo de reaccionar antes de que mis manos la agarren de los brazos y la levanten del suelo para atraerla a mi pecho. Reclamo su boca con la mía y no soy cuidadoso a la hora de pedir permiso. Muerdo su labio y le hago un pequeño corte. Sierra entreabre la boca dejando que mi lengua la invada. Noto mi propio sabor en ella mezclado con su sangre asilvestrada. Gime y me trago el sonido. Somos un caos de miembros entrelazados, dientes, saliva y lenguas que se devoran.

Mis sentidos se agudizan, escucho voces tras la puerta. A pesar de que he sobornado a uno de los empleados de Ciro para que nadie entre aquí, nunca me fío de que nadie pueda hacer las cosas como yo quiero. Así que, pensando justo eso, me alejo de Sierra, que me mira con ojos nublados de deseo y labios ensangrentados e hinchados.

Me abrocho los pantalones y antes de que ella objete, me coloco a su espalda y comienzo a tirar de los hilos de su corsé. Si le sorprende, no dice nada.

—Reúnete conmigo fuera cuando estés lista.

Echo un vistazo a su aspecto salvaje que se refleja en los cientos de espejos. Me retiro antes de que mi deseo me lleve a poseer su boca de nuevo. Salgo casi escurriéndome por la puerta y deposito una bolsa de oro en las manos del empleado, que no puede disimular su asombro. Me alejo por los pasillos, de regreso al centro de la fiesta. Todo el mundo me mira; algunos, con ojos lujuriosos que se preguntan si podrían tener un pase a mi cama esta noche, y otros, con hambre de poder.

—Finalmente alguien te ha hecho romper tus propias reglas.

Ciro aparece detrás de mí con los ojos brillantes, como si estuviese borracho. Tiene el cuello de la camisa lo bastante abierto como para que pueda ver el comienzo de sus abdominales, donde parece que más de una persona se ha molestado en dejar sus marcas de dientes, uñas y besos.

—No sé a qué te refieres.

Me doy la vuelta para darle de nuevo la espalda, pero sé perfectamente que Ciro no se da por vencido hasta obtener todo lo que quiere.

De los tres Puros que conformamos las familias originales, Ciro sin duda es el más molesto a mis ojos. Tiene una forma de ser más juvenil, como si los cientos de años que llevamos en Drystia aún no hubiesen conseguido aburrirlo. Mira la vida con un brillo renovado cada día. En cambio, Aeron es sabio. Algo molesto con sus experimentos, pero reconozco que es inteligente y sus maquinaciones han sido muy fructuosas para nosotros más de una vez. Siempre que pase por alto sus aberraciones.

—Claro que lo sabes. —Ciro se coloca a mi altura—. Debe ser difícil para ti reconocer que sientes deseo por una humana, más después de oponerte tanto a ellos durante años.

—¿Por qué no vuelves a atender a tus invitados y me dejas en paz, Ciro?

—Es mucho más divertido hablar contigo. —Curva sus labios en una sonrisa arrogante—. Sé que nunca llegarás a amarla como un humano merece, hay algo muerto en ti, y no de la forma en que todos nosotros estamos un poco muertos. —Deja salir un suspiro melodramático—. Una verdadera lástima.

—Seguro que eso te apena mucho —ironizo—. Solo para que lo sepas, aunque yo no pueda darle lo que los humanos esperan, ella no querría eso de mí.

—Estás demasiado seguro.

—Los ojos hablan, Ciro. Y los suyos me han hablado.

—¿Y qué te han dicho?

—Que te calles la puta boca de ahora en adelante si no quieres que te haga tragar tus propias tripas.

—Esto suena muy parecido a celos.

Se me escapa un gruñido y él se aleja entre risas, alzando la copa en señal de despedida. Hay miradas que pretenden ser discretas en mi dirección. Espero un tiempo más que prudente hasta que empiezo a inquietarme, pero me digo a mí mismo que parezco ridículo aquí esperando. Me integro entre el resto y encuentro a Aeron junto a otro puñado de Puros. Para variar, me incordian para que recapacite mis decisiones y les deje seguir experimentando para encontrar la salvación de nuestra especie. Todo esto mientras estamos rodeados por Diluidos adinerados que me han jurado lealtad. Me parece irónico que estemos discutiendo nuestra supervivencia cuando tenemos alrededor a una plaga.

Los hombros de Aeron se tensan justo en el momento en que un aroma ligeramente familiar se filtra entre nosotros. Llevo demasiado tiempo sin percibirlo, pero jamás podría olvidar el olor a bosque, sangre y la humedad propia de una cueva.

La ausencia de Sierra a mi lado se hace más aparente e instintivamente corro hacia la sala de espejos. Abro la puerta sin molestarme en ser cuidadoso. Camino entre los espejos hasta llegar al centro donde vi a Sierra por última vez, lo único que queda es su collar de rubíes tirado en el suelo como una provocación. Olfateo el aire buscando su rastro entre el aroma a sexo, sangre, sudor, polvo… hasta que doy con el toque a frutos silvestres. Sigo el olor, que se dirige hacia el otro lado de la sala. Esquivo espejos que llegan casi al techo y es ahora cuando cobro conciencia de lo grande que es esta sala. Paso espejo tras espejo, adentrándome más y más, casi a donde no llega la luz y es ahí donde veo una puerta más pequeña que cuelga de sus goznes y en la que hay una mancha de sangre. No necesito probarla para saber que pertenece a Sierra.

La ira comienza a bullir dentro de mí, tomando posesión de mi cuerpo. Me precipito por la puerta, que da a unos pasadizos que no parecen haber sido usados en mucho tiempo. No hay luz que los ilumine, tampoco la necesito. Solo puedo pensar en el miedo estrangulando la garganta de Sierra al haber sido arrastrada por esta oscuridad absoluta. Mis ojos se adaptan a la ausencia de luz a la perfección y con los sentidos totalmente alerta, ni siquiera tengo que mirar el suelo buscando huellas. Me muevo rápido, giro esquina tras esquina notando el ligero olor cobrizo y silvestre bajo las capas de humedad y polvo.

Pierdo el sentido del tiempo dando vueltas hasta que veo una pequeña puerta enrejada hecha pedazos. Estoy seguro de que es una trampa dada la intensidad del olor, estoy seguro de que me superan en número. Aun así, ignoro las advertencias de mi cabeza, cruzo la verja destrozada y asciendo por una pequeña ladera derrumbada de tierra. Finalmente reaparezco en el exterior, alejado de la mansión de Ciro y rodeado por el bosque. Hay más gotas de sangre salpicando el suelo, las sigo hasta dar con un pequeño claro donde encuentro justo lo que esperaba. Hay alrededor de diez metamorfos, uno de ellos sostiene a Sierra entre sus brazos, y puedo ver marcas de garras en su garganta. La cantidad de sangre que sale de ellas me preocupa. Su vestido blanco ahora es carmesí.

—Cuanto tiempo sin vernos, ¿no crees?

El metamorfo se lame una de sus garras ensangrentadas.

Examino a mi rival, pero la realidad es que no lo reconozco. El metamorfo tiene los ojos dorados y su boca realmente son unas fauces decoradas con puntiagudos dientes. El pelo le llega a la altura de los hombros y es del color de la arena. Sus manos, esas que sujetan peligrosamente a Sierra, son de dedos largos, huesudos y acabados en garras afiladas. Ahora que lo miro bien, uno de sus colmillos está mellado y tiene una cicatriz que le cruza la mejilla.

Por los rasgos que puedo distinguir, sin duda pertenece a la raza de los lobos, aunque no sé si alguno de sus compañeros será capaz de transformarse en otro animal. Aquellos capaces de transformarse en panteras, osos, ciervos y otros animales, son toda una rareza.

—No me reconoces —declara con disgusto—. No esperaba otra cosa de ti.

—¿Qué puedo decir? —Me encojo de hombros—. A mis ojos sois todos iguales.

—Yo que tú no me mostraría muy arrogante, no cuando estoy a un simple movimiento de romperle el cuello a tu querida.

La señala con la barbilla y por la posición caída de la cabeza de Sierra, podría pensar que ya ha cumplido su amenaza. Solo durante unos segundos aíslo los sonidos externos y me concentro en captar uno en particular. Los latidos de su corazón siguen ahí, más lentos de lo normal.

—¿Qué quieres? —pregunto sin rodeos.

—Realmente nada que puedas darme, ya tengo lo que quiero.

Tira más fuerte de Sierra apretándola dolorosamente contra él. Arrugo la nariz con desagrado.

—¿Una humana es lo que quieres?

—Quiero una humana si la humana significa algo para ti —responde en tono burlón.

—Puedes llevártela entonces. —Sacudo la mano despectivamente—. Encontraré una mejor. Al fin y al cabo, las humanas no son mi tipo, y menos una tan enfermiza.

—¿Seguro? —Acerca sus labios a la mejilla de Sierra y a pesar de que se encuentra inconsciente, su cuerpo está en guerra. Su cara se contrae en una mueca de desagrado y una convulsión la sacude—. Creo que es guerrera, creo que eso es lo que te la pone dura, ¿no?

La nariz del metamorfo baja por su mejilla y se entierra en un lado de su cuello. El gesto me enfurece y eso es algo que no me gusta. Aprieto las manos en dos puños, tan fuerte que el cuero de mis guantes cruje. O tal vez es el suelo. Mi poder se filtra entre mis dedos, hace que el suelo bajo nuestros pies se rasgue como si se tratase de una simple hoja de papel. El resto de metamorfos exclaman sorprendidos y se disponen a ponerse a cubierto lo más rápido que pueden. Uno de ellos se atreve a ir hacia mí y con un simple vistazo y un movimiento de mano lo hago trizas. Sus tripas salpican mi ropa y su sangre rocía a sus compañeros.

—Suéltala o me volveré mucho más creativo a la hora de destrozarte —mascullo.

El que tiene a Sierra suelta una carcajada e ignorando mi advertencia, mueve la cabeza y lanza al resto de los suyos a una muerte segura. El suelo sigue temblando bajo nuestros pies, puro reflejo de mi rabia incontenible. Todos vienen contra mí y uno a uno los hago pedazos. Uno consigue atacarme por la espalda e hinca sus dientes en mi hombro. De espaldas agarro su pelo y lo lanzo por encima de mí. Escucho cómo sus huesos se parten al caer; sin embargo, no es suficiente. Los metamorfos son capaces de sanar algo así rápidamente. Sus ojos se abren presos del pánico cuando ve mi mano moverse en su dirección. Me regodeo en su miseria, en cada segundo de agonizante tortura mientras siente cómo los tendones se separan del músculo, la piel se rasga y los órganos se salen de su sitio. En cuestión de segundos, es un amasijo sangrante en el suelo.

Su número disminuye considerablemente con cada movimiento preciso de mi mano. Me despejo el camino poco a poco, saltando a las zonas donde la tierra parece más estable y rompiendo los cuerpos de mis enemigos. Cada uno se dirige a una muerte segura al cruzarse conmigo; sin embargo, eso no parece importarles. No irán contra las órdenes de su líder; si hay algo admirable en estos seres, es su lealtad.

Tiro al último de ellos por una de las grandes grietas que he abierto en el suelo y observo cómo su cuerpo se pierde en las profundidades. Levanto la mirada hacia mi último objetivo. El metamorfo de ojos dorados y cicatrices en la cara me mira con una sonrisa socarrona.

—Impresionante. —Sonríe aún más—. Bravo. Ha sido todo un espectáculo.

—Suéltala, no lo repetiré de nuevo.

—¿Estás seguro?

Posa una mano en la mandíbula de Sierra y otra en la parte superior de la cabeza y ejerce la leve presión como para que sienta la amenaza. Los ojos de Sierra se abren con un ligero aleteo y, si de normal son grises, ahora parecen puro humo. Su mirada permanece perdida hasta que me encuentra. Capto el momento exacto en el que entiende que las cosas no están bien. Baja la mirada y abre la boca en un grito mudo cuando ve toda la sangre. Se lleva la mano a la garganta.

No sé qué de todo es lo que me hace perder la paciencia que me queda, pero una vez que compruebo que el suelo bajo los pies de Sierra es seguro, levanto la mano en dirección al metamorfo y cierro el puño. Espero que su cuerpo estalle en mil pedazos. No sucede.

—Sorpresa —canturrea.

Vuelvo a repetir la acción con el mismo resultado. Su risa retumba por el bosque quebrando el poco control que me quedaba. Los ojos de Sierra se abren con horror y leo sus labios cuando musita: «déjame».

Está loca si piensa que voy a retroceder.

No me detengo a pensar en cómo puede el metamorfo ser inmune a mí, eso es algo que deberé analizar más tarde, ahora solo tengo tiempo para pensar en sacarla de aquí. La manipulación del entorno es algo que él no puede sortear tan fácilmente, pero volver a usar sacudir la tierra pone en peligro a Sierra. Nadie me asegura que este patán no sea capaz de dejarla caer.

Estoy sopesando mis opciones cuando una brisa se levanta y trae un olor que conozco. Sé que el metamorfo ha debido notar el cambio también, aunque no lo suficientemente rápido. Antes de que pueda reaccionar, los colmillos de Ciro están incrustados en su garganta. Suelta a Sierra y antes de que sus rodillas impacten en el suelo, la capturo en mis brazos.

Ciro desgarra su garganta y escupe un trozo de su carne en el suelo.

—Llévatela —gruñe—. Yo me encargo.

—Hablaremos de esto más tarde.

Mi tono no es amigable, no puedo ignorar que esto ha pasado en una de sus fiestas, bajo su techo. ¿Es una simple casualidad? No confío en nadie, nunca lo he hecho. Aprendí a una edad muy temprana que no debo hacerlo.

—Sierra, sujétate a mí —susurro.

La estrecho entre mis brazos hasta que ella rodea mi cuello con los suyos y reposa su cabeza contra la curva de mi cuello. Acto seguido me pongo en marcha, usando mi velocidad para poner tierra de por medio. Cuando creo estar lo suficiente alejado, me siento en el suelo con Sierra en mi regazo y examino sus heridas. Ella vuelve a estar dormida y puedo ver que hay algo que la inquieta en su inconsciencia. Lamo su cuello, no porque quiera alimentarme de la sangre que lo mancha, sino para sellar sus heridas. Repito la acción hasta quedar convencido de que la curación ha comenzado. El recorrido que nos llevó varias horas realizar en carruaje ahora solo nos lleva treinta minutos de reloj.

El castillo está en silencio y lo prefiero así, cuando hay demasiado alboroto me cuesta pensar. La llevo hasta sus aposentos y no dudo en rasgar su vestido y examinar su desnudez en busca de más heridas. Al parecer lo único que hicieron fue dañarle la garganta. Voy hasta el baño, donde encuentro una jarra de agua fría. Humedezco un trapo y lo uso para limpiar la herida de su cuello. Aparto su pelo y la veo removerse en su sueño. No puedo evitar pensar en que, por mucho que diga, Sierra es fuerte. La herida habría sido más que suficiente para matarla; en cambio, ella es una fiera que se aferra a la vida negándose a abandonarla.

—¿Qué ha ocurrido?

Miro detrás de mí a Evanora, que aparece vestida con su habitual vestido azul grisáceo. Lleva el pelo trenzado y la serpiente albina se muestra en posición de ataque.

—Metamorfos —respondo.

—¿Cómo es eso posible? Están casi extintos y los pocos que quedan fueron desterrados más allá del océano.

—Pues parece que se les da bien nadar —digo, molesto.

Se acerca hasta la cama donde ya he cubierto el cuerpo de Sierra con una sábana. Evanora acomoda mejor las almohadas bajo su cabeza y aparta el pelo de su frente. Siento el zumbido de la magia en el aire. No intervengo, sea lo que sea que esté haciendo, lo aprobaré siempre que no dañe a Sierra. Las yemas de sus dedos se cubren de chispas de color morado y por el ceño fruncido de la banshee, sé que sacar su pequeña parte mágica es más difícil de lo que en un principio pueda parecer.

Sierra deja salir un suspiro en mitad de su sueño y Evanora se detiene como si esa fuese la señal que estaba esperando.

—¿Qué has hecho?

—Aliviar su dolor. —Su piel brilla—. Tú puedes cerrar sus heridas, pero el dolor sigue ahí. Yo puedo remediar eso.

Asiento.

—Bien.

—Parece que ha sido besada por la mala suerte. —Sus labios se curvan en una sonrisa débil mientras sigue acariciando el pelo de Sierra—. Es muy triste que alguien tan joven tenga que pasar por todo esto. Nosotros hemos tenido decenas de años para vivir, sufrir, amar... Su tiempo es tan limitado que me parece una maldición que tenga que sufrir tanto. —Levanta la mirada hasta mí—. Si ella te lo pidiera, de corazón, ¿la dejarías irse? ¿Le devolverías su vida?

—¿Y si no hay nada esperándola?

—Su familia la espera, siempre lo hará.

—No encaja con ellos, ella lo sabe.

—Entonces se buscará su sitio. —Chasquea la lengua—. Aunque eso no responde a mi pregunta.

Sí. Joder.

—La respuesta es no —digo con tono firme—. Los Tratados se cumplen, sin excepciones.

La banshee dirige su sonrisa triste hacia mí y esos ojos azul pálido parecen verme por dentro. Suspira y se aparta de la cama. Lanza una mirada más a Sierra cerciorándose de que no muestra señales de sufrimiento. Cuando queda satisfecha, desaparece tan silenciosa como apareció y me deja a solas de nuevo.

Observo a Sierra dormir, maravillado por el movimiento de su pecho que sube y baja con cada respiración. Mi vista mejorada me permite ver cosas que el ojo humano sueña con percibir, puedo ver cómo su piel se regenera, cómo vuelve a ser lo que era antes. Sin darme cuenta, acabo recostado a su lado, mirando la sombra de sus pestañas contra sus mejillas y la palidez de sus labios.

Ha perdido mucha sangre.

—Viktor...

Sierra se remueve en su sueño una y otra vez. Para evitar que se haga daño, agarro su cara por un lateral y la mantengo con el cuello recto. Mi contacto la despierta, veo sus pupilas dilatarse y contraerse. El gris de sus ojos se ha vuelto aún más pálido, casi parece blanco.

—No te vayas —susurra.

—Estoy aquí.

Acaricio su sien y noto al instante que su cuerpo se relaja bajo mi toque. No debería ser así, ella no debería relajarse cuando la toca alguien como yo. Su instinto de supervivencia tendría que gritarle que se aleje todo lo que pueda, no que se deshaga entre mis dedos.

—Duerme conmigo, por favor. No quiero estar sola. —No estoy seguro de si aún está soñando—. Siempre me he sentido sola, no quiero estarlo más. Está muy oscuro aquí.

Frunzo el ceño.

—¿Dónde, Sierra?

—En mi cabeza.

Las palabras de Sierra se entrelazan con la conversación con Evanora. Mi cuerpo se acomoda contra el cabecero de la cama y dejo que ella se acurruque contra mi costado mientras no dejo de pensar en cómo habría sido Sierra en un mundo diferente, con unas circunstancias diferentes, si yo no existiera. Muevo mi mano por su espalda, complacido al sentir cómo se adormece.

Ella es un desastre para mí. Un desastre hermoso.

—Sierra, tú… —Contengo la respiración—. Tú me haces querer sentir piedad.

Dejo que las palabras se queden suspendidas en la habitación, sabiendo que solo yo he sido testigo de ellas. La calidez de su cuerpo se filtra a través de mi ropa y me permito el lujo de relajarme.

No quiero ser piadoso, no quiero preguntarme cómo sería su existencia sin la mía, no quiero mirar su sonrisa como si fuese la salida del sol. No quiero lo que quiero ser cuando estoy cerca de ella. Y sé que ella se odia por lo que estamos haciendo, sé que odia el monstruo que soy.

Cierro los ojos y guardo todo ese conocimiento en mi cabeza, asegurándome de que no olvidaré nada cuando despierte.

30
Sierra

Juro que quería mantener los ojos abiertos, pero el cansancio me estaba ganando la batalla. Solo podía ver pedazos de lo que estaba sucediendo. Yo en los brazos de Viktor, yo tumbada en mi cama, el rostro de Evanora por encima de mí y luego sé que conseguí decir algo. Después de eso, todo fue oscuridad por un rato y solo desperté cuando sentí algo moverse a mi lado. Me pesan tanto los párpados que creo imposible abrirlos de nuevo; sin embargo, lo hago. Primero veo unas piernas largas cruzadas, con las botas aún puestas, y conforme subo lentamente, encuentro el pecho de Viktor que sube y baja con respiraciones cada vez más aceleradas. Tiene la espalda apoyada en el cabecero de la cama, como si se hubiese quedado dormido sin pretenderlo. Sus ojos se mueven frenéticamente bajo sus párpados y el pequeño jadeo que rasga su garganta es señal de que lo que sea que hay en sus sueños, lo atormenta.

Me cuesta hasta el último resquicio de fuerza en mí levantar mi mano hasta la altura de su cara y apartarle los mechones azabaches que han caído sobre su frente. Sus pestañas revolotean y contengo el aliento pensando que ahora abrirá sus ojos. No lo hace; en cambio, parece que se relaja considerablemente y su sueño se vuelve apacible. Bajo la mano y me quedo mirándolo. Admiro las facciones de su cara, tan perfectas y duras, el arco de sus cejas donde el ceño se ha relajado, sus labios llenos y suaves que ahora ocultan a la perfección las señas de su naturaleza y poco a poco bajo hasta donde la sangre, mi sangre, ha conseguido manchar los puños de su camisa. Una de sus manos se encuentra estirada sobre las sábanas, como si buscase otra a la que agarrar. Dubitativa, alargo la mía y lo rozo con los dedos, esperando el momento en que me sorprenderá despertándose, pero sigue sin ocurrir. Entrelazo nuestras manos, su contacto es frío y suave.

Me quedo dormida así, incapaz de seguir combatiendo contra el sueño y cuando el sol ilumina de nuevo mi habitación, abro los ojos y él ya no está junto a mí. En su lugar, en una silla junto a la cama, está Drystan.

—Por fin has despertado. —Se reclina sobre mí—. ¿Cómo te encuentras?

Estoy aún demasiado adormilada como para responder.

—Toma. —Agarra un vaso de agua de mi mesita de noche—. Te vendría bien hidratarte un poco, perdiste mucha sangre.

No puedo moverme demasiado, así que Drystan se acerca a mí y me ayuda a reincorporarme en la cama. Coloca su mano en mi nuca para ayudarme a tragar y cuando he vaciado el vaso por completo, se muestra satisfecho y me deja sobre las almohadas después de colocarlas para mí.

—Evanora está deseando entrar para estar contigo, pero antes me gustaría hablar sobre lo que pasó anoche.

Miro hacia a la puerta y casi puedo jurar que veo a Evanora al otro lado fulminándola con la mirada, impaciente. Estoy más que segura de que Drystan tiene algo que ver con que ella no haya entrado.

—¿Dónde está Viktor?

Su rostro se llena de sombras. Parpadea una sola vez, como si así pudiese eliminarlas. Esboza una sonrisa falsa.

—Está intentando lidiar con lo que ocurrió anoche, es por eso que necesito hablar contigo y que me cuentes todo lo que pasó.

Realmente recuerdo la mayor parte, ese es el problema, que eso incluye lo que pasó antes de mi captura. Me arden las mejillas de solo recordarlo.

—Estaba en esa sala, la sala de los espejos, cuando el hombre con cicatrices salió de uno de ellos. —Trago saliva con dificultad—. Por lo que dijo, puedo adivinar que llevaba un buen rato ahí, estaba esperando a que me quedara sola. Intenté luchar contra él, en vano, por supuesto. Retuvo mis brazos tras mi espalda y me obligó a seguirlo.

Asiente.

—¿Te dijo para qué te quería?

—¿No era un cebo? —pregunto de vuelta—. Es posible que mencionara algo de que su socio me quería o tal vez lo haya imaginado.

Frunce los labios y permanece en silencio por un buen rato.

—¿Por qué te hirió en el cuello?

Cierro los ojos e inconscientemente me llevo las manos a la herida que ya no duele ni sigue abierta. En su lugar, mis dedos tocan tres gruesas líneas y no puedo evitar que se me escape un pequeño quejido. Ahora estoy marcada.

—Me resistí —digo con la voz llena de un sentimiento que no soy capaz de describir—. Conseguí liberarme con una patada, entonces me agarró por el hombro cuando pretendía huir y me giró con fuerza. Me miró, me pareció ver algo que retorcía su expresión y entonces me atacó. Me costó entender que el líquido caliente que manchó mis manos era sangre. Perdí la conciencia y cuando la recobré, estaba frente a Viktor, en los brazos de esa bestia.

La mano de Drystan cubre la mía y la aleja de mi garganta, que sin darme cuenta he comenzado a rascarme sin piedad.

—Está bien, es suficiente. —Sus ojos se llenan de lo más parecido a cariño que he visto en él y después me sonríe débilmente—. Debes estar muy cansada. Será mejor que no te moleste más si Evanora quiere hablar contigo.

Ahora soy yo quien asiente, al parecer sin más palabras que decir. Se levanta de la silla, que protesta con un quejido cuando se libera de su peso. Camina hacia las puertas de la habitación y antes de abrirlas, se gira hacia mí.

—Tienes que permanecer en reposo durante unos días, haznos saber si necesitas cualquier cosa, vendré a verte pronto.

Desaparece sin cerrar la puerta e inmediatamente Evanora irrumpe en el interior. Dejo que me preste sus atenciones y me intente distraer con historietas de sus últimas disputas con Drystan. Hago como que estoy inmersa en la conversación cuando la verdad es que estoy lejos de aquí, pensando en algo en particular.

Drystan no ha dicho que Viktor vaya a venir a visitarme.

No me equivoqué.

Llevo un día y medio postrada a la cama, recuperando mis fuerzas poco a poco, y en ningún momento Viktor ha hecho acto de presencia. No quiero que me moleste, aunque lo hace. No puedo evitar sentirme un juguete al que han dejado tirado en un rincón cuando ya se han cansado de él. Viktor me confunde y estoy cansada de ello. No puede tocarme como él me tocó, susurrar en mi oído esas palabras y después hacer como si nunca hubiese pasado. Sus actos me hacen sentir como antes de venir aquí, invisible. Odio sentirme invisible, odio que él me haga sentir así, me odio por permitirlo.

—¿Y ese ceño fruncido? —pregunta Evanora bajando el libro que sostiene en sus manos.

Ahogo un suspiro.

—Nada —respondo—. ¿Crees que podrías ayudarme a ir al baño? Me siento asquerosa.

Asiente, se pone de pie y pasa un brazo por detrás de mi espalda para darme la estabilidad que necesito. Las secuelas de la pérdida de sangre aún permanecen conmigo, haciendo que me maree cuando intento moverme más de la cuenta. Caminamos despacio hasta el baño donde consigo sostenerme con ayuda de una encimera. Observo mi reflejo por primera vez después del ataque y me quedo sobrecogida cuando veo las marcas rosas en mi cuello. Las recorro con las yemas de los dedos y me duelen como si fuesen heridas aún abiertas. Por el rabillo del ojo veo cómo Evanora me mira y la comprensión reluce en su mirada. Nadie mejor que ella sabe sobre cicatrices.

Parece que he estado más tiempo del que pensaba regodeándome en mi miseria frente al espejo. Hay un baño humeante esperándome y sé que la magia de la banshee tiene mucho que ver. Me ayuda a desnudarme y me sumerjo en el agua caliente hasta que esta me cubre los hombros.

—Aún no es tarde para ayudarte a que desaparezcan.

Levanto la mirada hasta ella, que me observa apoyada contra el borde de la bañera.

—¿Por qué no te deshiciste de las tuyas?

Guarda silencio por tanto tiempo que no creo que vaya a responderme, pero deja salir un pequeño suspiro y finalmente lo hace.

—Mis heridas no fueron cosa de una vez, el daño se repitió sistemáticamente. Me descosían la boca y la volvían a coser una y otra vez, haciendo los agujeros cada vez más grotescos. Cuando al fin me liberaron de las costuras, estaba tan débil que no pude invocar ni una pizca de poder para sanarme, y cuando estuve lo suficientemente fuerte, ya no había nada que hacer. —La serpiente albina aparece por debajo de su pelo y comienza a sisear y a golpear su morro contra la mejilla de Evanora, como si le ofreciera consuelo—. Pensé que era mejor quedar así, con el rostro desfigurado. Al menos ya no me considerarían lo suficiente bonita como para molestarme.

—Eres preciosa, Evanora. Si pudieses verte desde mi perspectiva te darías cuenta de que brillas como la luna.

—La luna solo parece brillar porque refleja la luz del sol.

—Me da igual cuales sean sus motivos, tú eres igual de hermosa que ella, Evanora. ¿Has escuchado muchas canciones o poemas dedicados al sol? Es posible que haya unos cuantos, pero los artistas prefieren la luna y a ellos no les importa por qué brilla, la luna a pesar de todo ejerce una atracción sobre nosotros que es difícil de explicar. —Le sonrío—. Ella tiene cráteres y tú tienes cicatrices. Nadie dice que la luna esté incompleta o sea imperfecta por ello, así que, ¿por qué vas a hacerlo tú contigo misma?

Sus ojos brillan y, al contrario que otras veces, esta vez la sonrisa de sus labios parece alegre y sincera.

—¿Recuerdas lo que te dijo Naja? ¿Que no eras especial? —Asiento en respuesta—. Pues mintió, eres muy especial, Sierra, y la gente que está cerca de ti lo sabe, porque eres capaz de llenar los vacíos que hay en cada uno y brillar en los lugares más oscuros.

—Curioso que alguien tan vacía como yo pueda llenar algo en alguien.

—No estás vacía, estás tan llena de emociones por dentro, que no eres capaz de identificar una sola.

Sus palabras calan hondo en mí y dibujan una sonrisa en mi cara tan sincera y alegre como la suya. Se pone de pie, se reubica detrás de mí y comienza a verter agua en mi pelo, declarando así el fin del momento sentimental. Ella no vuelve a insistir en curar mis cicatrices y hacerlas desaparecer y yo no le digo que lo haga. Se toma su tiempo con mi pelo, siempre lo hace, y cuando yo he terminado con mi cuerpo, salgo y dejo que me peine frente al tocador.

Me hace trenzas que sujeta sobre mi cabeza, formando una corona, y el resto cae por mi espalda secándose lentamente. Bajo la mirada hacia el tocador, donde encuentro el collar de rubíes que daba por perdido. Rozo con los dedos una de las gemas, notando sangre seca en ellas. Inmediatamente pienso en él, en sus dedos rozando la curva de mi cuello.

—Puedo ir a por uno de esos libros que te gustan de la biblioteca, ya he visto que los de tu mesita de noche los has leído —dice Evanora mientras sigue concentrada en mi pelo—. ¿Quién iba a pensar que esa biblioteca tendría libros de romance tan pasionales?

No estoy realmente centrada en la conversación, mis pensamientos se han ido a un sitio lejano, días atrás, y ella parece saberlo. Tal vez lo llevo escrito por toda la cara.

—Evanora.

—¿Sí?

Sus ojos conectan con los míos a través del espejo.

—¿Qué está ocurriendo con Viktor?

—¿A qué te refieres?

No puede engañarme, creo que me he vuelto muy buena en desenmascarar mentiras. No paso por alto el pequeño momento en el que evita mi mirada o le tiemblan los labios rompiendo por solo un segundo su sonrisa.

—Sabes a qué me refiero —respondo con firmeza—. Ni siquiera al principio era capaz de estar mucho tiempo sin venir a incordiar con su presencia.

—Está ocupado intentando descubrir más sobre los que te atacaron, eso es todo.

No suena real. Golpeo con mis dedos la madera del tocador, impaciente. Cuando Evanora termina el peinado, me levanto arrastrando con fuerza el taburete tras de mí. No tardo en ir hasta el armario donde selecciono un vestido negro, sencillo y suelto, con el que no necesito ayuda para vestirme. Con un tirón fuerte, ciño el cinturón y corro a calzarme unos zapatos planos.

—¿Qué haces?

—Comprobar por mí misma lo ocupado que está.

Paso por su lado y ella intenta detenerme sujetando mi muñeca. Al girar bruscamente hacia ella siento que el mundo se desestabiliza bajo mis pies y, aun así, no estoy dispuesta a ceder.

—No vayas, Sierra.

—¿Por qué?

—Solo no vayas.

Chasqueo la lengua, molesta, no con ella sino conmigo misma. Ahora lo veo, hay lástima en sus ojos, hacia mí, y esto es culpa mía. He conseguido que la gente sienta pena por mí.

Libero mi brazo de un tirón y salgo de la habitación sabiendo muy bien qué dirección tomar. Me cruzo con algunas saciadoras en los pasillos, que no dudan en cuchichear de forma poco disimulada entre ellas. Sé que hablan de mí, ¿de qué concretamente? ¿Mis nuevas cicatrices? ¿Mis deslices con Viktor? ¿Mi falta de cordura a estas alturas? No tengo tiempo ni ganas para pensarlo detenidamente.

Llego hasta el ala de Viktor, aquí el ambiente parece más frío. Paso puerta tras puerta, giro esquina tras esquina hasta acabar en el amplio y lúgubre pasillo que da a sus aposentos. Tengo los nudillos en alto, más que dispuesta a tocar, cuando la puerta se abre. Una pequeña joven, posiblemente de mi edad, con el pelo dorado cayendo en suaves ondas sobre sus hombros abre sus brillantes ojos azules al verme. Justo detrás aparece el cuerpo de Viktor, considerablemente por encima de la pequeña chica.

—Oh, Sierra, supongo que no te han avisado de que ya no necesito tus servicios. —Alzo la mirada hacia él, confundida—. Te presento a Maryse, mi nueva saciadora. De ahora en adelante será ella quien me alimente.

No entiendo nada.

La muchacha parece incómoda, cambia su peso de un pie a otro debajo de su vestido.

—Maryse, si no te importa, ve a tus aposentos. Nos veremos esta noche en la cena.

¿Cena?

La chica hace un pequeño asentimiento y me dirige una tensa sonrisa antes de desaparecer por el largo pasillo, o al menos eso es lo que imagino que hace. No he podido mirar nada más allá de él y la sonrisa de superioridad en su rostro.

—¿Qué se supone que significa todo esto? —pregunto al fin.

—¿Qué significa el qué?

—¿Ahora vas a actuar como si ella fuese yo? —escupo—. ¿Y qué es eso de que ya no necesitas mis servicios? —Dejo salir una risa estrangulada—. Por favor, como si alguna vez te hubiese ofrecido mis servicios de buena gana, siempre has tomado lo que has querido, sin preguntar. No consideraría eso ofrecer mis servicios.

—¿Vamos a ponernos quisquillosos con el vocabulario ahora, Sierra?

—No, está claro que no. —Alzo el mentón—. Solo quería saber qué te estaba robando tu tiempo, ahora lo sé.

Giro el rostro con desdén y acto seguido hago lo mismo con mis pies. Ya me he alejado unos pasos de él cuando habla a mi espalda con un tono de voz frío, calculado y, a todas luces, destinado a desgarrarme de dentro hacia fuera.

—¿No me digas que venías aquí para rogar un poco de mi atención? —Una risa cruel escapa de su garganta—. Por eso no me involucro con humanas, sois tan emocionales…

Lo encaro, moviéndome con la rapidez de una serpiente a pesar del mareo que nubla mi cabeza. Aprieto bien fuerte los dientes, siento el fuego deslizarse por mis venas. Quiero romper algo, quiero romperlo a él. Clavo mis uñas en las palmas de mis manos y sé que me he hecho sangrar por la forma en que sus fosas nasales se dilatan al captar mi aroma.

—Soy Sierra Ruggiero y yo no ruego. Jamás. Da igual que mi apellido no sea tan importante como el tuyo. —Lo señalo con el dedo—. Te aseguro que un día rogarás, de rodillas, y ese día espero estar muy cerca para verlo.

—Esperaré impaciente, pequeña fiera.

—Púdrete en el infierno, Viktor.

—Oh, Sierra, ya estamos los dos en él.

Lo observo una última vez, incrédula por haber llegado a pensar en alguna ocasión que no era tan terrible como creía al principio. Estaba tan equivocada… Solo he sido un juego para él. Peor aún, soy como pensé, un juguete que ya no es tan divertido y que ha sido reemplazado fácilmente por otro más nuevo y bonito. Sus ojos se clavan en mí, no parecen divertidos, aunque eso ya me da igual. Me marcho antes de que me rompa y le dé una satisfacción que no quiero.

Ahora entiendo los cuchicheos a mi paso, todo el mundo lo sabía, incluida Evanora.

¿Cuándo pasó esto? ¿Ayer? Yo estaba en una cama recuperándome del ataque de sus enemigos mientras él buscaba una nueva saciadora a la que molestar.

No debería importarme.

Irrumpo en mi habitación, que por suerte está vacía. Cierro de un portazo y noto que la hoja de la puerta tiembla por mi agresividad. Camino de un lado a otro como un animal enjaulado, pero ya no lo estoy, ¿verdad? Miro hacia el balcón y salgo al exterior, donde la brisa fresca no consigue templar mis nervios. Me tiemblan las manos y solo puedo cerrarlas con la esperanza de que cuando vuelva a extender mis dedos los temblores hayan desaparecido.

He sido una ingenua al pensar que todo esto no era simple diversión para él. Bufo, cubro mi rostro con las manos, avergonzada de haberle dejado hacer con mi cuerpo cosas que para él no han significado nada. No es como si la palabra amor estuviese en la mente de ninguno; sin embargo, él había hablado de respeto. Dijo que me respetaba y yo no veo ninguna señal de ello en sus actos.

Observo el horizonte y, de nuevo volviendo a mi vieja rutina, solo ansío libertad. Me queman los ojos con lágrimas de rabia, pero no las dejo salir. Sé que una lágrima será la primera grieta en mi muro y no puedo permitir eso. Aspiro una bocanada de aire a la vez que un pensamiento peligroso se forma en mi cabeza. Examino la distancia que separa mi balcón del suelo y aunque dejarme caer desde aquí podría ser mortal, no lo sería si desciendo un tramo considerable con ayuda de una cuerda.

—No voy a morir aquí —me digo a mí misma.

Tomo mi decisión tan rápido como ha aparecido el pensamiento. Corro al interior y agarro las sábanas de mi cama y otras que descansan en el armario. Las anudo y después ato la cuerda improvisada con fuerza a una de las patas de la cama. Tiro de ella comprobando que es lo suficientemente resistente.

Voy a hacerlo, voy a huir, a pesar de lo que su furia pueda hacerme. O quién sabe, puede que su hastío hacia mí me ayude, no seré una pérdida muy grande ahora. Reviso la habitación buscando algo que pueda usar para defenderme en caso de necesitarlo. Empuño un abrecartas y lo escondo en la bolsa de cuero que he encontrado en el armario.

La puerta se abre y me maldigo por no haberla atrancado. La cabeza de Evanora aparece por la puerta y entra antes de que alguien pueda ver lo que estoy haciendo.

—Sabía que esto ocurriría —dice, para nada sorprendida—. No lo hagas, no te precipites. Si me dejas organizarlo bien, podrías venir conmigo, te aceptaremos entre nosotras.

—No quiero dejar una jaula para meterme en otra.

—Entre nosotras nunca estarás en una jaula —responde un poco molesta.

Se me escapa una carcajada que no es nada divertida.

—Por favor, no me mientas. Vivís en ese campamento como si fueseis una pequeña secta, con vuestras normas y recelo al exterior.

—Somos una familia.

—Una a la que no pertenezco ni perteneceré.

La banshee da unos pasos hacia mí, dudosa, como si yo pudiese hacerle daño. Algo en eso me irrita.

—¿Y qué harás ahí fuera? Morirás, Sierra. Si no te atrapa él, lo harán otras criaturas.

—Si me quedo aquí también moriré finalmente, así que prefiero decidir yo cómo pasará. Prefiero que mi muerte venga por buscar mi libertad que por esperar sentada a que él decida que le intereso tan poco que estoy mejor muerta.

Evanora da un paso más hasta mí y sus dedos buscan mi mano. La rodea y la aprieta con fuerza para enfatizar sus palabras.

—Esto es puro teatro, Sierra. Él ha hecho esto para molestarte y lo está consiguiendo.

—Me da igual. —Un sonido extraño retumba en mi garganta—. En realidad, no sé porque no he pensado en esto antes, tengo que irme. No es como si pudiese pretender ser una familia feliz aquí con ellos, como si fuésemos grandes amigos todos. Soy una prisionera.

Los rasgos de su rostro se relajan, entiende por fin que nada de lo que me diga podrá convencerme de lo contrario o de huir con ella. Suspira, resignada, y saca de detrás de su espalda un pequeño bulto cubierto.

—Tenía la esperanza de poder llevarte conmigo. —Me lo tiende—. Ya veo que es imposible. Toma, he robado algo de comida en las cocinas. No es suficiente, pero te servirá por unos días. —Lo guardo dentro de mi bolsa—. Tienes que huir rápido, tan lejos como puedas. Ir por el bosque es peligroso, pero los caminos posiblemente lo sean más. Tengo el presentimiento de que Viktor te buscará y hará que muchos otros te busquen también.

—Lo sé.

Parece estar pensando algo por la forma en que aprieta los labios.

—Tal vez deberías buscar a Eleazar.

—¿Qué? ¿Por qué?

—Es enemigo de Viktor y por lo que vi en el campamento, tienes su atención. Te protegerá.

—No quiero pasar a las manos de otro vampiro.

—Recuerda que ellos están luchando por cambiar las cosas, a lo mejor no sería una mala opción buscar su protección por un tiempo.

Niego con la cabeza y me alejo de ella, pero me lo impide sujetándome fuerte por la mejilla.

—Una cosa más. —Se pone de puntillas y presiona sus labios contra mi frente mientras murmura palabras en un idioma extraño. Noto una sensación caliente hormigueando en mi piel—. Esto solo durará un tiempo limitado, te hará imperceptible a los ojos del resto. Aprovéchalo bien.

Asiento rápidamente, corro hasta el balcón y dejo caer la cuerda. Evanora me mira con determinación y me hace un pequeño gesto con el mentón para que me ponga en marcha. Sujeto fuerte la cuerda hecha de sábanas y con la ayuda de mis muslos empiezo a descender. La banshee asoma la cabeza, vigilante.

—Muchas gracias por todo —murmuro—. No lo olvidaré, Evanora.

Sonríe y las esquinas de sus ojos se arrugan.

—Yo no te olvidaré, Sierra. Corre, busca esa libertad que deseas.

Sonrío de vuelta y sigo descendiendo hasta que llego al final. La caída hasta el suelo no es tanta como para ser mortal, aunque un mal aterrizaje podría partirme un hueso. Tomo una bocanada honda y me dejo caer. Mis piernas se desestabilizan por un momento y creo que voy a caer de culo. Por suerte consigo mantener el equilibrio y caer sin problemas. Cuando miro hacia arriba, Evanora ya ha hecho desaparecer la cuerda.

Me pongo en marcha enseguida, corro por los caminos con el pecho algo más aliviado al saber que nadie puede verme. Tal vez mi olor esté en el aire, pero estarán demasiado confundidos. Más de una vez miro por encima de mi hombro, esperando encontrar a Viktor alzándose sobre mí. Me arden los pulmones y, aun así, no me detengo. Sigo corriendo, forzando mis músculos al máximo, recorriendo el camino hasta la verja de entrada. El castillo cada vez es más pequeño detrás de mí y los árboles comienzan a taparlo.

Llego a la verja, que se alza imponente y aterradora con las formas de grandes fauces decorándola. Tiro de ella, pero no la muevo ni un ápice. Bufo, impaciente y sin saber cómo abrirla. Miro alrededor pensando en otra forma de salir. Todo está vigilado por los guardias y el hecho de que aquí no haya nadie es porque Viktor está muy seguro de que nadie será capaz de atravesar la puerta.

Con la rabieta de una niña pequeña, me abalanzo sobre ella, me aferro a las firmes barras de hierro y tiro de ellas. La verja protesta. Lanzo un gruñido de frustración y doy un tirón más, molesta porque el destino me ponga tantas trabas.

Una furia ciega me empaña la visión y me quema las manos, y la verja cede. La miro estupefacta, pero no tengo tiempo para pensar en lo que ha pasado y salgo corriendo de nuevo.

Correr, correr, correr.

Esa será mi vida ahora. Es preferible, al menos sentiré el aire azotar mis mejillas y el corazón galopándome en el pecho, mientras que el castillo posiblemente acabaría por comerme viva. Qué ridícula fui al pensar que este sitio me hacía sentir viva de alguna forma.

No sé cuánto me he alejado cuando unos dedos que solo puedo ver en mi cabeza rozan mis firmes paredes. Sacudo la cabeza, alejándolas.

—No —digo al aire—. Me cansé de jugar a lo que me tenía establecido el destino. Ahora yo soy mi destino. Adiós, Viktor.

Solo me hacía falta un empujón para darme cuenta de que lo que estaba haciendo hasta ahora era un error. Menos mal que él se ha encargado de darme un golpe de realidad.

31
Sierra

El bosque parece no tener fin, nunca me había detenido a observar lo extenso y vasto que podía llegar a ser hasta este momento. Las piernas me duelen y mis pulmones arden como si cada bocanada fuese fuego aspirado. Algunas ramas han rasgado mi vestido, pero por suerte no han conseguido alcanzar mi piel. La sangre solo me haría un blanco aún más fácil.

Las manos de Viktor no han dejado de golpear mi mente, cada vez con más insistencia, pero cada una de esas veces he mantenido firmes los cimientos de mi cabeza. Ahora tengo control sobre ella, y sé que eso le molesta sumamente. Es noche cerrada y de vez en cuando los aleteos de las aves nocturnas y el sonido de los insectos hace que mi corazón se acelere. Cualquier pequeño ruido me inquieta.

Abro mi bolsa, hurgo entre las provisiones que me ha dado Evanora y encuentro una pequeña bota de agua de la que bebo intentando controlarme para no terminarla toda. Agarro el abrecartas que he traído conmigo y me aferro a él con fuerza. Estoy cansada, eso es un hecho, mis piernas así me lo hacen saber cuando intento ponerme de nuevo en movimiento. Miro a mi alrededor y sopeso las opciones que tengo. Sé que debería descansar, aunque sea un momento. Los árboles son altos, demasiado como para que alguien poco entrenada y hábil los trepe.

Sigo avanzando mirando mis alrededores, hasta que veo un árbol con el tronco podrido y hueco por dentro, lo suficiente ancho como para ocultarme. Me siento en el suelo frío, escondo parte de mi cuerpo dentro del tronco y atraigo mis rodillas hasta el pecho con los brazos para mantener el calor.

Apoyo la barbilla en mi rodilla e intento no pensar en lo que me pasará si Viktor me atrapa. No lo hará, moriré antes que eso. Muerta no habrá motivos para que tome represalias contra mi familia, si me captura viva me hará sufrir y sabe que lo único que me duele son mis padres y mis hermanos. Escucho el crujido de una rama que se parte y me pongo alerta. Aguanto la respiración durante casi un minuto, asustada y apretando el mango del abrecartas, hasta que veo pasar a un pequeño conejo.

—Solo es un conejo, Sierra, relájate —me digo a mí misma—. Viktor no me encontrará.

Intento convencerme, aunque no lo consigo. Viktor captará mi olor fácilmente, si es que no lo ha encontrado ya. ¿Es posible que el hechizo de Evanora camufle mi olor también? Es una posibilidad, una en la que no debo confiar ciegamente. Aprieto la mandíbula, sabiendo que me arrepentiré de esto más tarde, y vierto un poco del agua en la tierra. Entierro los dedos en el barro y comienzo a mancharme la cara, el cuello, los brazos y todo centímetro de piel visible con la esperanza de que eso consiga despistarlo.

Él es un depredador, un cazador nato, yo soy su presa, y no parará hasta encontrarme.

Después de eso estoy tan cansada que, idiota de mí, decido cerrar los ojos solo un momento creyendo que seré capaz de abrirlos de nuevo. Error. Cuando lo hago, el sol está saliendo y mi entorno es mucho más visible y menos terrorífico. Con el corazón en la boca, me pongo de pie tragándome un gimoteo de dolor.

—Mierda —mascullo.

El barro está seco en mi piel, repito el proceso de nuevo para estar bien segura y entonces me pongo en marcha. No puedo evitar mirar por encima de mi hombro con cada paso que doy. Acelero cuando estoy bien despierta y cuando mis pulmones deciden que debo parar no me tomo más que un par de minutos.

A veces me parece sentir una presencia detrás de mí y al girar solo encuentro el bosque tal y como estaba apenas segundos antes. Me digo a mí misma que es solo paranoia. Bebo del agua varias veces hasta que se acaba y a mi lista de preocupaciones se añade otra más. Debo buscar un río donde poder rellenar la bota.

El sol poco a poco va haciendo su recorrido y alcanza su cénit. El calor de los rayos incidiendo justo sobre mi cabeza es insoportable así que acabo siendo yo misma la que se encarga de destrozar más mi vestido. Arranco el bajo y lo utilizo para vendar mis manos magulladas.

—Lo voy a conseguir —me repito una y otra vez.

Me paso horas caminando a paso acelerado, saltando sobre grandes formaciones de piedra, bajando repechos que se deshacen bajo mis pies, esquivando troncos y raíces prominentes. Presto especial cuidado a que ninguna piedra o rama me rasgue la piel. Ya casi me he permitido relajarme cuando escucho un aullido. Toda la piel de mis brazos se eriza y mi mano viaja hasta mi garganta donde descansan las cicatrices gruesas.

Saco fuerzas de donde no las hay para obligar a mis piernas a correr. Tal vez sea un simple animal, un perro salvaje, aunque pensar así es demasiado optimista por mi parte. Me dejo caer por una pequeña pendiente arrastrando mi trasero por el suelo y sigo corriendo. El ruido de pisadas capta mi atención y en el momento en que miro atrás, la sangre se vuelve escarcha en mis venas. Enormes lobos de pelajes que varían en color vienen hacia mí. Con los puños apretados y arma en mano, aumento el ritmo, aunque sé que no conseguiré nada. Son mucho más rápidos que yo, puedo sentirlos detrás de mí, la tierra vibra con la fuerza de sus pisadas.

Escucho el ruido del agua y pienso que tal vez sea una locura, pero quizás cruzar el río los persuada o los retrase. Utilizo mis últimas reservas para seguir el sonido, la vegetación se vuelve más escasa y el camino se abre conforme me acerco. Una chispa de esperanza se enciende en mi pecho y eso es lo peor que puede ocurrir, pues cuando por fin la vegetación desaparece para darme un descanso, veo que no es un río lo que me espera, sino un precipicio que da a parar al mar. Las Aguas Corruptas.

Me fallan las rodillas, caigo de bruces en el suelo raspando mi piel. Ya no importa, voy a morir. El instinto me obliga a retroceder hasta el filo del acantilado para retrasar hasta el último momento el final. Echo un vistazo detrás de mí, al agua que azota con violencia las rocas.

—No te resistas más, tienes que venir con nosotros.

Tiemblo al escuchar al enorme lobo hablar. Su voz parece salir de las mismas profundidades del infierno. Retumba en mis propios huesos.

—No iré a ninguna parte —consigo responder.

—No te haremos daño… a menos que te niegues.

Se me escapa una risa histérica.

—¿No me haréis daño? —Me señalo el cuello—. ¿Qué es esto entonces?

El lobo de pelaje marrón y ojos dorados avanza un paso en mi dirección, mostrando su enorme y amenazadora pata. Las marcas que cubren su hocico me resultan muy familiares y tras unos segundos de duda, sé que él es el culpable de mis heridas. Sus orejas se mueven a la vez que inclina la cabeza hacia un lado, un animal curioso que inspecciona a su presa.

—Me disculpo por mi actitud temperamental —dice con esa voz salida del averno.

Arrugo la nariz con desagrado y retrocedo otro paso más, muy cerca del borde. Solo unos centímetros más y podría abandonarme a la caída. La muerte sería mejor que ser la cautiva de una criatura despiadada de nuevo. Eso no es vivir. He tomado la decisión cuando una brisa brusca sacude mi pelo y lo lleva a mis ojos. Los cierro por puro reflejo y cuando los abro de nuevo, hay una masacre delante de mí.

32

Viktor

Quiero convencerme de que esto es lo correcto. Mis enemigos me buscan, cada vez con más frecuencia, y la usan a ella como un arma contra mí. No me lo puedo permitir, no alguien como yo. Ella es una debilidad que tengo que eliminar, como una mala astilla. Es por eso que me he hecho con una nueva saciadora. No la necesito, pero sé que esto le hará daño a Sierra, y eso es lo que busco.

Las diferencias entre ambas son muy notables, donde una es pelo negro, la otra lo tiene dorado. Tiene un rostro angelical que roba el aliento. Nada que ver con la belleza cruda de Sierra, una belleza melancólica que absorbe el color y lo torna gris. Rasgos suaves contra rasgos duros. Ojos azul celeste frente a ojos grises absorbentes.

Me sirvo un vaso con la sangre de la nueva saciadora y al llevármelo a la boca, me sabe como todas las demás. La puerta se abre sin llamar y sé de quién se trata al instante. Detrás de la neblina que empaña mis ojos cada vez que me alimento, puedo ver a Drystan con los brazos cruzados sobre su pecho, el pelo negro rozando sus hombros y los labios fruncidos con desagrado.

—No deberías hacer esto, Viktor.

—Dejé de cumplir órdenes hace mucho tiempo, amigo.

—No es una orden, es un consejo —dice con énfasis.

—¿Sí? Cuéntame más —replico con tono de burla.

Él suspira, visiblemente cansado de mi comportamiento.

—La hemos hecho sufrir demasiado al arrancarla de su casa, su vida ya ha sido una mierda durante toda su existencia pensando en el momento en que uno de nosotros la tomaría. Parecía que empezaba a encajar aquí, a disfrutar, ¿por qué la haces sufrir de nuevo?

—Me cansé. —Me encojo de hombros—. Ya sabes cómo soy.

—Precisamente porque sé cómo eres, sé que lo de estas semanas no es precisamente nada para ti —resopla—. Nunca te has relacionado con humanas, pero ella es diferente, ¿verdad? Incluso yo me siento diferente cerca de ella, me hace apreciar un poco más la vida, es agradable tenerla cerca.

—Deja de soltar bobadas cursis, Drystan, te tengo por alguien serio.

—Vas a arrepentirte de esto —declara—. Espero que no sea demasiado tarde para entonces.

No espera a que lo despida, sale de la habitación tan silencioso como entró, dejándome solo conmigo y mis decisiones. Algún día el peso de ellas caerá sobre mí, pero ahora no es momento de pensar en ello. Entre metamorfos y Diluidos rebeldes, tengo demasiadas cosas entre manos. Sierra no puede ser una distracción y mucho menos una debilidad.

Cuando se acerca la hora de la cena, bajo al salón donde solía reunirme con ella. Ocupo mi asiento habitual y espero pacientemente a Maryse. Debo decir que cuando se sienta a mi lado, no siento nada, ni siquiera las ganas de atormentarla. No reacciona cuando corto su muñeca con mi anillo y lleno con su sangre mi copa. Su herida comienza a curarse cuando paso mi lengua por ella y pronto estamos los dos absortos en nuestros pensamientos. Ella come en silencio mientras yo paso mis dedos por el borde de la copa.

Es entonces cuando siento una brusca sensación de frío, algo a lo que no estoy acostumbrado. No siento los cambios de temperatura, no de la misma forma que un humano. Tengo un mal presentimiento que me hace zambullirme en mis poderes y buscar la mente de Sierra, pero está cerrada a cal y canto. Arrastro mi silla hacia atrás y planto mis manos sobre la mesa, lo que hace que Maryse se sobresalte. No digo nada cuando salgo del salón y voy con rapidez hasta la habitación de Sierra.

La sensación extraña, de frío absoluto, se mantiene en mi pecho. Rozo con los dedos el marco de la puerta, dudando si entrar o no, pensando en qué diré si mis sospechas son erróneas. En el fondo sé que no es así, no soy alguien que se deje llevar por sensaciones, esto es algo más.

Abro la puerta y lo encuentro todo vacío. Sé que no está antes de dirigirme al baño y terminar de confirmarlo. Un ligero temblor sacude mis dedos y arrojo varias cosas que me encuentro al suelo, entre ellas frascos de perfume y esencias de baño. Nadie viene a comprobar a qué se debe el ruido, estoy seguro de que nadie quiere arriesgar su vida en estos momentos.

—¡Sierra! —exclamo sabiendo que no obtendré ninguna respuesta.

La cuerda improvisada atada a la pata de la cama se burla de mí desde su sitio. Me clavo mis propios colmillos de apretar tanto la mandíbula, furioso. Con las manos en puños, salgo de sus aposentos, volcando el taburete de su tocador al pasar y haciendo temblar la hoja de la puerta cuando cierro. Al final del pasillo, tras girar la esquina, capto el inconfundible color blanquecino de un cabello que se ha asentado entre nosotros en los últimos días. Corro en su dirección, decidido a no dejar que se escape. Alcanzo rápido su espalda, por sus prisas diría que no quiere verme especialmente. La agarro de la nuca y la giro para que me muestre su cara.

—¿Dónde está?

—¿Dónde está quién? —replica con los dientes apretados.

—No te hagas la idiota conmigo, banshee. —Entrecierro los ojos conforme aprieto más mi agarre—. No me has dado buena espina nunca, sé que la has ayudado.

—¿Tan extraño te resulta que ella se haya ido sola, por su propio pie?

Dejo salir una risita irónica entre mis labios.

—Habla ahora, antes de que rompa cada hueso de tu cuerpo y luego me deleite con destrozar tu mente por gusto.

—Espero que esté muy lejos de ti —escupe.

Aprieto tan fuerte que mis nudillos se vuelven blancos y yo mismo siento dolor ante la tirantez de la piel sobre el hueso. La mandíbula de la banshee tiembla, pero en ningún momento baja la mirada.

—¿Dónde está?

—No lo sé. —Se encoge de hombros—. Y espero que nunca la vuelvas a tener en tus garras, me da igual lo que diga el destino.

—Evanora, vas a arrepentirte de esto.

Los dedos invisibles de mi don están toqueteando los hilos que unen su mente, los que hacen que Evanora sea ella y no un cascarón vacío. Los rasgueo, como si fueran las cuerdas de un arpa. Tiembla bajo mi mano, sabe lo que voy a hacer y, sin embargo, no retrocede ni pide misericordia. Estoy a punto de dar el golpe de gracia cuando Drystan se interpone.

—Para, Viktor.

Inclino la cara hacia él, incapaz de creer que me esté desafiando.

—Márchate —espeto.

—No.

—No la tendrás nunca, Drys. —Curvo los labios en una sonrisa maliciosa—. ¿Crees que ganarás su favor si la libras de mi furia?

Los segundos en que ambos nos retamos con la mirada son los que Evanora necesita para reunir su coraje y arriesgarse a que mi don se descontrole y le haga un daño irreparable. No parece importarle, no si aun así abre la boca. Sé lo que va a pasar antes de que ocurra. Su grito rasga el aire por la mitad, las paredes tiemblan y mis oídos parecen a punto de estallar. Entrecierro los ojos, retrocedo un paso y ella aprovecha para apartarse de mí. Quiero atraparla de nuevo, usarla como blanco de mi ira, pero su grito es poderoso y me mantiene congelado en el pasillo. Clavado sobre sus rodillas, Drystan se lleva las manos a las orejas como si eso fuese a suponer una gran diferencia. Un líquido caliente baja por un lado de mi cuello, sin necesidad de tocarme, sé que es sangre.

La banshee no deja de gritar, no mientras avanza de espaldas por el pasillo y salta por una de las cristaleras del pasillo. Tardo más de lo que me gustaría en correr en su dirección, pero solo quedan un puñado de cristales rotos en el suelo y nada de ella. Me vuelvo hacia Drystan hecho una completa furia. Él se queda de rodillas en el suelo, con los oídos sangrando. Al pasar junto a él, le tiendo mi mano, a sabiendas de que soy un bastardo que no merece su amistad.

—Drystan.

Bufa, aparta mi mano con un golpe y se pone en pie por sí mismo. Me lanza una mirada que tal vez sería capaz de congelar el infierno, pero no a mí.

—Lo has echado todo a perder —mascullá—. No pienso quedarme aquí para ver cómo levantas muros y te regodeas en tu miseria.

—Ah, ¿no? ¿Y a dónde irás, Drystan?

—Tras ella —responde señalando a la ventana rota—. Sabe cosas, Viktor, no entiendo cómo no te has dado cuenta.

—No camufles tus verdaderas intenciones.

—Oh, tranquilo, no lo hago. —Me encara, su rostro queda solo unos centímetros por debajo del mío—. Voy a por ella porque quiero respuestas y porque la quiero para mí. A diferencia de ti, yo sí sé lo que quiero.

—Pues adelante —espeto.

Lo siento titubear, lanza una mirada nerviosa entre la ventana y yo. Finalmente, la guerra que batalla dentro de sí mismo la gana algo que supera su lealtad hacia mí. Desaparece por la ventana dejándome solo en un pasillo donde juraría que aún puedo oír el eco del grito de la banshee, en un castillo que está empezando a enfriarse.

Voy hasta mi habitación, donde descargo parte de mi furia. Desparramo los papeles de mi escritorio, vuelco el tarro de la tinta y parto bajo mis dedos la madera maciza del escritorio. En la vela que descansa en el aplique de la pared aparece una figura que conozco bien, ha sido una compañera leal desde hace tiempo.

—¡Eres un idiota! —espeta Ank, formando dos puños pequeños con sus manos y haciendo que el fuego de su pelo se avive hasta un fuerte color rojo—. ¡Has dejado ir a lo único bueno que había en este castillo!

—Vete de aquí, Ank.

—¡Le prometí a tu madre que velaría por ti, que no perdería la fe y no dejaría que te consumieras en la oscuridad, con tus demonios comiéndote pedazo a pedazo, pero empiezo a pensar que no te importa ser devorado!

—¡No te necesito aquí dándome lecciones! —grito más fuerte.

—¡Ni siquiera eres capaz de darte cuenta de que estás sufriendo! —Da un pisotón que hace que chispitas de fuego salten de la vela—. ¡Estás así por ella, pero tu necedad te impide reconocerlo!

Un silencio espeso se extiende entre nosotros. Me tomo mi tiempo devolviendo mi respiración a su ritmo natural, me cuesta más de lo que desearía. Cuando al fin lo consigo, me acerco hasta el aplique donde descansa Ank, tan cerca que mi camisa está en peligro de chamuscarse.

—¿Dónde está, Ank? Sé que puedes encontrarla.

—No si no hay fuego cerca.

—¿La has visto?

Niega con la cabeza, las llamas de su pelo vuelven a su tono anaranjado.

—Sea donde sea que esté, no hay fuego, no hay calor —suspira—. Pobre niña, debe estar asustada, perdida… todo por tu culpa. No deberías haberla menospreciado, Sierra comenzaba a encajar aquí, podía ser este su sitio. Ahora no volverá y tengo miedo de que esa fuese tu última oportunidad de redención.

Sigue negando con la cabeza, retrocede paso a paso hasta fundirse de nuevo con la llama de la vela y desaparece. Reflexiono durante un tiempo considerable sus palabras y luego mi mente se dispara a intentar averiguar a dónde ha podido huir. Un pensamiento peligroso me asalta. *Ciro.* ¿Es posible que ella haya buscado su protección? Pensarlo hace que me ruja la sangre.

Solo, sin nadie que pueda detenerme ahora, salgo del castillo y me pongo en movimiento hacia su finca. Con mi velocidad no me llevará mucho tiempo llegar. Imagino todas las cosas que le haré, las formas de tortura que podría emplear en él por poner sus semillas en la cabeza de mi saciadora. ¿En serio piensa Sierra que él y yo somos diferentes? Una vez la tenga en sus manos revelará su verdadero rostro, tan monstruoso como el mío. La diferencia es que yo nunca lo he ocultado, siempre he mostrado mis lados feos y afilados, dispuestos a herir a quien sea tan ingenuo como para acercarse.

Estoy a mitad de camino cuando un olor húmedo, cavernoso, revolotea en el aire. La ira que siento ahora no es buena compañera, nubla mi razón, así que no es extraño que gire sobre mis talones y redirija mi atención hacia el olor concentrado de los metamorfos. Me adentro en la espesura del bosque esquivando ramas, árboles y raíces a toda velocidad. El olor persiste en el aire y debajo del fuerte hedor, se esconde otro más suave, afrutado y silvestre. El corazón me da un vuelco en el pecho cuando lo reconozco y si me encontraba ansioso por encontrar a los metamorfos, ahora me hallo al borde de la locura.

Puedo sentir cuan cerca estoy, el olor es fuerte, así que, en total silencio, subo a lo alto de un árbol cuyo follaje es suficiente para ocultarme. El metamorfo que ya he identificado como su líder habla a Sierra, que no deja de retroceder hasta el filo de un acantilado. Si yo puedo escuchar el sonido de su corazón temeroso, ellos también.

Se levanta una brisa que no dudará en delatar mi ubicación, es el momento de atacar. Muevo mi mano con un rápido gesto y, alimentados por la furia, mis poderes hacen que todos los metamorfos pasen a ser montones de carne y sangre en el suelo. Como esperaba, el líder se mantiene en pie. Bajo, me abro paso entre la masacre y hago un breve repaso del cuerpo de Sierra buscando alguna herida.

Siento un extraño alivio al comprobar que está de una pieza y mi enemigo usa ese segundo de distracción para intentar capturar mi brazo en sus fauces. Soy veloz y consigo cambiar su trayectoria con un puñetazo contra su mandíbula. El metamorfo acaba tirado en el suelo, aunque no durante mucho tiempo. Nos enzarzamos en una lucha sin descanso, asestando puñetazos y retorciendo las articulaciones del otro en ángulos dolorosos. Despego mis ojos de él solo un momento para cerciorarme de que Sierra sigue ahí y un profundo aguijón de dolor recorre mi pecho. Apenas soy consciente de lo que pasa realmente, solo siento los surcos de sus garras en mi torso y comienzo a sangrar sin cesar.

—¿Para quién trabajas? ¿A quién eres leal? —gruño sediento de sangre.

La sangre corre por mi pecho uniéndose a la que baña el suelo.

—Tienes muchos enemigos, Vitalle —resuella el metamorfo.

Mi oponente está exhausto, lo delata su apariencia parpadeante, que por momentos deja vislumbrar al hombre tras el animal. Lo miro con una furia casi imposible de contener y él debe saber tan bien como yo que de una forma u otra, esto acabará con su muerte.

—Nos volveremos a ver, Sierra Ruggiero.

Contiene su forma animal el tiempo suficiente para inclinar la cabeza hacia ella y desaparecer por el bosque. Observo cómo se aleja, parece más cómodo que enfrentarme a lo que he perdido. Rechino los dientes antes de girar y enfrentarme a Sierra. Estaría encantado de decir que no me sorprende lo que veo, pero lo hace. Su odio antes me hacía sentir bien, ahora creo que no me gusta demasiado. Aun así, me domina el orgullo.

—Sierra —digo dando un paso hacia ella—. Ven.

Le tiendo mi mano. Veo la sangre en mi piel y fácilmente recuerdo la suya manchando mis manos cuando los metamorfos desgarraron su garganta. Mis ojos vagan solo un momento hacia las cicatrices que ahora recorren su cuello.

Se niega a responderme, su silencio me golpea.

—Huir de mí es ir en contra de los Tratados, alguien tendrá que sufrir las consecuencias. —Mi voz suena apenas contenida—. Por no decir que es inútil. Siempre te encontraré.

Su cuerpo se tensa y me lanza una mirada desafiante.

—Tus amenazas no funcionarán conmigo. Prefiero morir que estar bajo tu techo otra vez.

Levanto una ceja en su dirección, por un momento me permito olvidar la gravedad de la situación, que esta no es solo una más de nuestras habituales disputas, donde el objetivo es sacarnos de quicio.

—No me parecía que lo odiases tanto cuando te follaba en mi cama.

Un escalofrío recorre su cuerpo; sin embargo, las llamas en su mirada no dicen nada de frío y sí de furia.

—Y tú no parecías para nada molesto por involucrarte con una humana, ¿recuerdas? Somos esa mierda emocional que tanto detestas.

Lamo mi labio inferior.

—¿Esto son celos, Sierra?

—Esto es orgullo, Viktor. —Clava sus preciosos ojos grises en los míos—. Amor propio, el único que siento. Me he cansado de vivir como lo que esperáis que sea, una humana servicial que se va a dejar aplastar por tus palabras, ya no más. Prefiero estar muerta porque una vida contigo es como estarlo.

Sus palabras me golpean más profundo de lo que quiero dejar ver. No puedo evitar que el recuerdo de mi padre, quien prefirió la muerte que vivir sin mi madre, que luchar por mí, me golpee. Tal vez sea egoísta, pero siempre quise que mi padre hubiese seguido a mi lado aún después de eso; quería alguien que me guiara, que no me dejara en manos de las alimañas que esperaban su turno para robar un pedazo de mí. Al final, me hundí en ese pozo. No acabaron conmigo porque pronto aprendí a doblegar a los demonios a mi voluntad. Solo que los míos son más fuertes de lo que pensaba.

La rabia ciega me sacude y aunque no es para ella, se la lanzo a la cara con mis palabras.

—Bien —digo—. Mejor muerta que siendo una jodida carga.

Algo parecido a la determinación cruza sus rasgos. Mira por encima de su hombro y, antes de que me dé tiempo a atraparla, desaparece por el borde del acantilado. Corro hacia el lugar que ocupaba, asomo la cabeza y veo con horror cómo se precipita al vacío. No dudo, la sigo e impacto contra el agua fría. Cerca, Sierra lucha contra la fuerza del oleaje con brazos y piernas, en vano. Nado hacia ella, la rodeo con mis brazos y nos llevo hasta la superficie. Su boca se abre en busca de oxígeno.

—Mejor muerta, ¿recuerdas? —dice entre bocanada y bocanada de aire.

La miro, molesto con sus palabras, aunque sé que me las merezco. En ese momento una ola enorme se cierne sobre nosotros y nos arrastra de nuevo al fondo. Algo azota mi espalda con fuerza haciendo que suelte a Sierra. Intento alcanzarla, veo sangre bailando a mi alrededor y eso me pone inmediatamente alerta y tenso. La busco en las aguas oscuras del océano, pero ya no está. Salgo repetidas veces, intento ver algo flotando en la superficie o una cabeza que busca aire.

—¡Sierra!

Me zambullo buscando alguna señal de ella en el mar. Mi búsqueda se vuelve cada vez más difícil con el oleaje y la oscuridad que avisa de la inminente llegada de la noche.

Rendirme no es algo que vaya conmigo.

«Ella no está aquí, predestinado».

Las palabras vienen susurradas a mi oído a través del agua. Intento buscar a su dueña, muy seguro de que es una sirena. No está aquí, seguro que ha hablado desde cientos de kilómetros de distancia, incapaz de hacer frente a mi ira.

Con esta nueva información, nado hacia la orilla más cercana, derrotado y exhausto. No es hasta pasada la medianoche que pongo rumbo al castillo, mis ganas de violencia contra Ciro han quedado olvidadas. Ella no estaba con él, estaba en el bosque y ahora, quién sabe dónde. Lo único que sé es que la encontraré. Estoy seguro de que me harán llegar su paradero, hay mucha gente que sabe de ella, los rumores se han esparcido como la mala hierba y nadie dudará en usarla contra mí. Voy a ir a por ella con todo lo que tengo.

Cuando entro en el castillo, el aire es tan frío que corta la piel y el silencio tan amargo que puedo degustarlo en mi boca. La subida por las escaleras resuena en todas partes, enfatizando aún más su ausencia. ¿Cómo podía una sola persona hacer de este sitio algo interesante? Ni siquiera las saciadoras se atreven a deambular, no ahora que el objeto de su curiosidad ha desaparecido. No he hecho más que entrar a mis aposentos y sentarme frente al escritorio destrozado cuando tocan a mi puerta. No tengo ganas de hablar con nadie, pero si han venido hasta aquí, debe ser importante. Más vale que lo sea si no quieren unirse a los destrozos de esta habitación.

—Adelante.

—Señor.

Uno de los Diluidos bajo mi mando, cubierto de pies a cabeza con armadura, entra al despacho. Baja la cabeza respetuosamente y pone la espalda muy recta al mirarme.

—Fuimos a buscar en la casa de los Ruggiero como nos ordenaste…

Alzo la mano para detenerlo.

—Sé lo que vas a decir, sé que ella no está allí.

Ahora está perdida en alguna parte, lejos de mí, pienso.

—Señor.

—Puedes retirarte. —Sacudo la mano para despedirlo.

—Señor, lo que vengo a comunicarle es que no había nadie allí.

—Eso ya lo sé —replico.

—Me refiero a que ningún integrante de la familia está allí. Los vecinos dicen que llevan días desaparecidos.

Levanto la mirada de golpe, de nuevo interesado en lo que dice.

—¿Estás seguro?

—Completamente.

Entrelazo mis manos delante de mí.

—Está bien, puedes retirarte.

Obedece y me deja a solas entre el caos que he provocado en mi habitación. Me sumerjo en mis pensamientos, consciente de que se está orquestando un desastre que no sé si podré controlar. La desaparición de una familia entera no es casualidad. Intento rasgar los muros impenetrables de la mente de Sierra, pero cada intento me deja exhausto.

Eso solo puede significar que está demasiado lejos como para poder usar bien mi poder.

—Vamos, Sierra… —gruño apretando los dientes.

Su mente parece abrirse un poco, como si estuviese dejándome probarla. Tan rápido como siento la pequeña rendija, se cierra dándome un portazo en las narices. Ank reaparece en el mismo aplique de antes, se sienta en la vela y me mira con reproche.

—Ahora vas a conocer la verdadera agonía, Viktor.

No creo que le falte razón.

33
Sierra

No sé cuánto tiempo ha transcurrido cuando recobro la conciencia.

—Ya era hora —dice una voz suave.

Me cuesta un buen rato conseguir enfocar la vista. Cuando lo hago, lo que veo me deja completamente sorprendida. Una mujer de pelo rosado y la piel más pálida que he visto está reclinada sobre la arena de lo que parece una playa, cerca del agua. Me mira por encima del hombro con unos ojos del color de las esmeraldas. No solo su belleza me deja sin habla, un rápido vistazo hacia abajo y compruebo que no tiene piernas sino una cola formada por escamas que van de diferentes tonos de morado hasta el rosa.

—¿Eres… eres…?

—Una sirena, sí —responde como si estuviese más que harta de la pregunta—. Todos los humanos reaccionáis igual, es un poco molesto. Yo no voy por ahí quedándome muda por ver dedos de los pies.

—Perdona. —Intento erguirme, rozando con mis dedos la arena—. Todo esto de los seres sobrenaturales es un poco nuevo para mí.

Mis palabras consiguen alejar un poco su expresión seria y dibuja una pequeña sonrisa pícara en sus labios. La observo mejor reparando en sus pechos cubiertos por algas, conchas y otros objetos oceánicos.

Sus manos también están cubiertas por algunas escamas y sus dedos son largos y terminados en unas uñas peligrosamente afiladas.

—¿Tú me has…?

—¿Salvado? Sí, diría que sí.

—Gracias —digo, con la garganta resentida por la sal.

—No me las des. —Sacude la mano—. Ahora estás en deuda conmigo, me debes un favor.

—¿Un favor? —Arqueo una ceja—. ¿Qué podría hacer yo por ti? Soy solo una humana.

Se encoge de hombros mientras se peina el cabello con los dedos.

—No tienes que hacerlo ahora, no necesito nada. —Me mira entrecerrando los ojos—. Pero algún día, cuando necesite algo, espero que recuerdes que te salvé de la furia del mar y te alejé de tu captor.

—Sigo sin entender qué podría hacer yo por ti.

—No tienes por qué entenderlo —sonríe—, solo tienes que deberme un favor, me encantan los favores.

Su belleza, al igual que la de todo lo que he conocido en estos últimos meses, es una engañosa. Por fuera tiene la apariencia de una joven hermosa y casi adorable, pero sé que dentro se esconde una criatura capaz de matarme. Así me lo recuerda con esa sonrisa que, a pesar de intentar ser amable, es la de un depredador que sabe que me tiene acorralada.

—¿Dónde estamos? —pregunto en un intento de ignorar el miedo que me genera.

—Al otro lado, pasado el Bosque Torcido. —Cuando ve que no muestro ninguna señal de reconocimiento, agrega—: En los Territorios del Sur.

Tardo un poco más de lo que me gustaría en unir los cabos sueltos en mi mente. Abro los ojos con una mezcla de asombro y pánico. Es imposible esconder el leve temblor de mis manos. Estoy muy lejos de casa, de todo lo que considero conocido. El puño que sostiene mi corazón se aprieta hasta que duele, puedo degustar el pánico en mi boca.

—Bueno, chica, tengo que irme. —La sirena sacude su cola—. Ya sabes, hay marineros que conducir a la muerte.

No parece estar bromeando.

Su cola, que estaba parcialmente metida en el agua, desaparece por completo conforme se adentra en el mar. En ningún momento me da la espalda, como si yo pudiese suponer una amenaza para ella.

—No sé cómo te llamas —digo alzando la voz.

—Eso es porque no te lo he dicho. —Su cuerpo casi ha desaparecido por completo, solo queda su cabeza fuera del agua—. Mi nombre es Galene.

—Me llamo Sierra.

Se le escapa una pequeña risa aguda.

—Lo sé, Sierra Ruggiero, el mar me dijo tu nombre.

Antes de que pueda preguntar qué diablos significa eso, desaparece por completo dejando únicamente un ligero chapoteo en el agua con su marcha. Tardo unos minutos en asimilar todo. Estoy sola en un lugar que no conozco y que puede hacerme parecer una traidora. Nadie viene al otro lado del Bosque Torcido, no solo porque sea una muerte segura a manos de los kraugs, sino porque aquí solo hay Diluidos rebeldes. Muy pocos son tan estúpidos como para perder el favor de los Puros. Son brutales, puede que invencibles, nadie quiere un enemigo así.

La playa está vacía, no parece haber rastro de ningún ser vivo y se confirma según voy avanzando más y más por la extensa orilla. Es noche cerrada y decido arriesgarme a alejarme, puesto que aquí la brisa marina no es muy agradable con mi vestido harapiento y destrozado. Apoyo las manos sobre una formación rocosa, paso con cuidado a través de ella internándome poco a poco en una especie de selva. Un escalofrío recorre toda mi columna al imaginar qué clase de animales o, peor aún, criaturas, podrían estar acechando entre la vegetación.

Contengo la respiración cuando escucho algo crujir. Camino rápido, cada vez más atrapada entre la vegetación. Un nuevo crujido y otro, más cerca. El corazón retumba como un tambor en mi pecho. Miro a mi alrededor buscando cualquier cosa que me sirva para esconderme y echando de menos el abrecartas que ha quedado olvidado en el océano. Para cuando decido que mi mejor opción es subirme a uno de los árboles, unos brazos grandes y robustos me rodean el cuello.

Lucho, forcejeo, intento clavar mis uñas en cualquier lugar que me conceda un ligero alivio, la oportunidad de escapar. Es inútil, no hace falta ser muy lista para saber que quién sea que se encuentra a mi espalda es un hombre fuerte. Pateo con mi pierna hacia atrás y consigo darle en la pantorrilla. Suelta un gruñido y sus brazos aprietan más fuerte. Mi visión se nubla, oscureciéndose en los bordes mientras puntitos blancos bailan frente a mí. Intento coger aire en vano.

Me desplomo y siento que mi atacante me pone algo sobre la cabeza que lo vuelve todo negro. Me carga sobre un hombro y mi cuerpo se balancea de un lado a otro con el movimiento de sus pasos. Quiero golpearlo, quejarme, decir algo, pero estoy bailando con la inconsciencia, luchando por no caer de nuevo.

No sé cuánto tiempo pasa hasta que dejan caer mi cuerpo como si fuese un simple saco. Escucho el ruido de unas botas y después la luz se hace de nuevo frente a mí. La claridad que proporciona el fuego es demasiado fuerte, debo pestañear más de una vez para acostumbrarme. Cuando lo hago, una vez más me quedo sin aliento. No puede ser que todo esto me pase a mí.

—¿Eleazar?

Se agacha para estar a mi altura en el suelo, con el pelo dorado rozando sus hombros. Tiene las manos colgando entre las rodillas, están llenas de cicatrices que lo hacen parecer aún más aterrador de lo que ya consigue su tamaño.

—Sierra. —Sus dedos acarician mi mejilla y por su mirada estoy casi segura de que no sabía que era yo quien se ocultaba bajo esa capucha—. ¿Qué haces aquí, criatura?

En su voz hay una pizca de compasión.

—No lo sé. —Me encojo de hombros—. Huir, supongo.

—¿De Viktor? —Asiento—. Siento que mi soldado te haya hecho daño.

Su mano baja hasta mi cuello, que seguramente está enrojecido, aunque eso sea lo de menos. Sus ojos dorados se vuelven más oscuros cuando ve las marcas de garras en mi piel. Lanza un suspiro y se yergue de nuevo frente a mí.

—Creo que deberíamos hablar en un mejor sitio que este.

Me tiende una mano y dudo un poco antes de deslizar mi palma sobre la suya. Noto las durezas del esfuerzo y la rugosidad de viejas cicatrices cuando envuelve su mano alrededor de la mía haciéndome sentir dolorosamente pequeña en comparación.

Miro a mi alrededor y descubro que estamos en un sitio que muy posiblemente esté destinado al interrogatorio de prisioneros. Hay una silla en mitad de la habitación y lo que parecen instrumentos de tortura. Tira de mi mano invitándome a caminar junto a él.

—¿Eleazar?

—¿Sí?

—No voy a ser tu prisionera —digo con una confianza que no sabía que tenía—. No estoy aquí para cambiar de jaula.

—Estoy muy convencido de que no estás aquí porque quieras. —Se inclina sobre mi oído—. No cuando sabes que estaría encantado de romper algo que Viktor quiere.

Tiro de mi mano para liberarme, pero me agarra más fuerte.

—Tranquila, Sierra. No te haré daño, no eres mi prisionera, eres mi invitada.

—Perdona si no confío en ti.

—Haces bien en no hacerlo. —Sonríe revelando sus colmillos—. Ahora, sígueme, creo que necesitas cambiarte de ropa. Luego, cuando no seas una distracción para la vista, hablaremos.

Echo un vistazo a mi vestido, rasgado hasta más de la mitad de mi falda. Mi muslo desnudo está a la vista y algunas marcas que no deberían ser expuestas están a plena luz. Me sonrojo y dejo que me conduzca a donde quiera. No es como si tuviese alguna oportunidad contra él.

Pensaba que iba a conseguir libertad, ya veo que no.

34
Sierra

Decido que mantener mis ojos clavados en la espalda de Eleazar es mejor que mirar al resto de individuos que me observan como si fuese un espectáculo de circo. Aun así, me doy cuenta de las miradas y de las ligeras inclinaciones de cabeza hacia Eleazar. Desprenden respeto por los poros y me pregunto si va más allá del miedo a las represalias. Tengo curiosidad por saber qué es lo que hizo a Eleazar y no a otro su líder. Entre los rostros de la gente distingo vampiros y, como ya esperaba, humanos. Por lo que veo, nos encontramos en una especie de campamento, uno muy grande de hecho. Hay tiendas repartidas hasta más allá de donde me alcanza la vista. La carne que se cocina en el fuego hace que mis tripas rujan; con todo el problema de huir, no tuve tiempo de comer. Espero que Eleazar no haya escuchado el ruido de mis tripas entre los murmullos que llenan el aire. Ya estoy sintiendo suficiente vergüenza al pasearme por aquí con un vestido roto que a duras penas oculta mi cuerpo.

Llegamos hasta una tienda hecha con pieles y no necesito ver mucho para saber que se trata de la suya propia. Hay alfombras de piel sobre el suelo y decenas de velas que iluminan y calientan el lugar. Alcanzo a ver varios mapas que están extendidos sobre una mesa, pero aparto la mirada antes de que Eleazar piense que puedo ser una espía. Mis ojos van a parar a una cama bastante grande para dos personas, incluso tres, y al ver las sábanas revueltas se me encienden las mejillas. Me giro, evitando mirar de nuevo hacia ahí, y encuentro a Eleazar apoyado sobre un gran baúl con un vestido perfectamente doblado a su lado.

—Espero que sea de tu talla. —Me lo lanza sin preocuparse de si puedo atraparlo o no—. Como comprenderás, hasta que no sepa realmente tus intenciones, no voy a dejarte sola.

—¿No merezco algo de intimidad? —replico.

—Ser un vampiro no hace que no sea un caballero, pero tampoco soy idiota. —Arquea una ceja—. Has escapado de Viktor, eso habla bastante bien de tus habilidades.

—¿Miras a todas tus invitadas mientras se desnudan?

—A las que están invitadas a mi cama, por supuesto.

Aprieto el vestido contra mi pecho, como si este pudiese servir de barrera entre nosotros en caso de que decidiera dejar de «ser un caballero», aunque uno de verdad no haría ese tipo de comentarios frente a una dama. El color de mis mejillas debe ser del rojo de las cerezas y eso hace que la diversión se refleje en su rostro. Casi como si supusiera un gran esfuerzo, se da la vuelta, regalándome la vista de su enorme espalda.

—Te doy mi palabra de que no voy a mirarte —dice con voz grave—. Pero si intentas cualquier cosa, te aseguro que responderé con violencia.

Me quedo mirándolo fijamente el tiempo suficiente para asegurarme de que va a cumplir su palabra. Con un suspiro exagerado, me doy la vuelta y comienzo a deshacerme de lo que queda de mi vestido. El pequeño camisón que llevo debajo está manchado de tierra así que me deshago de él también y me quedo completamente desnuda. Me apresuro a vestirme, me sorprende encontrar una pieza delicada de ropa interior de algodón. Deslizo mis piernas en ella y después me paso el vestido por la cabeza. Huele a mujer, estoy segura de que pertenece a alguna de sus amantes. Intento cerrar la ristra de botones en mi espalda, pero son demasiados y no alcanzo los de la parte superior.

Carraspeo.

—Necesito ayuda.

Dirijo la mirada por encima del hombro, veo cómo Eleazar se gira y pasea sus ojos por mi espalda desnuda hasta la curva de mi trasero, que queda oculto por las faldas del vestido. Aprieto la mandíbula, me niego a sentir pudor. Roza mi espalda solo un momento, más que suficiente para que el frío de sus dedos me estremezca por completo. Poco a poco el corpiño del vestido se ajusta a mi cuerpo y suelto un suspiro cuando su olor a manzana ácida y algo que me recuerda al verano, se aleja.

Lo encaro intentando que no se note lo alterada que estoy. Una mujer, aparentemente humana, entra con una bandeja en sus manos.

—Déjalo en la mesa, gracias.

La mujer asiente y camina hacia otra pequeña mesa redonda que está libre de mapas y pergaminos arrugados. Observo sus movimientos y veo que lo que cubre sus facciones no es miedo sino un profundo respeto hacia el hombre al que está atendiendo. Eleazar le sonríe y hace un gesto de reconocimiento antes de que desaparezca fuera de la tienda de nuevo.

—Toma asiento, Sierra, hablemos.

Me muestro un poco reacia a obedecer de inmediato, miro con recelo la mesa y sus sillas como si estas fuesen a morderme. Eleazar sonríe canalla mostrándome sus dientes. Sacude la cabeza como si yo le divirtiera y al fin tomo asiento, decidida a no ser el objeto de su risa. En la bandeja hay dispuestas varias rebanadas de pan, queso, uvas y otras frutas.

—¿Vino?

Normalmente me negaría, pero al ver que no hay ninguna jarra de agua cerca, asiento y acerco mi copa. El primer sorbo hace estallar un sabor afrutado en mi lengua y mi cara debe reflejar mi impresión pues Eleazar sonríe satisfecho.

—Entonces… dices que estás huyendo de Viktor, ¿debería preocuparme de posibles represalias hacia mí?

Dejo la copa a un lado y lo miro, ahora soy yo quien arquea una ceja y sonríe sarcástica.

—Sabes que hay bien poco que puedas hacer para evitar sus represalias, aprovechará la mínima oportunidad.

—Si me estoy exponiendo a eso, me gustaría saber por qué has huido.

—¿Tan extraño es? —replico—. Cualquier persona en mi lugar estaría ansiosa por escapar a la más mínima oportunidad.

—Muy pocos se atreven, siempre hay cosas que perder. —Se reclina sobre su asiento apoyando las manos en los reposabrazos, es la pose de un rey—. Tienes familia, ¿por qué arriesgarías eso, Sierra? —Esquivo su mirada interrogante—. A no ser que estés muy segura de que no irá a por ellos, y eso me lleva a mi siguiente pregunta, ¿por qué Viktor tendría esa consideración?

Me encojo de hombros.

—No lo sé, solo tengo esa intuición.

—Te considero más lista que una persona que se deja llevar por intuiciones. —Sus ojos dorados recorren mi rostro intentando leerme—. Está bien, solo puedo suponer que Viktor no solo te quiere como una posesión física, quiere tus sentimientos, ¿es así?

—Nunca va a tener eso —respondo tajantemente.

—No estoy preguntando si puede tenerlos.

—Igualmente te equivocas, él no quiere mis sentimientos. Solo soy una humana para él.

—Solo una humana, ¿eh? —Curva sus labios en una sonrisa ladeada—. Una muy escurridiza que evita mis preguntas por lo que veo. —Suspira empujando algo de comida hacia mí—. Bien, esto es lo que haremos. Te dejaré quedarte aquí el tiempo que necesites, pero estarás siempre vigilada, ya sea por mí o alguno de mis hombres de confianza.

—¿Estás seguro?

Se inclina hacia la mesa de nuevo acercando su cara peligrosamente a la mía. Puedo verme reflejada en el oro líquido de sus ojos y me pierdo en el reflejo el tiempo suficiente como para no notar que su boca se acerca a mi oído.

—Si intentas cualquier cosa, te mostraré formas de tortura que tu mente ni siquiera puede llegar a conjurar. —Su aliento cosquillea en mi oreja—. No me obligues a ser cruel.

—Tú eres quien elige la crueldad —le recrimino.

Me alejo de él aplastando mi espalda contra la silla todo lo que puedo.

—Solo si pones en peligro los frutos de mi trabajo y a la gente que confía en mí.

—Ya los pones en peligro al dejar que me quede, ¿recuerdas?

—¿Acaso quieres que cambie de opinión? —Guardo silencio—. No tienes alternativa y yo confío en que eres sensata, tal vez elijas bien por una vez.

—¿A qué te refieres?

—No estaría poniendo en peligro a mi gente en vano si tú fueses de los míos.

Dejo salir una risa nada divertida, casi parezco una histérica.

—Tratas de manipularme para que cambie una jaula por otra.

—Nadie aquí está enjaulado, todo el mundo es libre de irse cuando quiera. Les doy lo que no tienen con los Puros: libertad y confianza. Lo verás por ti misma.

—No creo que me quede tanto tiempo.

—Tal vez te acabe gustando este sitio o su gente —razona.

—No es que tú estés haciendo un buen trabajo.

Se levanta de su silla apoyando las palmas de las manos en la mesa y se cierne sobre mí. Contengo el aire en mis pulmones mientras su tamaño parece engullirme.

—No estoy intentando gustarte, Sierra. Créeme, cuando lo intente, no querrás irte de aquí. Alejarte de mí te parecerá doloroso.

Aprieto los dientes con fuerza. No paso por alto su elección de palabras. «Cuando», no «si». Parece una promesa. Al fin se aleja de mí lo suficiente como para que mis músculos se relajen un poco. No vuelve a su asiento, sino que se dirige hacia la salida de la tienda, no sin antes volver a dirigirme una mirada que expresa claramente la promesa de represalias si me atrevo a hacer cualquier cosa que ponga en peligro a su gente.

—Te recomiendo que descanses, pareces cansada. —Aparta la tela de la tienda, el aire frío de la noche entra al interior—. Puedes usar mi cama.

—No voy a dormir en tu cama —digo rápidamente.

—Tranquila, no me uniré a ti. —Guiña un ojo en mi dirección—. Yo te diría que elijas bien las batallas que quieres librar. De todas formas, si eso es lo que quieres, el suelo a lo mejor te resulta cómodo. Los insectos también merecen apreciar cosas bonitas de vez en cuando.

Sin agregar nada más sale y me deja sola en la tienda. Durante unos instantes espero su regreso, pero pasado un buen rato es obvio que no tiene intención de volver, al menos no pronto. Me llevo algunas uvas a la boca y me deleito en su sabor cuando estallan en mi lengua. Estoy más hambrienta de lo que pensaba. Cuando termino de saciarme, me retiro de la mesa intentando hacer el mínimo ruido posible, incluso tengo cuidado de que mis faldas no se arrastren por el suelo. Conteniendo la respiración, casi esperando que alguien venga a regañarme como a un niño pequeño que toca algo que no debe, me acerco a la mesa en la que sin lugar a dudas se discuten decisiones estratégicas. Cuando la miro, realmente es como si no viera nada. No me han educado para entender sobre guerras y estrategias. Extendido sobre la mesa hay un mapa de Drystia, con pequeñas piezas repartidas aquí y allá. Distingo el campamento donde nos encontramos y veo que a su alrededor hay varias piezas que lo rodean. Miro por encima del hombro varias veces esperando mi reprimenda. Si me pillaran, creo que no dudarían en tacharme de espía, aunque Eleazar es muy consciente de las cosas que deja a mi vista permitiendo que me quede aquí, así que posiblemente este mapa no revele nada que sea realmente importante para ellos.

Miro la cama y suelto una pequeña exclamación de sorpresa cuando veo unas sábanas limpias y perfectamente colocadas. Una manta, de aspecto grueso y pesado, posiblemente de pelo de oso polar, descansa encima. Rozo con mis dedos la suavidad del material mientras me pregunto en qué momento la cama de sábanas desordenadas ha dado paso a esto.

Me siento con cuidado. Me prometo que solo voy a descansar un momento, apoyo la mejilla sobre la manta para sentir su magnífico tacto contra la cara. Mantengo la mirada clavada en la entrada de la tienda, me niego a cerrar los ojos por si esos escasos segundos son aprovechados por alguien más para hacerme daño. Intento una y otra vez luchar contra la pesadez que cierra paulatinamente mis párpados. Lo que me rodea se vuelve turbio y poco a poco las esquinas de mi visión se oscurecen hasta que no hay nada más.

En mis sueños tampoco estoy en calma.

«¿Todo el mundo es bueno o malo? ¿Hay solo blanco o negro? ¿Qué hay de los matices? ¿Qué hay del gris?

No te vayas, no te alejes.

Te quebrarás.

No se puede contener.

Estás en peligro.

Cántale a la muerte.

Cántale a la vida».

Las palabras no me permiten tener un sueño tranquilo. Vienen susurradas por una mujer cuyas cuerdas vocales parecen estar siendo rasgueadas como las de una guitarra. Poco a poco las palabras dejan de venir hacia mí en oleadas para ser sustituidas por la caricia de unos dedos en mi mente. Entre el mundo de los sueños y la inminente conciencia, no soy lo suficiente fuerte como para repeler los intentos de Viktor por irrumpir en mi cabeza.

«Vuelve», susurra en mis pensamientos. «Sin ti, no habrá piedad, Sierra».

Como si a mí me importara que él fuese piadoso, como si no hubiese clavado sus garras en mí y yo no me hubiese permitido la idiotez de acariciar sus partes más monstruosas.

No sé si es mi mente conjurando cosas sin sentido o si de verdad lo que veo es real. Viktor está sentado frente a su escritorio y a su alrededor cobra forma el caos. Las cortinas están rasgadas, los papeles, desperdigados, y la tinta negra, derramada sobre las alfombras. Hay muebles destrozados y tirados por el suelo, fragmentos de cristal espolvoreados. Me concentro en mirarlo a él, en su mano de la que pende precariamente una copa de plata que mancha el suelo de sangre. Su aspecto es desaliñado, tiene el pelo negro revuelto y la camisa, arrugada, algo impropio de él. Está cabizbajo, repantigado sobre su asiento y los ojos perdidos mirando quién sabe qué. Como si pudiese sentirme en la habitación, levanta el rostro. Es un sueño, es imposible que me vea. El azul de sus ojos es apagado, casi gris, como los míos.

Contengo el aliento, sorprendida.

«Me equivoqué contigo».

Alzo la cejas al escuchar el susurro de sus palabras y sus ojos se abren con sorpresa también, como si de verdad me estuviese viendo frente a él. Entro en pánico cuando se levanta corriendo de su silla, haciendo que esta caiga con un fuerte estruendo. Da un paso en mi dirección, mi corazón se acelera y entonces todo se esfuma, menos una cosa, un último susurro.

«Eres mi redención».

Me levanto de mi extraño sueño con una exhalación profunda. Mi corazón amenaza con salirse por mi boca y tengo que tomarme un momento para respirar y hacer que se apacigüe. Mi calma no dura demasiado. Un movimiento me hace girar la cabeza hacia Eleazar, que se encuentra apoyado sobre uno de los postes de la tienda. Me observa con curiosidad, sin disimular.

—¿Una pesadilla? —pregunta.

Me llevo las manos al pecho, me siento desnuda por la intensidad de su mirada y por el hecho de que me haya observado dormir.

—¿No te han dicho nunca que mirar a alguien cuando duerme es de mal gusto?

Se encoge de hombros.

—Supongo que pocos se atreven a comentarme mis errores o faltas de educación.

—Eso solo da lugar a líderes arrogantes —replico.

Sonríe y cruza los brazos sobre su pecho, sin aparentes ganas de marcharse.

—¿Soy un líder arrogante?

Bufo, la respuesta es demasiado obvia. Le echo un rápido vistazo de pies a cabeza comprobando que se ha cambiado de ropa. Las velas del interior siguen encendidas y nada fuera parece indicar que haya amanecido. Supongo que en cuanto el sol amenace con salir, Eleazar desaparecerá a donde sea que vaya durante el día.

—¿Cuánto tiempo llevo dormida? —pregunto evitando responderle.

—Aproximadamente todo un día. —El tono de su voz es divertido, ligero—. Casi sospechaba que estabas muerta.

—Estaba cansada —reconozco.

—¿Demasiado cansada como para hacer un pequeño recorrido por este sitio?

—¿Vas a enseñarme el campamento?

—Solo si quieres.

Sé que voy a recibir miradas recelosas y que mis mejillas estarán en constante ebullición; sin embargo, creo que cualquier cosa es mejor que quedarme aquí esperando a que el aburrimiento me venza y el sueño venga a mí de nuevo. No sé si quiero ver a Viktor de nuevo, sus ojos o su aspecto melancólico. Tampoco quiero escuchar palabras que no entiendo y confesiones que quieren romperme.

Con un asentimiento acepto y su sonrisa me indica que es la respuesta que quería escuchar. Me deja a solas unos minutos, los cuales aprovecho para intentar parecer de nuevo una persona. Me desenredo el pelo con los dedos y veo una jarra con agua que no dudo en usar para despejarme la cara. Hay un espejo donde compruebo mi aspecto una última vez y, tomando una buena bocanada de aire, me reúno junto a Eleazar fuera de la tienda. El guardia apostado junto a la entrada me observa con cara de pocos amigos e inmediatamente aparto mi mirada de él.

—¿Ha estado todo el tiempo ahí? —pregunto en voz baja cuando nos apartamos considerablemente.

—Pregunta lo que verdaderamente te interesa.

Lo miro por debajo de las pestañas. Camina junto a mí, mi hombro muy por debajo del suyo, y su aspecto robusto me hace sentir que soy diminuta a su lado.

—¿Cómo defiendes este sitio si los Diluidos y tú no podéis estar bajo el sol?

—¿Estás segura de que no eres una pequeña y escurridiza espía? —bromea, arqueando una ceja en mi dirección, y se toma su tiempo para darme una respuesta—. Tenemos humanos también.

—¿De verdad crees que los humanos podrían hacer frente a un ataque de los Puros o de cualquier otro ser?

Un sentimiento extraño y oscuro recorre sus facciones rápidamente dándole un aspecto más feroz.

—Tenemos nuestros métodos. Estás segura aquí, eso es todo lo que necesitas saber.

No es todo lo que *quiero* saber, aunque supongo que debo darme por satisfecha por el momento. Sigo sus pasos mientras nos conduce por el extenso campamento. Me enseña la herrería donde un hombre forja las armas con el rostro enrojecido y una expresión que no invita a acercarse demasiado. Las cocinas están más allá, junto a una gran carpa donde hay mesas y bancos de madera para que la gente coma. El olor a sopa y carne ya empieza a bailar en el ambiente. Al aire libre, hay mujeres y hombres que ayudan a despellejar animales, usarán sus pieles para coser ropa y abrigo. Los niños juegan con una lata llena de piedras que no dudan en golpear y usar como pelota. Algunos de ellos se paralizan al verme, me reconocen como una forastera, pero sus miradas recelosas cambian cuando sus ojos se posan en mi acompañante.

—¡Ele! —grita uno de ellos.

Se acerca hacia nosotros con una sonrisa a la que le faltan algunos dientes. Eleazar hace un pequeño sonido de protesta antes de agacharse y alborotar el pelo castaño de la cabeza del niño.

—¿Cuántas veces te he dicho que me llamo Eleazar? —protesta.

—Me gusta más Ele. —Se encoge de hombros y me mira—. ¿Quién es ella?

—Una invitada, así que no seas grosero.

—¿Es tu novia?

Eleazar se ríe, más que divertido por las ocurrencias del niño.

—Yo no tengo novias, pequeñajo.

—Ya no soy tan pequeño —gruñe—. Ya te llego por la tripa.

—Porque eso sin duda es ser muy alto. Anda ve con tus amigos, te están esperando.

El niño echa la vista atrás, hacia sus amigos, que han dejado de jugar, muy atentos a nosotros. El niño sonríe de nuevo a Eleazar —tal vez yo también quiera llamarlo Ele a partir de ahora— y vuelve con sus amigos, que no tardan en volver a su juego. Retomamos la visita y pasamos por un corrillo de hombres que afilan sus cuchillos y mujeres que cosen bajos de pantalones. Sus miradas se fijan en nosotros, muy cautelosas. Pasamos de largo para dirigirnos a lo que parece una pequeña tienda, pero hay algo que llama más mi atención. Una puerta negra que parece conducir a una habitación que se hunde en la tierra. Él sigue la dirección que han tomado mis ojos y no dice nada, aunque tampoco hace por llevarme hasta allí y saciar mi curiosidad.

—¿Qué es eso?

—No creo que sea algo que quieras ver.

Parece que no entiende que decir eso es justo lo que activa mis ganas de saber qué se esconde ahí. Poso la mano en su antebrazo para retenerlo a mi lado antes de que siga caminando y, por ende, alejándonos del lugar.

—¿Qué hay ahí?

Desvía su atención hacia el lugar al que me refiero, puedo ver la batalla que libra en su interior entre decirme lo que quiero o insistir y alejarme de aquí. Con su suspiro profundo y resignado sé que he ganado esta lucha.

—Es donde almacenamos la sangre, ahí se mantiene fresca más tiempo. —Se pasa la mano por el rostro—. Exponernos durante demasiado tiempo al consumo de comida humana puede hacer que nuestras defensas se debiliten, así que debemos intercalar entre comida humana y sangre animal.

—¿Solo sangre animal? —Me cuesta creerlo.

Tuerce el gesto y con eso sé que la cosa no acaba ahí.

—Hay parte de nosotros que aún se muestran intolerantes al cambio —confiesa—. Solo es cuestión de tiempo que cedan.

—¿Qué hacéis entonces para alimentar a esos que no aceptan el cambio?

—Algunos de los humanos que están aquí se ofrecen voluntariamente y otras veces vamos hasta pueblos que conocemos por ser simpatizantes con nuestra causa, nos dejan extraerles un poco de sangre a cambio de un pago.

—¿No tenéis saciadores?

—Todos los Diluidos que están aquí se deshicieron de ellos al unirse a la causa, incluido yo, aunque cuando voy con los Puros debo mantener ciertas apariencias.

—¿Se deshicieron?

—Creo que no he usado la palabra correcta. —Dibuja una sonrisa que casi parece avergonzada—. Quería decir que liberamos a los humanos. Algunos viven aquí porque no tienen a dónde volver y otros regresaron con sus familias. Puedo presentarte a algunas si quieres comprobar que lo que digo es verdad.

Busco en sus ojos algún rastro de mentira; en cambio, solo veo un dorado demasiado cálido para mi piel fría. No hay nada que demuestre que me engaña y una parte de mí quiere creer que dice la verdad, no para sentirme cómoda cerca de él y pensar que es alguien decente, sino porque significa que hubo otra gente que consiguió un final feliz, algo digno.

—Te creo.

Su postura parece relajarse con mis palabras. Agarra mi mano, las durezas de la suya rozan mis nudillos. Entreabro los labios, sorprendida.

—No todos somos monstruos —dice—. Fui humano, Sierra, y una parte de mí siempre lo será. Quiero lo mejor para ellos y para los que son como yo. Aquí podrías ser feliz, si quisieras.

Su pulgar roza mis dedos en una caricia suave y constante. Revolotea en mi mente el pensamiento de que tal vez sí que tenga una pizca de razón. Una parte de él es humana, tal vez sea eso lo que marque la diferencia y lo haga menos brutal que el resto. Sin embargo, la desconfianza tiene mi corazón bien agarrado, me es imposible confiar en sus buenas intenciones.

Suspiro y alejo mi mano de la suya, siento de nuevo frío. Ahora soy yo quien camina por delante, aunque realmente no conozco bien este sitio. Una visita rápida no me ha hecho una experta en orientarme aquí. Al pasar junto a dos muchachos jóvenes que sostienen diferentes armas en sus manos me quedo parada. No he visto muchas armas en mi vida más allá de algún puñal. Esto es muy diferente. Cuchillas curvas y afiladas, látigos que acaban en púas que prometen dolor, espadas largas con una punta tan fina como una aguja...

—¿Te gustaría probar? —susurra Eleazar junto a mi oído.

Doy un paso adelante alejándome con un sobresalto. Me giro para tenerlo cara a cara.

—¿Lo dices en serio?

Asiente.

—Demuestra que no eres un peligro y me encargaré yo mismo de enseñarte a manejar un arma.

—Yo...

Levanta la mano para frenar mis palabras.

—No digas nada. Prefiero que me lo agradezcas con buenas elecciones en el futuro.

Se da la vuelta, muy seguro de que lo seguiré, y así es. Prefiero ir con él que quedarme aquí parada en medio de gente que me mira como si fuese un pez caminando sobre dos patas. Le doy vueltas a sus palabras en mi cabeza, innecesariamente, pues estoy bastante segura de lo que quiere.

Quiere que lo elija.

Lo que Eleazar no sabe es que cuando salté del precipicio, me elegí a mí.

35
Sierra

Han pasado dos días, dos días en los que Eleazar se ha encargado de mostrarme cada rincón de este sitio, menos lo que hay detrás de esa puerta negra. La gente aún me mira de manera extraña, aunque algunas mujeres me han sonreído. No es que eso me haga sentir en casa inmediatamente, pero al menos ayuda un poco con mi creciente incomodidad. Además de explorar el campamento junto a Eleazar, he compartido mis cenas con él y de día, cuando el sueño viene a por mí, él desaparece en su lado de la tienda. La noche en que volvimos después de que se ofreciera a enseñarme a manejar un arma, descubrí que había hecho instalar una tienda anexa a la suya, conectada por un pasillo donde una cortina nos separa el uno del otro. Ahora tengo un pequeño espacio para mí y no he tenido que dormir en su cama de nuevo. No sé de qué material están hechas, pero las tiendas no dejan pasar ni una pizca de sol. Cuando el día se abre camino, Eleazar se encarga de que su lado sea una muralla impenetrable.

A veces me descubro a mí misma inquieta ante el pensamiento de que solo unos cuantos metros nos separan. No soy capaz de encontrarme cómoda entre vampiros, aunque hasta no hace mucho estuviese dispuesta a entregar mi cuerpo sin mirar atrás a uno de ellos.

No hace mucho que he despertado, aún tengo el pelo tan enredado como un nido de pájaros. Estoy saboreando algunas frutas que sobraron anoche en mi bandeja cuando una chica no mucho mayor que yo aparece en mi pequeño aposento sosteniendo ropa entre sus brazos.

—Eleazar me manda a dejarle esto, señorita.

—Por favor, llámame Sierra.

Una pequeña sonrisa tira de sus labios y asiente dejando la ropa sobre mi cama.

—¿Hay algo que necesite o que pueda hacer por usted?

—No te preocupes, tengo dos manos completamente capaces.

Se sonroja un poco y hace ademán de retirarse. Debe recordar algo pues retrocede y vuelve a mirarme. Tiene unos bonitos ojos verdes.

—Eleazar la espera en el área de entrenamiento, si quiere puedo llevarla hasta allí una vez se vista.

—Eso estaría bien.

La chica asiente y se retira para que me cambie. Voy hasta la cama donde ha dejado las ropas y las examino con curiosidad. Se trata de unos pantalones marrones de cuero, resistentes y abrigados. Junto a ellos también hay una camisa holgada y una especie de cota. Para mi sorpresa, cuando me lo pruebo todo, parece quedarme bastante bien. En el espejo de pie, me observo a mí misma. Con dedos poco diestros, intento hacerme un recogido medio decente. Pasados unos veinte minutos reaparezco junto a la chica de ojos verdes, con el pelo en un moño, mi nueva ropa de entrenamiento y unas botas de cuero que me llegan hasta la rodilla.

Es muy posible que pueda llegar hasta la zona de entrenamiento por mí misma, presté verdadera atención en los paseos con Eleazar, pero prefiero caminar por este sitio con otra persona que no sea él. Eleazar impone demasiado a la gente, algunos inclusos fingen tolerarme, en cambio, ahora puedo ver sus verdaderas caras. La mayoría evita mirarme demasiado, otros fruncen el ceño y muy pocos me dirigen una sonrisa. Los sonidos propios del esfuerzo físico se hacen más audibles conforme nos acercamos, escucho los resoplidos, el golpeteo del metal contra el metal y los gruñidos del esfuerzo.

En medio de toda la gente que lucha entre sí alzando sus armas, está Eleazar, que, con los brazos cruzados sobre el pecho y el ceño fruncido, supervisa a todo el mundo. Nos acercamos poco a poco y puedo escuchar cómo lanza indicaciones aquí y allá. La chica se detiene y me deja que avance sola. Me vuelvo hacia ella.

—No me has dicho tu nombre.

Ella sacude la mano en el aire.

—No es importante.

Me dispongo a contradecirla, a decirle que todos somos importantes; sin embargo, es demasiado tarde. Ya ha dado media vuelta y corre por el campamento alzando los bajos de su falda. Sin poder hacer nada más, me aproximo a Eleazar, que siente mi presencia de inmediato. Su mirada recae sobre mí, esos ojos de oro fundido parecen atravesarme. Barre todo mi cuerpo con la mirada, sin dejar un solo centímetro fuera de su escrutinio. El resto debe haberse percatado, porque el sonido del metal se ha reducido considerablemente.

Carraspeo.

—¿Has descansado bien? —pregunta como si no acabase de recorrer cada palmo de mi cuerpo con sus ojos. Su voz suena más grave de lo que estoy acostumbrada a oír.

—Supongo que sí.

Me encojo de hombros.

—Me alegra oír eso, necesitas estar descansada para esto.

Estoy de acuerdo. Me dirige un último vistazo antes de empezar a caminar confiando en que lo siga. Vamos hasta una zona algo más despejada, en una mesa descansan diferentes armas.

—¿Has tenido una en las manos alguna vez? —pregunta, señalándolas. Niego con la cabeza—. Entonces empezaremos por una de madera. Hoy veremos tu postura y te enseñaré algunos movimientos básicos.

No sé por qué, pero la idea de sostener un arma entre mis manos me emociona. Me tiende una espada corta de madera que rodeo entre mis manos. Evito mirar al resto, aunque puedo sentir sus ojos sobre mí.

Eleazar posa sus manos en mi cintura y me hace girar hasta mirar a un punto en la lejanía.

—Mantén los pies separados a la altura de tus hombros —dice junto a mi oído. Una de sus manos viaja hasta mi codo y levanta el brazo con el que sostengo la espada—. Tienes que agarrarla con firmeza, pero no tiene que ser excesivamente forzado. Tienes los nudillos blancos por la tensión, y eso que solo es una espada de madera. Relájate.

Observo mi mano y compruebo que tiene razón. Estoy sujetando el mango de la espada con demasiada fuerza, tanta que siento dolor en los nudillos. Intento relajarlos y volver mi agarre algo más flojo. Cuando se siente complacido con mi forma de sujetar la espada, pasa a indicarme cómo deben estar mis hombros y mi torso. Cuando mi postura es decente, se coloca a mi lado y saca su propia espada del cinto que rodea su cintura. Su filo brilla tanto que seguro que me cortaría sin esfuerzo, como si fuese un trozo de mantequilla caliente. La empuñadura tiene piedras preciosas incrustadas y lo que parecen ser tentáculos que la rodean como si quisiera estrangularla. Me pierdo durante un momento ante la belleza del diseño.

Adopta la misma postura que yo, solo que su cabeza queda bastante por encima de la mía. Realiza los movimientos con exactitud y elegancia y espera unos segundos a que los imite. Al principio soy demasiado torpe y él tiene que corregirme más de una vez. Para cuando realizo un corte de forma más o menos decente, mis hombros están resentidos y arden del esfuerzo.

—Eres pequeña —dice.

Hago una mueca con mis labios.

—Vaya, gracias. Pensé que no te habías dado cuenta solo con la forma en que tengo que inclinar la cabeza para mirarte.

Mi comentario le hace reír.

—Eres pequeña y delgada, eso contra un oponente más grande y pesado podría abrirte una pequeña posibilidad —resopla—. No vamos a engañarnos, tus posibilidades de ganar son pocas, pero con el entrenamiento adecuado y el tiempo suficiente, podríamos ampliar tus posibilidades. Puedes ser escurridiza y rápida.

—Menudo consuelo. —Aparto un mechón de mi cara resoplando—. De todas formas, ¿piensas que voy a estar aquí tanto tiempo?

—Estás aquí, ¿no? El tiempo que te quedes depende de ti. Yo no seré quien te eche.

El problema es que no sé a dónde ir, lo único que sé es que no quiero caer en manos de otro de ellos, quiero encontrar mi propio camino. Siendo realista, eso no está cerca de poder cumplirse, Viktor me está buscando e ir con mi familia no es una posibilidad. Seguro que Ravag es el primer sitio que está vigilando. El campamento de las banshees queda totalmente fuera de discusión, algo en ellas me pone los pelos de punta, así que tal vez deba ser astuta y aprovechar mi tiempo aquí para conseguir todas las habilidades posibles y después, huir.

—Creo que por hoy es suficiente. —Eleazar enfunda de nuevo su arma—. Déjame que te acompañe de regreso a la tienda, seguro que quieres un baño.

Puedo sentir el sudor bañando mi cuello y bajando entre mis pechos. La verdad es que un baño me vendría genial ahora mismo, para mi higiene personal y para mis músculos. Me acerco hasta la mesa, donde dejo la espada de madera, y después me uno a Eleazar con una pequeña sonrisa. Camina con seguridad saludando a sus hombres, que no dudan en lanzarme miradas que van desde el recelo a la lascivia. Las llamas de las antorchas que iluminan todo el campamento no ayudan mucho con mi sudor, el fuego es sofocante. Las cicatrices de mi cuello comienzan a picar, llevo mis manos hasta allí y empiezo a frotarme; muy consciente de que me estoy enrojeciendo la piel. Él no parece para nada afectado por el calor del fuego ni por el esfuerzo físico, supongo que está acostumbrado.

—¿Lo echas de menos? —pregunto, y al ver que no sabe a qué me refiero, añado—: El sol.

Por un momento parece sorprendido por mi pregunta, pero no tarda en disimularlo con una sonrisa que no le llega a los ojos.

—Supongo que sería un mentiroso si dijese que no —suspira—. Sé que para ti no soy diferente a los Puros, lo entiendo, aunque te pediría que no olvidaras que muchos de nosotros somos solo sus víctimas. Antes de esto, muchos teníamos vidas, otros directamente nacieron así sin la posibilidad de ser algo más.

Me mordisqueo el labio inferior, insegura de si sería demasiado seguir preguntando. Aun así, hay algo en él que me hace sentir que mi curiosidad no puede molestarle.

—A ti te convirtieron… —Pienso bien mis palabras—. ¿Qué edad tenías en ese entonces?

—Veintiséis.

—¿Y ahora?

—Trescientos cuarenta y dos.

Intento reprimir un sonido de asombro, en vano. Eleazar deja salir una carcajada ante mi reacción. Nos detenemos cuando llegamos a la entrada de mi tienda y aún siento que hay muchas cosas que quiero preguntar. Algo de eso se debe entrever en mi cara.

—¿Qué te parece si nos encontramos después de tu baño y comemos con el resto?

—¿Te refieres con… todo el mundo?

—Será bueno que te vean entre ellos, te ayudará a que se relajen en tu presencia.

No estoy del todo convencida; sin embargo, asiento. Eso le complace. Me regala otra de sus sonrisas y con un pequeño gesto de su mano se despide dejando que entre y me asee. Dentro, detrás de un biombo, se encuentra una bañera de patas bañadas en oro del que ya sale vapor. Supongo que, aunque Eleazar no viva en un castillo gótico y glamuroso como Viktor, no le falta poder para mandar. Ni siquiera sé en qué momento ha pedido que me preparen el baño.

Sin pensar mucho más, me deshago de mis ropas y me zambullo en el agua soltando un gemido al sentir el agua caliente besar mis extremidades. Apoyo la cabeza en el filo de la bañera relajándome un rato antes de pasar a enjabonar mi cuerpo con la pequeña pieza de jabón con olor a lavanda. El olor llena el aire y la mezcla con el agua caliente hace que me sienta demasiado cómoda, casi somnolienta.

La repentina sensación de asfixia es lo que me despierta de inmediato. Algo, o mejor dicho alguien, rodea mi cuello con fuerza de hierro. Sacudo mis piernas debajo del agua y mis manos van directamente hasta el brazo de mi agresor intentando hacer que me suelte. Me agarra con más fuerza y me corta la respiración.

—No voy a dejar que los trucos de una zorra bruja dominen a otro vampiro —gruñe un hombre contra mi oído—. Puede que hayas hechizado al idiota de Vitalle, pero no dejaré que hagas lo mismo con nuestro líder.

Los bordes de mi visión se están volviendo negros conforme el aire de mis pulmones se agota. Intento con todas mis fuerzas deshacerme de él, partiéndome las uñas contra el cuero que rodea su brazo. La fuerza de las manos me falla, caen inertes a ambos lados de mi cuerpo. La vergüenza por mi desnudez no tiene cabida cuando la vida se escurre entre mis dedos. Noto algo húmedo correr por un lado de mi mejilla y tardo en darme cuenta de que son mis lágrimas.

—Él me lo agradecerá —dice mi agresor perdido en sus propios pensamientos—. Ahora no es capaz de ver el peligro que supones.

Todo a mi alrededor parece estar sucediendo a cámara lenta, o tal vez soy yo que me muevo torpemente. Miro a mi alrededor con la esperanza de encontrar algo que pueda usar contra él. La pastilla de jabón y el cepillo se ríen de mí. No hay nada que pueda salvarme y gritar es imposible. Abro la boca buscando oxígeno.

—¿Q-qué?

El agarre de mi agresor se afloja un poco, aunque no lo suficiente. Sigue siendo fuerte. Mis extremidades están rígidas y no soy capaz de mover las manos. El mundo a mi alrededor da vueltas.

—¡Maldita zorra!

Una nube grisácea flota delante de mí y como si tuviese vida propia, se introduce dentro de mi boca. El agarre alrededor de mi cuello se afloja al fin lo suficiente. Me separo corriendo, me pongo de rodillas en la bañera y tomo bocanadas de aire desesperadamente. Me duele la cabeza como si me la estuviesen golpeando con un martillo y las comisuras de mis ojos todavía están húmedas con lágrimas no derramadas. Me llevo las manos al cuello para aliviar la presión y me atrevo a mirar por encima de mi hombro. No hay nada ni nadie. Me aferro al borde de la bañera con las manos y me cuesta demasiado esfuerzo acercarme lo suficiente como para mirar por él. Cuando lo hago, un grito ronco se queda atascado en mi garganta.

Un hombre, de mediana edad y pelo rizado, está tendido de espaldas en el suelo de mi tienda, con los ojos tan abiertos como su boca en una expresión agónica. Eso no es lo peor, lo que de verdad me eriza el vello es el tono ceniciento de su piel.

Esto me resulta familiar y el conocimiento de que yo soy la responsable me golpea como un mazo. Me cubro la boca con las manos ocultando mi grito de horror.

¿Qué he hecho?

Me aparto dentro de la bañera hasta quedar justo en el centro. Me llevo las rodillas al pecho y oculto mi cara entre ellas. El latido de mi corazón es errático, me tiemblan los dedos de las manos y mi garganta arde. Tengo miedo a las consecuencias de mis actos. Sé que ha sido en defensa propia, pero él es de los suyos y yo no soy nadie para ellos. Me matarán, y saber que correr no ha servido para nada, solo para llevarme de una muerte a otra, me asola por completo.

Tengo que volver a huir y no sé si estoy lo suficientemente fuerte ahora mismo para ello, aunque supongo que no importa, debo hacerlo. Estoy pensando en salir del agua, que hace tiempo que se quedó fría, cuando resuenan unos pasos que se acercan.

—¿Sierra?

Levanto la mirada y distingo a la perfección la sombra de Eleazar detrás del biombo. Mi corazón amenaza con escalar por mi garganta y caer escupido a sus pies. Me encojo sobre mí misma, sé que no hay forma de escapar de esta.

—Sierra, voy a pasar —advierte.

Rodeo mis pechos con mis brazos y me abrazo a mí misma como si así pudiese protegerme de la furia que sentirá Eleazar al saber que he matado a uno de los suyos. Estoy segura de que, si tenía sospechas sobre mí, ahora quedarán totalmente confirmadas. Tengo ganas de llorar sobre todo por la rabia, rabia porque mi vida tenga que acabar a manos de un vampiro de todas formas, rabia por no haber podido vivir ni un segundo de mi vida sin su peso sobre mi cabeza.

Su figura irrumpe en mi campo visual, al notar que estoy desnuda, esquiva mi cuerpo y posa la mirada en el cadáver en el suelo. Sus ojos se abren con sorpresa solo un segundo antes de que desaparezca y vuelva con una bata de seda entre sus manos. Me la tiende y estoy tan entumecida que no me importa que vea mi cuerpo desnudo cuando me elevo sobre el agua y rodeo mi cuerpo con ella. Saco un pie de la bañera y rápidamente Eleazar está a mi lado cuando ve que pierdo el equilibrio.

Sin darse cuenta, su bota ha golpeado el cuerpo tendido en el suelo y para el asombro de ambos, el lugar del impacto ha comenzado a desvanecerse como si fuese ceniza arrastrada por el viento. No puedo contener una exclamación horrorizada.

—Supongo que eso arregla mi problema de cómo ocultar el cuerpo —dice.

Me giro para mirarlo, incrédula.

—¿No vas a preguntar?

—¿Quieres que pregunte? —replica con su agarre firme en mi brazo—. ¿Te atacó?

Bajo la mirada recordando la sensación de asfixia, el sentimiento certero de que la vida me estaba abandonando.

—Sí.

—Entonces has hecho bien en matarlo.

No puedo esconder mi asombro cuando lo miro con los ojos muy abiertos.

—Es de los tuyos, Eleazar.

—Que sea de los míos no quiere decir que vaya a defender a un cobarde que ataca a una mujer mientras se baña. —Agarra mi barbilla entre sus dedos y me obliga a alzar la cara dejando mi cuello completamente a la vista—. Intuyo que intentó asfixiarte por la espalda, qué poco noble. ¿Dijo algo?

Aprieto los dientes con fuerza mientras una furia ciega empapa mis venas al recordar cómo me llamó «zorra» cuando estaba desnuda e indefensa, muriendo bajo su brazo.

—Dijo que no dejaría que te hechizara, que no dejaría que fueses un tonto como Viktor y que le agradecerías más tarde el que estuviese muerta. —Clavo mis ojos en los suyos de forma desafiante—. ¿Es eso así?

—¿El qué? ¿Que estoy hechizado? ¿O que le agradecería tu muerte? —Sus dedos, que aún tienen capturada mi barbilla suavizan su agarre y acarician mi piel con delicadeza—. No estoy hechizado, criatura, estoy muy interesado y eso me lleva a quererte viva.

—Espero que no te duela demasiado la decepción cuando descubras que no soy tan interesante como crees.

—Yo no pienso igual. —Sus ojos se dirigen al cadáver que descansa en el suelo junto a nosotros—. Eso me parece bastante interesante.

Se agacha junto al cadáver y este, con un ligero toque, vuelve a empezar a deshacerse; solo que esta vez el proceso no se detiene y acaba poco a poco por desaparecer dejando tras de sí solo una pila de ropa. Me quedo totalmente horrorizada al ver que ahora no queda nada. Puede que quisiera matarme y que deba alegrarme de que esté muerto. No obstante, debe tener familia, gente que lo va a llorar, alguien a quien le gustaría tener un cuerpo del que despedirse. Ahora no queda nada.

Me giro para dejar de ver su ausencia.

—Vístete, actuaremos con normalidad por el momento.

—Habrá quien lo eche en falta.

—Por supuesto, solo no voy a dar explicaciones ahora. —Sus ojos bajan solo un segundo por la curva de mi cuello—. Seguiremos con lo que teníamos previsto, comeremos y te acompañaré de regreso. —Apoya su mano en mi hombro—. Aumentaré la seguridad y descubriré si hay más gente implicada, te lo prometo, Sierra.

Retira su mano de mi hombro e interpreta mi silencio como una invitación para dejarme sola. Evito mirar la pila de ropa en el suelo y busco la mía. Por suerte me han proporcionado algo más que vestidos, así que me pongo unos pantalones y una camisa holgada que engulle toda mi figura sin mostrar mis curvas.

Cuando salgo fuera de la tienda, parece como si llevase el crimen tatuado en la piel y no sé si Eleazar va a ser capaz de mantenerme viva o, tal vez, debería preocuparse más por los suyos. Ya no estoy segura de no ser una amenaza.

Ha pasado casi una semana desde el accidente y ahora la gente evita por todos los medios mirarme, no sé si es miedo o simplemente han decidido que soy una paria. Tampoco me molesta, estoy acostumbrada a pasar mucho tiempo sola.

—Concéntrate, Sierra.

Justo en ese momento Eleazar asesta un golpe que hace que se caiga la espada que sostengo en mis manos. Gruño por el temblor de la hoja que se ha trasladado a mis brazos. Desde hace un par de días, me deja usar un arma de verdad, dijo que era momento de que me acostumbrara al peso real de una espada. Soy muy torpe, aún estoy lejos de ser siquiera decente. Me agacho, cojo mi arma y me coloco de nuevo en posición de defensa, a la espera del próximo ataque. Miro detrás de él solo un segundo para observar cómo una mujer sostiene en sus manos un látigo acabado en púas. No es la primera vez que la veo entrenando con él.

—¿Te gusta? —pregunta Eleazar—. El látigo.

Pestañeo volviendo de nuevo mi atención a él.

—Es bonito.

—No me refiero a qué te parece estéticamente, sino a si crees que es un arma que se adaptaría mejor a ti. No todo se reduce a la espada, aunque siempre es bueno saber manejar una.

—¿Crees que podría manejarlo?

Se encoge de hombros.

—Creo que puedes hacer lo que te propongas. —Baja su espada y me mira con intensidad—. Estoy imaginándote y creo que sería perfecto.

Bajo mi arma también, exhausta. Él se aparta y va hasta la mesa, de la que agarra unos pequeños paños. Me pasa uno y lo uso para secarme el sudor que baja por mi sien y cuello. El área de entrenamiento está bastante vacía y creo que eso tiene mucho que ver con nosotros. Mis interacciones con el resto se han visto notablemente reducidas, creo que Eleazar ha dado la orden de que se mantengan alejados de mí. No confía en los suyos lo suficiente o no es estúpido como para pensar que no puedo repetir lo que hice. La idea de que no sé controlarme a mí misma me quita el sueño por las noches. ¿Y si le hago lo mismo a un inocente? Es más, ¿de qué va todo esto? ¿Qué es lo que me pasa? Quiero respuestas y no sé dónde buscarlas.

Si añadimos a mis preocupaciones mis sueños con Viktor y mis pequeñas conversaciones mentales con él, no me extraña mi aspecto ojeroso. Cuando sueño con él, puedo sentir su furia en mi propio cuerpo y durante el día noto sus dedos en mi cabeza luchando por abrirse paso. Cada vez estoy más débil y temo que un día consiga entrar del todo en mi mente y vuelva a por mí. No quiero aceptarlo, pero me hizo daño. Más del que pensaba que podría hacerme alguna vez. No es algo físico, no es una herida que se vea y, por desgracia, esas son las que más duelen.

—Me preguntaba si te gustaría venir conmigo en unos días.

—¿Ir a dónde?

—Tenemos que ir a las Tierras Lejanas a por algunas cosas para el campamento y también vender algunas pieles —explica Eleazar—. Tal vez te vendría bien explorar un poco.

—Nunca he estado.

—Entonces creo que esta es una buena oportunidad para que las visites.

—¿Cuándo partiríamos?

—Dentro de dos noches.

—Me lo pensaré.

Asiente, dando por zanjado nuestro momento de descanso. Alza el arma de nuevo, se coloca en posición ofensiva y yo hago lo propio. No puedo evitar pensar en mí misma sosteniendo un látigo como el de esa chica o imaginar cómo pueden ser las Tierras Lejanas. Solo he escuchado algunos rumores, dicen que allí la gente es muy exótica, que el color baña cada superficie y que las personas son libres de todas las formas que una puede imaginar. Las pasiones las gobiernan y no sé si es buena idea adentrarme en un lugar así, y menos con alguien que me mira con deseo líquido en la mirada.

36
Sierra

Las dos noches siguientes las paso entrenando, poniendo a prueba mi resistencia física. Durante el día mis intentos por dormir se ven entorpecidos constantemente por sueños demasiado reales en los que Viktor está frente a mí, a veces roza mi mano con sus dedos y otras sus labios acarician mi sien. Ni en sueños soy inmune al magnetismo que su cuerpo ejerce sobre el mío.

Las Tierras Lejanas hacen honor a su nombre. Nos llevará varios días en barco llegar hasta la costa y, una vez allí, no sé cuál será nuestro destino.

Desde el primer momento en que puse un pie sobre la cubierta de madera, siento el imperioso impulso de aferrarme a la barandilla y mirar cómo el barco corta el mar. No aparto mis ojos del agua ni un momento y a veces me parece distinguir formas bajo la superficie. Formas que me miran.

—Si no tienes cuidado, podrías caer.

La manzana ácida se une al olor salado del mar. Miro de reojo al vampiro, quien parece más interesado en mí que en lo que le rodea. Apoyo un codo sobre la superficie de madera, acuno mi barbilla y le lanzo una mirada curiosa.

—Seguro que eso sería una pena.

—¿Crees que te quiero muerta? —Imita mi mirada curiosa—. Eres mucho más valiosa respirando.

—¿Planeas usarme como moneda de cambio con Viktor?

La risa brota de su pecho llenando el aire con su dulce sonido. Intento disimular mi sorpresa, siempre me impacta ver cómo Eleazar no intenta ocultar su diversión y parece feliz la mayoría del tiempo. A pesar de su aspecto intimidante, de su cuerpo robusto y su mirada felina, no es cruel cuando habla y no parece un alma atormentada.

—No tengo ninguna intención de llevarte de vuelta con él —dice con voz pausada—. Aunque si es tu deseo volver, no seré yo quien te detenga. Ya te dije que eres una invitada, no mi prisionera.

Guardo silencio el tiempo que tardo en deliberar dentro de mi cabeza si debería revelarle algunos de mis pensamientos, dejarle saber cómo de perdida estoy.

—Realmente no sé qué voy a hacer, no sé a dónde ir. —La tristeza se filtra en mi voz—. No puedo regresar a mi hogar y no tengo nada más. Tampoco quiero volver con él, me siento patética al recordar que solo fui un entretenimiento y que casi me quedo dentro de una jaula solo porque parecía bonita.

—¿Lo piensas realmente o solo es rabia? —Le muestro una expresión confundida—. ¿No has pensado que tal vez… te guste él?

—Viktor ejerce un poder retorcido sobre todos nosotros, es magnético.

—Me temo que fuimos creados para tener ese efecto sobre los humanos.

—¿Así fue como acabaste siendo un vampiro?

Curva sus labios en una sonrisa triste y alza la mano hasta rozar mi mejilla. Aparta un mechón de mi pelo y lo coloca detrás de mi oreja.

—Deberías descansar, mañana por la noche retomaremos el entrenamiento.

Se aparta de mí y camina por la cubierta hasta desaparecer en uno de los camarotes que se esconden abajo. Miro el cielo, veo cómo el gris del crepúsculo empaña el cielo y lanzando un suspiro me aparto por fin de la barandilla e imito a Eleazar. Bajo los escalones hasta el interior del barco, donde la oscuridad es total. Suerte que hay un pequeño aplique en la pared del que agarro la vela y me ayudo de su llama para caminar entre la penumbra. Me dirijo a mi propio camarote. La cama es pequeña, con sábanas sencillas y una almohada. Además de esto, hay un baúl lleno de cosas que supuestamente son mías pero que realmente no considero como tal, una silla donde me siento para quitarme las botas, una jarra de agua y un espejo en la pared que por el vaivén de las olas ha caído al suelo y se ha cubierto de pequeñas fisuras.

Me dejo puesta mi ropa, no confío en que alguien no vaya a irrumpir en mi habitación en cualquier momento; me siento insegura desde el incidente en la bañera y siendo sincera, no me he vuelto a sentir realmente yo. Los recuerdos me atormentan, la certeza de que no es la primera vez que hago algo así, porque ahora estoy segura de que fui yo. Los acontecimientos del bosque habían quedado relegados al fondo de mi memoria y ahora han subido a la superficie.

Me pregunto quién es la verdadera amenaza, ¿ellos o yo?

Me tumbo en la cama de espaldas con la vista fija en el techo. No hay ventanas, el barco está diseñado para que la entrada de la luz sea prácticamente imposible. Solo pasean por la cubierta algunos humanos que se encargan de mantener el rumbo del barco. Escucho algunas voces que hablan flojito y me concentro en ignorarlas. El sueño tarda, pero llega.

Estoy sentada en el borde de la cama, al principio creo que es una cualquiera hasta que veo sus sábanas y levanto la mirada para observar el resto de la habitación. Es la de Viktor, y por si no estaba del todo segura, siento su aliento caliente detrás de mi oreja. El olor a tierra mojada y galán de noche me abraza a diferencia de sus manos, que descansan a ambos lados de mis muslos. Su presencia detrás de mí es como un cosquilleo.

—¿Por qué vienes a mí cada noche? —Su voz gotea agonía—. No le des pan a quien muere de sed, Sierra.

No sé de dónde reúno el coraje suficiente para volverme y mirarlo de frente. Su cara parece más delgada, pero no menos atractiva. Hay sombras bajo sus ojos y sus labios han perdido un poco de ese color amapola. No se está alimentando, lo sé sin que me lo diga, su aspecto lo delata. Hace casi dos semanas que nuestros caminos se separaron, es bastante tiempo muriendo de sed. No siento pena, siento una enorme satisfacción.

—Te aseguro que no es tu cama la que quiero visitar por las noches —replico.

—Ah, ¿no? —Alza una de sus simétricas cejas—. ¿Hay alguien que visite la tuya, Sierra?

—No es de tu incumbencia.

—Así que hay alguien…

—Sé lo que intentas. —Me aparto de él—. No voy a dejar que me encuentres.

Se pone de rodillas sobre la cama, su camisa desabotonada deja ver la piel de su pecho. Al igual que las otras veces, su ropa está arrugada, como si hubiese dormido con ella puesta.

—Te encontraré —asegura apretando los dientes—. Y cuando lo haga, Sierra, gritarás.

Su mano se alza lo suficientemente rápido como para no poder esquivar su caricia. Agarra mi cuello y me obliga a inclinarme hacia él. Quedamos cara a cara, sus ojos consumen los míos y me capturan de tal forma que soy incapaz de desviar la mirada. El azul de sus iris se ensombrece y el aire queda retenido en mis pulmones. A pesar de que me agarra fuerte, no lo es tanto como para impedirme retroceder si así lo quiero.

Debería quererlo.

La calidez de su aliento roza mi labio inferior cuando se acerca un poco más. No aparto la mirada y él tampoco. Los dedos en mi nuca me acarician la piel de forma casi hipnótica. Las polillas que se comen mis entrañas están más vivas que nunca. El terciopelo de sus labios roza mi labio inferior y todo mi cuerpo tiembla. El deseo quiere ganar la partida, quiere que cierre los ojos y me deje consumir. En cambio, ocurre lo que tantas otras veces, salgo expulsada de este sueño, de esta conexión con él, y me levanto con la respiración acelerada y la piel sudada.

Me recompongo lo más rápido que puedo y uso el agua de la jarra para despejarme la cara y mojarme las muñecas. Me siento mareada. Paso las manos por la ropa en un intento por borrar sus arrugas y salgo de la habitación siguiendo el ruido de la gente fuera. En la cubierta el aire es frío y el cielo es azul oscuro. Ya ha anochecido, el invierno hace que los días sean muy cortos para suerte de los vampiros. La cantidad de humanos ha disminuido, ahora es predominante la presencia de Diluidos. Cuando considero que estoy lo bastante despierta, busco a Eleazar. No tardo en encontrarlo afilando uno de sus cuchillos contra uno de los postes del barco. Alza la mirada, bastante más despejada ahora que ha amarrado algunos de los mechones que caían sobre su cara.

—¿Lista?

Antes de que pueda responder, lanza el cuchillo que sostiene entre sus manos hacia mí. Consigo agarrarlo por el mango sin cortarme y tengo que hacer un esfuerzo para no dejar salir una exclamación de asombro por mis reflejos. Eleazar inclina la cabeza en reconocimiento, adopta una posición defensiva y saca un nuevo cuchillo de su cinturón.

—Ahora atácame.

Dudo, mirando el cuchillo que sostengo entre mis manos. Hasta ahora nos hemos limitado a corregir mi postura, mi equilibrio y técnica. Me ha enseñado algunos movimientos con la espada y en general, lo básico. Aspiro una buena bocanada de aire y adopto la postura ofensiva que me ha enseñado. Agarro bien el arma, estudiándola en mi mano, acostumbrándome a su peso. Levanto el cuchillo a la altura de mis ojos y doy un paso hacia delante. Eleazar coloca los brazos para bloquear mi posible ataque.

—Ataca, Sierra, no tenemos todo el día.

Su tono de voz no es amable, ahora no es el Eleazar caballeroso, ahora es mi instructor y está buscando presionar las teclas correctas para activar mi peor lado.

—Ya estarías muerta —comenta—. ¿No quieres ser capaz de vencer a Viktor? ¿No te gustaría poder defenderte de él? ¿Plantarle cara? Demuéstrale que no eres una humana débil y patética.

Espero que mi cara no refleje del todo mi rabia cuando doy un paso más y acabo por arremeter contra él. Bloquea mi golpe con su arma a la altura de su pecho. La hoja de mi cuchillo tiembla. Salto hacia atrás y observo a mi oponente. Recuerdo sus palabras: soy pequeña, rápida, escurridiza. Lo intento de nuevo, esta vez probando algo diferente. En el último momento me agarro de su brazo y lo uso para impulsarme por debajo de él. Me repito que soy rápida y uso eso para rodearlo y tocar con mi cuchillo el centro de su espalda, sin enterrar la cuchilla.

La risa hace temblar sus hombros y antes de que pueda reaccionar se gira y agarra mi muñeca con fuerza para que suelte el arma.

—Aprendes rápido.

—No tengo tiempo que perder —respondo.

Su sonrisa se hace más amplia. Se agacha y coge mi cuchillo del suelo. Lo coloca en mi mano y la rodea con sus dedos. Pasamos horas así, cambiando de una actitud ofensiva a una defensiva, corrige mi técnica y me enseña nuevas formas de poner a mi atacante contra las cuerdas. Para cuando acabamos, me falta el aire y Eleazar no parece ni ligeramente afectado.

—Tomemos algo con el resto.

No sé a qué se refiere hasta que me lleva a una zona apartada donde varios Diluidos sostienen vasos y beben apoyados en cualquier sitio. Los cuchicheos desaparecen cuando me ven llegar, pero hay algo en su líder que los anima a seguir. Me sirve él mismo un vaso y el olor afrutado me avisa de que es vino y no sangre lo que encontraré en él. No puedo afirmar lo mismo del resto. Me retiro hacia la zona más alejada y me apoyo en la borda llevándome el vaso a los labios. Eleazar intercambia algunas palabras con los suyos antes de hacerme compañía.

—No tienes por qué estar conmigo, ¿sabes? —digo—. No tienes que hacer de amigo de la rarita. Puedo estar sola.

—Sé que puedes, pero algo me dice que no te gusta.

—La soledad a veces es liberadora.

No me replica. Toma un sorbo de su vaso y mira más allá de quienes nos acompañan, fija la mirada en el horizonte. Dejo que se pierda en sus pensamientos como tantas veces hago yo. Me concentro en el resto, que, aunque pretenden ser disimulados, sé que tienen un ojo puesto en mí. La mayoría son hombres, aunque también hay dos mujeres, Diluidas, que tienen un brazo protector sobre sus hombros. No parecen para nada incómodas. Me dedican una sonrisa que les llega a los ojos.

—Soy Elise —dice una de ellas.

—Sierra —respondo.

Se le escapa una pequeña risilla.

—Creo que todo el campamento sabe tu nombre. —Se deshace del brazo de su acompañante y se acerca un poco más a mí, no parece que la presencia de Eleazar le suponga un problema—. Perdona si no hemos sido del todo acogedores.

—No te preocupes, no esperaba lo contrario. No creo que yo me mostrara muy hospitalaria si fuese al revés.

—Tonterías, todos queremos ser aceptados. —Sacude la mano hacia la otra Diluida—. Ella es Zara, perdónala, no es muy habladora.

—Digamos que Elise es el comité de bienvenida —comenta la aludida.

—Siendo sincera, no me he presentado antes porque este de aquí no me ha dejado. —Apunta a Eleazar con su dedo—. ¿Qué decías? Ah, sí, que soy demasiado intensa y asustaría a la chica. —Ahora me mira a mí—. ¿Estás asustada?

Le lanzo una mirada de reojo a Eleazar.

—Yo diría que no, ¿por qué debería estarlo? —Esbozo una sonrisa pequeña—. Creo que Eleazar olvida con quién he convivido.

Elise abre los ojos como si ella también hubiese olvidado por un segundo ese pequeño detalle. Me agarra de las manos, acunándolas entre las suyas, y me dedica de nuevo una sonrisa de dientes perfectos.

—Casi lo olvido yo también. —Da un pasito para estar aún más cerca—. ¿Cómo es? ¿Es tan cruel como dicen? Eleazar nunca me deja ir a sus reuniones.

Los demás parecen no estar cómodos con el tema de conversación así que se alejan y nos dejan solos a los tres. Elise pone una expresión avergonzada mientras que Eleazar no se muestra ni ligeramente perturbado. Toma otro trago de su vaso y cruza los brazos a la espera de mi respuesta.

—Supongo que es todo lo que se dice de él —me limito a decir.

En el fondo de mi mente hay una voz que me susurra que soy una mentirosa. Viktor es mucho más de lo que dicen, he visto partes de él que no son tan afiladas o letales, aunque tal vez todo fuese una ilusión, una obra de teatro destinada a enredarme en sus engaños.

—Oh, vamos, no me dejes así, seguro que hay algo jugoso que puedas contar.

—Venga, Elise, es obvio que Sierra no está cómoda hablando de él —la reprende el vampiro.

—¿Te hizo daño? —pregunta ella escaneando mi rostro.

—No.

Mira por encima de su hombro hacia atrás, donde el resto ha desaparecido quien sabe a dónde. Suelta mis manos dejando que vuelvan a caer a mis costados.

—Creo que he sido demasiado entrometida. —Retrocede un paso—. Será mejor que vea qué se necesita de mí, ¡el barco necesita atención!

Se marcha sin dejar que decaiga su sonrisa, solo se detiene un momento en su marcha para sacudir la mano en mi dirección a modo de despedida. Baja unos escalones y la coronilla de su cabeza desaparece. Siento un movimiento detrás de mi espalda y antes de que pueda reaccionar, los labios de Eleazar susurran en mi oído.

—Supongo que hay heridas en el corazón que no se pueden ver.

Por algún motivo eso me hace sentir furiosa. No quiero que la gente piense que mi corazón está roto porque no es así. No niego que tal vez una pequeña chispa de emoción se encendiera en él y Viktor mismo se encargara de apagarla vertiendo un cubo de agua fría sobre ella, pero no era amor. No, el amor no es así.

—Mi corazón está intacto.

Me giro levantando la barbilla para poder mirarlo mejor a los ojos.

—No lo creo —dice con tono burlón.

—Me da igual lo que creas.

Sin que sus ojos se aparten de los míos da un paso más, lo que hace que su pecho roce contra el mío. Tengo que inclinar el cuello para poder verlo bien.

—Crees que no puedo leerte, pero sé que te importa demasiado aparentar que Viktor no te afecta. —Lame su labio inferior con la lengua—. Y te afecta, mucho, de hecho.

—No tienes ni idea.

Inclina la cabeza para estar más cerca de mi altura. Su nariz roza la mía y el olor a manzanas cosquillea por debajo de mi nariz. Con una mano agarra mi codo y con la otra presiona la parte baja de mi espalda hasta que quedamos tan pegados que ni siquiera un alfiler cabría entre nosotros. El pánico y la necesidad de huir se activan dentro de mi cuerpo. Para mi pesar, nadie que no sea Viktor ha conseguido que me sienta tranquila en sus brazos. Eleazar no va a ser la excepción.

—Si te besara, ¿sentirías algo? —Sus labios bailan a centímetros de los míos—. ¿O estarías imaginándolo a él?

—¿Qué soy? ¿Un maldito juego entre vosotros dos?

—Es una lástima que él te conociera primero —dice ignorando mis preguntas—. Cuando te vi por primera vez en su mesa, supe que serías su perdición y creo que no me equivoqué. Está como loco intentando conseguir llegar a ti. —La mano en mi codo abandona su lugar y sube un poco más hasta mi muñeca, sus dedos la presionan como si estuviese controlando mi pulso—. Me pregunto qué pasaría si te permitieses otras opciones. ¿Serías mi perdición también? ¿Me llevarías a la guerra? ¿Me destruirías? Creo que naciste para traer el caos.

—Deja de hablar, Eleazar —digo con los dientes apretados.

—Solo un par de meses y le has traído la ruina, no te das ni cuenta del poder que tienes.

—No tengo ningún poder. —Intento retroceder—. Solo quieres encontrar la manera de hacerle daño y crees que yo soy la respuesta.

—Tienes poder sobre él, acabarás por darte cuenta.

—Hablas como un loco.

—Pensaba que esos son los que te gustan.

Sus labios intentan rozar los míos; sin embargo, soy rápida y doy un paso atrás. Me alejo con prisa, no quiero estar más tiempo cerca de él. Busco las escaleras para bajar hasta los camarotes y entro en el mío cerrando de un portazo. Me apoyo contra la puerta y respiro hondo.

No sé qué odio más, si el hecho de que Eleazar parezca querer algo más de mí o que unos ojos azules se me hayan cruzado por la cabeza cuando he sentido la amenaza de otros labios sobre mí.

Se me escapa una risa histérica, entierro los dedos en mi pelo y tiro de él. Me miro en el espejo resquebrajado y sigo riéndome presa de la ironía. No sé qué hice en otra vida para merecer tal condena, porque sin duda el deseo de un vampiro no es algo bueno. Son seres viles, obsesivos, insaciables, y me temo que yo no tengo suficiente que dar.

«No te das ni cuenta del poder que tienes».

No siento que sea poderosa. Al contrario, hay otras palabras más acertadas: ruina, caos, desastre, muerte.

37

Viktor

No recuerdo si el castillo ha estado alguna vez tan silencioso, quizá siempre fue así y a mí no me importó. Ahora sí lo hace. El silencio es insoportable, la peor de las torturas. Casi preferiría escuchar sus gritos e insultos que este perpetuo silencio que lleva acompañándome dos semanas. A veces me encuentro maldiciendo el día en que nuestros caminos se cruzaron, no imaginaba que alguien como ella pudiese despertar en mí la añoranza. Conozco algunos sentimientos, la mayoría de ellos retorcidos, pero este es diferente. Tengo sed todo el tiempo, y ya no sé si es solo de sangre o si ansío una presencia en concreto. Mi sed es insaciable y me temo que he encontrado a la única persona que la puede mantener a raya, aunque eso me haga débil.

Me atormenta cuando menos lo espero, aparece de la nada y se marcha tal cual apareció. Intento retener siempre todos los detalles y revivirlos cuando me encuentro solo en mi habitación. A veces ella aparece allí también y su piel rozando mis dedos me parece demasiado real como para ser un sueño. ¿Me estoy volviendo loco?

Sin Drystan para ser mi voz de la razón y con Ank castigándome con el látigo de la indiferencia, mi crueldad exige salir. He acudido a algunas reuniones sin importancia con la esperanza de conseguir alguna pista del paradero de Sierra o, en su defecto, de la familia Ruggiero, y siempre he acabado explotando al llegar al límite de mi paciencia. No puedo decir que no haya causado estragos durante estas dos semanas, he vuelto a ser el Viktor impredecible y volátil. Antes de Sierra estaba aburrido de la monotonía, con ella la diversión de ganarme su próxima réplica me había avivado, y ahora estoy furioso, irascible, incontrolable.

—Señor, nadie parece haberla visto en los alrededores del Bosque Torcido.

Escucho mis dientes chirriar.

—No os dije que mirarais los alrededores del Bosque Torcido, quiero que vayáis al campamento de las banshees y no paréis hasta sacarle a la Banshee Blanca y su mentora dónde diablos está Sierra.

—Pero, señor… —El Diluido titubea—. Es casi imposible sobrevivir al Bosque Torcido.

—¿Y?

Al darse cuenta de que no hay nada que pueda decir para que reconsidere mi decisión, se marcha cabizbajo, muy seguro de que alcanzará la muerte pronto. Nunca he sido alguien bueno, ni siquiera amable, y me temo que, si había alguna posibilidad de ello, murió hace tiempo. Con cierta resignación alcanzo la licorera, que alberga en su mayoría sangre si pasamos por alto el pequeño chorrito de alcohol, que no está siquiera cerca de adormecer mis sentidos. Me sirvo un vaso y me siento mirando fijamente el fuego de la vela.

—Ank —digo con voz solemne.

Supongo que nunca me canso de nuestro último juego. Yo pregunto y ella se limita a ignorarme, en el mejor de los casos me da una respuesta vaga. En el peor, solo recibo miradas recelosas. Ank no perdona mis actos, a veces creo que yo tampoco, aunque sé por qué hice lo que hice. Mi padre se volvió débil y eso no es algo que quiera para mí, y menos por una mujer. Sin embargo, tal vez sea demasiado tarde para eso. Si me miro en el espejo posiblemente veré a alguien patético y miserable que ruega por el regreso de su humana. Mi humana.

Predestinado.

Cada vez pienso más en esa palabra. La primera vez que nos vimos sentí algo extraño que jamás en todos mis años de existencia había experimentado. No es algo idiota y fantasioso como el amor, era algo más fuerte. Sentí que ella era yo y yo era ella. Distintas razas, pero cortados por el mismo patrón. Sentí que Sierra era mi destino y yo el suyo.

—Ank —repito.

A sabiendas de que lo mejor es hacer acto de presencia, Ank aparece en la llama de la vela situada encima del escritorio. Tiene los labios fruncidos y los brazos cruzados sobre el pecho. Se sienta fundiendo lentamente la cera y cruza las piernas moviendo el pie como si estuviese a la espera de algo.

—¿La has visto?

—La respuesta sigue siendo la misma —responde de forma tajante.

De mi boca sale algo a medio camino entre la risa y el bufido. Me reclino sobre mi silla poniéndome cómodo y trato de mostrar calma y control.

—¿De verdad piensas que soy tan estúpido?

—¿De verdad quieres que responda a eso? —replica.

Si fuese cualquier otro, posiblemente ya hubiese tomado represalias, pero supongo que Ank no es cualquiera. Su relación estrecha con mi madre me hace sentir cierto apego por la pequeña salamandra de fuego. No obstante, su negativa incesante a darme las respuestas que quiero no para de irritar mis nervios. Suelto el aire en mis pulmones de forma pausada, dejándolo pasar entre mis dientes.

—No puedo encontrarla si no me ayudas. —Decido atacar de otra manera, tal vez un golpe de honestidad y vulnerabilidad sea más efectivo con ella—. Mis hombres no la encuentran, nadie sabe nada de ella y yo mismo lo he intentado sin éxito. Sé que está viva, pero no puedo encontrarla si no me ayudas, Ank.

—Tal vez no quiera que la encuentres. —Aparta la cara.

—Eres tú quien más quería que ella estuviese aquí, conmigo, tú misma lo dijiste.

—Antes de que lo arruinaras todo. —Alza la voz—. Esa pobre chiquilla, aun siendo como eres, empezó a abrirse a ti, vio lo mismo que yo veo en el fondo de tu corazón, y aun así la trataste como algo que está mal.

—Está mal para mí, ¿no lo entiendes, Ank? Ella alisa mis lados cortantes y me hace desear ser piadoso. Alguien como yo y en la situación en la que nos encontramos no puede permitirse eso.

—¿Pero?

—Pero creo que empieza a darme igual. —Suspiro—. Creo que prefiero que me joda por completo si eso significa tenerla a mi lado. Es muy posible que vuelva a joderlo todo con el tiempo, está en mi naturaleza ser así, soy cruel. Aun así, la quiero conmigo, a mi lado. Tal vez una buena persona la dejaría escapar, aunque ya hemos dejado claro que esa persona no soy yo.

—Viktor, hay partes buenas en ti, solo se han endurecido con el tiempo. No eres incorregible, solo estás un poco torcido y con las manos adecuadas...

—Ella no debería tener que arreglar nada, ¿entiendes?

—Sospecho que ella ya ha hecho cosas en ti sin que te des cuenta. —Se endereza y se pone en pie—. Responde a esta pregunta: si la encontraras y ella te rogase que la dejases, ¿la liberarías? ¿Irías contra los Tratados?

En el fondo no es una pregunta que me cueste responder, pues hace unas semanas recibí una similar y pensé lo mismo. No quiero dejarla marchar, pero no creo que pudiese negarle algo si me lo pide. Estos meses con ella me han hecho no querer su sufrimiento, y menos si es bajo mi mano. Fui imbécil al hacer lo que hice, herí sus sentimientos, perdí su confianza y me merezco su desprecio más que nunca. Desde que me conoció Sierra decidió que sería el villano y no hice más que darle motivos para confirmarlo. No soy un héroe ni mucho menos, pero ojalá sea capaz de descubrir esas partes buenas de las que habla Ank y aceptar las muchas monstruosas.

—Sí.

—Ahí tienes el cambio.

Sin agregar nada más se funde con la llama y desaparece una vez más. Hoy tampoco será el día en que obtenga respuestas. Sin embargo, abrirme de esta forma con Ank puede marcar la diferencia la próxima vez, sé que estoy cerca de obtener lo que quiero. Tampoco es que nada de lo que he dicho sea mentira. Sierra me hace querer demasiadas cosas, despierta partes que alguien como yo había dormido hace mucho tiempo y creo que me estoy volviendo adicto a la sensación de estar con ella. Me encuentro en un prolongado periodo de abstinencia.

Como si todo esto la hubiese invocado, Sierra se alza ante mí. Estoy detrás del escritorio y ella a escasos metros, cerca de la puerta. Nos sumergimos en nuestra ya habitual lucha de miradas, ninguno está dispuesto a ser el primero en apartarla. Con el paso de nuestros encuentros ha dejado de mostrarse sorprendida, ahora parece más resignada. Supongo que ninguno de los dos es capaz de huir del otro, estamos atados por algo más fuerte que el odio: el deseo.

Esto es tan real que puedo escuchar el latido de su corazón.

—Pareces alterada —comento—. ¿Algún motivo en particular?

—¿Además de tu indeseada presencia?

—Indeseada... —Saboreo la palabra en mi boca—. No es eso lo que he sentido todo este tiempo.

No sé qué es lo que hace que quiera tentarla con mis palabras, ganarme sus reacciones llenas de enfado, solo sé que no puedo parar. La veo aspirar con las fosas dilatadas, intentando controlar sus reacciones. Tal vez ya se haya dado cuenta de que es el afrodisiaco perfecto para alguien tan jodido como yo.

—¿Dónde estás, Sierra? —Me levanto y rodeo el escritorio para acercarme a ella—. Dejemos de jugar. Te encuentras conmigo cada día, sabes que quieres que te encuentre.

—Eso es lo que menos deseo.

Casi parece segura. Casi. Hay una pequeña parte que duda. Decido darle una información que tal vez la haga recapacitar.

—¿Están tus padres contigo?

—Sabes más que de sobra que no.

—¿Por qué habría de saberlo? —Me encojo de hombros—. Han desaparecido todos, igual que tú.

Se pasea por sus ojos tan rápido que podría haberlo imaginado; sin embargo, si hay algo que sé ver en cuanto asoma la cabeza, es el miedo. Lo hace desaparecer rápido y adopta una postura erguida y segura. Me desafía alzando el mentón.

—Mientes —escupe—. Intentas hacerme volver usando tus trucos sucios.

—Te gustan las cosas sucias que hago, reconócelo. —Curvo los labios en una media sonrisa arrogante—. Ojalá esto fuese obra mía, sabes que me encanta ser malo, pero esta vez no tengo nada que ver con tus padres.

—Eres tan despreciable. —Aprieta los dientes y se acerca con pasos rápidos hasta quedar muy cerca de mí—. Si les has hecho daño a mis padres, te juro que…

—Me juras que…

Escucho el leve sonido de la piel de sus manos cuando se tensa sobre los huesos de sus nudillos, el roce de sus dientes al apretarlos, el latido de su corazón desbocado por la furia, y por último veo la llama de la rabia prenderse en su mirada. Estoy distraído observando su expresión, tanto que no me doy cuenta de que su mano se dirige hacia mi pecho sosteniendo un abrecartas. Alcanza a incrustarse un par de centímetros hasta que detengo su ataque agarrando la hoja afilada. La carne de mis palmas se abre y la sangre de mis heridas se une a la que se derrama de mi pecho.

No puede esconder su sorpresa ante lo que ha hecho y yo no puedo estar más excitado ante su arrebato. Sus dedos se manchan con mi sangre y baja la mirada para ver lo que su furia le ha llevado a hacer. Con mi mano libre, presiono la parte baja de su espalda y la atraigo hacia mí.

El abrecartas en mi pecho se mueve ligeramente lo que me arranca un gruñido de dolor. Sus labios tiemblan como si estuviese evitando decir algo.

—No te preocupes, aquí no hay nada, cariño. —Bajo la mirada hasta el punto donde nuestros dedos manchados de sangre se rozan—. Y si lo hubiese, eres la única a la que le dejaría romperlo.

—Te odio, te odio, ¡te odio!

Los golpes de su mano en mi hombro me hacen sisear de dolor.

—Shhh... lo sé, pequeña fiera. —Subo mi mano de su espalda hacia su nuca y la acerco cada vez más—. Lo sé.

Cruzo los centímetros que separan nuestras bocas y atrapo sus labios con los míos. Al principio se resiste, pero un jadeo escala por su garganta a la vez que su mano intenta apartarme. Retuerce el abrecartas en mi pecho sin éxito alguno, pues solo la pego más a mí.

Siento el momento justo en el que su voluntad se rompe bajo la mía. Sus labios se vuelven complacientes, su lengua lame tentativamente la mía y su respiración se acelera presa de la excitación. Mis manos vagan por su cuerpo incapaces de detenerse ni un segundo, no quiero dejar ni un palmo sin tocar. Nada me parece suficiente, quiero rodearla por completo, quiero acariciar cada centímetro de su ser, rozarlo con el pecado grabado en mis dedos.

Clava sus dientes en mi labio con la fuerza suficiente como para probar mi sangre. Solo necesito un ligero roce de mis colmillos para cortar su labio inferior, suave y carnoso. El estallido del sabor silvestre de su sangre despierta aún más mis sentidos. Nuestras lenguas se enredan saboreando el sabor del otro, creando un cóctel letal.

—Vuelve conmigo, Sierra —susurro con la voz ronca.

Mi mano baja por su espalda recorriendo la forma de su columna vertebral. La camisa que lleva puesta poco hace por ocultar su figura, puedo sentir la calidez de su piel bajo las yemas de los dedos. Bajo más y más hasta acunar su culo. Una de sus manos permanece clavada en mi pecho y la otra, hundida en mi pelo, me atrae más hacia ella.

—¿Qué es lo que realmente quieres de mí? —pregunta con la voz teñida de dolor y deseo.

Aprieto con más fuerza su carne y acabo por levantarla del suelo obligando a que sus piernas rodeen mi cintura. Puedo sentir el escozor en mi labio y el hilillo caliente de sangre que se derrama por él, pero no me importa lo más mínimo. Me hundo de nuevo en su boca intentando acallar todas las preguntas, todas las dudas, todo lo que no quiero tener que responder. Nos desplazo por la habitación hasta apoyar su espalda contra la pared. No sé si es consciente de cómo sus caderas buscan mi roce. Mi polla está a punto de reventar dentro de mis pantalones y ella con sus movimientos no hace más que aumentar esta agonía.

—Esto no es real —dice contra mi boca—. Esto no es real.

No voy a dejar que intente empañar este momento diciendo que solo es un sueño. Ella sabe tan bien como yo que esto es real; no sé cómo es posible, pero ella está aquí. Mis manos viajan a sus pechos que, a pesar de la tela, no pueden ocultar su excitación. Siento la dureza de sus pezones contra mis palmas y bajo más hasta dar con los cordones que mantienen su pantalón cerrado.

—Esto es muy real, Sierra —gruño—. Déjame que te muestre lo real que es.

Consigo aflojar las cuerdas y crear el espacio suficiente como para introducir mi mano. No lleva ropa interior y eso hace que me encuentre con la suavidad de sus pliegues de inmediato. Está empapada y resbaladiza.

—Estás tan mojada, Sierra… Seguro que si te meto un dedo ahora mismo lo apretarías con fuerza.

—Cállate —sisea.

—Podría agacharme y llevarme algo a la boca que me mantuviese callado.

No espero a su nueva réplica ocurrente, en vez de eso deslizo mis dedos por su abertura extendiendo de arriba abajo su lubricación. La escucho respirar irregularmente y eso solo me incita a seguir. Evito a propósito su clítoris con la intención de volverla loca. Con la yema dibujo su entrada varias veces, tentándola, prometiendo llenar ese vacío hasta que lo cumplo. Hundo mi dedo índice hasta el nudillo y capto como todo su cuerpo se tensa y se afloja en apenas segundos. Se estira por completo dejando la columna de su cuello a mi entera disposición. Paseo mi lengua por él, lamo su piel a la vez que muevo un dedo dentro de ella, abriéndola para mí lo suficiente como para añadir otro más.

Sus gemidos se vuelven más fuertes entonces. Clava sus uñas en mis hombros y mueve las caderas al ritmo en que mis dedos salen y entran en ella.

—Vuelve conmigo, Sierra —murmuro contra la piel fina de su garganta—. Lo que dije no es verdad, te quiero cerca.

—¿Por qué? —pregunta entre gemidos.

Curvo mis dedos dentro de ella presionando la zona rugosa donde se encuentra su punto de placer. A esto añado mi dedo pulgar en su clítoris. Se muerde los labios . Sus caderas cabalgan mis dedos a un ritmo vertiginoso y mis fosas nasales se dilatan cuando la evidencia de su orgasmo se derrama sobre mis dedos y llena el aire.

La erección en mis pantalones presiona contra la tela y no sé si podré contenerla mucho más. Saco mis dedos despacio y sus mejillas se encienden cuando ve en ellos la inconfundible evidencia de su deseo. Los llevo a mi boca y los chupo como si se tratase de ambrosía. No rompo el contacto visual con Sierra en ningún momento y gracias a eso puedo percibir cómo sus ojos se oscurecen de deseo, aún insatisfecha, hambrienta de más.

—¿Por qué me quieres cerca? —pregunta de nuevo—. Dilo.

Baja la mano de nuevo al abrecartas y lo retuerce, piensa que así me hará rendirme a sus deseos. Debería ser fácil derramar mis pensamientos más íntimos, el problema es que no sé si estoy preparado para mostrarme así ante ella, ante nadie en realidad. Ella debe verlo reflejado en mi mirada, pues la llama del deseo se apaga en sus ojos y es reemplazada de inmediato por cielos nublados que amenazan con traer tormenta.

—No eres capaz de decir nada —dice con dientes apretados—, porque no sientes, todo para ti es un juego. —A pesar de su pelo despeinado, se las arregla para parecer regia ante mí—. No me tendrás, Viktor, aunque gracias por el orgasmo.

Y así como llegó, se va. Casi parece un chiste la facilidad que tiene para desaparecer en los momentos más importantes. Me quedo con las manos vacías, su cuerpo ya no está entre ellas y ante mí solo se encuentra la pared. Un suspiro profundo no es suficiente para dejar salir toda mi frustración. Cierro los puños hasta que mis nudillos se vuelven blancos y sin poder contener mi rabia, una de las esculturas que se alzan en la esquina se rompe en pedazos. Controlar mi don en estos momentos requiere mucha paciencia.

Tocan a la puerta. Creo que gruño algún tipo de respuesta, aunque no estoy del todo seguro, y entonces veo a quien menos espero y deseo enfrentarme en estos momentos. Narkissa entra luciendo un vestido verde con bordados en hilo de oro. Estos días se ha mantenido lejos de mi vista, aunque supongo que era demasiado pedir que no apareciera en un momento como este. Nunca ha tenido un gran instinto de supervivencia.

—¿Qué quieres? —pregunto con fingida calma.

—Había un muchacho en la verja principal. —Da un paso hacia mí y me tiende un sobre blanco—. Traía esto para ti.

Lo agarro y miro si hay algo escrito en el exterior, pero parece intacto. No abro la solapa.

—¿Ha dicho algo más?

—No, solo eso. —Señala el sobre.

—¿Qué habéis hecho con el chico?

—Capturarlo, por supuesto. —Sonríe, orgullosa—. Ahora mismo está en las mazmorras con nuestros guardias, esperando a cualesquiera que sean tus órdenes.

—Bien. —Evito mirarla deliberadamente—. Ya puedes retirarte, Narkissa.

Con un exceso de confianza en sí misma, da un paso más hacia mí y alarga sus manos hasta acariciar el cuello de mi camisa. Retrocedo y me alejo de su contacto. Lejos de parecer herida, se muestra divertida. Curva sus labios pintados de rojo en una de sus sensuales sonrisas, que antes posiblemente me hubiesen tentado y que ahora me parece tan vacía como la de cualquier otra. Admito que Narkissa tiene algo que me hizo mantenerla más tiempo en mi cama, no descartarla como al resto, y a pesar de eso, ella también palideció cuando la pequeña fiera de ojos grises irrumpió en mi vida.

—¿No hay nada que pueda hacer por ti? —ronronea.

Vuelve a intentar rozar mi piel y esta vez no dudo en apartarla con un manotazo. No deja que una expresión herida recorra su rostro, aunque la conozco lo suficiente como para saber que ahora mismo su orgullo yace hecho pedazos a sus pies. No soporta haber sido reemplazada por una humana, igual que yo no soporto que Sierra tenga el poder que tiene sobre mí.

—Creo que la última vez que hablamos fui muy claro contigo. —Me alejo de ella volviendo a mi puesto detrás del escritorio—. Puedes retirarte, Narkissa.

Con una mueca que pretende ser una sonrisa, inclina la cabeza y se marcha por donde entró. Debería estar agradecida por que la haya dejado permanecer aquí a pesar de sus actos. Podría echarla, mandarla a las calles sin nada y condenarla a vender su cuerpo para conseguir refugio o comida. Si fuese lo suficientemente benévolo, le ahorraría todo eso y acabaría con su vida.

Abro el sobre. Dentro solo hay un pequeño papel con un par de frases, pero es suficiente para que reconozca la letra.

La tengo.
Encuéntrame, creo que ella es un buen
motivo para que te prestes a negociar.
—E

Una rabia ácida como no he sentido antes se desliza por mis venas. Arrugo el papel en mis manos hasta que se vuelve simples partículas de polvo entre mis dedos.

—¡Ank! —vocifero, muy consciente de que me escuchará.

La pequeña salamandra no tarda en hacer su aparición en el aplique de la pared.

—¿Sabías que él la tenía? —espeto—. De todo el mundo, ¿vas y decides que es buena idea que Eleazar esté cerca de ella? ¿De verdad, Ank?

Las llamas de su pelo pasan de su tono anaranjado habitual a uno azulado. No se atreve a responder, confirmando así que todo este tiempo ella ha dejado que Sierra esté en manos de los Diluidos rebeldes.

—¡Es el enemigo, Ank!

—¡Para ella también tú eres su enemigo!

—La van a usar en mi contra, la van a poner en peligro y, si algo puedo asegurar con certeza, es que yo nunca hubiese jugado con su vida de esa manera. La herí con palabras porque soy un imbécil, pero nunca la he puesto en peligro deliberadamente, y eso es precisamente lo Eleazar que va a hacer con ella. —Abro y cierro los puños con nerviosismo—. ¿Dónde están? Sé que la has estado viendo.

Esta vez Ank no parece estar dispuesta a llevarme la contraria, así que desaparece unos segundos y reaparece con el rostro pálido, si es que eso en posible en una criatura como ella. Sus llamas están más apagadas, no tienen fuerza y apenas calientan.

—¿Dónde están?

Se encoge ante mi tono.

—No te va a gustar.

—Eso ya lo suponía.

No hace falta que lo diga, me zambullo en su mente y puedo ver a través de ella. La tierra seca se extiende en el horizonte, un cielo gris que amenaza tormenta y el mar más embravecido que nunca. Veo a Sierra apoyada en la barandilla del barco y cómo habla con Eleazar. Él posa su mano en el cuello de ella, como si fuese la caricia suave y cariñosa de un amante. La imagen se mueve, como si alguien hubiese agarrado la vela desde la que Ank observa todo, y ellos desaparecen del encuadre. Salgo de su cabeza y esta vez la furia me lleva a romper la puerta de mi habitación, que se astilla y vuela en mil pedazos.

Tras el marco vacío ahora hay un Drystan de aspecto desaliñado cuya mano se encuentra alzada en el aire, a punto de tocar.

—Supongo que he vuelto en un buen momento.

No pierde su sonrisa a pesar de lo cansado que parece. Lo miro, y aunque no lo muestro, me alivia tener a mi amigo y mayor confidente de vuelta. Camino hacia él, pongo mi mano sobre su hombro y lo miro a los ojos.

—Prepara hombres y barcos, nos vamos. —La desesperación se filtra en mi voz—. Tienen a Sierra.

38
Sierra

Me despierto sobresaltada, con la sensación de tener los dedos húmedos. Cuando los miro me doy cuenta de que aferro algo con fuerza entre mis manos. Las levanto hasta la altura de mis ojos y veo el abrecartas manchado de sangre. Dejo salir el aire de forma entrecortada. Lo hice, lo apuñalé y disfruté de ello. Me gustó escucharlo sisear de dolor, tener poder.

Sin embargo, si eso fue real, todo lo demás también. No sé por qué tengo la necesidad de comprobarlo, pero bajo la mirada hasta mis pantalones desabrochados y un ligero movimiento me confirma que hay humedad entre mis muslos. Me sonrojo rememorando lo ocurrido. Mi cuerpo no parece capaz de resistirse a sus caricias, a la forma en que me hace sentir.

Deslizo las piernas fuera de la cama y me tomo unos minutos para tranquilizarme, aclararme el rostro con agua fresca y lavar mis manos en las que la viscosidad de la sangre se ha quedado pegada con fuerza. Froto intentando quitarme lo que queda debajo de las uñas y cuando quedo satisfecha me las seco en la tela de los pantalones. Suspiro y salgo fuera. La luz del día aún está presente y me garantiza al menos un rato libre de Diluidos y, sobre todo, de Eleazar.

Miro la superficie del agua intentando poner en orden mis pensamientos y emociones. Es innegable la atracción física que ejerce Viktor sobre mí; no obstante, eso no tiene por qué significar nada más. Mi corazón está seguro, ¿no? Tiene que estarlo, no puedo entregárselo a alguien como él. Lo estrujará entre sus manos, lo retorcerá, lo llenará de cosas perversas y cuando quiera entregármelo de vuelta será algo deforme, monstruoso, roto. Si es que tiene la decencia de devolverme el corazón cuando se canse de jugar.

Si sé todo esto, ¿por qué mi cabeza me dice que sus palabras son sinceras?

«Eres la única a la que le dejaría romperlo».

«Vuelve conmigo, Sierra».

«Lo que dije no es verdad, te quiero cerca».

El órgano en mi pecho se emociona como un tonto ante el recuerdo. Mis ojos se humedecen y tengo que clavarme las uñas en las palmas de las manos para contener el tsunami de emociones. No quiero pensar en lo dolorosa que se me hace su ausencia, en el sentimiento de traición absoluta cuando lo vi con otra, en el éxtasis que me ha producido volver a besarlo. No, no quiero, porque si sigo pensando, llegaré a conclusiones difíciles de aceptar y para las que no creo estar preparada.

—Te has despertado pronto.

Me sobresalto al escuchar la voz de Eleazar, veo que el cielo se ha oscurecido. Debo de haber estado inmersa en mis pensamientos más tiempo del que pensaba. Carraspeo, tengo la garganta seca.

—Sierra…

Siento que su cuerpo se acerca al mío y es entonces cuando me digno a mirarlo a los ojos. Tiene un aspecto arrepentido y por la forma en que mueve sus manos sin saber qué hacer con ellas, parece nervioso también. Se rasca la nuca y hace una mueca con los labios antes de seguir hablando.

—Creo que hace un rato me sobrepasé contigo —admite—. No debería haberte presionado.

Mis dedos se aferran a la madera del barco. Quiero decir tantas cosas, pero a la vez no estoy dispuesta a que mi cara revele más de la cuenta. Mis sueños, esos donde me encuentro con Viktor y nos tocamos piel con piel, son algo mío. Algo que no quiero compartir con nadie.

—Tenías razón —digo—. Viktor me afecta más de lo que quiero admitir.

—No, no tienes que explicarme nada —intenta cortarme Eleazar.

—No te lo explico a ti, creo que me lo estoy intentando explicar a mí misma. —Desvío mi atención de nuevo al mar—. Desde que tengo uso de razón he estado más que decidida a acabar con mi vida antes de que llegara el día en que pertenecería a un vampiro. Estuve decidida hasta que dejé de estarlo, por mis hermanos. No podía condenarlos a mi destino así que no tuve otra opción que afrontarlo. Cuando Viktor me compró, me aseguraron que moriría rápido y casi estuve agradecida de que así fuera. Entonces él comenzó a convertir nuestros encuentros en pequeños juegos de tira y afloja, me hacía hervir de ira, sentir una emoción que no era miedo. Supongo que me hice adicta a ello, al igual que a los instantes de libertad. Es patético, lo sé, encariñarte con tu captor simplemente porque te deja salir un rato de tu jaula.

—Te sorprendería lo frecuente que es.

—Supongo que no es amor, pero estaba cerca de parecerse, al menos para mí.

Se acerca un paso más, su caricia en mi mejilla me coge por sorpresa. Me levanta el mentón para que no rehúya su mirada.

—¿Y él? ¿Para él lo era?

—¿Cómo podría yo saberlo?

—Por la mirada.

Sus ojos están a la altura de los míos, mirándome con ese oro fundido que amenaza con abrasar el gris de los míos. Estamos tan cerca que su olor me cosquillea la nariz. Su mano viaja hasta el costado de mi cuello y me mantiene anclada en su mirada mientras su pulgar acaricia con suma delicadeza la piel de mi mejilla.

—A veces nuestros labios no son capaces de decir las palabras correctas, pues ni nosotros mismos tenemos claro qué es lo que estamos sintiendo. —Se acerca un poco más—. Sin embargo, lo que la cabeza a veces no tiene claro, el corazón sí, y no hay una puerta más directa a él que la mirada, Sierra.

Sus palabras hacen que mi corazón se ponga en guerra dentro de mi pecho, han henchido inconscientemente la bandera conquistadora que alzó sin permiso el vampiro de ojos azules al que quiero odiar.

—¿Hablas de Viktor o de ti? —pregunto con la voz temblorosa.

Sé que siente atracción por mí. Sin embargo, mi mente está ocupada totalmente por otra persona, una que ha clavado sus colmillos en mis pensamientos y no me deja olvidar su existencia.

—¿Has pensado en mí de esa forma acaso? —replica él.

—¿Crees que he tenido tiempo de hacerlo? —Apoyo mi cuerpo contra la barandilla, como si estuviese tan cansada que no pudiese mantenerme erguida por mí misma—. Estoy agotada, física y psicológicamente. No hay un segundo en mi vida que no esté dominado por él de una forma u otra. No, no he tenido tiempo para pensar en nada más, Eleazar.

—¿Se mete en tu mente? Sé que es uno de sus dones.

—Es algo que va más allá —digo pensando en nuestros últimos encuentros, apariciones totalmente corpóreas en las que puedo sentir su piel—. ¿Tú tienes algún don?

Hay un brillo travieso que cruza su mirada.

—Los Diluidos no tenemos dones, Sierra. —Su tono de voz es el de alguien que habla con un niño pequeño—. Somos castigados con el sol, sin dones y con una inmortalidad mucho más frágil que la suya.

—Ah, cierto, las estacas de roble blanco en el corazón…

—No hay nada eterno, e incluso ellos pueden morir, solo son buenos ocultando sus debilidades.

—¿Acaso tú sabes cómo?

Me giro para mirar el horizonte crepuscular, temo que su respuesta sea afirmativa. Me odio, me odio de una manera tan intensa que no tengo palabras para describir su magnitud. Odio sentir pánico por lo que su respuesta pueda conllevar. Odio no querer que Viktor desaparezca a pesar de lo que su presencia en mi vida significa.

Si responde a mi pregunta, no lo alcanzo a escuchar. La línea de tierra que se empieza a vislumbrar frente a nosotros capta toda mi atención. Arrugo la frente cuando empiezo a ver cosas que no encajan con la descripción que he recibido siempre de las Tierras Lejanas. Se suponía que era un lugar cálido, apacible, con explosiones de colores brillantes. Frente a mis ojos se expande tierra árida que parece llegar más allá de donde alcanza la vista, aunque no es eso lo que me preocupa. Pequeñas figuras esperan de pie, mirando directamente hacia nosotros, y junto a ellos están lo que parecen ser animales enormes y de cuatro patas.

Retrocedo un paso, golpeada por la realidad. Las palabras que leí durante mi tiempo con Viktor azuzan mi memoria. Sé lo que estoy viendo, pero aun así miro a Eleazar en busca de respuestas.

—¿Qué es esto, Eleazar?

La posición de sus manos es apaciguadora; sin embargo, su mirada no me tranquiliza. Da un paso hacia mí y yo retrocedo hasta sentir la madera clavarse en la parte baja de mi espalda. Si intentase alejarme más, caería por la borda.

—Sierra. —Intenta tocarme el brazo—. Tienes que mantener abierta tu mente, por favor. No quiero hacerte daño y ellos no lo harán si haces lo que quieren, me aseguraré de ello. Esperaba tener más tiempo para esto, creo que he retrasado demasiado el momento.

Me estás asustando.

Mi cuerpo tiembla para corroborar mis palabras. Me abrazo a mí misma y me clavo las uñas en la piel en un intento de mantener mis dedos ocupados y quietos. Eleazar se humedece los labios resecos y mira por encima de mi cabeza.

—No tengas miedo. —No tengo tiempo a reaccionar lo suficientemente deprisa antes de que sus manos estén sobre mis mejillas y atrape mi cabeza para obligarme a mirarlo—. No te harán daño, lo prometo. Solo haz lo que te piden y todo saldrá bien. Quiero que sepas que me interesas de verdad, esto no tiene nada que ver con... —Deja el resto de la oración en el aire—. Lo siento.

Rápida como una víbora, su mano deja mi mejilla y presiona un punto entre mi cuello y mi hombro. Lo único que siento antes de caer en la inconsciencia es la pérdida completa de mis fuerzas y el dolor que me atraviesa entera cuando mis rodillas impactan contra el suelo.

Creo que unos brazos me rodean, pero todo está demasiado oscuro para saberlo.

Debo de estar soñando. Me veo a mí misma siendo un bebé. Me reconozco al instante, tengo los ojos muy abiertos y de un gris intenso. No dejo de balbucear mientras sacudo las manos en el aire intentando agarrar a un pequeño pájaro que revolotea a mi alrededor. Observo la escena con desconcierto, no entendiendo este sueño. El pájaro, de plumaje marrón y rojo, no deja de piar hasta que se apoya cerca de mi pequeño cuerpo inquieto. Pasa rápido, y abruptamente, el pájaro deja de piar, pierde el brillo de sus alas y cae al suelo con un sonido sordo. Mi yo del sueño comienza a llorar con fuerza y lo que una vez fue un pájaro, pasa a convertirse en polvo.

La escena de mi sueño desaparece devolviéndome una vez más a la espesa oscuridad, solo que sé que no estoy sola. Puedo sentir algo que me respira en la nuca.

«Eres salvación y ruina,
algo nuevo,
algo viejo,
el apocalipsis vestido de mujer».

La temperatura cae en picado. Hace frío, mucho frío. Creo que me acurruco sobre mí misma, aunque ya no estoy segura de nada. Me imagino unos dedos fríos que al entrar en contacto con mi piel dibujan patrones de fuego, unos ojos azules como lagos congelados y una sonrisa tan afilada como un cuchillo que, aun así, es lo único que calienta mi interior.

Mi cuerpo choca con algo y es entonces cuando mi mente vuelve de a donde sea que se fue. Ya no estoy en el barco, sino tirada como un simple fardo sobre el hombro de alguien. Mi cabeza se balancea de un lado a otro y siento un dolor agudo en las sienes. Todo a mi alrededor se mueve al ritmo de los pasos de quien sea que me lleva. Intento hablar, pero mis cuerdas vocales parecen no querer obedecer, así que solo me sale un balbuceo ridículo. Veo suelo árido hasta que la oscuridad me engulle de nuevo y me escupe no sé cuánto tiempo después.

Estoy en el suelo, uno frío y de baldosas brillantes. Intento alzarme, pero mi estómago se revuelve y me hace vomitar. Alguien deja salir un sonido de asco que resuena contra los techos. Tardo en alzar la mirada y mirar lo que me rodea, aunque mi atención se centra por completo en la mujer que se sienta en mitad de la sala, con un vestido dorado y una mirada condescendiente. Su piel es morena y sus ojos brillan con tal intensidad que puedo distinguir su color desde aquí. Uno es dorado y el otro, del verde de las olivas. Por el asiento en el que está sentada, una especie de trono de cuernos y colmillos retorcidos, diría que es alguien con poder y si algo he aprendido es que la gente poderosa nunca quiere nada bueno de personas como yo.

Por puro impulso mi cuerpo retrocede, tirado en el suelo, hasta chocar con algo o mejor dicho, alguien. Un vistazo hacia arriba basta para ver a un hombre fornido. Me aparto de él.

—Oh, por Dios, que alguien la levante, estoy empezando a sentir lástima.

El tono de la mujer es altivo, para nada amable. El hombre a mi espalda me agarra de malas maneras por el brazo, clava los dedos con fuerza en mi carne. Aprieto los dientes conteniendo un gemido de dolor. La mujer, sentada en su trono, entrecierra los ojos como si estuviese analizándome al detalle. Con las pocas fuerzas que me quedan, me obligo a erguir mis hombros y adoptar una postura desafiante.

—No logro entender la fascinación que tienen contigo… —Ladea un poco la cabeza haciendo que todos los abalorios de su pelo castaño resuenen en la estancia—. ¿Sabes que Eleazar me ha pedido que no sea cruel contigo?

Me niego a responder.

—No hables pues, siempre me ha gustado que me muestren respeto en silencio.

—¿Respeto o miedo? —digo alzando un poco la voz.

Una sonrisa de depredador tira de sus labios, revelando una hilera de dientes blancos y colmillos afilados. No son los de un vampiro, tampoco los de un humano. Nada en esta mujer parece humano. Su mirada tiene el brillo de la ira, sus uñas son largas y puntiagudas, su cuerpo es esbelto, de extremidades largas, aunque puedo ver que no es delicado. Algo me dice que puede ser despiadada, parece entrenada para la guerra.

—¿Sabes por qué estás aquí? —pregunta, y al ver que no tengo intenciones de responder, se levanta de su trono y desciende el par de escalones que la mantenía elevada sobre nosotros. Lleva los pies descalzos y llenos de pulseras—. No, claro que no.

Agarra mi barbilla clavando sus uñas.

—Reconozco que al principio pensaba que solo eran las habladurías de un viejo delirante. No fue hasta que ciertos rumores llegaron a mis oídos que empecé a pensar que tal vez no fuesen solo delirios. —Aparta el pelo que se enreda en mi cuello y clava sus ojos en él—. Me encantaría decir que siento lo que los míos le han hecho a tu piel, pero me temo que no puedo lamentar este tipo de cosas cuando de la supervivencia de mi raza se trata.

Acaricia las cicatrices de mi cuello y a pesar de que su piel es cálida, no puedo evitar estremecerme.

—¿Qué quieres de mí? —consigo decir.

—Que me ayudes a terminar con los que casi nos hacen desaparecer.

Escucho pisadas detrás de nosotros y al mirar por encima de mi hombro, contengo la respiración. Un lobo con ojos dorados y cicatrices entra en el salón del trono y junto a él, otro lobo más, este de pelaje blanco.

Si me quedaba alguna duda de donde estoy, se desvanece en este instante.

Tierra Baldía.

El territorio al que los metamorfos fueron exiliados hace tanto tiempo. Intento recordar todos los detalles que aprendí en mis horas de lectura. Los metamorfos son muy irascibles, capaces de transformarse en el animal primario de cada uno de sus clanes, el más común es el lobo. Más allá de su forma grotesca y fuerte, cuentan con la habilidad de curarse muy rápido. Desconozco si poseen algún don como los de Viktor.

—No puedo ayudarte, no sé qué clase de poder crees que tengo sobre Viktor, pero soy solo una humana a la que él no dudará en eliminar llegado el momento.

—Casi consigues creértelo tú misma —dice con diversión.

Su agarre se vuelve más fuerte y violento, me obliga a mirarla a los ojos, sin poder moverme.

—Sé lo que puedes hacer, lo decía la maldición.

—No sé de qué hablas.

—Hace cientos de años, cuando ocurrió la primera masacre de Puras, Lilith caminó por la Tierra después de mucho tiempo y juró que un día, derramaría su semilla de nuevo y traería al mundo algo que sería vida y muerte. Mi abuelo no paraba de hablar de eso, tenía miedo de ese momento, juraba que sería algo catastrófico, el fin de nuestra especie y de todas las demás. —Su mirada se suaviza al hablar de él—. No fue hasta hace dieciocho años que empezaron a correr los rumores de un nuevo avistamiento de Lilith. Nadie se lo creyó, no sucedió nada, pasaban los años y todo seguía igual, hasta que mandé a mis hombres para que vigilaran a Viktor Vitalle, uno de nuestros principales enemigos. Que tú estuvieses allí fue totalmente inesperado, pero imagina la magnitud de mi sorpresa cuando uno de mis hombres, escondido en el bosque, te vio matar a un compañero sin apenas esfuerzo. ¿No es eso lo que te contaron, Rhory?

El lobo de pelaje blanco abandona su apariencia animal y en su lugar aparece un hombre desnudo y de una belleza casi dolorosa de mirar. Veo que sus ojos son blancos y que uno de ellos está atravesado por una grotesca cicatriz. Es ciego. Tiene los pómulos altos y afilados como cuchillas y su pelo es de un negro azulado. Evito mirar más abajo de su cara y él me ignora por completo, como si ni siquiera estuviese en la estancia.

—Así es —afirma.

—Al principio no supe decir qué es lo que pasaba; sin embargo, tenía el presentimiento de que esto era de lo que hablaba mi abuelo. Mandé a mis hombres de nuevo y la sorpresa fue mayor cuando uno de ellos volvió ileso tras enfrentarse directamente a los poderes de Viktor. Analizamos cada pequeño detalle de esa noche y llegamos a una conclusión: tu sangre. Esa noche mi hombre rajó tu cuello y lamió la sangre de sus garras. Después de eso los dones de Viktor no hicieron efecto en él.

—Estás diciendo tonterías —gruño—. Deliras tanto o más que tu abuelo, ¡déjame ir!

—Me temo que eso es imposible. No puedo dejar que caigas en sus manos de nuevo.

—¡No voy a estar en manos de nadie, y menos en las tuyas!

—No has tenido nunca otra opción, Sierra. Siempre has estado destinada a ser un peón en este juego, tu nacimiento ya estaba marcado.

—Deja salir una risa que me hiela la sangre—. Solo que no eras un regalo para nosotros, sino para ellos. Lástima que ninguna creación sea perfecta.

—Eres una loca.

—No te hagas la ingenua. —Da un toquecito en mi mentón—. Un pajarito me contó lo que hiciste hace poco en el campamento. —Siento el dolor de la traición en el pecho—. Eres muerte, Sierra, pero también vida, y no puedo dejar que ellos te tengan precisamente por eso, eres la clave para la perpetuidad de su raza. Por eso Lilith te engendró, para sus hijos, una versión mejorada de lo que ya hizo.

Su expresión se ensombrece y adopta una actitud diferente. Baja sus manos por mis brazos, como si me estuviese consolando.

—Sé que los odias, seguro que no quieres ayudarlos siendo su perra de cría. —Escupe las palabras—. Piénsalo. Conmigo, juntas, eliminaríamos lo que ha atormentado tu vida siempre. Serías libre al fin.

Ahora soy yo quien ríe. No puedo controlar la carcajada histérica que escala por mi garganta y sale para reverberar en los techos altos del salón. Parezco una loca desquiciada y no creo estar lejos de serlo.

—¿Crees que soy tan estúpida como para pensar que contigo cambiarían las cosas? Sería un medio para un fin. No me hagas creer que tengo elección cuando no es así. —Sonrío desafiante—. Puedes pensar que eres muy diferente a ellos, pero yo creo que eres lo mismo, el mismo monstruo con diferente piel.

Nuestro duelo de miradas es corto. Abofetea mi cara lanzándome de nuevo al suelo, y aunque me mire desde arriba, no estoy dispuesta a dejarme pisar. No bajo la mirada. Estoy muy segura de lo que he dicho. Los metamorfos no me han dado motivos para pensar que son diferentes a los vampiros, de hecho, creo que ningún ser sobrenatural tendría reparos en matar humanos. Al fin y al cabo, somos el último escalón de la pirámide. Somos ovejitas esperando a ir hacia el matadero.

—Lo harás por las buenas y si no, será por las malas y te aseguro que la muerte te parecerá un regalo. —Mira al metamorfo de antes que, para mi sorpresa, ahora está vestido—. Llévatela, tal vez dentro de un rato se muestre más razonable.

El hombre obedece de inmediato, lleva mis manos a mi espalda y las mantiene ahí con unos grilletes pesados y fríos. Me empuja para que camine y, decidiendo que esta no es una batalla que merezca la pena librar, obedezco y ando hacia el frente. Las puertas de la estancia se abren y veo a dos hombres apostados fuera. Parecen guardias, no son los únicos que veo mientras caminamos. Hay varios de ellos situados a lo largo de los pasillos que recorremos. Me fijo en que atravesamos un amplio recibidor con unas escaleras que se alzan en medio y se dividen en dos. Miro hacia el techo y veo que no está intacto, hay zonas derruidas, y no es lo único. Conforme avanzamos más y más, pasamos muros caídos y ventanales rotos.

Tierra Baldía es un sitio donde la vida no tiene lugar y no parece que este edificio pueda sobrevivir aquí tampoco.

La pesada mano de Rhory, así es como la mujer lo llamó, cae sobre mi cuello y me obliga a agachar la cabeza cuando bajamos una empinada escalera que da a un lugar húmedo y con poca ventilación. Sé que son las mazmorras incluso antes de pasar varias celdas desde las que me miran hombres huesudos y de ojos muertos. Ya hay alguien esperándome en la última y en cuanto lo reconozco, siento el pellizco de la traición en el corazón.

Rhory se aleja un par de pasos, dándonos privacidad con el rostro inexpresivo.

—No es lo que piensas, Sierra.

Bufo.

—Me has vendido —digo con la voz llena de desprecio—. Supongo que la culpa es mía, siempre soy tan ingenua, siempre espero algo bueno de todo el mundo, incluso de ti. Me equivoqué, no eres diferente, eres incluso peor que Viktor.

—¡Yo no me parezco en nada a él! —espeta Eleazar.

—Tienes razón, él al menos no intenta ser algo que no es.

—Tuve que hacerlo. —Aprieta los puños a los lados—. No tenía otra forma de mantenernos a salvo. Si no fuera por la ayuda que ellos nos han dado todo este tiempo, tanto los Diluidos como los humanos que escapan estarían muertos. Los metamorfos son quienes se encargan de mantenernos a salvo cuando nuestras limitaciones nos lo impiden.

El recuerdo del mapa extendido en su mesa vuelve a mi mente. Los puntos marcados, la convicción en su voz cuando le pregunté cómo se mantenían seguros durante el día. No tenía forma de saber que el motivo de su convicción era que tenía a metamorfos de su lado. ¿O tal vez no fui lo suficiente observadora?

—Si haces justo lo que te piden, no te harán daño. Por favor, Sierra, obedece. Me han prometido que estarás a salvo, pero si tu terquedad te ciega, no sé cuánto podré hacer.

—Las promesas no significan nada.

—Ragna es una mujer de honor, me ha dado su palabra de que no te hará daño, pero tienes que colaborar.

—¿Qué se supone que quiere de mí? —pregunto con recelo.

—Todavía no sabemos la magnitud de tus poderes; sin embargo, Ragna está segura de que eres la clave para matarlos. —Intenta agarrar mis manos y me aparto antes de que pueda hacerlo—. Matar a un Puro es difícil, no imposible, pero creemos que contigo las cosas serían mucho más sencillas. Si eres vida, también eres muerte, y ambos sabemos que eres capaz de matar sin esfuerzo.

Como si esas palabras fuesen una señal, Rhory da un paso al frente y cuando veo lo que cuelga de sus manos, mis ojos se abren con miedo e intento apartarme pegando mi espalda a los barrotes de la celda. La puertecita se abre y sigo retrocediendo, me meto de lleno en la boca del lobo y también en el único sitio en el que puedo refugiarme.

—Solo es para estar seguros, no tienes control de tu poder y puedes hacer algo de lo que te arrepientas.

Las manos de Rhory me alcanzan y su trato es duro, no me da oportunidad de resistirme. La tensión en su mandíbula y su mirada fría prometen matarme sin vacilar si me vuelvo una amenaza. Alza una especie de bozal e intento luchar contra él, arañando todo rastro de piel que encuentro frente a mí deseando que algo tan simple lo detenga. Un brazo de Rhory me inmoviliza contra la pared y con la otra sostiene el bozal que, una vez cerca de mi boca, cobra vida propia y se pega a mi piel. Esto es obra de la magia. Casi pienso en dejar salir el aire retenido en mis pulmones cuando siento un dolor atroz. Lo que sea que está pasando, quema la piel de mi boca.

—Tus necesidades fisiológicas serán cubiertas por vía intravenosa, no podemos estar seguros de que no intentarás alguno de tus trucos con nosotros.

Con lágrimas calientes en los ojos, rozo el bozal con las manos, el material irradia calor. Me cuesta respirar y el esfuerzo por no ahogarme en llanto lo dificulta todo.

Veo cómo Rhory sale de la celda y cierra tras de sí. No le sigo para intentar huir, sé con total seguridad que no podré hacerlo. Escapé del que pensaba que era el peor monstruo solo porque tuve ayuda, pero de este no podré hacerlo.

Eleazar parece querer decir algo, pero el desprecio y dolor en mi mirada lo callan. Se da media vuelta y me deja sola en este agujero frío y húmedo. La magia que sella mis labios quema, haciendo que quiera llorar de puro dolor. Atraigo mis rodillas hasta el pecho y me acurruco, balanceándome hacia adelante y atrás. Miro la antorcha que hay fuera, observo su llama y la ira solo me hace pensar en lo feliz que sería incendiando todo esto.

El dolor, no solo de mi boca, sino en mis sienes, me está drenando la energía. Siento en cada fibra de mi ser cómo mi cuerpo se vuelve blando con el paso de los segundos y mis ojos quieren cerrarse. Tal vez sean delirios, o tal vez los pequeños ojos que me parece ver en el fuego sean reales.

Sea lo que sea, no es suficiente para mantenerme consciente.

39

Viktor

Nada más subir a uno de los barcos que zarpan en dirección a Tierra Baldía, siento cómo Drystan no deja de revolotear a mi alrededor, moviéndose de un lado a otro en busca del momento idóneo para hablar. Ladro órdenes aquí y allá a los Puros que se encargan de las velas del barco y de mantenernos en la dirección adecuada. En las bodegas hay otros, muchos Diluidos que se mantienen fieles a mí. Ank sale de la llama de la vela captando por completo mi atención.

—¿Qué has visto? —pregunto de inmediato.

Sus llamas se vuelven de un tono azulado. Sacude la cabeza de un lado a otro y se lleva las pequeñas manos a la cara para ocultar su rostro.

—Ank.

—Es terrible, Viktor.

Su voz se apaga tanto o más que sus llamas y mi mente empieza a conjurar miles de imágenes grotescas. Un nudo se forma en mi garganta y me cuesta tragar con normalidad.

—Explícate —exijo con la voz ahogada.

—La tienen en una celda. —Aprieto los puños—. Le han puesto algo... una especie de bozal en la boca.

—¿Qué? —exclamo.

—Le duele, Viktor. Lo he visto en sus ojos, lo que sea esa cosa, le está haciendo daño.

No me había dado cuenta de que estaba sujetándome a la barandilla del barco hasta que la escucho astillarse entre mis manos. Bajo la mirada y veo cómo mis dedos se han hundido en la madera y están cubiertos de sangre. Drystan da un paso al frente, se posiciona junto a mí y apoya su mano en mi hombro, como si eso fuese a conseguir calmarme en estos momentos. Creo que, antes que este, solo ha habido un acontecimiento en mi vida en el que mi visión se volvió completamente roja y mi sed de sangre tomó un significado totalmente diferente al habitual.

—No lo entiendo —digo entre dientes—. ¿Por qué están haciendo esto?

Drystan carraspea a mi lado.

—Creo que yo podría tener algunas respuestas.

Giro mi cuerpo hacia él sin dejar de apretar la madera bajo mis dedos, tampoco creo que pueda hacerlo sin destruir algo más. Entrecierro los ojos esperando a que hable.

—Antes de que Evanora se me escapara, tuve la oportunidad de preguntar y obtener algunas respuestas —explica—. Desde el principio me parecieron un poco sospechosos los motivos que la hicieron venir con nosotros y al final llevaba razón.

—¿Qué quieres decir?

Guarda unos segundos de silencio antes de proseguir.

—No era una maldición lo que hacía enfermar a Sierra, era su verdadera naturaleza revelándose. Tu presencia la estaba despertando, matando su lado humano. —Traga como si tuviese miedo de mi reacción—. Naja, como sierva de Lilith, lo supo de inmediato. Lo que hicieron fue romper del todo el sello que la mantenía atada a su lado humano.

—¿Cómo? ¿Qué quieres decir con su lado humano? —Mis pensamientos se agolpan unos encima de otros—. Sierra es humana, si matas eso, la matas a ella.

Niega con la cabeza.

—Ella no es humana, Viktor. —Si el suelo se abriese bajo mis pies y me tragara, posiblemente tendría un efecto similar a sus palabras—. Evanora con sus pociones se estaba encargando de prepararla para la transición final. Ya ha habido pequeñas manifestaciones de su naturaleza, lo sabes.

Es cierto que había cosas que no me cuadraban, como por ejemplo cómo consiguió escapar doblando la verja de entrada al castillo, la cual está sellada con encantamientos muy resistentes. También está esa vez en el bosque, cuando consiguió escapar de su captor sin decirme realmente cómo, el cambio repentino en el sabor de su sangre y ese pequeño gran detalle que es su capacidad para resistirse a mis dones y los del resto, aunque ha mostrado cierta debilidad a veces dejando que me cuele en su mente.

Trago intentando apartar el nudo de mi garganta y recobrar la serenidad.

—¿Qué es exactamente?

—Ella es… la hija de Lilith y el dios del medio.

El dios del medio: Atarothz.

Nunca he sido de los que creen en los Dioses Antiguos, pero sí que recuerdo los nombres que les dieron, aunque la mayoría ya los hayan olvidado. Se dice que Atarothz era el encargado de juzgar las almas antes de hacerlas pasar a la otra vida. La gente lo temía, más allá de su juicio, porque era capaz de destruir un alma. Si hay algo más terrorífico que morir, es dejar de existir por completo. Hace mucho tiempo que nadie habla de los dioses, casi han pasado a ser un cuento infantil que las hadas cuentan a sus hijos antes de dormir.

No sé por qué la idea de que Sierra tenga algo que ver con él me parece una total locura y a la vez no lo veo del todo imposible.

No puedo controlar mis reacciones. Una carcajada áspera sale de mi pecho y Drystan me mira con ojos llenos de pánico. Posiblemente piense que he perdido el resto de la cordura que me quedaba.

—Lilith la hizo para ti.

Eso corta de inmediato mi risa.

—No.

—Sí, Viktor —afirma rotundamente—. Evanora me lo dijo. Está grabado en su destino encontrarse contigo. Lilith la engendró pensando en ti y en ella juntos, Sierra es la clave para nuestra supervivencia como raza.

No quiero creerlo, sacudo mi cabeza como si así pudiese borrar sus últimas palabras. Los recuerdos me avasallan uno detrás de otro. El tirón que sentí la noche en que me hice con ella fue el destino, fue Lilith tirando de los hilos, jugando con nosotros como si fuésemos marionetas. Levanto una mano y la estrello contra la madera de nuevo, astillándola aún más. Aprieto tan fuerte los dientes que siento la punzada de mis colmillos contra la carne.

No quiero pensar en ello, pero lo hago. Si esto es obra de Lilith, significa que hasta nuestros propios sentimientos podrían no ser reales, ¿por qué me duele eso?

—Si ella es la clave para nuestra supervivencia, ellos la van a querer muerta.

—Si eso fuese del todo cierto, ya lo habrían hecho —me rebate—. Debe haber más que aún desconocemos, lo que es seguro...

—... es que ella es el cebo —termino por él.

—Puede que ellos no sepan que nosotros sabemos esto sobre Sierra.

—Eso es tener demasiada esperanza.

Se calla y baja los hombros, claramente sin saber qué más decirme. Miro a Ank, que parece tan aturdida como yo. Le tiendo el dedo y ella, algo dudosa, acaba por subirse en él. La acerco hasta mis ojos y la miro fijamente.

—Necesito que me digas todo lo que ves —le pido—. Y todo lo que oyes. Eres nuestros ojos y oídos en este momento, Ank. Gracias a ti podremos saber mejor qué esperar.

Lo que sea que ha visto en los ojos de Sierra le ha afectado demasiado, y aunque el simple conocimiento de que está sufriendo me vuelve loco, no puedo perder del todo la cabeza, si no jamás la recuperaré. Da igual si me odia y se niega a venir conmigo, la sacaré de allí y luego me preocuparé de lo demás. Mi prioridad es liberarla de las garras de los metamorfos y del maldito hipócrita de Eleazar. ¿Qué fantasías y mentiras habrá susurrado en los oídos de Sierra? Solo pensar en ellos dos juntos me revuelve las tripas.

Ank asiente y se funde de nuevo con las llamas. Reaparece cada cierto tiempo.

—Hay muchos de ellos, según he podido ver desde una de las antorchas del exterior, se han multiplicado en todo este tiempo, están prosperando. —Se pierde en sus propios pensamientos antes de seguir—. Los dirige una mujer, está sentada en un trono de colmillos y garras, con un lobo blanco a su lado y otro de ojos dorados y cicatrices.

—¿Has podido escuchar algo?

—Eleazar estaba hablando con ella. Al parecer no está contento con lo que le han hecho a Sierra y estaban discutiendo. El trato era que él le llevaba a Sierra y a cambio ellos prometían no hacerle ningún daño.

—Es más idiota de lo que pensaba si cree que la palabra de uno de ellos significa algo —digo con la voz cargada de repugnancia—. ¿Algo más?

—Creen que ella es la clave para eliminar a los Puros.

Drystan y yo nos miramos el uno al otro, sabiendo que es tan raro como posible. Si todo lo que ha dicho Drystan es cierto, Sierra es algo desconocido y que podría tener cualidades y dones inimaginables. Un sentimiento que pensaba que nunca jamás volvería a sentir me sobrecoge. El miedo. Miedo a lo que es Sierra, no por lo que pueda hacerme a mí, sino por lo que otros podrían hacer para eliminarla, usarla, poseerla.

La verdad, el misterio que tanto tiempo hemos ocultado yo y los míos, es que solo aquello que nos dio la vida nos la puede quitar. Nacimos de las lágrimas de Lilith y solo sus lágrimas nos pueden llevar a la muerte. Hace años, los humanos, mediante pactos con demonios, consiguieron hacerse con ellas. Usaron a brujas que más tarde aniquilé para crear armas que con una sola lágrima tenían la capacidad de matarnos. Los más atrevidos las inyectaron en su sangre y mataron a muchos que se alimentaron de ellos, ignorantes de lo que escondían. La imagen de mi madre con una daga atravesando su corazón, su piel volviéndose gris y sus ojos inyectándose en sangre, nunca se me olvidará, al igual que todo lo que hicieron después con su cuerpo y el de mi padre.

Me alejo de Drystan, con Ank en mi mano de nuevo. Cuando estoy seguro de que estamos solos, dejo salir lo que me atormenta el pensamiento.

—Déjame verla. —Se estremece—. ¿Es tan horrible como parece?

—Tiene el miedo grabado en la mirada.

—Déjame ver.

Debido a la estrecha amistad de Ank con mi madre y a su lealtad hacia mí, prometí que nunca me metería en su mente sin su consentimiento, así que cuando baja la cabeza asintiendo, me zambullo en ella y rebusco en sus últimos recuerdos. Veo una sala donde, tal y como dijo, hay una mujer sentada en un trono, custodiada por dos lobos. A pesar de mi curiosidad, Sierra es más importante ahora. Busco y busco hasta que encuentro justo lo que quiero. La mirada de Sierra está clavada en el frente, un horrible bozal cubre la zona inferior de su cara y por su color, puedo intuir que el metal está ardiendo. Tiene lágrimas secas en las mejillas y los ojos inyectados en sangre. Sus uñas se han roto y la intensidad de su dolor es tal que la ha llevado a clavárselas en la piel hasta hacerse sangre.

Quiero estirar mi mano hacia ella y rozar su mejilla, pero esto solo es un recuerdo de Ank. A regañadientes y con el corazón en un estado al que no sé ponerle palabras, salgo de la mente de la salamandra.

—Por favor, mantente alerta y si sucede algo que deba saber, infórmame de inmediato.

Dejo a Ank de vuelta en la llama y desaparece hasta nuevo aviso. Me muevo por la cubierta ladrando órdenes, organizando cómo debemos actuar con lo que sabemos. Da igual que quiera llegar allí cuanto antes, hay cosas contra las que ni yo mismo puedo luchar. Nos queda todavía mucho viaje. El día da paso a la noche y varios Diluidos relevan a los Puros para que estos puedan descansar y alimentarse. Ojalá pudiera decir lo mismo de mí; en cambio, permanezco en vela todo el tiempo revisando viejos mapas perdidos en uno de los cajones de mi camarote. Drystan y yo planeamos varias estrategias, aunque ambos sabemos que nos esperan y que, ante eso, hay poco que podamos hacer. Estamos en clara desventaja sin el factor sorpresa.

En uno de los ratos en los que me quedo a solas, pruebo algo que desde la última vez no he podido hacer. La mente de Sierra se ha mantenido cerrada a mí, pero hago un intento más pensando que no tendrá éxito. Sin embargo, lo tiene. Logro estar allí, sentado a su lado. Siento el frío calar mi piel, pero no me importa.

—Sierra…

Me dirijo hacia ella y rozo un lado de su cabeza con mis dedos con cuidado de no sobresaltarla. Solo su mirada reacciona a mi llamada, por lo demás, todo permanece igual. Su cuerpo no se mueve y sus labios han sido privados de la opción de hablar. Siento su cuerpo temblar bajo mi mano y, por puro instinto, atraigo su pequeña y frágil figura hacia mí. Justo ahora odio no ser alguien cálido. No sé si mi abrazo podrá calmar el frío, solo sé que no puedo verla temblar.

—Aguanta un poco más, fierecilla —murmullo contra su pelo—. Estoy en camino y cuando llegue hasta ti, les haré pagar.

Bajo el pulgar por su pómulo hasta dar contra ese horror que lleva en la cara. El contacto es caliente, abrasivo. No quiero ni imaginar lo que le está haciendo esa cosa a su piel, me aseguraré de hacerles pagar y luego haré que alguien borre cualquier rastro de esta tortura. No dejaré que viva con el recordatorio de esto.

Se mueve contra mí, levanta su mirada y con ella me transmite todo su miedo. Este se aloja en mi pecho como una pesada losa.

—Si no hubiese sido un idiota contigo, nunca te habrías ido —susurro—. Ninguna de las palabras que pueda decir ahora alcanza a expresar lo mucho que lo siento. Nunca me perdonaré esto.

Parpadea, apartando las lágrimas que amenazan con caer de sus ojos. No sé de dónde saca la fuerza y, más aún, las ganas de tocarme, pero es lo que hace. Posa su mano sobre la mía y puedo sentir que ella me consuela a mí. Esta chica es demasiado buena para alguien como yo.

En la punta de mi lengua se acumulan muchas palabras, entre ellas, las que me servirían para contarle que nosotros no somos una simple coincidencia. Nosotros somos fruto de un destino que ha sido retorcido por manos viles. En cambio, decido que ya tiene suficiente, no necesita que agregue más a su frágil estado mental. No sé cuánto sabe, pero no seré yo quien termine de ahogarla en información.

Acaricio su pelo una y otra vez, con la urgente necesidad de sentirme conectado a ella de la forma que sea durante el tiempo que me queda. Me acurruco a su lado y dejo que se quede dormida contra mi hombro. Observo todo lo que me rodea, los recuerdos de mi juventud me asaltan la mente y me ponen enfermo. Atento a sus latidos y sus respiraciones constantes, comienzo a hablar a la nada.

—Hay muchas emociones que llevo siglos sin sentir y ahora tú me haces sentir tantas, tan rápido, que estoy aterrorizado. No quiero pensar que nosotros somos fruto del destino, quiero pensar que te hubiese escogido yo mismo en cualquier circunstancia, porque tú no puedes ser solo algo diseñado para mí. Eres Sierra, con todas las cosas que te hacen ser tú. Igual que yo soy Viktor y albergo la esperanza, en el órgano atrofiado en mi pecho, de que algún día me aceptarás, a tu enemigo, a tu pesadilla. Creo que moriría por ti, pondría el mundo a tus pies, pequeña fierecilla, y no tengo el coraje de decirlo cuando puedes escucharme. Me vuelves un cobarde.

Su respiración se hace más pesada y su cuerpo se mueve hacia el mío, buscándome. Una lágrima solitaria escapa de la comisura de su ojo y la atrapo antes de que siga su camino. ¿Podrían ser realmente sus lágrimas letales? Froto la humedad entre mis dedos con rabia, jurando que haré correr ríos de sangre sobre los suelos de este lugar. Me doy cuenta de que hay sangre que cae del filo del bozal y mancha una de mis manos. Cierro los ojos, lo veo todo del rojo de la ira y espero pacientemente a que despierte. Pasan muchas horas, pero me da igual, no hay otro sitio donde quiera estar ahora mismo.

Cuando comienza a removerse a mi lado y vuelve a abrir sus ojos grises, me agacho y deposito un beso en su frente.

—Volveré pronto —digo, sintiendo un tirón que me reclama en otro sitio—. Sé esa fierecilla que me atormentaba en el castillo, ¿vale?

No puedo ver apenas nada de su cara y eso me vuelve loco. A regañadientes me voy, salgo de su mente y vuelvo a estar en mi camarote, solo. Alguien toca a la puerta. De camino hacia ella, me paso los dedos por la cara y me detengo en los labios. Puedo saborear el característico sabor silvestre de su sangre. Intento no pensar en por qué estoy manchado con ella y abro la puerta.

Drystan está frente a mí, con la respiración acelerada y la mirada ansiosa.

—No queda mucho —dice con entusiasmo—. Estaremos en la costa en un par de horas.

Frunzo el ceño, confundido.

—¿Cuánto tiempo hace que nos vimos por última vez?

—¿Día y medio?

—¿Día y medio? —pregunto con extrañeza—. No me ha parecido tanto tiempo…

Doy un último vistazo al interior del camarote y cierro la puerta. Me encuentro confundido, desorientado incluso. Para mí, la visita a Sierra ha durado apenas un par de horas, no un día completo. Creo que ni ella misma ha sentido que hayamos estado juntos tanto tiempo. La mayor parte, solo ha dormido, y el resto nos hemos limitado a mirarnos a los ojos.

—Algunos hombres se preguntan cómo es que debemos proceder.

Subimos a cubierta, donde varios de ellos se encuentran ya reunidos y a la espera de mis órdenes. Cruzo las manos tras mi espalda y me paseo mirándolos a los ojos, sin mostrar lo perturbado que me siento.

—Saben que vamos, de hecho, posiblemente sea una trampa. Esperarán que intentemos alguna distracción, pero en este caso creo que debemos concentrarnos en repeler la amenaza más que en intentar jugar con ella. Iremos de frente.

—¿Atacaremos o esperamos?

—Estoy casi seguro de que el enfrentamiento no es la primera opción que baraja nuestro enemigo, intentará llevar a cabo su plan con el mínimo número de bajas, así que mantendremos la paz tanto tiempo como sea posible. —Paseo la mirada de unos a otros—. Sin embargo, en el momento en que haya cualquier señal de enfrentamiento, os quiero preparados y dispuestos para hacer lo que sea necesario. Recordad que un segundo de vacilación puede suponer la muerte y puede que algunos le hayáis perdido el respeto, pero todo puede morir, también nosotros.

—¿A qué nos enfrentamos exactamente? —pregunta otro.

Cojo una bocanada de aire fresco.

—Metamorfos, han incrementado su número considerablemente. Al parecer incluso en Tierra Baldía han conseguido multiplicarse. Se les han unido Diluidos rebeldes dirigidos por Eleazar. Él también está allí.

Estudio las caras frente a mí, en especial las de los Diluidos que están entre nosotros, buscando alguna reacción sospechosa. Sé que mis compañeros Puros están haciendo lo mismo, solo que de una forma no tan directa como la mía. Aguardo un poco más y cuando nadie pregunta, hago una señal para que vuelvan a ocupar sus puestos. De nuevo es noche cerrada y todo el mundo se encuentra activo, cumpliendo su cometido hasta que lleguemos a tierra.

Miro al frente esperando el momento en que vislumbre nuestro destino. Como me informó Drystan, pasan tal vez un par de horas más hasta que consigo ver la línea de costa donde, efectivamente, ya nos esperan. Distingo a ocho personas, todas ellas hombres fuertes de mediana edad que en sus manos portan antorchas que los convierten en puntos de luz en una noche oscura. Alzo la mano para señalar a los míos que se detengan y preparen un bote. No voy a llevarlos a todos ellos conmigo de inmediato, me comunicaré mentalmente con alguno de ellos si es necesario.

En cuestión de minutos está todo preparado y junto a Drystan y unos pocos hombres, descendemos hasta que el bote toca el agua y empiezan a remar. No puedo dejar de pensar en Sierra y en cómo estará ahora mismo en ese agujero, con el suelo duro y frío contra su cuerpo y esa maldita cosa que a cada segundo que pasa deforma su piel.

Apenas hemos llegado a la orilla cuando se mueven hacia nosotros como perros hambrientos. Me niego a que cualquiera de ellos se atreva a ponerme una mano encima, así que salgo del bote, mojando mis botas y parte de mis pantalones en el proceso.

—Aquí estoy —digo con tono bravucón—. Ahora dadme a quien he venido a buscar.

Un hombre da un paso al frente. Las llamas de la antorcha iluminan los rasgos de su rostro, tiene el pelo negro y los ojos alterados por la ceguera.

—Ragna te está esperando —se limita a decir.

—No me interesa esa tal Ragna —escupo—. Sierra. Quien me interesa es ella y la quiero ver ya.

—No es posible —dice totalmente en calma—. Mi señora desea hablar contigo y ninguna de tus peticiones será escuchada antes de eso.

Doy un paso al frente y no me detienen las miradas amenazantes de los que lo acompañan. Me acerco hasta que el tejido de mi camisa roza su pecho y no aparto mi mirada cuando hablo.

—Me importa una mierda lo que quiera tu señora.

—Si te importa la muchacha, vendrás —amenaza.

—Si te importa tu vida, no volverás a decirme algo como eso. Te mataré.

No titubea ni un segundo, en vez de eso, se hace a un lado como invitándome a caminar delante de él. Lo hago a regañadientes, pues quiero terminar con todo esto lo más rápido posible. No va a ser sencillo, así que mejor empezar cuanto antes. Recorremos la playa durante un rato hasta llegar a un edificio que se desmorona como un castillo de arena hecho por un niño. Sus muros son del color dorado de los rayos del sol, pero ahí acaban sus semejanzas. Nada en él es deslumbrante, es un simple conjunto de muros que amenazan con venirse abajo en cualquier momento. Pongo a prueba mi don haciendo que una pequeña roca en los escombros se haga pedazos y desaparezca casi por completo en el aire.

Sonrío para mis adentros y continúo siguiendo al hombre de pelo negro por pasillos que se suceden unos a otros. Dos guardias custodian una puerta que no dudan en abrir al vernos llegar. No hay que ser un genio para imaginar dónde estamos: techos altos decorados con pinturas, pesados tapices que adornan las paredes, jarrones que en otro tiempo albergaban flores frescas y en el centro de todo ello, un trono de colmillos y garras deformadas.

La mujer sentada en él me devuelve la mirada, dorada y verde, y destila un profundo odio. Me detengo en el centro, a la espera, observando todas las posibles entradas y salidas por si es necesario huir de aquí. Estoy convencido de que así será, nada bueno puede salir de juntarnos en un mismo espacio. Busco con la mirada a Sierra. Sé de sobra que no está aquí y, aun así, la busco.

—Por fin te conozco, Viktor Vitalle.

—Perdona, ¿tú eres…?

Esboza una sonrisa falsa de dientes blancos.

—Parece que no te han enseñado a ser menos arrogante cuando estás negociando con alguien. —Levanta el mentón—. Soy Ragna Vortigern.

Reconozco su apellido como el del linaje que se ha encargado de gobernar a los metamorfos desde hace más de un milenio. A pesar de eso, no hago ninguna señal de reconocimiento.

—¿Estamos negociando? —pregunto inocentemente—. Bien, entonces a ti no te han enseñado que joder a la persona con la que pretendes negociar no es empezar con buen pie.

Descruza sus elegantes piernas bronceadas haciendo sonar las pulseras de oro que decoran sus tobillos. Las faldas del vestido que lleva puesto se abren revelando más de su piel y aparto la mirada antes de que piense que sus sucios trucos pueden conmigo. No hay nada en ella que me interese y nunca he sido un hombre de voluntad débil, excepto con una mujer en concreto.

—Solo estoy mirando por los míos —dice con voz tranquila—. Hace ya demasiado tiempo que los tuyos nos castigaron injustamente, exiliándonos a esta tierra donde la vida no florece. Es hora de que eso cambie.

—¿Y qué propones? —Me interesa que crea que estoy realmente interesado.

—Nuestro exilio ha acabado —responde tajantemente—. Seremos recibidos de vuelta en Drystia, se firmarán nuevos acuerdos donde se nos dé lo que nos corresponde.

—¿Crees que la gente de Drystia os aceptará sin más? —Sonrío cínicamente—. Vuestra naturaleza os hace territoriales y siempre ambiciosos, ningún acuerdo os satisfaría y llegaríamos a las mismas guerras de antes. ¿Debo recordarte todos los humanos que matasteis? No estáis lejos de ser perros rabiosos cuando os nubla la ira.

—No hagas como si esto lo hicieses por los humanos —escupe.

—Tienes razón, lo hago por mis propios motivos egoístas, lo hago por una sola humana. La misma que me vas a devolver si no quieres acabar retorcida entre los colmillos sobre los que te sientas.

Sus ojos se vuelven vidriosos de pura ira animal, pero ambos nos vemos sorprendidos por el ruido de las puertas que se abren y se cierran. Primero siento el olor de las manzanas y después lo veo caminando con paso tranquilo, como si no fuese un maldito hijo de puta que ha puesto las manos sobre ella y la ha lanzado a los lobos, de la manera más literal posible. Drystan, que hasta ahora se ha mantenido en silencio y varios pasos detrás de mí, hace el ademán de detenerme, en vano. En el transcurso de un pestañeo, me muevo en dirección a Eleazar, el cual no parece del todo sorprendido cuando me ve sobre él. Lo agarro por el cuello, siento sus músculos tensarse bajo mis dedos.

—¿Querías lo mejor para los tuyos? —bufo a centímetros de su rostro—. Con esto que has hecho me aseguraré de que tus Diluidos rebeldes mueran de rodillas y gritando.

—Esto es culpa vuestra, de vuestros aires de grandeza —dice con esfuerzo.

Aprieto hasta sentir bajo mi pulgar la columna de su garganta. Las ganas de ejercer presión y escuchar los huesos ceder bajo mis dedos son demasiado fuertes.

—Esto es culpa de vuestro complejo de inferioridad —siseo de vuelta.

Siento varios pares de ojos sobre nosotros y sé que todos están muy pendientes de nuestra conversación. Agarrando con fuerza, lo atraigo hacia mí y después con un movimiento rápido lo estampo contra el suelo donde el mármol se resquebraja. Eleazar pone los ojos en blanco al impactar, pero sé que esto no vale para matarlo. Lo fijo al suelo con mi bota encima de su cuello, reteniéndolo. Alzo la mirada hacia Ragna que, con las manos sobre los reposabrazos de su trono, observa la escena con expectación.

—Ahora, si no te importa, dime de verdad lo que quieres —exijo—. O puedo empezar a buscar lo que yo quiero ahora, dejando una fila de cadáveres detrás. Tú eliges, Ragna.

40
Sierra

Confundo lo real con mis delirios. Durante un tiempo siento un cuerpo contra el mío y olvido que se trata de Viktor hasta que consigo salir de la inconsciencia y lo veo ahí, a mi lado, vigilando mi sueño. Hay palabras que se atoran en mi garganta y que quieren salir, pero es imposible. Mis labios están sellados y no de una forma metafórica, sino dolorosa y muy literal. Hace un rato que la calidez de su beso en mi frente se perdió y en su lugar solo queda el abrazo del frío que hace que no pueda dejar de temblar. Me duele todo el cuerpo.

Mi visión no es clara, hay una neblina que me impide distinguir lo que se encuentra delante. Supongo que mi cuerpo está luchando contra la magia y mis energías merman con cada segundo que paso aquí. Creo que en algún momento entraron en mi celda y conectaron a mi brazo una vía para alimentarme, aunque de poco sirve si a su vez extraen de mi otro brazo bolsas de sangre.

Parece que hay una mujer delante de mí, ¿lo está o solo es un sueño? Mis párpados pesan y supone un gran esfuerzo abrirlos a la vez que intento enfocar mi visión. Quien sea, se da cuenta de mis dificultades y se acerca haciéndose más visible. Las dudas que pudiese tener se disipan cuando una mujer de pelo rojo como las llamas y una figura esbelta y curvilínea se planta frente a mí. Se agacha hasta que sus ojos quedan a la altura de los míos, son del verde más intenso jamás visto, adornados con unas espesas pestañas. Su mano, de dedos finos y pálidos, roza la parte de mi pómulo que queda libre del bozal.

—Mi pobre niña… —Su caricia es suave como el terciopelo—. Supongo que tu terquedad es cosa mía. No deberías haber luchado tanto contra lo inevitable, mira a dónde te ha llevado.

Me aparto, llevo mi cuerpo malherido contra la pared y frunzo el ceño ante sus palabras. Estira las comisuras de su boca pintada del rojo hasta formar una sonrisa débil, pero no desiste de mantener un punto de conexión entre nosotras. Agarra mi mano entre las suyas y la acaricia con sus pulgares. Emociones que no pueden ser más que imaginaciones de alguien exhausto como yo, cruzan su rostro. No puede ser real ese cariño que baña su rostro.

—Ha llegado el momento de que conozcas toda la verdad, de que sepas de dónde vienes. —Escruta mi rostro—. Sé que te has criado en una religión que me oculta, prefieren hacer como que nunca he existido, prefieren ignorarme que reconocer que son monstruosos y que van en contra de lo que tanto predican. —Aparta un mechón de mi pelo—. Sé que sabes cosas de mí, te he observado todo el tiempo. Ya sabes cómo hice a mis primeros hijos, y a pesar de estar cerca, no son del todo perfectos. Tienen debilidades que sus enemigos antaño descubrieron y usaron para acabar con las hembras capaces de engendrar. No podía ver cómo mis hijos perecían y desaparecían, así que pensé en crearte a ti. En el fondo eres un milagro que no debería haber ocurrido. Nunca he podido parir, hasta ti. No eres lágrimas ni cualquier otra cosa, eres el fruto de mi unión con tu padre, Atarothz.

Mi ceño se frunce aún más e intento deshacerme de su agarre en vano.

—Tienes sus dones y cualidades que te hacen mucho más fuerte que un Puro, ese fue su regalo, pero a la vez compartes buena parte de la naturaleza de los que son como Viktor. Eres capaz de ayudar a sobrevivir a la estirpe y es posible que la refuerces. —Niego con la cabeza repetidas veces, siento que la información me ahoga, creo que no ha sido hasta este momento que he comenzado a pensar en todo lo que ha pasado y la sensación es sofocante—. Sí... ¡Sí, Sierra! ¡Ya es hora de que lo aceptes! Nunca has sido humana, todo hasta ahora ha sido una ilusión, una que teníamos que mantener hasta que llegaras a las manos adecuadas. Tenías que pasar inadvertida entre humanos, así mis enemigos y los de mis hijos no se darían cuenta hasta que llegara el momento de que maduraras. Imagina... —Acuna mi mejilla y el calor que desprende el metal del bozal no parece afectarle lo más mínimo—... tú y Viktor sois mis mejores creaciones. Él tiene unos dones inigualables que miles sueñan con tener y tú eres el mayor terror que pueden imaginar. Tienes la capacidad de devorar su alma, de aniquilar la existencia incluso en el más allá. Tu sangre es sumamente especial y hay muchas cosas que hasta yo desconozco, nadie sabe la magnitud de lo que puedes llegar a ser, pero estoy dispuesta a descubrirlo. Solo tienes que despertar, Sierra, tienes que romper los últimos hilos que mantienen tu ilusión de humanidad.

Quiero gritar y no puedo. En mi cabeza repito una y otra vez que me dejen en paz, que no soy nada de lo que dicen que soy, pero en el fondo sé que todo esto es verdad y creo que eso es lo realmente agotador. La certeza de que una vida normal, que mi libertad, nunca fue una opción real. Y también está mi familia, que realmente no lo es. Solo pensarlo hace que arda mi alma. Mi mente no puede asimilar que todo haya sido una mentira y lo que es peor, me corroen las dudas. ¿Me quisieron de verdad o simplemente me vieron como la oportunidad perfecta de salvar a sus verdaderos hijos de un destino fatal?

Me reprendo a mí misma por pensar así de ellos.

En la lejanía se escucha el sonido de alguien bajando los escalones y el arrastre de sus pies.

—Atarothz algún día querrá conocerte, querida —dice la mujer apresuradamente—. Pero para eso tienes que despertar, si no, me temo que morirás pronto. —Algo parecido a grilletes al rojo vivo comienza a materializarse en sus muñecas—. Donde estoy no puedo ayudarte y él lleva un tiempo desaparecido, estás sola, Sierra, solo te tienes a ti. Permanece junto a Viktor, es tu destino.

Y tan rápido como apareció, desaparece dejando tras de sí pequeñas volutas de humo que terminan por desvanecerse en cuestión de segundos. No se me concede descanso alguno. Acabo de ser sometida a una avalancha de información cuando el hombre de pelo negro y ojos ciegos se presenta frente a mi celda. Saca un manojo de llaves y selecciona una que abre la cerradura de mi celda. Entra totalmente confiado, se agacha a mi lado y con una delicadeza que nadie relacionaría con alguien de su aspecto, saca la vía de mi brazo. No puedo evitar quedarme mirándolo fijamente y preguntarme si realmente me equivoqué al decir que es ciego, no lo parece en absoluto, se mueve con una facilidad poco propia de alguien con esa discapacidad.

—Deja de mirarme. —Me sobresalto al escuchar su voz y me pregunto cómo puede saber lo que estaba haciendo—. Levanta, camina y ni se te ocurra hacer ninguna estupidez, la ceguera no me hace incapaz de partirte el cuello.

Si pudiese abrir la boca, le diría que no creo ni por un segundo que tenga la autoridad como para acabar con mi vida, no si soy tan valiosa como todo el mundo parece creer. No puedo hablar, así que sigo en silencio y obedezco. Antes de salir de la celda se asegura de colocar dos gruesos grilletes en mis muñecas y una vez hecho eso, da un pequeño empujón en mi hombro para que empiece a andar.

Recorremos el mismo pasillo de celdas desde las que ojos hundidos me devuelven la mirada. Subimos las escaleras polvorientas y cruzamos el desierto recibidor donde hay zonas de techo que faltan y ventanas rotas. Al adentrarnos en el lugar, el sitio parece menos abandonado y derruido. Los pasillos están cubiertos con alfombras y hay algunas esculturas que pretenden dar vida al lugar. Hay hombres apostados cada pocos metros, pero su apariencia humana ya no consigue engañarme, sé lo que se esconde debajo de la piel: grandes bestias con colmillos y zarpas que no dudarían en desgarrar mi garganta.

Giramos esquina tras esquina hasta dar con un pasillo cuyo fin son dos puertas que reconozco de la última vez. La ventana a mi lado me revela una noche cerrada, sin estrellas, y no sé si tanta oscuridad será un presagio de lo que está por suceder. Respiro profundamente por la nariz y dejo que me conduzcan al frente. Dos hombres se encargan de abrir las puertas, que revelan el interior tal y como estaba la última vez, solo que ocupado por más gente.

Viktor tiene su bota sobre el cuello de Eleazar, pero sus ojos están puestos en mí. El aire en mi pecho sale entrecortado y me pregunto si es otro sueño, si él realmente está aquí. No sé si mi corazón lo ha perdonado, solo sé que en un mundo donde la libertad no parece ser una opción para mí, tengo muy claro quién quiero que sea mi villano.

No le dirijo más que una mirada furtiva al hombre que me traicionó y me trajo aquí, me siento de alguna forma decepcionada por haber acertado al pensar que él no era diferente al resto. ¿En qué momento se convirtió en algo tan fácil pensar lo peor de la gente?

—Sierra —Viktor deja salir mi nombre en medio de una exhalación.

La última letra de mi nombre no ha terminado de reverberar en el aire cuando ya está junto a mí. Su velocidad levanta una ligera brisa que me aparta el pelo de la cara. Nos miramos el uno al otro sin poder evitarlo. Sus ojos hablan de furia ciega y suelos pintados de rojo y luego, de forma casi imperceptible para nadie más, un sentimiento cálido hace que su mirada se suavice y los lagos que alberga se derritan.

Me roza la mejilla y casi quiero cerrar los ojos, llorar y fingir que estoy en el castillo, en su cama con él a mi lado, disfrutando de unas caricias prohibidas y alimentando unos sentimientos que nunca tuve la intención de sentir.

—Que alguien separe a esos dos —dice en alto Ragna—. Son tan tiernos que me dan ganas de vomitar.

—A lo mejor con suerte te ahogas con el vómito —comenta Drystan, sabiendo que todo el mundo puede oírlo.

La mirada felina de Ragna se dirige a él, ignorándonos durante unos segundos que Viktor utiliza para agarrar mi mano, inclinarse y murmurar en mi oído.

—Contigo hasta la muerte.

Frunzo el ceño, pero antes de que pueda decir algo, su mano es arrancada de la mía y soy obligada a alejarme de él. Mis huesos tiemblan cuando clavo mis rodillas en el suelo, forzada por el hombre de pelo negro, Rhory.

—Dime, Sierra. —Ragna hace una pequeña y dramática pausa—. ¿Has pensado en mi oferta?

La sonrisa en sus labios me enferma. Se ríe de mí haciéndome preguntas que soy incapaz de responder. Aun así, no dejo que eso me frene y asiento.

—¿Y bien? —pregunta.

Miro hacia mis manos, ambas con los pesados grilletes que irritan mi piel, y lentamente las levanto hasta la altura de mi pecho. Todo el mundo está atento a qué es lo que voy a hacer y en el momento en el que levanto el dedo corazón de mi mano y lo planto bien alto para que sus ojos no se pierdan detalle, puedo notar la sonrisa de Drystan detrás de mi espalda y el pequeño temblor en los labios de Viktor.

«No esperaba otra cosa de ti», susurra su voz dentro de mi cabeza.

Me agarro a eso como a una tabla a la deriva en un mar tormentoso.

Las venas del cuello de Ragna se hinchan, es incapaz de ocultar el arrebato de furia que crece dentro de ella.

—Eres una niña estúpida. —Escupe las palabras con rabia—. Te usaré a ti y a tu sangre hasta que no quede nada de ti y entonces, dejaré que mis hombres se diviertan contigo y te hagan trizas.

El suelo sobre el que nos encontramos tiembla ante sus palabras y no me hace falta mirar atrás para saber que es culpa del vampiro.

—Ten cuidado con lo que dices, Ragna —sisea Viktor—. No usarás a nadie y menos si ese alguien tiene algo que ver conmigo.

—Yo creo que sí —replica ella con arrogancia—. Sabes perfectamente que estás en desventaja, estáis a mi merced. No hay nada que puedas hacer y usar tus dones en mí no servirá de nada. —Se acomoda en su trono de colmillos retorcidos—. Antes me has preguntado lo que realmente quiero y me temo que es a ella. No te la devolveré.

—Estás loca si piensas que lo aceptaré sin más.

—No. No pienso que lo aceptarás sin pelear, de hecho, estoy deseando que lo intentes.

El suelo vuelve a temblar, del techo cae polvo que mancha mi pelo y me obliga a cerrar los ojos. La risa melódica de Ragna llena la sala y consigue hacerse oír por encima del ruido. Pequeñas fisuras se abren en el suelo antes de que Viktor se detenga.

—Sigue así y la matarás a ella. —Ragna me señala con el dedo—. ¿O es que ya te has dado cuenta de que el resto de tus dones no tienen ningún efecto sobre mí?

Miro alternativamente a los puños cerrados con fuerza de Viktor y a la copa que descansa a escasos metros de ella. La comprensión llega a mí a raudales. Las bolsas de sangre que me han extraído no eran para otro fin que este. La mandíbula de Viktor tiembla de puro esfuerzo y contención. La risa de Ragna se hace más fuerte y crispa los nervios de todos los presentes. Drystan da un paso al frente para posar su mano en el hombro de su amigo, que no deja de temblar de rabia.

—No puedes herirme a mí sin ponerla en riesgo a ella. —Ragna alza el mentón—. Te superamos en número y tus otros dones no sirven para nada, ¿sabes por qué? Por la persona que has venido a buscar. —Sus palabras son venenosas, me hacen sentir que todo en mí está mal—. Su sangre es sumamente especial.

Viktor deja que la rabia se disipe, o al menos que lo parezca, y entonces esboza una sonrisa fanfarrona de dientes blancos.

—En ese caso me temo que estamos empatados. —Mete las manos en los bolsillos delanteros del pantalón—. Olvidas que ella es mi saciadora, creo que estoy bastante familiarizado con su sangre.

—Sé de buena mano que hace bastante que no te alimentas de ella. —Ragna hace un ligero movimiento con la cabeza y dos de los hombres apostados junto a ella descienden las escaleras que la mantienen por encima de nosotros—. El efecto no es permanente, se disipa con el tiempo, es una de las razones por las que no puedo dejarla caer en tus manos.

Los hombres intentan agarrar a Viktor, pero este se resiste, retrocede y muestra los colmillos.

—Si te resistes, tu amigo tendrá que pagar las consecuencias de tus actos. —La mujer curva el labio superior en una mueca que no puede ser otra cosa que malvada—. ¿O él también está familiarizado con tu saciadora?

Miro a Drystan, cuyo rostro palidece. Intento abrir mi mente, proyectarme hacia Viktor y hablarle. Me encuentro con que él ya estaba esperando mi intromisión.

¿Qué le harán?, pregunto.

«¿Ves al hombre ciego?». Hace una pequeña pausa antes de proseguir. «Escuché rumores hace varias décadas de que existía un metamorfo que volvió de entre los muertos y que con él se trajo un pedazo de infierno. Al parecer puede encerrarte en tu peor pesadilla».

Un sonido extraño brota de mi pecho, en otras circunstancias podría ser un quejido, ahora es algo que no se puede describir con palabras, todo por culpa de esta estúpida cosa que sella mis labios y me destroza cada vez que intento separarlos. El cosquilleo de la mirada de Viktor sobre mí me hace mirarlo.

«Cuando nos proyectamos en la mente del otro es real, Sierra. Tú me hiciste sangrar y yo he podido probar tu sangre en esa celda y en mi habitación. Ahora mismo está en mí».

Pestañeo a la vez que comprendo lo que quiere decir. Ragna y todos sus seguidores piensan que Viktor y yo llevamos un tiempo sin estar cerca del otro y por tanto que él no se ha alimentado de mí. Aunque técnicamente no lo ha hecho, sí que ha probado ligeras gotas de mi sangre, ¿son suficientes como para hacerlo inmune a Rhory? En el fondo eso da igual ahora mismo y él lo sabe, así que cuando los dos hombres se acercan de nuevo e intentan ponerle unos grilletes que parecen todo menos normales, no se resiste.

Hace una ligera mueca.

«Estoy bien, es fingido».

Si pudiese, sonreiría.

—Sabia decisión, Viktor Vitalle. —Ragna aparta su atención de él para enfocarse en mí—. Ahora sigamos contigo. Ya habrás notado que lo que sella tu boca está manipulado por brujas, lo mismo que esos grilletes. —Apunta con su barbilla hacia ellos—. De esa forma nos ahorramos problemas innecesarios, ¿verdad? No sería bonito que hicieses ese numerito tuyo, ¿qué dirías que es? —Guarda silencio y al cabo de unos segundos se da una pequeña palmadita en la frente—. Oh, perdona, se me olvidaba que no puedes hablar. Supongo que tendremos que invitar a la última persona que falta para entender todo esto.

Ignoro sus bromas sin gracia. Realmente no hace falta que nadie me explique qué es lo que hago. Devoro almas, borro la existencia más allá de la muerte. No hay nada después de mí.

Me encantaría gritarlo a los cuatro vientos, proclamarme el monstruo que sin duda soy. En vez de eso sigo callada a la espera del próximo golpe.

Esta vez no hay puertas que se abran. De uno de los laterales de la zona alta del salón, donde Ragna está sentada, emerge un hombre que reconozco como el metamorfo de las cicatrices en la cara y detrás de él, arrastrada por el pelo, una Evanora con lágrimas de rabia. Su máscara ha desaparecido, dejando a la vista de todos las cicatrices que recorren su boca. Por el rabillo del ojo veo cómo Drystan hace el ademán de ir con ella, pero uno de los hombres que vigilan a Viktor se interpone en su camino. Él bufa, aunque no parece intimidarlo. Se creen demasiado fuertes ahora que piensan que mi sangre los hace invencibles; sin embargo, no son más que cachorros asustados de mí. Si no estuviese atrapada, ¿qué sería capaz de hacer? La mera idea me eriza la piel, no parecen los pensamientos de la persona que solía ser.

—Qué belleza tan cruda —dice Ragna con fingida admiración—. Había oído hablar de la Banshee Blanca, pero saber que estás involucrada en esto te hace aún más fascinante. ¿De quién huías con tanta desesperación, querida?

La mirada de Evanora viaja solo por un segundo hacia la de Drystan, pero la aparta rápidamente. No pasa inadvertida para Ragna, que observa todo con una diversión retorcida. Casi parece pensar que estamos interpretando una tragedia para ella.

—Oh, ya veo. —Agarra con su mano la cara de Evanora y la alza del suelo con pura fuerza bruta—. Ellos querían hacerte daño, ¿no es así? Siempre tan crueles con los que no son como ellos... —Mientras que con una mano clava sus uñas en su piel, con la otra acaricia el lateral de su cabeza, enredando los dedos en su pelo blanco—. Debes odiarlos tanto por lo que te hicieron... y aun así esa bruja te obligó a colaborar para que Sierra alcanzara su potencial. Ya no tienes que hacer nada por ellos, Banshee Blanca, ahora puedes obtener tu venganza, junto a mí.

Evanora muestra los dientes en una mueca animal a la vez que intenta librarse de su agarre.

—Te desfiguraron, te golpearon, te violaron. —Las palabras son mazazos dirigidos a la banshee—. Mereces venganza y yo puedo dártela. Solo tienes que decirme lo que quiero saber.

Pongo los ojos en blanco al escuchar cómo su mismo discurso sobre venganza y alianza se repite de nuevo.

—¿Venganza? —La pregunta sale de forma estrangulada de los labios de Evanora—. ¿A costa de quién? No quiero una venganza manchada de sangre inocente.

—Sierra no es inocente.

—Tú no sabes nada.

Al ver que Evanora no caerá en su palabrería barata, Ragna transforma su sonrisa falsa y envenenada en algo retorcido y oscuro. El rostro bello desaparece y en su lugar queda la imagen de alguien al borde de la locura. Se deja llevar por la ira y lanza a la banshee lejos de ella. El impacto de su cuerpo contra el suelo, el crujido de los huesos que se parten, me hiela la sangre. Una exhalación resuena en la estancia, sé que es Drystan sin necesidad de mirar, pero cuando lo hago solo veo el rostro de un hombre que quiere sangre. Los gritos de dolor de Evanora tardan en llegar; no obstante, lo hacen, y son de los sonidos más desgarradores que he escuchado.

Ragna se levanta de su trono y nos mira a todos nosotros desde su posición de poder.

—¿Quieres que todos tus sacrificios hayan sido en vano, Banshee Blanca? —espeta—. ¡Sé lo que es importante para ti y no dudaré en quitártelo para obtener lo que quiero! Si no te unes a mí de buena gana, el terror te hará hacerlo. —Una sonrisa que deja a la vista sus colmillos lobunos aparece en su rostro—. Tiene tus ojos, por cierto.

El rostro de la banshee, que hasta ahora estaba oculto tras la cortina de su pelo, se muestra cubierto de terror. Clava sus ojos en Ragna y lejos queda la ira que vi antes. Ahora solo hay desesperación, miedo, ruego.

—Solo dime lo que quiero. —La metamorfa no deja que su inquietante sonrisa desaparezca—. ¿Qué hay que hacer para que ella alcance su máximo potencial? No me sirve siendo medio humana.

Odio oír cómo hablan de mí como si no estuviese y odio aún más no poder hacer nada al respecto. Siento el impulso de clavar mis uñas en esta cosa y separarla de mí, aunque se lleve con ella mi piel. Dirijo una mirada hacia Viktor y Drystan, ambos parecen estar al borde de la locura. Ninguno de los dos lleva bien el sentirse impotente. Están atados de pies y manos en este momento, cualquier cosa que hagan podría significar el fin de uno de nosotros. Tal vez no el mío, al parecer soy demasiado valiosa, pero sé que Viktor no jugaría nunca con la posibilidad.

Un nuevo grito me saca de mis pensamientos y veo a Evanora intentando levantarse del suelo.

—¿Cómo sabré que cumples con tu palabra? —pregunta con la voz entrecortada por el dolor.

—Te doy mi palabra.

—No creo en la palabra de nadie.

—Entonces tendrás que tener fe —responde Ragna con tono burlón.

Las palabras le parecen una broma a la banshee, quien intenta reír, y en su lugar sale una tos extraña. Lo que brota de su boca es demasiado parecido a la sangre y sus manos en el costado me hacen pensar que tal vez sus costillas sean el problema. La miro rogando que le dé lo que pide y se salve. Ella me ayudó a escapar, ¿qué más da que supiese algo que yo no? Me dio la oportunidad de huir de mi destino.

—Necesita matar su lado humano —dice al fin.

—¿Cómo?

Directa al grano.

—No hay una sola forma, no es algo que sepamos con certeza. —Se detiene durante unos segundos para tomar aire—. Una emoción demasiado fuerte podría ser un desencadenante.

—¿Cómo de fuerte?

—Lo más fuerte posible, debe ser algo que la desestabilice.

—Entonces creo que tengo algo que ayudará.

Su atención va hacia algunos de sus hombres que asienten y desaparecen para traer con ellos a quienes menos esperaba. No sé a quién mirar primero, solo sé que me rompe el corazón verlos.

—¡Sierra! —grita Abigail.

Hace el intento de huir de sus captores sin resultado. Son fuertes y no la dejarán campar a sus anchas.

—Supongo que es un buen momento para una reunión con tus padres, Sierra. Seguro que tenéis mucho que hablar.

41
Sierra

No puedo respirar.

Es más, creo que si pudiese no querría hacerlo. Cuando miro a las caras de los que todo este tiempo han sido mi familia siento tantas emociones a la vez que resulta sofocante. Papá y mamá llevan mordazas y tienen las manos atadas a la espalda, Silas está igual, solo que su rebeldía lo hace resistirse a estar cautivo y han acabado por empujarlo al suelo. Luego está Abigail, cuya boca permanece libre.

Miro a Ragna y veo a alguien calculador, alguien que sabe jugar con las emociones humanas de la peor forma. Claro que usará a Abigail para conseguir lo que sea que necesita de mí. No hace falta que nadie le diga que esa pequeña niña es mi debilidad, no hay más que mirarme a los ojos para saberlo. Su pelo cobrizo está hecho un desastre y sus ojos tienen el aspecto de haber llorado durante mucho tiempo.

—No entiendo cómo no te diste cuenta —comenta Ragna con su tono de voz altivo—. Debías parecer un patito feo en un nido lleno de cisnes. Mírate. —Extiende la palma de su mano hacia mí y luego hacia ellos—. Todos rubios de ojos miel y tú con ese pelo negro que absorbe toda la luz y esos ojos sin vida.

Siempre que me miraba en el espejo echaba de menos parecerme más a ellos y no ser tan yo. A veces, cuando era más pequeña, preguntaba los motivos de mis diferencias y siempre las justificaron con el parecido con mis abuelos. Ahora sé que nada de eso era verdad. No hay parecido entre nosotros porque nunca hubo parentesco.

Los ojos de mamá —*no es mamá*, grita mi mente— están llenos de lágrimas y niega con la cabeza como si no fuese demasiado tarde para negar la verdad.

—Me encantan los dramas familiares, son mis favoritos. —Ragna se encoge de hombros y se vuelve hacia uno de los hombres que vigilan a mi familia—. Quítale la mordaza, quiero escuchar la explicación de cómo llegó Sierra a sus vidas. Seguro que ella también está interesada.

Así es, aunque por suerte mi incapacidad para hablar me ahorra el tener que darle la razón.

Se encargan de quitar la mordaza de la boca de mamá de la forma más brusca posible, ¿de verdad esperan que crea que no son tan tiranos como los vampiros? La verdad es que no consigo ver la diferencia.

—Cuéntanos, ¿cómo llegó Sierra a vuestras vidas? —exige Ragna—. Habla, mujer.

El pecho de mi madre no deja de subir y bajar con un llanto difícilmente contenido. Su mirada frenética se pasea de mi rostro al de mis hermanos y sé que toda clase de pensamientos están pasando por su cabeza. Ante su silencio, Ragna suelta un suspiro exasperado y con un chasqueo de sus dedos manda a que uno de sus hombres sacuda de una patada a Silas. Su cuerpo se encoge en el suelo, pero no baja la cabeza, deja que todos veamos en sus ojos la rabia apenas disimulada. Si no estuviese amordazado, sé qué palabras diría. Tal vez no seamos hermanos de verdad, pero hay cosas que no pueden borrarse, como la conexión que compartimos.

—Empieza a hablar o esa monada de rizos de cobre empezará a gritar pronto.

Percibo el movimiento que hace la columna de la garganta de mi madre al tragar y ni siquiera me molesto en preguntarme cómo puedo ver con tanto detalle cosas que no debería.

—La dejaron en nuestra puerta. —Mi madre ahoga un nuevo sollozo—. Pensamos que era una equivocación, esperábamos que alguna madre apareciera buscando a su bebé perdido, pero nadie llegó. Unos meses después me enteré de que estaba embarazada... —Se cubre la boca con verdadero pánico grabado en las facciones—. Lo siento, lo siento tanto, hija. No sabíamos qué hacer, estábamos tan asustados por lo que podría pasarle a nuestro bebé y tú llegaste como si fueses una bendición. No pensábamos que acabaríamos queriéndote como lo hicimos; sin embargo, ya era tarde, a ojos de todo el mundo eras nuestra hija primogénita.

Las preguntas se agolpan unas encima de otras dentro de mi cabeza. La fuerza que hago al intentar hablar solo hace que la sangre brote de mis labios y se deslice por mi barbilla hasta formar regueros por mi cuello. A pesar de eso, no creo que este dolor sea comparable como el de escuchar que quienes has considerado tu familia todo este tiempo, te vieron como la solución más fácil a un problema. Fui el bebé sacrificado, un bebé de la calle que vino a salvar a su hijo biológico. En el fondo no puedo culparlos, aunque no hace que duela menos.

Pestañeo apartando la fina capa de lágrimas que se ha formado en mis ojos y asiento en señal de comprensión.

—¿No dejaron nada con ella? —indaga Ragna—. ¿Simplemente la dejaron en vuestra puerta y la acogisteis sin más?

—La dejaron tal y como vino al mundo, nada venía con ella y nadie preguntó por su paradero.

—Y creo que la señora Ruggiero ha dejado bastante claro que los motivos que los llevaron a quedarse con Sierra no fueron desinteresados —interrumpe Viktor.

Su voz gotea desprecio en cada letra que pronuncia y sus ojos están clavados como dagas mortíferas en la figura de mi madre. Este sentimiento que se está formando entre nosotros es simplemente abrumador. No puedo creer que él, de entre toda la gente posible, sea quien me defienda y vele por mí ahora mismo. Si hace unos meses alguien me lo hubiese dicho, lo hubiese tachado de loco. A pesar de lo surrealista de todo esto, mi corazón revolotea dentro de mi pecho al verlo así, más ahora que me siento perdida, abandonada, huérfana.

Me arrancaron de mi vida una noche de luna llena, pero ahora siento que acaban de quemar todas mis raíces.

—Cuanta sangre fría se necesita para sacrificar a un bebé inocente —dice con sarna Ragna—. Supongo que eso me limpia la conciencia un poco ante lo que voy a hacer.

Me inquieto enseguida. Todo sucede tan rápido que no soy capaz de reaccionar hasta que ha pasado. El corazón de mi madre ahora descansa entre las manos de la líder metamorfa, que no deja de relamerse los labios al ver los hilos de sangre que caen de sus dedos al suelo. El grito de Abigail rasga el aire y es lo que me hace reaccionar con el mío propio. Me sube por la garganta y se queda retenido en mi boca, quemándome las entrañas. Silas, clavado en el suelo, se retuerce bajo el agarre de sus captores sin éxito alguno y mi padre mira a los ojos sin vida de mi madre mientras intenta atrapar su cuerpo antes de que impacte contra el suelo.

Mis ojos al fin dejan de contenerse después de tanto tiempo y siento que las lágrimas se desbordan como un vaso que ya ha llegado al tope de su capacidad.

No sé si es compasión o simplemente otra forma de saciar su lado retorcido, pero Ragna deja que mi padre llegue hasta el cuerpo de su esposa. Lo acuna entre sus brazos y sin necesidad de tocarla, sé que está flácida y mustia. Abigail no deja de llorar de una forma que estrangula mi corazón.

—¿No es suficiente para ti, Sierra? —Los ojos de la líder se encuentran con los míos mientras camina rodeando a mi padre, que se mantiene ajeno a todo. Solo tiene ojos para mamá—. ¿Cuánto dolor necesitas sentir?

Hazme de dolor y solo sabré repartir lo mismo, grita mi mente.

Juro que parece leer las palabras dentro de mí y sus ojos se llenan de desafío. El rechinar de los dientes de Viktor retumba en la sala y capta mi atención por completo.

«Mírame, Sierra, solo mírame».

¿Por qué?

«Porque voy a perderte si no lo haces».

Frunzo el ceño, nado en sus ojos y una vez más me sorprendo al poder ver desde lejos las pequeñas vetas negras que hay en el centro de su iris. Un tirón dentro de mí me obliga a mirar a otro lugar y entiendo mucho al hacerlo. La sonrisa de Ragna es diabólica mientras se cierne detrás de mi padre. La mirada de él es suave, nublada de una tristeza que no sé si solo tiene que ver con mamá. Sus ojos hablan sin necesidad de palabras. Me piden perdón.

Lucho contra mis grilletes y contra Rhory, intento levantarme con las pocas fuerzas que me quedan y lo consigo. Comienzo a correr con piernas temblorosas, más patética que un animal recién nacido aprendiendo a caminar, pero no me importa, solo quiero llegar junto a mi padre y ser una vez más su hija, su niña, aunque todo sea mentira. Estoy a punto de conseguirlo, pero tan fácil como se desploma un castillo de naipes cuando le roza la brisa, mi esperanza se desvanece. Las manos de Ragna se posan a cada lado de la cabeza de papá, este cierra los ojos, veo caer una lágrima y antes de que mis dedos consigan alcanzarlo, él también se ha ido.

No aparto la mirada cuando su cuello cae en una posición antinatural. Los sonidos que vienen de Abigail no son de este mundo, son el sufrimiento más cruel que puede existir. Redirijo mi trayectoria para ir hacia ella y nadie me lo impide. La abrazo, dejo que su cara se hunda en mi pecho y sus lágrimas me mojen.

«¿Sierra?».

Ignoro al Viktor que habla en mi cabeza.

Paso los dedos de forma mecánica por los rizos de mi hermanita, en un estado totalmente catatónico. No quiero; sin embargo, los recuerdos de mi padre se reproducen en mi cabeza sin control. Recuerdo su mirada arrepentida el día en que entré en la Subasta Roja y los días anteriores a eso. Los besos en mi frente cada mañana y cada noche, los toquecitos en mi cabeza cada vez que mostraba rebeldía con mamá, sus pedazos de tarta que me daba a escondidas del resto, el cariño con el que decía mi nombre al hablar o sus callosas manos sosteniendo las mías cuando el frío era demasiado. De alguna forma intentaba compensarme por lo que habían hecho, ¿hubiese hecho yo algo distinto en su lugar? Los hipidos que suben por mi garganta me asfixian y las lágrimas bordean mis mejillas hasta precipitarse en el filo de mi barbilla. Silas sigue revolviéndose en el suelo sin éxito, lo que le gana una patada y un golpe que consigue abrirle la ceja. La sangre mancha su cara formando lágrimas escarlatas. Me mira con la angustia y la desesperación grabada en el rostro.

«¿Sierra? Háblame, por favor».

¿Cómo podría hacer tal cosa cuando me están arrancando toda mi vida? No solo la sangre une, también lo hacen los recuerdos, y estas son las personas que ocupan todos los míos. Me los están quitando uno a uno por algo que no comprendo, por algo que tal vez podría controlar si tuviese más tiempo. Mis ojos miran los de Ragna pidiendo misericordia a pesar de que mi orgullo me haga retorcerme por dentro.

Su desdén no puede ser más aparente y en un acto de desesperación agarro su mano entre las mías, sorprendiéndola aunque lo disimule bien. Mis ojos imploran algo que sé que no se me va a dar. La vida desde el primer momento fue cruel conmigo y lo seguirá siendo, lo sé por la forma en que su boca se curva maliciosamente, complacida con mi sufrimiento.

Miro hacia abajo, hacia mi hermana que con sus manos agarra mi ropa andrajosa y la empapa de sus lágrimas. Pongo un brazo de forma protectora alrededor de ella y capto un movimiento por el rabillo del ojo. Han puesto en pie a Silas, mi corazón se paraliza. Niego con la cabeza una y otra vez, ruego que no suceda lo que creo que va a suceder. Mis lágrimas salen de forma aún más rabiosa de mis ojos y el agua se evapora cuando entra en contacto con el bozal, que ha alcanzado una temperatura peligrosa.

—Todo esto era innecesario, Sierra —parlotea Ragna—. Si tan solo dejaras de reprimirte, esta gente seguiría viva, pero ¡oh, vamos! Tampoco tienes que hacerte la dolida, ellos no son nadie para ti.

¿Nadie para mí? Son todo lo que he conocido hasta ahora.

Ni Lilith, ni Atarothz, ellos son mi familia. Da igual qué nos llevara a serlo, lo importante es que yo sentí que lo éramos y en su lugar tal vez no hubiese actuado diferente. Era una desconocida que llegó a sus vidas en forma de regalo para su hijo y si lo pienso bien, ¿no me hubiese sacrificado de todas formas? El día en que casi acabo con mi vida escogí esto porque no lo quería para ellos.

El puñal en el cuello de Silas era una distracción, realmente lo que querían era quitarme a Abigail y lo consiguen. Siento que me acaban de arrancar una extremidad de cuajo y la sensación no mejora cuando sus ojos miel me miran como si fuese su heroína y acabase de abandonarla.

Me pongo en pie y lucho contra el hombre que la tiene entre sus manos, pero este me da una bofetada que me cruza el rostro y me hace tambalear hasta caer al suelo. Mis huesos tiemblan por el impacto y aun así encuentro fuerzas para volver a intentarlo. La escena se repite: me levanto, forcejeo, bofetada y al suelo. Los gruñidos casi animales de Viktor me rasgan los oídos con cada intento inútil que hago.

Tengo su voz en mi cabeza, gritando, pidiendo, rogando que pare.

¿Acaso él se detendría? ¿Acaso lo hizo cuando estuvo en mi lugar y vio a su familia morir? Él mejor que nadie debería comprender que no puedo dejar de luchar, no hasta que me sea físicamente imposible. Puede que siguiera intentándolo hasta entonces.

Vuelvo a levantarme, trato de recuperar a Abigail de entre los brazos de su captor. Ella patalea y araña cualquier trozo de piel a su alcance, pero cuando me acerco, una nueva bofetada cruza mi rostro, esta vez empañando mi visión de negro. La risa de la líder de los metamorfos resuena en los techos y su sonido me hace querer vomitar. Me tiemblan los músculos, me gritan que lo deje ya.

—Eres tan resistente de espíritu, querida, pero todo el mundo tiene un límite y pienso encontrar el tuyo.

Mi límite es una pequeña de siete años con la sonrisa mellada y los ojos más grandes y bonitos del mundo. La vorágine a mi alrededor no se para, no, no me ahorraría este dolor. En vez de eso todo parece ocurrir más lento para que no me pierda ni un detalle de lo que a partir de ahora protagonizará todas mis pesadillas. Ragna se lame las uñas, que para este momento más bien son garras de animal, y me dirige una mirada cuyo significado ya conozco: muerte.

«¡No mires, Sierra! ¡No mires!».

Es tarde para eso, no creo que hubiese apartado la mirada aunque hubiese podido.

Las garras atraviesan el aire con una velocidad inhumana, muy parecida a la de un vampiro, y donde antes había piel tersa y aterciopelada, ahora hay franjas de piel ensangrentada. El rostro de Abigail queda irreconocible en cuestión de segundos y Ragna se ha encargado de que las garras alcancen se cuello, de donde no para de brotar sangre en este momento. El grito que araña mi garganta es incontenible. Escucho unos chasquidos y por un momento pienso que soy yo, que me rompo de dolor. No es así, en su lugar caen pedazos de metal pesado a mis pies y noto el aire filtrarse entre mis labios empapados de sangre y mis muñecas más ligeras. Mi grito hace temblar las paredes del lugar.

Un cuerpo fuerte que podría reconocer con los ojos cerrados se interpone en mi camino. Con las manos aún apresadas, Viktor hace el intento de sostener mi cara. Miro sus ojos, azules y helados, pero realmente es como si no lo hiciera. Solo pienso en venganza.

«Esto es lo que ella quiere», susurra en mi cabeza con el tono más dulce y suave que le he escuchado usar. «Si se lo das, ella habrá ganado».

No puede ganar si está muerta.

Su mirada cae en picado, como si empezase a ver que no hay nada que pueda hacer o decir para convencerme. De hecho, sé que algo ya ha cambiado dentro de mí. Se aparta de mi camino, sé que está haciendo un gran esfuerzo por parecer débil. Mis piernas se sienten más fuertes a causa de la adrenalina y la satisfacción que me causa la sorpresa apenas disimulada de Ragna al ver que me he deshecho de su estúpido juguetito. Me acerco hasta el hombre que sostiene el cuerpo de mi hermana como si fuese una muñeca de trapo y antes de que le dé tiempo ni a pensarlo, le devuelvo las bofetadas en una sola, lo suficientemente fuerte como para hacerlo volar hacia el otro lado de la sala. Atrapo el cuerpo de mi hermana antes de que caiga al suelo y lo acuno entre mis brazos como la persona tan frágil y valiosa que siempre ha sido para mí.

Aparto el pelo de su cara con los dedos temblorosos y los ojos empañados de lágrimas. Pestañeo para deshacerme de ellas. El torrente de sangre se ha detenido en su cuello y soy capaz de distinguir matices en el olor de su sangre. Miro su pecho, soy muy consciente de que no encontraré ningún movimiento en él, pero necesito comprobarlo. Dejo mis ojos clavados en su torso paralizado y es en ese momento en el que escucho cómo algo más se rompe. Esta vez soy yo. Mi cordura, mi contención, lo que me hace humana se está despedazando dentro de mí, vertiendo fuego líquido en mis venas en el proceso. Se me viene a la cabeza el recuerdo de nosotras dos paseando por los jardines del castillo, lo bonita que se veía en un sitio así, como si hubiese nacido para estar entre cosas bellas y lujosas. Cuando me preguntó si volvería a Ravag, creo que ella con su corta edad veía cosas que yo no era capaz. Al decirle que comenzaba a encajar, en su mirada no había descontento ni reproche, parecía feliz. Pensar en ella, sus ojos risueños, su sonrisa inocente, me desgarra.

Alguien a mis espaldas ahoga lo que sea que fuese a salir de su boca, se parece mucho a un quejido. Mi cabeza gira tan veloz como un latigazo partiendo el aire y veo a Eleazar de pie, que me mira como si me estuviese viendo por primera vez. Aprieto a mi hermana más fuerte contra mí, con temor de que alguien me separe de ella. Escucho pasos que me ponen alerta, mi cuerpo cubre el de Abigail y no es hasta que reconozco las manos de Silas que me aparto un poco. Su rostro está desprovisto de color, tan desprovisto de vida como el cuerpo de mi hermana. Sus facciones se retuercen al ver a nuestra hermanita, sus manos se cierran en puños y juro que nunca he visto un dolor semejante en su rostro.

—No... no... —Niega con la cabeza como si eso fuese a hacerlo menos real.

Me tiemblan los labios al intentar contener los sollozos que no hacen más que crecer cuando Silas termina de acercarse a nosotras y me arranca a Abigail de entre los brazos. Toca sus rizos tal y como he hecho yo y se la lleva contra su pecho, manchándose de sangre.

Escucho algo crujir y cuando busco el origen, me doy cuenta de que me he partido un dedo al apretar los puños. No me duele, creo que hay algo dentro de mí que me duele más. Los ojos de la metamorfa captan el suceso y las comisuras de su boca se estiran en una sonrisa de satisfacción que termina por romper mi cordura. Si piensa que ha conseguido a su nuevo juguete, está muy equivocada.

—Está pasando, ¿no es así?

La pregunta no va dirigida a mí, sino a Evanora, que permanece en el suelo, medio incorporada, con una expresión de dolor permanente. Asiente con desgana y en vez de mirar a la metamorfa, me mira a mí como si me estuviese implorando algo.

—Lo estás haciendo muy bien, Sierra. Solo un poco más.

Esta vez sí que se dirige a mí. Al principio no sé a qué se refiere, hasta que veo cómo de nuevo uno de sus hombres se acerca al último familiar que me queda. La visión se me nubla, mi raciocinio desaparece por completo. De mi garganta escapa un gruñido que hace que todos contengan la respiración, incluidos sus hombres. Sin saber cómo, me muevo tan rápido como uno de ellos y me coloco frente al hombre que pretendía matar a Silas. Lo agarro del cuello, movida por impulsos, y levanto su cuerpo un palmo del suelo. En sus ojos puedo ver la sorpresa. No pienso mucho antes de forzar mi pulgar y hundir la nuez de su garganta, y no contenta con el sonido del hueso partir- se, sigo presionando hasta que mi dedo ha desaparecido en su carne. La sangre salpica mi rostro y la semejanza con la muerte de Abigail no alivia mi dolor.

Frente a mí veo dos ojos que se han quedado en blanco y un pecho que ya no sube. Dejo caer el cadáver, sin que ni una parte de mi cuerpo se encuentre resentida por el rato que lo he sostenido en alto. De hecho, mi dedo roto está como nuevo. Me giro hacia Ragna ignorando el rostro aterrorizado de Silas y el de preocupación del resto. Los ojos de Viktor me queman en la nuca.

Doy unos cuantos pasos hacia la metamorfa e inclino la cabeza al mirarla. ¿De verdad piensa que voy a obedecer? ¿Cómo de idiota puede ser? Su bozal está roto, sus grilletes mágicos también, ¿cree que puede retenerme? Nada lo hará.

—No debiste hacer eso. —Mi voz suena áspera por la falta de uso—. Voy a convertir tus gritos en mi canción de cuna, maldita perra rabiosa.

Por mi cabeza pasan miles de pensamientos que se agolpan unos con otros: las mentiras, las traiciones, los rostros de mi familia perdida. Todo parece suceder con el propósito de alimentar mi ira y sin saber si soy yo o es cosa de Viktor, toda la sala ha empezado a temblar y a deshacerse sobre nuestras cabezas. Las venas del cuello de Ragna se abultan y donde antes había una figura esbelta, ahora hay una bestia más grande y majestuosa que la del resto de metamorfos.

—¡Sierra! —Viktor grita—. No te dejes consumir.

Una carcajada escapa de mí.

—Creo que no eres el más indicado para hablar de esto. —No alzo la voz, consciente de que puede escucharme—. Tú mejor que nadie deberías entenderme.

Lo miro por encima del hombro y al conectar nuestras miradas, sucede algo que no había pasado hasta ahora. Me veo a través de él, con sus ojos veo algo que definitivamente no soy yo. Mi piel se ha llenado de venas blancas que me recorren por completo, mi pelo vuela alrededor de mí ignorando la gravedad, mis ojos se han vuelto totalmente blancos y mi cara está deformada por la venganza.

No me reconozco.

No veo nada de quien soy.

No veo a la Sierra humana.

42
Viktor

Había olvidado lo angustiante que era el miedo, pero al mirar a Sierra vuelvo a sentirme ese joven impotente que vio cómo aniquilaban a toda su familia, el que aguantó vejaciones una y otra vez sin poder hacer nada. Ahora miro a Sierra y me siento igual, parece que haga lo que haga la perjudicaré y no puedo negar más mis sentimientos.

Me preocupo por ella.

¿La quiero? No sé si estoy listo para aceptar el sentimiento que empieza por «a», pero seguro que lo que siento se parece a eso. Desde que llegó a mi vida, ha ido dejando pequeñas partes de ella en mí, llenando el cascarón vacío que es mi corazón. Por eso, cuando la veo transformada en la criatura más bella y letal, siento terror. ¿Quién será después de esto? Tengo miedo de haberla perdido irremediablemente.

El peso de los grilletes en mis muñecas es solo físico, no tienen verdadero poder sobre mí gracias a la sangre de Sierra en mi organismo. Hasta ahora he mantenido la farsa; sin embargo, no creo que los acontecimientos me permitan seguir con esto. No creo que ella misma sea consciente del caos que está produciendo a su alrededor. La sala no para de temblar, las columnas se están fracturando y el techo sobre nuestras cabezas no se mantendrá por mucho más. Ragna ha demostrado ser toda una demente hambrienta de poder, una idiota que se creía con la capacidad de dominar la tormenta, abarcar el océano con los brazos, mirar al sol sin dañarse los ojos.

Escucho un ruido en la lejanía y no tardo mucho en descubrir el motivo. Los ataques en el exterior han comenzado, así que me cuelo en la mente de algunos de mis hombres y les doy órdenes muy concretas. Lucharemos a matar, no dejaremos supervivientes. Tal vez haya venido sin ganas de derramar sangre, pero no después de los últimos acontecimientos. No puedo hacer eso cuando la sangre de la familia de Sierra baña estos suelos y los ojos inocentes de una niña me miran vacíos.

—Sierra, tienes que tranquilizarte para poder controlar tus nuevas habilidades —digo con el tono que posiblemente utilizaría un domador de leones para calmar a las fieras. Joder, nunca imaginé que su apodo iba a ser tan acertado—. Quieres proteger a Silas, pero si no mantienes la calma, lo herirás.

El suelo bajo mis pies deja de temblar y creo que he conseguido que me escuche hasta que Ragna ladra órdenes a sus hombres. Quieren parecer muy seguros de sí mismos, pero veo cómo sus dedos tiemblan. No es que no tengan motivos, pues en cuanto el primer hombre arremete contra ella, toda la apariencia de calma desaparece y Sierra se defiende, agarra al hombre con las manos y lo que veo me deja sin respiración. Creo que todos nos sentimos igual. Algo parecido al vapor de agua sale de la boca del hombre y se mete por los orificios nasales de Sierra. No parece perturbada en absoluto; en cambio, yo no estoy tan seguro.

El cuerpo cae desplomado a sus pies y ella mira al resto de forma desafiante. Los metamorfos quieren correr; sin embargo, su líder les lanza una mirada que promete la muerte de todas formas. Morir luchando o morir como cobardes, mientras que ella espera con su forma animal a un milagro que no va a suceder. A mi lado, Drystan aprovecha la conmoción en la sala para luchar contra su captor y salir victorioso. Apenas tengo que esforzarme para deshacerme del mío, no necesito usar mis dones, acabo con él con mis propias manos.

Clavo mis pulgares en sus cuencas oculares hasta que siento que llego a un tejido blando y viscoso. Lo dejo caer y de un solo tirón parto los grilletes.

Mi atención se dirige a la líder, mi intención es ir a por ella hasta que veo que Sierra está rodeada y no puede con todos ellos. Drystan tiene a Evanora inconsciente en sus brazos y no confiaría en Eleazar para mantenerla a salvo, así que me uno a ella. Agarro el cuello del que se acercaba por su espalda, está en medio de su transformación y se lo parto antes de que adopte del todo su forma lobuna. Junto a mí, Sierra deja caer otro cadáver. Rozo mis dedos con los de ella, temo haberla perdido por completo, pero me devuelve el roce y siento chispas en las yemas de mis dedos.

—¿Sigues siendo mi fierecilla, Sierra?

Gira lentamente, con esos ojos de los que el gris ha desaparecido para dar paso a unos iris totalmente blancos. Se muerde el labio inferior mientras me mira. Por el rabillo del ojo veo que alguien se acerca a nosotros y esta vez sí que uso mis dones con la esperanza de que no haya ni una gota de la sangre de Sierra en él. Bingo. En cuestión de segundos lo que antes era un hombre se convierte en una montaña de órganos, músculos y piel.

—Siento que me estoy volviendo loca. —Su voz no suena como ella—. No puedo controlarlo, mi sangre ruge por más.

—Que le jodan a todo. —La agarro de las mejillas a la vez que extiendo mi don a nuestro alrededor, impidiendo que nadie se acerque a nosotros sin morir en el intento—. Te enfrentaste a mí cuando pensabas que eras humana, tú más que nadie puedes con esto. Soy el único que puede volverte loca, ¿me oyes? No te permito que te pierdas a ti misma.

—Creo que es tarde. Me duele.

Su apariencia parpadea, regalándome fugazmente la visión de una Sierra de ojos grises y piel perfecta. El momento acaba tan rápido como llegó, y los ojos blancos y las finas venas blancas ocupan su lugar de nuevo.

—Nunca me doy por vencido, y menos contigo. —Acerco mi boca a la suya—. Entiendo tu dolor mejor que nadie y puedo decirte que si te dejas llevar por él te perderás a ti misma, entrarás en un lugar oscuro que se alimentará de las muchas partes buenas que tienes y solo tendrás odio para dar. Esa no eres tú y la humana que conozco tampoco.

—No soy humana —susurra.

Una columna a varios metros de nosotros se derrumba levantando nubes de polvo que me obligan a pestañear varias veces.

—Eres lo más puro que conozco.

—No lo suficiente.

—Y aun así más de lo que merezco.

—Nosotros…

La silencio posando mis labios sobre los suyos. Que se joda el destino, que se joda Lilith, que se jodan todos. Mis ojos hubiesen reparado en ella en cualquier vida porque fueron su odio, sus ganas de mantenerse lejos de mí, su lengua astuta lo que me obsesionó con ella, y de ninguna manera dejaré que mi mente piense que eso es fruto de fuerzas que escapan a nuestro control. Esto es ella, en carne viva, sin endulzar.

Se apoya levemente en mí y cuando sus labios dejan los míos, veo su frente arrugada de preocupación. Ragna llama nuestra atención con un pisotón de su robusta pata.

—Por favor, Viktor, mi hermano…

Entiendo lo que me pide sin que termine la oración. Miro hacia su hermano, apartado en un rincón con el cuerpo de la pequeña entre los brazos. Mira a todas partes con los ojos rojos y enloquecidos. Intento dirigir mi atención hacia él y hacia Sierra a la vez. Ella ha tomado la postura de una guerrera que se dirige a la batalla. Cuando me ve dudar, me señala con la barbilla a su hermano. A regañadientes obedezco y la dejo sola ante el peligro.

Mis pasos son apresurados cuando me dirijo a Silas, que me muestra los dientes como un animal salvaje y asustado. No freno, me planto delante de él e intento no sonar demasiado duro, aunque no olvido nuestro último encuentro.

—Tu hermana quiere que te saque de aquí.

—No pienso irme sin mi familia. —Señala los cuerpos.

—Los sacaré —aseguro—, pero necesito que salgas primero, tú aún puedes perder la vida.

Sé que he lanzado una frase con esquirlas de cristal que pueden desgarrarle, pero no deja de ser la verdad.

Se levanta, no suelta el cuerpo de su hermanita; al contrario, lo aferra con mayor fuerza. Sus piernas se tambalean un poco por el esfuerzo y el deterioro físico. La sangre que salía de su ceja ya está seca en su rostro; sin embargo, todos los golpes que ha recibido le tienen que estar pasando factura ahora mismo.

—Apóyate en mí.

—Déjame en paz, no quiero tu ayuda, todo esto es culpa tuya.

Aprieto los dientes, los siento rechinar y debo tomar una respiración profunda para no explotar. Por el rabillo del ojo veo a Sierra peleando con Ragna, la loba de pelo dorado se cierne sobre ella, intenta aplastarla con su pata, pero los dedos de Sierra la agarran con fuerza, resistiendo. Ahora tiene una fuerza que nadie puede terminar de asimilar. Su rostro se contrae por el esfuerzo, pero consigue desviar la pata de Ragna y por el sonido que parte el aire, creo que la loba ha sufrido una rotura. Su aullido de dolor es confirmación suficiente, aunque eso no me deja tranquilo. Se curará rápidamente.

Frustrado, vuelvo a mirar a Silas y toma más paciencia de la que tengo no gritarle en la maldita cara. Su hermana está luchando contra una loba que duplica el tamaño de cualquier metamorfo y cuadriplica el de Sierra, y su hermano escoge este momento para rechazar mi ayuda. Le clavo los dedos en el brazo y lo miro de forma fulminante.

—La culpa es de la persona que ahora mismo está peleando con tu hermana y que si no nos damos prisa, puede costarle la vida a ella también. Así que tú decides, ¿quieres que sigamos discutiendo o me dejas que te saque de aquí y pueda volver para ayudarla?

Tarda más de lo que me gustaría en mostrarse cooperativo. Lo obligo a agarrarse a mí a la vez que sostiene el cuerpo inerte de su hermana. Me cuesta mirar a la pequeña, creo que, al margen de su hermana, es la única Ruggiero que toleraba, porque estoy cien por cien seguro de que Silas y yo jamás nos soportaremos. Lanzando un último vistazo hacia Sierra, hecho a correr con su hermano. Nadie nos detiene en nuestra huida, la mayoría de los metamorfos se encuentran fuera batallando con los nuestros y la cantidad de cadáveres de ambos bandos demuestran que ninguno las tiene todas consigo. El castillo, ya de por sí destrozado, sigue viniéndose abajo con la pérdida de control de Sierra. Estar aquí no es seguro, así que llevo conmigo a Silas al exterior, a la orilla manchada de rojo. Busco con la mirada cualquier lugar lo suficientemente alejado y oculto como para mantenerlo a salvo mientras se deciden las cosas. No lo pienso mucho cuando veo unas formaciones rocosas, lo arrastro conmigo y lo oculto detrás.

—¿Sientes esto? —pregunto en cuanto lo suelto.

Extiendo mi poder hacia él y susurro en su mente mis pensamientos. Su rostro se muestra inexpresivo, salvo por la pequeña arruga entre sus cejas.

—Cada pocos minutos haré lo mismo y quiero que me respondas para saber que sigues de una pieza.

—¿Qué ha sido eso?

—Eso es mi don, humano. Uno de ellos. —Retrocedo—. ¿Lo has entendido?

No responde, solo asiente y baja la mirada.

Cuando deshago el camino y entro de nuevo al interior, todo parece aún más deteriorado. Tal vez he estado fuera cinco minutos, pero a este sitio no parece quedarle mucho tiempo de vida. Parte de los techos han caído sobre las escaleras que se abren en el recibidor y al seguir, veo que el pasillo que da a la sala de antes está lleno de obstáculos. Abro las puertas de una patada y encuentro a Drystan con Evanora en brazos. Eleazar está cerca, inconsciente entre los escombros.

¿Qué ha pasado?

«Se está descontrolando cada vez más».

No tiene que decir su nombre para que sepa de quién habla. Las escaleras que llevan hacia el trono están en su mayor parte destrozadas, el suelo está abierto en varios lugares y un vistazo a ellas me hace pensar que al caer podría llegar al centro de la Tierra. Lo más impactante de todo es el trono, donde Ragna se retuerce con uno de los colmillos que lo forman sobresaliendo de su vientre. Su forma animal ha desaparecido, por lo que puedo ver su sonrisa de dientes blancos manchados de rojo.

—No puedes matarme.

Escucho con atención.

—Lo haré. —La voz de Sierra no es de este mundo—. Aunque sea lo último que haga, te voy a arrastrar al infierno conmigo.

—¿Me vas a llevar con tu mamá? —se ríe la loba.

Los puños de Sierra se cierran volviéndose blancos, pero lo que sea que está intentando llevar a cabo no sucede, pues la sorpresa se dibuja en su cara y luego da paso a la frustración. Enseña los dientes y veo sus colmillos. Alargados y afilados, para nada humanos. Una nueva columna cae dividiendo la sala en dos y haciendo que me tambalee y pierda el equilibrio.

«Tienes que hacer algo, Viktor». Consigo leer en la mente de Drystan. «Tengo que sacar a Evanora de aquí, pero así es imposible. Va a enterrarnos vivos».

Vuelvo a mirar a Sierra. Sé que tiene razón. Lo que sea que le sucede es superior a su control. Sorteo algunos pedazos de piedra en el suelo, miro encima de mi cabeza esperando que nada caiga sobre ella, al menos durante el tiempo suficiente para alcanzarla. Me acerco y veo cómo la herida de Ragna se está empezando a cerrar en torno al colmillo, pero Sierra tiene su brazo sobre ella, impidiendo que se lo saque.

La saliva gotea de su boca, que tiene un aspecto totalmente salvaje.

—Te subestimé al pensar que conseguiría retenerte con un poco de magia —confiesa Ragna—. Aun así, no consigues arrancar mi alma, ¿verdad? Eso es porque no tengo, querida.

Un gruñido brota de lo hondo del pecho de Sierra y lo acompaña un nuevo desprendimiento que consigue que Drystan grite mi nombre. Los pedazos caen cerca de mí, pero los esquivo y me llevo a Sierra conmigo antes de que la aplasten. Cae encima de mí. Se revuelve entre mis brazos y me gruñe en la cara.

—Encontraremos la forma de que te vengues, pero ahora tienes que volver a ser tú misma, Sierra. —La zarandeo suavemente por los hombros—. Por favor, no estás viendo lo que te estás haciendo.

Y es cierto. Tiene los dedos agarrotados y algunos partidos por su propia fuerza, sus colmillos han rasgado parte de su labio inferior y hay muchas heridas en su cara y brazos que no han dejado de sangrar. Ya no se trata de lo que nos pase a nosotros, es que ella está acabando consigo misma.

—¿De qué servirá todo esto si mueres en el proceso?

Mis palabras no parecen calarle ni convencerla. Al contrario, la desatan aún más. Se abalanza sobre mí y clava sus colmillos en mi cuello. Me quedo completamente inmóvil, sintiendo cómo absorbe mi sangre. En otro momento esto hubiese sido incluso erótico para mí, ahora solo puedo estar sorprendido. Ninguna mujer ha bebido de mí de esta forma, jamás he sido yo el que estaba en el otro lado. No lucho, la agarro del pelo y dejo que tome de mí cuanto necesite si eso la hace calmarse. Cuando sus colmillos abandonan mi cuello, vuelve a ser la Sierra de siempre. Su pelo negro brilla más que nunca, sus ojos vuelven a ser nubes grises que amenazan lluvia y sus labios están teñidos de rojo. Vuelve a ser ella durante unos instantes y después desaparece, dando paso de nuevo a la criatura llena de rabia que Ragna ha ayudado a crear.

Me deja ahí, tirado, como un despojo. Mis intentos por frenarla son inútiles, solo piensa en acabar con Ragna y la loba no deja de sanar sus heridas. Si es cierto que no tiene alma, Sierra no puede acabar con ella como con el resto. Si su sangre no estuviese en su sistema, sería tan fácil como romper su mente…

—Viktor… —repite Drystan.

Miro hacia atrás, donde Eleazar en algún momento ha conseguido escapar. La puerta ahora está tapiada por escombros y no hay salida, moriremos aquí si ella no se detiene. Me levanto en el momento en que veo cómo la metamorfa retuerce el brazo de Sierra e intenta partirlo. Corro, o más bien me abalanzo, y de un golpe hago volar a Ragna hasta el otro lado de la sala, donde impacta contra una de las pocas columnas que aún se mantienen en pie. Le tiendo mi mano a Sierra, pero ella, presa de su locura, me rechaza. Levanta barreras invisibles a su alrededor, manteniéndome lejos mientras todo se va a la mierda.

—No puedo hacer nada —le digo a Drystan.

—Me niego a morir aquí.

—No me deja acercarme —protesto.

—Puedes hacerlo —replica—. Ya sabes cómo.

Se hace el silencio y mis ojos se encuentran con los de mi amigo, que me mira con determinación férrea. Su cara está seria, llena de angustia ante lo que me pide. Niego con la cabeza. Retrocedo torpemente unos cuantos pasos como si las palabras fuesen puñetazos en mi estómago.

—No puedo hacer eso.

—Puedes y debes. Evanora y ella morirán si no lo haces. Lo que te pido aún te deja algo de esperanza, si ella muere, eso, querido amigo, será irreversible.

Niego una y otra vez, sacando sus palabras de mi cabeza. Dirijo mi atención de nuevo a Sierra, que se cierne sobre la loba inconsciente en el suelo. Eso no parece valerle, pues no deja patear su cuerpo como si la estuviese retando a levantarse de nuevo. Cuando me acerco, golpeo contra esa fuerza que se niega a tenerme cerca.

—¿Sierra?

No reacciona, está demasiado ensimismada en su sed de venganza. La entiendo, me estuvo consumiendo años y años, incluso mirar a Sierra al principio era imposible sin recordar que formaba parte de aquello que tanto odio.

—Sierra, te estoy hablando.

Me mira sin verme realmente, su mirada está perdida.

—Cállate —dice entre gruñidos.

—Esta no eres tú. —Trago saliva—. Tienes que parar.

—No quiero parar, la quiero muerta.

—No vale de nada matarla si te pierdes por completo en el proceso. Te estás matando, ¿no lo ves?

Está claro que no se ha dado cuenta de la sangre que sale de sus oídos y de su boca, no solo está reventando este sitio, se está reventando por dentro, destrozándose.

—Me da igual.

—A mí no me da igual. —Doy de nuevo un paso, sin lograr acercarme mucho antes de encontrar de nuevo resistencia—. Tu vida es jodidamente mía y no voy a dejar que acabes con ella, ¿me estás escuchando? No me obligues a hacer cosas que no quiero, porque estoy dispuesto a ello si significa mantenerte de una pieza.

Una risa, desquiciada e inhumana, brota de ella, y aparta su atención de mí como si mis palabras y amenazas no significasen nada. Compruebo que su mente sigue abierta de par en par para mí. Me quedo sin habla cuando veo la belleza desordenada que se escondía dentro de ella. En otra gente los pensamientos, ideas y recuerdos están perfectamente compartimentados, esperando a que mis dedos abran los cajones y revuelvan el interior. En Sierra no, todos parecen estar enredados de forma que encajan, como esas mantas hechas con retales que, acabadas, son bonitas y entrañables. Sin duda, Sierra es el desastre más hermoso que he tenido el placer de contemplar. Todo lo que la hace ser quien es está unido con finos hilos plateados.

Salgo de su cabeza, la miro y le doy una última oportunidad.

—Por favor, Sierra. No dejes que la muerte de Abigail haya sido en vano, para todo esto. Ven conmigo, encontraremos la forma de que controles tus dones, te enseñaré y luego hablaremos de venganza. —Señalo con la barbilla al suelo, a la Ragna maltratada e inconsciente—. Sus heridas sanan rápidamente, no vas a conseguir matarla fácilmente y menos si tu sangre corre por sus venas. Déjame que te ayude. Sabes mejor que nadie que conozco la crueldad, no tengo piedad con mis enemigos y te lo mostraré cuando estés a salvo.

Hago hincapié en esta última palabra. Es todo lo que me importa en este momento, lo demás puede irse a la mierda mientras ella esté bien.

Por un segundo me embarga la esperanza, creo que por fin mis palabras la han hecho reflexionar, pero esta se apaga cuando aparta la mirada y sigue golpeando a Ragna. Trago saliva, incómodo, casi desesperado, ante lo que tengo que hacer.

Busco a Drystan, que asiente y me anima, a sabiendas de que es la única forma. No puedo acercarme a ella, no puedo conseguir que pare con mis palabras, solo me queda lo peor que podría hacer.

Cierro los ojos.

—Perdóname.

Me zambullo en su bonita mente, veo sus recuerdos, preocupaciones, sentimientos, todo lo que la hace ser ella. Hay una bola negra que consume casi todo en estos momentos, de ella salen hilos de plata que la conectan a lo demás. Es la ira, que ahora mismo empaña su ser. Cierro los ojos aún más fuerte y aprieto los puños y los dientes sin creerme lo que estoy a punto de hacer. Los dedos invisibles de mi don se extienden frente a mí y entonces empiezo a cortar. Hilo tras hilo, corto y corto. Para cuando he terminado, no me atrevo a abrir los ojos de nuevo, aunque por el ruido sordo que acabo de escuchar, sé que lo que he hecho ha funcionado. Ojalá no lo hubiese conseguido. Ojalá Sierra no hubiese perdido todo el control dejándome así entrar por completo en su cabeza. Joder, lo odio.

Lentamente abro los párpados y veo lo que ya esperaba: Sierra, con los ojos perdidos, en el suelo, como una muñeca de trapo.

La sala ha dejado de temblar, todo parece haber vuelto a la normalidad, como si hasta hace unos segundos este lugar no hubiese estado a punto de enterrarnos y volverse nuestra tumba. Pongo un pie delante del otro, camino hasta ella, esta vez sin nada que me detenga. Clavo mis rodillas en el suelo y la sostengo en mis brazos como si fuese porcelana fina, fácil de romper. Como si no fuese la responsable de esta destrucción.

Aparto el pelo de su cara y me encuentro con sus ojos. Siempre he anhelado que me mirase, que me reconociese, pero ahora no soporto esta mirada tan vacía.

—Perdóname —repito—. No había otra forma.

He hecho esto tantas veces, sin sentirme ni una pizca de mal por ello, pero ahora me siento enfermo.

Sierra es una Quebrada. Solo pensarlo me da ganas de vomitar.

El peso de la mano de Drystan sobre mi hombro no consigue que aparte la mirada.

—No tenías otra opción.

Sé que no, pero aun así siento que podría haber hecho más.

—¿Estás seguro?

—Estaba fuera de control. —Hace una pausa—. Es muy poderosa, Viktor, y eso la vuelve peligrosa.

—Siempre he sabido que lo era. —Intento sonreír con tristeza—. Mi feroz humana.

—Debemos salir de aquí.

Al fin lo miro y veo que lleva a Evanora en brazos. Está inconsciente, pero sus heridas parecen haber dejado de sangrar. Supongo que ella misma se está encargando de sanarlas con su magia. Ojalá nos lo hubiese contado antes, ojalá no hubiese dejado que fuese un maldito idiota.

Extiendo mi don para susurrar en las mentes de los que aún siguen en pie fuera. Los supervivientes vienen hacia nosotros y se encargan de levantar buena parte de los escombros que tapian la entrada. Mi amigo es el primero en salir junto a la banshee. Echo un vistazo a la metamorfa, que permanece inconsciente. Ordeno a mis hombres que la tomen prisionera y después cojo a Sierra en volandas. No me sorprende no escucharla protestar. Conozco el efecto de mis dones, sé lo horrible que es.

Sierra ya no es ella misma.

Ahora está vacía, he cortado todos los lazos que la mantenían unida.

—Nos vamos a casa, Sierra. —Deposito un beso en su frente—. Y luego haré que vuelvas a mí.

EPÍLOGO
Viktor

El viaje de regreso tuvo lugar en completo silencio, en parte porque nadie se atrevía a hablarme y porque yo no tenía nada que decir. Me encerré en el camarote con Sierra a mi lado, no me despegué ni un segundo de ella. Verla en este estado, ida, vacía, es como tener esquirlas de cristal en el corazón. En cuanto llegamos al castillo, mandé trasladarla a mis aposentos, no la quería en ningún otro sitio.

—¿Qué deberíamos hacer con Ragna? —pregunta Drystan detrás de mí.

Han pasado varios días desde nuestro regreso, pero todo ha permanecido igual, congelado en el tiempo. Reconozco que el primer día casi me vuelvo loco de rabia. Ver que todo seguía igual, como si nada hubiese pasado, con Sierra en mi cama como si solo estuviese dormida y fuese a abrir los ojos en cualquier momento con uno de sus mordaces comentarios, me volvía loco porque la realidad es otra. Sierra abre los ojos, sí, pero no lanza comentarios mordaces. Su mirada se queda clavada en el techo y observa cómo los rayos del sol van haciendo su recorrido habitual, hasta que llega la noche y vuelve a cerrar los ojos. Así cada maldito día.

—La mantendremos con vida hasta que ella vuelva en sí —digo señalándola con la mirada—. Ragna es asunto suyo, no nuestro.

—¿Has conseguido algo?

No hace falta que siga para saber a qué se refiere. Llevo días intentando cualquier cosa, esperando un milagro que no sucede. Si creer en Dios y rezarle fuese de ayuda, creo que probaría. Cada vez que me zambullo en su mente, no encuentro nada de lo que tirar, nada que unir, nada que arreglar. Es una habitación vacía, de paredes lisas y aire gélido. He pasado tanto tiempo en su cabeza, buscando una forma de revertir lo que he hecho, que me he dado cuenta de que en esas paredes vacías existen las marcas que dejaría un cuadro sobre una real. Ahí están, señalándome que antes había cosas que llenaban este sitio, la mente de Sierra. Había color, había desorden, había belleza. Había recuerdos, como fotos colgadas en la pared, pero yo lo he borrado todo.

A veces, cuando solo estamos ella y yo, aquí en silencio a altas horas de la madrugada, me pregunto: ¿es este mi castigo por todo lo que he hecho? ¿Es esta la forma retorcida que tiene el destino de hacerme pagar por mis actos? Porque darme algo que desear, algo por lo que luchar, y quitármelo de esta manera, es cruel hasta para mí. Sé que en parte soy el responsable, solo estoy intentando buscar a alguien con quien compartir este peso porque cargar con tanto me está hundiendo. El sentimiento de culpa es nuevo para mí.

—No hay nada —digo al fin—. ¿Y si se queda así para siempre?

—Si algo sabemos de la magia, es que siempre hay una forma de revertirla, por muy extremas que sean las formas.

—Nadie ha vuelto de este estado. Nadie ha dejado de ser un Quebrado y lo sabes.

—Solo la muerte es irreversible, e incluso entonces...

Deja la frase en el aire porque ambos sabemos que hay quienes han vuelto de la muerte. Quiero llenarme de esa esperanza que él tiene, pero me es imposible en estos momentos.

—¿Y Evanora? —pregunto para cambiar de tema—. ¿Cómo está?

Reconozco que mi relación con la banshee no es la mejor y le guardo cierto resentimiento por no habernos contado la verdad antes. Tal vez hubiese cambiado algo. El qué, es algo que nunca sabremos. Sin embargo, veo en los ojos de mi amigo que es importante para él y le debo al menos algo de empatía cuando es el único que la siente por mí. No olvido tampoco la risa de Sierra cuando hacía sus fechorías con Evanora a su lado. Las ignoré, dejé que hicieran de las suyas, solo porque a ella le hacía feliz. Fui un tonto entonces por no darme cuenta de cómo ella me estaba cambiando y soy un tonto ahora por no ser capaz de aceptarlo del todo.

—Durmiendo casi todo el tiempo, sus heridas internas son más graves de lo que pensaba. Le está llevando tiempo sanarlas.

—Está bien.

—Hablaré con ella cuando sea el momento —dice en un intento por tranquilizarme—. Tal vez pueda ayudarnos.

Asiento, perdido en mi autocompasión.

—¿Necesitas que me quede durante un rato?

Miro de nuevo hacia Sierra, cuyos ojos perdidos contemplan el techo. Suspiro, lleno de resignación, y asiento. No es que quiera alejarme de ella, pero a veces meterme en su mente es demasiado, me recuerda lo que por un corto periodo de tiempo pude ver y me encargué de destruir. Drystan ocupa mi asiento y me asegura reiteradas veces que no se moverá de aquí. Me voy, no para tomarme un respiro, sino para seguir buscando la forma de traerla de vuelta. Bajo a las mazmorras y me paseo por las celdas. Paro solo un momento en la de Ragna, custodiada por mis hombres, y luego prosigo hasta dar con la de Mavka. Sigue tal y como la última vez, perdida en ese estado catatónico.

La gente debe pensar que soy un monstruo y, sin lugar a dudas, tienen razón.

Me meto en la celda, aunque guardo una distancia considerable. Extiendo mi don hacia ella y entro en su mente, tan desierta como la recuerdo. Parece una despensa vacía, llena de recovecos con telarañas. Intento encontrar algo de lo que tirar, algo que unir, algo con lo que tejer de nuevo la red que formaba su mente. No es que la quiera de vuelta, tocó algo que no debía bajo ninguna circunstancia, pero si consigo encontrar la manera con ella, tal vez…

Suspiro, frustrado. Ha pasado un buen rato, el olor de la humedad se me ha metido bien profundo en las fosas nasales. Salgo cerrando la celda tras de mí, subo de nuevo y me dirijo hacia mi ala del castillo. Siento las miradas sobre mí, el resto de saciadoras están tan asustadas como curiosas.

—¿Señor?

Me detengo en medio del pasillo.

—¿Necesita que alguna de nosotras vaya a alimentarlo?

Casi olvido ese pequeño detalle. ¿Cuándo fue la última vez que bebí? Ya ni lo recuerdo. Miro por encima del hombro, no reconozco ni recuerdo el nombre de la chica con rostro en forma de corazón y rizos dorados.

—No —digo con tono tajante.

—Pero, señor, usted...

—No suelo hacerme con saciadoras incultas, pensaba que sabías el significado de la palabra «no».

Se calla de inmediato, ahogando un sonidito en su garganta, y aprovecho para reanudar mi marcha y desaparecer por el pasillo contiguo. No encuentro más interrupciones en el camino. Al abrir la puerta de mis aposentos, me recibe la calidez del fuego. Junto a Drystan, están las doncellas de Sierra que acaban de asearla.

—¿Alguna novedad? —pregunta mi amigo levantándose del asiento y cediéndome el lugar.

—Todo igual.

Sus hombros caen al igual que los míos. Permanece a mi lado durante un rato, pero supongo que para él es incómodo estar expuesto tanto tiempo a las consecuencias de mis dones. Las doncellas de Sierra hablan con ella como si fuesen a conseguir una respuesta y no me pasan desapercibidas sus miradas de soslayo. No están contentas conmigo, la verdad es que yo tampoco lo estoy. Se retiran, no sin antes asegurarse de que todo está perfecto para ella. Nos quedamos a solas y me hundo en mi asiento una vez más. La llama de la vela en la mesita de noche parpadea y poco a poco distingo la forma corpórea de Ank.

Primero me mira a mí y después, a ella. Su mirada es triste y sus llamas siguen apagadas como la última vez. No tienen su característico rojo brillante.

—¿Has conseguido averiguar algo? —indago.

Niega lentamente.

—Debe haber alguien que conozca alguna forma de traerla de vuelta.

—No se conoce a nadie con un don como el tuyo. —Salta de la llama y da saltitos hasta quedar cerca de Sierra—. Igual que nadie conoce a alguien como ella. Supe que era especial desde la primera vez, aunque no imaginé cuánto. Ella es la persona que tu madre esperaba para ti.

—No es momento de hablar de eso, Ank.

Quiere seguir con el tema, lo sé porque ya tiene la boca abierta para discutirme, hasta que el gran estruendo de las puertas al abrirse y chocar contra la pared la silencian. Me levanto de la silla rápidamente, tirándola al suelo al hacerlo. No me da tiempo a hacer nada más antes de que Ciro Amery irrumpa en mi habitación.

—¿Qué diablos haces aquí?

Su sonrisa arrogante nunca me había molestado tanto como hoy. Me muestra sus dientes perfectos antes de responderme, con aspecto triunfante.

—He venido a por mi nueva saciadora.

Al principio me quedo en silencio, aunque no durante mucho tiempo. La risa sale de mí a borbotones. Ciro frunce el ceño sin decir nada y deja que tenga mi momento.

—Debes estar bajo los efectos de alguna seta alucinógena si piensas que voy a dejar que tengas una de mis saciadoras.

—Oh, no va a ser cualquiera, la quiero a ella.

Señala con la barbilla a una Sierra que ni se inmuta con sus palabras. Puedo imaginar lo que hubiese hecho sana y entera. Posiblemente se hubiese incorporado abruptamente, levantando las manos y poniendo el grito en el cielo. Con toda seguridad nos hubiese mandado al infierno a los dos asegurando que ella no es una posesión.

—Por encima de mi cadáver.

—Preferiría no tener que manchar mi chaleco favorito —dice con fanfarronería—. Aquí tienes.

—¿Qué es esto? —Cojo el papel con dos dedos, como si fuese a contagiarme la peste.

—El punto en los Tratados que me asegura tener derecho a una compensación y que me autoriza a reclamar a Sierra. Además del consentimiento del resto del Comité.

Examino rápidamente las palabras. Siendo sincero, bailan unas con otras ante el nerviosismo que me recorre el cuerpo.

—Tonterías. —Estrello el pedazo de papel en su pecho—. No pienso dejar que te lleves a Sierra, escoge a otra.

—¿Igual que escogiste tú a otra cuando te lo rogué?

—Tus motivos no son los mismos que los míos, te salvé. No quieres verlo, pero ella estaba jugando contigo, nunca te amó.

—Tenía que verlo yo, no tú. —Alza el mentón e hincha el pecho, muy seguro de sí mismo—. Ahora, dime, ¿qué darías por ella?

—¿Qué quieres?

—Ruégame, ruega por ella, de rodillas.

Ank, que aún sigue en la habitación, ahoga un pequeño grito de sorpresa. Miro a Ciro, prometiéndole la muerte con la mirada, mientras pienso en mis opciones. ¿Ponerme de rodillas por una humana? Nunca hubiese hecho eso. Nunca, hasta ahora. Aprieto los puños y me muerdo la lengua a la vez que bajo mis rodillas hasta el suelo. Levanto la mirada, pues no pienso tener la cabeza gacha mientras hago esto.

—No te la lleves. Llévate a cualquier otra, pero a ella no.

—¿Por qué? ¿Qué significa ella para ti?

—Ese no es el trato.

—Está bien. —Chasquea la lengua—. ¿Cuál de mis jardines crees que será del agrado de Sierra? Debo elegir qué aposentos darle.

Aprieto la mandíbula.

—¡Porque ella es la única que no teme al monstruo que soy! ¡Joder, porque ella me hace querer ser mejor, me hace tener piedad, porque creo que podría quererla!

El silencio que se extiende a continuación es casi asfixiante. Dura lo suficiente como para que albergue esperanza; sin embargo, se esfuma de un plumazo cuando veo su sonrisa arrogante de nuevo.

—Te estoy haciendo un favor. —Palmea mi hombro—. Te estás ablandando y siempre has odiado a los humanos, ¿recuerdas? No me vengas ahora con que te estás encariñando de una.

Hace una señal por encima de su hombro y dos hombres entran a la habitación y se dirigen directamente a la cama. Me interpongo en su camino y les muestro mis colmillos.

—¿Vas a manchar la memoria de tus padres yendo contra algo que ellos mismos redactaron? Ya lo has visto, estoy en mi derecho, Viktor. No hagas las cosas más difíciles. Deberías haberte tomado la molestia de estudiar los Tratados antes de tocar algo que era mío. Ahora tienes que enfrentarte a las consecuencias de tus actos. No eres intocable, las normas no cambian para ti.

—Que tú sepas.

—Me lo agradecerás con el tiempo. —Mira hacia la cama—. Por cierto, ¿es esa tu forma de querer? ¿Qué le has hecho?

—Nada que sea de tu incumbencia.

—Claro que lo es. Sierra es mía.

Antes de que yo mismo me dé cuenta, estoy sobre él. Mi cuerpo está a horcajadas sobre el suyo en el suelo. Apreso su cuello con mi mano y acaricio la columna de su garganta con mi pulgar.

—El sol tendría que salir por el oeste, el océano dejar de mojar y mi corazón latir de nuevo para que ella fuese tuya, maldito estúpido.

Antes de que termine de hacer una locura y posiblemente comience una guerra interna entre Puros, Drystan aparece detrás de mí y me agarra por los hombros, apartándome de él. Es entonces cuando me percato de que Sierra ya no está en su cama y ni siquiera me he dado cuenta. Se la han llevado.

—Nos veremos pronto, Viktor —dice Ciro, reajustándose el chaleco—. A lo mejor hago una fiesta de bienvenida, espero acordarme de mandar una invitación.

Gruño preso de la ira y es Drystan quien se encarga una vez más de mantenerme en mi sitio. Pasan un par de minutos que son la calma que precede a la tormenta, pues cuando miro el hueco vacío en la cama termino de perder el control. Todo lo que está a mi alcance acaba roto bajo mis manos. Me clavo astillas y trozos de cristal, y aun así nada consigue hacerme el daño suficiente como para amainar mi tormento.

Cuando pensaba que nada podía ir a peor, la vida me sorprende una vez más.

—La recuperarás, siempre lo haces —asegura mi amigo—. Encontraremos la forma de que vuelva a ser quien era y de que regrese a donde se la quiere.

Clavo los dedos en el respaldo de la única silla que sobrevive en la habitación y poco a poco cede bajo mis manos hasta astillarse también. No contradigo las palabras de mi amigo, aunque haya aludido a aquello que me creo incapaz de sentir, a pesar de que yo mismo lo he pensado. Aspiro una buena bocanada de aire que no consigue calmarme del todo.

—Su sitio está conmigo y el mío, con ella. No voy a dejar que la tenga.

Es una promesa.

AGRADECIMIENTOS

Podría mentir y decir que escribir este libro ha sido un camino de rosas, pero no ha sido el caso. Me he tenido que enfrentar cara a cara al síndrome del impostor muchas veces, he perdido la fe en lo que estaba haciendo y, de hecho, pensaba que este libro jamás llegaría a estar en papel. Así que mi primer gracias va para las chicas de Siren Books, sin saberlo me dieron la confianza que estaba perdiendo. Trabajar con ellas ha sido muy fácil, siempre se han mostrado muy cercanas conmigo y sé que mis libros están en buenas manos. Muchas gracias, chicas.

El por qué empecé a escribir este libro tiene dos razones principalmente: la primera es que me entró el gusanillo de querer escribir una historia con un personaje principal que fuese tan carismático y soberbio como lo es Viktor, además que fuese un vampiro, porque ya sabemos que eso sin duda le da un toque irresistible. La segunda razón, mi amiga Ane. He disfrutado muchísimo estos años compartiendo mis ideas locas contigo, siento mucho haberte destrozado la historia en algunos momentos porque necesitaba a una persona de confianza que me dijera si lo que pasaba por mi cabeza era una locura o algo que podía funcionar. Gracias por ser una apasionada con todo lo que escribo, por llevar este libro en tu corazón con tanto cariño, por recomendárselo hasta a las piedras, por ir a la guerra para reclamar tu propiedad sobre Viktor y, sobre todo, por ser mi amiga. Sé que no soy una persona fácil. No lo digo mucho, ya sabemos que no tengo problema en escribir declaraciones de amor apasionadas, pero que fuera de ahí es otro cantar, así que lo dejo aquí escrito, donde se quedará para siempre: te quiero, amiga.

Hay un grupo en mi teléfono que, si saliese a la luz, iríamos a la cárcel o al ala psiquiátrica de cabeza. Las Betas Zorretas se llama.

Gracias, Carmen, eres mi lectora más dura, cuando consigo emocionarte, sé que es real y que algo he debido hacer bien. Gracias, Isabel, por creer tanto en mí, por querer tanto a mis personajes y emocionarte tanto con mis palabras. Gracias, Fátima, eres sin duda la romántica de nuestro grupo y sin darte cuenta me inspiras a que mis personajes lo sean, necesitamos a más gente que crea en el amor como lo haces tú. Sois la prueba viviente de que los libros no son solo palabras impresas en un papel, son amistades que empiezan con un fangirleo y acaban siendo tus mayores confidentes. Por mas años donde ese grupo no deje de llenarse de notificaciones cada día. Saray, no me he olvidado de ti, pero igual que tú una noche de verano, a las tantas de la madrugada, en un grupo de meet con gente de Latinoamérica, me hiciste sentir especial y llorar a lágrima viva, yo quería darte tu espacio. Nunca me voy a olvidar de lo que me dijiste porque creo que fue la primera vez que fui consciente de que mis libros podían ser más que eso, que podían acompañar a gente en momentos duros, especiales, únicos. Gracias por haberme elegido a mí para ser quien te acompañase en ese momento. Es un honor para mí ser la madrina literaria de Neila.

Gracias a mi familia, mis padres, mi hermana, mis abuelos y tíos. No he elegido el camino que te hace rica monetariamente, pero sí el que lo hace en lo importante. Gracias por entender que hay algo dentro de mí que disfruta creando, expresándose y que es lo que realmente me hace feliz.

Por último, mis lectores, no sois los últimos por ser los menos importantes, todo lo contrario. Sois mi sueño, sin vosotros nada de esto sería posible. Podría seguir escribiendo, pero sois el motor que hace que lo haga con motivación, que viva con la ilusión de una niña en la mañana de Navidad la publicación de cada libro. Leo cada una de vuestras reseñas y todos vuestros mensajes. Soy muy afortunada de teneros. Gracias. Espero que Indómita cumpla vuestras expectativas y nos vemos en su segunda parte. No pago terapias.